Knaur

Von Val McDermid ist außerdem erschienen:

Das Lied der Sirenen

Über die Autorin:

Val McDermid wurde in Schottland groß und lebt heute in Manchester. Sie arbeitete als Universitätsdozentin und Journalistin, widmet sich jetzt aber ausschließlich der Schriftstellerei. Ihr Roman »Das Lied der Sirenen« gewann 1995 den *CWA Gold Dagger Award* als bester Kriminalroman und wurde zum großen Erfolg. »Schlußblende« ist ihr zweiter Roman um den Polizeipsychologen Tony Hill.

Val McDermid

Schlußblende

Roman

Aus dem Englischen von
Klaus Fröba

Knaur

Die englische Originalausgabe erschien unter dem Titel
»The Wire in the Blood« bei HarperCollins Publishers, London

Besuchen Sie uns im Internet:
www.droemer-knaur.de

Deutsche Erstausgabe September 1999

Redaktion: Ilse Wagner
Umschlaggestaltung: Agentur Zero, München
Umschlagabbilgung: Bavaria Bildagentur, Gauting
Satz: Ventura Publisher im Verlag
Druck und Bindung: brodard & taupin, La Flèche
Printed in France
ISBN 3-426-60941-X

10 9 8 7

Ein Wort des Dankes

Ich glaube kaum, daß ich es geschafft hätte, dieses Buch ohne die Hilfe all derer zu schreiben, die mit ihrem reichen Fachwissen und ihrem Rat für mich da waren. Dafür möchte ich mich bei Sheila Radford, Dr. Mike Berry, Jai Penna, Paula Tyler und Dr. Sue Black bedanken. Edwina und Lesley muß ich nachträglich um Entschuldigung bitten, sie haben als rastlose Spürnasen nach Textpassagen gefahndet, die mir bei der Überarbeitung irgendwie verlorengegangen waren. Ohne Jim und Simon von Thornton Electronics und ohne Mac und Manda hätte ich mit an Sicherheit grenzender Wahrscheinlichkeit einen Nervenzusammenbruch erlitten, als mein Computer abgestürzt ist. Letztendlich aber habe ich es der Beharrlichkeit und dem Scharfsinn dreier Frauen zu verdanken, daß ich bis zum Schluß durchgehalten habe. Deshalb widme ich dieses Buch in Liebe

Julia, Lisanne und Brigid.

Verborgen unter alten Narben
Mahnt stumm in deinem Blut ein Menetekel,
Das dich versöhnt mit lang vergess'nen Kriegen.

Four Quartets,
Burnt Norton
T. S. Eliot

Prolog

Mord ist wie Magie, dachte er. Die Geschicklichkeit seiner Hand hatte das Auge bisher noch immer getäuscht, und dabei sollte es auch bleiben. Er war wie der Postbote, der etwas in den Briefkasten wirft, und später schwören alle Stein und Bein, daß niemand an der Tür gewesen war. Eine Begabung, die ihm eingepflanzt war wie ein Herzschrittmacher. Ohne diese magischen Fähigkeiten wäre er tot gewesen. Oder so gut wie.

Schon beim ersten Blickkontakt war ihm klar gewesen, daß sie die nächste sein würde. Es war diese spezielle Kombination, die seinen Sinnen signalisierte, daß alles genau zusammenpaßte. Unschuld und Reife, nerzbraunes Haar und tänzelnde Augen. Er hatte sich noch nie geirrt. Ein Instinkt, der ihn am Leben hielt. Oder so gut wie.

Er merkte, daß ihr Blick auf ihm ruhte, und sofort fing über das Murmeln der Menge hinweg in seinem Kopf der alte Kindervers zu rotieren an: *Nick und Bell klettern schnell einen steilen Fels bergan. Doch auf einmal stolpert Nick, stürzt und bricht sich das Genick. Was wird nun aus der armen Bell?* Die schlichte Melodie schwoll an und überflutete sein Hirn wie eine gewaltige Woge einen Wellenbrecher. Ja, was wurde denn aus Bell? Oh, er wußte, was aus ihr wurde. Das Wissen rotierte in seinem Schädel wie der grausame Kindervers. Aber es war nie genug. Sogar der Umstand, daß die Strafe dem Vergehen exakt gerecht wurde, konnte ihn nicht endgültig versöhnen. Darum mußte es immer wieder eine nächste geben. Und da stand er nun, nahm mit lauernden Augen wahr, daß sie ihn mit Blicken verschlang, und las in ihren Augen die Botschaft:

»Ich bin dir ganz nahe. Nimm Kontakt auf zu mir, dann werden wir uns bald noch näher sein.« Kein Zweifel, sie las seine Gedanken. Und war doch selbst so durchschaubar. Das Leben hatte ihre Sehnsüchte noch nicht glattgehobelt. Ein wissendes Lächeln zuckte um ihre Mundwinkel, dann tat sie den ersten Schritt auf der langen, zumindest für ihn so erregenden Expedition zu den Abgründen des Schmerzes. Schmerz war aus seiner Sicht eine der unabdingbaren Begleiterscheinungen.

Es entging ihm nicht, daß sie kleine Umwege machte. Genau wie er. Neben zielstrebigen, kühnen Schritten aufeinander zu gab es ausweichende, zögernde, für den Fall, daß sie falsch gedeutet hatten, was sie in seinen und er in ihren Augen zu lesen glaubte. Sie wählte die spiralförmige Annäherung, die mit jedem Schritt ein Stück weiter nach innen führt, als bewege sie sich im schraubenförmigen, hier natürlich ins Riesenhafte verzerrten Gehäuse eines Tintenfischs auf ihn zu. Und dabei ruhten ihre Augen unablässig auf ihm, als gäbe es auf ihrem Weg nichts, was sie aufhalten, und niemanden, der sie ablenken konnte. Selbst als sie schon hinter ihm war, spürte er ihren festen Blick im Rücken. Alles war exakt so, wie es sein mußte.

Ihre Art, auf ihn zuzugehen, verriet ihm viel über sie. Sie wollte die Annäherung auskosten, wollte ihn aus jedem denkbaren Blickwinkel in sich aufnehmen und den Anblick in ihrer Erinnerung speichern, weil sie glaubte, eine solche Gelegenheit werde sich nie wieder ergeben. Hätte sie geahnt, was sie wirklich erwartete, wäre sie auf der Stelle in Ohnmacht gefallen.

Schließlich führte der enger werdende Orbit sie bis auf Armlänge an ihn heran. Nur die zwei, drei Reihen seiner hartnäckigsten Verehrer trennten sie noch von ihm. Seine Augen verhakten sich mit ihren, er ließ seinen ganzen Charme spie-

len, bedachte die Umstehenden mit einem höflichen »… ein Vergnügen, mit Ihnen zu plaudern. Würden Sie mich nun bitte entschuldigen« und ging, als die Menge brav eine Gasse bildete, die letzten Schritte auf sie zu.
Unsicherheit irrlichterte über ihr Gesicht. Erwartete er, daß sie ihm wie die anderen auswich? Oder sollte … mußte sie im Bannstrahl seiner hypnotisierenden Augen ausharren? Es war kein Wettstreit mit gleichen Waffen, es konnte keiner sein. Er hielt sie mit den Augen fest. »Hallo«, sagte er. »Hast du auch einen Namen?«
Noch nie war sie so sehr auf Tuchfühlung mit dem Ruhm gewesen, das machte sie sekundenlang sprachlos. Bis sie schließlich »Donna« stammelte. »Donna Doyle.«
»Was für ein wunderschöner Name«, sagte er mit warmer Stimme und erntete dafür ein Lächeln, das er strahlend erwiderte. Mitunter kam ihm alles zu einfach vor. Menschen hören, was sie hören wollen, besonders, wenn es ihre Träume wahr werden läßt. Mit seinem Lächeln merzte er alles Mißtrauen aus, jedesmal. Sie kamen zu diesen Abendveranstaltungen mit ganz bestimmten Erwartungen, das Bild von Jacko Vance vor Augen, das das Fernsehen ihnen vermittelte: ungezwungen, fröhlich und so vertrauenswürdig, daß ihnen nie in den Sinn gekommen wäre, das Abgründige in ihm zu suchen. Warum auch, wenn die Medien ein so überaus positives Image von ihm zeichneten?
In der Beziehung war Donna Doyle genau wie alle anderen. Sie verhielt sich, als folge sie einem eigens für sie geschriebenen Drehbuch. Nachdem er sie nun gewissermaßen in die Enge getrieben hatte, tat er, als sei es ihm nur darum gegangen, ihr eines der handsignierten Hochglanzfotos des Megastars Vance zu schenken. Dann jedoch folgte ein doppelbödiger Schachzug, den er so unübertrefflich natürlich auszuführen wußte, daß selbst De Niro vor Neid erblaßt wäre.

»Mein Gott!« stieß er mit schwerem Atem hervor. »Ja doch! Natürlich!« Der verbale Ersatz für die flach an die Stirn geschlagene Hand.
Ihre Finger – nur noch Zentimeter von dem Foto entfernt, das er ihr beinahe überreicht hätte – erstarrten. Sie runzelte rätselnd die Stirn. »Wie bitte?«
Seine Mimik verriet, wie sehr er mit sich selbst haderte. »O nein, entschuldige. Du hast sicher interessantere Zukunftspläne als das, was jemand wie ich dir anbieten kann.« Beim ersten Mal hatte er den Satz nur mit schwitzenden Händen und hämmerndem Herzschlag über die Lippen gebracht. Weil es sich so plump anhörte, daß nicht mal ein Volltrunkener darauf reinfallen konnte. Und doch hatte er recht daran getan, auf seine Instinkte zu hören, obwohl es andererseits die waren, die ihn zum Abrutschen auf den Weg gemeingefährlicher Kriminalität verleitet hatten. Das Mädchen, bei dem er den dummen Satz zum ersten Mal erprobt hatte, war genauso darauf angesprungen wie Donna. Sie witterten, daß er ihnen etwas anbot, was für gewöhnliche Sterbliche – Leute wie die Fans, mit denen er vorhin geplaudert hatte – unerreichbar war.
»Was meinen Sie?« Atemlos, auf der Hut und nicht bereit, zuzugeben, daß ihre Ahnungen sich bereits in eine bestimmte Richtung bewegten. Denn es war immerhin möglich, daß sie ihn mißverstanden hatte und am Ende beschämt, mit hochrotem Kopf irgendeine Erklärung zusammenstottern mußte.
Sein Achselzucken war nicht mehr als eine Andeutung, so beiläufig, daß sich auf seinem maßgeschneiderten Anzug kein einziges Fältchen kräuselte. »Vergiß es.« Das strahlende Lächeln war erloschen, sein kaum merkliches Kopfschütteln galt unverkennbar ihm selbst.
»Nein, sagen Sie's mir.« Schon schwang verzweifeltes Drän-

gen in ihrer Stimme mit. Schließlich wollten alle Fernsehstars werden, egal, ob sie's zugaben oder nicht. Er konnte ihr doch nicht im letzten Moment den schon halb versprochenen Zauberteppich wegziehen, auf dem sie aus ihrem öden Alltag in die Wunderwelt seines Lebens geschwebt wäre.

Er vergewisserte sich mit einem raschen Blick nach links und rechts, daß niemand zuhören konnte, dann legte er Eindringlichkeit in die Stimme, ohne den betörenden Ton zu vernachlässigen. »Ein neues Projekt, an dem wir arbeiten. Du wärst dem Aussehen nach wie geschaffen dafür. Wirklich, du bist perfekt. Ich habe auf den ersten Blick gesehen, daß du die Richtige wärst.« Ein bedauerndes Lächeln. »Nun, zumindest trage ich bei den Vorstellungsgesprächen mit all den – wie ihre Agenten glauben – vielversprechenden Talenten jetzt dein Bild im Kopf mit mir herum. Vielleicht haben wir mit einer anderen Glück ....« Seine Stimme brach, ein feuchter Film legte sich auf seine Augen. Sie sollte ruhig merken, wie schwer es ihm fiel, auf sie zu verzichten.

»Könnte ich nicht ... ich meine, nun ja ...« Ein Hoffnungsschimmer huschte über ihr Gesicht, mischte sich mit Verblüffung über ihre eigene Kühnheit und dann mit Angst, als ihr klar wurde, daß sie eine einmalige Chance verpaßte, wenn sie nicht sofort mutiger wurde.

Ungeduld floß in sein Lächeln. Wäre sie älter gewesen, hätte sie's für herablassend gehalten, aber sie war zu jung, um empfindlich zu reagieren, wenn sie von oben herab behandelt wurde. »Ich glaube nicht. Es wäre ein immenses Risiko. Bei einem solchen Projekt, in einem so frühen, heiklen Stadium ... Ein einziges Wort in ein unberufenes Ohr könnte zu einem kommerziellen Desaster führen. Und du hast doch keinerlei Erfahrung in diesem beruflichen Umfeld, oder?«

Der Hinweis auf diese Klippe, an der alles scheitern konnte, was womöglich ihre Zukunft gewesen wäre, ließ einen Vulkan heißer Hoffnungen ausbrechen, in dessen Lavastrom die Worte nur so aus ihr heraussprudelten. Preise beim Karaoke im Jugendklub … und eine sehr gute Tänzerin, das könne ihm jeder bestätigen … und wenn sie in der Schule aus Romeo und Julia vorlas, hielten alle den Atem an …

Er grinste. »Na gut, du hast mich überzeugt.« Er sah ihr mit gesenktem Kopf tief in die Augen. »Aber kannst du auch ein Geheimnis für dich behalten?«

Sie nickte, als hinge ihr Leben davon ab. Daß es tatsächlich so war, konnte sie nicht wissen. »O ja.« Donnas dunkelblaue Augen funkelten, ihre Lippen brachen auf, die winzige pinkfarbene Zunge zappelte aufgeregt zwischen ihnen. Er wußte, daß sie einen trockenen Mund hatte. Nur – und auch das wußte er – es gab andere Körperöffnungen, in denen in diesem Augenblick völlig entgegengesetzte Reaktionen abliefen.

Er sah sie nachdenklich an. Ein abschätzender Blick, der ihr nichts zu rätseln, aber alles zu hoffen aufgab. »Nun ja«, sagte er, und es hörte sich fast wie ein Seufzen an, »dann bleibt nur die Frage … kannst du dich morgen früh mit mir treffen? Sagen wir, um neun Uhr?«

Einen Moment lang runzelte sie die Stirn, dann glättete sich ihr Gesicht, ihre Augen spiegelten Entschlossenheit wider. »Ja, das kann ich«, sagte sie und verbannte damit die Schule in den Bereich, der für ihr Leben irrelevant geworden war. »Und wo?«

»Kennst du das Plaza Hotel?« Er mußte sich beeilen. Die Reihen seiner Fans rückten schon wieder näher. Sie hatten alle irgendein Kreuz zu tragen, und da sie sich nichts sehnlicher wünschten, als daß er ihnen dabei half, mußten sie beim Gerangel um ihren persönlichen Platz an der Sonne notfalls die Ellbogen einsetzen.

Sie nickte.

»Die haben dort eine Tiefgarage. Benutze den Eingang Beamish Street. Ich werde im Parkdeck zwo auf dich warten. Und laß nirgendwo etwas verlauten. Kein Wort, ist das klar? Nicht bei deiner Mum, nicht bei deinem Dad, nicht bei deiner besten Freundin, nicht mal bei deinem Hund.« Sie kicherte. »Wirst du das schaffen?« Wieder ein tiefer Blick in ihre Augen. Der hundertmal erprobte Blick des Fernsehprofis, der selbst der mißtrauischsten Seele Vertrauen einflößen mußte.

»Parkdeck zwei, um neun«, wiederholte Donna, fest entschlossen, um keinen Preis diese einmalige Chance zu verpassen, der Enge ihres Lebens zu entrinnen. Dafür hätte sie alles hergegeben, selbst ihre unsterbliche Seele. Hätte ihr aber jemand zugeflüstert, daß sie auf dem besten Wege dazu sei, hätte sie ihn nur verständnislos angestarrt.

Gut so. Sie war fasziniert vom Glanz all dessen, was er ihr in Aussicht stellte und was die Verwirklichung ihrer Träume bedeutete. Konnte es eine idealere Ausgangsposition geben?

»Und kein Wort, versprochen?«

»Ich verspreche es«, versicherte sie mit feierlichem Ernst. »Meine Lippen sind versiegelt bis zum Tod.«

TEIL EINS

Tony Hill lag im Bett und sah das langgezogene Wolkenband über einen Himmel wandern, dessen Farbe irgendwie an Enteneier erinnerte. Wenn es etwas gab, was ihn mit diesem schmalgeschnittenen, eng ans Nachbargrundstück grenzenden Haus versöhnte, dann das im Dachgeschoß gelegene Schlafzimmer mit den beiden schrägen Oberlichtern, die ihm, wenn er wach im Bett lag, spektakuläre Ausblicke boten. Ein neues Haus, ein neuer Wohnort, eine neue Aufgabe, und doch fiel es ihm noch immer schwer, abzuschalten, und sei's auch nur für acht Stunden.
Er hatte nicht gut geschlafen, wie üblich. Heute beginnt der Rest deines Lebens, ermahnte er sich mit einem verkniffenen Lächeln. Das Netz aus Falten, das sich dabei um seine tiefblauen Augen zog, hätte nicht mal sein bester Freund als Lachfältchen gedeutet. Für Lachfältchen lachte er zu selten. Und solange es sein Job war, sich mit Morden zu beschäftigen, würde sich daran wohl nichts ändern.
Sicher, es war immer die beste Ausrede, alles auf den Job zu schieben. Er hatte sich zwei Jahre hart darauf vorbereitet, im Auftrag des Innenministeriums eine landesweit operierende Spezialgruppe aus psychologisch geschulten Profilern aufzustellen, die bei komplexen Mordfällen die Sokos der Polizei durch die Erstellung von Täterprofilen unterstützen und dadurch die Aufklärungsrate erhöhen und die Ermittlungen beschleunigen sollte. Eine Aufgabe, in die er nicht nur seine fachlichen Erfahrungen einbringen mußte, sondern auch sein in vielen Jahren seiner Tätigkeit in einer geschlossenen psychiatrischen Anstalt erworbenes psychologisches Geschick.

Es war verlockend gewesen, der Tretmühle eintöniger Schreibtischarbeit und immer wieder um dieselben Themen kreisender Besprechungen hinter Gefängnismauern zu entrinnen, und so hatte er sich dazu verleiten lassen, seinen alten Job aufzugeben und sich einer neuen Aufgabe zu stellen, die ihn prompt mitten in einen Fall führte, dem schon auf den ersten Blick das Etikett des Außergewöhnlichen anhaftete. Daß dieser Fall tatsächlich alle Normen sprengen und ihn kaputtmachen sollte, hatte er allerdings nicht mal in seinen schlimmsten Alpträumen ahnen können.

Er preßte sekundenlang die Lider zusammen, um all die Erinnerungen auszublenden, die ständig am Rand des Bewußtseins darauf lauerten, daß seine Wachsamkeit nachließ und sie sich seiner bemächtigen konnten. Auch ein Grund dafür, daß er so miserabel schlief. Das Wissen, was Träume in ihm anrichteten, war wahrhaftig kein Anreiz, einzudösen und ihnen die Kontrolle über sein Unterbewußtsein zu überlassen.

Das Wolkenband glitt wie ein träge durchs Wasser dümpelnder Fisch aus seinem Blickfeld. Er schwang sich aus dem Bett, tapste nach unten in die Küche, goß Wasser in den unteren Teil der italienischen Kaffeemaschine, löffelte dunkelbraun geröstetes Pulver in das Mittelteil, schraubte das leere Oberteil auf und stellte den Aluminiumtopf auf den Gasherd. Wie gewöhnlich dachte er dabei an Carol Jordan. Sie hatte ihm den Topf mitgebracht, seinerzeit, als der Fall gelöst und er aus dem Krankenhaus entlassen worden war. »Sie werden sich eine Weile schwertun, ins Café zu spazieren«, hatte sie gesagt. »Mit dem Ding können Sie sich wenigstens zu Hause einen anständigen Espresso machen.«

Es war ein paar Monate her, seit er und Carol sich zuletzt gesehen hatten. Sie hatten nicht mal Gelegenheit gefunden, ihre Ernennung zum Detective Chief Inspector zu feiern. Was deutlich zeigte, wie fremd sie sich geworden waren. Am

Anfang, nach seiner Zeit im Krankenhaus, war sie, wann immer die Hektik ihres Jobs es zuließ, bei ihm vorbeigekommen. Aber allmählich war ihnen beiden klargeworden, daß ihre Gedanken bei diesen Begegnungen nur um das Spektrum des gerade abgeschlossenen Falles kreisten, und das beherrschte ihr Denken derart, daß es alles andere, was vielleicht zwischen ihnen möglich gewesen wäre, im Ansatz erstickte. Er hatte rasch begriffen, daß Carol besser als andere zu interpretieren vermochte, was sie beim Blick in sein Ich sah. Und er wollte einfach nicht das Risiko eingehen, sich einem Menschen wie ihr zu öffnen. Denn wenn sie erkannte, wie sehr er sich bei seiner Arbeit infiziert hatte, würde sie sich womöglich von ihm abwenden.
Und wenn das geschah, mußte er befürchten, daß er seine Aufgabe nicht mehr erfüllen konnte. Aber seinen Job zu tun war zu wichtig für ihn, als daß er das riskieren wollte. Was er tat, rettete Menschen das Leben. Und er machte es gut. Möglicherweise war er sogar einer der Besten, weil er die Abgründe in einem Menschen verstand. Das alles aufs Spiel zu setzen wäre ein unverzeihlicher Fehler gewesen – erst recht jetzt, zu einem Zeitpunkt, zu dem die Zukunft der neugegründeten Profilergruppe von ihm abhing.
Was manch einer für einen Opfergang hielt, war lediglich die Dividende aus seiner bisherigen Arbeit. Man ließ ihn tun, worauf er sich besonders gut verstand, und bezahlte ihn auch noch dafür. Ein müdes Lächeln huschte über sein Gesicht. Mein Gott, hatte er ein Glück.

Shaz Bowman hatte volles Verständnis dafür, daß Menschen Morde begehen. Die Erkenntnis hatte nichts mit ihrem neuen Job oder dem durch ihn bedingten Umzug in eine andere Stadt zu tun, sondern ausschließlich mit dem Pfusch, den sich die Klempnerkolonne bei der Installation der Wasserleitungen in der neuen Wohnung geleistet hatte. An sich hatten die Bauherren bei der Umgestaltung des viktorianischen Herrenhauses eines Grubenbesitzers in abgetrennte Wohnungen eine geschickte Hand bewiesen. Sie hatten die Fassade erhalten und nicht den Fehler begangen, durch allzu kleinliche Raumaufteilung die Stimmigkeit der inneren Proportionen zu zerstören. Auf den ersten Blick gab es an Shaz' Wohnung nichts auszusetzen – perfekt bis hin zu den Sprossenfenstern, aus denen der Blick auf den Garten fiel – ihr ganz persönliches, kleines Refugium.

Nach Jahren in den mit Kommilitonen geteilten Studentenbuden mit bekleckerten Teppichen und vor Schmutz starrenden Waschbecken, gefolgt von spartanischen Unterkünften in der Polizeischule und ihrem letzten Domizil, einer schäbigen, sündhaft teuren Schlafkammer in Londons Westen, war sie neugierig geworden, ob ihr der Begriff Wohnkultur überhaupt noch etwas bedeutete. Und nun bot ihr der Umzug nach Nordengland endlich die langersehnte Gelegenheit, das herauszufinden. Leider erwies sich die Idylle schon am ersten Morgen als trügerisch.

Sie war, weil sie früh zur Arbeit mußte, noch halb verschlafen, mit trüben Augen aus dem Bett gekrochen, hatte die Dusche laufen lassen, bis die Temperatur stimmte, und in der Vorfreude auf ein mollig warmes Duschbad den Vorhang hinter sich zugezogen. Doch schon nach wenigen Sekunden verwandelte sich der bis dahin angenehm warm sprudelnde Wasserstrahl in ein stotterndes, zudem siedend heißes Geplätscher, so daß sie schleunigst Reißaus nahm. Sie rutschte auf den Fliesen aus, verrenkte sich das Knie, stieß sämtliche in drei Jahren bei der Metropolitan Police gelernten Flüche aus und starrte fassungslos auf den Dampf, der genau da aufstieg, wo sie eben noch gestanden hatte.

Kurz darauf war der Dampf verschwunden, die Temperatur

fühlte sich auf wundersame Weise wieder normal an. Zweiter Versuch. Zögernd, mit angehaltenem Atem griff sie nach dem Shampoo. Als sie sich jedoch gerade eingeseift und Schaum ins Haar gerieben hatte, prasselte aus dem Duschkopf urplötzlich ein winterlicher Eisregen auf sie nieder. Unglücklicherweise reagierte sie auch diesmal falsch, und mit der scharf eingesogenen Luft schluckte sie so viel Seifenschaum, daß sie eine Weile damit beschäftigt war, gegen den drohenden Erstickungstod anzuhusten.
Als Detective kam sie rasch dahinter, daß sie den morgendlichen Leidensweg handwerklicher Schlamperei verdankte. Diese Erkenntnis der ursächlichen Zusammenhänge vermittelte ihr allerdings kein ausgeprägtes Glücksgefühl. Statt den ersten Tag in der neuen Umgebung ruhig und durch ein Duschbad entspannt anzutreten, war sie ein wütendes, frustriertes Nervenbündel. Die verspannte Nackenmuskulatur war ein unverkennbarer Vorbote langanhaltender Kopfschmerzen. »Großartig«, grollte sie vor sich hin und kämpfte gegen die Tränen an, die wohl eher auf ihre aufgewühlten Emotionen zurückzuführen waren als auf das Shampoo, das ihr in die Augen gelaufen war.
Shaz kletterte mutig zurück in die Wanne, stellte mit einem energischen Ruck die Dusche ab und drehte statt dessen den Hahn für das Badewasser auf. An einen ruhig und entspannt begonnenen Tag war nicht mehr zu denken, aber sie mußte sich ja wenigstens das Shampoo aus den Haaren waschen, wenn sie am ersten Arbeitstag nicht wie ein gerupftes Huhn aussehen wollte.
Als sie in der Wanne kauerte und den Kopf ins Wasser tauchte, versuchte sie, etwas von ihrer positiven Einstellung zurückzugewinnen. »Mädchen, du kannst von Glück sagen, daß du hier bist«, redete sie sich zu. »Alle, die was zu sagen hatten, waren einverstanden. Du hast nicht mal irgendwel-

che Testbögen ausfüllen müssen. Allgemeines Kopfnicken, und schon gehörst du zur handverlesenen Elite. Jetzt zahlt sich's aus, daß du alles mit verbissenem Lächeln geschluckt hast. Sollen die Flegel, die ständig auf dir rumtrampeln wollten, doch zusehen, wo sie bleiben. Dahin, wo du jetzt bist, schaffen die's so schnell nicht. Was verstehen die schon von der Erarbeitung von Täterprofilen?« Wobei noch hinzukam, daß sie unter dem absoluten Spitzenprofiler arbeiten würde – Dr. Tony Hill, Examen in London, promoviert in Oxford, Verfasser einer als *das* britische Standardwerk geltenden Studie über Serientäter. Hätte Shaz zur Heldenverehrung geneigt, wäre diesem Tony Hill eine Ehrenloge im Pantheon ihrer persönlichen Halbgötter sicher gewesen. Kein Opfer wäre ihr zu groß gewesen für die Chance, sein methodisches Denken zu studieren und sich seine Tricks und Kniffe abzugucken. Aber sie mußte gar kein Opfer bringen. Die Chance war ihr einfach in den Schoß gefallen.

Als sie sich das Haar geföhnt und zurechtgebauscht hatte, war ihr Ärger so gut wie verflogen, nur ihre Nerven flatterten noch ein wenig. Sie sah in den Spiegel, versuchte, die Sommersprossen auf ihren Wangen zu ignorieren, nicht darauf zu achten, daß ihre Nase zu zierlich geraten war, so zu tun, als sähe sie nicht, daß ihre Lippen zu streng aussahen, um sinnlich zu wirken, und sich ganz auf das eine Schmuckstück zu konzentrieren, das die Natur ihr geschenkt hatte: ihre aufregenden Augen. Die dunkelblauen Iris waren von rätselhaften Riefen durchzogen, in denen das Licht sich brach wie in den Facetten eines Saphirs. Augen mit dem gewissen Etwas. Manchmal beschlich Shaz der Verdacht, ihr früherer Chef habe sich unter ihrem durchdringenden Blick so unbehaglich gefühlt, daß er trotz ihrer beachtlichen Erfolge bei Festnahmen und Verhören froh gewesen war, sie loszuwerden.

Ihrem neuen Chef war sie erst einmal begegnet. Irgendwie

kam ihr Tony Hill nicht vor wie jemand, der sich leicht durch Augen einschüchtern ließ, wie blau sie auch waren. Und wer weiß, was er alles hinter dem Tarnschleier dieser blauen Augen ausmachte. Eine bange Vorahnung kroch ihr über den Rücken, sie wandte sich schnell vom Spiegel ab.

Detective Chief Inspector Carol Jordan zog das Original aus dem Fotokopierer, nahm die Kopie aus der Auswurfschale, durchquerte energischen Schritts das Großraumbüro der Kriminalabteilung und rief den beiden Detectives, die bereits an ihren Schreibtischen saßen, ein lässiges »'n Morgen, Jungs« zu. Notorische Frühaufsteher. Oder, was sie für wahrscheinlicher hielt, zwei, die bei ihr Eindruck schinden wollten. Arme Teufel.

Sie schloß die Tür, setzte sich an den Schreibtisch, heftete das Original in den Sammelordner mit Meldungen über Vorkommnisse während der Nacht und legte ihn in den Ausgangskorb. Die Kopie heftete sie in einem anderen Ordner ab, der schon vier ähnliche Meldungen enthielt und den sie ständig in ihrer Aktenmappe aufbewahrte. Fünf, entschied sie, waren die kritische Größe. Zeit, etwas zu unternehmen. Aber nicht hier und jetzt.

Das einzige Stück Papier, das sonst noch auf ihrem Schreibtisch lag, war ein langatmiges Memo des Innenministeriums, durch das in geschraubtem Behördenenglisch die Einsetzung der »National Offender Profiling Task Force (NOP Task Force)« bekanntgegeben wurde. »... ist dienstrechtlich Commander Paul Bishop unterstellt und wird fachlich von dem Psychologen und Profiler Dr. Tony Hill geleitet.« Dann folgten Festlegungen zu Detailfragen, angefangen von der disziplinarrechtlichen Zuständigkeit bis zur Zahlung von Bezügen.

Carol seufzte. »Eine von denen hätte ich sein können, o ja.«, murmelte sie in sich hinein. Nicht, daß sie offiziell aufgefordert worden war, aber ein Wort von ihr hätte genügt. Tony wollte sie in seiner Gruppe haben. Er hatte ihre Arbeit aus der Nähe miterlebt und ihr mehr als einmal versichert, sie sei genau aus dem richtigen Holz geschnitzt, um in seiner neuen Profilergruppe für Effektivität zu sorgen. Aber so einfach war das Ganze nicht. Das eine Mal, bei dem sie gemeinsam einen Fall bearbeitet hatten, war für sie beide zermürbend und persönlich belastend gewesen. Die Gefühle, die sie für Tony Hill hegte, waren immer noch zu verworren, als daß sie sich uneingeschränkt für die Idee erwärmen konnte, seine rechte Hand zu werden. Zumal die Fälle, die dann auf sie zukamen, mit Sicherheit wieder zu einer ebenso starken emotionalen Belastung und intellektuellen Herausforderung geführt hätten wie beim ersten Mal.

Trotzdem, es war eine Versuchung gewesen. Doch dann war ihr das Angebot dazwischengekommen, die Leitung der Kriminalpolizei in einer neuen Dienststelle in Yorkshire zu übernehmen. So eine Chance konnte sie sich auf keinen Fall entgehen lassen. Wobei die Ironie darin lag, daß sie auch dieses Angebot im Grunde der Zusammenarbeit mit Tony Hill verdankte. John Brandon war während ihrer Jagd auf den Serienmörder Assistant Chief Constable in Bradfield gewesen, und nach seiner Ernennung zum Chief Constable der neuen Dienststelle hatte er sie unbedingt in seiner Crew haben wollen. Sein Timing hätte nicht besser sein können, dachte sie, obwohl sie sich andererseits eines leichten Bedauerns nicht erwehren konnte. Sie stand auf und ging die wenigen Schritte, die sie in ihrem kleinen Büro vom Fenster trennten, stand da und starrte auf die tief unter ihr liegenden Hafenanlagen, in denen rastlos hin und her hastende, zwergenhaft kleine Gestalten weiß Gott welchen Geschäften nachgingen.

Carol hatte ihr Handwerk zuerst bei der Londoner Met und danach bei der Bradfield Metropolitan Police erlernt – beides Mammutdienststellen, in denen die Großstadtkriminalität den Adrenalinspiegel der Mitarbeiter ständig bis dicht unter den Siedepunkt aufheizte. Jetzt, bei der East Yorkshire Police, war sie in der Beschaulichkeit der Provinz angekommen, was ihren Bruder Michael zu dem spöttischen Kommentar veranlaßte, in Yorkshire genüge es vollauf, wenn Polizisten beim Büroschlaf ein Auge offenhielten. Mit raffinierten Mördern, aus fahrenden Autos feuernden Maschinenpistolen, Bandenkriegen, bewaffneten Raubüberfällen und Drogenhandel im großen Stil mußte sich die Seaforder Kripo bestimmt nicht herumschlagen.
Nicht, daß es in den Kleinstädten und Dörfern von East Yorkshire keine Kriminalität gegeben hätte, aber das spielte sich alles auf einem so niedrigen Level ab, daß ihre Mitarbeiter ohne weiteres damit fertig wurden, sogar in mittelgroßen Orten wie Holm, Traskham oder in ihrem neuen Dienstort, dem Nordseehafen Seaford. Die jungen Officer mochten es nicht sonderlich, wenn Carol sie an die kurze Leine nahm. Mein Gott, was wußte ein Großstadtmädchen wie sie schon von Viehdiebstählen im Schafzüchterland oder von gefälschten Ladepapieren? Außerdem ahnten alle, daß sie einstweilen hinlänglich damit beschäftigt war, die Spreu vom Weizen zu trennen, also herauszufinden, wer nur eine große Klappe hatte und laut herumposaunte und bei wem wirklich Substanz dahintersteckte. Und sie hatten recht. Es dauerte länger, als sie erwartet hatte, aber allmählich zeichnete sich ein ziemlich klares Bild davon ab, auf wen sie in ihrem Team bauen konnte.
Carol seufzte noch einmal und fuhr sich mit der Hand durchs zerzauste blonde Haar. Ein verdammt hartes Stück Arbeit, nicht zuletzt deshalb, weil die rauhbeinigen Yorkshirebur-

schen, mit denen sie's zu tun hatte, sich von einer Frau nur zähneknirschend sagen ließen, wo es langging. Was sie dazu führte, sich – nicht zum ersten Mal – zu fragen, ob sie nicht aus Ehrgeiz eine vielversprechende Karriere aufgegeben hatte und nun in einer Sackgasse gelandet war.
Sie wandte sich achselzuckend um und nahm den Ordner mit den Kopien der nächtlichen besonderen Vorkommnisse aus ihrer Aktenmappe. Auch wenn sie sich gegen eine Mitarbeit in Tonys Profilergruppe entschieden hatte, die Gelegenheit, bei ihm den einen oder anderen neuen Trick zu lernen, wollte sie sich nicht entgehen lassen. Sie wußte, woran man die Handschrift eines Serientäters erkannte, und konnte nur hoffen, daß sie es hier nicht mit einem zu tun hatte und plötzlich nichts dringender brauchte als ein Team von Spezialisten, um ihn zur Strecke zu bringen.

Die Doppeltüren schwangen dicht vor dem Gesicht auf, das – laut letzter Zuschauerumfrage – in achtundsiebzig Prozent aller britischen Wohnzimmer auf Anhieb erkannt worden wäre. »... habe ich doch überhaupt nichts zu tun«, sagte die Frau, zu der das Gesicht gehörte, zu Betsy Thorne, die einen halben Schritt hinter ihr folgte. »Sag also Trevor, daß er gefälligst die Einstellungen zwei und vier im Drehplan austauschen soll, okay?« Und damit stöckelte sie auf hochhackigen Pumps und Beinen, die ihr glatt einen Werbevertrag für Pantyhöschen eingebracht hätten, ins Allerheiligste der Maskenbildnerin.
Betsy nickte gelassen. Mit dem Fernsehen hätte sie wohl niemand in Verbindung gebracht, dafür sah sie zu bieder aus. Dunkles, hier und dort von Silbersträhnen durchzogenes Haar, blaues Stirnband und darunter ein Gesicht, das die Summe all dessen zu sein schien, was man gemeinhin mit dem Begriff »englisch« verbindet: die klugen Augen eines

Schäferhunds, den Knochenbau eines hochgezüchteten Rassepferds und eine Apfelhaut à la Cox' Orange. »Kein Problem«, behauptete sie und machte sich eine Notiz auf ihrem Klemmbrett.
Micky Morgan, Moderatorin und Star des zum unangefochtenen Quotenrenner eines Privatsenders aufgestiegenen Mittagsmagazins *Morgan am Mittag*, ging zielstrebig auf ihren angestammten Sessel zu, setzte sich, strich das honigblonde Haar zurück und unterzog ihr Äußeres einer letzten kritischen Prüfung im Spiegel, als Marla, die ungekrönte Königin der Maske, auftauchte, um ihr den Schutzumhang umzulegen.
»Marla, du bist wieder da!« rief sie entzückt aus. »Gott sei Dank. Ich habe gebetet, daß du außer Landes wärst und nicht sehen konntest, was sie mir angetan haben, solange du nicht dagewesen warst. Ich verbiete dir strikt, je wieder in Urlaub zu fahren.«
Marla lächelte. »Immer noch der alte Nonsens.«
Betsy, die sich neben dem Spiegel auf den Schminktisch geschwungen hatte, sagte trocken: »Dafür wird sie ja bezahlt.«
»Ich komm zur Zeit einfach nicht an die Jungs von der Redaktion ran«, beklagte sich Micky. Sie mußte es ziemlich breitlippig tun, weil Marla angefangen hatte, Grundierung auf ihre Haut aufzutragen. »An der rechten Schläfe wächst übrigens ein Pickel ran.«
»Prämenstrual?« fragte Marla.
»Ich hätte gewettet, daß ich die einzige bin, die so was aus einer Meile Entfernung sieht«, stichelte Betsy.
»Die Haut ist eben nicht mehr so straff«, meinte Marla. Eine der Unbarmherzigkeiten, die ihr, weil sie sich professioneller Wahrheit verpflichtet fühlte, gelegentlich herausrutschten.
»Die Anmoderation«, wandte sich Micky an ihre Freundin Betsy, »lies mir die noch mal vor.« Sie schloß die Augen, um

sich besser konzentrieren zu können, was Marla Gelegenheit gab, sich mit Mickys Augenlidern zu beschäftigen.
Betsy zog ihr Klemmbrett zu Rate. »Vor dem Hintergrund der Enthüllungen in der Klatschpresse, derzufolge abermals ein junges Kabinettsmitglied im falschen Bett erwischt worden ist, beschäftigen wir uns heute mit der Frage: Was kann Frauen daran reizen, eine Geliebte zu sein?« Sie las die Namen der zu diesem Thema eingeladenen Talkgäste vor, den letzten ließ sie sich geradezu auf der Zunge zergehen. »Das wird dich besonders freuen: Dorien Simmonds, deine bevorzugte Romanautorin, im übrigen professionelle Mätresse und Verfechterin der These, es mache nicht nur eine Menge Spaß, Geliebte zu sein, sondern verrate überdies soziales Mitgefühl gegenüber den Frauen, die das eheliche Sexjoch bis zum Erbrechen ertragen haben.«
Micky kicherte. »Brillant – die gute alte Dorien. Was meinst du, ob's irgendein Thema gibt, das sie ausläßt, wenn sich's zu einem Buch auswälzen läßt?«
»Sie ist einfach neidisch«, sagte Marla. »Bitte, Micky, die Lippen!«
»Neidisch?« hakte Betsy nach.
»Wenn Dorien Simmonds einen Ehemann wie den von Micky hätte, käme sie nie auf die Idee, eine Lanze für außereheliche Liebschaften zu brechen«, sagte Marla überzeugt. »Sie ist doch bloß sauer, weil sie nie bei einem wie Jacko landen konnte. Wozu ich nur anmerken kann: Wer wäre das nicht?«
»Hm«, gurrte Micky.
»Hm«, äffte Betsy sie nach.
Die Publicitymaschine hatte Jahre gebraucht, um im Bewußtsein der Nation die Überzeugung zu verankern, daß Micky Morgan und Jacko Vance so unzertrennlich zusammengehörten wie ... nun, wie Fish und Chips. Eine im Quotenhim-

mel geschlossene und daher unauflösbare Prominentenehe. Selbst die hartnäckigsten Klatschkolumnisten hatten es aufgegeben, dazwischenzufunken.
Der Witz dabei war, daß es die Angst vor Gazettenklatsch gewesen war, die die beiden ursprünglich zusammengebracht hatte. Micky hatte kurz vorher Betsy kennengelernt. Ein einschneidender Bruch in Mickys Leben, und das, als ihre Karriere gerade zu ungeahntem Höhenflug ansetzte – eine Phase, die stets den Neid lieber, aber zu kurz gekommener Kollegen weckte. Da es professionell nichts an Micky auszusetzen gab, fixierte sich die Neiderschar auf ihre persönliche Lebensführung. Seinerzeit, in den frühen Achtzigern, galten lesbische Beziehungen noch nicht als schick, im Gegenteil, sie waren der sicherste Weg, sich die Feindschaft nahezu aller zuzuziehen, einschließlich der Steuerfahndung. Nachdem sie sich in Betsy verliebt hatte, dauerte es nur ein paar Monate, bis Micky aus eigener Erfahrung wußte, wie einem gehetzten Tier zumute ist.
Sie mußte Jacko dankbar sein. Er war, als sie sich zu einer radikalen Kehrtwende entschloß, ihr Rettungsanker gewesen. Und sie waren immer noch glücklich miteinander, dachte sie, während sie zufrieden ihr Spiegelbild begutachtete. Perfekt.

Tony Hills Blick wanderte bedächtig an der Reihe der Detectives entlang. Er war sich darüber im klaren, woran es bei ihnen hakte. Sie glaubten, sie hätten sich sehenden Auges für diesen gefährlichen Job entschieden. Gestandene Cops halten sich nie für ahnungslos, dafür bringen sie aus ihrer Zeit auf der Straße zuviel Erfahrung mit. Sie hatten alles gesehen und alles erlebt. Sie waren angepinkelt worden und hatten sich aufs T-Shirt kotzen lassen. Sie bildeten sich ein, selbst den unvorstellbarsten Horror zu kennen – den, der einen nachts aus dem Schlaf hochschrecken läßt und beten lehrt; nicht um Vergebung, sondern um Heilung. Und nun mußte er ihnen klarmachen, daß sie bei ihrer Bewerbung nicht die geringste Ahnung gehabt hatten, worauf sie sich einließen. Niemand von ihnen, ausgenommen vielleicht Paul Bishop.

Eine der als Bitte verbrämten Bedingungen, die Tony bei der Aufstellung der Gruppe gestellt hatte, war die Forderung, einen Mann an die Spitze zu berufen, der genau wußte, welche Bürde er sich auflud. Paul Bishop war auch für die politisch Verantwortlichen kein unbeschriebenes Blatt, schließlich hatte er mit dem Bahncard-Vergewaltiger und dem Metroland-Killer zwei der meistgesuchten Verbrecher zur Strecke gebracht und sich damit selbst bei den hartgesottensten schweren Jungs der Londoner Unterwelt Respekt verschafft. Für Tony stand es außer Frage, daß ein Mann wie Bishop wußte, welche Horrorszenarien ihn erwarteten. Einziger Lohn dafür war das Wissen, durch beharrliches Bemühen Massenmörder hinter Schloß und Riegel gebracht und so Menschen das Leben gerettet zu haben.

Paul Bishop begrüßte die Detectives und erläuterte ihnen das Ausbildungsprogramm. »Wir werden Ihnen die Methodik bei der Erarbeitung von Täterprofilen vermitteln, so daß Sie sich, darauf aufbauend, selbst die für Sie zweckmäßige Vorgehensweise erarbeiten können.« Das Ganze lief auf einen Crashkurs in Psychologie hinaus, der sich natürlich auf Grundkenntnisse beschränken mußte. Aber wer das Zeug zu einem echten Profiler hatte, würde bald herausfinden, welche Art des methodischen Vorgehens ihm am meisten lag, und vor allem, auf welches Teilgebiet der Erarbeitung von Täterprofilen er sich spezialisieren wollte.

Wieder sah Tony sich seine neuen Kollegen der Reihe nach an. Alle hatten Erfahrung als Ermittler und alle – bis auf einen – ein abgeschlossenes Studium. Ein Sergeant und fünf Constables, zwei davon Frauen, eine geballte Ladung Fachwissen und Lebensklugheit. Und sie wußten, daß ihnen, wenn sie bei ihrer Arbeit Erfolg hatten, der Weg bis ganz nach oben offenstand.

Irgendwie hätte er sich gewünscht, daß Carol Jordan dabeigewesen wäre. Andererseits wußte er, daß auch ohne diese zusätzliche Komplikation genügend Probleme auf sie zukamen. Hätte er eine Wette eingehen müssen, wer sich zum Star der kleinen Gruppe mausern würde, dann wäre die junge Frau mit dem kalten Feuer im Blick sein heißester Tip gewesen. Sharon Bowman. So eine war imstande zu töten, wenn ihr keine andere Wahl blieb.

Wie alle guten Jäger. Und wie er's selbst getan hatte.

Paul Bishop war fertig, er gab Tony das Zeichen, daß er dran wäre. Tony lehnte sich demonstrativ entspannt zurück. »Das FBI«, begann er, »veranschlagt zwei Jahre für die Schulung seiner Profiler. Wir sind da bescheidener.« Seine Stimme wurde ätzend. »Wir lassen uns in drei Wochen die ersten Fälle aufs Auge drücken, und nach drei Monaten Schonfrist erwartet das Innenministerium von uns, daß wir voll im Geschäft sind. Was Sie bis dahin zu bewältigen haben, läßt sich so zusammenfassen: Verdauen Sie einen Wust von Theorie, lernen Sie eine Wagenladung Regeln und Vorschriften auswendig, machen Sie sich mit dem eigens für unsere Arbeit entwickelten Softwareprogramm vertraut, und entwickeln Sie einen Riecher für Mitmenschen, die – wie wir das in Fachkreisen nennen – total durchgeknallt sind.« Sein Grinsen kam für die Detectives, die mit ernsten Mienen vor ihm saßen, offensichtlich etwas überraschend. »Irgendwelche Fragen?«

»Kann man noch abspringen?« Die Bowman – scheinbar todernst, aber in ihren lebhaften Augen funkelte hintergründiger Humor.

»Die akzeptieren hier nur einen Kündigungsgrund, und der muß von einem Pathologen bestätigt werden«, warf Simon McNeill ein. Psychologieexamen in Glasgow, vier Dienstjahre bei der Polizei in Strathclyde, rekapitulierte Tony und stellte zufrieden fest, daß er sich solche Dinge immer noch mühelos merken konnte.

»Vollkommen richtig«, sagte er.

»Und im Krankheitsfall?« fragte ein anderer aus der Gruppe.

»Viel zu durchsichtig, als daß wir uns darauf einlassen würden«, ließ Tony ihn wissen. »Aber ich bin froh, daß Sie das angeschnitten haben, Sharon. Das gibt mir quasi das Stichwort für die Dinge, über die ich zuerst mit Ihnen sprechen will.« Wieder sah er sie der Reihe nach an, bis sich der Ernst seines Tonfalls in ihren Gesichtern widerspiegelte. Es verblüffte ihn immer noch, wie leicht sich gestandene Detectives manipulieren ließen. Aber er ahnte, daß das in ein paar Monaten ganz anders aussehen würde, sonst hatte er irgend etwas falsch gemacht.

Er schlug den Ordner mit handschriftlichen Notizen auf, und als er zu dozieren anfing, hörte sich das eher wie lautes Nachdenken an. »Isolierung. Entfremdung. Verdammt hart, damit fertig zu werden. Menschen sind ihrer Natur nach gesellig. Wir sind Herdentiere. Wir jagen im Rudel und feiern im Rudel. Nehmen Sie jemandem jeglichen menschlichen Kontakt, und sein ganzes Verhalten wird sich schlagartig verändern. Sie werden in den kommenden Monaten und Jahren in diesem Punkt eine Menge Erfahrungen sammeln.« Sie hingen wie gebannt an seinen Lippen. Zeit für den Schlag in die Magengrube.

»Ich rede nicht von Serientätern, sondern von Ihnen. Sie alle sind Officer mit Erfahrung in kriminalpolizeilicher Arbeit, an Teamarbeit, Kameradschaft und Rückendeckung durch das System gewöhnt, und daran, gemeinsam Erfolge zu feiern und sich gegenseitig Trost zu spenden, wenn's mal kein Erfolg war. Vergleichbar einer großen Familie, nur ohne den großen Bruder, der dauernd auf einem herumhackt, und ohne Tanten, die ständig fragen, wann man endlich heiraten will.« Alle nickten, die Frauen etwas zögernder als die Männer.

Er machte eine kleine Pause, dann beugte er sich vor. »Hiermit spreche ich Ihnen mein Beileid aus. Das alles haben Sie nun verloren. Die große Familie ist tot, Sie können nie, nie wieder nach Hause gehen. Das hier – das ist von jetzt an Ihre Familie und das einzige Zuhause, das Sie haben.«

Und dann erklärte er ihnen, warum das so war.

»Ihr Leben wird sich sehr bald von Grund auf verändern. Ihre Prioritäten geraten ins Wackeln wie Los Angeles bei einem Erdbeben. Wenn Sie sich ständig in ein fremdes, auf Mord programmiertes Gehirn hineindenken müssen, werden Sie sehr bald feststellen, daß Dinge, die Sie bisher für wichtig gehalten haben, auf einmal völlig irrelevant geworden sind. Wer so was noch nie erlebt hat, kann sich kein Bild davon machen, wie das ist. Sie zermartern sich pausenlos das Gehirn nach dem einen Hinweis, den Sie bisher übersehen haben. O ja, es gibt einen Zeugen, der den Mörder gesehen hat. Nur, der kann sich an nichts erinnern. Wie hätte er auch ahnen sollen, daß einer der Jungs, die nachts an derselben Tankstelle wie er gehalten haben, einen Mord begehen wird? Sie können diesen Zeugen an den Schultern packen und durchschütteln, sooft Sie wollen, er spuckt nichts aus. Dafür ist der Detective, der Ihre Arbeit sowieso für den letzten Unsinn hält, um so redseliger. Er sieht überhaupt nicht ein, warum Sie's leichter haben sollen als er. Also gibt er Ehefrauen, Lovern, Eltern, Kindern und Neffen Ihre Telefonnummer, und die rufen dann verzweifelt bei Ihnen an, weil sie irgendeinen Hoffnungsfunken brauchen. Und als wäre das nicht ge-

nug, sitzen Ihnen auch noch die Medien im Genick. Und dann schlägt der Mörder wieder zu.«
Leon Jackson, der es geschafft hatte, sich aus dem Liverpooler Schwarzenghetto über ein Oxford Stipendium zur Londoner Met hochzuarbeiten, zündete sich eine Zigarette an, hängte den Arm über die Stuhllehne und murmelte: »Hört sich cool an.«
»Eiskalt«, sagte Tony. »Das war also ein knapper Exkurs darüber, wie andere Ihren Job sehen. Und was ist mit Ihren ehemaligen Kollegen? Nun, die werden vor allem feststellen, daß Sie ein komischer Vogel geworden sind. Sie gehören nicht mehr zur alten Crew, Sie haben den Stallgeruch verloren, also werden sie Sie links liegenlassen. Wenn Sie dann bei der Bearbeitung eines Falles mit ihnen zu tun haben, prallen Sie auf eine Mauer der Ablehnung. Verlassen Sie sich drauf, die alten Kollegen wollen nichts mehr mit Ihnen zu tun haben und haben nicht die geringste Scheu, Sie das spüren zu lassen.«
Daß Leon skeptisch grinste, erklärte Tony sich damit, daß er als Schwarzer daran gewöhnt war, von einigen Kollegen geschnitten zu werden. Was er dabei wahrscheinlich nicht bedachte, war, daß seine Vorgesetzten unbedingt eine schwarze Erfolgsstory von ihm erwarteten.
»Und noch etwas«, fuhr Tony fort, »glauben Sie ja nicht, daß Ihr Boß Ihnen den Rücken stärkt, wenn es Scheiße regnet. Entweder haben Sie Erfolg, oder Sie sind unten durch. Ohne vorzeigbaren Erfolg machen alle einen großen Bogen um Sie, weil Sie an einer ansteckenden Krankheit leiden, die Mißerfolg heißt. Egal, wie nahe Sie der Wahrheit sind, solange Sie sie nicht beweisen können, sind Sie ein Aussätziger. Ach ja – und übrigens«, fügte er hinzu, als wäre ihm das gerade erst eingefallen, »falls der Mistkerl, hinter dem Sie her waren, dank Ihrer Arbeit überführt wird … Sie werden nicht zur Erfolgsparty eingeladen.«

Die Stille war so lähmend, daß man das Knistern des brennenden Tabaks hören konnte, als Leon einen Zug an seiner Zigarette tat. Tony stand auf. »Vielleicht denken Sie, daß ich übertreibe. Aber ich versichere Ihnen, ich habe Ihnen allenfalls eine erste Ahnung davon vermittelt, wie beschissen Sie sich mitunter in Ihrem neuen Job fühlen werden. Wenn jemand glaubt, das sei nichts für ihn – noch ist Zeit zum Aussteigen. Keiner wird Sie zurückhalten, keiner macht Ihnen Vorwürfe. Wenden Sie sich einfach vertrauensvoll an Commander Bishop.« Ein kurzer Blick auf die Uhr. »Zehn Minuten Kaffeepause.«

Er vermied es, irgendeinen aus der Gruppe anzusehen, als die Frauen und Männer die Stühle zurückschoben und sich auf den Weg zum kleinen Pausenraum machten. Als er schließlich doch hochsah, traf sich sein Blick mit dem von Detective Constable Shaz Bowman. Sie lehnte neben der Tür an der Wand.

»Noch was, Sharon?« fragte er.

»Sagen Sie bitte nicht Sharon zu mir. Nennen Sie mich Shaz. Ich wollte Ihnen nur noch sagen, daß Profiler nicht die einzigen sind, die wie der letzte Dreck behandelt werden. Was Sie uns bisher erzählt haben, hört sich nicht schlimmer an als das, woran Frauen im Polizeidienst ohnehin gewöhnt sind.«

»Das höre ich nicht zum ersten Mal«, erwiderte Tony und mußte unwillkürlich an Carol Jordan denken. »Und wenn das stimmt, müßten Sie bei diesem Spiel eigentlich im Vorteil sein.«

Shaz grinste zufrieden, sagte: »Warten wir's ab« und war einen Moment später – lautlos und geschmeidig wie eine Dschungelkatze – durch die Tür verschwunden.

Jacko Vance beugte sich vor und deutete stirnrunzelnd auf den aufgeschlagenen Terminkalender. »Du siehst doch, Bill, ich hab für Sonntag zugesagt, am Halbmarathon teilzunehmen, Montag und Dienstag drehen wir, Dienstag abend ist diese Kluberöffnung in Lincoln – da kommst du doch hin, oder? ...« Und nachdem Bill genickt hatte: »Ich habe bis Donnerstag einen Termin nach dem anderen, und dann fahre ich nach Northumberland – mein freiwilliger karitativer Einsatz. Ich sehe wirklich nicht, wie ich die noch unterbringen soll.« Er lehnte sich zurück und beklagte im stillen einmal mehr, daß die Sitzbank in diesem Produktionscaravan ein derart unbequemes Möbelstück war.

»Darum geht's doch, Jacko.« Bill Ritchie, der Produzent von *Besuch von Vance,* kannte den Star seiner Sendung lange und gut genug, um zu wissen, daß Überredungsversuche bei ihm wenig Sinn hatten. »Die Dokumentation soll ja gerade zeigen, wie beschäftigt du bist und daß du dennoch Zeit für Wohltätigkeitsaktivitäten findest.« Er tauchte mit zwei Bechern Kaffee aus der winzigen Kochnische auf.

»Tut mir leid, Bill, aber das ist nicht drin.« Jacko wollte einen Schluck Kaffee trinken, stellte den Becher aber rasch wieder ab. Höllisch heiß, das Zeug. »Wann stellst du hier jemanden ein, der einen ordentlichen Kaffee macht?«

Bill grinste. »Wenn's nach mir geht, nie. Der lausige Kaffee ist die einzige Möglichkeit, dich auf andere Gedanken zu bringen, wenn du wieder mal irgendwas ausbrütest.«

Jacko fühlte sich ertappt, blieb aber bei seinem bedauernden Kopfschütteln. »Ich tu's trotzdem nicht. Erstens will ich die Kameraleute nicht auch noch an drehfreien Tagen auf den Hacken haben. Zweitens mache ich nicht in Wohltätigkeit, damit das zur besten Sendezeit über die Mattscheiben flimmern kann. Drittens will ich nicht, daß die armen Teufel, um die ich mich kümmere, ihre ausgemergelten Kehlen für die Kamera hinhalten müssen. Ich mach gern irgendwas anderes für dich, zum Beispiel zusammen mit Micky, aber ich will keinen von denen zum Objekt für die Kamera machen, bloß damit unsere Zuschauer ihr schlechtes Gewissen entdecken und ein paar Tausender mehr spenden.«

Bill spreizte abwehrend die Hände. »Ist ja schon gut. Sagst du's ihnen, oder soll ich das tun?«

»Tu du's lieber, Bill. Erspar mir den Ärger.« Jacko lächelte sein antrainiertes Lächeln, das brave Ehefrauen vor Augen hatten, wenn sie mit ihren Männern Liebe machten, Teenagersehnsüchten ein leibhaftiges Zielobjekt gab und alternde Damen ins Schwärmen geraten ließ.

Männer mochten ihn auch, aber mehr, weil sie in ihm den guten alten Kumpel sahen. Schließlich war der Liebling der Sportpresse einmal Europameister im Speerwerfen und sicherer Anwärter auf olympisches Gold gewesen. Bis er dann eines Nachts auf dem Rückweg von einem Sportlertreffen in Gateshead auf der A 1 in eine Nebelbank gerast war. Nicht als einziger.

Die Zahlen in den Morgennachrichten schwankten zwischen siebenundzwanzig und fünfunddreißig in den Unfall verwickelte Wagen. Und trotzdem, die Schlagzeile waren nicht die sechs Toten, die Schlagzeile waren Großbritanniens Goldjunge Jacko Vance und seine tragische Heldentat. Trotz dreier gebrochener Rippen und zahlreicher Schnittwunden war er aus seinem völlig demolierten Wagen gekrochen und hatte zwei Kinder von den Rücksitzen eines Autos gerettet, das Sekunden später in Flammen aufging. Als die Kinder hinter der Leitplanke in Sicherheit waren, hatte er versucht, einen zwischen dem Lenkrad und der verbeulten Tür eingeklemmten Trucker aus der Fahrerkabine zu befreien.

Aber dann hatte sich unter dem Druck der zusammengeschobenen Fahrzeuge plötzlich das Dach der Fahrerkabine nach unten eingebeult. Der Fahrer hatte keine Chance und Jackos nach vorn gereckter Arm ebensowenig. Erst nach drei

Stunden gelang es den Feuerwehrleuten, seinen zerschmetterten Arm aus dem Gewirr aus Blech und schweren Metallteilen herauszuschneiden. Das schlimmste war, daß Jacko als durchtrainierter Sportler das alles bei vollem Bewußtsein erlebte.
Einen Tag nachdem ihm die Ärzte die erste Prothese angepaßt hatten, kam die Meldung von der Verleihung des George-Kreuzes. Ein geringer Trost für jemanden, der den Traum vieler Jahre begraben muß. Aber er war zu klug, um sich Verbitterung anmerken zu lassen, außerdem kannte er die Launenhaftigkeit der Medien. Er erinnerte sich nur allzugut an die Schlagzeilen, als der erste Versuch, Europameister zu werden, mißlungen war. JACK ABGESCHMIERT war noch der freundlichste Kommentar gewesen. Von demselben Blatt, das noch am Vortag JACK, UNSER HERZBUBE getitelt hatte.
Er wußte, daß er aus seinem Ruhm rasch Kapital schlagen mußte, oder er war bald einer der vergessenen Helden von gestern. Er knüpfte also an frühere Kontakte zu Bill Ritchie an und wurde Fernsehkommentator bei ebenden Olympischen Spielen, bei denen ihn alle auf dem Siegertreppchen erwartet hatten. Ein Anfang. Gleichzeitig begründete er seinen Ruf als rastloser Wohltäter – ein Mann, der nicht müde wurde, sich um Mitmenschen zu kümmern, denen das Glück weniger hold gewesen war als ihm.
Heute konnte er all die Narren, die ihn schon abgeschrieben hatten, auslachen. Sein Charme und seine Wortgewandtheit ließen ihn schnell zu einem der beliebtesten Sportmoderatoren werden, wobei er den zerschmetterten Arm geradezu schamlos immer wieder ins Bild zu bringen verstand, damit seine Heldentat auf der A 1 nicht in Vergessenheit geriet. Bald wurde er zum Star einer Unterhaltungssendung, die drei Jahre lang *der* Quotenrenner war.

Als sie im vierten Jahr auf Platz drei abrutschte, ersetzte Jacko sie durch *Besuch von Vance* – eine Show, die vorgab, daß es sich um »spontane Besuche bei Menschen wie du und ich« handele, obwohl das Bildschirmspektakel natürlich mit der gleichen Akribie wie die öffentlichen Auftritte von Mitgliedern des Hauses Windsor vorbereitet wurde. Ein Dauerbrenner, besonders seit er mit Micky verheiratet war.
Und trotzdem genügte ihm das nicht.

Carol bezahlte den Kaffee – ein Privileg ihrer Dienststellung. Eigentlich wollte sie bei den Schokokeksen abwinken, aber ihre Detectives hätten das vielleicht mißverstanden. Also bezahlte sie die grinsend mit und führte ihre kleine, sorgfältig ausgewählte Gruppe in eine durch Plastikpalmen abgeschirmte Ecke der Kantine. Sie mochte sich irren, aber ihrem ersten Eindruck nach waren Detective Sergeant Tommy Taylor, Constable Lee Whitebread und Constable Di Earnshaw der harte Kern, auf den sie in der Seaforder CID-Zentrale setzen konnte.
»Ich will gar nicht erst so tun, als wäre das ein harmloses Plauderstündchen, damit wir uns besser kennenlernen«, legte Carol beim Verteilen der Schokokekse von vornherein ihre Karten auf den Tisch. »Ich habe eine Aufgabe für Sie. Ich habe mir mal die Meldungen über nächtliche besondere Vorkommnisse angesehen und bin etwas irritiert wegen der hohen Zahl der ominösen Brände in unserem Zuständigkeitsbereich. Unserem Meldebuch nach war allein im letzten Monat in fünf Fällen der Verdacht auf Brandstiftung nicht auszuschließen, und beim Blättern im Meldebuch der uniformierten Polizei bin ich auf noch mal ein halbes Dutzend solcher Fälle gestoßen.«
Tommy zuckte die Achseln. »So was kommt eben im Hafenbereich immer wieder vor.«

»Das glaube ich«, sagte Carol. »Trotzdem frage ich mich, ob nicht mehr dahintersteckt. Bei dem einen oder anderen kleineren Brand kann Fahrlässigkeit oder ein technischer Defekt die Ursache gewesen sein, aber es könnte auch sein …« Sie wartete gespannt, wer zuerst darauf ansprang.
»Denken Sie an einen Feuerteufel, Ma'am?« Di Earnshaw – höflich im Ton, aber ihre Miene war eine einzige Unverschämtheit.
»Einen Serienbrandstifter, ja.«
Allgemeines Schweigen. Carol ahnte, was in ihren Köpfen vorging. Die Kripodienststelle East Yorkshire war neu eingerichtet worden, aber für ihre Officer bedeutete das gleiche Arbeit unter einer anderen Adresse. Neu war nur sie.
»Es gibt ein gewisses Muster«, sagte sie. »Alle Brände brechen in den frühen Morgenstunden aus, wenn hier gähnende Leere herrscht. Betroffen sind kleinere Objekte. Schulen, mittelständische Betriebe, Lagerhäuser. Nie Großbetriebe, wo das Wachpersonal dem Täter in die Quere kommen könnte. Aber es sind jedesmal größere Brände. Mit Schäden, die den Versicherungen ziemlich weh tun dürften.«
»Ich hab noch nie was davon gehört, daß hier ein Feuerteufel wüten soll«, warf Tommy mit ruhiger Stimme ein. »Gewöhnlich geben die Feuerwehrleute uns einen Wink, wenn sie argwöhnen, daß irgendwas nicht mit rechten Dingen zugeht.«
Lee, der gerade an seinem zweiten Schokokeks kaute, nuschelte mit vollem Mund: »Oder einer von den örtlichen Oberfuzzis macht uns die Hölle heiß.«
»Ich denke, daß wir bestimmen, worum wir uns kümmern, nicht der Stadtrat oder die Feuerwehr«, sagte Carol kühl. »Brandstiftung ist kein Kavaliersdelikt. Sie kann ebenso verheerende Folgen haben wie Mord, und wie Mord die unterschiedlichsten Motive. Rache, Beweisvernichtung, Versicherungsbetrug, Ausschalten der Konkurrenz. Und bei abartig

veranlagten Tätern sexuelle Befriedigung oder krankhafter Zerstörungswahn. Auch Brandstifter folgen, genau wie Mörder, einer Logik, die nur sie selbst nachvollziehen können und durch die sie ihre Tat gerechtfertigt sehen. Zum Glück sind Serienmörder seltener als Serienbrandstifter. Die Versicherer schätzen, daß etwa jeder vierte Brand in Großbritannien vorsätzlich gelegt wird. Gott sei Dank ist nicht jeder vierte Tote ein Mordopfer.«

Tommy Taylor sah gelangweilt aus. Lee Whitebread starrte sie mit leerem Blick an. Di Earnshaw machte sich immerhin die Mühe, etwas zu dem Thema beizutragen. »Ich hab gehört, die Häufigkeit von Brandstiftungen ist ein Index für die wirtschaftliche Lage eines Landes. Je mieser es aussieht, desto mehr Brände werden gelegt. Na ja – und wir haben hier 'ne Menge Arbeitslose.«

»Auch ein Punkt, den wir berücksichtigen sollten«, sagte Carol. »Also, wir machen folgendes: Sie sehen noch mal alle Meldungen über nächtliche Feststellungen während der letzten sechs Monate durch, befragen erneut die Opfer von Brandstiftungen sowie die Versicherungsgesellschaften und achten dabei besonders auf auffällige Übereinstimmungen. Wer was macht, überlasse ich Ihnen. Ich spreche mit dem Chef der Feuerwehr, und danach sehen wir uns – sagen wir: in drei Tagen? – wieder. Noch Fragen?« Sie stand auf. »Sehr schön. Danke.« Und weg war sie.

Taylor kratzte sich das Kinn. »Die sagt uns, wo's langgeht. Na, Lee, denkst du immer noch, daß du mit der 'ne Nummer schieben kannst.«

Di Earnshaw grinste gehässig. »Nur wenn du darauf aus bist, hinterher im Falsett zu singen.«

»Ich glaub nicht, daß mir hinterher überhaupt noch nach Singen zumute ist«, brummelte Lee. »Jemand scharf auf den letzten Schokokeks?«

Shaz rieb sich die müden Augen und sah eine Weile nicht auf den Bildschirm. Sie war heute früh gekommen, um sich ein bißchen in der Anwendung der Software zu üben, die Tony Hill ihnen gestern erklärt hatte. Zu ihrer Überraschung saß er, als sie kurz nach sieben die Dienststelle betrat, bereits vor seinem Computer.
»Hallo«, begrüßte er sie, »ich dachte, ich wäre der einzige schlafgestörte Workaholic.«
Shaz grinste verlegen. »Ich brauche bei einer neuen Software immer doppelt so lang wie die anderen.«
Tonys Augenbrauen schnellten hoch. Cops gaben vor Außenseitern nicht gern zu, daß sie Schwächen hatten. Entweder war Shaz Bowman die große Ausnahme, oder sie sah in ihm keinen Außenseiter mehr. »Und ich dachte, alle unter Dreißig sind mit dem Computer auf du und du.«
»Ich war wohl bei der Verteilung der Trümpfe gerade mal für kleine Mädchen.« Shaz setzte sich vor den Bildschirm, schob die Ärmel des Pullovers hoch und hoffte, daß Tony ihr leise gemurmeltes »Erst das Paßwort eingeben« nicht mitbekam.
So ruhig und gelassen sie gewöhnlich wirkte, es gab zwei beherrschende Kräfte in ihrem Leben. Die eine war ihr mangelndes Selbstvertrauen, die Furcht zu versagen. Sooft sie in den Spiegel sah, entdeckte sie in ihrem Gesicht nur das, was nicht perfekt war, nie etwas Anziehendes. Und wenn sie ihre dienstlichen Leistungen Revue passieren ließ, fielen ihr nur Dinge ein, die sie schlechter konnte als andere. Dem wirkte die andere Kraft entgegen, ihr Ehrgeiz. Und das Resultat aus beidem war zwangsläufig ein ständiges inneres Spannungsfeld.
Die Berufung in diese Spezialgruppe war die Erfüllung eines langgehegten Traums, manchmal glaubte sie, es sei so etwas wie eine schicksalhafte Fügung gewesen. Aber daß sie das Ganze deswegen lockerer angegangen wäre – nein, das kam

für sie nicht in Frage. Ihre langfristige Karriereplanung verlangte von ihr, daß sie besser war als die anderen. Sie mußte sich Tony Hills Denkweise so perfekt aneignen, daß sie sie wie einen Generalschlüssel benutzen konnte. Und weil ihrer Überzeugung nach alle anderen in der Gruppe besser waren als sie, mußte sie sich noch mehr anstrengen.

Stirnrunzelnd klickte sie sich durch das Übungsprogramm, bei dem es darum ging, einem fiktiven Tathergang diejenigen im Computer gespeicherten Tätermerkmale zuzuordnen, die für den angenommenen Fall relevant sein konnten. Aus dem Augenwinkel bekam sie mit, daß Tony von seinem Computerplatz aufstand und hinausging. Und kurz danach roch sie dicht hinter sich den maskulinen Duft seines After-shaves.

»Kaffeepause«, ordnete er an und stellte zwei Becher Kaffee, beide mit einem Stück Blätterteig zugedeckt, auf den Tisch zwischen ihren Arbeitsplätzen. Sie rieb sich die müden Augen, murmelte »danke« und kam zu ihm herüber.

»Keine Ursache. Irgendwas unklar? Ich helfe Ihnen gern, wenn Sie wollen.«

Sie zögerte. »Es ist nicht so, daß ich's nicht verstehe. Ich trau bloß dem Ergebnis nicht.«

Tony schmunzelte. »Sie wissen, daß zwei und zwei vier gibt, wollen aber den empirischen Beweis dafür, ja?«

»Ich hatte schon immer eine Schwäche für Beweise. Was meinen Sie, warum ich Cop geworden bin?«

»Da müßte ich spekulieren. Aber hierher haben Sie sich vermutlich gemeldet, weil wir uns auf unerforschtem Neuland bewegen.«

Shaz legte das Gebäck beiseite und nahm den Deckel vom Kaffeebecher. »Eher auf einem bereits umgepflügten Acker. Die Amerikaner machen das schon so lange, daß sie mittlerweile sogar Filme über die Arbeit von Profilern gedreht haben. Wir hinken, wie üblich, hinterher. Und die Pionierarbeit bei uns haben Sie ja schon geleistet, da bleibt nicht mehr viel Neuland übrig.« Ein herzhafter Biß in ihr Gebäck ... hm, das Aprikosenaroma der Zuckerglasur war ganz nach ihrem Geschmack.

Tony setzte sich wieder vor seinen Computer. »Oh, sagen Sie das nicht. Es hat lange gedauert, bis die Polizei unsere Arbeit als nützlich akzeptiert hat, und jetzt nehmen uns die Medien in die Mangel. Noch vor ein paar Jahren haben sie Profiling als so was wie das Ei des Kolumbus gefeiert, aber plötzlich mäkeln sie an der Erfolgsquote herum. Und wir müssen als Sündenböcke für ihre überzogenen Erwartungen herhalten.«

»Ich weiß nicht«, sagte Shaz, »der Durchschnittsbürger erinnert sich doch sowieso nur an die großen Erfolge. Zum Beispiel an den Fall, den Sie letztes Jahr in Bradfield bearbeitet haben. Wäre das nicht ein Thema für eines Ihrer Seminare? In großen Zügen kennen wir den Fall aus der Presse, aber da es nun mal um ein Musterbeispiel für erfolgreiches Profiling geht ...«

»Wir werden diesen Fall nicht behandeln«, fiel Tony ihr entschieden ins Wort.

Shaz sah verdutzt hoch. Offenbar hatte sie in irgendein Wespennest gestochen. »'tschuldigung«, murmelte sie irritiert.

»Sie müssen sich nicht entschuldigen«, sagte er. »Sie haben recht, die Lösung dieses Falls war so etwas wie ein Durchbruch. Aber ich könnte das Thema nicht emotionslos behandeln. Möglich, daß es Ihnen eines Tages bei irgendeinem Fall ähnlich geht. Was ich Ihnen allerdings nicht wünschen möchte.« Er starrte angewidert auf seine Blätterteigtasche. Die Erinnerungen hatten ihm den Appetit verdorben.

Shaz hätte das Band am liebsten bis zu dem Moment zurücklaufen lassen, als er mit dem Kaffee und dem Gebäck hereingekommen war. Zu spät, sie konnte sich nur noch entschul-

digen. »Ich bitte Sie aufrichtig um Entschuldigung, Dr. Hill.« Sie merkte selber, daß das übertrieben förmlich klang.
Tony zwang sich zu einem Lächeln. »Ehrlich, Shaz, das müssen Sie nicht. Und das mit dem *Dr. Hill* – könnten wir das ein bißchen runterschrauben? Ich wollte das schon gestern sagen, hab's aber dann vergessen. Ich möchte nicht, daß Sie nur den Lehrer in mir sehen. In Kürze werden wir Seite an Seite zusammenarbeiten, da sollte es keine Barrieren zwischen uns geben. Also, von jetzt an Tony, ja?«
»Ja, Tony.« Sie las in seinen Augen, daß er ihr nichts nachtrug. Beruhigt verschlang sie mit Heißhunger den Rest ihres Gebäcks und wandte sich dann wieder dem Bildschirm zu.
Jetzt ging es nicht, weil Tony ein paar Meter neben ihr saß, aber wenn ich allein vor dem Computer sitze, nahm sie sich vor, klicke ich mich ins Internet ein, wähle die Zeitungsarchive an und lese alles nach, was ich über die Serienmorde in Bradfield finden kann. Wozu ist man schließlich Detective?

Carol Jordan kämpfte mit den technischen Tücken der verchromten neuen Kaffeemaschine, ein Geschenk ihres Bruders Michael anläßlich des Umzugs nach Seaford. Dafür hatte er – das heißt, genaugenommen die Rechtsanwältin, mit der er neuerdings das Schlafzimmer teilte – ihr mit Freuden ihre Hälfte der auf ihren und Michaels Namen ins Grundbuch eingetragenen Wohnung abgekauft. Ein wahrer Glücksfall, so wie die Preise für Wohneigentum immer mehr in den Keller sackten.
Nun bewohnte sie ein niedriges Steincottage, an einem Hügel oberhalb der Bucht gegenüber dem Stadtkern von Seaford gelegen. Ganz allein. Na gut, fast allein, korrigierte sie sich, als ein harter Kopf sie unsanft gegen das Schienbein stupste. Sie blieb stehen, beugte sich hinunter und kraulte dem Kater die schwarzen Ohren. »Okay, Nelson, schon ver-

standen.« Während der Kaffee durchlief, kippte sie den Inhalt einer Dose Katzenfutter in seinen Freßnapf, und dann hatte sie, abgesehen von Nelsons schmatzenden Frühstücksgeräuschen, ihre Ruhe. Sie schlenderte hinüber ins Wohnzimmer, um vom Fenster aus den Blick auf die Bucht und den schlanken Bogen der Hängebrücke zu genießen. Das für heute vereinbarte Gespräch mit dem Feuerwehrchef fiel ihr ein. Nelson kam herein, sprang auf die Fensterbank und reckte ihr, zum Zeichen, daß er seine Streicheleinheiten haben wollte, den krummen Rücken hin. Sie kraulte ihm das dichte Fell und murmelte: »Ich muß den Burschen davon überzeugen, daß ich Erfahrung mit Brandstiftungen habe. Bei Gott, ich brauche einen Verbündeten.«
Nelson legte ihr die Pfote auf die Hand, als wolle er sagen: Ich bin auch noch da. Carol trank ihren Kaffee aus und kam mit derselben Geschmeidigkeit wie ihr Kater auf die Beine. Eine Dienststelle zu leiten und einen relativ geregelten Tagesablauf zu haben brachte den Vorteil mit sich, daß sie ihre Mitgliedskarte im Fitneßklub mehr als einmal im Monat nutzen konnte. Sie spürte bereits, wie gut ihr die Aerobic und die Arbeit am Trainer tat. Es wäre schön gewesen, das Programm gemeinsam mit einer Freundin zu absolvieren, aber es ging ja nicht um Geselligkeit, sondern um körperliches Wohlbefinden.
Eine Stunde später hatte sie die Bewährungsprobe der Führung durch die Einsatzzentrale der Seaforder Feuerwehr überstanden. Nicht einfach, mit Chief Jim Pendleburys langen Beinen Schritt zu halten. »Sie sind anscheinend besser organisiert als wir bei der Kriminalpolizei«, sagte sie, als sie in seinem Büro saßen. »Verraten Sie mir das Geheimnis Ihrer Effizienz?«
»Unser Etat wurde so zusammengekürzt, daß wir einfach stromlinienförmiger werden mußten. Früher hatten wir in al-

len Stationen Officer in einem Full-time-Job, aber das war nicht kosteneffektiv. Darum sind wir vor ein paar Jahren dazu übergegangen, die Gruppen neu zu organisieren – ein Mix aus Berufsfeuerwehr und freiwilligen Kräften zur Verstärkung. Eine Weile wurde gemeckert, aber dann hatten alle den Vorteil kapiert.«

Carol verzog das Gesicht. »Das geht bei uns nicht.«

Pendlebury zuckte die Schultern. »Ich weiß nicht. Warum sollten Sie nicht auch eine Kerngruppe für die Routinearbeit und so etwas wie ein Einsatzkommando für besondere Fälle haben?«

»Haben wir bereits«, erwiderte Carol trocken. »Die Kerngruppe heißt bei uns Nachtschicht, und unser Einsatzkommando arbeitet dann tagsüber das auf, was nachts angefallen ist. Bedauerlicherweise fällt so viel an, daß beide Gruppen ständig hinter ihrem Arbeitspensum herhinken.«

Sie hatte sich angewöhnt, Leute, denen sie zum ersten Mal begegnete, so genau zu beobachten, als müsse sie ein Polizeibulletin über sie anfertigen. Bei Pendlebury bestimmten die kräftigen, dicht über den blaugrauen Augen sitzenden Brauen die Mimik. Für einen, der die meiste Zeit am Schreibtisch verbrachte, sah er erstaunlich wettergegerbt aus – vielleicht vom Freizeitsegeln oder vom Angeln in der Bucht, vermutete sie. Als er kurz den Kopf neigte, sah sie, daß sich ein paar Silbersträhnen zwischen die dunklen Locken geschlichen hatten. Also ging er wahrscheinlich doch schon auf Mitte Vierzig zu, korrigierte sie ihre erste Schätzung.

»Nachdem Sie gesehen haben, wie wir arbeiten, sind Sie vielleicht eher bereit, unsere These, daß bei jedem Brand a priori von Brandstiftung auszugehen ist, nicht für blanken Unsinn halten.« Sein Ton enthielt keine Schärfe, aber sein Blick war eine Herausforderung.

»An dieser These habe ich nie gezweifelt«, sagte sie mit ruhiger Stimme. »Ich bezweifle eher, ob wir das Ganze ernst genug nehmen.« Sie zog den Ordner mit den Kopien aus der Aktenmappe. »Ich würde diese Brandfälle gern mit Ihnen durchgehen, wenn Ihre Zeit das erlaubt.«

Pendlebury legte den Kopf schief. »Wollen Sie damit das sagen, was ich heraushöre.«

»Nachdem ich gesehen habe, wie Sie arbeiten, gehe ich davon aus, daß Ihnen auch schon der Gedanke an einen Serienbrandstifter gekommen sein muß.«

Er sah sie groß an. »Schau mal an. Und ich hab mich schon gefragt, wie lange es dauert, bis jemand bei euch darauf kommt.«

Carol rümpfte die Nase. »Es wäre hilfreich gewesen, wenn Sie uns einen kleinen Wink gegeben hätten. Schließlich sind Sie die Experten.«

Pendlebury zuckte die Achseln. »Ihr Vorgänger hat das anders gesehen.«

Carol schob ihm den Ordner hin. »Schnee von gestern. Ist Ihnen bereits bei weiter zurückliegenden Fällen der Verdacht auf mögliche Brandstiftung gekommen?«

Er starrte auf das Datum des obersten Blattes und schnaubte leise. »Wie weit wollen Sie denn zurückgehen?«

Tony Hill saß grübelnd an seinem Schreibtisch. Eigentlich hatte er sich auf das morgige Seminar vorbereiten wollen, aber er war inzwischen in Gedanken bei all den kranken Gehirnen da draußen gelandet, die sich in diesem Augenblick ausmalten, wie sie Menschen, die noch nichts davon ahnten, quälen wollten.

Die Psychologie hatte die Existenz des Bösen lange geleugnet und selbst schlimmste Exzesse bei Fällen von Entführung, Folterung und Mord dadurch zu erklären versucht, daß ein bestimmtes Schlüsselerlebnis ausreichen kann, um Menschen, die durch die Bedingungen und besondere Ereignisse in ihrer Jugend vorbelastet sind, zu einem Verhalten zu treiben, das von der menschlichen Gesellschaft als abartig angesehen wird. Aber Tony hatte das nie überzeugt, weil es die Frage offenließ, warum dann andere, die als Kinder ebenfalls unter Mißbrauch oder Liebesentzug gelitten hatten, zu anständigen Menschen geworden waren.

Neuerdings war unter Wissenschaftlern die Rede von einer genetischen Antwort – einer Bruchstelle im DNS-Code, die die Abweichung von der sogenannten Norm erklären sollte. Auch diese Anwort war ihm zu gewollt. Sie war letztlich ein Abklatsch der längst überholten These, daß manche Menschen eben von Natur aus böse seien, und damit basta. Eine Theorie, die den Menschen von jeglicher Verantwortung für sein Handeln freisprach.

Es war ein Thema, das ihn in besonderer Weise fesselte und zugleich die Frage beantwortete, warum er auf seinem Fachgebiet so gut war. Weil er sich bei der Jagd auf einen Serienmörder in den Täter hineindachte und ihn quasi in dessen eigenen Fußstapfen verfolgte. Bis ihre Wege sich an einem Punkt, den er nicht genau definieren konnte, trennten. Anfangs waren die Mörder die Jäger, dann, wenn sie jenseits dieses nicht definierbaren Punktes angekommen waren, jagte er sie. Und doch hallte das Echo ihres Denkens immerfort in ihm wider. Die Fantasien, die sie zu ihren Taten trieben, kreisten um Sex und Tod. Seine Fantasien von Sex und Tod nannte man Profiling. Nur, sie waren denjenigen eines Mörders unheimlich ähnlich.

Manchmal erinnerte ihn das an die alte Frage, was zuerst dagewesen war, die Henne oder das Ei. Hatte seine Impotenz etwas mit der insgeheim gehegten Sorge zu tun, ein allzu freies Ausleben seiner Sexualität könne in Gewalt und Tod enden? Oder lag die Tatsache, daß er seine Sexualität nicht mehr ausleben konnte, an seinem Wissen, wie oft der Sexualtrieb Menschen zu Mördern werden ließ? Er bezweifelte, daß er je die Antwort darauf fand. Egal, was Ursache und was Wirkung war, soviel stand fest: seine Arbeit hatte sein Leben infiziert.

Ohne recht zu wissen, warum, fiel ihm die unkomplizierte Begeisterung ein, die er in Shaz Bowmans Augen gelesen hatte. Die Begeisterung, die auch er einmal empfunden hatte. Bis sie durch die Konfrontation mit all dem Schrecklichen, das Menschen einander antun können, gedämpft worden war. Vielleicht konnte er sein Wissen dazu nutzen, seine Gruppe besser dagegen zu wappnen, als er es gewesen war. Allein das lohnte jede Anstrengung.

Shaz Bowman verließ mit einem Mausklick das Internet, schaltete den Computer aus und starrte mit blicklosen Augen auf den dunkel werdenden Bildschirm. Auf alles war sie gefaßt gewesen, als sie beschlossen hatte, mit Hilfe des Internets ein wenig in Tony Hills Vergangenheit zu stöbern, aber darauf nicht.

»Tony Hill – Bradfield – Killer« hatte sie als Schlüsselwörter eingegeben und war zu ihrer Überraschung auf einen Schatz an Informationen gestoßen – freilich einen schaurigen Schatz. Mehrere Internetseiten mit Presseausschnitten und Kommentaren beschäftigten sich mit dem sogenannten Schwulenkiller. Shaz hatte den Rest des Abends damit verbracht, alle Informationen zu lesen, die sie finden konnte. Und so war das, was als akademische Übung begonnen hatte, weil sie die Ursache für Tony Hills heftige Reaktion herausfinden wollte, zu einem Horrortrip durch seine Vergangenheit geworden, der ihr das Herz schwermachte.

Die Fakten waren eindeutig. In bevorzugt von Schwulen aufgesuchten Gegenden von Bradfield waren vier nackte männliche Leichen gefunden worden – weggeworfen wie Abfall. Die Opfer waren vor ihrem Tod mit unvorstellbarer Grausamkeit gefoltert worden. Schließlich hatte die Polizei Tony Hill hinzugezogen, er sollte gemeinsam mit Detective Inspector Carol Jordan ein Täterprofil erarbeiten. Sie waren dem Mörder schon dicht auf der Spur, als aus den Jägern Gejagte wurden. Der Killer wollte Tony haben, um ein Menschenopfer darzubringen. Gefesselt und grausam gequält, wäre er um ein Haar zum Opfer Nummer fünf geworden. Die Rettung in letzter Sekunde verdankte er nicht einem Eingreifen von außen, sondern seiner in vielen Jahren der Beschäftigung mit geistesgestörten Tätern antrainierten Überredungskunst. Um jedoch sein Leben zu retten, hatte er seinen Peiniger töten müssen.

Shaz hatte fassungslos auf den Bildschirm gestarrt, mit tränenverhangenem Blick und vor Angst und Entsetzen zitternd. Mit dem Fluch lebhafter Vorstellungskraft gestraft, hatte sie sich ausmalen können, durch welche Hölle er gegangen war.

Wie lebte er damit? fragte sie sich beklommen. Wie konnte er mit diesen Erinnerungen Schlaf finden? Kein Wunder, daß er sich weigerte, das als Lehrbeispiel bei einem ihrer Seminare zu behandeln. Eher erstaunlich, woher er die Kraft nahm, sich weiter einer Aufgabe zu stellen, die ihn immer wieder bis an die Grenzen des Wahnsinns führen mußte.

Und wie wäre sie an seiner Stelle damit fertig geworden? Shaz vergrub das Gesicht in den Händen. Zum ersten Mal, seit sie von der Profilergruppe gehört hatte, fragte sie sich, ob sie nicht einen schrecklichen Fehler begangen hatte.

Betsy mixte den Drink für die Journalistin mit viel Gin, wenig Tonic und einem Viertel Lemone, deren süßsaures Aroma den Gingeschmack übertönen sollte. Daß die Beziehung zwischen ihr und Micky nie zu einem Skandal geführt hatte, lag zum guten Teil an der Sorgfalt, mit der sie dafür gesorgt hatte, daß außer Jacko niemand das Geheimnis mit ihnen teilte. Suzy Joseph mit ihrem Zahnpastalächeln und affektierten Charme vertrat zwar eines der prominentenfreundlichsten Hochglanzmagazine, hätte aber, sobald sie eine pikante Klatschgeschichte witterte, ohne Zögern zugegriffen. Also durften die Drinks kräftiger ausfallen, um so sicherer war Suzys Wahrnehmungsvermögen schon durch einen leicht getrübten Blick beeinträchtigt, wenn sie sich nachher mit Micky und Jacko zum Lunch traf.

Betsy setzte sich etwas schräg, den Arm auf die Rückenlehne des Sofas gelegt, in dessen schwellenden Polstern die schmächtige Journalistin fast ertrank. Auf die Weise behielt sie Suzy immer im Blick, während die sich, wenn sie sie ansehen wollte, in den Hüften verrenken mußte. Außerdem machte das Arrangement es Betsy leichter, unauffällig Blickkontakt mit Micky zu halten und ihr nötigenfalls eine stumme Warnung zukommen zu lassen. »O Himmel, was für ein zauberhafter Raum«, plapperte Suzy drauflos, »so leicht und elegant. Ein derart stilsicheres Interieur trifft man selten. Und glauben Sie mir, ich kenne hier in Holland Park mehr Anwesen von innen als alle ortsansässigen Makler.« Sie schwang sich etwas unbeholfen herum und fragte Betsy in einem Ton, als hätte sie's mit dem Hausmädchen zu tun: »Haben Sie dafür gesorgt, daß die Leute vom Partyservice alles haben?«

Betsy nickte. »Alles in Ordnung. Sie waren ganz entzückt von der Küche.«

»Das war mir im voraus klar.« Dann war Betsy abgemeldet, Suzy widmete sich ganz Micky. »Haben Sie das Eßzimmer selbst eingerichtet? So überaus stilvoll! So ganz *Sie*! Wie geschaffen für *Ein Fest mit Joseph*.«

Ein zweifelhaftes Kompliment von einer Frau, die ohne

Scheu hartes Rot mit einem schwarzen Kostüm von Moschino kombinierte, das für eine zwanzig Jahre jüngere, nicht ganz so hagere Person gedacht war. Aber Micky verschanzte sich hinter einem Lächeln. »Um ehrlich zu sein, verdanken wir das mehr Betsys Anregungen. Sie ist hier für den guten Geschmack zuständig. Ich sag ihr lediglich, wie ich mir das Ambiente denke, und sie realisiert das dann.«
Suzys Routinelächeln fehlte jede Herzlichkeit. Es gelang ihr einfach nicht, Micky Morgan eine Antwort zu entlocken, die sich in ihrem Artikel zitieren ließ. Bevor sie einen neuen Versuch starten konnte, kam Jacko ins Zimmer, die breiten Schultern unter dem maßgeschneiderten Jackett so gekonnt nach vorn geschoben, daß er Suzy irgendwie an einen schwebenden Keil erinnerte. Er ignorierte ihr entzücktes Gurren, steuerte auf Micky zu und umarmte sie innig. »Liebling ...« Mit einer Stimme wie ein Celloakkord. »... tut mir leid, daß es später geworden ist.« Dann erst bedachte er Suzy mit seinem sorgfältig dosierten Lächeln. »Sie müssen Suzy sein. Wir waren entzückt, als wir hörten, daß wir Sie heute bei uns haben.«
Suzy strahlte wie ein Christbaum. »*Ich* bin entzückt, hier zu sein«, flötete sie und ließ vor Aufregung ihren West-Midlands-Akzent durchklingen, den sie sonst mit viel Bedacht unterdrückte. Betsy fand es jedesmal verblüffend, wie wenig Jackos Wirkung auf Frauen mit den Jahren nachließ. Sogar eine abgebrühte Journalistin wie Suzy Joseph war nicht gegen Jackos Charme gefeit. Und da Feste für Suzy etwa denselben Reiz hatten wie Misthaufen für Fliegen, kam sie natürlich sofort auf den Anlaß ihres Besuches zu sprechen. »Selbst *Ein Fest mit Joseph* gibt mir nur selten Gelegenheit, bei Leuten zu Gast zu sein, die ich aufrichtig verehre.«
»Danke«, sagte Jacko mit strahlendem Lächeln. »Betsy, sollen wir schon mal ins Eßzimmer gehen?«

Betsy warf einen Blick auf die Uhr. »Ja, das wäre wohl angebracht. Dann könnten die Leute vom Partyservice auftragen.« Sie folgte Micky, Jacko und Suzy bis zur Eßzimmertür, zog sich, als alle Platz genommen hatten, zurück und dachte, als sie wenig später bei Brot, Käse und *Die Welt um eins* allein in ihrem Zimmer saß, daß es eben mitunter gewisse Vorteile mit sich brachte, keine offiziellen Pflichten zu haben.

Micky, die geflissentlich so tun mußte, als bemerke sie Suzys unverfrorene Flirtversuche mit ihrem Mann nicht, hatte es da etwas schwerer. Sie gab sich Mühe, nicht auf das schale Geschwätz zu achten und sich darauf zu konzentrieren, die leckeren Happen aus den Hummerscheren zu lösen.

Bis sie an Suzys Tonfall merkte, daß aus der Plauderei journalistische Arbeit wurde. Und richtig, Suzy hatte die Hand auf Jackos echte Hand gelegt – die andere würde sie wohl nicht derart liebevoll tätscheln, dachte Micky grimmig –, und dann hörte sie Suzy sagen: »Ich habe natürlich in Presseausschnitten gelesen, wie Sie und Micky sich gefunden haben, aber nun möchte ich es gern aus Ihrem Mund erfahren.«

Aha, ich bin dran, dachte Micky. Für den ersten Teil der Geschichte war sie zuständig. »Wir haben uns im Krankenhaus kennengelernt«, begann sie.

Bis Mitte der zweiten Woche fühlten sich die Officer der Profilergruppe in der neuen Dienststelle heimisch. Sicher kein Zufall, daß sechs von ihnen Singles ohne feste Bindung waren, was Commander Bishop nicht nur den Personalakten entnommen, sondern außerdem durch diskrete Recherchen verifiziert hatte. Genau die Mitarbeiter, die Tony haben wollte – ungebundene junge Officer konnten leichter zu einem Team zusammenwachsen. Und als er die sechs über die Fotokopie eines Polizeiberichts gebeugten Köpfe vor sich sah,

dachte er, zumindest insoweit habe er offensichtlich den richtigen Riecher gehabt.
Bis jetzt hatte er noch keine Anzeichen für Animositäten beobachtet, im Gegenteil, ein paar von ihnen hatten bereits erste Kontakte untereinander geknüpft, ohne daß es zur Cliquenbildung gekommen wäre. Shaz schien, wenn ihn nicht alles täuschte, eher eine Einzelgängerin zu sein. Nicht, daß es Probleme mit den anderen gegeben hätte, sie lachte und diskutierte mit ihnen, achtete aber irgendwie immer auf einen Rest Distanz.
Tony ahnte bei Shaz eine geradezu besessene Erfolgsorientierung, die weit über den Ehrgeiz der anderen hinausging. Sie war morgens die erste und abends die letzte und ließ keine Gelegenheit aus, Tony, wenn sie ihn allein erwischte, ein paar vertiefende Fragen zum zuletzt durchgenommenen Stoff zu stellen. Seine einzige Sorge war, daß sie zu verschlossen war. Er mußte sie dazu bringen, aus ihrem Schneckenhaus herauszukommen, damit sie ihre Anlagen zur guten Profilerin optimal nutzen konnte.
In diesem Moment sah sie zu ihm hoch, ohne Verlegenheit, ohne den linkischen Versuch, schnell wieder wegzugucken. Sie sah ihn einfach einen Augenblick lang an, dann wandte sie sich wieder ihrer Fotokopie zu. Ihn beschlich das eigenartige Gefühl, sie habe sekundenlang seinen Gedächtnisspeicher angezapft, die gewünschte Information gefunden und sich wieder ausgeklinkt. Ein wenig genervt sagte er: »Vier Fälle, bei denen es um sexuellen Mißbrauch durch Vergewaltigung geht. Dem Anschein nach von Einzeltätern begangen. Irgendwelche Anmerkungen dazu?«
Wie üblich machte Leon Jackson den Anfang. »Ich glaube, wir müssen das potentielle Verbindungsglied bei den Opfern suchen. Ich hab mal gelesen, daß die Opfer von Vergewaltigungen in aller Regel aus derselben Altersgruppe stammen

wie der Täter. Bei unseren Fällen sind es Frauen Mitte Zwanzig, alle tragen kurzes, blondes Haar und sind sehr fitneßbewußt. Zwei sind Joggerinnen, eine spielt Hockey, und eine betreibt Rudersport. Lauter Sportarten, bei denen es einem zufälligen Spaziergänger kaum möglich gewesen wäre, sie zu beobachten, ohne daß das auffällt.«

»Danke, Leon. Noch weitere Anmerkungen?«

Simon, der in der Gruppe gern die Rolle des *advocatus diaboli* spielte, meldete sich zu Wort. Sein Glasgow-Akzent und seine Art, lauernd unter buschigen Augenbrauen nach oben zu starren, gaben seinen Beiträgen meistens eine ungewollt aggressive Note. »Kann natürlich sein, daß sportliche Frauen keine Scheu haben, sich allein an einsam gelegenen Orten aufzuhalten. Weil sie so selbstbewußt sind, daß sie glauben, ihnen könne nichts passieren. Aber egal wie, falls es sich um zwei, drei oder gar vier verschiedene Täter gehandelt hat, ist der Versuch, sie mit Hilfe eines Täterprofils zu überführen, von vornherein reine Zeitverschwendung.«

Shaz schüttelte den Kopf. »Es geht nicht nur um die Opfer«, sagte sie mit fester Stimme. »Ihren Aussagen nach hatte der Täter allen die Augen verbunden. Und alle wurden während der Tat durch Verbalsex erniedrigt. Das kann kein bloßer Zufall sein.«

»Ach komm, Shaz«, widersprach Simon, »wenn einer so ein lahmer Vogel ist, daß er Frauen vergewaltigen muß, dann muß es einen nicht wundern, wenn er sich während der Tat an seinem dreckigen Gerede aufgeilt. Und was die verbundenen Augen betrifft, da gibt's keine Übereinstimmungen. Mal abgesehen vom ersten und dritten Opfer, denen wurde das eigene Stirnband über die Augen geschoben. Der zweiten hat der Täter das T-Shirt über den Kopf gezerrt und zugeknotet, und der vierten hat er Klebeband um den Kopf gewickelt. Eindeutige Abweichungen, wie?« Zum Zeichen, daß er's nicht persönlich meinte, schickte er ein gutmütiges Grinsen hinterher.

Tony grinste mit. »Die passende Überleitung zu unserem nächsten Thema. Heute beschäftigen wir uns mit dem Unterschied zwischen Handschrift und MO. Ahnt jemand, wovon ich rede?«

Kay Hallam, die andere Frau in der Gruppe, hob zögernd die Hand. Als Tony nickte, strich sie sich mit einer fahrigen Bewegung das sandbraune Haar hinters Ohr – eine bei ihr zur Gewohnheit gewordene Geste, die viel über ihre Unsicherheit verriet. »MO ist das dynamische, die Handschrift das statische Element.«

»So könnte man's ausdrücken«, sagte Tony, »aber es hört sich vielleicht ein bißchen zu technisch an.« Er schob den Stuhl zurück und ging mit großen Schritten auf und ab. »MO bedeutet *modus operandi*, lateinisch. Die Art, etwas zu tun. Im Kontext mit polizeilichen Ermittlungen meinen wir damit die immer gleichbleibende Vorgehensweise des Täters. Als das Profiling noch in den Kinderschuhen steckte, hatten Polizisten und bis zu einem gewissen Grad auch Psychologen sehr grobgestrickte Vorstellungen von Serientätern. Das war für sie jemand, der jedesmal dieselben Dinge tut, um sein Ziel zu erreichen, meistens mit ungefähr demselben Ergebnis. Nur, ihr Handeln kann eskalieren. Zunächst gehen sie auf Prostituierte los, später zerschmettern sie Hausfrauen mit einem Hammer den Schädel.«

Er blieb stehen. »Je mehr wir dazulernten, desto klarer wurde uns, daß wir nicht die einzigen sind, die aus ihren Fehlern lernen. Zumal wir es bei Serientätern mit intelligenten, fantasiebegabten Verbrechern zu tun haben. Wir mußten uns also klarmachen, daß der Täter seinen MO schnell verändern kann und daß er das um so bereitwilliger tut, wenn der MO sich nicht als effektiv erwiesen hat. Dann paßt er die

Mittel dem Zweck an. Nehmen wir an, er hat seinen ersten Mord durch Strangulation begangen, dabei aber festgestellt, daß das zu langwierig, mit zuviel Lärm und zuviel Streß für ihn verbunden ist, obwohl er ja eigentlich seine Tat genießen wollte. Also zerschmettert er das nächste Mal seinem Opfer mit einem Brecheisen den Schädel. Zuviel Blut. Also ersticht er das nächste Opfer. Und schon geht die Polizei davon aus, daß es sich wegen des unterschiedlichen MO um drei Täter handeln muß. Was sich aber nicht geändert hat, ist das, was wir die Handschrift des Täters nennen – die Signatur, abgekürzt das Sig.«

Tony setzte sich auf die Fensterbank. »Das Sig ändert sich nicht, weil es das *raison d'être* des Verbrechens ist. Das, woraus der Täter Befriedigung schöpft. Was aber gehört nun zu der sogenannten Signatur, der Handschrift des Täters? Im Grunde alle Details des Täterverhaltens. Sein Ritual. Die Elemente seiner Handschrift müssen vollständig gegeben sein, damit ihm das Verbrechen Befriedigung verschafft. Dinge wie: Zieht er sein Opfer aus? Stapelt er die Kleidungsstücke ordentlich übereinander? Trägt er den Opfern posthum Rouge auf? Lippenstift? Bringt er ihnen rituelle Verstümmelungen bei, indem er ihnen die Brüste, den Penis oder die Ohren abschneidet?«

Simon sah auf einmal etwas käsig aus. Tony fragte sich, wie viele Mordopfer er wohl bisher gesehen hatte. Er mußte sich ein dickeres Fell zulegen, sonst lauerten seine Kollegen unbarmherzig darauf, daß ihm am Tatort das Essen aus dem Gesicht fiel, und machten dann auch noch rüde Witze darüber.

»Ein Serienmörder«, fuhr er fort, »muß seine Handschrift gewissermaßen bis zum letzten Jota vollziehen, weil ihm erst dies Erfüllung bringt und seine Tat sinnvoll macht. Es hat etwas mit seinen Zwängen zu tun. Seinem Zwang, zu dominieren, Schmerz zuzufügen, bestimmte Reaktionen zu erleben und sexuelle Befriedigung zu erfahren. Die Mittel können variieren, das Ziel bleibt aber konstant dasselbe.«

Er atmete tief durch, um die Erinnerungen an die Variationen abzuschütteln, die er am eigenen Leib erlebt hatte. »Für einen Mörder, der seine Lustgefühle befriedigt, indem er seinem Opfer Schmerzen zufügt und es vor Qual schreien läßt, ist es unerheblich, ob er ...« Seine Stimme bebte, er konnte die Bilder nicht bannen, die sich in seinem Gehirn festgehakt hatten. »... ob er ...« Alle starrten ihn an. Er versuchte verzweifelt, die Erinnerungen zu verdrängen. »Ob er ... sie fesselt oder ... auf sie einsticht oder ... oder ...«

»Oder sie auspeitscht«, warf Shaz ein, um ihm zu helfen.

Tony nickte ihr dankbar zu. »Genau. Interessant, was Sie für niedliche Fantasien haben, Shaz.«

»Typisch Frau, häh?« Simon lachte dröhnend.

Ehe das Ganze in eine Flut von witzigen Bemerkungen ausarten konnte, fuhr Tony rasch fort: »Sie können es also mit zwei Leichen zu tun haben, die dem physischen Zustand nach einen völlig unterschiedlichen Eindruck machen. Aber wenn Sie den Tatort genau untersuchen, werden Sie auf bestimmte Dinge stoßen, die der Mörder vor oder nach dem Mord getan hat, weil er sie tun mußte, um den ultimativen Kick zu erleben. Und das ist dann die Handschrift, nach der Sie suchen.«

Er hatte sich wieder fest im Griff und sah die Officer der Reihe nach an, um sich zu vergewissern, daß alle ihn verstanden hatten. Einer der Männer schien skeptisch zu sein. Tony versuchte, ihm mit einem vereinfachten Beispiel auf die Sprünge zu helfen.

»Nehmen wir an, es gibt einen Einbrecher, der sich auf Videos spezialisiert hat. Der Kerl ist nur auf Videos aus, weil er dafür einen gut zahlenden Hehler an der Hand hat. Also sucht er sich Erdgeschoßwohnungen und bricht über die Terrasse ein. Aber dann verteilt die Polizei Flugblätter, in denen vor dem Videofan gewarnt und seine Vorgehensweise beschrieben wird. Nun verlegt er sich auf ältere Reihenhäuser, in die er durch eines der Seitenfenster einsteigt. Er hat seinen MO verändert, aber den Videotick hat er immer noch. Der ist seine Handschrift.«

Die Miene des Officers hellte sich auf, jetzt hatte er's begriffen. Tony nickte zufrieden und fing an, sechs Stapel Papier zu verteilen. »Wir müssen also beim Verdacht, daß wir's mit einem Serientäter zu tun haben, an beide Elemente denken. Nicht nur Übereinstimmungen, sondern auch Abweichungen in der Vorgehensweise können ein Indiz für einen Serientäter sein. Erfahrene Profiler vertreten die These, daß in den letzten zehn Jahren in Großbritannien gut und gern ein halbes Dutzend Serienmorde unentdeckt geblieben ist. Der eine oder andere Täter könnte bis zu zehn Opfern auf dem Gewissen haben. Dank des guten Straßennetzes und der notorischen Abneigung der Polizeibehörden gegen den Austausch von Informationen hat sich kein Mensch die Mühe gemacht, nach wirklich wichtigen Übereinstimmungen zu suchen. Das sollten wir uns für unsere künftige Arbeit merken.«

Betroffene Gesichter, gewölbte Augenbrauen, leises Gemurmel, bis Tony anfing, die Papierstapel zu verteilen.

»Wir machen also fürs erste eine Art Trockenlauf. Es geht um dreißig vermißte Teenager. Alles echte Fälle, die im Lauf der letzten sieben Jahre bekannt geworden sind. Alle in verschiedenen Landesteilen. Sie haben eine Woche Zeit, die Fälle in Ihrer Freizeit zu untersuchen. Dann sagen Sie mir, ob Sie genug Anhaltspunkte für den Verdacht sehen, daß ein Serientäter am Werk war. Ich möchte betonen, daß es sich nur um eine Übungsaufgabe handelt. Es gibt keinen Grund zu der Annahme, daß eines der Kids entführt oder ermordet wurde.

Falls inzwischen einige von ihnen tot sind, hat das vermutlich eher etwas mit den Lebensbedingungen auf der Straße zu tun als mit einem Verbrechen. Die einzige Gemeinsamkeit ist, daß alle aus einem guten Elternhaus stammten. Keine Kids, die von daheim weglaufen. Die Eltern sagen übereinstimmend aus, daß sie sich zu Hause wohl gefühlt haben. Kein ernster Streit, keine nennenswerten Probleme in der Schule. Der eine oder andere hatte zwar mal Ärger mit der Polizei oder dem Sozialdienst, aber das lag in allen Fällen lange zurück. Keines der Kids hat wieder von sich hören lassen. Daher dürfte die naheliegendste Vermutung sein, daß sie in London untergetaucht sind. Das alte Lied: die Verlockung der Großstadt.«
Tony kehrte zu seinem Platz zurück, setzte sich und sah die Officer ernst an. »Es ist natürlich auch ein anderes, düsteres Hintergrundszenario denkbar. Ihre Aufgabe besteht darin, herauszufinden, ob das nur eine Möglichkeit oder eine Wahrscheinlichkeit ist.«
Shaz verspürte einen erregenden Kitzel. Es fing wie ein fast unmerkliches Zwicken im Bauch an, und dann brannte es wie Feuer in ihr. Ihre erste Chance. Wenn die Kids Opfer eines unentdeckten Serienmörders geworden waren, würde sie das rausfinden und zu ihrer Advokatin und Rächerin werden.

Kriminelle werden oft zufällig erwischt, das wußte er aus einer Fernsehreportage. Dennis Nilsen, der fünfzehn junge Obdachlose umgebracht hatte, war über große Stücke menschlichen Fleisches gestolpert, die seine Abflußrohre verstopften. Peter Sutcliffe, der Yorkshire Ripper, auf dessen Konto dreizehn Frauen gingen, war aufgefallen, als er einen Satz Nummernschilder klaute, die er an seinem Wagen anschrauben wollte. Ted Bundy, der nekrophile Mörder von sage und schreibe vierzig jungen Frauen, war nur deshalb hinter Gittern gelandet, weil er nachts ohne Licht ein Polizeifahrzeug überholt hatte. Solche Geschichten schreckten ihn nicht, sie lösten höchstens – zusätzlich zu dem Adrenalinkick, den er sich bei seinen Feuerspielchen holte – ein wohliges Schaudern bei ihm aus. Seine Motive mochten sich von denen eines Mörders unterscheiden, aber sein Risiko war ebenso groß.

Irgendwann kurz nach ein Uhr morgens parkte er sein Auto an einer zuvor sorgfältig ausgekundschafteten Stelle. Er stellte es nie in einer Wohnstraße ab. Ältere Anwohner litten nicht selten unter Schlaflosigkeit, jüngere kamen oft erst nach Mitternacht von einem Kneipenbummel nach Hause. Er bevorzugte die zu nächtlicher Stunde leeren Parkplätze von Einkaufscentern, unbebautes Gelände neben Farbrikgebäuden oder die Zufahrtsbereiche nachts geschlossener Tiefgaragen. Am besten waren die Abstellflächen von Gebrauchtwagenhändlern, da fiel es nach Mitternacht keinem auf, wenn für ein, zwei Stunden ein Auto mehr dort stand.

Er schleppte nie eine Reisetasche mit sich herum. Das hätte nachts Verdacht wecken können, und er wollte nicht, daß irgendein übereifriger Bobby ihn für einen Einbrecher hielt. Gefunden hätte der allerdings nichts bei ihm. Ein Stück Bindfaden, ein Sturmfeuerzeug, eine angebrochene Zigarettenschachtel, ein zerknittertes Streichholzbriefchen, eine Zeitung von gestern, ein Schweizer Armeemesser, ein mit Öl bekleckertes Taschentuch und eine kleine, lichtstarke Taschenlampe, sonst trug er nichts bei sich. Kein Grund für eine Festnahme, zumal die Arrestzellen sowieso schon aus allen Nähten platzten.

Er hatte sich den Weg, den er nehmen mußte, gut eingeprägt, hielt sich dicht an den Mauern und bewegte sich auf den glatten Weichledersohlen seiner Bowlingschuhe lautlos durch

die Nacht. Nach ein paar Minuten bog er in eine schmale Gasse ein, an der die Hintereingänge kleiner Handwerksbetriebe lagen. Das aus der Jahrhundertwende stammende Backsteingebäude, auf das er ein Auge geworfen hatte, war ursprünglich eine Seilerei gewesen. Nun war es umgebaut und auf vier kleinere Betriebe aufgeteilt worden – eine Werkstatt für Autoelektrik, eine Möbelpolsterei, ein Geschäft für Klempnerbedarf und eine Bäckerei, deren Spezialität Biskuits waren. Pappige Dinger, die zu so horrenden Preisen verkauft wurden, daß der Laden allein deshalb verdient hätte, in Schutt und Asche gelegt zu werden. Leider fehlte es dort an leicht entflammbarem Material.
Deshalb hatte er beschlossen, sich heute nacht die Polsterwerkstatt vorzunehmen. Dort gab es alles, was er für ein erstklassiges Feuerwerk brauchte. Er freute sich schon auf den Anblick der gelben und glutroten Flammen und der schmutziggrauen Rauchwolken, die von den brennenden Stoffballen, dem Holzfußboden und dem alten Balkenwerk genährt wurden. Aber erst mußte er mal hineinkommen.
Dafür hatte er natürlich die nötigen Vorkehrungen getroffen. Er nahm aus der Mülltonne neben dem Hintereingang der Werkstatt die dort deponierte Tragetasche, die eine Tube Sekundenkleber und eine Saugglocke für verstopfte Abflüsse enthielt, arbeitete sich zwischen den Brandmauern bis zum Toilettenfenster vor und klebte die Saugglocke an der Scheibe fest. Als er sicher sein konnte, daß sie fest genug saß, packte er mit beiden Händen zu, holte tief Luft und zog die Saugglocke mit einem kräftigen Ruck zu sich her. Die Scheibe brach mit leisem Knacken, die Splitter fielen zu Boden. Genauso hätte es ausgesehen, wenn das Glas von der Hitze eines Brandes geborsten wäre. Eine Alarmanlage gab es nicht, das wußte er, und so war es ein Kinderspiel, durch das zersplitterte Fenster in die Werkstatt zu gelangen.

Im Lichtstrahl der Taschenlampe schlich er durch den Korridor bis zum hinteren Ende des Arbeitsbereiches, wo etliche Kartons mit Stoffresten lagerten, die Bastler für ein paar Pennys erstehen konnten. Jeder Brandsachverständige sah auf den ersten Blick, daß es sich hier um eines jener stillen Eckchen handelte, in dem Arbeiter sich schnell mal verstohlen einen Glimmstengel reinziehen.
Die Installation des Brandzünders war eine Sache von Minuten. Er öffnete das Sturmfeuerzeug, tränkte das Stück Bindfaden mit Benzin und schob das Ende in die Mitte des von einem Gummiband zusammengehaltenen Bündels aus einem halben Dutzend Zigaretten. Der benzingetränkte Bindfaden reichte genau bis zu dem vordersten Karton. Zur Sicherheit warf er das ölgetränkte Taschentuch und zerknülltes Zeitungspapier dazu, dann zündete er die Zigaretten an. Jetzt dauerte es ein paar Minuten, bis die Zigaretten halb heruntergebrannt waren und die Glut den Bindfaden erreichte, dann noch mal ein, zwei Minuten, bis die glimmende Flamme sich an den Karton herangefressen hatte, und abermals ein paar Minuten, bis die Stoffreste in dem Karton Feuer fingen. Dann aber gab es kein Halten mehr. Nicht lange, und die Flammen schlugen wie ein Feuersturm hoch.
Dieser Augenblick war es wert, daß er sich die Polsterwerkstatt so lange aufgespart hatte. Er wußte, daß es ein wunderschönes Feuerchen wurde. Der verdiente Lohn für seine Mühe.

Betsy sah auf die Uhr. Zehn Minuten gab sie ihnen noch, ehe sie ins Eßzimmer platzte, um Micky an eine fiktive Verabredung zu erinnern und so von Suzy Josephs oberflächlichem Geschwätz zu erlösen. Wenn Jacko weiter Süßholz raspeln wollte, war das seine Sache. Die Dreharbeiten für die neueste Folge von *Besuch von Vance* waren abgeschlossen, er würde

also ohnehin nachmittags aufbrechen, um in einem Spezialkrankenhaus sein karitatives Image aufzupolieren und sich übers Wochenende als Tröster und Aushilfspfleger der armen Patienten aufzuspielen. Was freilich Micky und ihr zu zwei Tagen trauter Zweisamkeit verhalf.
Im Geiste hörte sie Jacko schwadronieren. Bestimmt erzählte er wieder in dramatischem Tonfall, wie er im Bett gelegen hatte, mit dem Ende aller Träume konfrontiert, weil sein Leben jeden Sinn verloren hatte. »Und da, in der Stunde meiner tiefsten Depression …« Sie glaubte, seine weitausholende Geste zu sehen. »… hatte ich auf einmal eine Vision. Eine Vision von unübertrefflicher Lieblichkeit. Zum ersten Mal seit dem Unfall habe ich etwas gesehen, das mir neuen Lebensmut geben konnte.«
Betsy kannte seine Version in- und auswendig. Nur, die hatte wenig Ähnlichkeit mit der Wahrheit. Sie erinnerte sich noch gut an Mickys erste Begegnung mit Jacko. Da war's nicht um Romantik gegangen, sondern schlichtweg um Jackos erstes Fernsehinterview nach dem Unfall. Betsy hatte es sich zu Hause angesehen. Jedesmal ein erregender Augenblick für sie, ihre Geliebte im Fernsehen zu sehen und zu wissen, daß in diesem Moment die Augen von Millionen Zuschauern auf ihr ruhten.
Micky schwebte, als sie sich später zu Hause das Video angesehen hatte, im siebten Himmel. Aber dann läutete das Telefon, Betsy nahm ab. Ein Zeitungsreporter teilte ihr kurz und bündig mit, er wisse, daß sie eine spezielle Freundin von Micky sei, und er wisse auch, wie speziell. Natürlich leugnete Betsy alles entschieden ab, Micky nannte den Anrufer sogar einen dummdreisten Wichtigtuer, aber beide Frauen wußten, daß es nur noch eine Frage der Zeit war, bis sie von den Skandalblättern in übelster Weise bloßgestellt wurden.

Und dann begann Micky, ihre Abwehrfestung auszubauen. Geduldig, umsichtig und genauso rücksichtslos, wie sie ihre Karriere geplant hatte. Jeden Abend wurden in zwei verschiedenen Schlafzimmern die Vorhänge zugezogen. Das Licht ließen sie eine Weile brennen, ehe sie es – zu unterschiedlichen Zeiten natürlich – ausmachten. Auch morgens achteten sie darauf, alles zu vermeiden, was den Verdacht nähren konnte, sie hätten im selben Bett geschlafen. Intimitäten gab es zwischen ihnen nur bei geschlossenen Vorhängen. Und wenn es sich nicht vermeiden ließ, daß sie das Haus zur gleichen Zeit verließen, trennten sie sich am Fuß der Treppe – nur mit einem Winken, nicht etwa mit einer Umarmung.
Andere hätten sich nun vielleicht sicher gefühlt in dem Glauben, die Pressemeute endgültig abgeschüttelt zu haben. Aber Micky wollte es nicht bei defensiven Maßnahmen belassen. Sie wußte, wenn die Skandalpresse eine Story wollte, bekam sie sie auch. Als wirksamster Schachzug bot sich an, den Pressehaien die Story freiwillig zu liefern. Aber eine viel aufregendere als die, die sie gewittert hatten.
Am Vormittag nach dem ominösen Anruf gab es in Mickys Terminkalender zufällig eine kleine Lücke. Sie fuhr ins Krankenhaus, becircte mit ihrem Charme die Schwestern und spazierte – als Geschenk ein kleines Radio samt Kopfhörern unter dem Arm – in Jackos Krankenzimmer. Er war trotz der starken Schmerzmittel, die er immer noch nehmen mußte, hellwach und offensichtlich dankbar für alles, was ihm die Langeweile vertreiben und ihn vor dem Grübeln bewahren konnte. Sie verbrachte eine Stunde bei ihm, redete über dies und das, nur nicht über seinen Unfall und die Amputation, und dann verabschiedete sie sich mit einem flüchtigen Kuß auf die Stirn. Es war nicht die erwartete Tortur gewesen, sie empfand zu ihrer Überraschung sogar Sympathie für Jacko,

zumal er offenbar nicht der arrogante Macho war, für den sie ihn vor dem Hintergrund früherer Erfahrungen mit Sportlern gehalten hatte. Und was sie noch mehr überraschte: er badete nicht in Selbstmitleid. Der Krankenbesuch mochte ursprünglich reine Berechnung gewesen sein, aber irgendwie war sie von Jacko eingenommen. Anfangs wegen seiner stoischen Haltung, dann aber merkte sie, daß sie sich in seiner Gesellschaft unerwartet wohl fühlte. Was ihn anging, so mußte er sich zumindest eingestehen, daß sie recht unterhaltsam und gescheit zu plaudern wußte.
Beim fünften Besuch stellte Jacko ihr die Frage, auf die sie insgeheim wartete. »Warum kommen Sie mich regelmäßig besuchen?«
Micky zuckte die Achseln. »Ich mag Sie.«
Jackos Augenbrauen hoben und senkten sich, als wolle er sagen: Das kann nicht alles sein.
Micky seufzte, wich seinem erwartungsvollen Blick aber wohlweislich nicht aus. »Ich bin mit einer lebhaften Vorstellungskraft gestraft. Und ich habe Verständnis für den Drang nach Erfolg. Ich hab mir die Hacken abgelaufen, um dort anzukommen, wo ich jetzt bin. Das war für mich das Wichtigste im Leben. Ich kann mir gut vorstellen, wie mir zumute wäre, wenn ich ohne eigenes Verschulden plötzlich aus der Bahn geworfen würde. Also würde ich sagen: Ich kann mich gut in Ihre Lage versetzen.«
»Im Klartext?« fragte er mit unbewegter Miene.
»Sagen wir: Mitgefühl ohne Mitleid.«
Er nickte zufrieden. »Die Schwester hat gedacht, Sie schwärmen für mich. Ich wußte, daß sie unrecht hat.«
Es lief besser, als sie zu hoffen gewagt hatte. »Rauben Sie ihr nicht die Illusionen. Die Leute mißtrauen jeder Motivation, die sie nicht verstehen können.«
»Sie haben ja so recht.« Und da lag plötzlich doch Verbitte-

rung in seiner Stimme. »Aber etwas verstehen heißt nicht automatisch, es auch akzeptieren.«
Sie wußte, worauf er anspielte. Ein Thema, für das es jetzt noch zu früh war. Als sie sich verabschiedete, achtete sie darauf, daß die Schwester den liebevollen Wangenkuß mitbekam. Als Journalistin wußte sie, daß sich im Krankenhaus Klatsch schneller ausbreitet als die Legionärskrankheit. Gut so – je unverdächtiger die Quelle, aus der etwas durchsickerte, desto glaubhafter war die Story.
Als sie ihn eine Woche später wieder besuchte, wirkte Jacko sehr in sich gekehrt. Irgend etwas mußte ihn aufgewühlt haben – nur, was? Schließlich, als die Unterhaltung immer mehr zum Monolog verkümmerte, sprach sie ihn darauf an. »Wollen Sie's mir sagen oder abwarten, bis Ihr Blutdruck so ansteigt, daß Sie einen Schlaganfall kriegen?«
Zum ersten Mal an diesem Nachmittag sah er ihr in die Augen. Er war so wütend, daß er kaum sprechen konnte. Sie merkte, wie mühsam er um Worte rang. Schließlich murmelte er: »Meine sogenannte Verlobte – dieses Miststück.«
»Jillie?« Micky hoffte, daß sie sich an den richtigen Namen erinnerte. Sie waren sich einmal kurz begegnet, in Mickys Erinnerung war vage das Bild einer schlanken, dunkelhaarigen Schönheit mit sehr erotischer Ausstrahlung gespeichert. »Was ist denn passiert, Jacko?«
Er schloß die Augen und atmete schwer. »Die Schlampe hat mir den Laufpaß gegeben«, stieß er wutschnaubend aus.
»Nein! Oh, Jacko ...« Sie faßte ihn sanft am Handgelenk und spürte an seinem erhöhten Pulsschlag, wie aufgebracht er war.
»Sagt einfach, sie wird nicht damit fertig.« Sein zynisches Lachen hörte sich für Micky wie ein Hilfeschrei an. »Sie kann's nicht, basta. Was glaubt die eigentlich, wie ich damit fertig werde, verdammt noch mal?«

»Es tut mir so leid«, murmelte Micky hilflos.
»Ich hab's ihr sofort angesehen, als sie mich nach dem Unfall das erste Mal besucht hat. Zwei Tage hat sie gebraucht, bis sie den Arsch hierherbewegt hat. Und dann stand's ihr ins Gesicht geschrieben. Sie hat Abstand gehalten. Sich nicht in meine Nähe gewagt. Ich war plötzlich abstoßend für sie.«
Micky wählte ihre Worte mit Bedacht. »Traurig, daß Jillie so oberflächlich ist und so wenig Verständnis für Sie hat. Aber es ist besser für Sie, das jetzt zu erkennen als irgendwann später. Die Frage, auf die Sie eine Antwort finden müssen, ist, wie Sie darauf reagieren.«
Er sah sie verblüfft an. »Was?«
»Das Ganze wird nicht lange ein Geheimnis bleiben. Wenn die Schwester etwas gemerkt hat – und das hat sie sicher –, werden spätestens zur Teezeit die Rotationsmaschinen angehalten, damit sie die Schlagzeile noch auf der ersten Seite unterbringen können. Wenn Sie wollen, können Sie auf das Mitleid der ganzen Nation setzen. Jeder anständige Brite wird Jillie verachten. Aber es gibt auch eine Alternative: Rache nehmen und gewinnen.«
Jacko starrte sie mit offenem Mund an. Dann sagte er in einem Ton, der empfindsameren Gemütern als Micky das Fürchten gelehrt hätte: »Weiter.«
»Nun, das hängt ganz von Ihnen ab. Sollen die Leute in Ihnen das Opfer oder den Sieger sehen?«
»Raten Sie mal«, fauchte er ungehalten.

Irgendwie war es zur Gewohnheit geworden, daß Shaz, Kay, Simon und Leon Samstag abends gemeinsam ausgingen. Die beiden anderen aus ihrer Gruppe zogen es vor, am Wochenende in die heimischen Jagdgründe zurückzukehren, statt hier in Seaford auf die Pirsch zu gehen. Der Vorschlag stammte von Simon. Shaz war sich zuerst nicht sicher gewesen, ob sie überhaupt einen so engen Kontakt mit ihren Kollegen wollte, aber Simon ließ nicht locker, und da Commander Bishop ihr neulich angedeutet hatte, daß in der Gruppe kooperatives Verhalten erwünscht sei, ließ Shaz sich breitschlagen, und siehe da, sie hatte den gemeinsamen Abend zu ihrer Überraschung sogar sehr genossen, und nicht nur wegen des Essens.

Wie üblich hatte Leon seinen Teller als erster leer gegessen. »Ich sag ja nur, daß hier oben alles ziemlich primitiv ist.« Er ließ, seit sie das Restaurant betreten hatten, kein gutes Haar am hügeligen Hinterland von Yorkshire.

»Ich weiß nicht«, widersprach Shaz, »man kann hier recht gut essen, das Wohnen ist so billig, daß ich mir mehr als einen Kaninchenstall leisten kann, und wenn ich einkaufen will, geh ich zu Fuß in die Innenstadt, statt mich eine Stunde in der U-Bahn durchrütteln zu lassen.«

»Und die Landschaft«, fing Kay zu schwärmen an. »Denk mal, wie schnell du hier mitten im Grünen bist.«

»Sag ich ja«, trumpfte Leon auf, »eine zurückgebliebene Ecke. Mehr als Natur haben die hier nicht zu bieten. Und soll ich euch mal was sagen? Ich bin hier in den drei Wochen schon dreimal auf dem Heimweg angehalten worden. Sogar die Jungs bei der Met haben inzwischen kapiert, daß nicht jeder Schwarze, der ein einigermaßen ansehnliches Auto unterm Hintern hat, Drogendealer sein muß.« Die Sache schien ihm tatsächlich im Magen zu liegen. Er sah ärgerlich aus, als er sich eine Zigarette anzündete.

Shaz sagte grinsend: »Die haben dich nicht angehalten, weil du schwarz bist.«

»Nein?« Leon blies ihr den Rauch ins Gesicht.

»Die haben dich gestoppt, weil du im Besitz einer gemeingefährlichen Waffe warst.«

»Was meinst du damit?«

»Deinen Anzug, Babe. Noch ’ne Spur schärfer, und du würdest dich beim Anziehen schneiden.«
Als das Gelächter sich gelegt hatte, wagte sich Kay ein wenig aus der Deckung. »Apropos scharf – unser Boß ist eigentlich ganz okay, oder?«
»Tony Hill? Kluger Junge«, bestätigte Simon. »Wär nur schön, wenn er mehr über sich rauslassen würde. Aber bei ihm steht man einfach vor ’ner Mauer und kann nicht dahinterschauen.«
»Ich sag dir, was dahintersteckt.« Shaz war auf einmal sehr ernst. »Bradfield. Der Schwulenkiller.«
»Der, der ihn zerschnippeln wollte?« fragte Leon.
Shaz nickte.
»Das wird alles irgendwie unter der Decke gehalten, stimmt’s?« Kay sah Shaz an wie ein Kaninchen – niedlich, aber gierig auf jeden Happen. »In den Zeitungen haben sie damals auch nur alles Mögliche angedeutet, aber nichts Genaueres gebracht.«
Shaz starrte auf ihr halbes Hähnchen und bedauerte, daß sie sich nicht für etwas Vegetarisches entschieden hatte. »Wenn ihr mehr wissen wollt, müßt ihr ins Internet gehen. Da steht alles drin, brutal und ungeschminkt. Nur, das sag ich euch im voraus: Wenn ihr die ganze Story kennt und euch nicht fragt, ob’s womöglich doch ein Fehler war, sich zu unserer Gruppe zu melden, habt ihr ’ne Stange mehr Mumm als ich.«
Betroffenes Schweigen. Dann beugte sich Simon vor und fragte zuversichtlich: »Du erzählst’s uns, nicht wahr, Shaz?«

Er war eine Viertelstunde vor der vereinbarten Zeit da, weil er ahnte, daß sie ebenfalls früher kam. Das war bei allen so gewesen, da sie sich einredeten, er sei Rumpelstilzchen, der Bursche, der aus dem trockenen Stroh ihres Lebens pures Gold spinnen werde.

Donna Doyle war da keine Ausnahme. Als ihre Silhouette sich gegen das schwache Licht in der Tiefgarage abzeichnete, begann in seinem Schädel sofort wieder der Leierkasten zu dudeln: *Nick und Bell klettern schnell einen steilen Fels bergan …*
Er schüttelte sich wie einer, der eben aus dem Wasser aufgetaucht ist und die Ohren frei bekommen will. Offensichtlich beeindruckt von den vielen teuren Wagen, bewegte sie sich langsam auf ihn zu. Es sah spaßig aus, wie sie den Kopf ständig von einer Seite zur anderen drehte, als wolle sie ihre innere Antenne auf ihn ausrichten. Er sah, daß sie sich ihm zuliebe viel Mühe gemacht und den Schulrock eine Handbreit höher gezogen hatte, damit er ihre gutgeformten Beine sehen konnte; und daß sie an ihrer Bluse einen Knopf mehr geöffnet hatte, war sicher nicht im Sinn ihrer Eltern und Lehrer. Damit der Rucksack mit den Schulsachen nicht gleich auffiel, trug sie ihren Blazer lässig über der Schulter. Ihr Make-up war auffälliger als gestern abend, was sie schlagartig einige Jahre älter erscheinen ließ. Ihr Haar hatte einen wundervollen Glanz, der auf und ab wippende kurze Bob schien das Licht der Leuchtröhren einzufangen.
Als sie beinahe auf seiner Höhe war, stieß er die Beifahrertür des Autos auf. Sie zuckte erschrocken zusammen, bis sie ihn erkannte. »Komm, setz dich zu mir«, lud er sie ein, »damit ich dir erzählen kann, worum es geht.«
Ein paar Sekunden lang schien sie zu zögern, aber seine Miene war zu aufrichtig, und, du meine Güte, sie kannte ihn ja von seinen öffentlichen Auftritten und vom Fernsehen. Also rutschte sie neben ihn. Er verkniff es sich, auf ihre Schenkel zu schielen, von denen sie beim Einsteigen freigebig etliche Zentimeter mehr zeigte. Dennoch, es machte sich besser, wenn er Zurückhaltung demonstrierte.
Sie lächelte kokett und doch unschuldig. »Als ich heute mor-

gen aufgewacht bin, wußte ich erst gar nicht, ob ich nicht alles nur geträumt hätte.«
Er schmunzelte. »So geht's mir auch.« Er schreckte vor keiner Lüge zurück, wenn sie dazu beitrug, ihr Vertrauen in ihn zu stärken. »Ich hab mich schon gefragt, ob du's dir womöglich anders überlegt hättest. Du kannst so vielerlei aus deinem Leben machen, und das eine oder andere wäre bestimmt gesellschaftspolitisch gesehen wertvoller, als im Fernsehen aufzutreten.«
»Aber Sie tun das ja auch«, sagte sie mit großem Ernst. »All diese Wohltätigkeitsarbeit. Nur Fernsehstars können soviel Geld für karitative Zwecke sammeln. Die Leute spenden ihr Geld nur, weil sie einen Fernsehstar sehen wollen, sonst würden sie ihre Brieftasche nicht so bereitwillig öffnen. Deshalb will ich auch zum Fernsehen. Ich möchte wie Sie sein.«
Der unerfüllbare Traum, der sich schon bald als Alptraum erweisen würde. Sie konnte nicht wie er werden, nie. Menschen wie er waren so rar, daß ihre Existenz fast ein Gottesbeweis war. Gütiger als er hätte der Papst nicht vom Balkon des Vatikans lächeln können. »Nun, vielleicht kann ich dir ein paar Türen öffnen.« Er sah ihr an, daß sie ihm glaubte.
Da saß sie nun bei ihm im Wagen, in einer Tiefgarage, voller Vertrauen und bereit, alles zu tun, was er ihr auftrug. Was wäre einfacher gewesen, als mit ihr loszufahren und sie dahin zu bringen, wo er sie haben wollte?
O nein, er war doch kein Narr. Erstens waren sie hier unten nicht allein. Alle paar Minuten checkte jemand im Plaza aus und ließ sich das Gepäck zum Auto karren, und genausooft fuhren andere Autos in die Tiefgarage ein. Zweitens zieht ein silberfarbener Mercedes unvermeidbar neugierige Blicke an – erst recht, wenn auf den Kotflügeln Werbeträger mit dem Text *Morrigan Mercedes of Cheshire – wir sind bei jedem Besuch von Vance dabei* kleben.

Außerdem war er heute sehr beschäftigt, ein Termin jagte den anderen. Die kleine Donna mußte warten, was im übrigen die Vorfreude steigerte. Zumindest bei ihm. Bei ihr mochte das anders sein, aber aus Donnas hochgespannten Erwartungen wurde ohnehin bald unsägliches Entsetzen. Nun, fürs erste genügte es, sie bei Laune zu halten und ihren Appetit zu wecken.

»Als ich dich gestern abend gesehen habe, wußte ich auf Anhieb, daß du die ideale Co-Moderatorin wärst. Ein hübscher Kontrast – die dunkelhaarige Donna und der blonde Jacko. Die Schöne und das Biest.« Er klopfte grinsend mit dem Knöchel auf seine Prothese. Donna kicherte. »Wir arbeiten an einer neuen Game-Show, zu der wir Eltern und ihre Kinder einladen. Aber die Kids wissen nicht, daß ihre Eltern da sind, und umgekehrt. Bis wir's ihnen sagen, und das wird dann die totale Überraschung. *Das ist euer Leben* heißt die Show. Jetzt wirst du auch verstehen, warum das auf keinen Fall vorzeitig bekannt werden darf.«

Donna nickte eifrig. »Ich kann meinen Mund halten. Auf Ehre und Gewissen, ich hab keinem was davon gesagt, daß ich Sie heute treffe. Auch der Freundin nicht, die gestern abend mit mir bei Ihrer Performance war. Sie wollte natürlich wissen, worüber wir so lange geredet hatten. Ich hab ihr weisgemacht, ich hätte Sie um einen Rat gebeten, wie ich zum Fernsehen kommen kann.«

»Und? Hab ich dir einen gegeben?«

Donna lächelte verschmitzt. »Ich hab erzählt, Sie hätten mir geraten, erst die Schule abzuschließen, bevor ich an eine Fernsehkarriere denke. Und das Dummchen hat's geglaubt. Obwohl natürlich jeder wissen müßte, daß Sie so was Langweiliges nie sagen würden. Damit labert mir nur meine Mum die Ohren voll.«

»Ich verspreche dir, daß ich nie so etwas Langweiliges sagen

werde. Und nun zu uns beiden. Leider hab ich in den kommenden Tagen schrecklich viel um die Ohren. Aber Freitag vormittag habe ich Zeit, und ich könnte leicht einen Termin für Probeaufnahmen mit dir arrangieren. Wir haben dafür ein kleines Studio oben im Nordosten.«
Donna machte große Augen. »Ist das Ihr Ernst? Probeaufnahmen fürs Fernsehen?«
»Versprechen kann ich's nicht. Aber bei deinem Aussehen ... und du hast eine schöne Stimme. Es geht eigentlich nur noch um die Frage, ob ich mich wirklich auf deine Verschwiegenheit verlassen kann.«
Sie sah ihn bestürzt an. »Ich hab Ihnen doch gesagt, daß ich niemandem was erzählt habe.«
»Aber kannst du das bis Donnerstag abend durchhalten?« Er zog eine Fahrkarte aus der Jackentasche. »Hier – das ist ein Ticket nach Five Walls in Northumberland. Du nimmst am Donnerstag den Drei-Uhr-fünfundzwanzig-Zug nach Newcastle. Da steigst du um in den Zug, der zehn vor acht nach Carlisle abfährt. Ich kann dich nicht am Bahnsteig abholen, wir wollen ja nicht, daß irgend jemand zwei und zwei zusammenzählt. Aber ich warte auf dem Parkplatz in einem Land Rover auf dich. Wir kümmern uns um ein Zimmer für dich, und am nächsten Morgen machen wir dann die Probeaufnahmen.«
Sie zögerte. »Meine Mum rastet aus, wenn ich über Nacht wegbleibe und sie nicht weiß, wo ich bin.«
»Du kannst sie Freitag morgen aus dem Studio anrufen«, sagte er. Und um sie endgültig zu überzeugen: »Schau mal, wenn sie früher was davon erführe, würde sie dir die Probeaufnahmen bestimmt nicht erlauben. Das ist doch so, oder?«
Wie immer hatte er richtig kalkuliert. Donna wußte, daß ihre ehrgeizige Mutter ihr bestimmt nicht erlauben würde, in ei-

ner Game-Show aufzutreten, statt nach dem Schulabschluß zur Uni zu gehen und etwas Vernünftiges zu studieren. Schluß mit allen Zweifeln und Skrupeln. Sie sah ihn mit verführerischem Augenaufschlag an. »Ich werd ihr kein Wort sagen«, versprach sie feierlich.
»Braves Mädchen. Ich hoffe, du hältst dich daran. Ein einziges falsches Wort, und das Projekt könnte platzen. Und das würde nicht nur eine Menge Geld kosten, sondern einige Leute auch den Job. Ich sag dir, wie so was laufen kann. Du erzählst's unter dem Siegel der Verschwiegenheit deiner besten Freundin, und die sagt's ihrer Schwester. Die Schwester sagt's ihrem Freund, und der erzählt es seiner Schwägerin. Nur, diese Schwägerin ist zufällig Reporterin oder Angestellte bei einem Konkurrenzsender. Und schon ist die Show tot. Und mit ihr deine große Chance. Im Showgeschäft darf man sich keinen Patzer erlauben, schon gar nicht am Anfang einer Karriere. Du mußt eine Menge Erfolge vorweisen können, bevor die Fernsehbosse bereit sind, dir einen Fehler zu verzeihen.« Jacko beugte sich zu ihr hinüber und legte ihr die Hand auf den Arm. Nur ein kleiner Vorgeschmack darauf, wie sehr seine Nähe sie bald erregen würde.
»Ich verstehe«, sagte Donna mit der Intensität einer Vierzehnjährigen, die sich für erwachsen hielt und nicht verstehen konnte, weshalb die anderen Erwachsenen, zum Beispiel ihre Eltern, ihr den Zutritt in die Wunderwelt ihrer Geheimnisse verwehren wollten.
»Kann ich mich auf dich verlassen?«
Sie nickte. »Ich werd Sie nicht enttäuschen. Nicht in diesem Punkt und auch sonst nicht.«
Die versteckte sexuelle Anspielung war unüberhörbar. Vermutlich war sie noch Jungfrau. Das schloß er jedenfalls aus ihrem Hunger nach Zärtlichkeiten. Sie wollte sich ihm wie eine Vestalin zum Opfer darbringen.

Er rutschte näher zu ihr hinüber und berührte mit geschlossenen Lippen ihren weichen, gierigen Mund, der sich sofort öffnete. Er wich ihr aus. Sie war enttäuscht, aber auch dafür wußte er ein Trostpflaster: sein Lächeln. Ein paar Sehnsüchte mußten immer unerfüllt bleiben. Der älteste Trick im Showgeschäft, und doch verfehlte er nie seine Wirkung.

Carol wischte mit einem Stück Brot die letzten Spuren des Hähnchens jalfrezi vom Teller und genoß andächtig den letzten Bissen. »Das war teuflisch gut«, schwärmte sie.
»Es ist noch mehr da.« Maggie Brandon schob ihr die Kasserolle hin.
»In mir ist kein Eckchen mehr frei«, stöhnte Carol.
»Dann nehmen Sie eben was mit nach Hause«, sagte Maggie. »Ich weiß, wie lange Sie abends arbeiten. Zum Kochen bleibt Ihnen da nicht viel Zeit. Als John damals DCI geworden ist, habe ich mit dem Gedanken gespielt, den Chief Constable zu fragen, ob wir in den Arrestzellen in der Scargill Street einziehen dürften. Dann hätten die Kids ihren Vater wenigstens mal gesehen.«
John Brandon, Chief Constable der Polizei von East Yorkshire, sagte kopfschüttelnd: »Meine liebe Frau übertreibt mal wieder schrecklich.«
Carol musterte ihn verstohlen. An Brandon verlief alles vertikal. Senkrecht verlaufende Linien in den hohlen Wangen, sogar zwischen den Augenbrauen gab es eine senkrechte Furche. Von der Nase gar nicht erst zu reden. Und das eisgraue Haar war selbstverständlich wie mit dem Lineal gescheitelt.
Sie erinnerte sich an ihre Pflicht, als Gast artig Konversation zu treiben, brach die heimliche Inspektion ihres Chefs ab und erkundigte sich bei Maggie: »Haben Sie sich im neuen Zuhause eingelebt?«
»Nun, es ist eben eine Dienstwohnung.« Maggies Blick streifte die einfallslos weiß gestrichenen Wände. »Im Laufe der

Zeit gewöhnt man sich daran. Wissen Sie, wir haben das Haus in Bradfield nur vermietet. In fünf Jahren hat John seine dreißig Jahre rum, und dann ziehen wir dorthin zurück. Dort sind wir zu Hause, dort wohnen alle unsere Freunde. Und da die Kids dann aus der Schule raus sind, brauchen wir auf sie keine Rücksicht mehr zu nehmen.«

»Wenn ich Maggie so reden höre«, brummelte Brandon, »scheint sie sich wie eine viktorianische Missionarsfrau bei den Hottentotten zu fühlen.«

Maggie fing an, den Tisch abzuräumen. »Du wirst wenigstens zugeben, daß East Yorkshire sich ein bißchen von Bradfield unterscheidet. Jede Menge Landschaft – nur, bis zum nächsten Theater fährt man mit dem Auto eine halbe Stunde. Die Oper kannst du sowieso vergessen. Und ich hab bisher nur eine einzige Buchhandlung entdeckt, bei der nicht nur die gängigen Bestseller in den Regalen stehen.«

»Trotzdem«, wandte Carol ein, »finden Sie es nicht besser, daß die Kinder in einer Gegend aufwachsen, in die der lange Arm der Drogenbarone nicht reicht?«

Maggie schüttelte den Kopf. »Die Kids leben hier wie auf einer künstlichen Insel. In Bradfield kamen sie mit Kids aus aller Herren Länder in Kontakt – asiatischen, afro-karibischen, sogar ein vietnamesischer Junge war dabei. Hier kreist alles um den eigenen Nabel. Und den Kids wird nichts geboten. Da treiben sie sich eben auf der Straße herum. Ehrlich, da hätte ich lieber das Risiko mit den Drogendealern in Kauf genommen. Ich finde, die Vorzüge des ländlichen Lebens werden überschätzt.« Sie verschwand mit dem benutzten Geschirr in der Küche.

»Tut mir leid«, sagte Carol, »ich wußte nicht, daß ich einen von Maggies wunden Punkten berühre.«

Brandon zuckte die Achseln. »Sie kennen ja Maggie. Geben Sie ihr ein paar Monate Zeit, Sie werden sehen, dann fühlt sie sich pudelwohl hier. Den Kids geht's jetzt schon so. Wie sieht's denn bei Ihnen aus? Sind Sie mit dem Cottage zufrieden?«

»Ich liebe es. Das Ehepaar, von dem ich es gekauft habe, hat es fantastisch restauriert.«

»Dann wundert's mich, daß sie's verkauft haben.«

»Scheidung«, sagte Carol lakonisch.

Maggie kam mit der Kaffeekanne, schenkte Carol und John eine Tasse ein und sagte: »Ich laß euch beide, wenn ihr's mir nicht übelnehmt, jetzt allein. Ich weiß, daß ihr's kaum noch abwarten könnt, über dienstlichen Kram zu reden, und ich habe Karen versprochen, sie nach dem Kino in Seaford abzuholen.« Sie gab John einen Abschiedskuß auf die Wange. »Viel Spaß noch.«

Carol wurde das Gefühl nicht los, daß hinter Maggies ein wenig abruptem Aufbruch ein abgekartetes Spiel steckte, trank einen Schluck Kaffee und wartete gespannt, was John wohl auf dem Herzen hätte. Und da kam es auch schon. »Also, wie kommen Sie mit Ihren neuen Mitarbeitern zurecht?«

»Nun, sie sind offensichtlich noch auf der Hut. Da wird Ihnen eine Frau vor die Nase gesetzt, was in East Yorkshire ungefähr gleichbedeutend mit einer Mischung aus Schlange und Spürhund zu sein scheint, und zusätzlich mutmaßen sie wohl, daß der Chief Constable sie mitgebracht hat, damit sie hier für ihn den Spitzel spielt und die Peitsche schwingt.«

»Ich habe befürchtet, daß Sie das so empfinden«, sagte Brandon. »Andererseits müßte Ihnen das klar gewesen sein, bevor Sie den Job übernommen haben.«

Carol wiegte den Kopf hin und her. »Eine Überraschung war's nicht. Ich hatte es mir sogar schlimmer vorgestellt. Vielleicht zeigen sie mir noch ihre Schokoladenseite, aber ich habe den Eindruck, daß es eine gute Crew ist. Sie sind sich bisher wie auf dem Abstellgleis vorgekommen, bevor die

Dienststelle in Seaford eingerichtet wurde, und da hat sich vielleicht ein gewisser Schlendrian eingeschlichen. Und bei dem einen oder anderen habe ich den Eindruck, daß sie etwas über ihre Verhältnisse leben, aber daß das was mit Korruption zu tun hat, glaube ich nicht.«

Brandon nickte. Das hörte sich gut an. Er traute ihr zu, daß es nicht lange dauerte, bis sie fest im Sattel saß und ihr Team auf sich eingeschworen hatte. »Sonst irgendwas, was Ihnen Kopfschmerzen macht?«

Carol runzelte die Stirn. Was sie bisher an Indizien aufzählen konnte, war noch recht dürftig, aber sie wollte es trotzdem riskieren. »Da wäre noch was. Vorausgesetzt, daß das ein informelles Gespräch ist.«

»Ist es«, sagte Brandon.

Carol berichtete ihm von den nächtlichen Bränden, ihrem Verdacht, daß es sich zumindest in einigen Fällen um Brandstiftung handeln könnte, und ihrem Gespräch mit dem Feuerwehrchef, der offensichtlich diesen Verdacht teilte.

»Ein Serienbrandstifter?« fragte Brandon leise.

»Ich kann mir kaum etwas anderes vorstellen.«

»Und was wollen Sie unternehmen?«

Carol grinste. »Ich will den Burschen schnappen.«

Brandon lächelte. »Was sonst? Haben Sie konkrete Pläne?«

»Nun, ich habe bereits ein Team zusammengestellt, das in allen verdächtigen Fällen nochmals recherchiert. Und ich will ein Täterprofil erstellen.«

Brandon hob die Augenbrauen. »Einen Profiler hinzuziehen?«

»Nein«, sagte Carol entschieden, »bei der dürftigen Beweislage wäre das ein übertriebener Aufwand. Im übrigen glaube ich, daß ich damit ganz gut selber klarkommen werde.«

»Sie sind keine Psychologin«, gab Brandon zu bedenken.

»Nein, aber ich hab letztes Jahr mit Tony Hill zusammenge-

arbeitet und dabei viel gelernt und seither alles über Profiling gelesen, was ich finden konnte.«
Brandon sah ihr fest in die Augen. »Sie hätten sich zu seiner neuen Gruppe melden sollen.«
Carol spürte ein Brennen auf ihren Wangen. Falls sie rot geworden war, konnte sie nur hoffen, daß Brandon den Kaffee dafür verantwortlich machte. »Ich glaube, Officer in meinem Rang waren nicht gefragt. Abgesehen von Commander Bishop ist niemand mit einem höheren Dienstgrad als Sergeant dabei. Außerdem liegt mir die konkrete Arbeit vor Ort mehr. Ich möchte den Finger am Puls haben.«
Brandon ließ nicht so schnell locker. »Die neue Gruppe wird in ein paar Wochen alle Hände voll zu tun haben. Vermutlich wäre Hill froh gewesen, seine Leute bei einem Fall wie diesem ein paar praktische Erfahrungen sammeln zu lassen.«
»Möglich«, sagte Carol, »aber es ist mein Fall, und ich will ihn nicht aus der Hand geben.«
Brandon nickte. Es gefiel ihm, daß Carol ihre Arbeit in East Yorkshire bereits als eine Art persönlicher Domäne betrachtete. »Einverstanden. Aber Sie halten mich auf dem laufenden?«
»Natürlich«, sagte Carol und redete sich ein, nur deshalb so erleichtert zu sein, weil sie ihren Kopf durchgesetzt hatte und nun die Lorbeeren ausschließlich für ihre Leute und sich in Anspruch nehmen konnte. Vorausgesetzt, sie lösten den Fall. Aber insgeheim wußte sie, daß sie sich selbst etwas vormachte.

In dem Raum zu übernachten, den der Makler das Gästezimmer genannt hatte, wäre für die meisten ihrer Bekannten eine Zumutung gewesen, erst recht dann, wenn sie zu den Leuten gehörten, die vor dem Einnicken unbedingt noch ein paar Seiten lesen wollen. Im Gegensatz zu den klassischen oder

modernen Romanen, die den Bücherschrank im Wohnzimmer füllten, enthielt das Regal in diesem Raum – den Shaz übrigens nicht als Gäste-, sondern als Arbeitszimmer nutzte – das, was sie scherzhaft ihre Schmuddelecke nannte: zum Teil eine wahre Horrorlektüre, auch wenn manche Autoren krampfhaft versuchten, ihren Machwerken einen pseudowissenschaftlichen Anstrich zu geben.
Bei den Büchern im untersten Fach war es ihr geradezu peinlich, solchen Schund zu besitzen. Überwiegend handelte es sich dabei um Biographien verurteilter Serienmörder, die unter dem Vorwand der nachträglichen Betrachtung aus sozio- und psychologischer Sicht, tatsächlich aber bar jeglicher Logik, breit ausgewalzt ihre schauerlichen Untaten beschrieben. Darüber standen die von Wissenschaftlern verfaßten, ernstzunehmenderen Versionen derselben Lebensläufe und im dritten Fach, etwa in Augenhöhe, Bücher, in denen die Vorkämpfer des Profilings die Vorurteile und Schwierigkeiten schilderten, mit denen sie sich vor etlichen Jahren – also zu einer Zeit, zu der Profiling natürlich noch reine Männersache gewesen war – bei ihren ersten Gehversuchen auf einem noch nicht anerkannten Feld wissenschaftlicher Arbeit herumschlagen mußten.
Die Bezeichnung Fachliteratur verdienten im Grunde nur die Bücher in den beiden obersten Fächern. Alles in allem eine recht ansehnliche Handbibliothek, die Shaz da in kürzester Zeit zusammengetragen hatte, seit sie wußte, daß ihr ein Platz in der Tony Hills NOP Task Force sicher war.
Nach dem gemeinsamen Abendessen hatte sie sich, allem guten Zureden zum Trotz, aus dem Quartett ausgeklinkt, weil die anderen beschlossen, nach Hähnchen mit Curry als Sahnehäubchen einen Nachtklubbummel folgen zu lassen. Solchen Streifzügen vermochte sie keinen Reiz abzugewinnen, und heute schon gar nicht, weil es sie in den Fingern juckte,

an ihren Computer zurückzukehren und weiter an der heute morgen begonnenen, vergleichenden Analyse zu arbeiten. Seit Tony ihnen vor drei Tagen als Hausaufgabe aufgegeben hatte, in den verteilten Kopien der Polizeiberichte über verschwundene Teenager nach MO zu fahnden, verbrachte sie jede freie Minute damit, die Unterlagen immer wieder gründlich durchzulesen. Nicht einmal, sondern dreimal hatte sie sie studiert, in der Hoffnung, auf irgend etwas zu stoßen, was sie möglicherweise auf die richtige Spur führen konnte. Und als sie dann in der Lage gewesen wäre, die spärlichen Fakten im Schlaf aufzusagen, hatte sie sich an den Computer gesetzt.

Die Datenbasis, auf die Shaz sich stützte, war schon damals, als sie sich die Software bei einem Mitstudenten kopiert hatte, nicht der letzte Schrei gewesen. Inzwischen konnte man sie fast als museumsreif bezeichnen, aber für Shaz' Zwecke genügte sie vollauf - sie war benutzerfreundlich und bot ihr die Möglichkeit, die Daten nach Kategorien und Kriterien zu ordnen, die ihrer persönlichen Logik entsprachen. Sie war froh, endlich wieder - abgeschminkt und im Freizeitdreß - vor dem Computer zu sitzen. Die Arbeit am Bildschirm faszinierte sie so, daß sie sich nicht mal die Zeit nahm, etwas Warmes zum Lunch zuzubereiten. Statt dessen begnügte sie sich mit einer Banane und einer Packung Biskuits - mit dem Erfolg, daß sie anschließend mühsam die Krümel aus dem Keyboard picken mußte.

Die Mausklickanzeige hüpfte auf und ab, während sie das Keyboard säuberte. Die Schritte, denen sie bei ihrer vergleichenden Analyse folgte, hatte sie bereits festgelegt: Zuordnung nach geographischen Gesichtspunkten, physische Merkmale, Berücksichtigung der häuslichen Verhältnisse, Angaben darüber, ob die Betreffenden bereits früher bei der Polizei aufgefallen waren, Alkoholkonsum, Erfahrungen mit

Drogen, spezielle Interessengebiete und, falls bekannt, sexuelle Beziehungen. Die Ausbeute war ziemlich dürftig, für die Hobbys der Teenager hatten sich die ermittelnden Officer offenbar nicht sonderlich interessiert. Am Schluß ordnete sie die Fälle nach dem Alter der dreißig verschwundenen Jugendlichen, druckte das Ergebnis aus und legte die Bogen nebeneinander, damit sie sie beim Durchlesen leichter vergleichen konnte.

Das erste Alarmzeichen war wie üblich ein unruhiges Kribbeln im Magen. Stirnrunzelnd ging sie die Ausdrucke nochmals durch. Sie traute sich einfach nicht, zu glauben, was sich da abzeichnete. Schließlich verglich sie das Bild, das sich aus der Computeranalyse ergab, mit den Kopien der Fotos aus den Polizeiakten. »Ach du liebes bißchen«, murmelte sie vor sich hin, atmete tief durch und schloß die Augen. Aber es blieb dabei, es schien sich eine Gruppe von sieben Mädchen herauszuschälen, bei denen es bei allen oder nahezu allen Kriterien auffallende Übereinstimmungen gab.

Gut, dann zuerst die Übereinstimmungen. Alle hatten dunkles, zu einem kurzen Pferdeschwanz gebundenes Haar, alle waren vierzehn oder fünfzehn Jahre alt und zwischen eins sechzig und eins siebzig groß. Alle hatten zu Hause gewohnt, zusammen mit beiden Eltern oder einem Elternteil. Sowohl Eltern und Geschwister wie auch Freunde hatten bei der Polizei ausgesagt, sie könnten sich das Verschwinden der Mädchen nicht erklären, sie hätten absolut keinen Grund gehabt, von zu Hause wegzulaufen. Keine hatte Reisegepäck dabeigehabt, was dafür gesprochen hätte, daß sie lange wegbleiben wollten. Offenbar hatten aber alle eine Wechselgarnitur Unterwäsche mitgenommen – der Hauptgrund dafür, daß die Polizei ein Verbrechen, Entführung oder Mord, mit hoher Wahrscheinlichkeit ausschloß. Für diese Annahme sprach auch der Zeitpunkt des Verschwindens. Die Mädchen

hatten morgens die gewohnten Vorbereitungen für die Schule getroffen, waren aber nicht dort angekommen. Alle Ausreden, mit denen sie ihre Eltern darauf vorbereitet hatten, daß sie möglicherweise an diesem Tag etwas später heimkämen, erwiesen sich nachträglich als frei erfunden.
Und da war noch etwas, was Shaz allerdings nicht der Computeranalyse entnehmen konnte, es war ihr beim Studium der Fotos aufgefallen: alle sieben Mädchen entsprachen ungefähr demselben Typ. Ihre Augen strahlten eine kokettierende Sinnlichkeit aus. Shaz las aus der Art, wie sie mit ihren Blicken förmlich in die Kamera krochen, daß die Jahre kindlicher Unschuld hinter ihnen lagen. Ob es ihnen bewußt war oder nicht, sie waren sexy.
Nun zu den negativen Übereinstimmungen. Keine der sieben war je unter die Aufsicht der Fürsorge gestellt worden. Sie hatten auch nie Schwierigkeiten mit der Polizei gehabt. Wie die Freundinnen der Mädchen einräumten, hatten sie hin und wieder abends Alkohol getrunken und vielleicht mal einen Joint geraucht oder eine Prise Speed geschnupft. Aber von regelmäßigem Drogenkonsum konnte keine Rede sein. In keinem der sieben Fälle gab es Anhaltspunkte dafür, daß die Mädchen sich Männern für Geld angeboten hätten oder Opfer sexuellen Mißbrauchs gewesen wären.
Natürlich gab es auch Dinge, die nicht in das erhoffte Bild auffallender Übereinstimmungen paßten. Drei aus der Gruppe hatten einen festen Freund, vier nicht. Der Versuch einer geographischen Zuordnung erwies sich als schwierig. Die Fälle verteilten sich sozusagen quer über die Landkarte – Sunderland war der nördlichste, Exmouth der südlichste Punkt. Dazwischen lagen Swindon, Grantham, Tamworth, Wigan und Halifax. Die Vermißtenanzeigen waren im Laufe eines Zeitraums von sechs Jahren eingegangen. Die Zeitabstände zwischen dem Verschwinden der Mädchen waren

nicht konstant, sie wurden auch nicht im Laufe der Jahre zunehmend kleiner, wie Shaz das erwartet hätte, wenn die Mädchen wirklich die Opfer eines Serienmörders geworden wären.
Andererseits, vielleicht gab es Mädchen, von denen sie noch nichts wußte.

Als Shaz am Sonntag morgen aufwachte, versuchte sie zuerst, sich wieder zum Einschlafen zu zwingen. Doch daraus konnte nichts werden, solange in ihrem Kopf beharrlich das Wissen rotierte, daß es nur eine Möglichkeit gab, bei ihrer Arbeit Fortschritte zu machen und ihre These von einer Gruppe aus sieben möglichen Mordopfern zu untermauern. Und weil sie dazu auf fremde Hilfe angewiesen war, mußte sie sich wohl oder übel mit Geduld wappnen. Als sie gegen Mitternacht ins Bett gegangen war, hatte sie sich vorgenommen, Sonntag mittag, etwa zur Lunchzeit, zum Telefon zu greifen. Als sie aber um Viertel vor sieben immer noch wach im Bett lag und ihre Gedanken unablässig um das immer gleiche Problem kreisten, wußte sie, daß sie es bestimmt nicht so lange aushielt.
Zu wissen, daß sie ohne fremde Hilfe, nur auf ihre Computeranalyse gestützt, nicht weiterkam, machte sie derart kribbelig, daß sie schließlich energisch die Bettdecke wegstieß. Eine halbe Stunde später war sie bereits auf der Zufahrt zur M 1 und drückte das Gaspedal durch.
Der Kampf mit der Dusche, das Anziehen und die Rundfunknachrichten, während sie ihren Kaffee trank, hatten sie vorübergehend ein wenig abgelenkt, aber als sich jetzt das leere, dreispurige Band der M 1 vor ihr erstreckte, gab es nichts mehr, was sie vom Grübeln abhalten konnte. Ungehalten schob sie eine Kassette mit Opernarien ins Stereofach des Autoradios, gab aber bald darauf den Versuch auf, sich

selbst weiszumachen, sie konzentriere sich auf die Musik. In den folgenden zweieinhalb Stunden war sie dem Kreislauf ihrer Gedanken ähnlich wehrlos ausgeliefert wie an einem verregneten Sonntag der soundsovielten Wiederholung eines uralten Films im Fernsehen.

Es war fast zehn Uhr, als sie die Rampe zur Tiefgarage des Barbicankomplexes hinunterfuhr. Peter, der Parkwärter, konnte sich offenbar noch an sie erinnern, jedenfalls begrüßte er sie fröhlich mit einem scherzhaften »Hallo, Fremde – ist 'ne Weile her, daß wir uns zuletzt gesehen haben«.

»Ich bin nach Leeds umgezogen«, sagte sie, ohne zu erwähnen, daß der Umzug erst vor kurzem stattgefunden hatte. Es mußte gut und gern achtzehn Monate hersein, daß sie das letzte Mal hiergewesen war, aber dafür gab es Gründe, die niemanden etwas angingen.

Peter quetschte sich an ihr vorbei durch die schmale Tür des engen Glasgevierts, weil er einen freien Stellplatz für sie suchen wollte. »Ulkig, Chris hat gar nichts davon gesagt, daß Sie kommen.«

»Tja, das hat sich erst in letzter Minute so ergeben«, sagte sie ausweichend und stieg schon mal ins Auto, während er stirnrunzelnd das Parkdeck inspizierte. »Bleiben Sie über Nacht?«

»Nein, ich werd nicht lange bleiben.« Sie ließ den Motor an, folgte ihm im Schrittempo und rangierte ihr Auto auf den Stellplatz, den Peter für sie ausgesucht hatte.

»Ich laß Sie noch ins Haus«, sagte er, als sie ausgestiegen war. »Wie lebt sich's denn so im eiskalten Norden?«

Shaz schmunzelte. »Na ja, die spielen da oben den besseren Fußball«, war alles, was ihr auf die Schnelle einfiel.

Dann standen sie vor der schweren Metalltür, die die Tiefgarage vom Wohnhaus trennte, er schloß sie auf, sie nickten sich freundlich zu, und zwei, drei Sekunden später stand sie vor dem Fahrstuhl und drückte die Ruftaste.

Als sie im dritten Stock über den mit Teppichboden ausgelegten Flur ging, holte die alte Beklommenheit sie ein. Sie atmete tief durch, dann drückte sie den Klingelknopf. Lange Zeit rührte sich nichts, erst als sie schon gehen wollte, hörte sie schlurfende Schritte. Die Tür wurde einen Spalt geöffnet. Zerzaustes kastanienrotes Haar, trübe Augen mit dunklen Ringen, eine Schniefnase und ein halb hinter einer Hand mit untadelig manikürten Fingern verstecktes Gähnen – mehr konnte Shaz fürs erste nicht erkennen.

Ihr Lächeln fiel so schmal aus wie der Türspalt, aber es war wohl herzlich genug, daß Chris Devine schlagartig hellwach wurde. Die Hand, die das Gähnen kaschiert hatte, rutschte nach unten, aber der Mund stand weiter offen. Chris' Mienenspiel spiegelte das Wechselbad ihrer Gefühle wider, von Verblüffung über Freude bis zu Bestürzung.

»Hab ich 'ne Chance, einen Becher Kaffee zu kriegen?« fragte Shaz.

Chris zögerte einen Moment, dann trat sie einen Schritt zurück und zog die Tür weiter auf. »Du kommst am besten erst mal rein«, sagte sie.

Wer etwas erreichen will, muß sich anstrengen. Eine Lebensweisheit, an die er sich, sooft ihn Zweifel quälten, immer wieder selbst erinnerte, obwohl sie ihm von Kindesbeinen an so eingebleut worden war, daß er sie ohnehin nie vergessen hätte. Seine Eltern hatten auf strenge Disziplin geachtet, jedes Aufbegehren und erst recht freche Antworten waren auf der Stelle geahndet worden. Er hatte rasch gelernt, seine wahren Gefühle hinter einer stoischen Miene zu verbergen, egal, was seine Eltern ihm vorhielten oder von ihm verlangten. Anderen hätte man vielleicht die siedende Erregung angemerkt, die in ihm brodelte, sooft er an die kleine Donna Doyle dachte, ihm nicht. Niemand konnte etwas von seinen verborgenen Gedanken ahnen, wenn er – schon in die Welt seiner bizarren Träume entrückt – geistesabwesend vor sich hin starrte. Eine Maskerade, die ihm in seiner Jugend viele Schmerzen erspart hatte und ihn nun davor bewahrte, erwischt zu werden.
In Gedanken war er ständig bei ihr, fragte sich, ob sie sich auch wirklich an ihr Versprechen hielt, malte sich aus, wie sie schon vor Aufregung glühte. Mit Sicherheit war sie völlig verändert, seit die Verantwortung auf ihr lastete, ein ihr anvertrautes Geheimnis zu bewahren. Sie mußte keine Zeitungshoroskope mehr lesen, sie wußte ja genau, was die Zukunft für sie bereithielt. Jedenfalls glaubte sie das.
Natürlich konnte sie nicht dieselben Visionen haben wie er, das war ihm klar. Im Gegenteil, ihre und seine Fantasien hatten bestimmt nichts gemein. Abgesehen von der Vorfreude auf den Orgasmus.
Sich vorzustellen, welchen trügerischen Hoffnungen sie sich

hingab, ließ ihm ein Schaudern verstohlenen Vergnügens über den Rücken rieseln und schuf ein inneres Gegengewicht zu der ständig nagenden Furcht, daß sie vielleicht doch nicht Wort hielt. Eine Möglichkeit, die ihm, sogar während er mit den armen Würmchen in der Spezialklinik für krebskranke Kinder Computerspiele gespielt hatte, unablässig durch den Kopf gegangen war. Im Geiste sah er Donna, wie sie ihrer besten Freundin, in der Schulgarderobe hinter Mänteln und Überjacken versteckt, das Geheimnis verriet. Das war das Risiko, das er jedesmal einging. Aber bisher hatte er noch immer richtig eingeschätzt, wie die Würfel fielen, deshalb war er nie behelligt worden. Jedenfalls nicht durch polizeiliche Ermittlungen. Einmal hatten die verzweifelten Eltern eines vermißten Teenagers ihn gebeten, übers Fernsehen einen Appell an das Mädchen zu richten. An ihn hatten sie sich gewandt, weil ihre Tochter, wie sie ihm erzählten, wo sie auch wäre, mit Sicherheit seine wöchentliche Sendung *Besuch von Vance* nicht verpassen würde. Ach, das Schicksal war mitunter zu köstlichen Späßen aufgelegt! Er hatte noch Monate danach einen Steifen bekommen, wenn er daran dachte. Na schön, er hatte ihnen den Gefallen getan, es blieb ihm ja nichts anderes übrig. Hätte er ihnen vielleicht raten sollen, lieber über ein Medium Kontakt zu ihrer Tochter zu suchen? Na also.

Nachdem er zwei Nächte lang auf den Beinen gewesen war, fiel er kurz nach Mitternacht in Tiefschlaf, um in der Morgendämmerung mit weit aufgerissenen Augen und rasendem Pulsschlag auf einem völlig verschwitzten Laken hochzuschrecken. Was den Alptraum ausgelöst hatte, wußte er nicht, aber er tat danach kein Auge mehr zu und verbrachte den Rest der Nacht damit, in seinem Hotelzimmer ruhelos auf und ab zu wandern, abwechselnd von innerem Jubel erfüllt oder von rätselhaften Ängsten geschüttelt.

Aber irgendwann lag auch das hinter ihm. Am Donnerstag abend hielt er sich bereits in seinem Schlupfwinkel in Northumberland auf. Ruhig und abgeschieden wie ein Bauernhof in den Highlands, obwohl das Haus – eine ehemalige Methodistenkapelle, so winzig, daß höchstens zwei Dutzend Gläubige darin Platz gefunden hatten – nur fünfzehn Autominuten von der Innenstadt entfernt lag. Als die Kapelle zum Verkauf angeboten wurde, bestand sie im Grunde nur noch aus vier kahlen Wänden mit einem allmählich einfallenden Dach darüber. Aber ein paar örtliche Bauunternehmen hatten – froh über einen Auftraggeber, der bar zahlte – in Teamarbeit ein richtiges kleines Schmuckstück daraus gemacht und wegen der ausgefallenen Wünsche des Bauherrn bezüglich der Raumaufteilung selbstverständlich keine neugierigen Fragen gestellt.
Er musterte überaus zufrieden die Vorbereitungen für seinen jungen Gast. Das Bett war frisch bezogen, kuschelweiche Handtücher lagen bereit. Das Telefon war abgestellt, der Anrufbeantworter ›stumm‹ geschaltet, das Faxgerät in einer Schublade verschwunden. Von ihm aus konnten die Hilfsmittel moderner Kommunikation die ganze Nacht vor sich hin blinken, er war erst morgen früh wieder zu erreichen. Auf die blütenweiße Leinentischdecke wäre jede Hausfrau stolz gewesen. Er hatte den Tisch mit edlem Porzellan, Kristallgläsern und silbernen Kerzenleuchtern eingedeckt und eine Kristallvase mit roten Rosen dazugestellt. Donna war bestimmt schlichtweg überwältigt. Daß sie zum letzten Mal mit Messer und Gabel aß, konnte sie natürlich nicht ahnen.
Ein letzter prüfender Blick in die Runde – alles war so, wie es sein mußte. Nichts zu sehen von den Ketten, den Lederfesseln und dem seidenen Knebeltuch. Wie harmlos eine Zimmermannswerkbank doch aussehen konnte, wenn keine Werkzeuge darauf bereitlagen, abgesehen von dem fest mon-

tierten Schraubstock. Er hatte die Werkbank selbst entworfen, auch das neben dem Kopfteil angeschraubte Klappbrett, auf dem er später seine Spezialwerkzeuge ausbreiten würde. Ein Blick auf die Uhr – Zeit, loszufahren, obwohl es nicht weit war: zuerst ein Stück über den holperigen Feldweg, dessen Schlaglöcher der Land Rover aber klaglos überwand, dann noch die wenigen Kilometer auf der leeren Nebenstraße zu der vermutlich menschenleeren Bahnhaltestelle Five Walls. Mit einem genüßlichen Lächeln, in dem sich seine ganze Vorfreude widerspiegelte, zündete er die Kerzen an. Er hegte jetzt keinen Zweifel mehr, daß sie Wort gehalten und ihr und sein Geheimnis gewahrt hatte.

»Na, willst du nicht in meine gute Stube kommen?« fragte die Spinne die Fliege …

Endlich waren Tim Coughlans Gebete erhört worden, er hatte das ideale Plätzchen gefunden. Das Verladedock war ein wenig schmaler als der Fabrikkomplex und sah auf den ersten Blick aus, als sei es von einem Ende bis zum anderen mit Kartons vollgestellt. Wenn man sich aber die Mühe machte, genauer hinzusehen, kam man dahinter, daß die Kartons keineswegs dicht an dicht standen, so daß jemand, der nicht zuviel Platz beanspruchte, sich zwischen ihnen relativ bequem einrichten konnte. Bei einer – zum Glück sehr unwahrscheinlichen – Inspektion des Verladedocks wäre Tims Schlafplatz ohne Zweifel schnell entdeckt worden, aber mehr als seinen schmuddeligen Schlafsack und zwei Tragetaschen hätte man dabei nicht gefunden. Die eine Tragetasche enthielt ein schmutziges T-Shirt, ebenso schmutzige Socken, schmutzige Boxershorts und eine Cordhose, die irgendwann mal dunkelbraun gewesen war, mittlerweile aber eine Farbe angenommen hatte, bei der man unwillkürlich an das Gefieder von Seevögeln denken mußte, die einer Ölpest zum Opfer gefallen waren.
Tim kauerte, den zusammengeknautschten Schlafsack als Kissen unter den knochigen Hintern geschoben, in einer Ecke seines illegalen Domizils und aß Chips und Currysoße, der Einfachheit halber gleich aus der Plastikschale. Die Literflasche Cidre – oder zumindest den größten Teil davon – hatte er sich vorsorglich fürs Abendessen aufgespart, damit er sein kärgliches Mahl mit dem Apfelwein hinunterspülen konnte. Außerdem gab ihm das die nötige Bettschwere. Gerade in kalten Nächten kann's nichts schaden, etwas intus zu haben, was von innen wärmt.

Es war ihm schon schlechter gegangen. Er hatte viele Monate lang auf der Straße gelebt, bevor es ihm gelungen war, aus dem Heroinnebel aufzutauchen, durch den für ihn das Leben zur Hölle geworden war. Er war seinerzeit so auf den Hund gekommen, daß er nicht mal das Geld für Drogen zusammenkratzen konnte. Und genau das hatte ihn, wie das Schicksal so spielt, gerettet. Zum Wendepunkt war der Abend geworden, an dem er, vor Kälte zitternd, im Weihnachtszelt einer karitativen Organisation mit einer Portion kaltem Truthahn und frommen Sprüchen gefüttert worden war. Kurz danach hatte er angefangen, auf der Straße *Jesus und du* zu verkaufen, und es fertiggebracht, immerhin soviel Geld beiseite zu legen, daß er in einem Wohltätigkeitsbazar Kleidung erstehen konnte, in denen er arm, aber nicht hoffnungslos heruntergekommen aussah. Und er hatte es geschafft, Arbeit auf den Docks zu finden. Schlechtbezahlte Gelegenheitsarbeit, für die er bar auf die Hand bezahlt wurde. Und bei der Gelegenheit hatte er seinen jetzigen Schlafplatz auf dem Verladedock entdeckt und zu seiner Erleichterung festgestellt, daß die Firma, der das Dock gehörte, zu knauserig war, um sich einen Nachtwächter zu leisten.
Seither hatte er fast dreihundert Pfund zusammengespart, die einstweilen noch auf dem Konto der Firma schlummerten, aber das blieb nicht mehr lange so. Denn bald würde er so weit sein, daß er ein eigenes Bankkonto eröffnen konnte, und das warf dann so viel Zinsen ab, daß er sich davon und von der monatlichen Sozialfürsorge eine anständige Bleibe und etwas Ordentliches zu essen leisten konnte.
Tim war ganz unten gewesen, kurz vor dem Absaufen. Aber nun war er überzeugt, daß er's bald schaffte, sich wieder nach oben zu strampeln, nicht gerade bis zur Sonne, aber ein Stück näher zu ihr. Er knüllte das Plastikschälchen zusammen und warf es irgendwohin zwischen die Kartons. Dann

öffnete er die Cidreflasche und ließ sich den Inhalt mit schnellen Schlucken die Kehle hinunterrinnen. Der Gedanke, das Zeug mit Genuß zu trinken, wäre ihm nie gekommen. Warum sollte er auch?

Jacko Vance war nie etwas in den Schoß gefallen. Meistens hatte er die Gelegenheit am Schopf packen und sie, wie sehr sie auch strampelte und sich wehrte, auf die Bühne seines Lebens zerren müssen. Die Einsicht, daß jeder seines Glückes Schmied ist, war ihm schon in Kindertagen gekommen, und seither hatte er wieder und wieder die Erfahrung gemacht: Wer nicht fleißig schmiedete, bekam auch nichts ab. Seine Mutter hatte unter einer postnatalen Depression gelitten und sich, weil sie Abscheu vor ihm empfand, kaum um ihn gekümmert. Sein Vater um so mehr, und das war meistens nicht sehr angenehm gewesen.
Bereits in den ersten Schuljahren hatte das hübsche Kind mit dem nackenlangen, blonden Haar und den großen staunenden Augen herausgefunden, welche magische Kraft in Träumen steckte. Sie konnten alles wahr machen, was man sich wünschte. Manche Lehrer schmolzen beim Anblick dieses netten kleinen Jungen förmlich dahin. Also dauerte es nicht lange, bis er den richtigen Dreh gefunden hatte, sie nach seiner Pfeife tanzen zu lassen. Die Erfahrung, wie leicht er sie manipulieren konnte, machte nichts von dem wett, was er zu Hause erleiden mußte, verhalf ihm aber schon in frühen Jahren zu einem Gespür dafür, wieviel Vergnügen es machen kann, Macht über andere auszuüben.
Obwohl ihm viel an seiner Ausstrahlung lag, verließ er sich nie ausschließlich auf die Wirkung seines Charmes. Es war, als merke er es instinktiv, wenn er auf Menschen traf, bei denen es anderer Waffen bedurfte, um sie sich gefügig zu machen. Und als er dann noch die Kraft der Worte entdeckt hat-

te, war es ihm ein leichtes, immer und überall die Ziele zu erreichen, die er sich gesteckt hatte. Endgültig waren die Weichen gestellt, als Jacko seine sportlichen Anlagen entdeckte und erkannte, daß sich auf diesem Feld mehr Möglichkeiten zur Entfaltung boten als im engen Klassenzimmer. Es zahlte sich einfach eher aus, spektakuläre Leistungen vor einem großen Publikum zu erbringen.

Natürlich war es unvermeidlich, daß seine Mitschüler ihm die unverhohlene Art, in der er sich bei all denen lieb Kind machte, die an den Schalthebeln der Macht saßen – also bei den Lehrern –, übelnahmen; Lieblingsschüler sind bei Mitschülern nie sehr beliebt. Er mußte die üblichen Raufereien ausfechten, und mitunter gewann er dabei, mitunter nicht. Die Jungen, gegen die er verlor, vergaß er nie. Es mochte Jahre dauern, aber irgendwann fand er einen Weg, an dem Sieger von einst Rache zu nehmen, wobei der arme Kerl meistens nicht mal ahnte, wer ihm da ein Bein gestellt hatte. Jeder in der Wohnsiedlung, in der er aufgewachsen war, erinnerte sich an seine Dauerfehde mit Danny Boy Ferguson, der ihm, etwa zu der Zeit, als beide zehn, zwölf Jahre alt waren, das Leben schwergemacht hatte, wo immer er konnte. Als Jacko eines Tages wütend auf ihn losgegangen war, hatte Danny Boy ihn – mit einer Hand, die andere ostentativ hochgereckt – zu Boden geschlagen. Jackos gebrochene Nase war gut verheilt, aber im Inneren, hinter der zur Schau gestellten Liebenswürdigkeit, brannte unversöhnlicher Haß in ihm.

Als Jacko seine erste britische Jugendmeisterschaft gewann, wurde er über Nacht zum Star der Wohnsiedlung. Noch nie war das Foto von irgend jemandem aus dieser Gegend in einer Zeitung abgedruckt worden, nicht mal das von Gladstone Sanders, nachdem er den schweren Betonbrocken aus dem zehnten Stockwerk auf die Straße gekippt hatte. Jackos Foto erschien sogar in den überregionalen Blättern. Es koste-

te ihn keine große Mühe, Danny Boys Freundin Kimberly zu überreden, sich mit ihm in der nahe gelegenen Großstadt die Nacht um die Ohren zu schlagen.
Eine Woche lang lud er sie zu Drinks und zum Essen ein, dann ließ er sie fallen. Und an einem Sonntag abend schlug dann für Jacko die Stunde der Rache. Danny Boy zog sich in einer Kneipe sein fünftes Pint rein, nicht ahnend, daß Jacko mit einem Fünfziger cash den Wirt bestochen hatte, über die Stereoanlage des Lokals das – natürlich heimlich aufgenommene – Band zu übertragen, auf dem Kimberly ihm in allen Details anvertraute, was für ein lausiger Fick Danny Boy sei.
All das fiel ihm wieder ein, weil er glaubte, in Micky Morgan bei ihren Besuchen im Krankenhaus eine verwandte Seele entdeckt zu haben. Er war sich nicht sicher, was sie wollte, aber irgendein Gefühl sagte ihm, daß sie etwas wollte. Und als Jillie ihm den Laufpaß gegeben und Micky angeboten hatte, ihm zu helfen, wurde aus dem Gefühl Gewißheit.
Fünf Minuten nachdem Micky das Krankenhaus verlassen hatte, heuerte er den Privatdetektiv an. Der Mann war gut und lieferte ihm das Ergebnis seiner Recherchen schneller als erwartet. Und als Jacko dann in den schreienden Schlagzeilen der Klatschpresse nachlesen konnte, was Micky daraus gemacht hatte, wurde ihm endlich klar, was sie von ihm wollte. Und er erkannte schlagartig, auf welche Weise er Mickys Motive am besten für sich nutzen konnte.
SPORTSTAR JACK SAGT DER LIEBE ADIEU! EIN HELD MIT GEBROCHENEM HERZEN! JACKS TRAGISCHER OPFERGANG!

Er grinste in sich hinein und las weiter.

> Ein Mann, den alle Briten wegen seines Muts bewundern, hat heute ein mutiges Bekenntnis abgelegt und

das Geheimnis des größten Opfers seines Lebens gelüftet.

Wenige Tage nach der mutigen Rettung zweier Kleinkinder aus dem Inferno auf der M 1 – einer heldenhaften Tat, die Jacko Vance einen Arm und seine Olympiahoffnungen kostete – hat er die Beziehung zu seiner Jugendliebe Jillie Woodrow gelöst.

Wir haben im Krankenhaus mit ihm gesprochen, wo er sich von der Amputation erholt. Mit gebrochenem Herzen hat er uns exklusiv anvertraut: »Ich habe sie freigegeben. Ich bin nicht mehr der, den sie heiraten wollte. Es wäre nicht fair gewesen, sie weiter an mich zu binden. Ich kann ihr nicht mehr das Leben bieten, von dem wir geträumt haben. Für mich ist das wichtigste, daß sie glücklich wird.

Ich weiß, sie wird es jetzt noch nicht verstehen, aber eines Tages wird sie erkennen, daß ich die richtige Entscheidung getroffen habe.«

Wenn Jillie es jetzt wagen sollte, seiner Version zu widersprechen, stand sie als Großbritanniens meistgehaßte Schlampe da.

Der Rest war ein Spiel auf Zeit. Jacko tat, als gebe er sich damit zufrieden, in Micky eine gute Freundin zu haben. Aber als eine innere Ahnung ihm sagte, daß der richtige Moment gekommen sei, schlug er hinterhältig wie eine Natter zu. »Wann beabsichtigen Sie eigentlich, Ihre Dankesschuld abzutragen?«

Micky sah ihn verblüfft an. »Dankesschuld?«

»Ihre Story über mein gebrochenes Herz und meinen tragischen Opfergang …« Aus jedem Wort triefte Spott. »Schreien Ihre Leser da nicht schon nach einem Neun-Tage-Wunder?«

»Lassen wir sie schreien«, versuchte Micky, sich gelassen zu geben, und zupfte geflissentlich an dem Blumenarrangement herum, das sie ihm mitgebracht hatte.
»Nun, die Jacko-und-Jillie-Sensation ist nun schon zehn Tage alt, damit locken Sie keinen Hund mehr hinter dem Ofen hervor. Ich dachte, es würde allmählich Zeit, mein Honorar einzufordern.« Sein Ton war freundlich, aber die Kälte in seinen Augen hätte ein Sumpfloch im Hochmoor zufrieren lassen.
Micky setzte sich kopfschüttelnd auf seine Bettkante. Äußerlich ließ sie sich nichts anmerken, aber er ahnte, daß sie verzweifelt überlegte, wie sie den Kopf doch noch aus der Schlinge ziehen könnte. »Ich weiß nicht recht, was Sie meinen«, versuchte sie, auf Zeit zu spielen.
Er lächelte herablassend. »Kommen Sie, Micky, ich bin nicht von gestern. In Ihrem Metier lernt man schnell, daß alles seinen Preis hat. Nach jeder Gefälligkeit gibt es einen Zahltag.«
Sie versuchte, den Spieß umzudrehen. »Mir reicht es zu wissen, daß ich etwas bei Ihnen guthabe.«
»Umgekehrt wird ein Schuh daraus«, erwiderte er nonchalant. Doch dann schnellte plötzlich seine Hand vor und legte sich wie eine Zwinge um ihr Handgelenk. Der Griff tat ihr weh, aber sie wußte instinktiv, daß Jackos Hand sich nicht abschütteln ließ. »Andererseits ist mir klar, daß Sie und Ihre Freundin derzeit nach einem Rettungsanker Ausschau halten.«
Ein Schaudern überlief sie, als sie seinen lauernden Blick sah. Was mochte hinter seiner Stirn vorgehen? »Was reden Sie da für komisches Zeug?«
»Nicht nur Journalisten haben ihre Verbindungen«, sagte er mit verächtlichem Unterton. »Als Sie angefangen haben, Interesse an mir zu zeigen, bin ich natürlich auch neugierig ge-

worden. Sie heißt Betsy Thorne, Sie leben seit über einem Jahr mit ihr zusammen. Offiziell ist sie Ihre Agentin, aber sie ist auch Ihre Geliebte. Zu Weihnachten haben Sie ihr bei einem Juwelier auf der Bond Street eine Bulova-Uhr gekauft. Vor vierzehn Tagen haben Sie für sie und sich ein Doppelzimmer in einem Landhotel bei Oxford gemietet. Jeweils am Dreiundzwanzigsten eines Monats schicken Sie ihr Blumen. Soll ich noch mehr aufzählen?«

»Das hat sich umständehalber so ergeben.« Sie gab sich kühl, aber in dem Handgelenk, das Jacko weiter mit eisernem Griff umklammerte, pochte es verräterisch. »Und im übrigen geht Sie das nichts an.«

»Die Klatschpresse auch nicht. Aber die bohrt weiter, Micky. Es ist nur noch eine Frage der Zeit, wann es zum Skandal kommt, und das wissen Sie.«

»Wo es nichts zu finden gibt, kann man nichts finden«, erwiderte sie schnippisch.

»Die Pressepiranhas werden es rausfinden«, versprach er ihr. »Und für diesen Fall könnte ich mich als hilfreich erweisen.«

»Und in welcher Weise?«

Er gab ihr Handgelenk frei. »Sie als Journalistin müßten das wissen. Werfen Sie den Haien einen Leckerbissen hin, dann hören sie auf, Sie zu umkreisen.«

»Und woran denken Sie?«

»Wie wär's mit: ›Romanze am Krankenbett: TV-Star Micky tröstet den unglücklichen Jacko‹.«

»Schön und gut, aber was hätten Sie davon?«

»Ruhe und Frieden«, sagte er. »Sie ahnen gar nicht, wie viele Frauen darauf aus sind, mein gebrochenes Herz zu heilen.«

»Vielleicht wäre eine von ihnen die Frau fürs Leben.«

Er lachte bitter. »Das Marxsche Trostpflaster für alle Unzufriedenen, wie? Bewirb dich nicht um die Mitgliedschaft bei einem Klub, der dich sowieso nicht aufnimmt. O nein,

Micky, ich brauche kein Mitleid, ich brauche Tarnung. Wenn ich hier rauskomme, und das wird schon bald sein, möchte ich nicht, daß sich all die hirnlosen Teenager auf mich stürzen, bloß weil sie in mir die Chance ihres Lebens wittern. Ich möchte so etwas wie einen erogenen Bodyguard haben. Wäre das nicht ein Traumjob für Sie?«

Als Carol die Wagentür öffnete, stieg ihr sofort der Gestank in die Nase. Nichts roch so ekelerregend wie verbranntes menschliches Fleisch, und wer den Geruch einmal kennengelernt hatte, vergaß ihn nie. Sie versuchte, sich das flaue Gefühl im Magen nicht anmerken zu lassen, und ging auf die Stelle zu, an der Jim Pendlebury im gleißenden Licht von Feuerwehrscheinwerfern offensichtlich eine Art improvisierte Pressekonferenz abhielt. Im Hintergrund richteten Feuerwehrleute, von einer Kette uniformierter Polizisten abgeschirmt, immer noch den Strahl ihrer Löschkanonen auf ein schwelendes Fabrikgebäude.

Pendlebury speiste die Reporter der Lokalpresse und des örtlichen Rundfunksenders mit kurzen, nichtssagenden Antworten ab. Die überregionale Presse und das Fernsehen konnten noch nichts von diesem Brand wissen. Aber es würde nicht mehr lange dauern, bis sie Wind davon bekamen, daß hier offensichtlich ein Serienbrandstifter sein Unwesen getrieben und daß es einen Toten gegeben hatte.

Pendlebury war fertig und kam mit grimmigem Grinsen auf sie zu. »Stinkt bestialisch, wie?«

»Das läßt sich nicht leugnen.«

»Danke, daß Sie sofort gekommen sind.«

»Danke, daß Sie mich verständigt haben, sonst hätte ich erst morgen früh davon erfahren. Und es geht bekanntlich nichts über das Vergnügen, als erste am Tatort eines Verbrechens zu sein.«

»Na ja, nach unserem kleinen Gespräch neulich wußte ich, daß das genau auf Ihrer Wellenlänge liegt.«
»Glauben Sie, daß es wieder unser Serientäter war?«
»Wenn ich nicht ziemlich sicher wäre, hätte ich Sie nicht nachts um drei aus dem Bett geholt«, erwiderte Pendlebury.
»Was wissen wir bis jetzt?«
»Wollen wir uns mal umsehen.«
»Sofort. Solange ich mich noch nicht ausschließlich auf meinen rebellierenden Magen konzentrieren muß, möchte ich mir erst eine kurze Zusammenfassung von Ihnen anhören.«
Pendlebury sah leicht erstaunt aus, als habe er nicht erwartet, daß sie so zartbesaitet war. »Wir wurden kurz nach zwei alarmiert. Von einem Ihrer Streifenwagen, sie hatten die Flammen gesehen. Innerhalb von sieben Minuten waren die beiden ersten Löschzüge am Brandort, aber da stand schon alles in hellen Flammen. Innerhalb einer halben Stunde sind drei weitere Löschzüge hier eingetroffen. Aber das Fabrikgebäude war nicht mehr zu retten.«
»Und die Leiche?«
»Als meine Leute das Feuer auf dieser Seite des Gebäudes unter Kontrolle hatten – das war ungefähr nach einer halben Stunde –, ist ihnen der Gestank aufgefallen. Sie haben umgehend bei mir angerufen, ich bin für solche Fälle in ständiger Rufbereitschaft. Ihre Jungs haben Ihre Dienststelle verständigt, und ich hab Sie angerufen.«
»Und wo ist die Leiche?«
Pendlebury deutete auf das Verladedock. »Soweit wir das bereits sagen können, muß sie irgendwo da vorn liegen. Den Aschespuren nach waren dort offenbar Kartons gestapelt. Wir konnten noch nicht näher rangehen. Es ist einfach zu heiß, und außerdem kann jeden Moment irgendeine Mauer einstürzen. Aber dem Augenschein und dem Geruch nach

würde ich sagen, daß die Leiche unter der durchnäßten Asche liegen muß.«

»Daß es eine Leiche geben muß, steht für Sie fest?«

»Es gibt auf der ganzen Welt keinen Gestank, den man mit dem von verbranntem menschlichem Fleisch verwechseln kann«, antwortete Pendlebury mit der ganzen Abgebrühtheit des langgedienten Feuerwehrmanns. »Ich meine, man kann sogar die Umrisse der Leiche erkennen. Kommen Sie, ich zeig's Ihnen.«

An der Stelle, zu der er sie führte, kam es ihr nahezu unerträglich heiß vor, aber Pendlebury hatte gesagt, sie seien hier außerhalb der Gefahrenzone, und Carol hatte sich im Laufe ihrer Dienstzeit angewöhnt, Expertenaussagen zu vertrauen. Als Pendlebury auf die seltsame Wölbung in dem schwarzen Aschehaufen deutete, in den Feuer und Wasser die gestapelten Kartons verwandelt hatten, war sie sicher, daß der Chief auch mit seiner Vermutung, wo sie die Leiche finden würden, recht hatte.

»Wann kann die Mordkommission mit der Arbeit beginnen?«

Pendlebury verzog das Gesicht. »Am frühen Vormittag.«

Carol nickte. »Ich veranlasse, daß das Team sich abrufbereit hält.« Sie wandte sich um und murmelte halblaut: »Genau das habe ich verhindern wollen.«

Pendlebury, der Carol zum Wagen begleitete, versuchte sie zu trösten. »Nach dem Gesetz der Wahrscheinlichkeit mußte das früher oder später passieren.«

»Wir hätten eben früher ein Auge auf diesen Feuerteufel haben müssen.« Sie blieb stehen und kramte nach einem Papiertaschentuch, um sich die schmutzige Asche von den Trainingsschuhen zu wischen. »Nachlässige Polizeiarbeit. Er müßte längst gefaßt sein. Es ist unsere Schuld, daß der Kerl noch frei herumläuft und Menschen umbringen kann.«

»Sie müssen sich keine Vorwürfe machen. Sie waren kaum hier angekommen, da hatten Sie auch schon den Finger auf der richtigen Wunde.«
Carol unterbrach ihre Bemühungen, die Trainingsschuhe in einen einigermaßen vorzeigbaren Zustand zu bringen, und sah Pendlebury stirnrunzelnd an. »Ich mach mir keine Vorwürfe, ich sage nur, daß wir uns nicht genug reingekniet haben. Auch Sie nicht. Sie hätten meinem Vorgänger Ihren Verdacht eindringlicher klarmachen müssen.«
Pendlebury sah sie verblüfft an. Er konnte sich nicht erinnern, wann ihn jemand das letzte Mal so rüde kritisiert hatte. »Jetzt gehen Sie ein bißchen zu weit, Chief Inspector.«
»Tut mir leid, daß Sie das so sehen.« Sie kam hoch und strafffte die Schultern. »Aber wenn bei unserer Zusammenarbeit etwas herauskommen soll, hat es keinen Sinn, Höflichkeiten auf Kosten der Wahrheit auszutauschen. Ich möchte von Ihnen genauso klar hören, was wir Ihrer Meinung nach falsch machen. Und wenn ich etwas sehe, das mir nicht gefällt, nenne ich die Dinge ebenfalls beim Namen. Aber ich will nicht, daß wir uns deswegen in die Haare kriegen. Ich will den Kerl erwischen. Und wir kommen keinen Schritt weiter, wenn wir uns gegenseitig versichern, daß der Tod irgendeines armen Teufels eben leider nicht zu verhindern war.«
Einen Moment lang starrte Pendlebury sie an, dann streckte er ihr versöhnlich die Hand hin. »Sie haben recht. Ich hab mich von Ihrem Vorgänger zu schnell abwimmeln lassen.«
Carol schlug lächelnd ein. »Dann nehmen wir uns einfach vor, es von jetzt ab besser zu machen, okay?«
»Abgemacht«, sagte er. »Wir unterhalten uns später noch mal, wenn die Brandfahndung mit ihrer Arbeit fertig ist.«
Auf der Heimfahrt hatte Carol Zeit, über alles nachzudenken. Aus dem Serienbrandstifter war ein Mörder geworden, oder zumindest jemand, der den Tod eines Menschen fahr-

lässig in Kauf genommen hatte. Was sie jetzt brauchte, war ein Täterprofil. Und sie nahm sich vor, den Entwurf fertig zu haben, bevor die Ergebnisse der forensischen Untersuchung vorlagen. Wenn John Brandon sie schon bei ihrer Zusammenarbeit in Bradfield für eine Besessene gehalten hatte, würde er jetzt sein blaues Wunder erleben. Sie wußte genau, was sie sich aufhalste und wie lange es dauerte, alle, die als Täter in Frage kamen, auf Herz und Nieren zu überprüfen. Aber wenn sie irgendwann auf der langen Strecke müde werden sollte, war der Gestank, der ihr noch in den Nasenlöchern hing, mit Sicherheit Antrieb genug, nicht aufzugeben.

Shaz hatte erst vor zehn Minuten auf die Uhr gesehen, ertappte sich aber dabei, daß sie schon wieder aufs Zifferblatt schielte. Zwanzig vor sieben. Sie wußte, daß sie jetzt keinen Schlaf mehr fand. Vielleicht nie wieder. Jedenfalls nicht, bevor Chris ihr das versprochene Ergebnis lieferte.
Komisch, es war ihr längst nicht so schwergefallen, Chris um den Gefallen zu bitten, wie sie gedacht hatte. Offenbar stimmte es eben doch, daß die Zeit Wunden heilt. Bei ihr und Detective Sergeant Chris Devine hatte die Zeit zumindest den Irritationen, die aus falsch gedeuteter Anhänglichkeit entstanden waren, den bitteren Beigeschmack genommen.
Als Shaz ihren Dienst bei der Met antrat, hatte Chris Devine in ihren Augen all das repräsentiert, was Shaz selber anstrebte. Chris war auf dem Polizeirevier in Westlondon die einzige Frau im Ermittlungsdienst, mit dem höheren Dienstgrad, der längeren Erfahrung und den besseren Beurteilungen. Eine Frau, die selbst in kritischen Situationen der unerschütterliche Fels in der Brandung war. Fleißig, einfallsreich, humorvoll und absolut unbestechlich. Und was Shaz noch mehr imponierte: Sie war ein echter Kumpel, ohne die Männer je vergessen zu lassen, daß sie eine Frau war.

Shaz hatte sie studiert wie ein exotisches Gewächs unter dem Mikroskop. Sie wollte dahin, wo Chris war, sie wollte sich denselben Respekt erwerben. Klugschwätzer und Versager gab es genug, auch und gerade unter den weiblichen Polizisten. Sie wußte natürlich, daß sie – damals noch als Constable bei der uniformierten Polizei – für Chris eigentlich nur ein kleiner Niemand sein konnte, aber irgendwie schaffte sie es, die Aufmerksamkeit der lebens- und dienstgradälteren Chris auf sich zu lenken, und bald wußten alle, wenn sie eine von beiden suchten, fanden sie Chris und Shaz mit Sicherheit in der Kantine. Nicht, weil beide notorische Teetrinker gewesen wären, sondern weil sie dienstliche Probleme besprechen wollten.
Dann kam der Tag, an dem Shaz – wie jeder ahnte: auf Chris' Empfehlung – in den Ermittlungsdienst versetzt wurde. Und wenig später folgte ihr erster gemeinsamer Einsatz, irgendeine nächtliche Observation. Shaz ahnte nichts von Chris' lesbischer Veranlagung. Aber als ihr Sergeant sie in dieser Nacht küßte, wurde ihr schlagartig klar, daß Chris ihren Eifer und ihre Zuneigung gründlich mißverstanden hatte.
Von da an waren sie sich, soweit möglich, aus dem Weg gegangen. Demütigung, Verlegenheit, Verärgerung, Enttäuschung – weiß der Himmel, welcher Gefühlswirrwarr mitspielte. Das vernünftigste wäre gewesen, daß eine von ihnen um ihre Versetzung gebeten hätte. Aber Chris wollte nicht aus London weg, und Shaz, gerade bei ihren ersten Gehversuchen in der Criminal Investigation Division, schaltete ebenfalls auf stur. Wer weiß, wann sie noch einmal die Chance bekam, in den Kriminaldienst übernommen zu werden?
Kurz darauf wurde Chris befördert und zum New Scotland Yard versetzt, sechs Monate vor Shaz' Umzug nach Leeds. Über die bewußte Nacht hatten sie nie wieder gesprochen, bis Shaz auf einmal vor Chris' Wohnungstür stand und sie

um einen Gefallen bat. Offenbar zum nicht gerade günstigsten Zeitpunkt, jedenfalls aus der Sicht der jungen Mitarbeiterin des kriminaltechnischen Labors, die in Chris' Bett lag. Trotzdem, als Shaz ihr erklärte, was sie wollte, hatte Chris ihr sofort ihre Unterstützung zugesagt. Und da am Montag zufällig ihr freier Tag war, konnte Shaz darauf hoffen, die gewünschten Informationen schneller zu bekommen, als das normalerweise möglich gewesen wäre.

Während Shaz gedankenverloren ihr Müsli mit Früchten in sich hineinlöffelte, malte sie sich aus, wie Chris im zentralen Zeitungsarchiv in Colindale saß, ihr zuliebe ganze Berge von Lokalzeitungen durchblätterte, um anschließend alles zu kopieren, was sie im Zusammenhang mit dem Verschwinden der sieben Mädchen gefunden hatte.

Shaz war überzeugt, den Schlüssel zur Aufklärung der Fälle irgendwo in der Berichterstattung der örtlichen Presse zu finden. Ihre Nase hatte sie noch nie im Stich gelassen.

Außer bei Chris, aber das war etwas anderes gewesen.

»An Fälle wie die, mit denen wir's gewöhnlich zu tun haben, gehen Police Officer meist mit langen Zähnen ran. Und zwar, weil der Rhythmus, nach dem Verbrecher tanzen, uns wie ein bizarrer Veitstanz vorkommt.« Tony musterte seine Officer, um zu sehen, ob sie ihm wirklich zuhörten oder nur gelangweilt in ihren Unterlagen blätterten. Leon sah aus, als wäre er ganz weit weg, aber Tony hatte inzwischen gelernt, Leons scheinbar geistesabwesender Miene keine Bedeutung beizumessen. »Selbst für erfahrene Officer ist es nicht einfach, jemandem zu folgen, der sie mit einer völlig fremden Denkmethodik konfrontiert. Dazu kommt, daß wir aus ihrer Sicht nicht zu ihnen gehören, sondern von außen kommen. Darum neigen sie dazu, in uns ein zusätzliches Problem zu sehen und nicht jemanden, der ihnen bei der Lösung ihres

Problems helfen will. Die Frage ist also, wie schaffen wir die Voraussetzungen für eine vertrauensvolle Zusammenarbeit mit den Officer, die mit den Ermittlungen betraut sind? Hat jemand einen guten Vorschlag?«
Simon meinte: »Die Jungs auf 'n Bierchen einladen.«
Die anderen stöhnten gequält, Tony lächelte dünn. »Sie werden sich wundern, was denen alles für Ausreden einfallen, damit sie nicht mit einem Profiler im Pub gesehen werden. Nein, nach meiner Erfahrung ist der wirksamste Trick, den Jungs immer wieder um den Bart zu gehen.«
Hier und da ein zaghaftes Nicken. Leon schüttelte entsetzt den Kopf. »Auch das noch«, murmelte er vor sich hin.
»Ich will Ihnen damit kein Patentrezept für die Arbeit eines Profilers an die Hand geben«, fuhr Tony fort, »aber bei mir hat sich das jedesmal bewährt. Im übrigen kann es ja nichts schaden, den ermittelnden Officern zu sagen, daß man ihre Arbeit zu würdigen weiß. Und wenn Sie ihnen das immer wieder sagen – mindestens fünfmal am Tag –, nehmen Sie ihnen die heimliche Sorge, daß sie sich bei ihren Ermittlungen die Hacken ablaufen dürfen, während wir, obwohl wir ja nur ein Täterprofil erstellt haben, am Schluß groß rauskommen. Außerdem werden sie Ihnen um so bereitwilliger die Fakten zur Verfügung stellen, die Sie für Ihr Profiling brauchen. Wenn Sie dann noch die Wahrscheinlichkeiten abgeschätzt haben ...« Er grinste breit, um jedem Mißverständnis vorzubeugen. »... ist der Fall so gut wie gelöst.«
Er stand auf und fing an, die Gruppe mit langen Schritten zu umkreisen wie ein Kater, der sein Revier abschreitet. »Vergessen Sie nie, daß die Abschätzung der Wahrscheinlichkeit ein unerläßlicher Schritt ist. Es sei denn, Sie hätten knallharte Beweise. Allerdings werden Sie weder richtige Abschätzungen noch knallharte Beweise davor bewahren, daß Sie am Schluß womöglich bis über beide Ohren in etwas Unappetit-

lichem stecken, was gemeinhin schlicht Scheiße genannt wird.«
Er merkte, daß sein Pulsschlag sich beschleunigte und seine Hände schweißnaß wurden. Dabei war er noch mit keinem Wort auf den Fall des Schwulenkillers zu sprechen gekommen. »Eine Erfahrung, die ich bei meinem letzten großen Fall selbst gemacht habe. Wir hatten es mit einem Serienmörder zu tun, der junge Männer umbrachte. Dank der Zusammenarbeit mit einem brillanten Officer des Kriminaldezernats standen mir alle Fakten zur Verfügung, ich konnte mich also bei der Erarbeitung eines Täterprofils auf bewiesene Tatsachen stützen. Der Officer, von dem ich spreche – eine junge Frau –, hat mir außerdem ein paar interessante Vorschläge gemacht. Einen habe ich nicht berücksichtigt, weil ich der Annahme, auf der er basierte, eine geringe Wahrscheinlichkeit zugemessen habe. Gewöhnlich ordnet das Ermittlerteam der Spur dann eine geringere Priorität zu. In diesem Fall haben die Ermittler die Spur jedoch weiter verfolgt und, wie sich herausstellte, damit recht gehabt. Und dann gab es da noch einen anderen Vorschlag ...«
Es war wieder soweit, die Erinnerungen holten ihn ein. Aber er hatte sich vorgenommen, diesmal durchzuhalten. Und tatsächlich, er schaffte es, sogar leichter, als er gedacht hatte. Und so fuhr er fort: »... bei dem ich spontan abgewinkt habe. Weil mir die Annahmen abwegig erschienen. Alle Erfahrungen mit Serienmördern sprachen dagegen.« Er las in den Gesichtern, wie gespannt die Gruppe auf die Fortsetzung wartete.
»Diese falsche Einschätzung hätte mich fast das Leben gekostet.« Er wunderte sich selber, wie gelassen ihm das über die Lippen kam. »Und wissen Sie, was? Ich hatte dennoch recht, nicht auf den Vorschlag dieser tüchtigen jungen Frau einzu-

gehen. Weil die Wahrscheinlichkeit, daß ihre Annahme richtig war, irgendwo unterhalb von einem Prozent lag.«

Als feststand, daß unter der Asche tatsächlich eine Leiche gefunden worden war, rief Carol ihr Dreierteam zu einer Besprechung zusammen. Diesmal in ihrem Dienstzimmer – ohne Schokokekse. Tommy Taylor belegte als Sergeant die einzige Sitzgelegenheit, die es außer Carols Schreibtischsessel gab, mit Beschlag. Gewöhnlich hätte er so was nie getan, solange eine Frau stehen mußte, aber er hatte schon lange aufgehört, in Di Earnshaw eine Frau zu sehen.
»Der arme Teufel«, murmelte Lee Whitebread.
»Von wegen armer Teufel«, protestierte Tommy. »Er hatte dort nichts zu suchen, oder?«
Carol merkte, daß es Zeit wurde, einzugreifen. »Sie sind also bereits unterrichtet. Die Frage, ob der Tote etwas auf dem Verladedock zu suchen hatte oder nicht, ist unerheblich. Wir haben die Aufgabe, denjenigen zu finden, der ihn getötet hat, und zwar nahezu unter unseren Augen. Das ist kein Ruhmesblatt für uns. Also, was haben Sie bisher herausgefunden?«
Lee, an den Schrank gelehnt, machte den Anfang. »Ich hab mir die Meldungen der letzten sechs Monate vorgenommen und tatsächlich ein paar wenige Hinweise auf ein bestimmtes Täterverhalten gefunden. Ich wollte das heute schriftlich zusammenstellen.«
»Di und ich haben noch mal mit den Geschädigten gesprochen«, sagte Tommy. »Bis jetzt hat sich nichts ergeben, was auf einen Serientäter schließen läßt.« Er hörte sich leicht gekränkt an, offenbar nahm er Carol den versteckten Tadel übel.
»Rassisch begründete Motive?« fragte Carol.
»Ein paar der Geschädigten sind Asiaten, aber eine Regelmäßigkeit läßt sich daraus nicht ableiten«, antwortete Di.

»Haben wir schon mit den Versicherern gesprochen.«
Di sah Tommy an, Lee starrte aus dem Fenster. Tommy räusperte sich. »Di wollte heute damit anfangen.«
»Gut«, sagte Carol, »reden wir über unsere nächsten Schritte. Ich habe ein wenig Erfahrung bei der Erarbeitung von Täterprofilen ...« Sie ignorierte Tommys süffisantes Grinsen. »Ich werde also ein solches Profil ausarbeiten. Damit das Ganze aber keine theoretische Spielerei wird, brauche ich jede Menge gesicherter Inputs. Da wir nichts haben, was auf signifikante Gemeinsamkeiten bei den Geschädigten schließen läßt, muß ich einfach den Finger in die Luft halten und davon ausgehen, daß wir es eher mit einem sogenannten Kick-Sucher als mit einem bezahlten Handlanger zu tun haben. Also werden wir uns auf junge Männer konzentrieren. Unser Täter ist vermutlich arbeitslos, Single und lebt noch bei seinen Eltern. Psychogeschwafel von sozialer Benachteiligung und dergleichen sparen wir fürs erste aus. Wir suchen einen Burschen mit einem Strafregister wegen gelegentlicher Gewalttätigkeit, Vandalismus, Sachbeschädigung – irgendwas in der Art. Vielleicht auch sexuelle Belästigung. Einer, der gern zuschaut oder zu Exhibitionismus neigt. Straßenräuber, Einbrecher und Strichjungen scheiden aus. Wir haben es mit einem Kerl von der üblen Sorte zu tun, er war vermutlich schon als Kind auf der schiefen Bahn. Wahrscheinlich hat er kein Auto, also besteht eine gewisse Chance, daß er innerhalb eines Gebiets wohnt, das wir durch die am weitesten außen gelegenen Brandorte eingrenzen können. Ich nehme an, er wollte die Brände beobachten. Also müssen wir prüfen, von wo aus er das am besten tun konnte und wer ihn dort möglicherweise gesehen hat.«
Ein Klopfen unterbrach Carol. »Herein.«
John Brandon. Carol sprang auf, Tommy wäre beinahe über seine eigenen Beine gestolpert, Lee schlug sich den Ellbogen

an, so hastig stieß er sich vom Schrank ab, nur Di Earnshaw blieb ungerührt mit verschränkten Armen stehen. Kunststück, hinten an der Wand kann man leicht cool sein.
»Tut mir leid, Sie zu unterbrechen, DCI Jordan«, sagte Brandon in liebenswürdigem Ton. »Einen Augenblick Zeit.«
»Sicher, Sir. Wir sind so gut wie fertig. Ihr drei wißt, worauf es mir ankommt, fangt schon mal an.«
Die drei Officer verließen den Raum, Brandon bedeutete Carol, wieder Platz zu nehmen, setzte sich in den Besuchersessel, schlug die langen Beine übereinander und kam ohne Formalitäten zur Sache. »Dieses Feuer am Wardlaw, bei dem es einen Toten gegeben hat ...«
Carol nickte. »Ich war bereits am Brandort.«
»Das habe ich gehört. Vermutlich Ihr Serientäter, wie?«
»Ich denke, ja. Alle Anzeichen sprechen dafür. Ich warte noch auf den Bericht der Brandfahndung. Aber Jim Pendlebury, der Feuerwehrchief, ist wie ich der Ansicht, daß es gewisse Ähnlichkeiten mit früheren Brandfällen gibt.«
John Brandon nagte an der Unterlippe. Ein Zeichen dafür, daß er sich unbehaglich fühlte. »Ich weiß, wir haben darüber schon gesprochen, und Sie waren überzeugt, daß Sie das selbst erledigen können. Carol, ich weiß, daß Sie verdammt gut sind. Trotzdem möchte ich, daß Tony Hill sich die Sache ansieht.«
Carol spürte, daß ihr siedend heiß wurde. »Dazu sehe ich im gegenwärtigen Stadium keine Veranlassung.«
»Das soll kein Zweifel an Ihrer Kompetenz sein«, versicherte ihr Brandon.
»So hört sich's aber an, wenn Sie mir die Bemerkung gestatten, Sir.« Carol war durch den kleinen Schlagabtausch mit Tommy Taylor ohnehin gereizt, und jetzt kam auch das noch dazu. »Wir haben ja noch nicht mal richtig mit den Ermittlungen begonnen. Möglicherweise können wir die Sache in

wenigen Tagen aufklären. So groß kann das Potential an Serienbrandstiftern in einem Ort wie Seaford doch kaum sein.«
Brandon setzte sich anders hin, als wolle er demonstrieren, daß er's mit seinen langen Beinen auf Büromöbeln besonders schwer habe. »Ich stecke in einer Zwickmühle. Ich habe noch nie viel von blindem Gehorsam gehalten. Ich glaube, daß ein Officer effektiver mitarbeiten kann, wenn er die Gründe für eine Anordnung kennt. Aber wenn es um eine andere Dienststelle geht und ich ausdrücklich um vertrauliche Behandlung gebeten wurde, habe ich das auch dann zu respektieren, wenn ich beim besten Willen keinen Grund für Geheimniskrämerei sehe. Stimmen Sie mir soweit zu?«
Carol runzelte die Stirn. »Dann erlauben Sie mir bitte eine Hypothese. Ich nehme an, es geht darum, daß die neu eingerichtete Spezialgruppe eine Gelegenheit sucht, ihre Officer ergänzend zur theoretischen Ausbildung praktisch zu schulen. Wenn im Zusammenhang damit ausdrücklich um Vertraulichkeit gebeten wurde, kann ich mir das nur so erklären, daß die Spezialgruppe den wahren Grund für ihr Interesse nicht offenlegen will.«
Brandon lächelte dankbar. »Rein hypothetisch gesehen, ja.«
Carol lächelte nicht zurück. »Es geht also um eine Art Versuchsballon. Nur, dann hätten Sie nicht ausgerechnet meine Abteilung aussuchen sollen.« Und nach einem etwas zu lang geratenen Luftholen hängte sie ein »Sir« dran.
Brandon sah sie überrascht an. »Warum nicht?«
Carol dachte einen Augenblick lang nach. Sie verdankte Brandon viel, nicht zuletzt ihre rasche Karriere. Und sie war insofern in einer nicht gerade optimalen Position, als sie die wahren Gründe ihres Zögerns ebenfalls nicht offen aussprechen wollte. »Meine Gruppe ist noch ein frisch zusammengewürfelter Haufen. Ich versuche gerade, die Grundlage für eine vertrauensvolle Zusammenarbeit zu schaffen, und da ist

es nicht besonders hilfreich, wenn mir der erste wichtige Fall weggenommen wird, bevor wir uns überhaupt damit beschäftigen können.«

»Niemand will Ihnen den Fall wegnehmen, Chief Inspector.« Die Retourkutsche für das förmliche Sir. »Wir reden über eine beratende Unterstützung durch die NOP Task Force.«

»Die aber den Eindruck erwecken kann, daß Sie kein Vertrauen zu mir haben«, ergänzte Carol.

»Das ist Unsinn. Wenn das so wäre, warum hätte ich Sie dann für diesen Posten vorgeschlagen?«

Carol schüttelte ungläubig den Kopf. Brandon war tatsächlich ein ahnungsloser Engel. »Nun, die Klatschmäuler haben dafür bestimmt eine Erklärung parat.«

Brandons Augen weiteten sich, als ihm klar wurde, worauf sie hinauswollte. »Sie glauben ...? Das ist doch lächerlich. So etwas Absurdes habe ich noch nie gehört.«

»Wenn Sie meinen, Sir.« Carol fuhr sich nervös durchs Haar. »Ich glaube nicht, daß ich mir das aus den Fingern sauge.«

Brandon sah ehrlich erschüttert aus. »So etwas hätte ich nie für möglich gehalten. Es liegt doch für jeden auf der Hand, daß Sie die Beförderung ausschließlich Ihren Leistungen verdanken.« Er nagte wieder an der Unterlippe. »Dadurch wird alles noch ein bißchen schwieriger, als es vorher schon war.« Er starrte ein paar Sekunden ins Leere, dann gab er sich einen Ruck. »Also gut – in aller Offenheit, aber nur für Ihre Ohren bestimmt. Es gab ein paar Probleme zwischen Paul Bishop und politisch einflußreichen Leuten, die keinen Hehl daraus gemacht haben, daß man in East Yorkshire keinen Bedarf für neumodischen Schnickschnack wie seine Profilergruppe habe. Er hat also dringend einen spektakulären Fall gebraucht, bei dem sein Team sich in der Praxis bewähren kann. Aus naheliegenden Gründen wollte er am Anfang andererseits nichts allzu Spektakuläres haben, also keinen Serienkiller oder eine Serie von Vergewaltigungen. Er hat sich an mich gewandt, und ich habe ihm Ihren Serienbrandstifter angeboten. Und zwar schon bevor eine Brandstiftung mit Todesfolge daraus wurde.«

Carol hoffte, daß sich ihr Ärger nicht allzudeutlich in ihrer Miene widerspiegelte. Immer dasselbe. Kaum gab's eine Chance, ihre Leute zu einem Team zusammenzuschweißen, da wurde ihr der Fall weggenommen. »Jetzt ist es ein Mordfall. Etwas wesentlich Spektakuläreres werde ich kaum bekommen. Daher muß ich darauf bestehen, daß ich die Leitung bei dem Fall habe. Das bin ich meiner Selbstachtung schuldig, vom Respekt meiner Leute vor mir ganz zu schweigen. Ich möchte nicht wie ein Lakai der Profilergruppe dastehen.« Sie atmete tief durch, dann zuckte sie resignierend die Schultern. »Sie haben eine Anordnung getroffen, es ist selbstverständlich, daß ich mich korrekt daran halten werde.«

Brandon sah erleichtert aus, als er aufstand. »Danke, Carol, ich weiß Ihr Verständnis zu schätzen.« Unter der Tür wandte er sich noch einmal um. »Merkwürdig, ich hätte geschworen, daß Sie die Gelegenheit begrüßen, wieder mit Tony Hill zu arbeiten. Bei den Bradfield-Morden hat Ihre Zusammenarbeit doch ausgezeichnet geklappt.«

Sie verließ sich darauf, daß ihre Muskeln von selber so etwas wie ein Lächeln zustande brachten. »Meine wenig begeisterte Reaktion hatte nichts mit Dr. Hill zu tun«, sagte sie. Aber sie hatte Zweifel, daß Brandon ihr das abnahm.

»Ich werde Bishop wissen lassen, daß Sie sich mit der Gruppe in Verbindung setzen«, sagte Brandon und drückte die Tür hinter sich zu.

Carol starrte ihm grimmig nach. »Ich kann's kaum abwarten.«

Shaz kam mit Schwung in die Eingangshalle der Dienststelle gelaufen und grinste den uniformierten Officer am Empfangstisch erwartungsvoll an. »DC Bowman, Profilergruppe. Für mich ist ein Päckchen abgegeben worden.«
Der Constable sah sie skeptisch an. »Hier?«
»Richtig.« Sie schielte auf die Uhr. »Der Nachtkurier sollte es abliefern, bis spätestens neun Uhr. Und wenn meine Uhr richtig geht, ist es jetzt zehn nach ...«
»Da müssen Sie sich woanders beschweren, meine Liebe, hier liegt nämlich nichts für Sie.« Sein Ton verriet, wie er es genoß, einer dieser forschen jungen Frauen mal zu zeigen, was Sache war. Und daß es eine aus dieser neuen Task Force war, machte es geradezu zum Hochgenuß.
Shaz' gute Laune war wie weggeblasen. Sie benutzte das Treppenhaus als Jogginggelände und murmelte, während sie sich in den fünften Stock hochquälte, im Takt mit dem Herzschlag, der ihr in den Ohren widerhallte, verbiestert »Verlaß-dich-nie-auf-an-de-re« vor sich hin.
Im Computerraum saß nur Simon. Sie murmelte ihm irgend etwas zu, was er bei gutem Willen als Guten-Morgen-Gruß deuten konnte, ließ sich an ihrem Arbeitsplatz frustriert in den Drehstuhl fallen, griff zum Telefon und tippte Chris' Nummer ein. »Mist, verdammter.« Nur der Anrufbeantworter. Sie kramte ihr Notizbuch aus der Umhängetasche und suchte Chris' Durchwahlnummer im New Scotland Yard heraus.
Chris nahm beim zweiten Läuten ab. »Devine.«
»Hier ist Shaz.«
»Ach, du. Hör zu, was du auch willst, die Antwort ist nein. Ich hatte noch nie so dreckige Finger wie nach dieser gestrigen Aktion. Das Durchstöbern von alten Zeitungen kommt bestimmt nie auf die Liste der Dinge, mit denen ich den Tag am liebsten anfange.«

»Ich bin dir sehr dankbar, das weißt du. Nur, hier ist noch nichts angekommen.«
Chris schnaubte. »Sonst noch was? Hör mal, als ich's endlich geschafft hatte, war's zu spät für den Nachtkurier. Das Paket kommt irgendwann vormittags bei dir an, okay.«
»Das muß es auch. Ich muß morgen mein Ergebnis vortragen.«
Chris lachte. »Reg dich ab, sonst holst du dir noch ein Magengeschwür. Wo liegt das Problem? Du hast doch die ganze Nacht Zeit, das Zeug durchzuarbeiten. Nimm's locker. Es geht ja nicht um Leben und Tod.«
»Das will ich hoffen«, murmelte Shaz in die tote Leitung.
»Probleme?« Simon pflanzte sich neben ihr auf und schob ihr einen Becher Kaffee hin. Shaz zuckte die Achseln. »Es geht um das Zeug, das ich noch durchlesen muß, ehe Tony morgen von uns hören will, was wir von seinen dreißig Fällen halten.«
Simon wurde hellhörig. »Und? Ist dir da was aufgefallen?«
Shaz grinste bösartig. »Na hör mal! Sag bloß, dir nicht.«
»Doch, natürlich«, behauptete Simon. »Auf den ersten Blick.«
»Du hast also auch gemerkt, daß es da eine verdächtige örtliche Ballung gibt.« Sie sah ihn förmlich rätseln, was sie wohl meinen könnte. Eine Weile beobachtete sie amüsiert Simons angestrengtes Mienenspiel, dann platzte sie lachend heraus: »Okay, Simon, war kein schlechter Versuch.«
Er grinste. »Eins zu null für dich, Shaz. Sagst du mir, was du rausgefunden hast, wenn ich dir ein Abendessen spendiere?«
»Das erfährst du morgen, wie alle anderen. Aber einen Drink vor dem Curry am Samstag abend würde ich nicht ablehnen.«
Simon hielt ihr die Hand hin. »Abgemacht, DC Bowman.«
Shaz schlug grinsend ein.

Es fiel ihr schwer, sich auf den Bildschirm ihres Computers zu konzentrieren, denn sie mußte immer wieder an das Päckchen denken, auf das sie wartete. In der Kaffeepause rannte sie die fünf Treppen hinunter ins Erdgeschoß. Gott sei Dank, es war da. Auf dem Empfangstisch lag eine über und über mit Paketklebeband zugepflasterte Archivbox. »Ich wollte schon die Sprengstoffexperten rufen«, knurrte der diensttuende Officer. »Wir sind auf einer Polizeidienststelle, nicht auf dem Postamt.«
»Um so besser. Dem Streß wären Sie nie gewachsen«, gab Shaz ihm eins drauf. Sie schleppte das Paket auf den Parkplatz, öffnete den Kofferraum, wuchtete es hinein und schielte rasch auf die Uhr. Wenn sie sich beeilte, schaffte sie's, wenigstens einen Blick hineinzuwerfen, bevor die Pause zu Ende war. Hastig riß sie das Klebeband mit den Fingern auf, bis sie den Kartondeckel auf der einen Seite ein Stück anheben konnte.
Ihr Magen verkrampfte sich. Der Karton war randvoll mit Fotokopien. Im ersten Augenblick dachte sie daran, ihren Verdacht einfach zu vergessen. Aber dann sah sie im Geiste die Gesichter der sieben Teenager – Gesichter, in denen sie so viele Hoffnungen las. Es mochte auch Enttäuschungen gegeben haben, aber nur eine davon hatte sie das Leben gekostet. Hier ging es nicht nur um eine Übungsaufgabe. Irgendwo dort draußen trieb ein eiskalter Mörder sein Unwesen. Und es schien nur einen Menschen zu geben, der etwas von seiner Existenz ahnte. Sie, Detective Constable Shaz Bowman. Und wenn sie sich die ganze Nacht um die Ohren schlagen mußte, das, zumindest das war sie den verschwundenen Mädchen schuldig.

Carol erschrak, als sie sah, wie tief der Schmerz seine Spuren in Tony Hills Gesicht eingegraben hatte. Sie kannte ihn so lange, aber sie hätte nicht gedacht, daß das Erlebnis der Todesnähe ihn so erschüttern konnte. Sie hatte immer geglaubt, er sei wie sie – besessen davon, Zusammenhänge zu erkennen und Erklärungen zu suchen, getrieben vom Schaudern der Erinnerung an all die Dinge, die Leute in ihrem Beruf sehen, hören und tun mußten. Sie fragte sich nachträglich, ob sie ihm wohl seinerzeit anders begegnet wäre, wenn sie geahnt hätte, was hinter diesen dunklen, bekümmerten Augen vorging.

Natürlich hatte er dafür gesorgt, daß sie bei dieser ersten Begegnung seit Monaten nicht allein waren. Paul Bishop, der sie in der Lobby begrüßte, ließ seinen berühmten, von den Medien überaus geschätzten Charme spielen, nahm ihr – durch und durch Gentleman der alten Schule – die beiden schweren Aktentaschen ab und versicherte: »Ich kann Ihnen gar nicht sagen, wie sehr ich mich freue, John Brandons beste und gescheiteste Mitarbeiterin kennenzulernen. Ihr Ruf ist Ihnen vorausgeeilt, kein Wunder bei Ihren eindrucksvollen Erfolgen. Hat John mal erwähnt, daß wir Jahrgangskameraden an der Stabsakademie waren? Ein Mann mit dem richtigen Riecher für junge Talente.«

Unwillkürlich ließ Carol sich von seinen Schmeicheleien anstecken und fühlte sich bemüßigt, nun ihrerseits Brandons Loblied zu singen. »Es war mir immer ein Vergnügen, mit Mr. Brandon zusammenzuarbeiten. Und wie lassen sich die Dinge hier bei der neuen Spezialgruppe an?«

»Oh, Sie werden das gleich selber erleben«, antwortete Bishop ausweichend und begleitete sie in den Fahrstuhl. »Tony stimmt wahre Lobeshymnen auf Sie an. Wie angenehm er die Zusammenarbeit mit Ihnen stets empfunden hat …« Ein wissendes Lächeln. »Und dergleichen mehr.«

Nun wußte Carol, daß er ihr Honig ums Maul schmieren wollte. Sie zweifelte nicht daran, daß Tony Respekt vor ihrer dienstlichen Leistung hatte, aber von einer angenehmen Arbeitsatmosphäre hatte er sicher nicht gesprochen, das wäre ihm zu persönlich erschienen. Sie vermutete eher, daß er überhaupt nicht viel von ihr erzählt hatte, weil sonst womöglich auch der Fall des Bradfield-Mörders zur Sprache gekommen wäre, und das bedeutete unvermeidlich, Dinge zu berühren, die nur sie und ihn etwas angingen. Wie sie sich in Tony verliebt hatte, er aber wegen seiner sexuellen Probleme geglaubt hatte, ihre Gefühle nicht erwidern zu können. Und wie alle Hoffnung, daß sie doch noch einen Weg zueinander fänden, an der Brutalität eines Mörders erstickt war. Davon hätte Tony nie im Leben einem Dritten etwas erzählt, ebensowenig, wie sie das getan hatte.

Bishop drückte den Knopf für den fünften Stock und lächelte sie gewinnend an. Wenn ich ein Mann wäre, dachte sie kühl, hätte er mir lediglich gesagt, in welchen Stock ich fahren muß.

»Es ist eindeutig ein Bonus, daß Sie bereits mit Tony zusammengearbeitet haben. Unsere jungen Officer können viel lernen, wenn sie sehen, wie Sie sich ständig austauschen und wie einer den anderen braucht.«

»Sie kennen meine Methoden, Watson«, zitierte Carol mit ironischem Lächeln.

Bishop sah sie irritiert an, dann war der Groschen gefallen. »Äh – ja.« Die Fahrstuhltüren schwangen auf. »Da hinüber, bitte. Wir nehmen erst eine Tasse Kaffee, nur wir drei, dann wird Tony mit Ihnen das erste Kontaktgespräch führen, sozusagen als Lehrvorführung für unsere Officer.« Er führte Carol ein Stück weit den Flur hinunter und hielt ihr schließlich die Tür zu einem Raum auf, der die Ähnlichkeit mit einem leicht heruntergekommenen Klassenzimmer nicht verleugnen konnte.

Tony, den Kaffeefilter in der einen, den Löffel in der anderen

Hand, wirbelte herum und sah sie mit großen Augen stumm an. Auf ihrem Gesicht breitete sich ein Lächeln aus. »Tony! Schön, daß wir uns nach so langer Zeit mal wiedersehen.«

»Carol.« Der Löffel rutschte ihm aus der Hand und fiel klappernd auf den Tisch. »Du siehst ... Ich wollte sagen: Sie sehen gut aus.«

Sie hätte lügen müssen, um dasselbe von ihm zu behaupten. Er kam ihr blaß vor, wenn auch nicht mehr ganz so blaß, wie sie ihn in Erinnerung hatte. Die dunklen Schatten unter seinen Augen gaben Zeugnis davon, daß er selbst heute noch keine Nacht durchschlafen konnte. Aber die Blutergüsse damals, nachdem der Serienmörder gefaßt worden war, hatten schlimmer ausgesehen. Seine Augen spiegelten nicht mehr die Qualen wider, die er durchlitten hatte, jedenfalls nicht mehr so deutlich, aber sie las darin, wie sehr ihn die Erinnerungen immer noch bedrückten. Trotzdem hätte sie in diesem Moment nichts lieber getan, als ihn zu küssen.

Sie stellte die Aktentaschen auf den Tisch, deutete auf die Kaffeekanne und fragte: »Krieg ich was von dem Gebräu ab?«

»Stark, schwarz und ohne Zucker?« vergewisserte er sich mit der Andeutung eines Lächelns.

»Aha«, meinte Bishop, »wie haben Sie das geschafft?« Er ließ sich – nicht ohne sorgsam die Hosenbeine hochzuziehen, damit sie nicht in Kniehöhe ausbeulten – auf einem durchgesessenen Polsterstuhl nieder. »Bei mir vergißt Tony von einem zum anderen Mal, wie ich ihn trinke.«

»Bei unserer Zusammenarbeit in Bradfield mußten wir uns darin üben, uns jedes Detail unvergeßlich einzuprägen«, sagte sie.

Tony warf ihr einen dankbaren Blick zu, dann wandte er sich ab, um den Kaffee einzuschenken. »Übrigens – danke, daß Sie mir die Akten so rasch zugeschickt haben«, sagte er über

die Schulter. »Ich hab sie kopieren und in der Gruppe zum Vorabstudium verteilen lassen.«
»Sehr schön. Und wie soll das Ganze ablaufen?« fragte Carol. »Ich meine, wie wollen Sie die Officer aus Ihrer Gruppe einbeziehen?«
Tony konnte im Augenblick nicht antworten, er mußte sich auf die drei Kaffeebecher konzentrieren, die er auf seinen Händen vor sich her balancierte. Bishop nutzte die Gelegenheit, sich als Teamchef in Erinnerung zu bringen.
»Sechs Officer – selbst wenn Sie gewillt wären, uns soviel Ihrer kostbaren Zeit zu opfern, scheint es mir nicht nötig, daß jeder seinen Senf dazu abgibt. Dem Ausbildungszweck wird Genüge getan, wenn sie sich anhören, wie Tony und Sie das abwickeln. Anschließend können sie Fragen stellen, wenn's unbedingt sein muß. Sobald Tony dann ein Täterprofil erarbeitet hat – in einigen Tagen, denke ich –, schickt er es Ihnen zu, und dann bleibt uns nur noch zu hoffen, daß es möglichst bald zu einer Festnahme kommt. Ach ja – und wenn Sie uns später die Tonbänder von Vernehmungen der Verdächtigen zur Verfügung stellen, würden wir die gern zur Schulung der Gruppe verwenden.« Sein Lächeln ließ keinen Zweifel daran, daß die Ablehnung seiner Bitte einem Affront gleichkäme.
Carol zögerte. »Ich weiß nicht, ob das möglich ist. Vermutlich müssen Sie damit bis nach dem Prozeß warten. Und auch dann brauchen wir wahrscheinlich das Einverständnis der Vernommenen. Ich werde mich erkundigen.«
Bishops Wangenmuskeln zuckten. »Wir werden uns ja wohl nicht sklavisch an solche Formalitäten halten.« Von seiner Jovialität war nichts mehr zu spüren. »Wie ich Mr. Brandon kenne, teilt er meine Meinung.«
»Die Leitung der Ermittlungen liegt bei mir, Commander. Hier geht es nicht um die Schulung Ihrer Gruppe, sondern

um die Aufklärung eines Verbrechens. Ich kann nicht das Risiko eingehen, daß ein geschickter Anwalt die Verurteilung eines Serienbrandstifters, der zudem den Tod eines Menschen verschuldet hat, an Formfehlern bei der Untersuchung scheitern läßt.«

»Sie hat recht«, stimmte Tony ihr zu. »Letztendlich muß Carol vor Gericht für formale Fehler geradestehen.«

»Nun gut.« Bishop ließ seinen Kaffee stehen, stand auf und wandte sich zur Tür. »Regeln Sie das untereinander. Mich bitte ich zu entschuldigen, ich muß vor dem Seminar noch einige wichtige Telefonate führen. Wir sehen uns später, DCI Jordan.«

Carol grinste. »Wetten, daß er, noch bevor er seinen Hintern im Schreibtischsessel untergebracht hat, Brandon an der Strippe hat?«

Tonys Augen glitzerten amüsiert, trotzdem schüttelte er den Kopf. »Glaube ich nicht. Paul mag's nicht, wenn man ihm in die Parade fährt, aber er hält sein Pulver für die großen Schlachten trocken.«

»Nicht wie ich, die immer gleich aus der Haut fährt, eh?«

»Sie gibt's eben nur einmal, Carol.« Er sah sie an – sie hätte nicht sagen können, wie, aber es ging ihr durch und durch. »Ehrlich, ich hab's sehr bedauert, daß Sie nicht zu unserem Team gehören wollten.«

Sie zuckte die Schultern. »Nicht das, was ich mir vom Polizeidienst erträume, Tony. Natürlich, die spektakulären Fälle hätten mich gereizt, aber ich will nicht ständig ein Leben in der Vorhölle führen.«

Tony verstand, was sie meinte. Er drehte den Kopf zur Seite, hüstelte und sagte: »Nun, jedenfalls freut's mich, daß wir wieder zusammenarbeiten. Das war der Grund, warum ich darum gebeten habe, daß wir bei Ihrem Fall mitarbeiten können. Obwohl mir klar war, daß Sie nicht gerade darauf brennen, uns einzuschalten. Es geht schließlich nur um einen Serienbrandstifter, auch wenn es jetzt unglücklicherweise einen Toten gibt. Meine Gruppe profitiert davon, wenn sie Ihnen über die Schulter sehen kann. Es gibt nicht viele, die ihre Arbeit so gut machen wie Sie.« Er sah verlegen zu Boden und versuchte schnell, das Thema zu wechseln. »Wie fühlen Sie sich denn im Seaforder Moor? Ist ein bißchen wie in der Steinzeit, wie?«

Carol zuckte die Achseln. »Fehlen nur noch die Dinosaurier. Fragen Sie mich in einem halben Jahr.« Sie warf einen Blick auf die Uhr. »Wann müssen wir im Seminarraum sein?«

»In ein paar Minuten.«

»Hätten Sie hinterher Lust auf einen Lunch?« Den beiläufigen Ton hatte sie während der Herfahrt immer wieder geübt.

»Geht leider nicht.« Es schien ihm ehrlich leid zu tun. »Wir essen immer gemeinsam, die ganze Gruppe. Aber was ich Sie fragen wollte ...«

»Ja?« Langsam Carol, nicht zuviel Begeisterung zeigen.

»Haben Sie's eilig, wieder nach Seaford zu kommen?«

»Überhaupt nicht.« Ja, ja! hämmerte ihr Herz. Gleich wird er mich zum Dinner einladen.

»Es wäre schön, wenn Sie Zeit hätten, auch am Nachmittagsseminar teilzunehmen.«

Ihre Hoffnungen waren zerronnen. Aber sie schaffte es, sich nichts von ihrer Enttäuschung anmerken zu lassen. »Gern. Liegt irgendwas Besonderes an?«

»Ich hab der Gruppe eine Art Hausaufgabe gegeben. Sie werden heute ihre Ergebnisse vortragen, und ich glaube, es wäre für die Officer hilfreich, wenn jemand aus Sicht der praktischen Polizeiarbeit zu ihren Analysen Stellung nimmt.«

»Ja, gut.«

Tony brauchte einen kleinen innerlichen Anlauf, ehe er herausbrachte: »Und hinterher, hab ich gedacht, könnten wir vielleicht einen Drink nehmen?«

Die Konzentration und die Hoffnung, tatsächlich auf irgend etwas Wichtiges zu stoßen, hatten Shaz' Adrenalinspiegel ansteigen lassen. Obwohl sie in der Nacht nur drei Stunden geschlafen hatte, fühlte sie sich aufgekratzt wie ein Raver auf dem Amphetamintrip. Kaum zu Hause angekommen, hatte sie die Fotokopien auf dem Teppichboden des Wohnzimmers ausgelegt und sich in die Lektüre vertieft. Als ihr der Bote vom Pizza-Service abends die bestellte 22er-Margerita lieferte, war sie so in Gedanken, daß das Schlitzohr ihr die 25er mit extra dickem Belag berechnen konnte, ohne daß sie's merkte. Gegen ein Uhr morgens hatte sie bis auf die Veranstaltungsanzeigen und die Sportseiten alles gründlich durchgeackert. Ohne Erfolg, ihr Verdacht schien also nur eine trügerische Hoffnung gewesen zu sein. Sie machte ein paar Dehn- und Streckübungen, um den verspannten Rücken zu lockern, rieb sich die übermüdeten Augen und ging in die Küche, um sich noch eine Thermoskanne Kaffee zu kochen.
Gestärkt nahm sie sich die Sportseiten vor. Vielleicht war's jemand aus einer Fußballmannschaft, der immer bei einem Auswärtsspiel zugeschlagen hatte? Oder ein Spieler, der von einem Verein zum anderen gewechselt hatte? Sportler waren heutzutage mobil – Golfspieler, Teilnehmer an Bridgemeisterschaften ... weiß der Himmel, wer alles. Als sie mit den Sportseiten durch war, zitterte Shaz vor Erschöpfung, Koffeinmißbrauch und der Ahnung des nahen Mißerfolges.
Darum glaubte sie zunächst an Halluzinationen, als sich zum ersten Mal eine Verbindung abzeichnete. Zumal es eine so abwegige Möglichkeit war, daß Shaz, ohne es zu wollen, haltlos zu kichern begann. »Das ist Irrsinn«, murmelte sie leise und sah den Stapel Kopien aus sieben Lokalzeitungen noch

mal durch, um wirklich sicher zu sein, daß nicht alles nur Einbildung war. Zu guter Letzt drückte sie sich steifbeinig hoch, lockerte rasch die Muskulatur und fing schon auf dem Weg ins Schlafzimmer an, sich die Kleidung vom Leib zu streifen. Begreifen konnte sie's immer noch nicht, morgens um halb vier weigert sich der Verstand, etwas derart Verrücktes ernst zu nehmen. Sie stellte den Wecker auf halb sieben, ließ sich bäuchlings aufs Bett fallen und war Sekunden später eingeschlafen.

Ein erholsamer Schlaf wurde es nicht. Sie träumte von einer Fernsehshow, bei der die Sieger sich aussuchen konnten, wie sie umgebracht werden wollten. Als der Wecker schrillte, gaukelte die überhitzte Fantasie ihr vor, das letzte Warnsignal eines elektrischen Stuhls zu hören. Immer noch halb von Schlaf umfangen, kam ihr das, was sie aus den Zeitungen ausgegraben hatte, wie ein nächtliches Hirngespinst vor. Sie stieß die Daunendecke zurück und schlich auf Zehenspitzen ins Wohnzimmer, als fürchte sie, die Kopien könnten bei einem festen Schritt zu Staub zerfallen.

Sieben Stapel aus fotokopierten Zeitungsseiten. Obenauf lag jeweils die Seite mit dem örtlichen Veranstaltungskalender. Und jedesmal wurde in einer Anzeige das persönliche Erscheinen desselben Mannes angekündigt. Wie Shaz es auch drehte und wendete, es sah danach aus, als habe dieser von seinen Verehrern vergötterte Mann irgend etwas mit dem Verschwinden der letzten sieben Mädchen zu tun. Und damit auch, wie zu befürchten war, mit ihrer Ermordung.

Und das sollte sie nun den anderen klarmachen.

Micky fand bald heraus, daß es gar nicht so schwierig war, den Schwanz mit dem Hund wedeln zu lassen. Sie mußte nur bei ihren Besuchen in dem Rehazentrum, in dem Jacko sich im Gebrauch seines künstlichen Arms übte, darauf achten, jedesmal

die Tür hinter sich zuzumachen und sich dann so dicht neben ihn zu setzen, daß sie, wenn ein Arzt oder eine Schwester hereinkamen, auseinanderfahren und glaubwürdig Verlegenheit mimen konnten. Was ihnen prompt jeder abkaufte.
Wenn sie Jacko aus der Redaktion anrief, überzeugte sie sich vorher davon, daß sich möglichst viele Kollegen in der Nähe aufhielten – die sicherste Gewähr dafür, daß irgend jemand etwas mitbekam. Wenn sie dann noch besonders lieb ins Telefon flötete, ihn möglichst oft mit Namen anredete und hin und wieder die Stimme senkte, wurde sogar dem Begriffsstutzigsten irgendwann klar, daß er Ohrenzeuge eines Liebesgeflüsters geworden war.
Zum Steigbügelhalter ihrer gezielten Indiskretion wählte sie den befreundeten Redakteur eines nicht sonderlich auflagenstarken, dafür um so skrupelloseren Skandalblättchens, das drei Tage später prompt mit der Schlagzeile JACKOS NEUE LIEBE DIE ZIELSCHEIBE PERVERSER ATTACKEN aufmachte.

> Vandalismus und anonyme Briefe machen Jacko Vance' neuer Liebe das Leben zur Hölle. Es ist kaum zu fassen, was die Fernsehjournalistin Micky Morgan seit Beginn ihrer Romanze mit dem Mann, dessen heldenhaftes Verhalten im Chaos auf der M 1 unvergessen ist, alles angetan wurde. Ihr Auto wurde mit Farbbeuteln beworfen. In ihrem Briefkasten lagen tote Mäuse und Vögel. Anonyme Briefe von unvorstellbarer Gehässigkeit waren an der Tagesordnung.
> Das Paar hatte sich bei einem Fernsehinterview nach Jackos tragischem Unfall auf der M 1 im Krankenhaus kennengelernt, nachdem er, selbst schwer verletzt, bei dem mutigen Versuch, Menschenleben zu retten, einen Arm verloren hatte.

Damit war für den einstigen Weltrekordhalter im Speerwerfen alle Hoffnung auf das schon zum Greifen nahe olympische Gold zerronnen.
Beide haben lange versucht, ihre Beziehung geheimzuhalten. Doch jetzt hat uns die attraktive blonde Micky, 25, Starreporterin des Magazins *Die Welt um sechs* exklusiv enthüllt, welchem Martyrium sie seit Beginn der Affäre ausgesetzt war.
»Es ist ein Alptraum«, klagte Micky gestern abend in ihrem gepflegten Heim in Westlondon. »Wir haben keine Ahnung, wer dahintersteckt. Ich bete darum, daß dieser Wahnsinn endlich aufhört.«
»Wir haben unsere Beziehung geheimgehalten, weil wir uns erst besser kennenlernen wollten, und zwar, ohne daß uns die Öffentlichkeit auf Schritt und Tritt belauert. Wir lieben uns sehr. Privat ist Jacko noch hinreißender, als er sich in der Öffentlichkeit gibt. Er ist ein so liebenswürdiger, tapferer Mensch. Ich kann nicht verstehen, was jemanden zu solchen herzlosen Attacken treibt.«
Jacko, der sich zur Zeit in Londons renommierter Martingale Klinik einer intensiven Rehabilitations- und physiotherapeutischen Behandlung unterzieht, ließ durch einen Sprecher erklären: »Ich bin entsetzt, daß jemand Micky derart scheußliche Dinge antut. Sie ist die wundervollste Frau, die ich kenne. Ich kann nur hoffen, daß die Polizei sich diesen Kerl vornimmt, bevor ich es tue.«
Jacko, der seine Beziehung zu *(Forts. auf S. 4)* …

Ein paar Wochen lang war die Presse hinter Micky und Jacko her wie der Teufel hinter der armen Seele, dann erlahmte das Interesse allmählich, wurde aber, sobald es Neuigkeiten zu berichten gab, sofort wieder hellwach. An Futter für die Boulevardpresse mangelte es nicht: Jackos Entlassung aus der Reha-Klinik, seine Verpflichtung als Sportreporter, Mickys neues Engagement beim Frühstücksfernsehen, Jackos freiwilliger Einsatz für Behinderte und Schwerkranke … Beide lernten schnell, daß es kein wirksameres Mittel gegen Klatsch gab, als sich möglichst oft zusammen in der Öffentlichkeit sehen zu lassen. Nachdem Micky begonnen hatte, Jacko auch bei seiner Wohltätigkeitsarbeit zu unterstützen, verbrachte er, sooft sie merkten, daß irgendein Pressehai sich an ihre Fersen heftete, die Nacht demonstrativ unter ihrem Dach. Als das knapp ein Jahr so gegangen war, beschloß Micky, ihrem Jacko mit Betsys Hilfe die Daumenschrauben anzulegen. Und bei einem gemeinsamen Abendessen zu Hause war es dann soweit.

Die Jahre, in denen Jacko sich allzuoft mit Bordverpflegung begnügen mußte, hatten seinem für kulinarische Genüsse empfänglichen Gaumen nicht geschadet. Als er den letzten Bissen gegessen hatte, lehnte er sich zurück und grinste die beiden Frauen verschlagen an. »Wenn ihr mich derart verwöhnt, um mich bei Laune zu halten, führt ihr sicher nichts Gutes im Schilde.«

Betsy lächelte spröde. »Dabei haben Sie meinen klebrigen Vanillepudding mit hausgemachtem Haselnußeis noch gar nicht probiert.«

Jacko mimte Entsetzen. »Allein die Androhung genügt für eine Klage wegen versuchter Körperverletzung.«

»Wir haben dir auch etwas anderes anzubieten«, sagte Micky.

Jacko schaukelte auf dem Stuhlbein vor und zurück. »Eine innere Stimme sagt mir, daß ihr nicht an einen Dreier denkt.«

»Der könnte zu einem ernüchternden Erlebnis für Sie werden«, sagte Betsy trocken. »Und so was schadet dem, was

Amerikaner so hübsch mit männlicher Selbstachtung umschreiben.«

»Betsy, meine Liebe, wenn Sie wüßten, was ich mit Frauen im Bett treibe, wären Sie mir für mein Desinteresse zutiefst dankbar.« Jackos Grinsen erinnerte Micky an Jack Nicholson.

»Nun ja, daß wir Ihnen unseren Vorschlag erst jetzt unterbreiten, hat tatsächlich etwas mit Ihrer in diesem Punkt bemerkenswerten Ignoranz zu tun«, sagte Betsy, schon mit dem Tischgeschirr auf dem Weg in die Küche.

»Jetzt bin ich neugierig geworden.« Jacko sah Micky durchdringend an. »Laß mal die Katze aus dem Sack.«

Wie aufs Stichwort tauchte Betsy wieder an der Küchentür auf. »Ihr zwanghaftes Bemühen, sich möglichst oft mit Micky in der Öffentlichkeit zu zeigen, ist im Grunde verschwendete Zeit. Nicht, daß es mich stört, wenn Sie mit ihr ausgehen. Aber Micky und ich würden den Feierabend lieber miteinander zu Hause verbringen.«

Jacko runzelte die Stirn. »Also alles zurück auf null?«

»Ganz im Gegenteil.« Betsy setzte sich wieder an den Eßtisch und legte ihre Hand auf Mickys. »Wir dachten eher, es wäre eine gute Idee, wenn ihr beide heiraten würdet.«

Jacko sah fassungsloser aus, als Micky ihn je gesehen hatte. »Heiraten«, wiederholte er, was sich aber schon nicht mehr nach einer Frage anhörte.

Shaz ließ den Blick durch den Seminarraum gleiten und versuchte abzuschätzen, von wem sie welche Reaktion auf den Vortrag ihrer Analyse zu erwarten hätte. Simon fand mit Sicherheit irgend etwas an ihrer Argumentation faul, schon aus Prinzip. Leon, das kannte sie bereits, würde mit spöttisch verzogenen Mundwinkeln vor sich hin qualmen und am Ende ihre Analyse zerpflücken. Von Kay erwartete sie eher kleinliches Herummäkeln an Details, der Blick fürs Ganze war nicht ihre Stärke. Von Tony dagegen erhoffte sie sich, daß er sich von der Brillanz ihrer Schlußfolgerungen beeindruckt zeigte – und unverzüglich Ermittlungen veranlaßte. Und dann kam alles, wie es kommen mußte: Sie wurde zu einer Legende. Die Frau, die den berüchtigten Serienmörder zur Strecke gebracht hatte. Das große Fragezeichen war Carol Jordan. Sie hatte heute vormittag …

Aha, es ging los, Leon machte den Anfang.

Shaz war überrascht von der Kürze seines Vortrags, und wahrscheinlich ging das nicht nur ihr so. Er räumte ein, daß es gewisse Ähnlichkeiten gebe, hielt das aber angesichts der hohen Zahl von Teenagern, die jedes Jahr in Großbritannien verschwanden, nicht für signifikant. Er hatte sich – offensichtlich mehr pflichtgemäß als aus Überzeugung – auf vier Mädchen im Westteil des Landes konzentriert, eines davon gehörte zu Shaz' Siebenergruppe. Die Übereinstimmung sah er darin, daß sie alle von einer Karriere als Model geträumt hatten. Woraus Leon den Schluß zog, daß sie vermutlich einem Pornofotografen auf den Leim gegangen und im Milieu der Hard-core-Filmemacher, wenn nicht gar im Sumpf der käuflichen Liebe geendet waren.

Langes Schweigen, dann einige lahme Kommentare aus der Gruppe und schließlich Carols sarkastische Frage: »Und wie lange, Mr. Jackson, haben Sie für diese Analyse gebraucht?«

Leon runzelte die Augenbrauen. »Nicht lange, es gab ja nicht viel zu analysieren.«

»Wenn ich die Leiterin der Ermittlungen wäre und Ihnen diese Unterlagen zur Verfügung gestellt hätte, wäre ich von einer so oberflächlichen Analyse enttäuscht«, sagte Carol. »Das ist kein Ergebnis, für das ich einen Spezialisten bemühen muß. Das hätte mir jeder meiner Officer in zwei Stunden liefern können.«

Leon starrte sie mit vor Verblüffung offenem Mund an. So

war er von Tony noch nie kritisiert worden, nicht mal von Commander Bishop. Aber bevor er aufmucken konnte, griff Tony ein: »DCI Jordan hat recht, Leon. Wir machen uns keine Freunde, wenn wir den Eindruck erwecken, als nähmen wir einen Auftrag nicht ernst. Egal, was wir von einem Fall halten, für denjenigen, der die Ermittlungen leitet, ist er wichtig. Und für die Opfer eines Verbrechens erst recht.«
»Das war doch nur eine Übung«, versuchte sich Leon herauszureden. »Hier gibt's keinen Leiter der Ermittlungen.«
»Soweit ich weiß, handelt es sich um echte Fälle«, erinnerte ihn Carol. »Diese Kids stehen tatsächlich auf der Vermißtenliste. Ist Ihnen noch nie der Gedanke gekommen, wie sehr die Eltern unter der Ungewißheit über das Schicksal ihrer Kinder leiden?«
Tony nickte. »Eben. Und um das klarzustellen: Wir haben DCI Jordan ausdrücklich gebeten, kein Blatt vor den Mund zu nehmen. So, wer trägt jetzt vor.«
Kay war dran. Shaz konnte während des Vortrags kaum ihre Ungeduld verbergen. Immerhin hatte Kay sehr fleißig verschiedene Übereinstimmungen herausgearbeitet, so daß Tony am Ende ihres Vortrags zufriedener aussah als bei Leon. »Eine gründliche Analyse«, stellte er fest, »danke, Kay.« Irgendwie schien allerdings ein unausgesprochenes ›Aber‹ in der Luft zu hängen.
Carol sprach es aus. »Ja, aber das hört sich an, als hätten Sie alles von einer höheren Warte aus beurteilt. Der Leiter einer Ermittlung erwartet Anregungen für sein weiteres Vorgehen. Eine implizite Empfehlung, wo er seine Prioritäten setzen soll. Bei Ihnen wird nicht klar, was Sie für die wahrscheinlichste Möglichkeit halten. Was soll ein Ermittler damit anfangen?«
»Um fair zu sein«, warf Tony ein, »das mag bei der theoretischen Erörterung in einem Seminar nicht ganz einfach sein,

dennoch sollte ein Vorschlag für Prioritäten nicht fehlen. Möchte jemand in unserem konkreten Fall dazu etwas vorschlagen.«

Shaz beteiligte sich kaum an der anschließenden, kurzen Diskussion, dazu war sie viel zu nervös. Und ehe sie sich's versah, war plötzlich sie an der Reihe. Sie hüstelte und legte ihre Unterlagen zurecht.

»Auf den ersten Blick sieht es aus, als seien die Ähnlichkeiten oder Übereinstimmungen nicht so zwingend, daß sich überzeugend eine zusammengehörende Gruppe von Opfern herausschält. Aber bei genauerer Analyse stellte sich heraus, daß es doch eine Gruppe gibt, bei der die Übereinstimmungen auffälliger sind als bei anderen. Bitte achten Sie darauf, daß es bei der Gruppe, über die ich gleich mehr vortragen werde, zusätzlich einen stets gleichbleibenden, externen Faktor gibt, der als Indiz dafür gelten könnte, daß diese sieben Teenager alle das Opfer ein und desselben Mörders geworden sind.«

Sie blickte hoch. Kay sog verblüfft die Luft ein, Leon grinste süffisant, Tony sah alarmiert aus, aber Carol Jordan beugte sich, das Kinn in die Faust geschmiegt, interessiert vor. Shaz flocht ein kleines Lächeln ein. »Ich habe mir das nicht aus der hohlen Hand gesogen.« Sie verteilte den ersten Stapel der vorbereiteten Fotokopien.

»Sieben Fälle«, sagte sie. »Auf der ersten Seite finden Sie all das aufgelistet, was ich bei den verschwundenen Mädchen als Übereinstimmungen herausgefunden habe. Eine der bemerkenswertesten Übereinstimmungen scheint zu sein, daß die sieben Mädchen alle eine Garnitur Unterwäsche zum Wechseln mitgenommen haben, nur das. Obwohl Kids, die von zu Hause ausreißen wollen, eigentlich mehr brauchen. Und in allen Fällen trugen sie beim Verschwinden ihr bestes Kleid. Obwohl Ausreißerinnen doch eher an Trainingsschuhe und eine gefütterte Jacke für kalte Nächte auf der Straße denken sollten. Ich weiß, daß Teenager nicht immer vernünftig handeln, aber die sieben Mädchen sind nicht Hals über Kopf von zu Hause weggelaufen. Sie mußten nicht ausreißen.«

Sie schielte hoch und sah, daß Tony ihr nun genauso aufmerksam folgte wie Carol Jordan. »Sie sind in allen Fällen morgens verschwunden, als es Zeit war, zur Schule zu gehen, wo sie aber nie angekommen sind. Und alle hatten ihren Elters etwas vorgeflunkert, bei welcher Freundin sie angeblich übernachten wollten. Zeitlich gesehen hatten sie sich damit ein Alibi für etwa zwölf Stunden verschafft. Nur eine der sieben hatte mal Schwierigkeiten mit der Polizei gehabt, wegen Ladendiebstahls, da war sie zwölf. Keine von ihnen hat übermäßig Alkohol getrunken oder regelmäßig Drogen genommen. Wenn Sie nun umblättern, finden Sie die Fotos der Mädchen, alle im gleichen Format. Schauen Sie genau hin. Drängt sich Ihnen nicht auch der Eindruck auf, daß es eine erstaunliche äußere Ähnlichkeit gibt?«

»Das ist ja 'n Ding«, murmelte Simon. »Ich kann's nicht fassen, daß mir das nicht aufgefallen ist.«

Carol meinte leicht irritiert: »Da steckt mehr als äußerliche Ähnlichkeit dahinter. Sie haben alle einen ganz bestimmten Gesichtsausdruck. Fast so was wie … sexuelle Gier.«

Leon brachte es auf den Punkt. »Die wollten keine Jungfrauen mehr sein. Das ist es, was man denen ansieht.«

»Was sie auch wollten, sie haben es bekommen«, sagte Shaz. »Die Mädchen haben an verschiedenen Orten gelebt, sie sind innerhalb eines Zeitraums von sechs Jahren verschwunden, die Abstände zwischen den einzelnen Vermißtenanzeigen variieren. Nur, äußerlich scheinen alle Opfer das Abziehbild ein und desselben Typs zu sein. Das allein wäre ein starkes Indiz, aber Tony hat uns gesagt, wir sollten auch nach potentiellen externen Verbindungsgliedern Ausschau halten.

Also nach regelmäßig zu beobachtenden Faktoren, auf die die Opfer keinen Einfluß hatten, weil sie etwas mit dem Mörder, nicht mit den Opfern zu tun haben.
Ich habe also angefangen, nach einem solchen externen Verbindungsglied zu suchen.« Shaz verteilte den zweiten Stapel Fotokopien. »Die Lokalzeitungen der Gegend, in der die verschwundenen Mädchen gewohnt haben. Ich habe den Zeitraum von zwei Wochen vor und nach dem Verschwinden überprüft. Und heute nacht – das heißt, strenggenommen war's schon heute morgen, hab ich gefunden, wonach ich gesucht hatte. Jeweils kurz bevor diese sieben Mädchen ihr Leben verloren haben, hat ein und dieselbe sehr bekannte Persönlichkeit ihren Heimatort besucht. Und ich erinnere noch mal daran: Alle sieben haben am Tag des Verschwindens ihr schickstes Kleid getragen. Wie das Teenager eben tun, wenn sie Eindruck auf einen Mann machen wollen.«
Die Andeutung war so ungeheuerlich, daß das Gemurmel in der Gruppe immer mehr anschwoll. »Ganz recht«, sagte Shaz, »ich habe es erst auch nicht glauben wollen. Ich meine, wer kauft einem schon ab, daß ein einst gefeierter Spitzensportler und heute bekannter Fernsehstar ein Serienmörder ist?« Und wer besaß dann auch noch genug Zivilcourage, die Entscheidung für Ermittlungen gegen Jacko Vance zu treffen?

Die kühle Dunkelheit schien das leise Wimmern aufzusaugen. Donna Doyle hatte noch nie soviel Angst gehabt. Und sie hatte auch nicht gewußt, daß Angst derart lähmend sein kann. Das, was hinter ihr lag, war schlimm genug gewesen, und doch war es schlimmer, nicht zu wissen, was ihr noch bevorstand.

Alles hatte so gut angefangen. Donna hatte das Geheimnis für sich behalten, obwohl es in ihr gärte, daß es ihr vorkam, als suche es mit aller Gewalt den Weg über ihre Lippen. Aber er hatte ihr ja ausdrücklich erklärt, wie wichtig absolute Vertraulichkeit bei diesem Projekt sei. Hinterher gab es zwar mit Sicherheit Ärger zu Hause, aber sie konnte sich doch eine so einmalige Chance nicht entgehen lassen. Wenn sie ins Fernsehen kam, wog das allen Ärger auf, doppelt und dreifach. Zugegeben, es war nicht schön, daß sie Mum belogen hatte, aber sie hätte doch nicht das Risiko eingehen können, daß ihre Mutter ihr alles vermasselte.

Die Schule zu schwänzen war einfach gewesen. Donna war zur gewohnten Zeit losgegangen, dann aber, statt Richtung Schule zu gehen, in die Innenstadt abgebogen und hatte sich dort in einer öffentlichen Toilette umgezogen. In der Schultasche lag, sorgfältig zusammengefaltet, statt der Bücher ihr bestes Kleid. Ein schicker Fummel, der sie älter aussehen ließ. Sie hätte glatt eine dieser sagenhaft coolen jungen Frauen bei MTV sein können. Rasch noch vor dem Spiegel das Make-up auftragen – o Mann, sie sah toll aus. An dem Abend, als er auf sie zugekommen war, hatte sie einen Alltagsfummel getragen, trotzdem hatte er auf Anhieb erkannt, daß das Zeug zu einem Star in ihr steckte, und wie sie heute aussah, das mußte ihn einfach umhauen.

Jetzt, als sie von Schmerzen und Ängsten gepeinigt im Dunkel lag, kam ihr das wie ein schlechter Witz vor, aber heute morgen hatte es ihr Selbstvertrauen und Zuversicht gegeben. Sie hatte sich vergewissert, daß keine Nachbarn oder Mutters langweiliger Freund im Bus nach Manchester saßen, und sich einen Sitzplatz im Oberdeck gesucht, von wo sie am besten sehen konnte, wer an den Haltestellen zu- oder ausstieg.

Mitten in der Woche einen ganzen Tag zum Bummeln in Manchester zu haben war ein tolles Gefühl gewesen. Sie war durch die Kaufhäuser geschlendert, hatte sich in einem Spielsalon an den Flipperautomaten ausgetobt und auf dem Weg zum Bahnhof an einem Kiosk ein paar Rubbellose gekauft. Daß sie mit einem davon zehn Pfund gewann, bar auf die Hand, konnte nur ein gutes Omen sein. Erst als sie in den Zug stieg, fing es bei dem Gedanken an Mum wieder an, in ihrem Magen zu kribbeln.

Das Umsteigen war kein reines Vergnügen. Es wurde schon dunkel, und in Newcastle hörte sie von der Lautsprecherdurchsage kein einziges Wort. Die Leute dort redeten ganz anders als Jimmy Nail oder Kevin Whatley im Fernsehen. Wie Wesen von einem anderen Stern. Irgendwie hatte sie's doch geschafft, den richtigen Bahnsteig zu finden. Aber als sie dann im Zug nach Five Walls gesessen und gemerkt hatte, daß all die fremden Typen auf ihren kurzen Rock und das aufsehenerregende Make-up starrten, war ihr doch wieder mulmig zumute gewesen. Auf einmal waren ihr die müden Pendler wie Sittenstrolche oder Mädchenhändler vorgekommen.

Als sie endlich an der Bedarfshaltestelle Five Walls ankam, wartete er, wie versprochen, auf dem Parkplatz auf sie. Und er war richtig süß, sagte all das, was sie hören wollte, und beruhigte sie, sie habe alles richtig gemacht, und morgen werde bestimmt alles prima laufen. Lieb und verständnisvoll, nicht so arrogant, wie man das bei einem, der im Fernsehen auftritt, eigentlich erwartet.

Während der Fahrt über die schmale Landstraße fragte er, ob sie, weil die Probeaufnahmen ja erst morgen früh möglich waren, einverstanden sei, bei ihm zu Abend zu essen und im Gästezimmer seines Cottages zu übernachten. Dann müsse er, wenn er ein paar Gläser Wein getrunken habe, nicht mehr Gott weiß wie weit zum nächsten Hotel fahren. Natürlich gab es eine innere Stimme, die sie warnte, so was schicke sich nicht, aber es gab auch die andere Stimme, die ihr einflüsterte, wenn sie sein Angebot annahm und sich nicht zickig anstellte, wären die Probeaufnahmen morgen früh nur noch eine Formalität. Und die Flüsterstimme setzte sich durch. Zumal sie Donna auch mit dem Argument lockte, eine so günstige Gelegenheit, ihr Jungfernhäutchen loszuwerden, böte sich wahrscheinlich so schnell nicht wieder.

»Wenn ich bei Ihnen übernachten könnte, das wäre toll«, sagte sie.

Er lächelte und sah sie ein paar Sekunden an, statt auf die Straße zu achten. »Ich verspreche dir, wir werden viel Spaß haben.«

Und er hatte Wort gehalten. Jedenfalls am Anfang. Das Essen war fantastisch gewesen – alles Delikatessen wie bei Marks und Spencer, von denen Mum immer sagte, daß sie sich die nicht leisten könnten. Erst Champagner, zur Vorspeise Weißwein, Rotwein zum Hauptgang und zum Nachtisch einen süßen, goldfarbenen Südwein. Und er war so lustig gewesen, hatte mit ihr geflirtet und ihr Geschichten über Prominente erzählt, die sie aus dem Fernsehen kannte.

Er schien sie auch unterhaltsam zu finden, hatte sie dauernd gefragt, wie ihr die oder jene Fernsehsendung gefiel. Nicht nur aus Höflichkeit, nein, er war wirklich an ihrer Meinung interessiert und nahm sie ernst. Weil er für sie schwärmte, das sah sie an der Art, wie er ihr in die Augen blickte. Nicht wie die Jungs aus der Schule, die nur über Fußball redeten und rausfinden wollten, wie weit sie bei ihr gehen konnten. Da war er ganz anders, er tätschelte auch nicht an ihr herum wie ein geifernder, alter Lustmolch, sondern er behandelte sie wie eine junge Dame.

Nach dem Essen hatte sie einen hübschen kleinen Schwips gehabt. Nicht, daß sie betrunken gewesen wäre wie damals auf Emma Lomas Party, wo sie sich nach fünf Flaschen extra starkem Cidre übergeben mußte. Sie war sehr glücklich gewesen und hatte sich danach gesehnt, seine Wärme auf ihrer Haut zu spüren und das Gesicht im Zitrus- und Sandelholzduft seines Eau de Toilette zu vergraben und wahr werden zu lassen, was ihre Träume ihr schon lange vorgaukelten.

Als er aufstand, um Kaffee zu machen, folgte sie ihm – schon ein wenig unsicher auf den Beinen, weil die Wände plötzlich zu schweben anfingen – in die Küche, schlang von hinten die Arme um ihn und flüsterte: »Ich find dich wundervoll. Einfach fantastisch.«

Und als er sich umdrehte und sie sich eng an ihn schmiegte, barg er das Gesicht in ihrem Haar, knabberte zärtlich an ihrem Ohrläppchen und murmelte: »Und du bist etwas Besonderes. O ja, etwas ganz Besonderes.«

Sie spürte seine Erektion an ihrem Bauch. Einen winzigen Moment lang wollte Angst in ihr aufflackern, aber da lagen seine Lippen schon auf ihren, und das Gefühl, zum ersten Mal wirklich geküßt zu werden, erstickte alle Angst. Der Kuß schien eine Ewigkeit zu dauern, Farben von nie gesehener Schönheit entstanden hinter ihren geschlossenen Lidern, und durch ihre Venen rann das Blut schneller als je zuvor.

Ohne daß sie's recht merkte, schob er sie allmählich auf die

Werkbank zu, bis sie mit dem Rücken sanft dagegenstieß. Er küßte sie immer noch, seine Zunge schien sich tiefer in ihren Mund zu wühlen. Und plötzlich, völlig unerwartet, schoß seine Hand nach vorn, umklammerte ihr Handgelenk und bog ihr den Arm zur Seite. Sie spürte kaltes Metall und riß erschrocken die Augen auf. Und im selben Moment ließen seine Lippen die ihren allein.
Sie blickte verdutzt auf ihren Arm und konnte gar nicht verstehen, wieso er auf einmal zwischen den Zwingen eines schweren Werkzeuges gefangen war. Er trat etwas zurück, fing an, an einem Rad zu kurbeln, und sie merkte, daß die beiden Zangen sich immer enger um ihren nackten Arm schlossen. Alle Versuche, ihn herauszuwinden, waren vergeblich. Es gab kein Entrinnen. Solange ihr Arm in diesem Schraubstock steckte, war sie an die Werkbank gefesselt.
»Was tust du da?« schrie sie. Ihr Gesicht spiegelte namenlose Verblüffung wider, noch keine Angst.
Aber sein Gesicht war zur Maske erstarrt. Von der Zuneigung, die sie den ganzen Abend darin gelesen hatte, war nichts mehr zu sehen. »Ihr seid alle aus demselben Holz«, sagte er mit ausdrucksloser Stimme. »Ihr denkt doch nur daran, was für euch dabei rauskommt.«
»Wovon redest du?« Sie fing zu betteln an. »Mach mich bitte los. Das ist nicht spaßig, das tut weh.« Sie versuchte, mit der freien Hand nach der Kurbel zu greifen. Aber sein harter Schlag warf sie auf die Bank zurück.
»Rühr dich ja nicht, du falsches Biest«, sagte er, wieder in diesem unheimlich ruhigen Ton.
Donna schmeckte Blut. Das halb erstickte Schluchzen, das sie hörte, mußte wohl aus ihrer eigenen Kehle kommen. »Ich versteh das nicht. Was hab ich denn falsch gemacht?« stammelte sie.
»Du hast dich an mich rangemacht, weil du gedacht hast, daß

du durch mich kriegst, was du haben willst. Hast was von Liebe geschwafelt. Aber wenn du morgen aufwachst und merkst, daß ich dir nicht geben kann, was du willst, schmeißt du dich dem nächsten Kerl an den Hals, der vorbeikommt.« Er beugte sich zu ihr hinunter, ließ sich auf sie fallen und nagelte sie mit seinem Gewicht auf der Werkbank fest.

»Ich weiß nicht, was du meinst«, wimmerte sie. »Ich hab doch nie … aaah.« Sie stieß einen gellenden Schrei aus, als die Zwingen des Schraubstocks sich noch fester um ihr Handgelenk schlossen. Ihre Muskeln und sogar die Knochen wurden zusammengepreßt, die Stahlklammer schnitt ihr tief ins Fleisch. Als ihre Schreie in ein bettelndes Wimmern übergingen, drehte er sich halb seitwärts, so daß er sie mit seinem Gewicht weiter auf die Werkbank drücken konnte und trotzdem die Hand des gesunden Arms frei hatte. Und dann riß er ihr mit einem Ruck das Kleid von oben bis unten auf.

Nun hatte sie wirklich Angst. Sie konnte einfach nicht verstehen, warum er das tat. Sie wünschte sich doch, von ihm geliebt zu werden. Aber nicht so, es sollte romantisch und zärtlich und wunderschön sein. Das hier, das war sinnlos und brutal. Er mußte ihr doch nicht den Arm festklemmen und ihr so weh tun. O Gott, sie sehnte mit jeder Faser ihres Herzens den Augenblick herbei, in dem das endlich aufhörte.

Aber er hatte noch nicht mal richtig angefangen. Donna hörte etwas zerreißen, und dann lag ihr Höschen zerfetzt auf dem Boden. Aus den Augenwinkeln konnte sie die Rillen sehen, die der Gummizug ihr bei seiner gewaltsamen Attacke ins Fleisch gegraben hatte. Zitternd und schluchzend murmelte sie nutzlose, flehentliche Bitten vor sich hin, denn wehren konnte sie sich nicht.

Auch nicht, als er den Reißverschluß seiner Hose öffnete und seinen Penis in sie hineinstieß. Aber das, woran Donna sich erinnerte, war nicht der Schmerz im Augenblick der

Entjungferung, es war die nicht enden wollende Qual, als er, während er in sie eindrang, bei jedem Stoß mit der Hüfte die Kurbel des Schraubstocks traf und die Zwingen sich tiefer und tiefer in ihren Arm gruben. Sie spürte es gar nicht, als ihr Jungfernhäutchen zerriß, das ging unter in dem gräßlichen Knacken, mit dem die Knochen ihres Handgelenks und Unterarms splitterten, und in dem unvorstellbaren Schmerz, als das Fleisch zwischen den gnadenlosen Zwingen zermalmt wurde.

Als sie jetzt so im Dunkel lag, war sie nachträglich dankbar für die Ohnmacht, die sie schließlich von ihren Qualen erlöst hatte. Sie wußte nicht mehr, wo sie war und wie er sie hierhergeschleppt hatte, sie wußte nur, daß sie, Gott sei Dank, endlich allein war. Das war genug. O ja, für den Augenblick war ihr das genug.

Tony ging, die Hände gegen die Kälte tief in den Jackentaschen vergraben, die Briggate hinunter – ständig ausweichend, um nicht mit den mit Taschen beladenen Hausfrauen zusammenzustoßen, die erst in letzter Minute zum Einkaufen gekommen waren, oder den fußmüden Verkäuferinnen, die den Bus erwischen wollten. Den Drink hatte er sich redlich verdient, der Nachmittag war anstrengend gewesen. Eine Weile hatte es sogar danach ausgesehen, daß der zaghaft keimende Teamgeist, den er seiner Gruppe einzupflanzen versuchte, die hitzigen Diskussionen nicht überlebte.
Die anfängliche Reaktion auf Shaz' kühne Hypothese war eisiges Schweigen gewesen. Dann hatte Leon geschrien: »Shazza-Baby, du schaffst es, in ein paar Minuten mehr Scheiße zu quirlen als ein Klärwerk am ganzen Tag. Aber mach ruhig so weiter, du bist trotzdem unser bestes Stück.«
»He, Moment mal«, widersprach Simon, »auf Shaz rumzuhacken ist einfach. Aber wenn sie nun recht hat?«
»O ja«, schnaubte Leon, »als ob ausgerechnet Jacko Vance der typische Serienmörder wäre. Guck ihn dir bloß mal in der Glotze an. Oder lies, was die Presse über ihn schreibt. Jack, der Kumpel, glücklich verheiratet, Englands Stolz, der Held, der einen Arm geopfert hat, um Menschenleben zu retten. Und das soll genau so 'n Typ wie Jeffrey Dahmer oder Peter Sutcliffe sein? Nein, mein Lieber, der nicht.«
Tony hatte Shaz während Leons Verbalattacke beobachtet und gesehen, wie ihre Augen dunkler und ihre Lippen zu einem Strich wurden. Offene Kritik konnte sie vertragen, aber auf Spott reagierte sie allergisch. Und so warf er, als Leon

Luft holen mußte, ironisch ein: »Wie wär's, Leon, wenn Sie, statt große Töne zu spucken, Shaz' mit überzeugenden Argumenten zu widerlegen versuchen?«
Leon war wie üblich eingeschnappt, zündete sich eine Zigarette an und murmelte irgend etwas vor sich hin.
»Könnten Sie das so sagen, daß wir's alle hören?« fragte Carol ihn zuckersüß.
»Ich hab nur gesagt, daß Jacko Vance absolut nicht den üblichen Vorstellungen von einem Serienmörder entspricht«, wiederholte Leon griesgrämig.
»Woher weißt du das?« warf Kay ein. »Du kennst doch nur das Bild, das die Medien von ihm zeichnen. Es gab schon andere Serienmörder, bei denen alle auf ihre liebenswürdige Art reingefallen sind. Ted Bundy, zum Beispiel. Wer Spitzensportler ist, hat Übung darin, sich beherrscht zu geben. Vielleicht sehen wir bei Jacko Vance auch nur die Fassade, hinter der sich eine psychopathische Persönlichkeit verbirgt.«
»Aber er ist doch seit Jahren glücklich verheiratet«, wandte jemand aus der Gruppe ein. »Da hätte seine Frau doch was merken müssen. Man kann ja nicht ständig mit einer Maske rumlaufen.«
»Sonia Sutcliffe hat immer wieder versichert, daß sie keine Ahnung von den Prostituiertenbesuchen ihres Mannes gehabt hätte«, gab Carol zu bedenken. »Und Rosemary West behauptet steif und fest, sie hätte nicht gewußt, daß ihr Mann Leichen ins Fundament ihres Anbaus einbetoniert hat.«
»Ja«, warf Simon ein, »und noch was: Leute wie Micky Jordan und Jacko Vance führen ein völlig anderes Leben als wir. Jacko ist für seine Sendung und seine freiwillige karitative Arbeit dauernd auf Achse, und wenn er zu Hause ist, bereitet Micky im Studio ihre Sendung vor. Ich wette, die sehen sich seltener als Cops ihre Kinder.«

»Ein interessanter Punkt«, sagte Tony. »Was meinen Sie dazu, Shaz? Schließlich geht's um Ihre Theorie.«
Shaz schürzte rebellisch die Lippen. »Bisher hat mir niemand erklären können, wieso die sieben Mädchen keine Gruppe mit auffälligen Übereinstimmungen sein sollen.«
»Na ja«, meinte Kay, »ich finde, so eindeutig ist das nicht, da könnte man genausogut andere Gruppen identifizieren. Zum Beispiel die Mädchen, bei denen die Polizei vermutet, daß sie als Kinder sexuell mißbraucht worden sind.«
»Nein«, widersprach Shaz, »nicht mit so vielen Übereinstimmungen. Und von denen sind einige so ungewöhnlich, daß der Leiter einer Ermittlung seine Leute auf ganz bestimmte Spuren ansetzen kann. Zum Beispiel, daß sie alle ihr bestes Kleid von zu Hause mitgenommen haben.«
So schnell gab Kay sich nicht geschlagen. »Hast du die Zeitungen auch unter dem Gesichtspunkt durchgesehen, ob Vance möglicherweise auch am Wohnort von vermißten Kids aufgetaucht ist, die du nicht in deiner Gruppe hast?«
Shaz schnaubte zornig. »Das konnte ich leider nicht schaffen. Wie wär's, wenn du das übernimmst, Kay?«
Wieder griff Carol ein. »Wenn das eine echte Ermittlung wäre, müßten Sie das tun, Shaz. Aber dann hätten Sie die Leichen, Kollegen, die mitarbeiten, und mehr Zeit. Darum möchte ich betonen, daß es mich sehr beeindruckt, wieviel Sie in der gegebenen Zeit und mit den begrenzten Möglichkeiten herausgearbeitet haben.« Shaz' Schultern strafften sich, die Anerkennung tat ihr sichtlich gut. Aber dann fuhr Carol fort: »Nur, selbst wenn Ihre Vermutung einen realen Hintergrund hätte, wäre es ein zu gewagter Sprung ins Dunkel, jetzt schon mit dem Finger auf Vance zu zeigen. Wenn die Fälle dieser sieben verschwundenen Mädchen wirklich etwas mit Vance' öffentlichen Auftritten zu tun haben, ist es sehr viel wahrscheinlicher, daß der Täter zu Vance' Team ge-

hört. Alles deutet darauf hin, daß es jemand ist, der bei einer Frau abgeblitzt ist, zum Beispiel bei einer aus Vance' Fangemeinde. Das halte ich für wahrscheinlicher als die Vermutung, daß Vance selber die Finger im Spiel gehabt hat.«
»Das wäre ein Gesichtspunkt«, gab Shaz zu und ärgerte sich, daß ihr die Möglichkeit nicht eingefallen war. »Aber ich verstehe Sie so, daß Sie die weitere Ermittlung auf die Gruppe dieser sieben Mädchen konzentrieren wollen.«
»Ich – äh ...« Carol sah Tony hilfesuchend an.
»Das war von Anfang an eine reine Übungsaufgabe, Shaz«, sagte Tony. »Zu weiteren Ermittlungen sind wir nicht berechtigt.«
Shaz sah ihn entsetzt an. »Aber diese Siebenergruppe gibt es doch. Sieben ungeklärte Fälle verschwundener Mädchen. Und alle hatten eine Familie ...« Ihr Blick irrte von einem zum anderen, aber alle sahen weg, niemand schien bereit zu sein, sie zu unterstützen oder ihr auch nur aufmunternd zuzunicken. »Na gut«, sagte sie schließlich verbittert, »vergessen wir einfach, was ich vorgetragen habe.«
Tony ahnte, daß Shaz nur scheinbar klein beigab, aber es war nun mal eine Übung, und er mußte auch die Analysen der anderen mit der Gruppe diskutieren. Als das Nachmittagsseminar sich dem Ende zuneigte, glaubte er, Shaz anzusehen, daß sie allmählich anfing, den ersten Schock zu überwinden. Anfangs hatte ihre verzweifelte Miene deutlich widergespiegelt, wie sehr sie die nahezu einhellige Ablehnung ihrer These verletzt hatte. Davon war nichts mehr zu merken, aber nun meinte er, etwas anderes in ihrem Gesicht zu lesen. Etwas, was ihm ein bißchen Sorge machte: eine trotzige Entschlossenheit.
Na gut, er mußte sich in den nächsten Tagen die Zeit nehmen, ihr ein paar anerkennende Worte über ihre gründliche Analyse zu sagen, was er freilich auch mit dem Rat verbin-

den wollte, künftig mit allzu gewagten Thesen so lange hinter dem Berg zu halten, bis sie genügend handfeste Beweise oder zumindest Indizien in der Hand hatte.
Er bog von der Main Street in die enge Gasse ab, in der der Whitelocks Pub lag, ein altehrwürdiges Relikt aus der Zeit, als die City noch nicht nach halb sechs Uhr abends wie ausgestorben war. Und ehrlich gesagt, sah er diesem Treffen mit gemischten Gefühlen entgegen. Die Vergangenheit machte es Carol und ihm nicht leicht, einander unbefangen zu begegnen. Und gerade heute hätte er ihr eigentlich etwas sagen müssen, was sie bestimmt nicht gern hörte.
Er bestellte an der Bar ein Glas Bitter und suchte sich einen ruhigen Ecktisch ganz hinten. Er schreckte nicht vor Risiken zurück, aber Shaz' Fehler, nicht an die Möglichkeit zu denken, daß jemand aus Vance' Fangemeinde oder seinem Begleitteam als Täter in Frage kam, hatte ihm erneut klargemacht, wie wichtig es war, sich auf hieb- und stichfeste Daten stützen zu können, bevor man sich aus der Deckung wagte. Shaz hatte ihn, ohne es zu ahnen, auf einen Gedanken gebracht. Aber er dachte nicht daran, mit seiner These herauszurücken, bevor er deren Richtigkeit eindeutig untermauern konnte.

Eine halbe Stunde hatte Carol gebraucht, um den bohrenden Fragen der beiden Frauen von Tonys Task Force zu entrinnen. Eine Ahnung sagte ihr, daß die mit dem zwingenden Blick – Shaz – sie bis Mitternacht mit Fragen gelöchert hätte, wenn Carol sich zu guter Letzt nicht abrupt verabschiedet hätte.
Sie stieß die Glastür des Pubs auf, sah Tony am Ecktisch auf sie warten, deutete den quer auf die ausgestreckte Hand gelegten Zeigefinger richtig und brachte ihm von der Bar ein frisch eingeschenktes Glas Tetley's mit. Für sich selbst hatte

sie ein kleines Helles genommen. »Ich muß fahren«, sagte sie erklärend.
»Ich hab den Bus genommen. Cheers.« Er trank ihr zu.
»Cheers. Tut gut, mit Ihnen hier zu sitzen.«
»Ganz meinerseits.«
Carol lächelte beklommen. »Ob wir uns wohl je gegenübersitzen können, ohne das Gefühl zu haben, daß noch jemand am Tisch sitzt?« Sie mußte das einfach loswerden. Es war wie das zwanghafte Verlangen, eine kaum verheilte Wunde aufzukratzen, obwohl sie wußte, daß sie sofort wieder bluten würde.
Er sah weg. »Eigentlich sind Sie der einzige Mensch, bei dem ich dieses Gefühl nicht habe. Danke, daß Sie das Pub akzeptiert haben. Ich weiß, wenn's darum geht, eine alte ...« Er stockte.
»Bekanntschaft?« schlug Carol mit bitterem Unterton vor.
»Freundschaft«, hielt Tony dagegen.
Nun war sie's, die wegsah. »Ich hoffe es«, sagte sie. Es war nicht die ganze Wahrheit, das wußten sie beide, und es half ihr nur ein wenig über den Moment der Verlegenheit hinweg. Sie brachte ein unbefangenes Lächeln zustande. »Eine Ladung Dynamit, Ihre Baby-Profiler.«
»Ja, nicht wahr? Ich vermute, Sie haben sofort entdeckt, was alle gemeinsam haben.«
»Wenn auf Ehrgeiz lebenslänglich stünde, säßen sie alle hinter Gittern. Gleich neben Paul Bishops Zelle.«
Er verschluckte sich fast an seinem Bier. »Ich sehe, Sie haben Ihren alten Killerinstinkt nicht verloren.«
»Das riecht man doch auf Anhieb, wie Mundgeruch oder Testosteron in einem Nachtklub. Macht es Ihnen nichts aus, daß Ihre Officer in dieser Profilergruppe nur das Sprungbrett für eine glänzende Karriere sehen?«
Tony schüttelte den Kopf. »Nein. Mag sein, daß sie große Ro-

sinen im Kopf haben, aber wenn sie erst mal richtig drin sind, wird Profiling ihre zweite Liebe, und dann wollen sie nie wieder was anderes tun. Simon, zum Beispiel, der Bursche aus Glasgow. Er bringt das richtige Maß an Skepsis mit. Oder Dave. Aber der eigentliche Star wird Shaz werden. Sie weiß es noch nicht, aber sie hat sich schon am Profilervirus angesteckt, sie wird das Fieber nicht mehr los. Finden Sie nicht?«
Carol nickte. »Eine Workaholikerin. Sie kann's kaum noch abwarten, in all die kranken Gehirne da draußen reinzukriechen.« Sie sah Tony mit schiefgelegtem Kopf an. »Wissen Sie, was?«
»Was?«
»Sie erinnert mich an Sie.«
Tony sah aus, als könne er sich nicht entscheiden, ob er gekränkt oder amüsiert reagieren sollte. »Komisch«, sagte er verwundert, »mich erinnert sie an Sie.«
»Wieso denn das?« fragte Carol erschrocken.
»Nun, diese Präsentation heute nachmittag. Die Siebenergruppe, die sie identifiziert hat – nicht schlecht, aber daß sie bei den Morden sofort auf Jacko Vance getippt hat, beweist eine derart blühende Fantasie, wie ich sie bisher nur einmal erlebt habe.« Er verdrehte bewundernd die Augen. »Bei Ihnen, bei dem Fall in Bradfield.«
Carol mußte über seine gekonnte Mimik lachen. »Aber ich hatte recht.«
»De facto, ja. Aber nur um den Preis, daß Sie gegen alle Gesetze der Logik und Wahrscheinlichkeit verstoßen haben.«
»Vielleicht hat Shaz genauso recht. Vielleicht sind wir Frauen bessere Profiler als ihr Männer.«
»Selbst wenn ich das zugebe, kann ich mir nicht vorstellen, daß Sie wirklich glauben, Shaz könnte recht haben.«
Carol verzog das Gesicht. »In einem halben Jahr habt ihr sie

so verdorben, daß sie sich schämt, so was überhaupt laut ausgesprochen zu haben« Sie hob ihr Glas. »Trotzdem, auf Ihre Hokuspokus-Gruppe.«

»Könnte sein, daß wir schon lange im Himmel sind, bevor der Teufel überhaupt merkt, daß es uns nicht mehr gibt«, sagte Tony trocken und trank sein Glas in einem Zug aus. »Noch eins?«

Carol schielte auf die Uhr. Sie hatte es im Grunde nicht eilig, aber es war vielleicht besser, zu gehen. Wer weiß, wie lange es dauerte, bis die Vergangenheit sie einholte. Da war's ihr lieber, die halbe Stunde im Pub in angenehmer Erinnerung zu behalten. »Tut mir leid, geht nicht. Ich will noch ein paar Worte mit den Jungs von der Nachtschicht reden, bevor die losschwirren.« Sie trank ihr Glas aus und stand auf. »War schön, daß wir uns mal wieder unterhalten konnten.«

»Find ich auch. Bis Montag haben wir was in Ihrem Brandstifterfall ausgearbeitet.«

»Großartig.«

»Fahren Sie vorsichtig«, sagte er, als sie sich umwandte

Sie sah zurück. »Und Sie, passen Sie gut auf sich auf.«

Tony starrte eine Weile in sein leeres Glas und grübelte an der Frage herum, die ihn schon seit geraumer Zeit beschäftigte. Der sexuelle Kick – war das nicht auch bei Brandstiftern eines der häufigsten Motive? Als er merkte, daß die Idee eine Art Eigenleben entwickeln wollte, daß sie sich anschickte, sein ganzes Denken zu beherrschen, stand er auf, ging und lauschte auf dem Weg zur Bushaltestelle dem Echo seiner Schritte auf den leeren Straßen.

Es war nicht der Spott ihrer Kollegen, auch nicht Carol Jordans Versuch, sie mit ein paar aufmunternden Worten aufzurichten, es war Tonys Sympathie, die Shaz so sauer aufstieß. Statt die Qualität ihrer Arbeit anzuerkennen, hatte Tony sich hinter Freundlichkeit verschanzt. Siehatte keine Lobeshymnen erwartet, aber sein kumpelhaftes Getue ärgerte sie. Erst recht, als er anfing, ihr Geschichten von den Fehlern zu erzählen, die ihm am Anfang seiner Profilerlaufbahn unterlaufen waren.

Wenn jemand ihr so kam, fühlte sie sich hilflos. Als einziges, ungewolltes Kind in einer Ehe, in der die Partner so aufeinander fixiert waren, daß sie die emotionalen Bedürfnisse ihrer Tochter kaum wahrnahmen, hatte sie schnell gelernt, ohne Zuneigung oder gar Zärtlichkeit auszukommen. Bei schlechtem Benehmen wurde sie gerügt, für gute Leistungen eher beiläufig gelobt und ansonsten einfach ignoriert. Die Wurzeln ihres Ehrgeizes reichten bis in eine Kindheit zurück, in der sie verzweifelt auf ein wenig Anerkennung durch ihre Eltern gewartet hatte. Ihre Lehrer waren sehr zufrieden mit ihr gewesen, aber auch bei denen hatte sie das Gefühl gehabt, jedes Lob sei im Grunde nur ein professionell berechnendes Schulterklopfen. Darum fühlte sie sich von Tonys Freundlichkeit, so ehrlich die gemeint sein mochte, eher verunsichert. Und wenn sie verunsichert war – das wußte sie –, ließ sie nicht locker, bis sie etwas erreicht hatte, das jedes Lob überflüssig machte.

Am Morgen nach ihrem Debakel hatte sie alle Hänseleien ihrer Kollegen mit stoischer Ruhe ertragen. Nein, sie war ihnen nicht aus dem Weg gegangen, sie hatte sich mit dem berühmten zwingenden Blick aus ihren blauen Augen gerächt, weil sie genau wußte, wie unbehaglich den anderen in der Gruppe zumute wurde, wenn diese Augen sie stumm musterten. Und doch, hinter ihrer Maske scheinbarer Gelassenheit brodelte es wie in einem Hexenkessel. Sie wußte, daß sie keine Ruhe finden würde, bis sie etwas in der Hand hatte, womit sie den anderen beweisen konnte, daß sie recht gehabt hatte. Sich durch das Vermißtenregister zu wühlen, in der Hoffnung, weitere vermißt Gemeldete ausfindig zu machen, die den Kriterien nach zu ihrer Siebenergruppe paßten, wäre ein von vornherein hoffnungsloses Unterfangen gewesen. Sie wußte aus ihrer Zeit in der praktischen Polizeiarbeit, daß Jahr für Jahr annähernd eine Viertelmillion Menschen vermißt gemeldet wurden, davon hunderttausend unter achtzehn Jahren. Manche waren einfach vor dem unerträglichen Druck des ungeliebten Berufs oder der Familienverhältnisse davongelaufen, andere, weil sie hofften, anderswo wären die Straßen mit Gold gepflastert. Und ein paar wenige waren die Opfer von Verbrechern geworden, die sie aus der Geborgenheit ihrer Familien gerissen und durch die Hölle geführt hatten. Aus einem Vermißtenregister ließ sich nicht herausfiltern, wer zu welcher Gruppe gehörte. Selbst wenn ihre Kollegen alle Skepsis vergessen hätten und bereit gewesen wären, ihr zu helfen, hätte das bedeutet, in monatelanger Sisyphusarbeit ein ellenlanges Register nach weiteren potentiellen Opfern des Serienmörders zu durchforsten. Dafür fehlten ihnen einfach die Zeit und die personellen Ressourcen.

Als Tony ankündigte, am Nachmittag stehe »Selbststudium« auf dem Dienstplan, fing es in Shaz zu kribbeln an. Jetzt hatte sie Zeit, etwas zu unternehmen. Sie lehnte Simons Vorschlag ab, den Lunch in einem Pub einzunehmen, und eilte in die größte Buchhandlung der Stadt. Minuten später stand sie an der Kasse, in der Hand das Buch *Jack auf dem Prüfstand – die nicht autorisierte Version* von Tosh Barnes, einem für seine ätzenden Kolumnen bekannten Fleet-Street-Journalisten, und *Löwenherz – die wahre Geschichte eines Helden*, eine aktualisierte Fassung des Buches, das Micky Morgan kurz nach ihrer Heirat geschrieben hatte. Tony war der Ansicht gewesen, daß der Mörder – vorausgesetzt, Shaz hatte mit ihrer These recht – eher in Vance' Team zu suchen sei? Nun gut, vielleicht fand sie in den Büchern einen Hinweis, der sie auf die

Fährte des wahren Mörders führte. Aber vielleicht fand sie auch ihre Vermutung bestätigt, daß sie ihn in Jacko Vance bereits gefunden hatte.

Zu Hause stürzte sie sich sofort auf Micky Morgans Buch: eine einzige Lobhudelei – der große Sportler, selbstlose Held, unbeugsame Kämpfer, erfolgreiche Sportreporter, unermüdliche Helfer der Kranken und Behinderten … und der mustergültige Ehemann. Shaz konnte sich nicht helfen, es wäre ihr ein Vergnügen gewesen, dieses lebende Denkmal zu demolieren. Als sie sich bis zur letzten Seite dieser schamlosen Eloge durchgequält hatte, legte sie das Buch erleichtert weg.

Kein Wunder, daß sich bei allen Ermittlungen gegen einen Serienmörder das alte Mißtrauen regte: War es wirklich denkbar, daß die eigene Frau nichts von seinen Untaten geahnt hatte? Wie konnte Micky Morgan das Bett und ihre Arbeit mit einem Kerl teilen, der junge Mädchen entführte und umbrachte, ohne die Wahrheit wenigstens zu ahnen? Und wenn sie es wußte, wie brachte sie es dann ohne Gewissensbisse fertig, die Angehörigen eines Mordopfers vor die Kamera zu holen?

Sie wußte keine Antwort auf diese Fragen. Es sei denn, Tony hatte recht mit seiner Vermutung, daß der Serienmörder eher in Jacko Vance' Begleittroß oder unter seinen Fans zu suchen wäre.

Sie griff nach dem Buch *Jack auf dem Prüfstand*, von dem sie sich eine objektivere Darstellung derselben Heldensaga erhoffte. Die eine oder andere Anekdote las sich zwar anders, aber im Grunde stimmte auch Tosh Barnes das Loblied des liebenswürdigen, für andere engagierten, im Beruf zu Perfektionismus neigenden Jacko an. Und all das zählte nicht gerade zu den herausragenden charakterlichen Merkmalen eines wahnsinnigen Massenmörders.

Shaz hatte sich bei der Lektüre der Bücher Notizen gemacht. Sie startete ihr Laptop, richtete eine neue Datei ein und gab ihr die Überschrift *Systematische Täter-Checkliste.* Darin ordnete sie sämtliche Eigenschaften ein, die die Autoren Vance zugeschrieben hatten, jeweils mit Querverweisen auf die Fundstelle. Als sie fertig war, schnurrte sie zufrieden wie eine Katze. Sie war eben doch keine Verrückte. Das mußte selbst Tony einsehen, wenn er diese neue Analyse vor sich liegen hatte.

Die Frage war, ob sie sie ihm jetzt schon zeigen sollte. Sie ahnte, daß das Material noch nicht genügte, um ihn zu überzeugen. Aber irgendwo da draußen trieb sich ein Mörder herum, der es auf junge Mädchen abgesehen hatte. Und Shaz war sicherer als je zuvor, daß es Jacko Vance war. Mag sein, daß sie noch nicht genug Beweise gegen ihn hatte, aber auch Vance mußte irgendeine Schwachstelle haben, und genau die wollte sie herausfinden.

Der Sergeant vom Dienst gab den zweiten Löffel Zucker in seinen Tee, rührte um und beobachtete fasziniert den kleinen Whirlpool im Becher. Dann hörte das Kreiseln auf, und er griff seufzend nach dem obersten Aktenordner aus dem Stapel, der sich neben ihm auf dem Schreibtisch türmte.
Zwei Seiten später erlöste ihn das Telefon vom verhaßten Aktenstudium. »Glossop Police, Sergeant Stone«, sagte er fröhlich in die Sprechmuschel.
Die Stimme am anderen Ende der Leitung klang aufgeregt, ein mühsam beherrschtes Wortstakkato. Eine Frauenstimme, weder jung noch alt, registrierte er automatisch, als er nach dem Notizblock griff. »Meine Tochter Donna … sie ist nicht nach Hause gekommen«, stammelte die Frau. »Und bei der Freundin, zu der sie wollte, war sie auch nicht. Sie ist erst vierzehn. Ich weiß nicht, wo sie sein könnte.« Die Stimme wurde schrill. »Sie müssen mir helfen. Bitte, helfen Sie mir.«
Stone versuchte, Ruhe auszustrahlen. »Ich verstehe Ihre Aufregung gut.« Er hatte selbst eine Tochter und wagte nicht, sich die Gefahren auszumalen, die jungen Mädchen heutzutage drohten, sonst hätte er nicht mehr ruhig schlafen können. »Ich benötige ein paar Angaben von Ihnen.« Formalitäten wirkten immer beruhigend auf aufgeregte Anrufer. »Wie ist Ihr Name?«
»Doyle. Pauline Doyle. Meine Tochter heißt Donna. Donna Theresa Doyle. Wir wohnen in der Corunna Street 15. Nur wir beide. Donnas Vater ist tot. Ein Gehirnschlag, vor zwei Jahren. Fällt um und ist tot, einfach so. Was kann meiner Tochter bloß zugestoßen sein?« Ihre Stimme hörte sich trä-

nenverschleiert an, sie gab sich Mühe, beherrscht zu wirken, aber Stone hörte das unterdrückte Schluchzen. Außerdem zog sie immer wieder verstohlen die Nase hoch.
»Nun, Mrs. Doyle, ich werde gleich jemanden zu Ihnen schicken, der die Angaben für eine Suchmeldung aufnimmt. Was ich Sie noch fragen wollte: Wie lange vermissen Sie Donna schon?«
»Das weiß ich eben nicht. Sie hat das Haus heute morgen verlassen, um zur Schule zu gehen. Und nach der Schule wollte sie zu ihrer Freundin Dawn gehen. Sie wollten irgendwas ausarbeiten, für ein Naturkundeprojekt. Als sie um zehn Uhr noch nicht zurück war, habe ich bei Dawns Mutter angerufen. Aber die hat gesagt, Donna sei gar nicht dagewesen. Und Dawn hat gesagt, daß Donna heute nicht in der Schule war.«
Stone schielte auf die Uhr. Viertel nach elf. Das bedeutete, daß Donna sich seit annähernd fünfzehn Stunden irgendwo anders aufhielt als da, wo ihre Mutter sie vermutete. Kein Grund, sich bereits Sorgen zu machen, aber Stone hatte in zwölf Dienstjahren ein Gespür für besondere Situationen entwickelt. »Sie hatten keinen Streit, oder doch?« fragte er in freundlichem Ton.
»O nein.« Nun weinte Pauline Doyle wirklich. »Sie ist alles, was ich noch habe. Bitte helfen Sie mir!«
»Es kommt häufig vor, daß junge Mädchen über Nacht wegbleiben. Setzen Sie schon mal Tee auf, zwei unserer Officer werden in zehn Minuten bei Ihnen sein.«
»Danke. Ich danke Ihnen.« Pauline Doyle legte auf und starrte mit leerem Blick auf das Foto, auf dem Donna sie mit einem wissenden, verführerischen Lächeln ansah. Als wollte sie sagen: Mum, ich bin doch kein Kind mehr.

Die Entscheidung war gefallen, es ging nur noch um die Details. Zum Beispiel darum, wie sie das bevorstehende Ereignis so publicitywirksam wie möglich in die Fernsehsendung einbauen konnten, in der Jacko seine Zuschauer alljährlich aufrief, womöglich noch großzügiger als im Vorjahr für die notleidenden Kinder in aller Welt zu spenden. Und so wurden acht Millionen Fans Zeuge, wie Jacko vor Micky auf die Knie sank und sie fragte, ob sie seine Frau werden wollte. Micky mimte Verblüffung, war aber dann sehr gerührt und sagte unter Tränen ja.
Nach der standesamtlichen Trauung, bei der Jackos Agent und Betsy als Trauzeugen fungierten, stieg die große Hochzeitsparty, deren Hauptzweck darin bestand, der Klatschpresse fürs erste das Maul zu stopfen. Und daran schloß sich, versteht sich, die Hochzeitsreise an, auf eine verschwiegene kleine Insel auf den Seychellen. Betsy und Micky wohnten in der einen, Jacko in der anderen Strandhütte. Hin und wieder sahen sie ihn am Strand, jedesmal mit einem anderen Mädchen, das er aber nie mitbrachte, wenn sie von Zeit zu Zeit eine Mahlzeit gemeinsam einnahmen.
Am letzten Abend, als sie – über sich den Mond, vor sich den Indischen Ozean – beim Dinner saßen, fragte ihn Betsy, von fünf Gläsern Champagner beflügelt: »Sind Ihre Freundinnen schon abgereist?«
Woraufhin Jacko, jedes Wort sorgfältig abwägend, erwiderte: »Es handelt sich nicht um Freundinnen. Seit Jillie mich nach meinem Unfall verlassen hat, pflege ich Sex auf streng geschäftlicher Grundlage abzuwickeln. Ich möchte mich nicht

der Gefahr aussetzen, daß irgend jemand mir je wieder irgend etwas wegnehmen kann.«
»Das ist schade«, sagte Micky. »Du verpaßt eine Menge, wenn du nicht bereit bist, Risiken einzugehen.«
Und da verdunkelten sich plötzlich seine Augen – ein ähnlicher Effekt wie bei einer Limousine, wenn die getönten Scheiben sich schließen. Ein seltsamer Ausdruck lag auf seinem Gesicht. So hatte ihn das Publikum mit Sicherheit noch nie gesehen. Denn einen, der aussah, als stünde er mit finsteren Mächten im Bunde, durfte man auf keinen Fall in die Nähe von Kranken und Behinderten lassen. Die Welt kannte nur seinen Charme, doch viel mehr hatte auch Micky von ihm bisher nicht gesehen. Und nun konfrontierte er sie auf einmal mit diesem rätselhaften Dunkel in seinen Augen. Absichtlich, da war sie sich sicher, es sei denn, sie kannte den Mann, den sie geheiratet hatte, noch schlechter, als sie ohnehin vermutete.
»Oh, ich gehe eine Menge Risiken ein, Micky.« Jackos Lächeln war spurlos verschwunden. »Ich minimiere nur den potentiellen Schaden. Nimm zum Beispiel unsere Ehe – die ist auch ein Risiko. Aber eines, das ich nie eingegangen wäre, wenn ich nicht gewußt hätte, daß du, falls sich diese Ehe je als geplanter Schwindel erweisen sollte, mehr zu verlieren hast als ich.«
»Das mag sein.« Micky nippte an ihrem Glas. »Aber ich denke, es ist trotzdem traurig, daß du dir jede Möglichkeit zur Liebe versagst. Und das tust du, seit du dich von Jillie getrennt und angefangen hast, Spielchen mit mir zu spielen.«
»Das ist kein Spielchen«, erwiderte Jacko mit ernster Miene. Und wieder hatte Micky den Eindruck, als sei vor seinem Gesicht ein Vorhang niedergegangen. »Ich sorge schon dafür, daß ich auf meine Kosten komme. Und zwar so, daß dir daraus keine Peinlichkeiten erwachsen werden.« Er legte sich

feierlich die Hand aufs Herz. »Glaub mir, ich bin ein Meister der Verschleierung.«

Worte, an die Micky sich bis zum heutigen Tag nur mit Schaudern erinnerte. Manchmal glaubte sie, in dem unheimlichen Dunkel, das seinen Blick von einem zum anderen Moment verschleiern konnte, dieselbe Wut zu erkennen, die sie damals im Krankenhaus gesehen hatte, an dem Tag, als Jillie das Verlöbnis gelöst hatte. Welches Geheimnis mochte Jacko mit sich herumtragen, daß er sich in der Kunst der Verschleierung üben mußte?

An Mord hätte sie natürlich nie gedacht.

Ganz allein auf sich gestellt zu sein brachte das Problem mit sich, daß der Tag einfach nicht genug Stunden hatte. Und Erkundigungen bei den Polizeidienststellen in Jackos Geburtsort oder seinen späteren Wohnorten durfte sie nicht einholen. Sie hatte nicht mal jemanden, mit dem sie über ihre Probleme reden konnte. Sie trat auf der Stelle. Dabei brannte es ihr unter den Nägeln, endlich weiterzukommen. Also blieb ihr nur, sich wieder an Chris Devine zu wenden.

Sie war froh, daß sich nach dem dritten Läuten der Anrufbeantworter einschaltete, das ersparte ihr lange Erklärungen, die sich für Chris ohnehin nur verworren anhören konnten.

»Chris? Hier ist Shaz. Ich brauche noch mal deine Hilfe. Ist es dir möglich, mir die Telefonnummer von Jacko Vance zu besorgen? Ich bin den ganzen Abend zu Hause. Du bist ein Engel, danke. Und ...«

»Bleib dran«, meldete Chris sich so unerwartet, daß Shaz vor Schreck beinahe den Kaffeebecher umgestoßen hätte. »Ich war unter der Dusche. Was hast du denn jetzt wieder vor?«

»Ich will Vance ein paar Fragen stellen. Aber ich krieg seine Nummer nicht raus.«

»Vom offiziellen Dienstweg hältst du wohl nicht viel, Kleines?«
Shaz hüstelte verlegen. »Strenggenommen ist es keine offizielle Befragung.«
»Hört sich ziemlich flau an. Sag mal, hat das etwas mit meiner Mammutkopieraktion zu tun, für die schätzungsweise ein halbes Dutzend Bäume sterben mußte?«
»In gewisser Weise. Ich hab dir doch von dieser Übungsaufgabe erzählt. Ich glaube, bei den Opfern zeichnet sich eine echte Gruppe ab. Da treibt sich ein Serienmörder rum, der's auf Teenager abgesehen hat. Und irgendwie hängt Jacko Vance mit drin.«
»Jacko Vance? Der *Besuch-von-Vance*-Vance? Was soll der denn mit einem Serienmörder zu tun haben?«
»Das will ich ja gerade rausfinden. Aber es ist, wie gesagt, nur eine Übungsaufgabe. Darum tu ich mich ein wenig schwer mit offizieller Unterstützung.«
»Momentchen mal. Was meinst du damit, daß Vance da mit drinhängt? Wie hängt er drin?« Chris hörte sich beunruhigt an. Also wurde es Zeit, das Ganze ein Stück herunterzuspielen.
»Ach, da steckt nichts Dramatisches dahinter. Es ist nur so, daß die Mädchen in der Gruppe, von der ich gesprochen habe, jedesmal einige Tage nach Vance' Auftritt in ihrem Heimatort verschwunden sind. Vermutlich ein Zufall, aber es könnte ja sein, daß es was mit jemandem aus seinem Team zu tun hat. Oder mit einem seiner Fans.«
»Hab ich dich richtig verstanden? Du willst Jacko Vance fragen, ob ihm bei seinen Auftritten irgendwelche Typen aufgefallen sind, die mit irrem Blick hinter jungen Mädchen herhecheln? Aber du willst das inoffiziell tun?«
»Ja, so ungefähr könnte man's ausdrücken.«
»Bowman, du bist total verrückt.«
»Ich dachte, gerade das macht meinen Charme aus?«

»Verdammt noch mal, Baby, wenn du Jacko Vance dabei auf die Füße trittst, sitzt du so tief in der Scheiße, daß du nie wieder rauskommst.«
»Sag mir einfach, ob du mir helfen willst oder nicht.«
Langes Schweigen. Shaz wartete, ihre Nerven vibrierten. Dann fragte Chris: »Wenn ich's nicht tue, wendest du dich an jemand anderen, stimmt's?«
»Muß ich wohl. Wenn ich recht habe, gibt's da einen Mörder, der reihenweise Teenager umbringt. Und da kann ich nicht einfach weggucken.«
»Ich mach mir mehr Sorgen darüber, was passiert, wenn du unrecht hast. Was hältst du davon, wenn ich mitkomme? Dann sieht das Ganze ein bißchen offizieller aus.«
Ein verführerischer Vorschlag. Trotzdem sagte Shaz: »Lieber nicht. Wenn ich mir schon die Finger verbrenne, will ich nicht auch noch dich mit reinziehen. Aber du könntest was anderes für mich tun.«
Chris stöhnte. »Nicht, wenn's wieder was mit dem Archiv einer Bibliothek zu tun hat.«
»Du könntest mir ein bißchen Rückendeckung geben. Leute wie Vance sind mißtrauisch. Er will vielleicht eine Telefonnummer haben, bei der er zurückrufen kann. Bei uns geht das nicht, wir sitzen den ganzen Tag im Seminarraum. Und bei dir wär's wenigstens die Nummer einer Polizeidienststelle.«
Chris seufzte. »Du hast mich rumgekriegt. Ich ruf gleich zurück.«
Und tatsächlich, es dauerte nicht mal fünf Minuten, bis das Telefon klingelte. »Hast du was zu schreiben?« fragte Chris.
»Ja.«
»Also …« Chris gab ihr die nicht im Telefonbuch eingetragene Geheimnummer durch, die sie dem Sergeant vom Dienst entlockt hatte. »Von mir hast du sie nicht, klar?«
»Klar. Danke, Chris. Ich halt dich auf dem laufenden. Bye.«

Das Telefon läutete ein paarmal, dann teilte eine Automatenstimme Shaz mit: »Der Anruf wird umgeleitet.« Ein paar leise, klickende Geräusche und schließlich klingelte es wieder, der jaulenden Tonfolge nach ein Mobiltelefon. »Hallo?«
Shaz erkannte die Stimme sofort. Ein komisches Gefühl, diese Stimme, die sie sonst nur im Fernsehen hörte, auf einmal in der Leitung zu haben. »Miss Morgan?« fragte sie zögernd.
»Ja, wer ist denn da?«
»Detective Constable Sharon Bowman von der Metropolitan Police. Kann ich bitte Ihren Mann sprechen.«
»Tut mir leid, er ist außer Haus. Ich übrigens auch. Sie haben die falsche Leitung erwischt. Das ist meine Privatnummer.«
Shaz lief rot an. »Dann bitte ich um Entschuldigung, daß ich Sie gestört habe.«
»Macht ja nichts. Kann ich Ihnen irgendwie helfen, Officer?«
»Wahrscheinlich nicht. Es sei denn, Sie könnten mir die Nummer geben, unter der ich Mr. Vance erreiche.«
Micky Morgan zögerte. »Das möchte ich lieber nicht tun. Aber ich richte ihm gern etwas aus, wenn Ihnen das genügt.«
Muß es ja wohl, dachte Shaz. Gut, daß sie die Vereinbarung mit Chris getroffen hatte. »Ich glaube, Ihr Mann könnte uns gewisse Hintergrundinformationen zu einem Fall geben, den wir bearbeiten. Ich weiß, er ist sehr beschäftigt, aber wenn er morgen ein paar Minuten Zeit für mich hätte, wäre mir sehr geholfen. Wann und wo es ihm genehm ist. Da ich heute im Außendienst bin, soll er bitte unter folgender Nummer zurückrufen ...« Shaz diktierte ihr Chris' Durchwahlnummer. »Unter dieser Nummer meldet sich Sergeant Devine. Sie notiert alles für mich.«
Micky wiederholte die Nummer. »Richtig so? Und morgen, sagten Sie? Gut, DC Bowman, ich werd's ihm ausrichten.«
»Ich bin Ihnen sehr verbunden«, erwiderte Shaz förmlich.
»Keine Ursache. Es ist mir immer ein Vergnügen, der Polizei

zu helfen. Wenn Sie meine Sendung mal gesehen haben, wissen Sie das ja.«
Shaz konnte nicht anders. Wenn sie Micky Morgan schon mal an der Strippe hatte, mußte sie das einfach loswerden: »Eine großartige Sendung. Ich seh sie mir an, sooft ich kann.«
Das glucksende Lachen war wieder etwas, was sie sofort wiedererkannte. »Wer mir so was Nettes sagt, kann sicher sein, daß ich seine Bitte Jacko so bald wie möglich ausrichte.«
Ja, das hoffe ich, dachte Shaz, denn nichts war ihr im Augenblick wichtiger.

Pauline Doyle starrte auf den leeren Fotorahmen auf ihrem Fernseher. Das Foto hatten die Officer mitgenommen, um Fotokopien davon zu machen. Sie schienen ziemlich besorgt zu sein, hatten eine Menge Fragen gestellt. Wie's in der Schule lief und ob sie einen Freund hatte und was sie gewöhnlich am Wochenende machte. Pauline ahnte, daß nur die Anwesenheit der beiden Officer sie davor bewahrt hatte, die Nerven zu verlieren, durch die mitternächtlichen Straßen zu rennen und laut Donnas Namen zu rufen. Obwohl der ältere Officer ihr ausdrücklich geraten hatte, möglichst nicht aus dem Haus zu gehen. Damit, falls Donna anrief, jemand da sei. »Alles andere können Sie uns überlassen.«
Seine Kollegin war morgens noch mal wiedergekommen und hatte sie gebeten, genau zu beschreiben, was Donna mitgenommen hatte. Als sie hörte, daß der kurze schwarze Rock und das weit ausgeschnittene, gestreifte T-Shirt fehlten, Donnas Lieblingsgarderobe, war sie sichtlich erleichtert gewesen, da sie wahrscheinlich dachte, es ginge nur um einen Teenager, der von zu Hause ausgerissen war.
Aber Donna hatte keinen Grund, wegzulaufen. Ihre Tochter und sie verstanden sich sehr gut. Bei ihnen war's nicht das übliche gespannte Verhältnis zwischen Mutter und halbflügger Tochter. Bernards Tod hatte sie zusammengeschweißt.
Aber wie hätte sie das der jungen Polizistin klarmachen sollen? Pauline hatte es gar nicht erst versucht, sondern angefangen, stumm zu beten. Was sie schon lange nicht mehr getan hatte. Aber die junge Polizistin hörte es nicht, und schaden konnte es ja nicht.

Links der Straße dämmerte der Morgen heran, was Shaz kaum wahrnahm, so sehr war sie in ihr Gemurmel vertieft. Sie wollte die Zeit nutzen, das Frage-und-Antwort-Spiel zwischen ihr und Vance zu üben. Der Mann war schließlich Profi, da kann man sich gar nicht gut genug vorbereiten. Und außerdem war das Gemurmel Balsam für ihre Nerven.

Als sie die Abfahrt London West erreichte, fühlte Shaz sich gut gerüstet. Entweder rutschte Vance eine unbedachte Bemerkung heraus (womit sie nicht rechnete, dafür war er zu routiniert), oder er geriet so offensichtlich in Panik, daß das eine eindeutige Bestätigung ihres Verdachts war. Oder er erzählte ihr von einem fanatischen Bewunderer, der bei beinahe allen seiner Auftritte im Publikum saß und den er neulich erst mit einem jungen Mädchen gesehen hatte, das der Beschreibung nach einer der verschwundenen Teenager sein konnte. Dann hatte sie mit ihrer gewagten These unrecht gehabt. Eine Blamage. Aber wenn das Ergebnis war, daß ein Mörder hinter Gittern landete, konnte sie damit leben.

Chris Devines Andeutung, daß sie sich möglicherweise in Gefahr bringen könnte, beeindruckte sie nicht. Mit vierundzwanzig hat man noch keine Todesahnungen. Nach drei Jahren im Polizeidienst war sie an schwierige Situationen gewöhnt. Außerdem standen Leute, die in Holland Park wohnten, nicht in dem Ruf, Police Officer zu attackieren. Erst recht nicht, wenn die Ehefrau etwas von der geplanten Unterredung wußte.

Wie üblich zu früh, suchte sie sich eine Parkuhr in Notting Hill und ging zu Fuß nach Holland Park zurück, um erst mal

die richtige Hausnummer zu suchen. Unfaßbar, daß es mitten im Herzen von London Privatgrundstücke von dieser Größe gab. Und wie sie von ihren Recherchen wußte, wurde das Anwesen nur von Micky und Jacko bewohnt – abgesehen von Mickys persönlicher Assistentin Betsy Thorne. Stinkt nach Geld, dachte sie beim Anblick der blütenweißen Hausfassade. Von dem durch hohe Hecken abgeschirmten Garten war nicht viel zu sehen. Irgendwie beschlichen sie auf einmal Zweifel. Wie konnte sie jemanden, der ein derartiges Juwel sein eigen nannte, verdächtigen, insgeheim ein Verbrecher zu sein? Schließlich weiß jeder, daß Leute, die so wohnen, keine Mörder sind.
Sie ärgerte sich über ihr klischeehaftes Denken, machte auf dem Absatz kehrt und ging zu ihrem Auto. Der Kerl war ein Krimineller, und wenn sie mit ihm fertig war, wußten es alle.
Sie fuhr das kurze Stück nach Holland Park zurück, hielt am Tor der Zufahrt, kurbelte das Fenster herunter, drückte die Sprechtaste und sagte mit fester Stimme: »DC Bowman. Ich bin mit Mr. Vance verabredet.«
Das Tor schwang auf. Mit dem Gefühl, auf feindliches Territorium vorgedrungen zu sein, fuhr Shaz bis vors Haus, vorbei an der Freitreppe und dem Land Rover, der davor stand, und parkte ihren Wagen neben einem silberfarbenen Mercedes Kabriolett. Als sie den Motor abgestellt hatte, blieb sie noch einen Augenblick sitzen, atmete tief durch und konzentrierte sich auf die Unterredung mit Vance.
Dann stieg sie aus, rannte die Stufen hinauf und drückte auf die Klingel. Fast im selben Moment schwang die Tür auf. Mickys Gesicht, das ihr so vertraut war wie eines aus der eigenen Familie, lächelte sie an. »Detective Constable Bowman, nicht wahr? Kommen Sie rein. Ich will gerade gehen.« Sie trat einen Schritt beiseite, winkte Shaz herein und deutete auf eine Frau, die um die Vierzig sein mußte, obwohl sich

schon ein paar graue Strähnen in ihr Haar mischten. »Das ist Betsy Thorne, meine PA. Wir müssen uns beeilen, wenn wir das Shuttle nach Frankreich kriegen wollen.«
»Nur ein Kurzurlaub in Le Touquet«, sagte Betsy.
Micky nickte. »Und mit Meeresfrüchten vollstopfen und unser Glück im Kasino versuchen.« Sie nahm Betsy den Lederkoffer ab. »Jacko erwartet Sie schon. Er telefoniert noch, ist aber gleich fertig. Wenn Sie die erste Tür links nehmen, ist er in ein paar Minuten bei Ihnen.«
Als Shaz endlich ein »danke« herausbrachte, waren Micky und Betsy schon halb draußen. Sie ging in das Zimmer, auf das Micky gedeutet hatte, und sah vom Fenster aus zu, wie die beiden Frauen in den Land Rover stiegen.
»DC Bowman?«
Shaz fuhr herum. Sie hatte gar nicht gehört, daß jemand hereingekommen war. Jacko Vance lächelte ihr zu, aber sein Lächeln kam ihr vor wie das Zähnefletschen eines Panthers kurz vor dem todbringenden Sprung. War das nun ihre erste Begegnung mit einem Serienmörder? Wenn es so war, ahnte Jacko Vance hoffentlich nicht, daß er seiner Nemesis in die Augen blickte.

Ihre Augen waren außergewöhnlich. Dabei hatte sie von hinten völlig durchschnittlich ausgesehen, und in einer Bar hätte er nicht zweimal hingeguckt. Doch in dem Augenblick, in dem sie herumwirbelte, schien der Stahlglanz ihrer blauen Augen sie völlig zu verändern. Was sie auch hergeführt hatte, Jacko las in ihren Augen, daß sie seine Widersacherin war. Wider alle Vernunft spürte er das leise Prickeln einer unerklärlichen Genugtuung.
»Tut mir leid, daß Sie warten mußten.«
Der liebenswürdige Tonfall, den sie aus dem Fernsehen kannte. »Ich war etwas zu früh.«

Vance kam näher und deutete auf das Sofa hinter ihr. »Nehmen Sie Platz, Officer.«
»Danke«, sagte Shaz. Sie tat so, als habe sie seine Geste nicht gesehen, und setzte sich in den Lehnstuhl. Den hatte Vance vermutlich selber nehmen wollen, weil er da höher gesessen und das Licht im Rücken gehabt hätte. Er starrte sie irritiert an, ging zum Kamin und lehnte sich gegen das obere Sims. Sein abwartender Blick signalisierte, daß sie den ersten Zug tun sollte.
»Ich bin Ihnen dankbar, daß Sie mir einen Termin geben konnten. Ich weiß, wie beschäftigt Sie sind.«
»Nun, nach Ihrem Gespräch mit meiner Frau blieb mir ja kaum eine andere Wahl. Im übrigen bin ich immer gern bereit, der Polizei zu helfen. Ihr Deputy Commissioner wird Ihnen gern bestätigen, daß ich den Wohltätigkeitsfonds der Polizei nach Kräften unterstütze.«
Shaz' blaue Augen starrten Vance unbewegt an. »Das glaub ich aufs Wort, Sir.«
»Ach, da fällt mir ein … Ihr Dienstausweis?« Vance rührte sich nicht, er wollte, daß sie aufstehen, zu ihm herüberkommen und ihm ihr Ledermäppchen hinhalten mußte. »Man kann nicht vorsichtig genug sein. Ich meine, da könnte sich ja Gott weiß wer als Polizist ausgeben.« Er nahm sich viel Zeit, den Dienstausweis zu prüfen. »Sie haben noch einen anderen, nicht wahr?«
»Ich verstehe nicht ganz? Das ist der reguläre Dienstausweis der Metropolitan Police.« Sie ließ sich nicht anmerken, daß irgendwo in ihr eine Alarmglocke anschlug.
Vance' Lippen wurden zu einem schmalen Strich, sein Lächeln verzerrte sich. Zeit, ihr zu zeigen, wer hier die Karten mischte. »Aber Sie sind doch gar nicht mehr bei der Met, DC Bowman, oder? Sie sehen, auch ich habe meine Hausaufgaben gemacht. Sie doch sicherlich auch, oder?«

»Ich bin nach wie vor Officer der Metropolitan Police«, sagte sie mit fester Stimme. »Falls Ihnen jemand etwas anderes erzählt hat, befindet er sich im Irrtum, Sir.«
Plötzlich hatte er Ähnlichkeit mit einem Raubvogel, der seine Beute ausgemacht hat. »Aber Sie sind seit einigen Wochen zu einer Spezialeinheit abkommandiert. Warum zeigen Sie mir nicht den neuen Dienstausweis, damit ich weiß, mit wem ich es zu tun habe, und wir endlich zur Sache kommen können.« Nicht überziehen, ermahnte er sich. Laß sie nicht zu deutlich merken, daß du viel schlauer bist als sie. Er lächelte sein gewinnendes Lächeln. »Ich will Ihnen keine unnötigen Schwierigkeiten machen, aber in meiner Position kann man nicht vorsichtig genug sein.«
Shaz' Gesicht war zur Maske erstarrt. »Ihre Vermutung trifft in der Tat zu.« Sie zückte den Ausweis der NOP Task Force. Vance wollte danach greifen, aber sie hielt den Ausweis so, daß er ihn zwar prüfen, aber nicht in die Hand nehmen konnte.
»Aha. So einen hab ich noch nie gesehen.« Er bemühte sich um einen unbefangenen Tonfall, obwohl ihm das Wort ›Profiling‹ wie ein Menetekel ins Auge stach. »Ist das die Profilergruppe, über die die Zeitungen jetzt ständig schreiben? Wissen Sie, wenn die Ausbildungsphase beendet ist, sollte mal jemand aus Ihrer Gruppe in der Sendung meiner Frau erzählen, was Sie tun, um die Bürger vor Verbrechen zu schützen. Das müßte natürlich ein erfahrener Officer sein.« So, jetzt wußte sie, daß er wußte, daß sie eine blutige Anfängerin war.
»Das müssen andere entscheiden.« Shaz kehrte zu ihrem Lehnstuhl zurück. »Können wir jetzt zum Thema kommen?«
»Natürlich.« Er machte keine Anstalten, sich zu setzen. Sein ausgestreckter linker Arm schien anzudeuten, daß er ganz zu ihrer Verfügung stehe. »Vielleicht können wir damit beginnen, daß Sie mir sagen, worum es eigentlich geht.«

»Es geht um Fälle vermißt gemeldeter Mädchen im Teenageralter. Speziell um sieben Fälle, bei denen wir auffallende Ähnlichkeiten festgestellt haben. Darum haben wir die Ermittlungen wieder aufgenommen.« Shaz nahm einen Aktenordner aus ihrer Umhängetasche und schlug ihn auf. »Die sieben Fälle haben sich im Zeitraum von sechs Jahren ereignet. Es kann natürlich sein, daß wir die Ermittlungen weiter ausdehnen müssen.«

Vance runzelte die Stirn. »Ich verstehe nicht recht, wie ich Ihnen dabei ... Mädchen im Teenageralter, sagten Sie?«

Shaz nickte. »Vierzehn, fünfzehn Jahre alt. Auf Details kann ich nicht näher eingehen, aber wir haben Grund zu der Annahme, daß ein Zusammenhang zwischen den Fällen besteht.«

Vance' Verblüffung wirkte täuschend echt. »Wollen Sie damit sagen, die Kids sind nicht einfach weggelaufen, weil sie Ärger zu Hause oder in der Schule hatten?«

»Es gibt Anhaltspunkte dafür, daß ihr Verschwinden von dritter Hand geplant wurde.« Sie wählte mit Bedacht eine vorsichtige Formulierung, sah Vance dabei in die Augen und registrierte befriedigt, daß er sich unter ihrem zwingenden Blick offensichtlich unbehaglich fühlte. Er bemühte sich, gelassen zu erscheinen, aber seine Augen wichen ihrem Blick immer wieder aus.

»Reden Sie von Kidnapping?«

Shaz hob die Augenbrauen. »Ich sehe mich nicht in der Lage, darüber weitere Informationen zu geben.« Ihr Lächeln fiel denkbar knapp und kühl aus.

»Gut, aber der Zweck Ihres Besuches ist mir immer noch nicht ganz klar. Was habe ich mit diesen vermißt gemeldeten Teenagern zu tun?« Der gereizte Unterton fiel ihm um so leichter, als er merkte, daß seine Nerven nun tatsächlich zu flattern anfingen.

Shaz blätterte in ihrem Ordner und zog das Blatt mit den Fotokopien der sieben Fotos heraus. »Sie haben sich jeweils wenige Tage vor dem Verschwinden dieser Mädchen im Zusammenhang mit einer Wohltätigkeitsveranstaltung in deren Wohnort aufgehalten. Nach dem Stand der Ermittlungen ist davon auszugehen, daß die Mädchen diese Veranstaltung besucht haben.«

Er spürte, wie ihm das Blut in den Hals schoß, und es machte ihn wütend, daß er nichts dagegen tun konnte. Immerhin schaffte er es wenigstens, seine Stimme ruhig klingen zu lassen. »Zu meinen Abendveranstaltungen kommen Hunderte von Menschen. Da liegt es, statistisch gesehen, nahe, daß im Laufe der Zeit einer von Hunderten verschwindet.« Aber auf einmal klang seine Stimme etwas belegt.

Shaz sah Vance mit vorgerecktem Kinn an, er sollte ruhig merken, daß ihr die Veränderung in seinem Tonfall durchaus aufgefallen war. Plötzlich ahnte sie, wie einem Jagdhund zumute ist, wenn er die Witterung eines Hasen aufgenommen hat. »Natürlich, ich weiß. Ich bedauere es sehr, daß wir Sie überhaupt damit behelligen müssen. Es ist nur so, daß mein Chef glaubt, es könnte eine vage Möglichkeit bestehen, daß jemand aus Ihrem Team etwas mit dem Verschwinden der Teenager zu tun hat. Oder jemand, der Ihnen übel mitspielen will.«

»Sie meinen, es gibt irgendeinen Lüstling, der es auf meine Fans abgesehen hat?« Diesmal fiel es ihm schwerer, ungläubiges Staunen vorzutäuschen. Daß sie auf einmal einen aus seinem Team oder aus dem Troß derer, die ihm von Auftritt zu Auftritt nachreisten, aus dem Hut zauberte und das auch noch als Idee ihres Vorgesetzten ausgab, war lächerlich. Selbst ein Schwachsinniger hätte gemerkt, daß sie nicht an einen Irren oder einen aus seiner Begleitmannschaft glaubte. Sie meinte ihn. Er sah es an dem starren Blick, mit dem sie sein Mienenspiel verfolgte. Der feine Schweißfilm auf seiner Stirn war ihr längst aufgefallen. O nein, sie war nicht von ihrem Chef hergeschickt worden. Sie war ein einsamer Wolf, genau wie er, und ein Wolf wittert den anderen.

Shaz nickte. »Das könnte sein. Die Psychologen nennen es eine Ersatzhandlung. Wie bei John Hickley. Erinnern Sie sich? Er hat auf Reagan geschossen, weil er Jodie Foster auf sich aufmerksam machen wollte.«

Ihr Ton war höflich-verbindlich, sie sprach jetzt etwas lauter, da sie nervös wurde. Es ärgerte ihn, daß sie allen Ernstes glaubte, er werde das nicht merken. Er stieß sich vom Kaminsims ab und fing an, auf dem handgeknüpften seidenen Bokhara auf und ab zu wandern. Auf das Muster aus grauen und weißen Fäden zu starren wirkte beruhigend auf ihn. Außerdem enthob es ihn der Notwendigkeit, ihr in die irritierenden Augen zu sehen. »Das ist absurd. Geradezu lachhaft, wenn es nicht um eine so erschreckende Vorstellung ginge. Aber ich habe immer noch keine Ahnung, was das mit mir zu tun haben soll.«

»Das ist sehr einfach, Sir.«

Er haßte ihren besänftigenden, herablassenden Ton, blieb abrupt stehen und fragte gereizt: »Ach ja?«

»Ich möchte lediglich, daß Sie einen Blick auf diese Fotos werfen und mir sagen, ob Sie bei irgendeiner Gelegenheit eines der Mädchen gesehen haben. Es könnte gut sein, daß sie sich Ihnen gegenüber besonders aufdringlich benommen haben und daß jemand aus Ihrem Arbeitsstab oder aus Ihrer Fangemeinde sie dafür bestrafen wollte. Aber vielleicht haben Sie auch nie eine von ihnen gesehen. Das Ganze dauert nur ein paar Minuten, und schon packe ich ein und bin weg.«

Shaz breitete die sieben Fotos auf dem Fußschemel ihres Lehnstuhls aus.

Vance kam näher und sah sich die Fotos an. Keine vollstän-

dige Sammlung seiner Opfer, aber sieben hatte sie immerhin identifiziert. Jedes Lächeln auf den Kopien der sieben Fotos war ein Lächeln, das er ausgelöscht hatte.
Er rang sich ein gekünsteltes Lachen ab. »Sieben von Tausenden Gesichtern? Bedaure, DC Bowman, Sie verschwenden Ihre Zeit. Ich habe nie eine von denen gesehen.«
»Sehen Sie noch mal hin«, sagte Shaz, »sind Sie absolut sicher?«
Jetzt lag etwas in ihrer Stimme, was vorher nicht dagewesen war, eine gewisse Schärfe. Er wunderte sich, wie blaß das junge Fleisch, das er gequält hatte, auf den Fotokopien aussah. Dann riß er sich von den Gesichtern los und zwang sich, in Shaz' unbeugsame Augen zu blicken. Sie wußte es. Vielleicht fehlten ihr noch die Beweise, aber sie wußte es, das sah er ihr an. Und sie würde nicht lockerlassen, bis sie ihn vernichtet hatte. Nur, so einfach war das nicht, weil sie an die Spielregeln der Gesetze und des Rechts gebunden war und damit automatisch die schlechteren Karten hatte.
Er schüttelte mit einem bedauernden Lächeln den Kopf. »Ganz sicher. Keine von denen ist mir je unter die Augen gekommen.«
Shaz schob das Foto in der Mitte näher zu ihm hin. Sie verzog keine Miene, als sie sagte: »Sie haben im Fernsehen an Tiffany Thompson appelliert, sie möge ihre Eltern anrufen.«
»Mein Gott!« rief er aus, und diesmal gelang ihm das gemimte Staunen wieder perfekt. »Wissen Sie, daß ich das total vergessen hatte? Jetzt, wo Sie's sagen – natürlich, Sie haben recht.«
Shaz hätte sich nicht so auf sein Gesicht konzentrieren dürfen. Er holte blitzschnell mit dem rechten Arm aus und schlug wuchtig mit der Prothese zu, dicht hinter ihrem Ohr. Er las Erschrecken in ihren Augen, dann kippte sie nach vorn und schlug mit dem Kopf auf der Fußstütze auf. Als sie

seitlich wegrutschte und zu Boden fiel, war sie bereits ohnmächtig.
Vance verlor keine Zeit. Er rannte in den Keller, griff sich eine Rolle Lautsprecherkabel und ein Päckchen Latexhandschuhe und eilte nach oben. Minuten später lag Shaz verschnürt wie ein Paket auf dem Fußboden. Er rannte in den oberen Stock und fing an, in seinem Kleiderschrank zu wühlen, bis er den weichen Flanellbeutel gefunden hatte, in dem sie ihm im Geschäft den neuen ledernen Aktenkoffer verpackt hatten. Er rannte die Treppe hinunter, stülpte Shaz den Beutel über den Kopf und wickelte einige Längen Kabel darum. Fest genug, daß sie es spürte, und locker genug, daß sie atmen konnte. Sie sollte sterben, aber nicht gleich und nicht hier. Und nicht durch einen dummen Zufall.
Als er sicher war, daß sie sich nicht befreien konnte, griff er nach ihrer Schultertasche, dem Aktenordner und den Fotokopien, setzte sich damit auf das Sofa und unterzog alles einer sorfältigen Inspektion. Mit dem Aktenordner fing er an. Bei den nüchternen Polizeiprotokollen genügte es, wenn er sie einstweilen überflog, genauer konnte er sie später studieren. Die Analyse, die Shaz erarbeitet hatte, interessierte ihn mehr. Er las sie Wort für Wort und überlegte, wie gefährlich ihm die Presseausschnitte werden konnten, auf die sie in der Zusammenfassung verwies. Nicht sehr, entschied er. Für jeden, der auf einen Zusammenhang mit seinem Auftritt und dem Verschwinden eines Mädchens hinzudeuten schien, konnte er auf zwanzig andere verweisen, die belegten, daß er ungezählte Male bei Abendveranstaltungen aufgetreten war, ohne daß hinterher irgendein Teenager von zu Hause weggelaufen war. Als nächstes nahm er sich Shaz' Systematische Täter-Checkliste vor. Die Schlußfolgerungen, die sie gezogen hatte, ärgerten ihn dermaßen, daß er aufsprang und die bewußtlose junge Frau ein paarmal kräftig in die Magen-

grube trat. »Woher willst du das wissen, du Schlampe?« schrie er wütend. Er bedauerte, daß er ihre Augen nicht sehen konnte. Die hätten ihn jetzt nicht mehr so kühl gemustert. O nein, die hätten um Gnade gebettelt.

Zornig legte er den Aktenordner weg. Das hatte Zeit, es gab Wichtigeres zu tun. Aber er hatte recht daran getan, diesen Alleingang einer kleinen Anfängerin im Keim zu ersticken, ehe irgend jemand auf die Schlußfolgerungen dieses Miststücks stieß. Er kippte ihre Umhängetasche auf dem Sofa aus und entdeckte das Notizbuch. Viel Interessantes fand er zunächst nicht, abgesehen von Mickys Mobiltelefonnummer und der Adresse in Holland Park. Da er nicht abstreiten konnte, daß Shaz hiergewesen war, hätte es wenig Sinn gemacht, die Seite herauszureißen. Statt dessen riß er ein paar Seiten hinter der letzten Eintragung heraus, so daß es aussah, als sei dort etwas eingetragen gewesen, was der Polizei möglicherweise Aufschlüsse über Shaz' rätselhaftes Verschwinden gegeben hätte.

Danach nahm er sich den Mikrorecorder vor, dessen Band noch lief. Er drückte die Stopp-, dann die Rücklauftaste, nahm das Band heraus und legte es beiseite. Ein Taschenbuch – uninteressant, aber da war auch noch ihr Filofax. Unter dem Datum von heute fand er die Eintragung JV, 09.30. Vance überlegte kurz, dann schrieb er ein T darunter. So, nun sollten die Cops sich mal die Köpfe zerbrechen, was das wohl bedeutete. Und dann fand er in der Seitentasche das, wonach er suchte. Eine kurze Notiz: Hab's gefunden. Mit Dank zurück an S. Bowman, Apartment 1, Hyde Park Hill, Headingley, Leeds. Meine Anerkennung. Er suchte die Umhängetasche gründlich ab. Keine Schlüssel.

Vance stopfte alles zurück in Shaz' Tasche, klemmte sich den Aktenordner unter den Arm und kauerte sich neben die Gefesselte. Er klopfte sie von oben bis unten ab, und siehe da, in der Hosentasche fand er die Schlüssel. Lächelnd stieg er die Treppe hinauf in sein Arbeitszimmer, nahm einen großen gefütterten Umschlag aus dem Schrank, schob Shaz' Aktenordner hinein, schrieb als Adresse seinen Schlupfwinkel in Northumberland auf den Umschlag, klebte ihn zu und frankierte ihn.

Ein rascher Blick auf die Uhr. Noch nicht mal halb elf, Zeit genug, sich im Schlafzimmer umzuziehen. Jeans, eines seiner wenigen kurzärmligen T-Shirts und ein Baumwolljackett. Dann kramte er aus den Tiefen des eingebauten Kleiderschranks eines seiner Geheimutensilien heraus: die Nike-Baseballkappe mit dem angenähten von grauen Strähnen durchzogenen, schulterlangen Haarteil. Der Effekt war bemerkenswert. Er setzte die Fliegerbrille mit den ungeschliffenen Gläsern auf und stopfte sich die Wangen mit Schaumpolstern aus. Die Verwandlung war komplett. Nun konnte ihn nur noch der prothetische Arm verraten, aber auch dafür wußte er Rat.

Er verließ das Haus, schloß hinter sich ab, stieg in Shaz' Wagen, nahm sich Zeit, die Sitzposition seinen längeren Beinen anzupassen, sich mit dem Armaturenbrett vertraut zu machen und davon zu überzeugen, daß er, auch wenn die Linke auf dem Lenkrad lag, mit der Prothese die ein wenig harte Gangschaltung bedienen konnte. Dann fuhr er los. Er hielt an einem Briefkasten in Ladbroke Grove, um den Umschlag einzuwerfen, und als er kurz nach elf die Auffahrt zur M 1 erreichte, gestattete er sich ein kleines, nur für ihn selbst bestimmtes Lächeln. Bestimmt tat es Shaz Bowman, wenn sie wieder zu sich kam, sehr, sehr leid, daß sie seine Pfade gekreuzt hatte. Aber nicht lange.

Der erste Schmerz, den sie spürte, kam von dem Krampf im linken Bein. Er war so heftig, daß er sie aus der Bewußtlosigkeit riß. Durch instinktive Dehn- und Streckbewegungen der Zehen vermochte sie ihn so weit zu dämpfen, daß nicht viel mehr als ein lähmend dumpfes Schmerzgefühl übrigblieb. Unter ihrer Schädeldecke hämmerte es. Es fiel ihr schwer, klare Gedanken zu fassen. Sie zwang sich, die Augen zu öffnen, aber es blieb dunkel. Allmählich wurde ihr klar, daß ihr Kopf in einer Art Haube aus dickem, weichem Stoff steckte. Irgend etwas war so straff um ihren Hals gewickelt, daß sie kaum schlucken konnte.

Auch die seltsam gekrümmte Art, in der sie dalag, konnte sie sich erst allmählich erklären. Sie lag auf der Seite, auf hartem Untergrund, die Hände auf dem Rücken gefesselt, anscheinend mit einem ummantelten Draht, der ihr scharf in die Handgelenke schnitt. Ihre Fußgelenke waren ebenfalls gefesselt, und daß sie so krumm dalag und sich kaum rühren konnte, kam daher, daß die obere Fessel mit der unteren verbunden war. Jede Bewegung – die Beine auszustrecken oder der Versuch, sich zu drehen – verursachte höllische Schmerzen. Sie hatte keine Ahnung, wie groß ihr Bewegungsspielraum war, und nach dem ersten Versuch, sich herumzuwälzen, war ihr die Lust vergangen, es herauszufinden.

Sie wußte auch nicht, wie lange sie bewußtlos gewesen war. Das letzte, woran sie sich erinnerte, war, daß Vance sich grinsend über sie gebeugt hatte. Als wollte er ihr demonstrieren, daß er nichts zu befürchten habe, weil sich keine Menschenseele um die vorwitzige, kleine DC Bowman scherte, die ihre neugierige Nase ein bißchen zu tief in seine Angelegenheiten gesteckt hatte. Nein, ganz so stimmte das nicht, da war noch etwas anderes, was in ihrer Erinnerung schlummerte. Sie versuchte, sich durch Atem- und Entspannungsübungen zu konzentrieren, und dann hatte sie's. Sie sah wieder die rasche Bewegung vor sich, die sie aus den Augenwinkeln wahrgenommen hatte, als sein rechter Arm auf sie zugeschnellt und wie

eine Keule auf ihrem Schädel niedergegangen war. Ja, das war das letzte, woran sie sich erinnern konnte.
Mit der Erinnerung kam die Angst, und die setzte ihr mehr zu als alle körperlichen Schmerzen. Niemand wußte, wo sie war. Außer Chris, aber die rechnete nicht damit, daß sie sich in nächster Zeit bei ihr meldete. Sie hatte auch Simon nichts von ihrem Vorhaben erzählt, keinem in der Gruppe, aus Scheu vor ihren Hänseleien, auch wenn sie freundlich gemeint waren. Eine Scheu, die sie jetzt das Leben kosten konnte, darüber machte sie sich keine Illusionen. An den Fragen, die sie Jacko Vance gestellt hatte, mußte er gemerkt haben, daß sie ihn für den Serienmörder hielt. Dennoch war er, entgegen ihrer Erwartung, nicht in Panik geraten. Er mußte also irgendwie dahintergekommen sein, daß sie auf eigene Faust ermittelte. Und das wiederum mußte ihn zu dem Entschluß gebracht haben, sie aus dem Weg zu schaffen, damit er alle Spuren verwischen und, wenn es nötig wurde, das Land unbemerkt verlassen konnte.
Sie spürte, wie ihr der Schweiß ausbrach. Ihr Tod war besiegelt, das stand außer Frage. Sie mußte sterben, weil sie recht gehabt hatte. Die einzige Frage war, wann und wie.

Pauline Doyle war verzweifelt. Die Polizei weigerte sich, einzusehen, daß Donnas Verschwinden eben nicht einer der vielen Fälle war, in denen Teenager von zu Hause wegliefen. Ein Polizist hatte ihr das ins Gesicht gesagt. »Sie wird wahrscheinlich nach London gefahren sein. In unserer Gegend nach ihr zu suchen hat überhaupt keinen Zweck.«

Pauline ahnte, warum die Polizei das so sah. Die mußten nur einen Blick auf das Foto werfen, um aus Donnas keckem, wissendem Lächeln zu schließen, daß das Mädchen bestimmt nicht so unschuldig war, wie ihre arme Mutter vermutete.

Da die Polizei Paulines Idee, das Foto im Fernsehen zu zeigen, als wenig erfolgversprechend abtat, wandte sie sich an die Lokalzeitung. Die zeigte sich ebenfalls nicht interessiert, abgesehen davon, daß die für die Frauenseite verantwortliche Redakteurin auf die Idee kam, ein Feature über weggelaufene Teenager zu schreiben. Was sie aber, nachdem sie Donnas Foto gesehen hatte, dann doch nicht tat. Irgendwas in Donnas Augen oder in der Art, die Lippen zu schürzen, ließ den Betrachter offenbar vermuten, das Mädchen sei viel weiter, als sie ihrem Alter nach sein sollte.

Nachdem sie nächtelang bitter geweint hatte, entschied Pauline, es sei an der Zeit, die Sache selbst in die Hand zu nehmen. Ihre Stelle in einem Maklerbüro wurde nicht sonderlich gut bezahlt. Es hatte für die Miete, das Essen und die Kleidung gereicht, viel mehr war nicht dabei herausgesprungen. Aber es gab noch eine kleine Rücklage aus Bernards Lebensversicherung. Pauline hatte das Geld für die Zeit nach Donnas Schulabschluß aufheben wollen, weil sie wußte, daß es dann wegen der Studiengebühren und der Kosten für eine getrennte Haushaltsführung eng würde. Jetzt schien das Sparen sinnlos geworden zu sein, zumal sie nicht mal wußte, ob Donna je zurückkam. Besser, sie investierte das Geld in den Versuch, ihre Tochter ausfindig zu machen und nach Hause zurückzuholen. Was die Uni anging, da mußte sie zu gegebener Zeit eine andere Lösung finden.

Sie ließ bei einer örtlichen Druckerei tausend großformatige Flugblätter mit Donnas Foto drucken und darunter den Text setzen: »HABEN SIE DIESES MÄDCHEN GESEHEN? Donna Doyle wird seit Donnerstag, dem 11. Oktober, vermißt. Sie wurde zuletzt morgens um Viertel nach acht auf dem Weg zur Glossop Girls Grammar gesehen. Sie trug die kastanienbraune Schuluniform, dazu schwarze Kickers, einen schwarzen Anorak und einen schwarzen Nike-Rucksack. Wenn Sie das Mädchen nach dem genannten Zeitpunkt gesehen haben, benachrichtigen Sie bitte Pauline Doyle ...« Es folgten die Adresse in der Corunna Street und zwei Telefonnummern – die zu Hause und im Maklerbüro.

Pauline nahm eine Woche frei, um die Flugblätter in sämtliche Hausbriefkästen zu stopfen und jedem in die Hand zu drücken, der ihr auf der Straße begegnete und bereit war, sie anzunehmen. Sie war von frühmorgens bis spätabends auf denBeinen. Aber niemand rief an.

Während Shaz Bowman gefesselt auf dem harten Fußboden lag und an nichts anderes als den Schmerz und die lähmende Angst denken konnte, durchsuchte Jacko Vance ihre Wohnung. Er war in einer guten Zeit nach Leeds gefahren, mit nur einem Zwischenstopp, um aufzutanken und die Behindertentoilette aufzusuchen, weil er dort unbeobachtet das Tonband aus Shaz' Mikrorecorder loswerden konnte. Die Plastikumhüllung hatte er schon auf dem Parkplatz vernichtet – ein paar Drehungen mit dem Schuh, den Rest besorgte der Wind, der die Splitter in die Midlands wehte.
Shaz' Wohnung zu finden war kein Problem, sie hatte die genaue Lage entgegenkommenderweise auf einer Regionalkarte eingekreist. Er parkte den Wagen hinter der nächsten Kreuzung, zwang sich, das nervöse Zwicken im Magen nicht zu beachten, und ging gemächlich die Straße hinunter. Bis auf ein paar spielende Kinder war niemand zu sehen. An der schweren viktorianischen Tür des Hauses Nummer 17 probierte er sein Glück mit einem der beiden Yale-Schlüssel. Daß er auf Anhieb den richtigen erwischte, nahm er als Zeichen, daß die Götter ihm gewogen waren.
Im spärlichen Licht, das durch zwei schmale Fenster beiderseits der Haustür fiel, sah er, daß es offensichtlich zwei Erdgeschoßwohnungen gab. Mit der Entscheidung für die linke lag er wiederum richtig. Er hatte nicht vor, lange zu bleiben, er wollte sich nur kurz umsehen und ein Bild von der Umgebung des Hauses machen. Im Wohnzimmer erkannte er auf den ersten Blick, daß Shaz Bowman die für seine Zwecke ideale Wohnung angemietet hatte. Das Sprossenfenster führ-

te in einen von hohen Mauern umgebenen Garten mit schattenspendenden Obstbäumen, und ganz hinten entdeckte er in der Mauer ein hölzernes Gartentor.
Nun gab es nur noch eine Sache zu erledigen. Er schlüpfte aus dem Jackett, löste die Prothese und nahm aus seiner Reisetasche einen Gegenstand, den ein geschickter Handwerker in der Requisite vor Jahren für ihn gebastelt hatte – aus der provisorischen ersten Prothese, die er nicht mehr trug, und sicher in der Annahme, Vance wolle sich einen makabren Scherz damit machen. Herausgekommen war ein Kunststoffgebilde mit verblüffend echt aussehenden Fingern, vor allem, wenn er ein Jackett darüber trug. Eine Schlinge um den Arm, und schon glaubte jeder, er habe sich den Arm gebrochen. Als Vance den Kunststoffarm angelegt, in die Schlinge gesteckt und die neue Prothese in der Reisetasche verstaut hatte, konnte er die Heimreise antreten.
Das Sprossenfenster diente gleichzeitig als Tür zum Garten, Vance mußte nur von außen die Flügeltüren wieder zudrücken. Auf dem Weg zum hinteren Gartentor beschlich ihn das unbehagliche Gefühl, von verstohlenen Blicken verfolgt zu werden, was prompt ein unangenehmes Prickeln im Nacken auslöste, bis er sich klarmachte, daß niemand der Polizei eine Beschreibung geben konnte, die auch nur entfernt auf eine Ähnlichkeit mit Jacko Vance hindeutete.
Er entriegelte das Tor und stand auf einem Feldweg, der zwischen den Rückfronten der links und rechts gelegenen Gärten zum Stadtzentrum führte. Im Vertrauen darauf, daß niemand den Riegel von innen zuschob, bevor er zurückkam, machte er sich auf den Weg zum Bahnhof. Er brauchte zwar zu Fuß knapp eine Stunde, dafür mußte er nur wenige Minuten auf den Zug nach London warten. Und so war es noch nicht mal halb acht, als er in Holland Park ankam und sich in Jacko Vance zurückverwandeln konnte.

Ehe er mit den letzten Vorbereitungen begann, schob er eine Pizza in den Herd – nicht gerade seine Idealvorstellung von einem Samstagabend-Dinner, aber die Kalorienbomben hatten sich wegen des hohen Gehalts an Kohlehydraten als probates Mittel gegen unkontrollierte Schlingerbewegungen des Magens bewährt. Freudige Erregung löste bei ihm jedesmal Magenkrämpfe oder Brechreiz aus; das war schon in seiner Zeit als Sportkommentator so gewesen. Darum hatte er sich angewöhnt, eine kräftige Mahlzeit zu sich zu nehmen, bevor er eines seiner Opfer am Bahnhof abholte. Und gewöhnlich aß er dann auch noch mit ihm zu Abend.

Während die Pizza im Herd war, belud er den Mercedes. Körperliche Anstrengungen konnte er – im Gegensatz zu psychischen Belastungen – mit leerem Magen leichter verkraften. Und damit waren nun alle Vorbereitungen für DC Bowmans letzten Auftritt getroffen. Sie mußte sozusagen nur noch die Bühne betreten.

Auch Donna Doyle war allein und längst zu apathisch, um sich Gedanken über das Schicksal zu machen, das ihr bevorstand. Was sie über ihr Gefängnis wußte, hatte sie gestern herausgefunden, als sie zum ersten Mal aufgewacht war. Oder war das vorgestern gewesen? Sie hatte immer noch schreckliche Angst, aber es war nicht mehr die lähmende Angst des ersten Tages. Undurchdringliche Dunkelheit rings um sie. Und es roch muffig wie in dem kleinen Kohlenkeller zu Hause. Sie reckte den unverletzten Arm ins Dunkel und fing an, ihre Umgebung abzutasten, um wenigstens eine Ahnung davon zu bekommen, wo sie sich befand. Als erstes fand sie heraus, daß sie auf einer mit Kunststoff überzogenen Matratze lag. Sie tastete sich nach unten, bis ihre Finger auf die kalten Bodenfliesen stießen. Keine glatten Fliesen wie zu Hause im Bad, eher wie die Terrakottastufen vor Sarah Dysons Haustür.

Die Wand dahinter fühlte sich wie unverputztes Mauerwerk an. Als sie sich mühsam aufrichtete, wurde ihr zum ersten Mal klar, daß sie mit den Füßen angekettet war, beide Fußgelenke steckten in Eisenmanschetten, die mit einer schweren Kette verbunden waren. Wohin die Kette führte und wie lang sie war, konnte Donna mit einer Hand nicht feststellen. Nach vier tastenden Schritten an der Wand entlang war sie in einer Ecke angekommen. Sie machte kehrt und wollte es in der entgegengesetzten Richtung versuchen, aber schon nach zwei Schritten stieß sie mit dem Schienbein gegen irgend etwas Hartes. Als der Schmerz etwas nachließ, fand sie durch Abtasten und mit Hilfe des Geruchssinns heraus, daß es sich

um eine chemische Toilette handelte. Mit dem Gefühl grenzenloser Dankbarkeit ließ sie sich darauf nieder und entleerte die Blase.
Was sie plötzlich spüren ließ, wie durstig sie war. Ob sie Hunger verspürte, wußte sie nicht, aber der Durst war quälend. Sie tastete sich ein Stück weiter an der Wand entlang, bis die Kette sich plötzlich ruckartig spannte und sie schmerzhaft daran erinnerte, daß sie eine Gefangene war. Sie mußte eine Weile warten, bis die Schmerzwellen in ihr abklangen, dann trippelte sie, gebeugt wie eine alte Frau, an der Matratze vorbei zur gegenüberliegenden Wand und tastete dort mit der Hand das Mauerwerk ab.
Nach wenigen Schritten stieß sie auf einen Wasserhahn, drehte ihn auf und fing gierig zu trinken an. Sie kniete sich sogar unter den Hahn, damit sie das eiskalte Wasser schneller mit offenem Mund schlucken konnte. Dabei stieß sie mit dem Kopf gegen eine Art Regal über dem Wasserhahn. Als sie sich satt getrunken hatte, tastete sie das Regal ab. Vier große, rechteckige Schachteln standen darauf, alle sehr leicht, und als sie sie schüttelte, erkannte sie an dem raschelnden Geräusch, daß es Schachteln mit Cornflakes waren.
Das war alles, was sie über ihr Gefängnis herausfinden konnte. Sie hatte etwas zu essen und Wasser zum Trinken. Und im übrigen hatte der verdammte Kerl sie festgekettet wie einen Hund. Wollte er sie in diesem Verlies sterben lassen?
Sie kauerte sich auf den Boden und fing an, wie ein Klageweib vor sich hin zu jammern.
Aber das war alles schon ein, zwei Tage her, wenn nicht gar noch länger. Nun lag sie in der Agonie ihrer Schmerzen wimmernd und zitternd auf der Matratze und war dankbar, wenn sie hin und wieder vor Erschöpfung in Schlaf oder erlösende Ohnmacht fiel. Hätte sie gewußt, wie schlimm ihre Lage tatsächlich war, hätte sie keine Minute länger leben wollen.

Der Wagen hielt. Shaz wurde durch die Fliehkraft in die vordere Ausbuchtung des Kofferraums gepreßt und stieß sich die Ellbogen und Schultern an. In der verzweifelten Hoffnung, irgend jemanden auf sich aufmerksam zu machen, stemmte sie sich hoch und hämmerte mit dem Kopf gegen den Kofferraumdeckel, was aber nur dazu führte, daß neue Schmerzwellen sie durchrasten. Sie kämpfte gegen das Schluchzen an, da sie fürchtete, dann nicht mehr durchatmen zu können und an dem Knebel zu ersticken, den Vance ihr in den Mund geschoben hatte, bevor er sie – ein Stück weit über harten Parkettfußboden, dann über Teppichboden und schließlich ein paar wenige Stufen hinunter – zum Wagen geschleift und in den Kofferraum gewuchtet hatte. Es war verblüffend, wieviel Kraft und Geschick dieser einarmige Mann entwickelte.

Shaz versuchte, möglichst tief und ruhig zu atmen. Der Kofferraum stank ekelhaft nach ihrem Urin, und sie mußte alle Willenskraft aufbieten, um den Brechreiz zu unterdrücken. Sollte Vance mal sehen, wie er den Urin aus dem Teppichbelag rausbrachte. Sie hatte eingesehen, daß sie nichts tun konnte, um ihr Leben zu retten, aber sie war fest entschlossen, alles daranzusetzen, daß der Kerl nicht ungestraft davonkam. Wenn die SOKO Vance je auf die Spur kam, war der uringetränkte Kofferraumteppich exakt der Beweis, den sie brauchten.

Die Musik, die gedämpft von vorn zu ihr drang, brach abrupt ab. Er hatte, seit sie losgefahren waren, Hits aus den Sechzigern gehört. Unter der Annahme, daß sie pro Titel durchschnittlich drei Minuten ansetzen mußte, schätzte Shaz, daß sie nach etwa zwanzig Minuten Stadtfahrt ungefähr drei Stunden auf einer Fernstraße unterwegs gewesen waren, den Verkehrsgeräuschen nach vermutlich auf einer Autobahn. Aus der Zeit, die sie bis zum Autobahnzubringer gebraucht hatten, schloß sie, daß sie nach Norden unterwegs waren; die Auffahrt Richtung Süden hätten sie schneller erreicht. Es war natürlich möglich, daß er, um ihr die Orientierung zu erschweren, einen Bogen um die M 25 geschlagen und Londons äußere Stadtumgehung benutzt hatte. Shaz hielt das für nicht sehr wahrscheinlich. Er hatte keinen Grund für irgendwelche Täuschungsmanöver, weil er vermutlich davon ausging, daß sie am Ende dieses Tages tot wäre.

Eine Autotür fiel mit sattem Geräusch zu, danach ein leises Klicken und das schwache hydraulische Seufzen, mit dem der Kofferraumdeckel sich hob. »Gott, stinkst du«, sagte Vance angewidert und zerrte sie rücksichtslos nach vorn. »Hör gut zu, ich schneid dir jetzt die Fußfesseln los. Das Messer ist sehr, sehr scharf. Ich verwende es gewöhnlich, wenn ich Fleischfilets zuschneide, wenn du verstehst, was ich damit andeuten will.« Er redete im Flüsterton, sie spürte seinen heißen Atem dicht an ihrem Ohr, was sie fast noch ekelerregender fand als den Uringestank. »Wenn du wegzurennen versuchst, schlitze ich dich auf wie ein Schwein am Schlachterhaken. Hier gibt's sowieso nichts, wo du Hilfe holen könntest, wir sind mitten in der Einöde.«

Ihre Ohren erzählten ihr etwas anderes. Zu ihrer Verblüffung hörte sie, nicht weit weg, lebhaften Verkehr und im Hintergrund die unverkennbaren, gedämpften Geräusche, die vom Leben in einer Großstadt zeugen. Wenn sich ihr irgendeine Chance bot, so klein sie auch sein mochte, würde sie sie nutzen.

Sie spürte, wie die kalte Messerklinge an ihren Fußknöcheln

hochfuhr, dann waren plötzlich ihre Füße auf wundersame Weise frei. Sekundenlang spielte sie mit dem Gedanken, Vance mit beiden Beinen einen kräftigen Tritt zu versetzen und dann loszurennen. Aber da fing das Blut wieder zu zirkulieren an, das anfängliche Kribbeln ging schnell in ein Stechen wie von tausend Nadeln und dann in einen Krampf über. Und als der Schmerz nachließ und sie das Wimmern endlich unterdrücken konnte, war es zu spät. Er hatte sie gepackt, zerrte sie über die Kofferraumkante und riß sie, als sie in sich zusammensackte, grob auf die Füße. Er faßte sie unter den Armen und schleifte sie in eine Art Torweg, wo sie mehrmals mit den Schultern gegen die roh verputzten Wände prallte, dann einen Pfad hinunter und einige Stufen hoch. Als er sie schließlich wie ein Bündel Lumpen fallen ließ, spürte sie unter sich einen Teppichboden.

Ihre Beine fühlten sich immer noch taub an. Wie durch einen Schleier aus Schmerz und Desorientierung hörte sie eine Tür aufgehen und dann das Ratschen von Vorhängen, die zugezogen werden. Seltsamerweise kamen die Geräusche ihr irgendwie vertraut vor. Ihre Angst steigerte sich zur Panik, sie fing unkontrollierbar zu zittern an, und dann entleerte sich zum zweiten Mal innerhalb einer Stunde unwillkürlich ihre Blase.

»O Gott, was bist du für eine widerliche Schlampe«, fuhr er sie an, zerrte sie abermals hoch und stieß sie auf einen harten Stuhl mit gerader Rückenlehne. Bevor der Schmerz in ihren Oberarmen und Schultern abklingen konnte, spürte sie, daß er wieder anfing, Fesseln um ihre Beine zu schlingen, diesmal so, daß sie wie gebrochene Glieder gegen das harte Holz der Stuhlbeine gedrückt wurden. Das rechte Bein konnte sie schon nicht mehr rühren, aber mit dem linken trat sie zu. Ihr letzter verzweifelter Versuch, sich zu befreien, brachte ihr die kurze Genugtuung, zu spüren, daß sie getroffen hatte, und Vance vor Verblüffung und Schmerz aufschreien zu hören.

Ein Schlag gegen den Unterkiefer schleuderte ihren Kopf zurück, sie hörte es im Nacken knacken und hatte das Gefühl, daß ihr ein scharfes Messer ins Rückgrat fuhr. »Du verdammtes, blödes Miststück«, schrie er sie an, drückte ihr linkes Bein gegen das Stuhlbein und zerrte die Fessel fest.

Sie spürte seine Beine zwischen ihren Knien, was sie quälender empfand als alle Schmerzen, die sie erlitten hatte. Er riß ihre Arme hoch, bog sie nach hinten und hielt sie mit eisernem Griff hinter der Rückenlehne des Stuhls fest. Sie spürte wieder die Messerklinge, hörte, wie sie Stoff aufschlitzte, und dann wurde die Haube weggezogen, unter der ihr Kopf gesteckt hatte. Shaz blinzelte gegen das grelle Licht an, und als sie erkannte, daß die Realität schlimmer war als alles, was sie sich je ausgemalt hatte, verkrampfte sich ihr Magen. Sie saß in ihrem eigenen Wohnzimmer und war auf einem der Eßtischstühle festgebunden, die sie erst vor zehn Tagen gekauft hatte.

Vance stand immer noch zwischen ihren Beinen, fest gegen ihren wehrlosen Körper gepreßt. Bevor er schließlich zurücktrat, zwickte er sie leise schnaufend mit der prothetischen Hand grob in die Brüste.

Er wetzte die Klinge seines Filettiermessers an der Eßtischkante und starrte Shaz arrogant an. Sie hatte noch nie ein solches Maß an Selbstgerechtigkeit in der Pose und der Miene eines Menschen gesehen. »Du hast mir das Wochenende wahrhaftig gründlich verdorben«, sagte er in belehrendem Ton. »So habe ich mir meinen Samstag abend nicht vorgestellt. Mir hier in deiner beschissenen Wohnung in einem Nest wie Leeds diese grünen Chirurgen-Ärmelschoner und Latexhandschuhe anzuziehen ist bei Gott nicht das, was ich mir unter einem vergnüglichen Abend vorstelle.« Er schüt-

telte mißbilligend den Kopf. »Dafür wirst du bezahlen, Detective Bowman. Es wird dir noch leid tun, daß du so ein verdammtes Miststück warst.«
Er legte das Messer weg, zog einen Brustbeutel unter seinem T-Shirt hervor, öffnete den Reißverschluß und nahm eine CD-ROM heraus. Dann ging er, ohne etwas zu sagen, aus dem Zimmer. Shaz hörte, daß er erst ihren Computer, dann den Drucker einschaltete. Das vertraute Brummen, dann das dumpfe Rumpeln, während das System hochfuhr. Sie lauschte angestrengt und glaubte, ein paar Mausklicks, leises Klappern auf dem Keyboard und dann das unverwechselbare Wimmern zu hören, mit dem der Drucker das Papier einzog. Als er zurückkam, hatte er ein Blatt in der Hand. Er hielt es ihr vors Gesicht. »Weißt du, was das ist?« fragte er. Natürlich wußte sie's, der Ausdruck eines illustrierten Artikels aus einem Nachschlagewerk. Sie mußte die fettgedruckte Zeile nicht lesen, um Vance' makabre Symbolik zu verstehen.
Sie gab ihm keine Antwort. Ihre Augen waren blutunterlaufen, aber sie hatten, als sie ihn stumm ansah, nichts von ihrer zwingenden Kraft verloren. Wenn es etwas gab, was sie sich fest vorgenommen hatte, dann, daß sie sich von ihm nicht kleinkriegen ließ.
»Das ist ein guter Rat, den man Studienanfängern mit auf den Weg gibt, Detective Bowman. Die drei weisen Affen: nichts Böses sehen, hören oder sagen. Das hättest du, auch eine Anfängerin, dir zum persönlichen Motto machen, mir vom Leib bleiben und die Nase nicht in meine Angelegenheiten stecken sollen. Glaub mir, du wirst das bestimmt nicht wieder tun.«
Er ließ den Bogen zu Boden flattern. Und plötzlich sprang er sie an, stieß mit beiden Händen ihren Kopf zurück, und im nächsten Moment lag der Daumen seiner prothetischen Hand auf ihrem Augapfel, drückte ihn auf und nieder, zerriß

Muskelstränge und grub das Oval schließlich aus seiner Verankerung.
Shaz' gellender Schrei hallte nur in ihr wider, den Weg über ihre Lippen fand er nicht. Aber in ihr gellte er laut genug, um sie in eine erlösende Ohnmacht sinken zu lassen.

Jacko Vance betrachtete das Werk seiner Hände – und siehe, es war gut. Da ihn gewöhnlich völlig andere Beweggründe dazu trieben, jemanden zu töten, hatte er einen Mord noch nie unter ästhetischen Gesichtspunkten gesehen. Hier war ihm ein mit Symbolik befrachtetes Kunstwerk gelungen. Er fragte sich, ob jemand klug genug wäre, der Botschaft, die er hinterlassen hatte, Beachtung zu schenken, und ob er sie, wenn er sie las, zu deuten wußte. Er bezweifelte das.
Er beugte sich nach vorn und rückte das Blatt Papier auf ihrem Schoß zurecht. Als alles zu seiner Zufriedenheit arrangiert war, gestattete er sich ein kleines Lächeln. Nun mußte er nur noch sicherstellen, daß Shaz ihrerseits keine Botschaft hinterlassen hatte. Er begann, das Apartment gründlich zu durchsuchen, jeden Winkel und jedes Eck, einschließlich der Abfalleimer. Die Anwesenheit von Shaz' sterblichen Überresten bedeutete für ihn keine Streßsituation, er war daran gewöhnt, Leichen um sich zu haben. Er war entspannt und so in seine intensive Suche vertieft, daß er, als er sie in der Küche fortsetzte, tatsächlich anfing, leise vor sich hin zu singen.
In dem Raum, den sie als Büro benutzte, fand er mehr, als er erwartet hatte. Einen Karton mit Fotokopien alter Zeitungsausschnitte, einen Stapel handgeschriebener Notizen, auf der Festplatte ihres Laptops und andere, auf Disketten gespeicherte Dateien, darunter auch verschiedene Entwürfe der Analyse, die er bereits von der Durchsicht des Aktenordners kannte, den sie bei ihrem Besuch in Holland Park dabeigehabt hatte, sowie zahlreiche Computerausdrucke. Was

ihn irritierte, war der Umstand, daß es zu den meisten Ausdrucken keine korrespondierende Datei gab, jedenfalls nicht auf ihrem Laptop. Von dem hatte sie den Text also nicht ausgedruckt. Was nur bedeuten konnte, daß die Dateien anderswo gespeichert waren, wahrscheinlich auf der Festplatte eines Computers in der Dienststelle. Und an die kam er nicht ran. Seine einzige Hoffnung war, daß sie ihren Kollegen gegenüber nichts von ihrer Computerarbeit erwähnt hatte. Wie sie ja offensichtlich auch nichts davon erzählt hatte, daß sie ihm einen Besuch abstatten wollte.
So oder so, er konnte nichts anderes tun, als dafür zu sorgen, daß er hier in ihrer Wohnung keine Spuren zurückließ, und im übrigen darauf zu hoffen, daß die mit modernen Kommunikationssystemen wenig vertrauten Cops nicht auf die Idee kamen, den Dateimanager des Computers aufzurufen, den sie in ihrer Dienststelle benutzt hatte. Zumal ja niemand damit rechnete, daß die Bowman die Nase unaufgefordert in irgendwelche ungeklärten Fälle steckte. Also konnte eigentlich niemand vermuten, daß es irgendeinen Zusammenhang zwischen ihren derzeit auf die Teilnahme an einem Lehrgang begrenzten, dienstlichen Aufgaben und den Umständen ihres überaus bizarren Todes gäbe.
Aber was sollte er nun mit dem ganzen Zeug in ihrem Arbeitszimmer anfangen? Mitnehmen konnte er es nicht, das Risiko, auf dem Rückweg in eine Verkehrskontrolle zu geraten, war zu groß. Zumal mißtrauische Cops sich nach Mitternacht mit Vorliebe luxuriöse Autos herauspickten. Einfach liegenlassen konnte er es ebensowenig, das wäre ungefähr so gewesen, als hätte er selber mit dem Finger auf sich gezeigt.
Jacko Vance sang nicht mehr vor sich hin. Er kauerte sich in einer Ecke des Arbeitszimmers an die Wand und dachte fieberhaft nach. Verbrennen? Ausgeschlossen. Irgendeinem Nachbarn wäre mit Sicherheit aufgefallen, daß es verdächtig

nach Rauch roch, und das mitten in der Nacht. Fehlte nur noch, daß die Feuerwehr anrückte. Die Toilette runterspülen konnte er den Aktenberg auch nicht, da wäre das Abflußrohr im Nu verstopft gewesen. Es sei denn, er zerriß jedes einzelne Blatt in klitzekleine Schnitzel. Aber das hätte bis zum Morgengrauen oder noch länger gedauert. Im Garten vergraben konnte er das Zeug ebenfalls nicht. Sobald die Leiche des heimtückischen Miststücks entdeckt worden war, fiel den Cops nichts Besseres ein, als in der Umgebung der Wohnung jeden Stein umzudrehen.

Also blieb ihm doch nichts anderes übrig, als das potentiell belastende Material mitzunehmen, sosehr er auch vor dem Gedanken zurückschreckte. Er mußte einfach darauf vertrauen, daß das Glück ihm treu blieb. Bisher war er immer vorsichtig gewesen und daher nie erwischt worden.

Er verstaute alles, was an Akten, Computerausdrucken und Notizen herumlag, in zwei Abfallbeutel und schleppte einen davon zu seinem Mercedes. Er ging steifbeinig, jeder Schritt fiel ihm schwer. Die Bowman hatte ihn immerhin um die fünfzehn, sechzehn Stunden in Atem gehalten, er war am Ende seiner physischen und psychischen Kraft. Er hatte bei der Arbeit noch nie Drogen genommen. Das trügerische Gefühl neuer Energie verleitete schnell zu Leichtsinn und zu nicht wiedergutzumachenden Nachlässigkeiten. Aber diesmal wünschte er, er hätte ein Tütchen Koks bei sich. Einige Linien Charlie hätten ihm bei den Aufgaben, die noch vor ihm lagen, Flügel verliehen. So aber blieb ihm, Gott sei's geklagt, nichts anderes übrig, als sich müde und matt, mit letzter Kraft den grobkörnigen Kiesweg am Arsch von Leeds hinunterzuschleppen.

Mit erleichtertem Schnaufen warf er den zweiten Abfallbeutel in den Kofferraum. Er wollte gerade den Deckel zuschlagen, als ihm der seltsame Gestank auffiel. Er stutzte, beugte sich nach vorn und begann zu schnüffeln. Hatte die Schlampe doch tatsächlich in seinen Kofferraum gepinkelt. Nun mußte er auch noch sehen, daß er den Teppichbelag los wurde. Zum Glück war ihm inzwischen eine Lösung für all seine Probleme eingefallen. Mürrisch streifte er die Handschuhe und die Ärmelschoner ab und warf sie in den Kofferraum. Dann drückte er sanft den Deckel zu, murmelte »Lebwohl, DC Bowman« und ließ sich müde auf den Fahrersitz fallen. Die Uhr im Armaturenbrett zeigte ihm an, daß es beinahe halb drei war. Vorausgesetzt, daß er nicht von irgendeinem Cop angehalten wurde, konnte er sein Ziel bis halb fünf erreichen. Er durfte nur nicht den Fehler begehen, in seiner Ungeduld, so schnell wie möglich dort anzukommen, das Gaspedal voll durchzutreten. Die verschwitzte linke und die eiskalte rechte Hand auf dem Lenkrad, fuhr er Richtung Norden.

Er schaffte es zehn Minuten unter der geschätzten Zeit. Der technische Gebäudetrakt der Royal Newcastle Kliniken lag, wie an einem Sonntagmorgen nicht anders zu erwarten, verlassen da, die Tagesschicht des Wochenend-Notdienstes rückte erst um sechs an. Vance lenkte den Mercedes in eine Parknische neben dem Tor, das zur Verbrennungsanlage der Kliniken führte. Er kam, wenn er mit seiner Arbeit als freiwilliger Hilfspfleger fertig war, oft auf einen Sprung hierher, um mit den Männern, die die Schmutzarbeit der Abfallbeseitigung verrichteten, einen Kaffee zu trinken und zu plaudern. Die fühlten sich natürlich geehrt, daß ein berühmter Mann wie Jacko Vance sich so umgänglich zeigte, und hatten ihm sogar eine der Plastikkarten besorgt, die zum Betreten des technischen Trakts berechtigte. Und daß er sich nicht zu fein war, mitunter selbst Hand anzulegen und eigenhändig die unappetitlichen Beutel mit widerlichen medizinischen Abfällen ins Feuer zu werfen, rechneten sie ihm hoch an. Der Ge-

danke, daß er ab und zu auch einen Beutel mit hineinwarf, an dessen Beseitigung ihm – und nur ihm – gelegen war, wäre ihnen nie gekommen.
Einer der vielen Gründe, deretwegen er nicht befürchtete, je erwischt zu werden. Er war kein Fred West, der seine Leichen im Fundament seines Hauses einbetonierte. Wenn er sich mit seinen Opfern vergnügt hatte, verschwand das, was von ihnen übrig war, auf Nimmerwiedersehen in der höllischen Hitze der Verbrennungsanlage des RNI. Gemessen an den Abfallbergen, die in den Kliniken tagtäglich anfielen, waren die beiden Beutel mit den Unterlagen der Bowman eine Kleinigkeit.
Nach zwanzig Minuten war er wieder draußen am Wagen. Und nun war das Ende der Aktion endlich abzusehen. Er freute sich schon darauf, sich auf das Bett fallen zu lassen, auf dem er am liebsten lag, und dort, wo er gewöhnlich seinen mörderischen Gelüsten frönte, den Schlaf des Gerechten zu schlafen.

TEIL ZWEI

»Weiß jemand, wo die Bowman steckt?« Paul Bishop sah zum fünften Mal in den letzten beiden Minuten auf die Uhr. Fünf ahnungslose Augenpaare starrten zurück.

»Muß wohl tot sein«, meinte Leon grinsend. »Unser Shazza-Baby kommt nie zu spät.«

»Haha, Jackson«, erwiderte Bishop sarkastisch. »Würden Sie sich freundlicherweise die Mühe machen, unten beim Empfang nachzufragen, ob der Officer vom Dienst etwas von ihr gehört hat?«

Leon, der wie üblich auf zwei Stuhlbeinen geschaukelt hatte, ließ den Stuhl nach vorn kippen und bewegte sich ohne Hast auf die Tür zu. Bishop trommelte mit den Fingern auf der Fernbedienung des Videogeräts herum. Wenn er nicht bald anfangen konnte, geriet der ganze Zeitplan aus den Fugen. Er wollte dem Kurs einige Tatort-Videos zeigen, aber damit mußte er bis mittags fertig sein, weil er zum Lunch mit einem hohen Tier aus dem Innenministerium verabredet war. Warum mußte Shaz sich ausgerechnet heute verspäten? Er beschloß abzuwarten, was Jackson in Erfahrung brachte, und dann notfalls ohne sie anzufangen. Ihre eigene Schuld, wenn sie etwas Wichtiges verpaßte.

Simon fragte Kay leise: »Hast du was von ihr gehört? Die ist seit Freitag wie vom Erdboden verschwunden.«

Kay fielen, als sie den Kopf schüttelte, ein paar Strähnen ihres weichen Haars ins Gesicht, was ihr plötzlich Ähnlichkeit mit einer Feldmaus gab, die zwischen Grashalmen hervorspitzt. »Ich wollte bei ihr anrufen, weil sie nicht zu unserm Curryabend gekommen ist. Hab mich auf dem Anrufbeantworter erkundigt, was los ist. Aber sie hat mich nicht zurückgerufen. Und gestern abend beim Frauenschwimmen war sie auch nicht. Obwohl, da waren wir nicht fest verabredet oder so was.«

Die Tür flog auf, Leon war zurück und berichtete: »Hat keinen Pieps von sich hören lassen. Sich nicht krank gemeldet und nichts.«

Bishop verzog unwillig das Gesicht. »Na gut, dann fangen wir ohne sie an.«

Bishops Videobilder, sosehr sie auch Zeugnis von unglaublicher Gewalt und Grausamkeit gaben, huschten an Simon vorbei. Er beteiligte sich auch kaum an der anschließenden Diskussion, was freilich nicht am Thema, sondern daran lag, daß er ständig grübelte, was wohl mit Shaz los sein könnte. Sie hatte ihn am Samstag abend glatt sitzenlassen, als er sie zu Hause zu dem verabredeten Drink vor dem gemeinsamen Abendessen abholen wollte. Er hatte einige Male geklingelt, dann angenommen, daß sie, weil er etwas früh dran war, möglicherweise noch unter der Dusche stünde oder sich das Haar fönte und darum nichts hörte. Also war er zur Hauptstraße zurückgegangen und hatte sie aus einer Telefonzelle angerufen. Dreimal, und jedesmal hatte er's durchklingeln lassen, bis die Verbindung automatisch abbrach. Weil es ihr absolut nicht ähnlich sah, daß sie eine Verabredung einfach nicht einhielt, war er zu ihrem Apartment zurückgegangen und hatte, wieder ohne Erfolg, noch mal Sturm geläutet.

Er wußte, welche der beiden Erdgeschoßwohnungen ihre war. Er hatte sie mal nach einem feuchtfröhlichen Abend nach Hause gebracht und sich – in der Hoffnung, sie irgendwann ausführen zu können – hinterher eine Zeitlang vor dem Haus herumgedrückt, um zu sehen, wo das Licht anging. Deshalb fiel ihm sofort auf, daß in ihrem nach vorn gelegenen Schlafzimmer die Vorhänge zugezogen waren, obwohl es noch nicht dunkel war. Na schön, das hatte er sich so erklärt, daß sie sich umzog und zurechtmachte, weil sie ausgehen wollte. Anscheinend allerdings nicht mit ihm. Er war schon so weit gewesen, daß er aufgeben und seinen Frust irgendwo einsam in ein paar Bieren ertränken wollte, als er den schmalen Kiesweg entdeckte, der neben der Gartenmauer nach hinten führte.

Und so war er heimlich und verstohlen in Shaz' Garten eingedrungen. O Gott, wenn ihn einer erwischt und gefragt hätte, was er denn hier zu suchen habe, hätte er nur noch rote Ohren kriegen und irgendwas zusammenstottern können. Übrigens wäre er um ein Haar tatsächlich auf der Nase gelandet, weil er im Dunkel auf dem Gartenpfad ein paar Stufen übersah. Er konnte sich gerade noch fangen, stand schließlich, nachdem er leise, aber inbrünstig in sich hineingeflucht hatte, vor dem hohen Sprossenfenster ihres Wohnzimmers und schaute, die Augen seitlich mit den Händen gegen den Lichtschein aus der Nachbarwohnung abgeschirmt, durch die Glasscheiben. Fehlanzeige, drin rührte sich nichts.

Dafür ging plötzlich das Licht im oberen Stock an, und er stand mitten in einem hellgelben Viereck. Als ihm klar wurde, daß er für jemanden, der zufällig aus dem Fenster sah, eher wie ein Einbrecher als wie ein Cop aussah, trat er eilends den Rückzug an. Das hätte ihm noch gefehlt, bei der Polizei als Spanner angezeigt zu werden – o Gott, da hätten sich alle die Mäuler zerrissen! *Stellt euch mal vor, einer aus der Profilergruppe ...*

Tief enttäuscht von Shaz' Unzuverlässigkeit war er zu ihrem Stammlokal Shees Mahal getrottet, hatte Kays und Leons Bemerkungen, Shaz habe wohl eine bessere Offerte bekommen, mit säuerlichem Lächeln quittiert und sich mehr und

mehr darauf konzentriert, seinen Ärger mit Lagerbier hinunterzuspülen.
Aber heute, am Montag morgen, war aus seinem Ärger endgültig Besorgnis geworden. Shaz hätte jederzeit einen anderen finden können. Einen, der mehr hermachte. Aber daß sie Paul Bishops Seminar verpaßte, das sah ihr wirklich nicht ähnlich. Er war so in sein Grübeln vertieft, daß Bishops goldene Worte weitgehend ungehört an ihm vorbeirauschten. Als er am allgemeinen Stühlerücken merkte, daß das Seminar offenbar zu Ende war, drängte er sich an den anderen vorbei, um Tony Hill zu suchen.
Er fand ihn in der Kantine, an dem Tisch, den die Gruppe gewöhnlich in der Pause mit Beschlag belegte. »Hätten Sie 'n Augenblick für mich Zeit, Tony?« Heute hätte er mit seiner bekümmerten Miene glatt mit Tony wetteifern können.
»Na klar. Holen Sie sich einen Kaffee, und setzen Sie sich zu mir.«
»Ähm ...« Simon schielte über die Schulter zur Tür. »Die anderen werden gleich hiersein, und ... na ja, es geht sozusagen um was Privates.«
Tony nahm seinen Kaffeebecher und klemmte sich den Aktenordner, in dem er geblättert hatte, unter den Arm. »Dann gehen wir am besten in ein freies Vernehmungszimmer.«
Simon folgte ihm den Flur hinunter, bis sie zu einem Zimmer kamen, über dessen Tür kein rotes Lämpchen brannte. Das Kabuff roch nach Schweiß, schalem Zigarettenrauch und rätselhafterweise nach gebranntem Zucker. Tony setzte sich in einen der Drehstühle und sah Simon, der unruhig auf und ab ging, erwartungsvoll an.
»Es geht um Shaz«, sagte Simon. »Ich mach mir Sorgen um sie. Sie ist heute morgen nicht gekommen, und angerufen oder so was hat sie auch nicht.«
Tony ahnte instinktiv, daß noch irgend etwas anderes dahin-

tersteckte, aber das ging ihn nichts an. »Hm«, machte er, »das sieht ihr allerdings nicht ähnlich. Sie ist sehr gewissenhaft. Aber es kann ja mal was Unvorhergesehenes passiert sein. Vielleicht irgendein Problem in der Familie?«
Simon verzog den Mundwinkel. »Könnte sein«, räumte er zögerlich ein, »nur, dann hätte sie einen von uns angerufen. Sie ist nicht nur gewissenhaft, sie ist besessen. Das wissen Sie genausogut wie ich.«
»Vielleicht hat sie einen Unfall gehabt?«
Genau das Stichwort, auf das Simon gewartet hatte. »Ja, das vermute ich auch. Darum mach ich mir ja Sorgen.«
Tony zuckte die Schultern. »Wenn's ein Unfall war, werden wir's sowieso erfahren. Entweder sie ruft an oder jemand anders.«
Simon knirschte lautlos mit den Zähnen. Nun blieb ihm nichts anderes übrig, er mußte Tony irgendwie klarmachen, daß das Ganze etwas verzwickter war. »Wenn sie einen Unfall hatte, glaube ich nicht, daß das heute morgen war. Wir – ich meine Leon, Kay, Shaz und ich – waren Samstag abend verabredet, wir treffen uns da immer zum Essen. Und Shaz und ich wollten vorher noch einen Drink nehmen. Ich sollte sie zu Hause abholen.« Nachdem er die erste Hürde genommen hatte, fiel es ihm irgendwie leichter, und die nächsten Sätze sprudelten nur so aus ihm heraus. »Ich war also bei ihrer Wohnung, aber da hat sich nichts gerührt. Na, hab ich gedacht, sie hat sich's wohl anders überlegt und ist schon weg oder so. Aber heute ist Montag, und sie ist immer noch nicht aufgetaucht. Da muß was passiert sein, und zwar etwas Ernstes. Sie könnte in der Dusche ausgerutscht und mit dem Kopf aufgeschlagen sein – oder was weiß ich. Oder sie liegt irgendwo im Krankenhaus, und kein Aas weiß, wer sie ist. Meinen Sie nicht auch, daß wir was unternehmen sollten? Wir sind doch ein Team – oder wie?«
Eine dunkle Vorahnung löste in Tony Alarm aus. Simon hat-

te recht. Jemand wie Shaz verschwand nicht zwei Tage von der Bildfläche, ohne etwas von sich hören zu lassen. Er stand auf. »Haben Sie mal bei ihr angerufen?«
»Weiß der Himmel, wie oft. Ihr Anrufbeantworter ist auch abgeschaltet. Darum habe ich ja an einen Unfall zu Hause gedacht. Ich meine: Sie kommt nach Hause, schaltet das Ding ab, und dann passiert was.« Er schnaufte. »Ich weiß, das klingt alles ziemlich albern. Ich komm mir vor wie 'n Teenager, der viel Wirbel um nichts macht.«
Tony legte ihm die Hand auf den Arm. »Nein, ich glaube, Sie haben die Nase, die ein guter Cop braucht. Der riecht es meilenweit, wenn's irgendwo stinkt. Das ist einer der Gründe, warum Sie bei uns in der Gruppe sind. Kommen Sie, wir fahren zu Shaz' Haus und sehen mal, ob wir irgendwas entdecken.«
Im Auto rutschte Simon vor Ungeduld unruhig auf dem Sitz hin und her. Tony merkte, daß es sinnlos gewesen wäre, ein Gespräch anfangen zu wollen. Bis auf ein paar knappe Anweisungen, wo er abbiegen müsse, kam kein Wort über Simons Lippen. Als sie vor dem Haus hielten, war Simon draußen, ehe Tony den Motor abstellen konnte. »Die Vorhänge sind immer noch zugezogen«, stellte er mit finsterer Miene fest, rannte die Stufen hoch und drückte auf die Klingel. Er und Tony hörten deutlich, daß sie anschlug.
»Mh«, meinte Tony, »die Klingel geht jedenfalls.«
Simon ließ den Klingelknopf los. »Wir könnten vom Garten aus an die Wohnung rankommen«, sagte er und war im nächsten Moment auf dem schmalen Pfad, der ums Haus herum zum Gartentor führte. Tony ging ihm nach, aber zu langsam. Er war erst am Tor, als er Simon aufheulen hörte wie einen verletzten Wolf, und sah, wie der junge Polizist auf die Knie sank und sich würgend übergab. Irgend etwas mußte ihn furchtbar geschockt haben.

Und als er vor dem Sprossenfenster stand, sich vorbeugte und einen Blick nach innen warf, war ihm alles klar. Sein Magen erstarrte zu einem Eisklumpen. Was er durch die Scheiben sah, erinnerte auf den ersten Blick mehr an die stümperhafte Kopie eines Stillebens von einem rohen Schinken als an das blutige Werk eines psychopathischen Mörders. Einen Augenblick lang konnte er nur fassungslos in das Zimmer starren.

Er hatte schon viele verstümmelte Leichen gesehen, aber noch nie war ein Mordopfer, das ihm persönlich nahe gestanden hatte, so grauenhaft zugerichtet gewesen. Er fuhr sich mit den Fingern über die Augenbrauen. Jetzt war nicht die Zeit, sich der Trauer hinzugeben. Es gab sicher viele Dinge, die er – und nur er – für Shaz Bowman tun konnte, aber Jammern und Klagen gehörten nicht dazu.

Er atmete tief ein und drehte sich zu Simon um. »Geben Sie das an die Kripo durch. Dann sichern Sie vor dem Haus den Tatort, bis die Mordkommission eintrifft.«

Simon sah ihn mit leidenden Hundeaugen an. »Ist das Shaz?«

Tony nickte. »Ja, das ist Shaz. Tun Sie jetzt, was ich Ihnen gesagt habe, Simon. Und sichern Sie den Hauseingang. Wir brauchen so schnell wie möglich Verstärkung.«

Er wartete, bis Simon wie ein Betrunkener den Gartenweg hinuntertaumelte, dann drehte er sich um und starrte wieder durch das Fenster auf Shaz' verstümmelte Leiche. Er hätte viel dafür gegeben, näher an die Tote heranzukommen, um die Szene in allen grauenhaften Details in sich aufzunehmen, ehe andere dabeistanden. Aber er wußte zu gut, wie schnell man an einem Tatort Spuren verwischen kann, um den Gedanken an das Sprossenfenster zu Ende zu denken.

Er mußte sich mit dem begnügen, was von draußen zu erkennen war. Für viele wäre es mehr gewesen, als sie sehen wollten, für ihn aber war es ein quälend bruchstückhaftes

Bild. Zuerst mußte er vergessen, daß die Tote Shaz Bowman war, damit er das Szenario emotionslos, mit innerem Abstand und kühlem, analytischem Verstand in sich aufnehmen konnte. Und wenn er den Officern der Mordkommission von Nutzen sein wollte, mußte er das. Nach ein paar Sekunden fiel es ihm tatsächlich etwas leichter, das Bild der gräßlichen Szenerie nicht mehr mit Shaz zu verbinden. Was wohl auch damit zusammenhing, daß der verstümmelte Kopf, der über die Stuhllehne hinausragte, kaum noch Ähnlichkeit mit einem menschlichen Wesen aufwies.
Da, wo früher die blauen Augen mit dem zwingenden Blick gewesen waren, sah er nur noch dunkle Höhlen. Rausgedrückt, dachte er mit einer Nüchternheit, die ihn vor ein paar Jahren noch selbst erschreckt hätte. Die abgerissenen Adern, die wie Fäden aus den leeren Höhlen hingen, ließen keinen anderen Schluß zu. Die Spuren angetrockneten Bluts verwandelten das Gesicht in eine bizarre Maske. Der Mund sah aus wie ein verformter, in allen Schattierungen von Rot und Pink bemalter Klumpen Plastikmasse. Es gab keine Ohren mehr. Ein Gewirr aus seltsam starren Haarbüscheln verdeckte die Wunden. Es mußte viel Blut geflossen sein, bevor das Haar so verkrusten konnte.
Tonys Blick glitt nach unten. An der Brust hing ein Blatt Papier, angesteckt oder festgeklebt. Die Worte konnte er nicht lesen, dazu war er zu weit weg, aber die Zeichnung erkannte er sofort. Die drei weisen Affen. Ein eisiges Schaudern durchlief ihn vom Kopf bis in die Zehen. Für eine endgültige Festlegung war es zu früh, aber dem Augenschein nach hatten sie es nicht mit einem Sexualmord zu tun. Der Schlüssel zu diesem kühl berechneten Verbrechen lag in dem weisen Rat der drei Affen. Das Motiv war nicht sexuelle Lust. Shaz war nicht zufällig ins Visier eines geistesgestörten, wildfremden Mörders geraten. Nein, das hier war eine Hinrichtung.

»Du hast das nicht aus Lust getan«, murmelte er in sich hinein, »du wolltest ihr eine Lektion erteilen. Und uns ebenfalls. Du willst uns mitteilen, daß du besser bist als wir. Du spielst dich auf, grinst uns hochmütig an, weil du überzeugt bist, daß wir dir nie etwas anhängen können. Und du willst uns sagen, daß wir unsere Nasen nicht in deine Angelegenheiten stekken sollen. Ich hab dich durchschaut, du arroganter Bastard.«

Das Szenario offenbarte Tony Dinge, die einem Police Officer verborgen bleiben mußten, weil der gewöhnt war, sich an objektiv feststellbaren Spuren und Beweisen zu orientieren. Ein Psychologe sah etwas anderes: den messerscharfen, zielorientierten Verstand des Täters. Das war eiskalter Mord, nicht das im sexuellen Rausch begangene Werk eines Wahnsinnigen. Woraus Tony den Schluß zog, daß der Mörder in Shaz Bowman eine Bedrohung gesehen hatte. Darum war er so brutal, kalt und methodisch vorgegangen. Noch ehe die Mordkommission eintraf, hätte er den Männern sagen können, daß sie keine Spuren finden würden, die sie zum Täter führen konnten. Die Aufklärung dieses Falles mußte im Kopf erfolgen, nicht im forensischen Labor. »Du bist gut«, murmelte er grimmig in sich hinein, »aber ich werde besser sein.«

Als das Heulen der Polizeisirenen näher kam, nahm Tony noch einmal die Details des Szenarios in sich auf. Und als es nichts mehr gab, was noch nicht in ihm gespeichert war, wandte er sich um und ging vors Haus. Es wurde Zeit, daß er sich um Simon kümmerte.

»Das wär ja wohl nicht so verdammt eilig gewesen«, knurrte der Polizeiarzt, öffnete seine Tasche und nahm ein Paar Latexhandschuhe heraus. »Bei dem Zustand, in dem sie ist, wär's auf eine Stunde mehr oder weniger auch nicht mehr angekommen. Lebendig machen kann ich sie sowieso nicht mehr, oder? Der verdammte Piepser ist der Fluch meines Lebens.«

Tony hätte ihm am liebsten eine runtergehauen. »Sie war Police Officer«, sagte er scharf.

Der Arzt blinzelte ihn an. »Wir kennen uns noch nicht, oder? Sind Sie neu hier?«

»Dr. Hill arbeitet für das Innenministerium«, antwortete der Leiter der Mordkommission. »Er bildet die neue NOP Task Force aus. Das Mädchen hat zu seiner Profilergruppe gehört.«

»Für mich sind die Opfer eines wie's andere«, sagte der Arzt trocken. »Ich tu dasselbe für sie, was ich für jedes Yorkshiremädchen täte.«

Tony stand vor dem offenen Sprossenfenster auf der Terrasse, den Blick ins Zimmers gerichtet, wo ein Fotograf und die Männer der Mordkommission ihrer Routinearbeit nachgingen. Er brachte es einfach nicht fertig zu vergessen, daß es hier um Shaz Bowman ging. Und für ihn war sie eben immer noch die blitzgescheite, hellwache junge Frau aus seiner Gruppe. Was ihn nur in seiner Entschlossenheit bestärkte, den Mörder zur Strecke zu bringen.

Simon hat's schlimm getroffen, dachte er. Mit fleckigem Gesicht und am ganzen Leib zitternd, war er in den Polizeiwagen gestiegen; die Kripoleute wollten ihn wegen der Ereignisse seit Samstag abend vernehmen. Tony ahnte, was in ihren Köpfen vorging. Es sollte ihn nicht wundern, wenn sie in dem armen Simon fürs erste den Hauptverdächtigen sahen. Das mußte er unbedingt so bald wie möglich zurechtrücken.

Der Leiter der Mordkommission kam zu ihm nach draußen. Ein Detective Inspector, den Namen hatte Tony vergessen.

»Ein elendes Blutbad«, murmelte er grimmig.

»Sie war eine gute Polizistin«, murmelte Tony zurück.

»Wir kriegen den Saukerl«, versprach ihm der DI, »da machen Sie sich mal keine Sorgen.«
»Ich würde Ihnen gern dabei helfen.«
Der DI hob die Augenbrauen. »Das habe ich nicht zu entscheiden. Es geht ja nicht um einen Serienmörder. So ein scheußliches Gemetzel ist uns hier, Gott sei Dank, noch nicht untergekommen.«
Es kostete Tony Mühe, sich den Frust nicht anmerken zu lassen. »Inspector, das war keiner, der seinen ersten Mord begeht. Der Kerl war Experte. Kann sein, daß er in Ihrem Dienstbereich noch nicht zugeschlagen oder bei früheren Morden nicht präzise dieselbe Methode benutzt hat, aber ein Amateur war hier mit Sicherheit nicht am Werk.«
Sie wurden unterbrochen, der Polizeiarzt war fertig mit seiner Arbeit. »Tja, also – sie ist definitiv tot, Colin.«
Mit einem verstohlenen Blick auf Tony sagte der Leiter der Mordkommission: »Ersparen Sie uns dieses eine Mal Ihren makabren Humor, Doc. Haben Sie eine Vorstellung, wann?«
»Fragen Sie Ihren Pathologen, Inspector Wharton.« Nun war er eingeschnappt.
»Das werde ich tun. Aber könnten Sie mir einstweilen wenigstens eine ungefähre Vorstellung geben?«
Der Arzt zog die Latexhandschuhe aus. »Montag, Lunchtime ... tja, irgendwann zwischen sieben Uhr Samstag abend und vier Uhr Sonntag morgen. Abhängig davon, ob die Heizung an war und von wann bis wann.«
DI Colin Wharton seufzte. »Verdammt langes Zeitfenster. Können Sie's nicht genauer sagen?«
»Ich bin Arzt, kein Hellseher«, blaffte der Arzt ihn an. »Und nun gehe ich, wenn Sie nichts dagegen einzuwenden haben, wieder Golf spielen. Bis morgen früh haben Sie meinen Bericht.«
Tonylegte ihm die Hand auf den Arm. »Doktor, ich könnte

gut etwas Hilfe brauchen. Ich weiß, es ist nicht Ihre Aufgabe, die exakte Todeszeit festzulegen, aber Sie haben sicher langjährige Erfahrung in solchen Dingen.« Schmeichelei konnte nie schaden. »Diese Verletzungen – sind ihr die post mortem zugefügt worden, oder hat sie noch gelebt?«
Der Arzt schürzte die vollen roten Lippen und sah nachdenklich auf die Leiche. Er kam Tony vor wie ein Schuljunge, der überlegt, was für ihn dabei rausspringt, wenn er einen Schulkameraden verpfeift. »Teils, teils, würd ich sagen. Bei den Augen hat sie noch gelebt, denke ich. Muß einen Knebel im Mund gehabt haben, sonst hätte sie halb Leeds zusammengeschrien. Vermutlich ist sie danach ohnmächtig geworden, eine Kombination aus Schock und Schmerz. Er hat ihr irgendwas zu schlucken gegeben, was sie umgebracht hat. Bei der Obduktion wird man feststellen, daß ihre Atemwege verätzt wurden, darauf würde ich meine Pension wetten. Dem starken Blutverlust nach müßte sie, als er ihr die Ohren abgeschnitten hat, nahe dem Tode gewesen sein. Ein präziser, sehr scharfer Schnitt. Kein Pfusch, wie man das üblicherweise bei Verstümmelungen antrifft. Wenn er klarmachen wollte, daß er auf die drei Affen anspielt, ist ihm das gelungen.« Er nickte Tony und Wharton zu. »So, ich bin weg, den Rest überlaß ich Ihnen. Und ich drück Ihnen die Daumen, daß Sie ihn finden. Der Kerl ist irre, den muß man aus dem Verkehr ziehen.« Und damit ging er davon.
Wharton sah ihm kopfschüttelnd nach. »Dieser Bursche hat die miserabelsten Manieren im ganzen West Riding. Tut mir leid, daß Sie das miterleben mußten.«
Tony winkte ab. »Schönreden hätte nichts daran geändert, daß jemand Shaz Bowman regelrecht zerstückelt hat und daß er wollte, daß wir wissen, warum.«
DI Wharton sah ihn irritiert an. »Hab ich da irgendwas nicht mitgekriegt? Was meinen Sie mit: wissen, warum?«

»Sie haben ja die Zeichnung gesehen. Nichts Böses sehen, hören und sagen – die drei weisen Affen. Der Kerl hat ihr die Augen, die Ohren und den Mund verstümmelt. Das sagt alles.«

Wharton zuckte die Achseln. »Entweder war's ihr Freund, dann ist der durchgeknallt, oder es kann uns egal sein, was irgendeinem irren Scheißkerl durch den Kopf gegangen ist. Oder es war ein Verrückter, der uns sagen wollte, daß wir die Nase nicht in seine Angelegenheiten stecken und ihn in Ruhe lassen sollen.«

»Glauben Sie nicht, daß es dem Mörder speziell darum gegangen sein kann, uns wissen zu lassen, daß DC Shaz Bowman die Nase zu tief in seine Angelegenheiten gesteckt hat?« fragte Tony.

»Ich wüßte nicht, wieso. Sie hat doch hier in der Gegend nie an einem Fall mitgearbeitet. Also kann sie auch keinem Verrückten in die Quere gekommen sein.«

»Wir bearbeiten keine aktuellen Fälle, aber wir benutzen zu Übungszwecken echte Fälle von früher. Shaz hat neulich eine These vorgetragen, der zufolge ein Serienmörder ...«

»Diese Jacko-Vance-Geschichte?« fiel ihm der DI höhnisch ins Wort. »Da haben wir uns alle vor Lachen den Bauch gehalten. Das war doch ein Witz. Jacko Vance als Serienmörder!«

Tony runzelte die Stirn. »Woher wissen Sie überhaupt was davon? Das war nur intern für unsere Gruppe bestimmt.«

»Ach, kommen Sie, Doc, so was bleibt nicht geheim. Demnächst kommt uns einer mit der These, daß die Queen Mum die Massenmörderin war.« Er grinste breit. »Nein, früher oder später werden Sie einsehen müssen, daß Sie sich mit Shaz' Freund den falschen Mann ins Boot geholt haben.« Er hob bedeutsam die Augenbrauen. »Sie werden nicht bestreiten, daß sich in neun von zehn Fällen herausstellt, daß der-

jenige, der das Opfer gevögelt hat, es auch später umgebracht hat. Wobei in diesem Fall dazukommt, daß er ganz zufällig auch derjenige war, der die Leiche entdeckt hat.«
Tony schnaubte spöttisch. »Wenn Sie glauben, Simon wäre der Mörder, sind Sie auf dem Holzweg. Er war's nicht.«
Wharton zog mit den Zähnen eine Marlboro aus der Packung und zündete sie mit einem Wegwerffeuerzeug an. »Ich hab mal oben in Manchester einen Vortrag von Ihnen gehört. Da haben Sie gesagt, die besten Jäger wären die, die sich am ehesten in ihr Jagdwild hineindenken können. Zwei Seiten derselben Münze, haben Sie gesagt. Ich schätze, Sie hatten recht. Nur, diesmal ist einer Ihrer eigenen Jäger zur Laus im Pelz geworden.«

Jacko beendete das Gespräch mit seinem Agenten und drückte auf die Fernbedienung des Fernsehers. Noch war seine Frau im Bild, die Umschaltpause zu den *Schlagzeilen am Mittag.* Ja – da kamen sie ja schon. Immer noch nichts. Na gut, je länger es dauerte, um so besser. Je weniger exakt der Pathologe den Zeitpunkt des Todes bestimmen konnte, um so schwerer hatten es die Cops, einen Zusammenhang zwischen ihrem Tod und dem Umstand zu sehen, daß die blöde Kuh bei ihm zu Hause aufgekreuzt war. Als er den Fernseher ausschaltete und sich wieder dem Text zuwandte, der vor ihm lag, ging ihm einen Augenblick lang die Frage durch den Kopf, was man wohl für ein Leben führen müsse, um an dessen Ende tagelang tot herumzuliegen, ohne daß irgend jemand Notiz davon nahm. Bekannten Leuten wie ihm konnte so was gottlob nicht passieren.
Obwohl, daran allein lag es nicht. Sogar seiner Mutter wäre es, als er noch ein Kind war, aufgefallen, wenn er verschwunden wäre. Kann sein, daß es ihr nicht unrecht gewesen wäre, trotzdem, bemerkt hätte sie's. Wie wohl Donna Doyles Mut-

ter auf deren Verschwinden reagiert hatte? In den Nachrichten hatten sie nichts darüber gebracht, aber das war ja in den früheren Fällen genauso gewesen.
O ja, er hatte sie alle dafür bezahlen lassen, was eine von ihnen ihm angetan hatte. Schade, daß er sich nicht die vornehmen konnte, die es wirklich verdient hätte. Das ging nicht, denn da wäre der Verdacht sofort auf ihn gefallen. Aber er fand überall Ersatz-Jillies. Mädchen, die genauso reif und zart aussahen wie sie, als er sie zum ersten Mal flachgelegt und ihr – wie heißt es immer so schön? – mit der Kraft seiner Lenden das Jungfernhäutchen aufgesprengt hatte. Jetzt ließ er die anderen spüren, was er durchgemacht und was Jillie, die treulose Schlampe, nie verstanden hatte. Die Mädchen, die er sich jetzt holte, konnten ihn nicht so einfach sitzenlassen, für sie war er der Herr über Leben und Tod. Sie mußten Jillies Schuld abtragen, wieder und wieder.
Früher hatte er geglaubt, ihr Ersatztod werde ihn irgendwann versöhnen mit dem, was ihm angetan worden war. Aber das Gefühl der Erlösung hielt nie lange an. Er mußte es immer wieder tun.
Wirklich ein Glück, daß er eine so kunstvolle Methode entwickelt hatte. Darum war ihm ja in all den Jahren niemand auf die Spur gekommen. Bis zu dem Tag, an dem ihm diese verbiesterte Einzelgängerin auf die Pelle gerückt war. Nun ja, die Bowman hatte er auf andere Art bezahlen lassen. Und doch war auch ihr Tod auf seine Art befriedigend gewesen. Vielleicht sollte er überhaupt mal ein wenig Abwechslung ins Spiel bringen. Man darf sich nie sklavisch an Routine klammern.

Tony nahm bei jedem Schritt zwei Stufen auf einmal. Er war zornig und frustriert, weil ihm niemand erlauben wollte, mit Simon zu reden. Colin Wharton verschanzte sich hinter der

Ausrede, es läge nicht in seinem Ermessen, bei einem Mordfall über eine Zusammenarbeit mit Dritten zu entscheiden. Paul Bishop war wieder mal nicht zu erreichen, er hatte ein besonderes Geschick dafür, genau dann, wenn man ihn dringend brauchte, irgendwo an Besprechungen teilzunehmen. Und McCormick, der Divisional Chief Superintendent, bedauerte, Tony wegen angeblich dringender anderer Termine nicht empfangen zu können.
In der Erwartung, wenigstens die drei verbliebenen Angehörigen seiner Gruppe anzutreffen, stieß er die Tür zum Seminarraum auf. Carol Jordan sah von ihrem mitgebrachten Aktenstapel hoch. »Ich dachte schon, ich hätte mich im Datum geirrt.«
»Ach, Carol.« Tony ließ sich seufzend auf den nächsten Drehstuhl fallen. »Ich hab völlig vergessen, daß Sie heute nachmittag zu uns kommen wollten.«
»Sieht so aus, als wären Sie nicht der einzige.« Sie deutete auf die leeren Stühle. »Wo stecken die anderen? Die können doch nicht alle schwänzen?«
Tony sah sie gequält an. »Hat Ihnen denn keiner was gesagt?«
»Wieso? Was ist passiert?« Ein ungutes Gefühl beschlich Carol. Irgend etwas mußte Tony mächtig geärgert haben.
»Erinnern Sie sich an Shaz Bowman?«
Carol nickte. »Natürlich. Diese zwingenden blauen Augen vergißt man so schnell nicht.«
Tony zuckte zusammen. »Jetzt können Sie sie vergessen.«
»Was ist denn los?« Sie roch Unheil, dachte dabei aber immer noch an Tony, nicht an Shaz.
Er schluckte, schloß die Augen, sah im Geiste Shaz' verstümmelte Leiche vor sich und mußte sich zwingen, seine Gefühle einigermaßen unter Kontrolle zu halten. »Sie ist einem Psychopathen zum Opfer gefallen. Einem Kerl, der's spaßig fand, ihr die blauen Augen auszudrücken, die Ohren, die im-

mer so genau hingehört haben, abzuschneiden und ihr eine ätzende Flüssigkeit einzuflößen, bis ihr Mund, aus dem wir soviel Gescheites gehört haben, aussah wie ein Klumpen grell angemalte Knetmasse. Sie ist tot, Carol. Shaz Bowman ist tot.«

Carols Lippen öffneten sich ungläubig. »Nein«, hauchte sie. In dem Blick, mit dem sie Tony anstarrte, mischten sich Entsetzen und Erschrecken. Sie blickte lange stumm vor sich hin. Dann stellte sie die Frage, die man ihr vor vielen Jahren an der Polizeischule beigebracht hatte: »Warum?«

»Der Mörder hat ihr einen Computerausdruck ans Jackett geheftet. Eine Zeichnung und den Auszug aus einem Nachschlagewerk über die drei weisen Affen«, sagte Tony.

In Carols Augen schien eine Ahnung aufzuschimmern, aber dann hob sie irritiert die Augenbrauen. »Sie glauben doch nicht etwa ... Ich meine, diese These, die sie neulich vorgetragen hat ... Damit kann es doch nichts zu tun haben, oder?«

Tony rieb sich mit den Fingerspitzen die Stirn. »Womit denn sonst? Der einzige aktuelle Fall, mit dem wir uns beschäftigen, ist die Sache mit Ihrem Brandstifter. Und ich habe noch nie von einem Feuerteufel gehört, der jemanden umbringt, um anderen eine Warnung zukommen zu lassen.«

»Aber Jacko Vance.« Carol schüttelte den Kopf. »Das glauben Sie doch selber nicht. Der Mann, den alle Großmütter von Land's End bis John O'Groats lieben? Ich kenne Frauen, die ihn für genauso sexy wie Sean Connery halten.«

»Und Sie?« fragte Tony. Und als er merkte, daß sich das mißverständlich anhörte, fügte er rasch hinzu: »Was glauben Sie?«

Carol dachte einen Moment nach, sie wollte nichts sagen, was Tony falsch verstehen konnte. »Nun, ich würd ihm nicht über den Weg trauen, dafür ist er mir zu glatt. Man kann ihn nicht greifen. Er gibt sich charmant, herzlich und verständ-

nisvoll, aber wenn ihn jemand auf irgend etwas festnageln will, was er früher mal gesagt hat ...«
»Jedenfalls hätten Sie bei ihm nie an einen Serienmörder gedacht«, fiel Tony ihr ins Wort. »Ich auch nicht. Es gibt Leute, die genauso im Licht der Öffentlichkeit stehen wie er, bei denen wir nicht allzu überrascht wären, wenn sich irgendwann herausstellen sollte, daß sie ein paar Morde auf dem Kerbholz haben. Aber zu denen gehört Jacko Vance nicht.«
Sie sahen einander lange stumm an. Schließlich sagte Carol: »Er muß es ja nicht selber sein. Es könnte jemand aus seinem Team sein. Sein Fahrer, einer, der für ihn Recherchen für seine Sendung anstellt oder ein Bodyguard. Einer von denen, die dauernd um ihn herumturnen. Ein – wie nennen Sie die?«
»Laufbursche.«
»Genau. Einer seiner Laufburschen.«
»Aber das beantwortet noch nicht Ihre Frage nach dem Warum.« Tony stemmte sich aus seinem Drehstuhl hoch und ging mit großen Schritten auf und ab. »Ich kann mir nicht vorstellen, daß etwas, was Shaz hier in diesem Raum gesagt hat, bis in die engste Umgebung von Jacko Vance durchgesickert sein könnte. Woher soll also jemand aus Vance' Team – unser theoretischer Mörder – gewußt haben, daß Shaz hinter ihm her war?«
Carol schwang ihren Stuhl herum, so daß sie Tony, während er hinter ihr auf und ab ging, ansehen konnte. »Shaz war eine von den Mädchen, die nicht so schnell lockerlassen. Ich glaube, sie war entschlossen, der Sache auf den Grund zu gehen. Und dadurch hat sie ihren Mörder irgendwie auf sich aufmerksam gemacht.«
Tony blieb stehen. »Wissen Sie eigentlich ...« Weiter kam er nicht. Die Tür flog auf, Detective Chief Superintendent Dou-

gal McCormicks breite Schultern schoben sich in den Türrahmen.
Ein Mann, dem man den Aberdonian auf den ersten Blick ansah. Sein massiges Kreuz, die in die Stirn fallenden, schwarzen Kräusellocken, die wäßrigen dunklen Augen, die breiten Wangenknochen, die die fleischige Nase nach innen zu drücken schienen – sein Äußeres erinnerte unwillkürlich an die schwarzen Aberdeen-Angus-Rinder seiner Heimat. Das einzig Verblüffende war seine hohe Stimme. Statt eines mächtigen, tief aus der Brust aufsteigenden Grollens, auf das jeder wartete, fragte er in melodisch hellem Tenor: »Dr. Hill?« Er drückte, ohne sich umzudrehen, die Tür hinter sich zu, musterte Carol fragend und sah wieder Tony an.
»DCS McCormick – DCI Carol Jordan von der Dienststelle East Yorkshire«, beantwortete Tony McCormicks unausgesprochene Frage. »Wir unterstützen DCI Jordan bei den Ermittlungen in einer Serie von Brandstiftungen.«
Carol stand auf. »Ich freue mich, Sie kennenzulernen, Sir.«
McCormick nickte flüchtig. »Wenn Sie uns bitte entschuldigen wollen? Ich habe etwas mit Dr. Hill zu besprechen.«
»Ich warte unten in der Kantine«, sagte Carol zu Tony.
»Warten Sie lieber draußen auf dem Parkplatz«, riet ihr McCormick. »Dr. Hill wird das Dienstgebäude verlassen.«
Carols Augen weiteten sich, aber sie sagte lediglich: »Ganz wie Sie meinen, Sir. Ich warte also draußen, Tony.«
Sobald sich die Tür hinter Carol geschlossen hatte, fuhr Tony herum. »Wie habe ich das zu verstehen, Mr. McCormick?«
»So wie ich's gesagt habe. Ich bin der Dienststellenleiter, und ich lasse einen Mord untersuchen. Ein weiblicher Police Officer ist ... ist verstümmelt worden. Es ist meine Aufgabe, den Täter zu finden. Es gibt keinerlei Anzeichen für ein gewaltsames Eindringen in Sharon Bowmans Wohnung, und sie war nach allem, was ich gehört habe, kein leichtsinniges

Dummchen. Und soweit ich weiß, hat Sharon Bowman in Leeds niemanden außer Ihnen und Ihren Leuten näher gekannt.«

»Shaz«, murmelte Tony. »Sie wollte nicht Sharon genannt werden, sondern Shaz.«

»Das dürfte wohl jetzt keine Bedeutung mehr haben«, kanzelte McCormick ihn ab. »Der entscheidende Punkt ist, daß sie außer Ihnen und Ihren Leuten niemand hereingelassen hätte. Daher wünsche ich nicht, daß Sie und Ihre Leute untereinander über den Fall sprechen, bis meine Officer Gelegenheit hatten, jeden von Ihnen zu vernehmen. Die Angehörigen der Task Force sind bis auf weiteres vom Dienst suspendiert. Es ist ihnen untersagt, die Dienststelle zu betreten und untereinander Kontakt aufzunehmen. Mit Commander Bishop und dem Innenministerium habe ich mich bereits abgestimmt, sie billigen mein Vorgehen. Ist das klar?«

Tony schüttelte den Kopf. Das durfte alles nicht wahr sein. Shaz war tot, und nun hängte McCormick seiner Gruppe – den einzigen, die der Mordkommission brauchbare Hinweise geben konnten – einen Maulkorb um. »Bei großzügiger Auslegung Ihrer Kompetenzen könnte ich akzeptieren, daß Sie die Befugnis haben, den Angehörigen der Gruppe derartige Anweisungen zu geben. Aber mir nicht, McCormick, ich bin kein Police Officer und Ihnen nicht unterstellt. Sie sollten, statt uns Steine in den Weg zu legen, unsere speziellen Erfahrungen nutzen. Wir können Ihnen helfen. Mein Gott, kapieren Sie das nicht?«

»Helfen?« fragte McCormick aufgebracht. »Wie denn? Mir sind da etwas seltsame Fantastereien zu Ohren gekommen. Meine Männer orientieren sich an Spuren, nicht an Witzen. Und das mit Jacko Vance kann ja wohl nur ein Witz sein. Es gibt eine Art von Hilfe, die ich als eher hinderlich betrachte.

Ich möchte, daß Sie das Dienstgebäude sofort verlassen und meinen Leuten keinen Ärger machen. Morgen früh um zehn melden Sie sich hier, dann werden meine Officer Sie zum Fall Sharon Bowman vernehmen. Habe ich mich klar ausgedrückt, Dr. Hill?«
»Hören Sie, ich kann Ihnen wirklich helfen. Ich verstehe die Psyche von Mördern, ich weiß, warum sie das tun, was sie tun.«
»Das ist nicht schwer zu erraten. Die haben ein krankes Gehirn, das ist alles.«
»Das schon, aber jedes Mördergehirn ist auf eine andere Weise krank«, sagte Tony. »Dieser Fall, zum Beispiel – ich wette, der Mörder hat sie nicht sexuell attackiert. Habe ich recht?«
McCormick runzelte die Stirn. »Woher wissen Sie das?«
»Ich *weiß* es nicht im üblichen Sinne des Wortes.« Tony redete immer eindringlicher auf ihn ein. »Ich weiß es, weil ich aus dem Szenario am Tatort Dinge herauslesen kann, die Ihre Männer nicht herauslesen. Das war kein spontaner Lustmord, Superintendent, hier ging's dem Mörder darum, uns eine Botschaft zu übermitteln. Und das deutet darauf hin, daß er sich uns himmelhoch überlegen fühlt. Er ist sicher, daß wir ihn nie schnappen. Aber ich kann Ihnen helfen, ihn zu schnappen.«
McCormick schüttelte den Kopf. »Sie haben irgendwo irgendwas aufgeschnappt, und nun machen Sie flugs eine hochtrabende Theorie daraus. Aber das überzeugt mich nicht. Es bleibt dabei, Ihre Mitarbeit in meinem Dienstbereich ist unerwünscht. Ihre Vorgesetzten im Innenministerium haben dieser Entscheidung bereits zugestimmt. Und nun darf ich Sie bitten zu gehen.«
Tony wußte, daß er die Schlacht – zumindest hier und heute – verloren hatte. Er biß sich auf die Lippen, nahm sämtli-

che Unterlagen über die Fälle der vermißten Teenager aus dem Schrank, verstaute sie in der Aktentasche und ging wortlos aus dem Seminarraum. Überall auf den Fluren begegnete er den stummen Blicken der Officer. Er war froh, daß Carol diesen Spießrutenlauf nicht miterlebte. Sie hätte nicht so ruhig und gelassen darauf reagiert. Aber scheinbare Gelassenheit war jetzt seine einzige Waffe.

Als die Außentür hinter ihm zufiel, hörte er noch irgend jemanden – die Stimme erkannte er nicht wieder – hinter sich rufen: »Ein Glück, daß wir den Kerl los sind.«

Sooft sie ein paar Minuten aus dem Meer der Schmerzen auftauchte, dachte Donna Doyle über ihr kurzes Leben nach. Nichts bedauerte sie so wie das blinde Vertrauen, das sie hierhergebracht hatte. Ein Schritt hin zu dem vermeintlich goldenen Regenbogen, zu einer Erlösung, die genauso trügerisch war wie die, von der der Priester jeden Sonntag erzählte. Sie hatte mal an die Chance geglaubt, ein Star zu werden. Ein furchtbarer Irrtum.

Es war nicht fair. Sie hatte das alles ja nicht nur für sich gewollt. Mit dem Ruhm wäre das Geld gekommen, und mit dem Geld hätte Mum nicht mehr so schuften und jeden Penny zweimal umdrehen müssen wie seit Dads Tod. Donna hatte sie damit überraschen wollen. Aber daraus wurde nun nichts. Selbst wenn sie je wieder hier herauskam, selbst wenn sie rechtzeitig gefunden wurde, der Traum vom Star war ausgeträumt.

Sie konnten sie immer noch finden, sagte sie sich und redete sich ein, daß das nicht nur wie Pfeifen im Dunkeln wäre. Natürlich suchten sie nach ihr. Ihre Mum war zur Polizei gegangen, in den Zeitungen war ihr Foto gewesen, vielleicht auch im Fernsehen. Überall im Land gab es Leute, die sie gesehen hatten und sich an sie erinnern würden. Die vielen Leute im Zug. Die, die mit ihr in Five Walls ausgestiegen waren. Einer mußte sich an sie erinnern. Wo sie doch so schick ausgesehen hatte. Die Polizei kam bestimmt bald dahinter, wem der Land Rover gehörte, in den sie eingestiegen war. Oder etwa nicht?

Sie wimmerte leise in sich hinein. Tief im Herzen wußte sie, daß sie nie wieder woanders liegen würde als hier. Es war – wie sagt man da? – ihre letzte Ruhestätte. Und da fing Donna Doyle in ihrem Grab zu weinen an.

Tony saß nach vorn gebeugt im Lehnsessel und starrte ins flackernde Gasgelb des falschen Kaminfeuers. Vor ihm stand noch immer das Glas Bier, das Carol ihm gebracht hatte, als er gekommen war. Ausreden hatte sie nicht gelten lassen, es war ja nur eine Stunde auf der Schnellstraße bis zu den Vororten von Seaford. Er stand unter Schock, er mußte sich irgendwo aussprechen können. Und sie brauchte seinen Rat in der Sache mit dem Brandstifter. Sie mußte einen Kater füttern, er nicht, also konnten sie sich nur bei ihr treffen.
Und nun saßen sie da und hatten, seit er gekommen war, kaum ein Wort geredet. Er starrte in die Flammen, sah aber im Geiste das Bild der toten Shaz Bowman vor sich. Carol hatte ihn in Ruhe gelassen und die Zeit genutzt, um den vorbereiteten Auflauf aus Hühnerbrüstchen, Kartoffeln, kleingehackten Zwiebeln und einer Fertigsoße in den Herd zu schieben und anschließend oben im Gästezimmer das Bett zu beziehen. Obwohl sie sich nicht der Illusion hingab, heute irgend etwas von Tony erwarten zu können.
Sie schenkte sich einen großen Gin-Tonic ein, gab zwei tiefgefrorene Lemonenscheiben dazu, ging ins Wohnzimmer und setzte sich – mit untergeschlagenen Beinen, Nelson lag auf dem Hirtenteppich zwischen ihnen – in den Lehnsessel ihm gegenüber.
Tony sah hoch und brachte ein verhuschtes Lächeln zustande. »Danke für den Frieden und die Stille. Das Ambiente Ihres Cottages ist genau das, was ich heute brauche.«
»Ich bin froh, daß es Ihnen gefällt. Mir auch, deshalb habe ich's ja gekauft. Und wegen der Aussicht.«

»Ich … ich werde das Bild nicht los«, sagte er. »Ich stelle mir das immer wieder vor. Wie er sie fesselt und knebelt, in dem Wissen, daß sie nicht lebend davonkommt. Dabei weiß er nicht mal, was und wieviel sie weiß.«

»Was immer das gewesen ist«, sagte Carol. »Ich nehme an, das läßt in Ihnen alles wieder lebendig werden.«

Tony nickte. Dabei wünschte er sich nichts so sehr, als die Erinnerungen loszuwerden. Nur, der Versuch, alles zu vergessen, war manchmal genauso quälend wie das Erleben. »Carol«, sagte er unvermittelt, »Sie sind Detective. Sie haben dabeigesessen, als Shaz ihr Ergebnis zu meiner Übungsaufgabe vorgetragen hat. Und Sie haben gehört, was die anderen dazu gesagt haben. Versetzen Sie sich in Shaz' Lage. Stellen Sie sich vor, Sie stünden noch ganz am Anfang Ihrer Karriere und müßten noch beweisen, was in Ihnen steckt. Denken Sie nicht lange nach, antworten Sie einfach aus dem Bauch heraus. Wie hätten Sie an Shaz' Stelle reagiert?«

»Ich hätte beweisen wollen, daß ich recht habe und ihr alle unrecht habt.«

»Geschenkt, das ist klar«, sagte Tony ungeduldig, »aber wie hätten Sie das bewiesen? Was hätten Sie konkret getan?«

Carol nahm einen Schluck von ihrem Drink. »Ich weiß, was ich jetzt tun würde. Ein Team zusammenstellen, zwei, drei Officer, und auf die Fälle dieser verschwundenen Teenager ansetzen. Weit zurück in die Vergangenheit gehen. Mit Freunden und den Familien reden. Herausfinden, ob die vermißten Mädchen Fans von Jacko Vance waren. Ob sie bei seiner Veranstaltung waren. Und wer mit ihnen dort gewesen war. Und ob dem Freund oder der Freundin irgend etwas aufgefallen ist.«

»Dafür hatte Shaz weder die Zeit noch die Leute. Stellen Sie sich vor, Sie sind jung und ehrgeizig. Was tun Sie?«

»Dann muß ich versuchen, sämtliche Aktivposten einzuset-

zen«, sagte Carol. »Und ein paar Beziehungen spielen lassen.«
Tony nickte ihr aufmunternd zu. »Und was heißt das?«
»Viel Lauferei, mit den richtigen Leuten reden. Das Bäumchen schütteln, bis ich sehe, was runterfällt.«
»Ein wenig genauer«, verlangte Tony.
»Nun, ich war seinerzeit mit einer Journalistin befreundet. Der hätte ich eine Story untergejubelt, die sich für den Mörder anders lesen mußte als für Hinz und Kunz. Nur, Shaz hatte anscheinend keine solchen Beziehungen. Oder sie hat sie nicht genutzt. Aber eines hätte ich an ihrer Stelle mit Sicherheit versucht: in Kontakt mit dem Verdächtigen zu kommen.«
Tony lehnte sich zurück und trank einen Schluck Bier. »Gut, daß Sie's sind, die das sagt. Ich hab jedesmal Hemmungen, bei einer Ermittlung so eine Vermutung zu äußern, weil ich ahne, daß die Officer mich auslachen und mir sagen, daß niemand von ihnen so unbedacht sein Leben und seine Karriere aufs Spiel setzen würde.«
»Sie glauben, sie ist in Kontakt mit Jacko Vance getreten?«
Tony nickte.
»Und Sie glauben, das, was sie ihm gesagt hat ...«
»Oder jemandem aus seiner Umgebung«, unterbrach er sie. »Es muß ja nicht Vance selber gewesen sein. Aber ich glaube in der Tat, daß sie zu jemandem etwas gesagt hat, was dem Mörder angst gemacht hat.«
»Und der hat dann keine Zeit verloren.«
»Nein. Und er hatte den Nerv, sie in ihrem eigenen Wohnzimmer zu ermorden. Mit dem Risiko, daß sie schreit oder daß ein Möbelstück umfällt oder sonst was passiert, was in einem Mehrparteienhaus Aufmerksamkeit erregen muß.«
Carol nahm einen Schluck von ihrem Drink. »Und er mußte

sich irgendeinen Trick einfallen lassen, um in ihre Wohnung zu kommen.«
Tony sah sie überrascht an. »Warum erwähnen Sie das?«
»Weil sie sich mit einem, den sie für einen Serienmörder gehalten hat, nie in ihrer Wohnung verabredet hätte. Nicht mal in jugendlichem Übermut. Niemand lädt den Fuchs in den Hühnerstall ein. Und wenn er später, nachdem sie mit ihm geredet hatte, bei ihr aufgetaucht wäre, hätte sie ihn nicht reingelassen, sondern Alarm geschlagen. Nein, sie muß, als sie in ihre Wohnung gekommen ist, bereits seine Gefangene gewesen sein.«
Diese spontanen, logisch begründeten Einfälle hatten die Arbeit mit ihr schon damals in Bradfield so angenehm gemacht, erinnerte sich Tony. »Natürlich – Sie haben recht. Danke.« Jetzt wußte er, wo er anfangen mußte. Er trank sein Bier aus. »Kriege ich noch eines? Wir müssen noch über Ihr kleines Problem reden.«
Carol zog die Beine unter sich hervor, reckte sich mit Nelson um die Wette und fragte, schon auf dem Weg in die Küche, um sein Bier zu holen: »Ich hätte gedacht, Sie wollen lieber weiter über Shaz reden.«
»Das heb ich mir für das Gespräch mit Ihren Kollegen am Montag morgen auf. Wenn Sie bis zur Teezeit nichts von mir gehört haben, sollten Sie mal checken, ob die Jungs mich einigermaßen fair behandeln.«
Als Carol ihm wieder gegenübersaß, nahm Tony zwei Bogen Papier aus der Brieftasche. »Jeder von meinen Leuten hat im Laufe der letzten Woche in der Sache mit den Brandstiftungen ein Täterprofil ausgearbeitet. Am Freitag haben sie auf der Grundlage der Einzelergebnisse eine gemeinsame Analyse erstellt. Hier habe ich eine Kopie davon, ich zeige sie Ihnen später.«
»Großartig. Ich wollte vorläufig nichts davon erwähnen,

aber ich habe selbst an einem Täterprofil gearbeitet. Da bin ich natürlich gespannt, wieweit die Ergebnisse übereinstimmen.«

Nun fiel es Tony erst recht schwer, ihre Erwartungen zu enttäuschen. »Carol, ich muß Ihnen sagen, ich vermute, daß wir alle unsere Zeit verschwendet haben.«

Unwillkürlich reckte sie das Kinn vor. »Und das heißt?«

»Das heißt, daß Ihre Brände sich keiner bekannten Kategorie zuordnen lassen.«

»Wollen Sie damit sagen, es handelt sich nicht um Brandstiftungen?«

Bevor er antworten konnte, brachte ein heftiges Klopfen die große, nachtdunkle Scheibe hinter ihnen zum Klirren. Tony drehte sich um, konnte aber nichts erkennen. »Erwarten Sie Besuch?«

Carol schüttelte den Kopf, ging zur Fensterfront und öffnete die Tür zur Terrasse. Tony war mitgekommen, konnte aber nur eine Gestalt im Dunkeln ausmachen. Ein Mann, kräftig und groß.

»Jim«, rief Carol überrascht aus. »Was treibt Sie denn her?«

»Ich hab Sie den ganzen Nachmittag telefonisch nicht erreichen können, und da hab ich mir von Sergeant Taylor den Weg zu Ihnen beschreiben lassen und mir gedacht, rückst ihr einfach zu Hause auf die Pelle.« Als Carol ihm Platz machte und er hereinkommen wollte, entdeckte er Tony. »Oh, Entschuldigung, ich wußte nicht, daß Sie Besuch haben.«

»Macht nichts.« Carol winkte ihn herein. »Ihr Timing hätte nicht besser sein können. Das ist Dr. Tony Hill vom Innenministerium. Tony leitet die NOP Task Force in Leeds. Wir haben gerade über die Brandstiftungen gesprochen. Tony, das ist Jim Pendlebury, der Feuerwehrchief von Seaford.«

»Freut mich, Sie kennenzulernen«, sagte Tony, war sich dessen aber nicht mehr so sicher, als Pendlebury ihm in der Manier eines professionellen Knochenbrechers die Hand schüttelte. Dann vergrub er beide Hände in den Hosentaschen und brachte sie mit zwei Flaschen australischem Shiraz wieder zum Vorschein. »Mein Housewarming-Präsent. Löst die Zunge. Sie werden sehen, wie beschwingt wir gleich über unseren Feuerteufel reden.«

Carol holte Gläser und einen Korkenzieher und schenkte Pendlebury und sich Wein ein. Tony hatte ihr schon bedeutet, daß er beim Bier bleiben wollte.

»Na, Doc, was haben Ihre Baby-Watsons für uns rausgefunden?« Pendlebury fläzte sich in den Sessel und streckte seine langen Beine so weit aus, daß Nelson empört neben Carol Zuflucht suchte.

»Wenn Sie mich fragen: nichts, was Carol nicht selber rausfinden könnte. Ich fürchte, es ist nichts Brauchbares dabei.«

Pendlebury lachte laut. »Ach, seit wann geben Profiler zu, daß sie außer gequirlter Scheiße nichts zu bieten haben? Carol, haben Sie das Tonband laufen?«

Tony – daran gewöhnt, angepflaumt zu werden – reagierte mit nachsichtigem Lächeln. »Würden Sie einen Schraubenzieher benutzen, wenn Sie einen Zaunpfahl einrammen wollen?«

Pendlebury legte den Kopf schief. »Heißt das, Profiling ist bei der Sache so was wie das falsche Werkzeug?«

»Genau das will ich damit sagen. Profiling ist das geeignete Werkzeug bei bestimmten Verbrechen, bei denen das Motiv zumindest im Ansatz im psychopathischen Bereich zu suchen ist.«

»In schlichtem Englisch.« Pendleburys Miene verriet eine Mischung aus Neugier und Skepsis.

»Wollen Sie meinen Standardvortrag hören? Die siebenunddreißigste Fassung? In voller Länge?«

»Bitte lieber die Kurzfassung für Feuerwehrleute.«

Tony fuhr sich mit der Hand durchs volle dunkle Haar, eine Reflexbewegung, nach der er jedesmal aussah wie die Karikatur eines leicht zerstreuten Wissenschaftlers. »Okay. Die meisten Verbrechen werden in unserem Land aus Gewinnsucht, in blinder Wut oder unter Drogen- oder Alkoholeinfluß begangen. Oder alles das kommt zusammen. Mit dem Verbrechen soll ein bestimmtes Ziel erreicht werden: an Geld oder Drogen ranzukommen, Rache zu nehmen, dafür zu sorgen, daß einen irgend jemand nicht mehr nervt. Einige Verbrechen haben ihre Wurzeln aber auch in psychologischen Zwängen. Irgend etwas treibt den Verbrecher – es handelt sich meist um einen Mann – zu Handlungen, die einen Schlußpunkt setzen. Das kriminelle Handeln an sich kann so geringfügig sein wie ... sagen wir, Damenslips von der Wäscheleine zu klauen. Es kann sich aber auch um sehr ernste Verbrechen handeln. Serienbrandstiftung ist so ein ernstes Verbrechen. Ich glaube lediglich nicht, daß wir es hier mit einem Feuerteufel zu tun haben, der die Brände legte, weil er seinen Kick sucht. Ein angeheuerter Handlanger ist es auch nicht. Der Bursche, mit dem wir's zu tun haben, ist von anderer Couleur. Er hat eher was von einem Hybriden.«
Pendlebury sah ihn groß an. »Würden Sie uns jetzt auch noch verraten, was Sie damit meinen?«
»Mit Vergnügen.« Tony lehnte sich zurück und ließ sein Glas zwischen den Fingern kreisen. »Lassen Sie uns zuerst die Theorie vom angeheuerten Brandstifter ausschließen. In einigen wenigen Fällen könnte es sich um Racheakte am Besitzer des Gebäudes gehandelt haben, aber die allermeisten Brände wurden offensichtlich nach dem Zufallsprinzip gelegt. Es ist kein finanzielles Motiv zu erkennen, es ging nicht um bestimmte Branchen, nicht mal um dieselbe Versicherungsgesellschaft. Abgesehen davon, daß alle Brände nachts und – bis auf den letzten – in menschenleeren Gebäuden ge-

legt wurden, gibt es keine auffallenden Übereinstimmungen. Also auch keinen Grund zu der Annahme, daß ein angeheuerter Profi dahintersteckt. Soweit einverstanden?«
Carol schenkte sich Wein nach. »Bis hierhin kann ich Ihnen nicht widersprechen.«
»Aber es kann doch sein, daß es trotzdem ein Profi ist, der jedesmal aus einem anderen Motiv angeheuert wird«, wandte Pendlebury ein.
»Dann bleiben immer noch zu viele Ungereimtheiten«, sagte Carol. »Wir haben zunächst auch auf einen angeheuerten Profi getippt – nicht ein einziger brauchbarer Anhaltspunkt. Aber, Tony, wieso soll es nicht ein emotional geschädigter Täter sein, der seinen Kick sucht?«
Tony zögerte. »Ich könnte mich irren.«
»O ja«, sagte Carol grinsend, »in den Akten Ihrer Fälle wimmelt es von Irrtümern.«
Tony grinste zurück. »Danke für die Blumen. Nun, ich sag Ihnen, warum ich nicht an einen geistesgestörten Täter glaube. In den allermeisten Fällen gab es nahezu keine forensisch auswertbaren Spuren, nur der Brandherd konnte identifiziert werden, und es gab Anzeichen dafür, daß irgendein Brandbeschleuniger und so etwas wie eine Zündvorrichtung verwendet wurden. Kein gewaltsames Eindringen. Wären es nicht so viele Feuer in relativ kurzer Zeit gewesen, hätte jeder eine zufällige Häufung von Fahrlässigkeit vermutet.«
Er griff zu den beiden Bogen, die er mitgebracht hatte. »Wir haben es also mit jemandem zu tun, der gut vorbereitet und sehr umsichtig zu Werke geht. Etwas, was man bei typischen Feuerteufeln nie antrifft. Unser Mann bringt sein Handwerkszeug mit, er verwendet aber auch an Ort und Stelle vorhandenes Material.«
Sein Blick traf sich mit dem von Carol. Er spürte ihre Skepsis. »Weiter ist zu bedenken, daß die meisten Feuerteufel se-

xuell motiviert sind. Wenn Sie irgendwo Feuer legen, masturbieren sie oft dabei, oder sie urinieren oder entleeren den Darm. Auch dafür gibt es keine Anzeichen. Es wurde auch kein pornographisches Material gefunden. Wenn er sich nicht am Brandort einen runtergeholt hat, hat er's möglicherweise an der Stelle getan, von der aus er den Brand beobachten konnte. Aber bis jetzt hat sich kein Zeuge gefunden, der so etwas gesehen hat. Oder etwas, was den Verdacht begründen kann, daß er's getan hat. Also wiederum negativ.«

»Wie ist es mit den Zeitabständen?« fragte Carol. »Die werden immer kürzer. Ist das nicht ein typisches Merkmal für Serientäter?«

»Ja«, warf Pendlebury ein, »das liest man in jedem Buch über Serienmörder.«

»Aber bei Brandstiftungen stimmt das nicht. Schon gar nicht, wenn einer spektakuläre Brände legt, wie in unserm Fall«, sagte Tony. »Die Zeitabstände sind willkürlich – Wochen, Monate oder sogar Jahre. Aber bei einem Wiederholungstäter ist ein gewisser Rhythmus zu beobachten. Insofern stimmt es, daß zunehmende Häufigkeit ein Indiz für einen Serientäter ist. Ich sage ja auch nicht, daß wir es mit mehreren Tätern zu tun haben. Es ist vermutlich immer wieder derselbe. Ich glaube nur nicht, daß es ein geistesgestörter Täter ist, der seinen Kick sucht.«

»Also zusammenfassend?« fragte Carol.

»Der Bursche, der die Brände legt, tut das aus hundsgewöhnlichen kriminellen Motiven. Er ist kein Psychopath.«

Pendlebury schnaufte. »Und was sind das für hundsgewöhnliche kriminelle Motive.«

»Genau das wissen wir noch nicht.«

»Ist ja auch unwichtig, wie?« knurrte der Chief.

»In gewisser Weise, ja«, sagte Carol. »Wenn es kein Psychopath ist, also nicht jemand, der mit hoher Intelligenz und nach einer für uns schwer nachvollziehbaren Logik handelt, müßte es um so leichter sein, hinter sein Motiv zu kommen. Und wenn wir erst mal so weit sind, ist der Rest Polizeiroutine.«

Pendlebury sah verärgert aus. »Also, ich kann mir kein anderes Motiv als die Suche nach einem Kick vorstellen.«

»Oh, ich weiß nicht«, erwiderte Tony schmunzelnd.

»Laß uns auch mitspielen, Sherlock«, forderte Carol ihn auf.

»Nun, es gibt Sicherheitsdienste, die auf mehr Aufträge für nächtliche Objektbewachung angewiesen sind, und Firmen, die einen Absatzrückgang bei ihren Sprinkler- und Feuermeldeanlagen beklagen. Oder ...« Tony sah den Chief nachdenklich an.

»Oder was?«

»Jim, beschäftigen Sie so was wie Teilzeitkräfte?«

Pendlebury sah ihn entsetzt an. Dann entdeckte er Tonys verhuschtes Lächeln und deutete es völlig falsch. »Sie wollen mich hochnehmen, wie?« Er drohte ihm scherzhaft mit dem Finger.

»Nur mal aus Neugierde: Haben Sie so was?«

»Ja, haben wir«, sagte Pendlebury mit beginnendem Mißtrauen.

»Könnte ich morgen eine Liste mit den Namen bekommen?« fragte Carol.

Der Feuerwehrchief schob die Schultern nach vorn und starrte Carol entgeistert an. »Mein Gott, sagen Sie bloß, Sie meinen das ernst?«

»Wir dürfen keine Möglichkeit außer acht lassen«, antwortete Carol ruhig. »Das ist nicht persönlich gemeint, Jim. Aber Tony hat eben eine Möglichkeit angedeutet, die ich bei den weiteren Ermittlungen berücksichtigen muß. Sonst vernachlässige ich meine Pflichten.«

Pendlebury sprang auf. »Wenn meine Leute ihre Pflichten

vernachlässigen würden, stünde in dieser Stadt kein Stein mehr auf dem anderen. Seit dieser Irre bei uns wütet, setzen meine Leute ihr Leben ein. Und jetzt sollen sie auf einmal an den Pranger gestellt werden?«

»Ich würde genauso reagieren, wenn jemand einen meiner Leute als Täter verdächtigt«, sagte Carol. »Aber hier wird ja niemand verdächtigt, es geht nur darum, alle Möglichkeiten in Betracht zu ziehen. Kommen Sie, setzen Sie sich wieder, und trinken Sie noch ein Glas Wein. Es bringt nichts, wenn wir uns streiten.«

Pendlebury atmete tief durch und ließ sich in seinen Sessel fallen. Als Carol ihm nachschenkte, brachte er schon wieder ein leicht verkniffenes Lächeln zustande. »Ich muß mich schließlich vor meine Leute stellen«, murmelte er.

Tony, beeindruckt von der ruhigen Art, in der Carol die Situation entschärft hatte, nickte ihm zu. »Ich finde es gut, daß Sie das tun. Ich kann Ihre Leute nur beglückwünschen.«

Bis Pendlebury sich verabschiedete, vermieden es alle drei, von den Bränden zu reden, und zu guter Letzt war es der Feuerwehrchief, der den kleinen Knacks, den der Abend bekommen hatte, mit hübschen kleinen Anekdoten aus East Yorkshire kittete. Tony genoß die gelöste Stimmung besonders, denn sie lenkte ihn davon ab, ständig an Shaz Bowman zu denken.

Später, in den Stunden zwischen Mitternacht und frühem Morgen und in der Einsamkeit von Carols Gästezimmer, gab es nichts mehr, was die Erinnerung an das Bild der gräßlich verstümmelten jungen Frau wenigstens vorübergehend verblassen ließ. Der Alptraum hatte ihn wieder eingeholt.

Im stillen versprach er Shaz, den Mann ausfindig zu machen, der ihr das angetan hatte, welchen Preis er auch dafür bezahlen mußte. Und er wußte aus bitterer Erfahrung, daß es ein sehr hoher Preis sein konnte.

Jacko Vance saß im schallisolierten, elektronisch abgeschirmten Projektionsstudio im Dachgeschoß seines Hauses. Er hatte heute sogar die Tür hinter sich abgeschlossen, weil er sich den Mitschnitt der Spätnachrichten verschiedener Fernsehkanäle ansehen wollte. Das Hauptthema war überall der Tod von Shaz Bowman. Von Zeit zu Zeit blickten ihre blauen Augen ihn vom Bildschirm an – ein erregender Kontrast zu dem Bild ihrer letzten Lebensminuten, das in ihm gespeichert war.

Aber solche Aufnahmen zeigten sie natürlich nicht. Nicht mal mit dem Hinweis, daß die folgenden Szenen nicht für Kinder und Leute mit schwachen Nerven geeignet seien.

Er fragte sich, wie es Donna Doyle wohl ging. Über die hatten sie im Fernsehen nichts gebracht. Immer dasselbe mit diesen jungen Dingern. Bildeten sich alle ein, sie hätten das Zeug zum Star, dabei nahm außer ihm kein Mensch Notiz von ihnen. Für ihn repräsentierten sie das Idealbild junger Frauen, er mochte ihre Fügsamkeit und die Bereitwilligkeit, mit der sie ihm alles abnahmen, was er ihnen weismachte. Und er liebte den Moment, in dem sie begriffen, daß es nicht um Ruhm ging, nicht mal um Sex, sondern nur um Schmerz und Tod.

Es war ein Hochgenuß, ihnen in diesem Moment in die Augen zu blicken. Eben hatte er noch Verehrung darin gelesen, nun war es tödliches Erschrecken. Ihre Gesichter verloren alle Individualität, sie wurden alle Jillie ähnlich. Nein, sie wurden zu Jillies Gesicht. Und das machte die Strafe sinnvoll und gerecht.

Im übrigen geschah es ihnen recht. Erst redeten sie von ihrer Familie, als wären alle Engel auf Erden. Wie lieb ihre Mütter und Väter zu ihnen wären und wie sie sich um sie kümmerten. Aber dann erlebte er, daß die kleinen Luder, die sich so bereitwillig auf all das einließen, was er von ihnen verlangte,

diese Liebe überhaupt nicht verdienten. Er war's, der sich etwas verdient hatte. Ihr Leben. Und was bekam er statt dessen?
Siedend heißer Ärger stieg in ihm auf, aber er konnte damit umgehen. Er konnte ihn kontrollieren, als hätte er einen eingebauten Thermostaten. Es war sinnlos, wegen dieser jungen Luder Energie zu verschwenden und sich zu ärgern. Sein vorherrschendes Gefühl mußte Genugtuung sein. Genugtuung über die exzellente Arbeit, die er geleistet hatte.

Da sitzt Little Jack
Ganz still in sei'm Eck
Und denkt sich: den Pflaumenkuchen,
Den werd' ich jetzt schnell mal versuchen.
Und er bohrt mit dem Däumchen
Ein hellblaues Pfläumchen
Aus dem Kuchen heraus
Und denkt: ei der Daus,
Das war mal ein lustiger Gag.

Er kicherte leise in sich hinein. Genauso hatte er Shaz Bowman mit dem Daumen die leuchtendblauen Pfläumchen ihrer Augen herausgebohrt und gespürt, wie ihr lautloser Schrei im Kern seines Ich vibrierte. Es war leichter gewesen, als er geglaubt hatte. Verblüffend, wie einfach sich ein Auge aus der Verankerung lösen läßt.
Schade nur, daß es ihm nicht vergönnt gewesen war, den Ausdruck dieser Augen zu sehen, als er ihr die Ohren abgeschnitten und die Säure eingeflößt hatte. Er rechnete nicht damit, daß er in nächster Zeit irgend jemanden einer ähnlichen Behandlung unterziehen mußte, aber für alle Fälle nahm er sich schon jetzt vor, sorgfältiger auf die richtige Reihenfolge zu achten.

Und so stellte sich, als er das Band zurücklaufen ließ, nun doch die angemessene Genugtuung ein.

Wenn Micky, was ihre morgendliche Routine anging, nicht so unerbittlich streng mit sich selbst gewesen wäre, hätte sie vielleicht im Radio oder Fernsehen etwas über Shaz' Tod erfahren. Aber sie hatte es sich nun mal zur Regel gemacht, die Neuigkeiten, die die Welt bewegten, erst zur Kenntnis zu nehmen, wenn sie im Büro saß. Sie frühstückte lieber bei Musik von Mozart und fuhr bei Wagnerklängen ins Studio. Und da sie und Betsy dort schon frühmorgens sein mußten, also gewöhnlich vor den Spätnachrichten schlafen gingen, waren die Morgenzeitungen ihre erste Nachrichtenquelle.
Betsy war's, die Shaz' Foto im *Daily Mail* entdeckte. Druckerschwärze verwischte den Glanz der blauen Augen, dennoch mußten diese Augen jeden Leser sofort in ihren Bann ziehen.
»Mein Gott«, hauchte Betsy, ließ sich in den Schreibtischsessel fallen und starrte auf die Titelseite.
Micky hängte ihr Jackett auf den Bügel, prüfte kritisch, ob es auch keine Falten abbekommen hatte, und erkundigte sich beiläufig: »Was gibt's?«
»Schau dir das an.« Betsy schob ihr die Zeitung hin. »Ist das nicht die Polizistin, die am Samstag bei uns war?«
Mickys Blick fiel auf die Schlagzeile. ABGESCHLACHTET, stand da. Darunter das Foto einer lächelnden Shaz Bowman mit der Uniformmütze der Metropolitan Police. Sie nahm in einem der Besuchersessel Platz und las den Artikel, eine Mischung aus Nachruf und Sensationsbericht. Einzelne Wörter wie »entsetzliches Blutbad«, »Horrorszenario« und »unglaubliche Brutalität« sprangen sie an. Sie spürte, wie ihr Magen zu rebellieren begann.
Ihr Beruf hatte sie an Kriegs- und Bürgerkriegsschauplätze geführt, an Orte, die Zeugnis gaben von grauenhaften Massa-

kern oder persönlichen Tragödien, und doch hatte keine der Katastrophen, über die sie berichten mußte, sie so aufgewühlt wie diese Sache mit Shaz Bowman. Es traf sie wie ein Schock, weil es ihr auf unerklärliche Weise irgendwie persönlich vorkam.

»O mein Gott«, sagte sie. »Sie war am Samstag vormittag bei uns, kurz bevor wir das Haus verlassen haben. Dem Zeitungsartikel nach geht die Polizei davon aus, daß sie zwischen dem späten Samstag abend und dem frühen Sonntag morgen ermordet wurde. Wir reden mit ihr, und ein paar Stunden später ist sie tot. Was unternehmen wir jetzt, Bets?«

Betsy kam um den Schreibtisch herum, kauerte sich neben ihre Freundin und legte ihr die Hand aufs Knie. »Gar nichts. Das ist nicht unsere Sache. Sie wollte zu Jacko, nicht zu uns. Mit uns hatte sie gar nichts zu tun.«

Micky sah sie entsetzt an. »Wir können doch nicht gar nichts tun. Sie muß ihrem Mörder begegnet sein, kurz nachdem sie das Haus verlassen hat. Das können wir doch nicht einfach auf sich beruhen lassen. Es wäre doch immerhin ein Anhaltspunkt für die Polizei, wenn wir ihr sagen, daß und wann sie da war und daß sie das Haus ...«

»Liebling, atme ruhig durch und denk darüber nach, was du sagst«, fiel Betsy ihr ins Wort. »Sie ist nicht irgendein Mordopfer, sie war Police Officer. Da geben ihre Kollegen sich kaum mit so einer allgemeinen Aussage zufrieden. Sie werden unser Leben gründlich durchleuchten, und wir wissen beide, daß dabei viel Staub aufgewirbelt werden kann. Laß das Ganze Jackos Sache sein. Ich werd ihn anrufen und ihm sagen, daß wir schon weg waren, als sie gekommen ist. Das ist die einfachste Lösung.«

Micky schob ihren Sessel heftig zurück, sprang auf und ging erregt auf und ab. »Und wenn sie nun anfangen, die Nachbarn zu befragen, und einer alten Klatschtante fällt plötzlich ein, daß sie DC Bowman mit uns an der Haustür gesehen hat? Und außerdem war ich's, die mit ihr telefoniert und den Termin für sie vereinbart hat. Was ist, wenn das in ihrem Notizbuch steht? Oder wenn sie das Telefonat gar auf Band aufgenommen hat? Wirklich, ich verstehe nicht, wie du auf die Idee kommst, wir könnten das einfach totschweigen.«

Betsy rappelte sich hoch. »Wenn du mal einen Moment mit deinem dramatischen Getue aufhörst, wirst du begreifen, daß mein Vorschlag sehr vernünftig ist«, sagte sie ärgerlich.

Micky griff zum Telefonhörer. »Ich rufe Jacko an.« Sie warf einen Blick auf die Uhr. »Er wird noch nicht wach sein, trotzdem werde ich ihm die Neuigkeit schonender beibringen als die Boulevardpresse.«

»Na gut. Vielleicht kann er dich zur Vernunft bringen«, sagte Betsy sarkastisch.

Micky tippte Jackos Privatnummer ein. »Ich sag ihm, daß ich vorhabe, die Polizei anzurufen ... Hallo, Jacko? Ich bin's. Hör zu, ich habe schreckliche Neuigkeiten für dich ...«

Jacko legte den Kopf in die Kissen zurück und dachte nach. Er hatte selbst mit dem Gedanken gespielt, die Polizei anzurufen. Einerseits wäre es geradezu ein Beweis seiner Unschuld gewesen, weil außer seiner Frau und Betsy niemand wissen konnte, daß die Bowman hiergewesen war. Andererseits konnte ihn ein Übermaß an Beflissenheit, die Ermittlungen in einem Mordfall unaufgefordert zu unterstützen, verdächtig erscheinen lassen. Wie in jedem Fachbuch nachzulesen war, versuchten psychopathische Mörder häufig, sich der Polizei als Zeuge anzudienen.

Es war besser, den Anruf Micky zu überlassen. Das Leumundszeugnis einer treu ergebenen Ehefrau, die noch dazu ein Fernsehstar war, hatte bestimmt einen hohen Stellenwert.

Also, sagte er sich, sehen wir das Ganze mal so: Micky ruft die Polizei an, gleich nachdem sie Shaz' Foto in der Zeitung gesehen hat. Das ist noch vor der Zeit, zu der ich gewöhnlich aufstehe. Demnach kann ich noch nichts davon gewußt haben, und das erklärt, warum ich nicht selbst zum Hörer gegriffen habe. *Denn, Officer, gestern abend hatte ich einfach zuviel um die Ohren, um mir die Spätnachrichten anzusehen. Ich komm ja kaum dazu, mir meine eigene Show anzusehen, ganz zu schweigen von der meiner Frau. Wie meinen Sie? Aber ja, ich gebe Ihnen gern ein Autogramm für Ihre Frau …*
Jetzt kam es darauf an, eine Strategie zu entwickeln. Nach Leeds mußte er sich gar nicht bemühen, die Polizei tauchte sicher bald bei ihm auf, davon ging er aus. Wenn nicht, machte es erst recht keinen Sinn, die Cops anzurufen. *Warum hätte ich anrufen sollen, Officer? Ich habe weder irgendwelche Erkenntnisse, noch habe ich etwas zu verbergen …*
Das wichtigste war jetzt ein Plan. Vorausplanen war das Geheimnis seines Erfolgs. Er hatte die Lektion aufnervenaufreibende Weise lernen müssen – damals, bei seiner ersten Ersatz-Jillie. Da hatte er eben nicht gründlich über alle Eventualitäten nachgedacht, sich nicht klargemacht, was alles dazwischenkommen und wie er damit fertig werden konnte. Das Cottage in Northumberland hatte er damals noch nicht gehabt und törichterweise geglaubt, die halbverfallene Wanderhütte, die er von den Wanderungen seiner Jugendzeit kannte, werde es auch tun.
Mitten im Winter kommt da sowieso niemand hin, hatte er gedacht. Und wer außer ihm kannte schon die alte Fahrspur, die zu der Hütte führte? Und weil er es nicht gewagt hatte, sie am Leben zu lassen, hatte er sie noch in derselben Nacht, in der er über sie hergefallen war, umgebracht. Was, weiß Gott, nicht so einfach gewesen war. Es hatte bis zur Morgendämmerung gedauert, bis sie endlich ihren letzten Atemzug

tat. Allein die Anstrengung, sie zu fesseln und zu knebeln, den schweren Schraubstock in die Hütte zu schleppen und sie schließlich – oh, diese tiefe Symbolik für den Verlust, den er erlitten hatte – mit einer Gitarrensaite zu erdrosseln ... Er war, vor Erschöpfung zitternd, einfach nicht mehr in der Lage gewesen, nun auch noch die Leiche zu beseitigen, und hatte beschlossen, das in der darauffolgenden Nacht zu erledigen.

Aber dann ... ihm stockte jetzt noch der Atem, wenn er daran zurückdachte. Er war auf der Hauptstraße gewesen, nur noch zwei Meilen von der Abzweigung der Fahrspur entfernt, und da brachten sie plötzlich in den Nachrichten, eine Gruppe Nachtschwärmer habe vor etwa einer Stunde die Leiche einer jungen Frau gefunden. Vor Schreck hätte er beinahe das Lenkrad verrissen und wäre mit dem Land Rover im Straßengraben gelandet.

Nun, irgendwie hatte er's geschafft, die Nerven zu bewahren, und war schweißgebadet nach Hause gefahren. Und so verblüffend es war, er hatte offensichtlich nicht genug forensisch auswertbare Spuren hinterlassen, die die Polizei auf seine Spur führen konnten. Er war jedenfalls nie verhört worden. Soweit er wußte, hatten sie ihn nicht mal verdächtigt.

Immerhin hatte er drei entscheidende Dinge daraus gelernt. Erstens, er mußte die Tortur länger hinausziehen, damit er sich an den Qualen seiner Opfer weiden und das Gefühl genießen konnte, daß sie all das durchleiden mußten, was er selbst durchlitten hatte.

Zweitens war er dahintergekommen, daß ihm der Akt des Tötens keine Freude bereitete. Er genoß die Zeit bis dahin, die Agonie und die Angst des Opfers, und das Gefühl, ein Leben verlöschen zu lassen, aber die Mühe, die es kostete, ein junges, gesundes Ding umzubringen, war wahrhaftig kein Spaß, nein, das war harte Arbeit. Es war ihm egal, ob sie an

Blutvergiftung oder vor Verzweiflung starben, Hauptsache, er mußte nicht selbst Hand anlegen.
Und drittens, er brauchte einen sicheren Schlupfwinkel. Während der sechs Monate, die er bis zum Abschluß der Vorbereitungen brauchte, hatte er sich gedulden müssen. Was ihm nicht leichtgefallen war, aber dafür war beim nächsten Mal alles um so schöner gewesen.
Er dachte nicht daran, auf sein süßes, verstohlenes Vergnügen zu verzichten, bloß weil die Bowman sich eingebildet hatte, sie sei schlauer als er. Das Ganze war eine Sache sorgfältiger Planung. Und so schloß Jacko die Augen und dachte nach.

Carol holte tief Luft, klopfte an und marschierte mit einem forschen »Morgen, Jim« in Pendleburys Büro, als habe es nie auch nur einen Augenblick der Spannung zwischen ihnen gegeben.
»Carol«, sagte er überrascht, »bringen Sie Neuigkeiten?«
Sie setzte sich ihm gegenüber und schüttelte den Kopf. »Ich komme, um die Liste mit den Namen der freiwilligen, nicht vollzeitbeschäftigten Feuerwehrleute abzuholen.«
»Was denn? Ich dachte, Sie hätten nur Ihrem Gast zuliebe so getan, als fänden Sie diese dämliche Idee gut.«
»Bei Ermittlungen habe ich gute Erfahrungen mit Tonys Ideen gemacht«, sagte Carol.
»Glauben Sie im Ernst, daß ich Ihnen dabei helfe, meine Leute zu Sündenböcken zu stempeln?« konterte Pendlebury. »Immerhin sind das diejenigen, die den Kopf hinhalten, sooft wir zu einem Brandort gerufen werden.«
Carol seufzte verdrossen. »Ich versuche, dafür zu sorgen, daß Ihre Leute seltener gerufen werden. Außerdem geht's auch um arme Teufel wie Tim Coughlan, der nicht mal geahnt hat, daß er in Gefahr ist. Hier findet keine Hexenjagd statt. Ich

will keinen Unschuldigen festnageln, verstehen Sie das nicht? Sie wollen es doch nicht darauf ankommen lassen, daß ich mit einer richterlichen Anordnung hier auftauche.«
Sie starrten einander sekundenlang an, wie zwei Gegner, von denen jeder darauf wartet, daß der andere den Blick senkt. Nach einer Weile schüttelte Pendlebury resignierend den Kopf. »Ich geb sie Ihnen.« Sein Mund war ein Strich. »Aber Sie werden Ihren Brandstifter nicht darauf finden.«
»Das hoffe und wünsche ich mir sehr«, sagte Carol in ruhigem Ton. »Korruption ist eine häßliche Sache, bei der Feuerwehr genau wie bei der Polizei.«
Der Chief drehte sich abrupt weg, ging zum Aktenschrank, zog aus der untersten Schublade ein Blatt Papier heraus und warf es Carol hin, wie man einem Hund einen Knochen hinwirft: die Namen, Adressen und Telefonnummern der zwölf Freiwilligen, die Jim Pendleburys Seaforder Berufsfeuerwehr unterstützten. »Danke«, sagte Carol, »ich weiß das sehr zu schätzen.« Sie war schon auf dem Weg zur Tür, als ihr einfiel: »Noch was, Jim. Diese Brände – fallen die alle in die Zuständigkeit Ihrer Zentrale, oder gibt es ähnliche Fälle auch in der Umgebung?«
»Alle im Zentralbereich«, sagte Pendlebury, ohne sie anzusehen. »Sonst hätten Sie den Bogen Papier gar nicht gekriegt.«
»So was habe ich vermutet.« Carols Tonfall war eindeutig ein Friedensangebot. »Glauben Sie mir, Jim, niemand ist glücklicher als ich, wenn sich herausstellt, daß Ihre Jungs nichts damit zu tun haben.«
Der Chief sah immer noch weg. »Genau das wird sich rausstellen. Für die Jungs leg ich die Hand ins Feuer. Aber so was gehört zu den Dingen, von denen Ihr Psychologe keine Ahnung hat.«
Erst als sie im Wagen saß, die Autotür zugeknallt hatte und wütend mit dem Schlüssel nach der Zündung stocherte,

machte Carol ihrem Herzen Luft. »Himmelarschundzwirn«, fluchte sie lauthals vor sich hin. »Verdammte Scheiße.«

Sie hatten nicht vor, ihn mit Samthandschuhen anzufassen. Darauf war Tony gefaßt gewesen. Immerhin erwiesen Detective Chief Superintendent McCormick und Detective Inspector Colin Wharton ihm die Ehre, die Vernehmung persönlich durchzuführen. Das Band lief. Die Mühe, ihn zumindest der Form halber um Einverständnis zu bitten, hatten sie sich nicht gemacht.

Tony schätzte die Situation realistisch ein. Er war kein Police Officer und damit aus ihrer Sicht keiner von ihnen, sondern ein wissenschaftlicher Wirrkopf aus dem Innenministerium, der ihnen mit seinem Profiling-Hexeneinmaleins ein X für ein U vormachen wollte und ihnen zudem für diesen Unfug ein paar der ohnehin zu knappen Diensträume weggenommen hatte. Obwohl Carol ihm beim Frühstück wiederholt versichert hatte, es handle sich nur um eine Routinebefragung, kreiste in seinem Schädel unablässig die Frage, wie er McCormick und Wharton klarmachen könne, daß sie Shaz' Mörder nicht im Kollegen- oder Freundeskreis, sondern ganz woanders suchen müßten.

Er spürte bereits, wie seine Schultern sich verspannten, eine Art Krampf, der den Rücken aufwärts wanderte, geradewegs auf den Hals und den Schädel zu. Es dauerte sicher nicht lange, bis er höllische Kopfschmerzen bekam.

»Fangen wir noch mal ganz vorn an«, sagte McCormick brüsk.

Für Wharton das Stichwort, die vorher abgesprochene Frage zu stellen: »Wann sind Sie DC Bowman zum ersten Mal begegnet?«

Aha, zumindest ersparten sie ihm das dümmliche Rollenspiel, bei dem einer den guten und der andere den bösen

Cop mimte, sie machten beide aus ihrer Aggressivität keinen Hehl.
»Commander Bishop und ich haben vor etwa acht Wochen mit ihr in London das Bewerbungsgespräch geführt. Das genaue Datum finden Sie in unserem Terminkalender.« Es kostete ihn Mühe, in ruhigem, sachlichem Ton zu sprechen.
»Sie haben dieses Gespräch gemeinsam geführt?« Offensichtlich wollten sie sich bei den Fragen abwechseln, McCormick war an der Reihe.
»Ja. Nach dem Gespräch hat sich Commander Bishop zurückgezogen, und ich habe einige psychologische Tests mit ihr gemacht. Dann ist Shaz Bowman gegangen, und ich habe sie erst wiedergesehen, als der Kurs anfing.«
»Wie lange waren Sie mit ihr allein?« Wieder McCormick.
»Nun, die Tests dürften etwa eine Stunde gedauert haben.«
»Lange genug, um sich näher kennenzulernen.«
Tony schüttelte den Kopf. »Dabei bleibt keine Zeit für persönliche Gespräche. Im übrigen könnte sich das kontraproduktiv auswirken. Wir streben an, die Auswahl so objektiv wie möglich zu treffen.«
»Und Sie haben die Entscheidung, Bowman in die Gruppe aufzunehmen, einhellig getroffen.«
Tony zögerte einen Moment. Wenn sie's nicht schon getan hatten, würden sie Bishop dieselbe Frage stellen. Es war sinnlos, um die Wahrheit herumzureden. »Paul hatte einige Vorbehalte, er meinte, sie sei innerlich zu sehr auf die Arbeit als Profilerin fixiert. Ich war der Ansicht, daß eine gewisse Unterschiedlichkeit der Gruppe nur guttun kann. Also hat Paul der Berufung von Shaz zugestimmt und ich der eines anderen Bewerbers, der mich weniger beeindruckt hatte.«
»Wer war das?«

Die Falle war zu plump, als daß Tony hineintappte. »Das fragen Sie besser Bishop.«
Plötzlich schoß Whartons plumper Schädel nach vorn. »Sie haben sie attraktiv gefunden, nicht wahr?«
»Was soll diese Frage?«
»Eine völlig unkomplizierte Frage. Ja oder nein? Waren Sie von ihr angetan?«
Tony wählte seine Worte mit Bedacht. »Es ist mir nicht verborgen geblieben, daß sie vom Aussehen her Eindruck auf Männer machen kann. Ich selbst habe mich von ihr nicht sexuell angezogen gefühlt.«
Wharton grinste anzüglich. »Woher wollen Sie das wissen? Wie ich höre, reagieren Sie auf Frauen nicht übermäßig heißblütig.«
Tony zuckte zusammen wie unter einem Schlag. Im Zuge der Ermittlungen nach dem Fall mit dem Schwulenkiller, bei dem er mit Carol zusammengearbeitet hatte, waren zwangsläufig auch seine sexuellen Probleme zur Sprache gekommen. Damals war ihm absolute Vertraulichkeit zugesichert worden, woran sich bisher seinem Eindruck nach alle Beteiligten gehalten hatten. Nun, nach Shaz Bowmans Tod, schien das auf einmal nicht mehr zu gelten. Woher Wharton sein Wissen auch haben mochte, Tony konnte nur hoffen, daß seine Impotenz nicht zum allgemeinen Kantinengespräch wurde. »Meine Beziehung zu Shaz war rein beruflich«, sagte er. »Im übrigen hat mein Privatleben nichts mit dieser Untersuchung zu tun.«
»Das zu entscheiden, überlassen Sie gefälligst uns«, fauchte McCormick ihn böse an.
»Rein beruflich, sagen Sie«, hakte Wharton nach. »Uns liegen aber Aussagen vor, denen zufolge Sie DC Bowman mehr Zeit gewidmet haben als den anderen Officers. Sie sollen bereits morgens vor Dienstbeginn mit ihr zusammengesessen

haben. Dem Vernehmen nach ist sie auch nach den Seminaren häufig zu einem Gespräch unter vier Augen dageblieben. Das deutet eher auf eine sehr enge Beziehung hin.«

»Zwischen ihr und mir gab es nichts. Ich komme morgens immer etwas früher, und Shaz hatte ein paar Probleme mit dem Softwareprogramm, deshalb hat sie sich vor Dienstbeginn an den Computer gesetzt. Es stimmt, daß sie hin und wieder nach einem Seminar dageblieben ist, aber auch da ging es um dienstliche Dinge. Bei den Ermittlungen zu diesem Mordfall wird Ihnen sicher klarwerden, daß Shaz' einzige Leidenschaft ihr Job war.«

Ein paar Sekunden Schweigen, dann fragte McCormick: »Wo waren Sie am Samstag?«

Tony schüttelte verblüfft den Kopf. »Damit verschwenden Sie nur Zeit. Sie sollten unsere Möglichkeiten nutzen, um den Mörder zu finden, statt einen von uns zu verdächtigen. Wir sollten darüber reden, was uns der Mörder mit der symbolischen Zeichnung der drei weisen Affen sagen wollte, und warum er allen forensischen Spuren nach die Tote nicht sexuell mißbraucht hat.«

McCormicks Augen verengten sich. »Von wem wollen Sie das mit den forensischen Spuren wissen?«

Tony stöhnte gequält. »Ich *weiß* es nicht. Aber ich habe den Tatort und die Leiche gesehen. Nach meinen Erfahrungen mit psychopathischen Mördern konnte ich das Szenario leicht deuten.«

»Das kann jeder, wenn er genau hinsieht«, fuhr ihm McCormick über den Mund. »Aber wie man am Tatort sämtliche Spuren auslöscht, ohne daß die Manipulation auf Anhieb deutlich wird, das weiß nur jemand, der wiederholt Gelegenheit hatte, die Arbeit der Mordkommission aus nächster Nähe zu verfolgen.«

Tony, begierig auf jede Information, die er bekommen konnte, beschloß, einfach mal auf den Busch zu klopfen. »Das heißt also, daß es keine forensischen Beweise gibt?«

»Das habe ich nicht gesagt«, trumpfte McCormick auf. »Sharon Bowmans Mörder glaubt vielleicht, er hätte keine Spuren hinterlassen. Aber er irrt sich.«

Tony überlegte fieberhaft. Fingerabdrücke? Oder die von einer Schuhsohle? Aber das hätte einem Mörder, der mit soviel Umsicht zu Werke gegangen war, nicht ähnlich gesehen Also vermutlich eher Kleidungsfasern oder Haare. Ein Haar wäre, sobald der Verdacht sich auf eine bestimmte Person konzentrierte, das überzeugendste Beweismittel gewesen. Obwohl auch Fasern erfahrenen Forensikern wertvolle Aufschlüsse geben konnten.

»Gut«, sagte er. McCormick starrte ihn finster an.

Wharton schlug einen Aktenordner auf, entnahm ihm ein Blatt Papier und schob es Tony hin. »Für das Protokoll: Ich zeige Dr. Hill eine Ablichtung aus ihren Tagebucheintragungen für die Woche vor ihrem Tod. Für den Tag, an dem sie ermordet wurde, gibt es zwei Eintragungen. JV – neun dreißig. Und den Buchstaben T. Gestützt darauf, halte ich Ihnen vor, Dr. Hill, daß Sie an diesem Samstag mit Shaz Bowman verabredet waren und daß Sie sich tatsächlich mit ihr getroffen haben.«

Tony fuhr sich mit der Hand durchs Haar. Carol hatte mit ihrer Vermutung also recht gehabt. »JV – neun dreißig« konnte nur heißen, daß sie Vance am Samstag vormittag mit den Rückschlüssen aus ihrer Analyse konfrontiert hatte. Aber ein Triumphgefühl wollte sich nicht einstellen. »Inspector, eine solche Verabredung habe ich nicht getroffen. Was ich an besagtem Samstag tatsächlich getan habe, ist für diese Untersuchung völlig irrelevant.«

McCormick beugte sich vor. »Da bin ich nicht so sicher.« Gerade die leise, sanfte Stimme klang bedrohlich. »T für Tony

Es könnte sein, daß sie sich nach Dienstschluß, außerhalb der Diensträume mit Ihnen getroffen hat, und ihr Freund hat das herausgefunden und ist wütend geworden. Vielleicht hat er sie zur Rede gestellt, und Shaz hat ihm gesagt, daß ihre Empfindungen für Sie stärker sind als die für ihn.«

Tony verzog die Lippen. »Etwas Besseres haben Sie nicht? Das ist pathetisch, McCormick. Da haben sogar manche meiner Patienten glaubwürdigere Wahnvorstellungen. Sie werden nicht in Abrede stellen, daß die entscheidende Eintragung die ist, aus der hervorgeht, daß sie um halb zehn mit JV verabredet war. Möglicherweise hatte Shaz die Absicht, nach der Unterredung mit Vance mich aufzusuchen, aber sie hat's nicht getan. Überprüfen Sie den Tagesablauf von Jacko Vance und den Leuten aus seinem Team, dann wissen Sie, was der Mörder am Samstag getan hat.«

Im dem Moment, in dem ihm der Name herausgerutscht war, wußte er, daß er einen Fehler begangen hatte. McCormick schüttelte mitleidig den Kopf, und Wharton schoß so vehement hoch, daß der Stuhl mit häßlichem Kreischen über den Vinylfußboden schrammte.

»Jacko Vance bemüht sich, Leben zu *retten*, nicht sie zu vernichten«, rief Wharton erregt. »Sie haben doch schon mal jemanden getötet, Dr. Hill, nicht wahr? Und wie Ihr Psychologen uns immer sagt: Wer einmal ein Tabu gebrochen hat, schreckt vor dem nächsten nicht zurück. Wer einmal getötet hat … den Rest können Sie selber ergänzen.«

Tony schloß die Augen. Er hatte das Gefühl, keine Luft mehr zu kriegen. Ein Jahr lang hatte er die Erinnerungen zu bewältigen versucht, und plötzlich war alles wieder da. Er roch erneut Schweiß und Blut, hörte die gequälten Schreie aus seiner eigenen Kehle und schmeckte den Judaskuß. Als er Wharton und McCormick ansah, lag Haß in seinem Blick – mehr Haß, als er noch in sich vermutet hatte.

»Das war's«, sagte er und stand auf. »Wenn Sie noch mal mit mir reden wollen, müssen Sie mich festnehmen. Aber ich rate Ihnen, nicht zu vergessen, meine Anwälte hinzuzuziehen.«
Er stürmte nach draußen, als könnte er's kaum erwarten, endlich wieder frische Luft zu atmen. Er eilte über den Parkplatz, damit er wenigstens nicht mehr auf dem Dienstgelände war, wenn er die Schlacht mit dem Frühstück verlor. Als ihn nur noch ein, zwei Schritte vom Bürgersteig trennten, hielt neben ihm ein Auto, das Seitenfenster wurde heruntergekurbelt, Simon McNeills brauner Kopf tauchte auf. »Wollen Sie mitgenommen werden?«
Tony zuckte erschrocken zurück. »Nein – ich … danke.«
»Ach, kommen Sie«, drängte ihn Simon, »ich hab extra auf Sie gewartet. Die hatten mich die halbe Nacht in der Mangel. Wollen unbedingt einen von uns darauf festnageln. Wir müssen rauskriegen, wer Shaz umgebracht hat, bevor die auf die Idee kommen, es sei Zeit für eine Festnahme.«
Tony beugte sich durchs Wagenfenster. »Hören Sie mir mal gut zu, Simon. Sie haben recht, die haben uns im Visier. Sie werden hoffentlich nicht so weit gehen, Beweise so lange zurechtzubiegen, bis sie passen. Aber ich hab nicht die Absicht abzuwarten, was sie tun. Ich habe vor, den Kerl zu finden, der's getan hat. Und dabei kann ich Sie nicht brauchen. Sie sind sicher ein guter Detective, aber wenn's darum geht, sich mit einem Psychopathen anzulegen, sind Sie ein blutiger Anfänger. Tun Sie uns also beiden den Gefallen und fahren Sie heim. Bitte, Simon, versuchen Sie nicht, den Helden zu spielen. Ich habe keine Lust, noch einen von euch zu begraben.«
Simon sah aus, als wollte er Tony anspringen oder in Tränen ausbrechen. »Ich bin ausgebildeter Detective. Ich habe Mordfälle bearbeitet. Und ich habe Shaz gemocht. Sie kön-

nen mich nicht beiseite schieben. Und Sie können mich nicht daran hindern, den Scheißkerl festzunageln.«
Tony seufzte. »Nein. Auch Shaz hat Mordfälle bearbeitet, sie wußte, worauf sie sich einließ. Trotzdem hat er sie umgebracht. Und nicht nur das, er hat sie regelrecht ausgelöscht. Mit konventionellen Polizeimethoden kann man den Kerl nicht zur Strecke bringen. Ich hab das schon mal getan. Ich weiß, wie das ist, Simon, und ich wünsche keinem, daß er das durchmachen muß.«
Das letzte, was er sah, war, daß Simon mit qualmenden Reifen lospreschte und in halsbrecherischem Tempo um die nächste Ecke bog. Er konnte nur hoffen, daß der Junge kein noch größeres Risiko einging.

So schlecht war ein Delirium gar nicht. Es ermöglichte ihr immerhin die Flucht in Halluzinationen, und die waren allemal erträglicher als die Realität.
Donna Doyle lag zusammengekauert an der Wand und suchte Zuflucht bei Erinnerungen an ihre Kindheit. Einmal hatten Mum und Dad sie zum Valentinsmarkt nach Leeds mitgenommen. Zuckerwatte, Hot dogs, die wirbelnden Lichter der Karussells und das Riesenrad, in dessen Gondel sie in den nachtdunklen Himmel aufgestiegen war, bis sie von hoch oben auf den bunten Glanz hinuntersehen konnte. Dann hatte Dad für sie einen Teddybären gewonnen, und sie wußte noch genau, wie verschmitzt das weiße Gesicht sie angegrinst hatte. Dads letztes Geschenk vor seinem Tod.
Es war alles seine Schuld, dachte sie und fing an zu schniefen. Wenn er nicht gestorben wäre, wäre das alles nie passiert. Sie wären nicht arm gewesen, und sie hätte nicht angefangen, von einer Karriere als Fernsehstar zu träumen. Sie hätte den Schulabschluß gemacht und wäre zur Uni gegangen, wie Mum es wollte.
Ihre Augen füllten sich mit Tränen. Sie schlug mit der linken Faust gegen die Wand und schrie: »Ich hasse dich.« Dabei war ihr nicht mehr als eine verschwommene Erinnerung an den schmalgesichtigen Mann geblieben, der seine Tochter abgöttisch geliebt hatte. »Ich hasse dich, du verdammter Kerl.«
Etwas Gutes hatte das Schluchzen, es machte sie müde. So müde, daß sie schließlich wieder von einer barmherzigen Ohnmacht eingehüllt wurde.

Von Leons offenem, forschem Blick war nichts geblieben, er verschanzte sich hinter der arroganten, verschlossenen Miene, die er von vielen jungen Schwarzen kannte, egal, ob sie schon in Polizeigewahrsam saßen oder sich noch draußen auf der Straße herumtrieben. Auf seiner Straße. Er hatte zwar einen Dienstausweis in der Tasche, auf dem stand, daß er ein Cop war, aber er wußte, wohin er gehörte. Und die beiden smarten Yorkshireburschen, die ihm am Vernehmungstisch gegenübersaßen, wußten es auch.

»Schön, Leon, Ihre Aussage deckt sich mit dem, was wir von DC Hallam gehört haben«, sagte Wharton. »Sie haben sich mit ihm um vier zum Bowling getroffen und danach im Cardigan Arms einen Drink genommen. Und dann haben Sie sich mit Simon McNeill zum Curryessen getroffen.«

McCormick nickte. »Also hat keiner von Ihnen Shaz Bowman umgebracht.« Leon hielt ihn für einen Rassisten. McCormicks hölzerne Miene verriet nichts, der Blick war starr, irgendwie wartete man geradezu auf sein höhnisches Grinsen.

»Nein, keiner von uns hat Shaz umgebracht, Sir.« Leon dehnte das letzte Wort so, wie Typen wie McCormick es vermutlich von Schwarzen erwarteten. »Sie war eine von uns. Mit uns verschwenden Sie nur Ihre Zeit.«

»Nun«, sagte Wharton, »Sie wissen, daß wir abchecken müssen, wer zu welcher Zeit was getan hat. Und Sie als künftiger Profiler wissen auch, daß über neunzig Prozent aller Morde von Familienangehörigen oder Lovern begangen werden. Also, als Simon an diesem Abend zu Ihnen gestoßen ist, welchen Eindruck hat er auf Sie gemacht? War er erregt? Oder kam er Ihnen niedergeschlagen vor.«

Leon schüttelte den Kopf. »Weder das eine noch das andere. Er war ein wenig still. Vermutlich, weil Shaz nicht da war. Ich schätze, er hat sie sehr gemocht. Und als sie nicht kam, war er natürlich enttäuscht.«

»Wie kommen Sie darauf, daß er sie gemocht hat?«

Leon zuckte die Achseln. »Sein Benehmen, verstehen Sie? Die Art, wie er Eindruck auf sie machen wollte. So sind Männer gewöhnlich, wenn sie an einer Frau Interesse haben.«

»Und glauben Sie, daß sie auch an ihm Interesse hatte?«

»Ich glaub nicht, daß Shaz überhaupt an irgend jemandem Interesse hatte. Nicht so, daß es geknistert hätte. Dafür war sie zu versessen darauf, ihren Job gut zu machen. Ich glaube nicht, daß Simon Chancen hatte, bei Shaz zu landen. Es sei denn, er hätte was Besonderes zu bieten gehabt. Zum Beispiel eine heiße Spur in der Sache mit dem Serienmörder.«

»Hat er erwähnt, daß er bei ihrem Haus war?« wollte McCormick wissen.

»Nein. Aber das hätten Sie auch nicht getan, oder? Ich meine, wenn man denkt, daß einen gerade ein Mädchen sitzenlassen hat, erzählt man das ja nicht rum. Ist doch ganz normal, daß er nichts gesagt hat. Oder hätte er damit angeben sollen, daß er sich einen Korb geholt hatte?« Leon zündete sich eine Zigarette an und musterte McCormick mit starrem Blick.

»Was hatte er an?«

Leon dachte stirnrunzelnd nach. »Lederjackett, ein flaschengrünes Polo-Shirt, schwarze Jeans, schwarze Docs.«

»Kein Flanellhemd?«

»Nein. Nicht, als er zu uns ins Lokal kam. Warum? Haben Sie an Shaz' Kleidung Flanellfasern gefunden?«

»Nicht an der Kleidung«, sagte Wharton. »Wir glauben ...«

»Details der forensischen Ermittlungen sind im Moment

nicht unser Thema«, unterbrach ihn McCormick energisch. »Dieses Samstagsessen war eine feste Gewohnheit bei Ihnen. Waren Sie nicht beunruhigt, als Shaz nicht aufgetaucht ist?«
Leon blies den Rauch in McCormicks Richtung. »Nein, beunruhigt waren wir nicht. Kay meinte, Shaz hätte vielleicht was Besseres gefunden. Und ich hab mir gedacht, daß sie sich bestimmt wieder in ihrem Computerprogramm vergraben hat.«
»Sie war so was wie die Musterschülerin, wie?« Wharton versuchte es wieder mit einem anbiedernden Lächeln.
»Nein. Sie war einfach nur ein Arbeitspferd. Sollten Sie nicht lieber versuchen, den Saukerl zu kriegen, der Shaz getötet hat? In unserer Task Force finden Sie ihn bestimmt nicht. Wir haben uns zu der Gruppe gemeldet, um solche Schweinereien aufzuklären, nicht, um sie selber zu begehen.«
Wharton nickte. »Darum führen wir dieses Gespräch mit Ihnen, Leon. Wir brauchen Ihre Hilfe. Sie sind ein erfahrener Detective, aber Sie müssen außerdem gesunde Instinkte haben, sonst wären Sie nicht für diese Gruppe ausgewählt worden. Erzählen Sie uns, was Ihre Instinkte Ihnen sagen. Zum Beispiel, was Sie von Dr. Hill halten. Wissen Sie eigentlich, daß er dagegen war, Sie in die Task Force aufzunehmen?«

Tony starrte auf den graublauen Bildschirm. McCormick und Wharton hatten ihm zwar verboten, die Diensträume zu betreten, aber entweder verstanden sie nichts von vernetzten Computersystemen, oder sie wußten nicht, wie sie ihm den Zugang zu den Daten verwehren sollten. Jeder siebenjährige Knirps hätte ihnen erklären können, daß die PCs in den Büros mit einem zentralen Datenspeicher verbunden waren und daß jeder aus dem Team sich mit Hilfe seines persönlichen Passworts in das Programm einklicken konnte. In der Profilergruppe hatte Tony aus Sicherheitsgründen angeord-

net, es wöchentlich zu wechseln. Was die Officer nicht wußten, war, daß er eine Liste der verwendeten Zugangscodes besaß, sich also jederzeit in die Arbeitsprogramme der Lehrgangsteilnehmer einklicken konnte. Computer sind blind, sie erkennen nicht, wer welche Daten abfragt, für sie zählt nur, ob das Passwort stimmt.
Also hatte er, als er wieder zu Hause war, zunächst auf seinem Computer alle Arbeitsergebnisse aufgerufen, die Shaz abgeliefert hatte, und sich dann, sobald er in ihrem Programm war, unter seinem Namen ab- und unter Shaz' Namen angemeldet.
Nur leider war er zwei Stunden und etliche Kaffeetassen später kein Stück weitergekommen. Er hatte es mit sämtlichen Codes versucht, die ihm einfielen. SHAZ, SHARON, BOWMAN, ROBIN, HOOD, WILLIAM, TELL, ARCHER ... Mit Opern und Seifenopern, mit den Vornamen ihrer Eltern, mit Städten und Straßen, in denen sie gewohnt hatte, mit JACKO, VANCE und sogar mit MICKY und MORGAN. WILLKOMMEN IM PROGRAMM DER NOP TASK FORCE. BITTE GEBEN SIE IHR PASSWORT EIN: flimmerte auf dem Bildschirm. Der Cursor blinkte beharrlich, das Programm war also nicht zusammengebrochen. Aber das war auch alles, was er mit Sicherheit wußte.
Er stand auf, lief ruhelos im Zimmer auf und ab, gab schließlich mit einem gemurmelten »jetzt reicht's« auf, schnappte sich sein Jackett und redete sich ein, ein Spaziergang bis zum nächsten Kiosk werde ihm zu einem klaren Kopf verhelfen. »Mach dir nicht selber was vor«, murmelte er leise in sich hinein, als er die Haustür hinter sich zudrückte, »du willst bloß wissen, was die Idioten bei der letzten Pressekonferenz erzählt haben.«
Als er vom Gehweg vor dem Haus auf die Straße einbog, fiel

ihm die dunkle Limousine auf, die an der Bürgersteigkante wartete. Zwei Männer saßen darin, der eine hatte es verdächtig eilig, vom Beifahrersitz ins Freie zu rutschen, der andere startete – ebenfalls auffallend hastig – den Motor. Offenbar eine reichlich stümperhafte Observation. Himmel noch mal, hatten die nichts Wichtigeres zu tun, als ihre Leute auf ihn anzusetzen?
Er blieb an der Straßenecke vor dem Bric'n-Brac-Schaufenster eines Trödlerladens stehen. Das Angebot war dürftig, aber eines mußte man dem Besitzer lassen: Er achtete auf spiegelblank geputzte Schaufensterscheiben. So konnte Tony, ohne sich umdrehen zu müssen, genau verfolgen, was sich hinter ihm tat. Der Mann, der so eilig ausgestiegen war, tat so, als studiere er auf der gegenüberliegenden Straßenseite die Busfahrpläne, was ihn eindeutig als Ortsfremden entlarvte. Einheimische kannten den verbissenen Kleinkrieg konkurrierender Busunternehmen und das daraus resultierende Durcheinander, für sie waren die ausgehängten Fahrpläne allenfalls ein schlechter Witz.
Tony ging weiter bis zur Kreuzung und warf, wie man das eben tut, wenn man eine Straße überqueren will, einen Blick über die Schulter zurück. Die Limousine hatte gewendet und kam, gut vier Wagenlängen hinter ihm, die Straße heruntergekrochen. Nun gab es keine Zweifel mehr. Wenn das alles war, was die örtliche Polizei zu bieten hatte, mußte Shaz' Mörder sich keine allzu großen Sorgen machen.
Er kaufte eine Abendzeitung und überflog auf dem Heimweg den Bericht über die Pressekonferenz. Wenigstens hatten sie sich so weit bedeckt gehalten, daß niemand unnötig aufgeschreckt werden konnte. Entweder wollten sie das Wenige, was sie wußten, nicht preisgeben, oder sie wußten tatsächlich nur das, was der Pressebericht widerspiegelte, also so gut wie nichts. Tony tippte auf die zweite Möglichkeit.

Zu Hause prüfte er zuerst unter dem Vorwand, den Vorhang zuzuziehen, damit die Sonne ihn nicht bei der Arbeit am Computer störte, was seine Bewacher machten. Beide saßen wieder im Auto, das an derselben Stelle parkte wie vorhin. Worauf warteten die Burschen bloß? Was dachten sie, was er anstellte?

Wenn die Überwachungsaktion nicht so unverschämt gewesen wäre, hätte er das Ganze spaßig finden können. Er griff zum Telefon und tippte die Nummer von Paul Bishops Handy ein.

»Paul? Du wirst's nicht glauben, McCormick und Wharton haben sich in die Idee verrannt, daß jemand von uns Shaz getötet haben muß. Und zwar, weil sie außer meinen Officer und mir niemanden hier gekannt hat.«

»Ich weiß.« Bishop klang bedrückt. »Aber was kann ich dagegen tun? Sie leiten die Ermittlungen. Wenn's dir ein Trost ist, sie haben inzwischen bei Shaz' früherer Dienststelle angefragt, ob es dort vielleicht jemanden gibt, der so mit ihr über Kreuz war, daß er oder sie Shaz möglicherweise bis hierher verfolgt hat. Und dabei hat sich etwas Interessantes ergeben. Eine frühere Kollegin, Sergeant beim CID, hat ausgesagt, sie habe Shaz indirekt geholfen, für Samstag vormittag eine Verabredung mit Jacko Vance zu treffen. Sieht ganz so aus, als sei DC Bowman fest entschlossen gewesen, ihrer Idee wegen der verschwundenen Teenager auf den Grund zu gehen.«

Tony schnaufte erleichtert. »Na, Gott sei Dank. Jetzt fangen sie vielleicht an, uns ernst zu nehmen. Ich meine, sie müssen sich ja zumindest fragen, warum Vance sich nicht von selber gemeldet hat, obwohl Shaz' Foto in allen Zeitungen war.«

»Da gibt's nur einen Haken«, sagte Bishop. »Vance' Frau hat nämlich am Montag morgen bei der Polizei angerufen und mitgeteilt, daß Shaz am Samstag vormittag bei ihnen im

Haus gewesen ist. Wie sie sagt, hat ihr Mann zum Zeitpunkt ihres Anrufs noch geschlafen. Er konnte also noch keinen Blick in die Zeitung geworfen haben, und damit entfällt der Verdacht, daß er irgendwas totschweigen wollte.«
»Aber sie werden doch wenigstens mit ihm reden?«
»Davon gehe ich aus.«
»Also müssen sie ihn zu den Verdächtigen rechnen.«
Bishop seufzte. »Tony, das Problem ist, daß ich den für die Ermittlung Zuständigen zwar Empfehlungen geben kann, aber nicht befugt bin, ihnen in ihre Arbeit reinzureden.«
»Nun, nach allem, was ich höre, warst du damit einverstanden, daß die Gruppe de facto vom Dienst suspendiert ist«, hielt Tony ihm vor. »Dazu hättest du nicht unbedingt ja und amen sagen müssen.«
»Ach komm, Tony, du weißt selbst, wie schwierig die Situation unserer Task Force hier ist. Das Innenministerium wünscht keine Spannungen zwischen uns und den örtlichen Behörden. Daher hätte es keinen Zweck gehabt, auf stur zu schalten. Die Gruppe ist ja nicht aufgelöst. Wir sind sozusagen in der Warteschleife, bis der Fall gelöst oder zumindest aus den Schlagzeilen ist. Sieh's einfach als eine Art Sonderurlaub an.«
Für Tony das Stichwort, zum eigentlichen Grund seines Anrufs zu kommen. »Schöner Sonderurlaub, wenn ich observiert werde und zwei Keystone Cops vor meiner Haustür herumlungern.«
»Soll das ein Witz sein?«
»Schön wär's. Erst haben sie mir nach der Anhörung ziemlich unverblümt zu verstehen gegeben, daß ich einer ihrer Hauptverdächtigen bin, und nun hetzen sie mir auch noch zwei Aufpasser auf den Hals. Das geht entschieden zu weit, Paul.«
Er hörte Bishop tief durchatmen. »Da geb ich dir recht. Aber

es bleibt uns nichts anderes übrig, als zähneknirschend abzuwarten, bis sie vernünftig werden und mit sinnvollen Ermittlungen anfangen.«
»Das seh ich anders, Paul. Eine Frau aus meinem Team ist tot, und sie wollen uns nicht mal erlauben, ihnen bei der Suche nach dem Mörder zu helfen. Sie haben mich unmißverständlich spüren lassen, daß ich ein Außenseiter bin und nicht zu ihnen gehöre. Na gut, das hat auch seine Vorteile. Wenn du sie nicht dazu überreden kannst, mich in Ruhe zu lassen, halte ich morgen eine eigene Pressekonferenz ab. Und ich verspreche dir, das, was dabei rauskommt, wird dir ebensowenig gefallen wie Wharton und McCormick. Es wird Zeit, ein paar Verbindungen spielen zu lassen.«
Bishop seufzte. »Verstanden, Tony. Aber gib mir erst mal eine Chance.«
Tony legte auf, knipste die Schreibtischlampe an, zog den Vorhang wieder auf, stand reglos am Fenster und starrte auf die Straße. Er versuchte, Bishops Informationen mit dem zu verknüpfen, was er am Tatort festgestellt hatte. Der Mörder war wütend geworden, weil Shaz die Nase in seine Angelegenheiten gesteckt hatte. Das sprach für Shaz' Theorie, daß hinter den Fällen der verschwundenen jungen Mädchen ein Serienmörder steckte. Offenbar hatte Shaz irgend etwas getan, was den Mörder in Panik versetzt und zu dem Entschluß gebracht haben mußte, sie zu beseitigen. Und soweit sie wußten, hatte sie nichts anderes getan, als Vance einen Besuch abzustatten. Und das wenige Stunden vor ihrem Tod.
Damit war für ihn klar, daß Shaz' Mörder nicht irgendein Irrer aus Jacko Vance' Fangemeinde sein konnte, weil der innerhalb so kurzer Zeit nichts von Shaz' Besuch bei Jacko Vance erfahren, geschweige denn herausfinden konnte, wer sie war, woher sie kam und was sie von Vance wollte.
Er mußte mehr über das Treffen zwischen Shaz und Vance

herausfinden. Wenn der Mörder aus Vance' engerer Umgebung stammte, war er möglicherweise bei dem Gespräch dabeigewesen. Wenn Vance aber allein mit ihr gesprochen hatte, kam nur er selbst als Mörder in Frage. Selbst wenn er, nachdem sie gegangen war, sofort zum Telefon gegriffen und irgendeinem Dritten von ihrer Vermutung erzählt hätte, wäre dem nicht genügend Zeit geblieben, sich an Shaz dranzuhängen, herauszufinden, wo sie wohnte, und sie auch noch dazu zu überreden, ihn ins Haus zu lassen.

In diesem Moment gaben seine beiden Bewacher auf und fuhren davon. Tony warf das Jackett über eine Stuhllehne und ließ sich schwer in den Drehsessel vor dem Computer fallen. Es war lediglich ein kleiner Teilerfolg, aber er machte ihm Appetit darauf, nun auch den Beweis dafür zu finden, daß Shaz mit ihrer Vermutung recht gehabt hatte und genau darum getötet worden war. Und damit stand er abermals vor der Frage, welches Paßwort sie gewählt haben konnte. Den Namen eines Romanhelden? Tony versuchte es mit KINSEY, MILLHONE, MORSE, HOLMES, MARPLE und POIROT. Eine Niete nach der anderen. Vielleicht ein Schurke aus einem bekannten Roman? MORIARTY, HANNIBAL, LECTER? Wieder nichts.

Normalerweise hätte das Geräusch eines draußen haltenden Autos ihn nicht aus seiner Konzentration gerissen, aber heute war es wie ein Alarmsignal. Er reckte sich ein Stück hoch, sah nach draußen und erstarrte. Die drei, die aus dem roten Ford stiegen und im Gänsemarsch aufs Haus zukamen, hatten ihm gerade noch zu seinem Glück gefehlt. Kay Hallam, Simon McNeill und Leon Jackson schielten zum Fenster hoch und sahen natürlich, daß er mit finsterer Miene zu ihnen hinunterstarrte. Mit ärgerlichem Knurren stemmte Tony sich hoch, öffnete die Wohnungstür und kehrte, ohne sich weiter um die drei zu kümmern, zum Computer zurück.

Und da kamen sie auch schon ins Zimmer marschiert, wieder in Reihe, und suchten sich stumm einen Platz – Simon auf dem Fensterbrett, Leon am Aktenschrank und Kay im Lehnstuhl in der Ecke. Tony wirbelte in seinem Drehstuhl herum, starrte sie an und versuchte, sich nicht anmerken zu lassen, wie miserabel er sich fühlte. »Irgendwie kann ich verstehen, warum Leute sich zu Verbrechen bekennen, die sie gar nicht begangen haben«, sagte er, und das war nicht mal nur als Scherz gemeint.

Simon sah ihn trotzig an. »Mich allein haben Sie nicht ernst genommen, darum habe ich Verstärkung mitgebracht.«

»Dieser McCormick und der Wharton, die haben's auf uns abgesehen«, platzte Leon heraus. »Haben mir den ganzen Nachmittag Honig ums Maul geschmiert. ›Na kommen Sie, Leon, uns können Sie ruhig sagen, was Sie wirklich von Dr. Hill und Simon McNeill halten. McNeill hat für die Bowman geschwärmt, aber sie war in den Doc verliebt, und deshalb hat Simon sie aus Eifersucht getötet, war's nicht so? Oder dieser Hill wollte ihr an die Wäsche gehen, aber sie hat ihn wegen ihrer Verabredung mit Simon abblitzen lassen, und da hat er sie in einem Anfall von Eifersucht ...‹ und so weiter und so weiter. Mehr Bullenscheiß, als ein Bauernhof im ganzen Monat produziert. So was macht mich fix und fertig.« Er zog eine Zigarette aus dem Päckchen, zögerte und fragte: »Darf ich?«

Tony nickte und deutetemit einem Kopfnicken auf den Kaktusneben ihm. »Benutzen Sie den Untersetzer als Aschenbecher.«

Kay beugte sich, die Ellbogen auf die Knie gestemmt, in ihrem Lehnstuhl vor. »Die können nicht mal übern Tellerrand gucken. Starren die ganze Zeit nur auf Sie und sehen sonst nichts. Am allerwenigsten scheint sie Shaz' Theorie von einem Serienmörder zu interessieren. Das halten die natürlich für eine typisch blöde Frauenfantasie. Weil so was angeblich unsere Hormone zum Tanzen bringt. Also, wir finden, wenn die nicht tun, was getan werden muß, nehmen wir das Ganze selber in die Hand.«

»Darf ich auch mal was sagen?« fragte Tony.

Leon machte eine großzügige Geste. »Bitte, nur zu.«

»Ich verstehe gut, wie euch zumute ist, und das spricht für euch. Aber wir lösen hier keine Übungsaufgabe. Wir spielen auch nicht ›Fünf Klugscheißer jagen einen Psychopathen‹. Diese Sache ist höchst gefährlich, ob als Spiel oder als Jagd. Als ich's das letzte Mal mit einem Serienmörder zu tun hatte, hätte mich das beinahe das Leben gekostet. Und bei allem Respekt vor eurer Erfahrung als Police Officer, in solchen Dingen habe ich, verdammt noch mal, mehr Erfahrung als ihr. So einen Fall löst man nicht mit dem Schulbuch unter'm Arm.« Er fuhr sich mit der Hand durchs Haar.

»Wir wissen, daß es hier um harte Realität geht, Tony«, protestierte Kay. »Und wir wissen, daß Sie der Beste sind. Deshalb sind wir ja hier. Aber es gibt ein paar Dinge, die wir eher erledigen können als Sie, weil wir einen Dienstausweis haben und Sie nicht. Fremde Cops trauen allenfalls einem Cop, Ihnen nicht.«

Simons Mund wurde zu einem schmalen Strich. »Wenn Sie sich partout von uns nicht helfen lassen, müssen wir's eben, so gut wir's können, auf eigene Faust versuchen.«

Tony empfand das schrille Klingeln des Telefons wie eine Erlösung. »Hallo?«

»Ich bin's«, sagte Carol. »Ich wollte nur hören, ob Sie vorankommen.«

Tony zögerte, preßte den Hörer ans Ohr und beäugte die drei Officer wie eine scharfe Bombe. »Das erzähle ich Ihnen lieber unter vier Augen.«

»Sie können gerade nicht reden?«

»Ich stecke gerade mitten in einer bestimmten Sache. Könnten wir uns später treffen?«
»In meinem Cottage? Um halb sieben?«
»Sagen wir lieber um sieben. Ich hab hier noch eine Menge zu erledigen, bevor ich weg kann.«
»Ich warte auf Sie. Fahren Sie vorsichtig.«
»Danke.« Er legte den Hörer auf und schloß ein paar Sekunden lang die Augen. Es war ihm gar nicht bewußt gewesen, wie isoliert er sich fühlte. Aber die Tatsache, daß es Police Officer wie Carol gab, die eines Tages die Mehrheit sein würden und ihn dann nicht mehr brauchten, machte ihm ein wenig Mut. Er öffnete die Augen und sah nacheinander Kay, Simon und Leon an. »Tut mir leid«, sagte er, »es bleibt bei meinem Nein.«
Kays Lächeln hätte einen Eisbären frieren lassen. »Gut, dann tritt ab sofort Plan B in Kraft. Wir bleiben an dem Fall dran, bis Sie uns ins Boot holen. Was Sie auch tun und wohin Sie auch gehen, wir hängen uns dran. Vierundzwanzig Stunden am Tag. Drei gegen einen.«
»Womit Sie verdammt miese Karten haben.« Leon zündete sich an der noch glimmenden Kippe die nächste Zigarette an. Tony seufzte. »Also gut, wenn ihr schon nicht auf mich hören wollt, hört ihr vielleicht auf jemanden, der sich auf dem Terrain auskennt.«

Tonys Auto quälte sich mit altersschwach ächzender Federung die Schlaglochstrecke von der Straße zum Haus hinauf. Als die letzte Biegung hinter ihnen lag, sah er erleichtert, daß im Cottage Licht brannte. Und als er ausstieg und die Wagentür hinter sich zuwarf, stand sie unter der Haustür. Er konnte sich nicht erinnern, wann er das letzte Mal so froh gewesen war, irgendwo auf fremdem Territorium Zuflucht zu finden.

Carol starrte etwas verdutzt auf die drei Leute, die nach ihm ausstiegen, reagierte aber nur mit kaum merklich hochgezogenen Augenbrauen. »Der Wasserkessel steht auf dem Herd, das Bier im Kühlschrank.« Sie drückte Tony zur Begrüßung kurz den Arm. »Ist das Ihre Leibwache?«
»Nicht ganz«, antwortete er trocken, »in Wirklichkeit befinde ich mich eher in Geiselhaft.« Er folgte Carol ins Haus, seine Begleiter blieben ihm, wie sie's versprochen hatten, dicht auf den Fersen. »Sie erinnern sich an Kay, Leon und Simon? Sie haben mir angedroht, wie Kletten an mir zu kleben, bis ich bereit bin, sie bei der Aufklärung, wer Shaz ermordet hat, mitarbeiten zu lassen.« Im Wohnzimmer zeigte er mit dem Daumen aufs Sofa und die Sessel, die drei nahmen Platz. Tony wandte sich hilfesuchend an Carol. »Ich setze alle Hoffnung darauf, daß Sie es ihnen ausreden.«
Carol schüttelte ungläubig den Kopf. »Was, die drei wollen freiwillig an einem echten Fall mitarbeiten? Ach Gott, wenn die Gerüchte, die im Umlauf sind, auch nur zur Hälfte stimmen, müßten sie eigentlich nach all dem Ärger um Mordfälle einen großen Bogen machen.«
»Erst mal Kaffee«, schlug Tony vor, legte Carol die Hand auf die Schulter und dirigierte sie in die Küche.
»Kommt sofort.«
Tony kam hinter ihr her und drückte die Tür hinter ihnen zu. »'tschuldigung, daß ich so hier reinplatze, aber auf mich wollten die drei nicht hören. Das Problem ist, daß West Yorkshire offenbar in Simon den Hauptverdächtigen sieht, und ich rangiere mit knappem Abstand auf Platz zwei. Und die drei wollen das nicht akzeptieren, ohne etwas dagegen zu unternehmen. Aber Sie wissen, wie das bei der Jagd auf einen Serienmörder ist, Carol. Vor allem, wenn die Sache einen persönlichen Aspekt bekommt. Nur, die drei dort draußen haben nicht genug Erfahrung, um das richtig einzuschätzen. Vance

oder irgend jemand aus seiner engsten Umgebung hat schon die beste und gescheiteste aus meiner Gruppe getötet. Ich möchte nicht noch mehr Tote auf dem Gewissen haben.«
Carol löffelte Kaffee in den Filter und schaltete das Gerät ein. »Sie haben völlig recht«, sagte sie, »obwohl ... nun, wenn ich mich nicht sehr irre, werden die drei die Sache auf jeden Fall weiter verfolgen. Die beste Gewähr, nicht noch einen Officer zu verlieren, wäre, wenn Sie Ihre drei Eleven am kurzen Zügel halten – also mit ihnen zusammenarbeiten. Lassen Sie sie die Laufarbeit machen, und die diffizilen Arbeiten, bei denen es auf Erfahrung ankommt, erledigen wir.«
»Wir?«
Carol schlug sich mit der flachen Hand vor die Stirn. »Wieso habe ich plötzlich das Gefühl, mich in irgendwas einzumischen, was mich nichts angeht?« Sie gab Tony einen Stups. »Wären Sie so freundlich, schon mal Zucker, Milch und Becher aufs Tablett zu stellen und reinzubringen, ehe wir uns ernsthaft in die Wolle kriegen?«
Auf dem Weg ins Wohnzimmer fing Tony an, sich mit dem Gedanken anzufreunden, daß er innerhalb weniger Stunden vom Einzelkämpfer zum Teamchef avanciert war. Bis Carol dann mit dem Kaffee nachkam, hatte er die drei anderen bereits davon unterrichtet, daß die Karten in ihrem Sinne neu gemischt waren.
Er stellte sein Laptop auf den Eßtisch, steckte das Modem in den Telefonstecker und schloß den Transformator an. Während die anderen sich so um ihn gruppierten, daß sie auf den Bildschirm blicken konnten, fragte Carol: »Wie ist Ihre Vernehmung eigentlich gelaufen?«
»Ich bin am Schluß einfach gegangen«, erwiderte er lakonisch und starrte weiter auf den Bildschirm. »Man könnte von einer feindseligen Atmosphäre sprechen. Für sie bin ich jemand, der nicht auf derselben Seite steht. In der für den

Hauptverdächtigen reservierten Nische haben sie zwar Simon geparkt, weil er so dumm war, sich ausgerechnet für den Abend mit Shaz zu verabreden, an dem sie ermordet wurde. Aber mich haben sie ganz eindeutig auf der Reserveliste.« Er sah hoch, und da las Carol in seinen Augen, daß seine kaltschnäuzige Schnodderigkeit nur vorgetäuscht war, in Wirklichkeit fühlte er sich verletzt.
»Blödes Pack«, murmelte Carol und stellte ihm seinen Kaffeebecher neben den Computer. »Aber so sind die Yorkshireburschen eben. Ich kann's nicht fassen, daß sie sich nicht von euch helfen lassen.«
Leon lachte kurz auf. »Wem sagen Sie das? Äh – darf man hier rauchen?«
Carol sah, wie er nervös mit den Fingern auf die Schenkel trommelte. »Im Küchenschrank finden Sie einen Aschenbecher, über dem Wasserkessel. Aber bitte nur dort, ja.« Als er in die Küche ging, rutschte sie auf den freigewordenen Stuhl neben Tony nach.
Tony klickte sich mit Shaz' Code ins Programm der Task Force ein. Er deutete auf den blinkenden Cursor. »An der Stelle hänge ich schon den ganzen Nachmittag. Ich kann mich unter ihrem Namen im Programm anmelden, aber ohne ihr Paßwort komme ich einfach nicht weiter.«
Er startete ein paar neue Versuche, unterstützt von Kay und Simon, die ihm ihre Vorschläge zuriefen, aber das Ergebnis war immer dasselbe: der Cursor blinkte unerbittlich weiter.
Carol hatte eine Weile stumm danebengesessen, erst als Tony und seinen Leuten die Ideen ausgingen, sagte sie: »Ich vermute, wir haben das Naheliegendste übersehen. Wem wollte Shaz nacheifern? Wer war ihr Idol?«
Tony sah sie verdutzt an. »Irgend jemand bei Scotland Yard?«
Carol rückte den Laptop so zurecht, daß sie das Keyboardteil bedienen konnte. »Bekannte Profiler.« Sie tippte die Namen

LEYTON, RESSLER und DOUGLAS ein. Der Cursor blinkte weiter. Und da hatte sie auf einmal eine Idee, und ihre Finger flogen über die Tastatur. Hinter dem blinkenden Cursor stand: TONYHILL. Für einige Sekundenbruchteile war der Bildschirm leer, dann tauchte ein Menu auf. »Verdammt«, murmelte Carol, »warum ist mir das nicht gleich eingefallen?«

Kay und Simon applaudierten begeistert, Leon stieß eine Art Wolfsgeheul aus, und Tony fragte kopfschüttelnd: »Wie krieg ich Sie bloß dazu, doch noch in unsere Gruppe zu kommen. Mit normaler Kripoarbeit verschwenden Sie nur Ihr Talent. Mit Ihrem Einfühlungsvermögen sollten Sie lieber Psychopathen fangen.«

Carol schob Tony den Laptop wieder hin. »Ach? Und wieso bin ich dann nicht dahintergekommen, daß mein Brandstifter ein ganz gewöhnlicher Verbrecher und kein Geistesgestörter ist?«

»Weil Sie allein gearbeitet haben. Das zahlt sich bei Analysen nie aus. Der beste Weg ist, einen Detective und einen Psychologen zusammenarbeiten zu lassen. Man nennt das Bündeln der Erfahrungen.« Er verschob den Cursor auf den »Dateimanager« und drückte die Enter-Taste.

Carol bedauerte nachträglich, daß sie den Brandstifter überhaupt erwähnt hatte, weil Tony das gleich wieder zum Anlaß genommen hatte, sie doch noch in seine Gruppe zu locken. Ein Thema, über das sie nicht reden wollte, schon gar nicht in Gegenwart seiner Lehrgangsteilnehmer. Aber nachdem das nun mal passiert war, hielt sie es für angebracht, Leon, Kay und Simon in Kurzfassung Tonys Theorie zu erklären, daß der Täter vermutlich ein freiwilliger Feuerwehrhelfer sei, der aus gewöhnlichen kriminellen Motiven handle.

»Aber aus welchem Motiv?« fragte Kay. »Das ist doch der entscheidende Punkt, oder nicht?«

»Bei kriminellen Motiven geht's immer um die Frage: Wer hat Nutzen davon?« warf Leon ein. »Und da es sich bei den Geschädigten um verschiedene Eigentümer handelt und bei den Versicherungen auch jedesmal andere Gesellschaften betroffen sind, würde er auf jemanden ziemlich weit oben in der örtlichen Hierarchie tippen, der weiteren personellen und finanziellen Kürzungen einen Riegel vorschieben will.«

Tony sah von der Liste der Dateinamen, durch die er sich arbeitete, hoch. »Interessante Idee, trotzdem abwegig. Ich orientiere mich gern an der naheliegendsten Möglichkeit: Schulden.«

»Schulden?« fragte Carol skeptisch.

»Richtig.« Tony, schon wieder mit den Dateien beschäftigt, sah kurz hoch. »Einer, den die monatlichen Abzahlungsraten auffressen, dem ein Zahlungsbefehl nach dem anderen ins Haus flattert und der jeden Tag damit rechnen muß, daß sein Häuschen unter den Hammer kommt.«

»Aber was kann so 'n nächtlicher Feuerspuk groß bringen? Maximal einen Fünfziger oder 'n Hunderter bar auf die Kralle. Glauben Sie wirklich, daß jemand dafür so 'n hohes Risiko eingeht?«

Tony zuckte die Achseln. »Wenn er mit dem Rücken zur Wand steht? Wenn's darum geht, ob sie einem den Strom abdrehen oder das Auto zerkratzen? Und wenn er's vielleicht mit Gläubigern zu tun hat, die nicht lange fackeln? Da kann's von hundert pro Woche abhängen, ob man mit heiler Haut davonkommt oder auf Krücken durch die Gegend humpelt. Da blättert man lieber fünf hier und zwanzig dort hin, um guten Willen zu zeigen. Ich würde nach einem Ausschau halten, der am Rande des Ruins steht, Carol.« Und auf einmal hatte er nur noch Augen für den Bildschirm. »Da ist es ja – MISPER.001. Das müßte ihre Hausaufgabe sein.«

»Ja«, sagte Carol, »scheint so. Und MISPERJV.001 könnten die Ergebnisse ihrer Analyse über Jacko Vance sein.«
»Schau'n wir doch mal nach.« Tony öffnete die Datei, und auf einmal erschien der Text auf dem Bildschirm, den Shaz getippt hatte. Es war wie eine gespenstische Begegnung mit einer Toten. Einen Augenblick lang hatte Tony das unheimliche Gefühl, als starrten ihn vom Bildschirm Shaz' zwingende blaue Augen an. »Mein Gott«, murmelte er, »das war nicht nur eine Spielerei.«
Leon sah Tony über die Schulter. »Verdammt«, stieß er schwer atmend aus, »du warst eine richtige Hexe, Shazza.« Womit er genau das ausdrückte, was alle empfanden, als sie auf Shaz' elektronisches Vermächtnis starrten.

Systematische Täter-Checkliste

JACKO VANCE
Dateigruppe: MISPER

Zahl der Geschwister:
Einzelkind.

Beruf des Vaters:
Ingenieur. Häufig aufgrund langfristiger Projektverträge auswärts tätig. Längere Zeit von zu Hause weg.

Vater-Sohn-Beziehung:
Siehe oben.

Eltern-Sohn-Beziehung:
Deutlich widersprüchliche Erziehungseinflüsse. Vater: siehe oben. Mutter scheint

unter einer postnatalen Depression gelitten zu haben. Später hat sie sich gegenüber J.V. sehr ablehnend verhalten.

Intelligenzquotient:
Überdurchschnittlich hoch. Von den Lehrern als sehr begabt eingeschätzt, konnte die in ihn gesetzten Erwartungen bei der akademischen Ausbildung nicht erfüllen; allenfalls mittelmäßige Examensnoten.

Berufliche Fähigkeiten, Werdegang:
Zunächst hervorragender Speerwerfer, später - nach seinem Unfall - TV-Star. Perfektionist, neigt zu Wutanfällen, hat wiederholt Mitarbeiter fristlos entlassen. Arroganz und Überheblichkeit hätten ihn möglicherweise mehrere Fernsehverträge gekostet, wegen seiner früheren Leistungen als Spitzensportler und der hohen Akzeptanz bei seinem Fernsehpublikum ist er jedoch in gewisser Weise »sakrosankt«.

Soziales Verhalten:
Siehe oben. Gesellig und redegewandt, emotional jedoch unbeteiligt. Bewegt sich sicher auf dem gesellschaftlichen Parkett, genießt in den sogenannten besseren Kreisen ein durchweg hohes Ansehen. Führt allem Anschein nach eine gute Ehe, unterhält, soweit bekannt, keine außerehelichen Beziehungen.

Partnerschaftliches Verhalten:
Seit zwölf Jahren mit Micky Morgan verheiratet. Sehr populäre Ehe, »das goldene TV-Paar«. Häufig aus beruflichen Gründen oder wegen seiner intensiven karitativen Tätigkeit von zu Hause weg.

Emotionale Belastung beim Begehen eines Verbrechens:
Nichts Näheres bekannt. V. steht jedoch in dem Ruf, gerade unter Belastung betont kühl und gelassen zu bleiben.

Alkohol- oder Drogenkonsum beim Begehen eines Verbrechens:
Keine Erkenntnisse. Alkoholmißbrauch: auch aus früherer Zeit nichts bekannt. Gerüchte besagen, daß er seit seinem Unfall (Verlust des rechten Arms) an die regelmäßige Einnahme schmerzstillender Mittel gewöhnt sein soll.

Mobilität:
Besitzt ein silberfarbenes Mercedes Kabrio und einen Land Rover, beide Fahrzeuge in gutem Zustand, mit Automatik und weiterem behindertengerechtem Sonderzubehör ausgestattet.

Möglichkeit, das Medienecho auf Verbrechen zu verfolgen:
V. hat Zugang zu allen Medien,
er ist mit zahlreichen Journalisten

persönl ch bekannt. Also beste Bedingungen.

Gemeinsame Charakteristika der Opfer:
Ja - siehe Anlage A
(Gruppe von sieben potentiellen Opfern).

Öffentliches Ansehen:
Millionen Mütter würden ihm ihr Leben oder das ihrer Töchter anvertrauen. Wurde bei einer einige Jahre zurückliegenden Meinungsumfrage zur »vertrauenswürdigsten Person« im UK erklärt (nach der Königin und dem Bischof von Liverpool).

Aussehen:
Subjektive Einschätzung: durchschnittlich. Bei jemandem, der so berühmt ist und teure, modische Kleidung trägt, kaum objektiv zu beurteilen.

Geisteskrankheiten in der Familie:
Nichts bekannt (Mutter verstarb vor acht Jahren, Krebs).

Alkohol- oder Drogenprobleme in der Familie:
Nichts bekannt.

Vorstrafen der Eltern:
Nichts bekannt.

Emotional negative Einflüsse:
Seine Mutter soll ihm (»genau wie dein Vater«) eingeredet haben, er sei häßlich und linkisch. Offenbar hat sie ihn für die häufige Abwesenheit seines Vaters verantwortlich gemacht.

Sexuelle Dysfunktionen (mangelnde Reife, Beziehungsängste):
Keine Anzeichen, siehe auch »Partnerschaftliches Verhalten«. Keine Hinweise darauf, daß MM in der Ehe unglücklich wäre oder einen Lover hätte. (Gegencheck anhand der Klatschspalten der Boulevardpresse oder durch Befragung der in der Wohngegend eingesetzten Polizeistreifen?)

Mutter-Sohn-Verhältnis:
Kühl, distanziert. In beiden zugrundegelegten Biographien bestätigt.

Egozentrische Weltsicht:
Alle Anzeichen - sogar MM.s betont positive biographische Darstellung - sprechen dafür.

Züchtigungen während der Kindheit:
MM berichtet, sein Vater habe ihn bei der Rückkehr von beruflich bedingter Abwesenheit regelmäßig wegen ungenügender schulischer Leistungen verprügelt. Sonst keine Erkenntnisse.

Belastende sexuelle Erlebnisse während der Kindheit (Zeuge ehelicher Vergewaltigungen, Prostitution der Mutter):
Keine Erkenntnisse.

Ehebeziehung der Eltern:
Scheidung der Eltern, als V. zwölf war. MM.s Biographie zufolge war ein entscheidender Antrieb für V.s sportliches Engagement das Verlangen, seinen Vater zu beeindrucken.

Autoerotische Erfahrungen während der Pubertät:
Keine Erkenntnisse.

Vergewaltigungsfantasien:
Keine Erkenntnisse.

Reges Interesse an Pornographie:
Keine Erkenntnisse.

Voyeuristische Neigungen:
Keine speziellen Erkenntnisse. Seine Sendung *Besuch von Vance* gilt jedoch als Zuschauerspektakel, das extrem auf die Befriedigung menschlicher Neugier abzielt.

Erkenntnisse über anormale sexuelle/emotionale Beziehungen und die eigene retrospektive Reaktion darauf:
Keine.

Zwanghafte Arbeitswut:
Wird sowohl von wohlgesonnenen wie von rivalisierenden Kollegen bestätigt.

Irrationale Phobien:
Nichts bekannt.

Wahrheitsliebe:
Ein Vergleich der beiden zugrundegelegten Biographien zeigt bei der Schilderung des Unfalls und der Zeit danach ein in mehreren Punkten abweichendes Erinnerungsvermögen.

Psychologische Streßfaktoren:
J.V.s erste feste Freundin war Jillie Woodrow (frühere Beziehungen zu Mädchen waren unglücklich verlaufen). Er war fast sechzehn, als sie sich kennenlernten, sie erst vierzehn und - abgesehen von seinen sportlichen Ambitionen - V.s ein und alles. Eine zwanghafte, alle anderen ausschließende Zweierbeziehung, bei der V. offenbar den dominierenden Part spielte. Verlobung, als J.W. sechzehn wurde, gegen den Willen ihrer Eltern und seiner Mutter (zum Vater hatte V. zu dieser Zeit den Kontakt bereits abgebrochen). Nach MM.s Darstellung löste V. nach dem Unfall und dem Verlust eines Arms das Verlöbnis, weil er J. unter den neuen Umständen nicht länger an sich binden wollte. Tosh Barnes' Version zufolge suchte J. dagegen

seit längerem einen Ausweg aus der als klaustrophobisch empfundenen Beziehung und nutzte die Gelegenheit, um sich von V. zu trennen, und zwar unter dem Vorwand, ein Mann mit einer Prothese wirke abstoßend auf sie. Kurz danach lernten sich MM. und V. kennen. Kurz vor deren Heirat offenbarte J.W. in einem Interview mit *News of the World*, V. habe sie zur Duldung masochistischer Rituale gezwungen, ihr Fesseln angelegt und trotz ihrer Gegenwehr Sex mit ihr gewollt. V. versuchte, die Veröffentlichung zu verhindern, und hat, als ihm das nicht gelang, J.W.s Darstellung vehement dementiert. Obwohl die Redaktion ihm eine Gegendarstellung verwehrte, verzichtete er auf eine Klage, weil er sich – was damals zutreffend gewesen sein könnte – »die Prozeßkosten nicht leisten« könne. Sowohl die Trennung von J.W. wie auch J.W.s anschließende Enthüllungen könnten durchaus Streßfaktoren gewesen sein, die als Auslöser für das erste von V.s Verbrechen in Frage kämen.

»O Scheiße«, sagte Carol, als sie die abschließende Analyse gelesen hatte, »da kommt man ins Grübeln, wie?«
»Glauben Sie, Jacko Vance könnte tatsächlich ein Serienmörder sein?« fragte Kay.
»Shaz hat es geglaubt«, erwiderte Tony grimmig. »Und ich denke, sie könnte recht gehabt haben.«
»Aber da gibt's was, was mich stört«, meinte Simon. Und als

Tony ihm aufmunternd zunickte, fuhr er fort: »Wenn Vance so ein Soziopath ist, wieso hat er dann auf der M 1 diese Kids gerettet und versucht, auch noch den Trucker aus der Fahrerkabine zu holen, statt sie einfach ihrem Schicksal zu überlassen?«
»Guter Punkt«, sagte Tony. »Ich will keine gewagten Theorien konstruieren, aber nach allem, was wir wissen, war er in seinen prägenden Jahren von der Sucht nach Aufmerksamkeit und Anerkennung beherrscht. Er hat also nach dem Unfall instinktiv das getan, was ihn in den Augen anderer zum Helden machte. Es ist eine Erfahrungstatsache, daß hinter Heroismus oftmals das Streben nach Ruhm steckt. Ich denke, auf der M 1 war's genauso. Und damit Sie sehen, daß ich nicht den falschen Baum anbelle, werde ich Ihnen erzählen, was ich heute nachmittag bei einem Gespräch mit Commander Bishop erfahren habe.« Er unterrichtete die anderen kurz über das Treffen zwischen Shaz und Vance.
Carol deutete auf den Bildschirm. »Ich denke, Sie werden das McCormick und Wharton zeigen müssen.«
»Dazu habe ich, so wie die mit mir umgesprungen sind, keine große Lust«, sagte Tony abweisend.
»Ich dachte, Sie wollen, daß die beiden Shaz' Mörder aus dem Verkehr ziehen?«
Tony sah sie entschlossen an. »Ich will, daß ihr Mörder aus dem Verkehr gezogen wird. Aber was die beiden angeht, die werden mir vermutlich nicht mal glauben. Sie werden mir unterstellen, daß ich Shaz' Analyse manipuliert habe. Und wenn sie überhaupt mit Vance reden, höre ich schon förmlich, wie sie ihm um den Bart gehen.« Er verfiel in den breiten Yorkshire-Slang seiner Jugend. »Tut uns leid, Sie zu behelligen, aber wir ha'm da bei dem Mädel, das am Wochenende umgebracht wurde, so 'n komischen Text gefunden, aus

dem … na ja, die hatte sich wohl in die fixe Idee verrannt, daß Sie ein Serienmörder sind.«
Carol protestierte lachend: »So schlimm wird's wohl nicht.«
»Jedenfalls werden sie Jacko Vance nicht *verhören*, dafür haben sie viel zuviel Schiß«, sagte Simon. »'n kleiner Vermerk in der Kartei, damit hat sich's.«
Tony nickte. »Und Jacko, der gute alte Kumpel, ist ein gerissener Mistkerl. Wenn er herausfindet, daß sie was von Shaz' Besuch bei ihm wissen, wird er den braven Bürger spielen und von sich aus Kontakt mit der Polizei aufnehmen. Ich denke, ich werde McCormick und Wharton lieber nichts von Shaz' Checkliste erzählen.«
Langes Schweigen. Dann fragte Simon: »Und was nun?«
Tony hatte einen Block aus der Reißverschlußtasche des Laptops genommen und fing an, etwas auf das oberste Blatt zu kritzeln. »Zunächst müssen wir eine Aufgabenteilung vornehmen. Carol, gibt's hier in der Nähe ein Lokal, das ins Haus liefert?«
»Hier draußen? Wo denken Sie hin? Aber ich hab alles da, was wir brauchen. Wenn Ihre Officer mir zur Hand gehen, zaubern wir was Leckeres hin, während der Teamchef seine Pläne schmiedet.«
Als sie eine Viertelstunde später mit Bergen von Sandwiches und einer Schale mit Knabbergebäck zurückkamen, war Tony ebenfalls fertig. Und so setzten sie sich, alle mit einer Bierflasche in der Hand, im Halbkreis um ihn herum und ließen sich erklären, was jeder tun sollte.
»Ich denke, wir sind uns einig, daß Shaz wegen ihrer Recherchen in den Fällen der verschwundenen Teenager ermordet wurde. Das und Shaz' Theorie von einem Serienmörder sind also die Annahmen, von denen wir ausgehen.« Tony sah die anderen der Reihe nach fragend an, alle nickten.
»Das externe Bindeglied ist bei all diesen Fällen Jacko Vance.

Shaz hielt ihn für den Mörder, es ist allerdings auch denkbar, daß es jemand aus seinem Umfeld war. Ich übernehme also die Aufgabe, mich um Vance zu kümmern.«
»Immer das Sahnehäubchen für den Chef«, murmelte Simon.
»Ein altbewährtes Prinzip«, bestätigte Tony grinsend. »Also, wir haben das von Shaz erstellte Täterprofil, das natürlich nur ein erster Entwurf sein kann, zumal sie sich lediglich auf allgemein zugängliche Quellen stützen konnte, und zwar im wesentlichen auf zwei Biographien. Eine davon hat Vance' Frau verfaßt, die andere ein Journalist, der sich im Showbusineß exzellent auskennt. Wir müssen noch eine Menge Recherchen anstellen, bevor wir beurteilen können, ob Vance tatsächlich für die Rolle des Serienmörders in Frage kommt. Wobei es sich bei der Theorie vom Serienmörder ebenfalls noch um eine Hypothese handelt. Wir wissen nicht einmal genau, ob die verschwundenen Mädchen tatsächlich ermordet wurden. Das ist eine für uns Profiler ungewohnte Ausgangssituation. Normalerweise ziehen wir aus den näheren Umständen eines Verbrechens Rückschlüsse auf den möglichen Täter. Dieses Mal gehen wir von dem Verdacht aus, daß jemand ein Mörder ist, und suchen nach den Morden, die er möglicherweise begangen hat. Ich bin, ehrlich gesagt, absolut nicht sicher, ob die Rechnung aufgeht. Wir müssen also mit viel Fingerspitzengefühl vorgehen und dürfen uns nicht zu früh aus der Deckung wagen.«
Wieder allgemeines Nicken. Leon ging zur Küchentür, um dort, sozusagen zwischen dem von Carol zugewiesenen Raucherterritorium und dem rauchfreien Wohnzimmer, eine zu paffen. »Ist mir soweit klar«, sagte er. »Aber was sind denn nun unsere Aufgaben?«
»Wir müssen seine Exverlobte unter die Lupe nehmen, diese Jillie Woodrow. Und derjenige, der Jillie befragt, sollte sich

am besten auch um die Recherchen zu Vance' früher Jugend kümmern – Familie, Nachbarn, Freunde, Lehrer und örtliche Bobbies, inklusive derer, die inzwischen im Ruhestand sind. Simon, würden Sie das übernehmen?«
Simon sah ihn unsicher an. »Was soll ich da genau machen?«
Tony tauschte einen Blick mit Carol. »Finden Sie einfach soviel wie möglich über Vance raus«, sagte Carol. »Wenn Sie einen Vorwand brauchen, erzählen Sie den Leuten, Vance hätte anonyme Drohungen erhalten, und wir nähmen an, daß das irgendwie bis in seine Jugendzeit zurückginge. Jillie dürfen Sie damit natürlich nicht kommen. Da könnten Sie andeuten, daß es um Anschuldigungen geht, die von einer Prostituierten erhoben wurden. Und um sie aus der Reserve zu locken, lassen Sie durchblicken, daß Sie das Ganze für üble Verleumdung halten.«
»Okay. Und wo finde ich das Herzchen, wenn ich nicht das gesamte Melderegister durchblättern will.«
»Darauf komme ich gleich«, sagte Tony. »Leon, Sie möchte ich auf die Zeit kurz vor und nach Vance' Unfall, bis in die Anfänge seiner Fernsehkarriere ansetzen. Versuchen Sie, seinen alten Trainer aufzutreiben, und Leute, die Vance aus seiner Zeit als Rundfunkreporter kennen, Athleten, die zur selben Zeit in der britischen Nationalmannschaft waren – und so weiter. Alles klar?«
Leon nickte verbissen. »Drücken Sie sich die Daumen, daß mir der Kerl dabei nicht persönlich über den Weg läuft. Sonst tut's Ihnen womöglich leid, daß Sie mir den Auftrag gegeben haben.«
»Kay, Sie klappern die Eltern der Mädchen aus Shaz' Siebenergruppe ab. Fragen Sie sie aus, als wären sie vorher nie befragt worden. Alles, was Shaz unter MISPER.001 gespeichert hat. Und alles, was Sie bei der Gelegenheit über Jacko Vance erfahren können.«

»Die örtlichen Behörden werden überglücklich sein, daß sich endlich mal jemand um ihre ungelösten Fälle kümmert«, warf Carol sarkastisch ein. »Wenn Sie Glück haben, hören die Ihnen sogar ein paar Sekunden zu.«
»Halb so wild«, sagte Tony ungerührt. »Zumal Ihnen DCI Jordan den Weg ebnet. Sie spricht vorher mit den Dienststellenleitern der zuständigen Polizeistationen und besorgt auch sämtliche anderen Informationen, die wir brauchen. Beispielsweise, wo Jillie Woodrow sich derzeit aufhält.«
Carol starrte ihn mit offenem Mund an. Was Kay, Leon und Simon mit dem hämischen Vergnügen verfolgten, mit dem Kinder gewöhnlich Ohren und Augen aufsperren, wenn sich zwischen Erwachsenen ein Streit anbahnt. »Na großartig«, sagte Carol schließlich, »da ich sonst kaum was zu tun habe, werd ich das mit Vergnügen übernehmen. Darf ich fragen, was Sie machen, Tony, während wir uns den Buckel krumm schuften?«
Tony griff nach einem Sandwich, prüfte den Belag, schien zufrieden zu sein und sagte mit einem scheinbar von jeglicher Häme freien Lächeln: »Ich schüttle inzwischen das Bäumchen.«

Detective Inspector Colin Wharton erinnerte Micky irgendwie an einen der schrägen Vögel aus den Krimis, mit denen die Fernsehsender das Loch zwischen Spätnachrichten und Sendeschluß füllten. Irgendwann mochte er auf seine knorrige Art ein ansehnlicher Bursche gewesen sein, doch nun hatte der Alkohol seine Züge aufgeschwemmt, und die schweren Tränensäcke unter den blauen Augen kamen sicher auch nicht von ungefähr. Wahrscheinlich zum zweiten Mal verheiratet, dachte sie, wieder mit denselben Problemen wie beim ersten Mal, nur, jetzt kamen noch ständige Streitereien mit den zu Teenagern herangewachsenen Kindern aus erster Ehe und das eine oder andere körperliche Wehwehchen dazu. Micky schenkte ihm ihr gewinnendes, an etlichen hundert Studiogästen erprobtes Lächeln. Wharton fuhr, wie nicht anders erwartet, voll darauf ab. Sein Assistent, Detective Constable Sidekick, schien ohnehin nur noch das letzte Quentchen Mut zu fehlen, bevor er seinem Herzen einen Stoß gab und sie um ein Autogramm bat.

Sie warf einen Blick auf die Uhr. »Jacko muß jeden Moment dasein. Steckt vermutlich im Stau. Genau wie Betsy, meine persönliche Assistentin.«

»Nun«, meinte Wharton, »wenn Sie einverstanden sind, könnten wir schon anfangen und mit Miss Thorne und Mr. Vance später reden.« Er überflog das Notizbuch auf seinem Schoß. »Wie man mir sagt, haben Sie am Vortag ihres Todes mit DC Bowman gesprochen. Worum ging es da?«

»Also, wir haben zwei Telefonanschlüsse, einen für Jacko und einen für mich. Beide stehen nicht im Telefonbuch, sie sind nur einem kleinen Personenkreis bekannt. Ich schalte mein Telefon, wenn ich außer Haus bin, immer aufs Handy, und auf dem hat mich am Freitag morgen Miss Bowmans Anruf erreicht. Ungefähr um halb neun, ich erwartete den Anruf einer Mitarbeiterin, die sich für mich um Recherchen für meine Sendung kümmert.« Micky merkte, daß sich das alles ein wenig ungeordnet anhörte, was gewöhnlich ein Zeichen für Nervosität ist.

»Aber es war nicht diese Mitarbeiterin?« hakte Wharton nach.

»Nein, es war eine mir fremde Stimme. Sie sagte, sie sei Detective Constable Sharon Bowman und wolle einen Gesprächstermin mit Jacko vereinbaren. Ich sagte ihr, daß sie auf der falschen Leitung anriefe, und sie hat sich entschuldigt und gefragt, ob sie wohl eine Nachricht für ihn hinterlassen könne. Nun, normalerweise spiele ich nicht die Sekretärin für

Jacko, aber da sie von der Polizei war und ich nicht wußte, worum es ging, hab ich mich breitschlagen lassen, mir ein paar Notizen gemacht und ihr versprochen, die Nachricht an Jacko weiterzuleiten.«

»Sehr freundlich von Ihnen, Miss Morgan«, warf Wharton ein. »Und worum ging es bei der Nachricht?«

»Sie sagte, es sei eine reine Routineangelegenheit. Sie wolle ihm im Zusammenhang mit einem Fall, den sie bearbeite, einige Fragen stellen. Weil sie dienstlich sehr eingespannt sei, am liebsten am Samstag, hinsichtlich der Zeit und des Orts könne sie sich ganz nach ihm richten. Sie hat mir dann noch eine Nummer genannt, unter der Jacko zurückrufen könne.«

»Haben Sie die Nummer noch?« fragte Wharton.

Micky schob ihm ein Notizblatt hin. »Wir fangen jeden Morgen ein neues Blatt an. Notieren alles, was im Laufe des Tages anfällt – Anrufe, Ideen für die Sendung, Dinge, die etwas mit dem Haus zu tun haben, mit Handwerkern und so – eben alles.«

Wharton las: »Det. Con. Sharon Bowman. Jacko. Gesprächstermin für Samstag? Zeit und Ort durchgeben an 307-4676, Sgt. Devine.« Das bestätigte, was sie bereits von Chris Devine erfahren hatten, aber Wharton wollte ganz sichergehen. »Diese Telefonnummer – ist das in London?«

Micky nickte. »Ja. 0171, dieselbe Ortswahl wie unsere. Mußte ja auch so sein, wenn sie bei der Met war, oder?«

»Nun, sie war zu einer Dienststelle in Leeds abkommandiert«, sagte Wharton. »Sie haben also die Nachricht an Ihren Mann weitergeleitet, und das war's dann?«

»Ich hab ihm die Nachricht auf seiner Voice Mail hinterlassen. Er hat später erwähnt, daß er einen Termin am Samstag vormittag mit ihr vereinbart hätte. Auf mich mußte er keine Rücksicht nehmen, weil ich ohnehin mit Betsy einen Wochenendausflug mit dem Shuttle machen wollte. Wir hatten

zwei Gratisflüge. Einer der Vorteile, die mein Beruf so mit sich bringt.« Sie bedachte ihn mit einem strahlenden Lächeln, und Wharton grübelte ein paar Sekunden griesgrämig an der Frage herum, weshalb die Frauen in seinem Leben es nie schafften, ihn so wunderschön anzulächeln.
Bevor er die nächste Frage stellen konnte, hörte er Schritte in der Diele. Sein erster Eindruck von Jacko Vance war der eines von einem maßgeschneiderten Anzug gebändigten Energiebündels. Er kam zur Tür herein, deutete mit der linken Hand einen Gruß an, und schon war man von ihm beeindruckt.
»Inspector Wharton, nehme ich an?« sagte er, übersah geflissentlich, daß der Inspector sich halb aus dem Sessel hochdrückte, und fügte mit einer Bescheidenheit, deren Unehrlichkeit nur Micky erkannte, hinzu: »Ich bin Jacko Vance. Eine schreckliche Geschichte, das.« Er bedachte den Constable mit einem freundlichen Kopfnicken, ließ sich neben seiner Frau auf dem Sofa nieder, tätschelte ihr das Knie und erkundigte sich in dem bekümmerten Ton, den er sich beim Umgang mit unheilbar Kranken angewöhnt hatte: »Alles in Ordnung, Micky?«
Sie nickte. »Wir sprachen gerade über DC Bowmans Anruf.«
»Aha. Tut mir leid, daß ich mich verspätet habe. Der Verkehr im Westend ist nur durch direktes Eingreifen des Himmel zu retten ... Tja, Inspector, um gleich zur Sache zu kommen: Ich habe damals die Nummer angerufen, die DC Bowman meiner Frau genannt hatte, mit einem Sergeant gesprochen ... an den Namen kann ich mich beim besten Willen nicht mehr erinnern ... und ihr gesagt, daß DC Bowman mich gern am Samstag zwischen halb zehn und zwölf zu Hause aufsuchen könne.«
»Sehr großzügig, wenn man bedenkt, was für ein vielbeschäftigter Mann Sie sind«, sagte Wharton.

Vance hob die Augenbrauen. »Ich bin den Behörden immer gern behilflich, wenn ich kann. Und an diesem Samstag war's für mich nicht mal eine Störung. Ich wollte sowieso nur privaten Postkram aufarbeiten, dann in mein Cottage in Northumberland fahren und mich früh aufs Ohr legen. Für Sonntag war nämlich ein Halbmarathon vorgesehen. In Sumberland, zugunsten wohltätiger Zwecke, Sie verstehen.« Er lehnte sich zufrieden zurück. Der Constable machte sich, wie Vance bemerkt hatte, eifrig Notizen, so daß nunmehr aktenkundig war, daß er mit dieser unappetitlichen Bowman-Geschichte nichts zu tun haben konnte.
»Wann ist DC Bowman hier angekommen?« fragte Wharton.
Vance sah Micky hilfesuchend an. »Oh, wann war das? Du wolltest gerade gehen, nicht wahr?«
»Das ist richtig«, bestätigte sie. »Das muß ungefähr um halb zehn gewesen sein. Betsy könnte Ihnen das wahrscheinlich genauer sagen, sie ist die einzige in diesem Haus, die auf Uhrzeiten achtet. Wir waren auf dem Sprung, und Jacko hat oben noch telefoniert. Ich habe sie reingebeten, ihr gezeigt, wo sie auf ihn warten konnte, und dann waren wir weg.«
»Sie hat höchstens zwei, drei Minuten warten müssen«, schloß Jacko sich an. Nahtlos wie in einer perfekten Fernsehshow, ging ihm durch den Kopf. »Sie hat sich wegen der Störung am Wochenende entschuldigt, aber ich hab ihr gesagt, daß wir in dem Job kein richtiges Wochenende kennen. Wir nehmen uns, wenn sich gerade mal eine Lücke ergibt, ein paar Stunden frei, aber das ist selten genug.« Er legte Micky den Arm um die Schultern. »Nicht wahr, Liebling?«
»Du sagst es«, seufzte sie.
Wharton hüstelte verlegen. »Würden Sie mir sagen, worüber DC Bowman mit Ihnen sprechen wollte?«
»Was?« fragte Micky. »Das wissen Sie nicht? Da nimmt ein

Police Officer den weiten Weg von Yorkshire nach London auf sich und weiß nicht mal, worum es geht?«
Wharton rutschte unruhig im Sessel hin und her und fixierte einen Punkt zwischen den beiden breiten Fenstern. »Nun, DC Bowman war, wie schon gesagt, zu einer neuen Dienststelle abkommandiert. Sie konnte, um es ganz offen zu sagen, überhaupt keinen Ermittlungsauftrag haben. Wir glauben zu wissen, woran sie gearbeitet hat, aber es wäre uns eine hilfreiche Bestätigung, wenn Sie kurz schildern könnten, was Sie an jenem Samstag vormittag mit ihr erörtert haben, Mr. Vance.«
»Kein Problem«, sagte Vance. »DC Bowman sagte mir, sie bearbeite eine Reihe von Fällen, bei denen es um – wie hat sie sich ausgedrückt? – vermißt gemeldete Mädchen im Teenageralter ging. Sie vermutete, daß sie von ein und derselben Person von zu Hause weggelockt wurden. Zufällig hat es sich so ergeben, daß einige dieser Mädchen kurz vor ihrem Verschwinden bei einem meiner öffentlichen Auftritte waren, und das hat sie zu der Frage geführt, ob es womöglich einen Irren gäbe, der's auf meine Fans abgesehen hat. Sie hat mir Fotos der Mädchen gezeigt, für den Fall, daß ich beobachtet hätte, wie sie sich mit irgend jemandem unterhalten haben.«
»Jemandem aus Ihrem Begleitteam, meinen Sie?« fragte Wharton, froh darüber, daß ihm der Ausdruck rechtzeitig eingefallen war.
Vance lachte in sattem Bariton. »Tut mir leid, Inspector, so was wie ein Begleitteam habe ich gar nicht. Ich werde von einer kleinen Gruppe ortsansässiger Helfer unterstützt. Wissen Sie, es geht bei meinen öffentlichen Auftritten darum, Geld für karitative Zwecke zu sammeln, da müssen wir die Personalkosten so niedrig wie möglich halten. Das hab ich auch DC Bowman erklärt. Es gibt einen kleinen Kern von etwa einem Dutzend Fans, die mir nahezu überallhin nach-

reisen – etwas verschrobene Leute, aber nach meiner Einschätzung absolut harmlos.«
»Man braucht solche Leute«, bestätigte Micky, »ohne sie wäre man verloren. Ein wenig verschroben, wie Jacko schon sagt, die Männer in Anoraks und die Frauen in Polyesterhosen und Acrylpullovern und mit unmöglichem Haarschnitt. Nicht gerade die Typen, mit denen ein Teenager davonlaufen würde.«
»Genauso hab ich es DC Bowman geschildert«, griff Jacko die Darstellung seiner Frau auf. Wirklich gekonnt, wie wir uns die Bälle zuspielen, dachte er. »Tja, sie hat mir also ein paar Fotos gezeigt, aber bei mir hat nichts geklingelt. Sie müssen bedenken, daß ich bei öffentlichen Auftritten bis zu dreihundert Autogramme oder mehr gebe, da bleibt einem kaum Zeit, auf andere Dinge zu achten.« Er starrte traurig auf seinen künstlichen Arm. »Ich kritzle sie hin, müßte ich eher sagen. Schreiben gehört zu den Dingen, mit denen ich mich schwertue.«
Wharton blickte betreten zu Boden und mußte unwillkürlich an den Volkstrauertag denken. Er überlegte krampfhaft, was er noch fragen könnte. »Wie hat DC Bowman darauf reagiert, Sir, daß Sie keines der Mädchen wiedererkannt haben?«
»Sie schien enttäuscht zu sein. Ja, und dann ist sie gegangen. Das muß – nun, so etwa um half elf gewesen sein.«
»Dann war sie etwa eine Stunde hier? Viel Zeit für so wenige Fragen.« Es war nicht Mißtrauen, was Wharton zu der Bemerkung veranlaßte, ihm fiel nur so schnell nichts Besseres ein.
»Ja, in der Tat«, gab ihm Vance recht. »Aber, sehen Sie, ich habe uns erst Kaffee gemacht, und dann haben wir ein wenig geplaudert. Immer dasselbe – alle wollen wissen, wie es bei *Besuch von Vance* hinter den Kulissen zugeht. Na ja, und dann

mußte ich natürlich die Fotos durchsehen. Für so was nehme ich mir immer viel Zeit. Ich meine, vermißte Mädchen – das ist schließlich eine ernste Angelegenheit. Und wenn man da an die Familien denkt, die jahrelang nichts von ihren Kindern gehört haben. Das ist wirklich schrecklich.«
»Völlig richtig, Sir«, sagte Wharton bedrückt und wünschte, er hätte den Punkt lieber nicht angesprochen. »Äh – hat DC Bowman zufällig erwähnt, wo sie anschließend hinwollte?«
Vance schüttelte den Kopf. »Leider nein, Inspector. Ich hatte zwar den Eindruck, daß sie noch eine andere Verabredung hat, aber sie hat nicht gesagt, wo und mit wem.«
Wharton sah verblüfft hoch. Zum ersten Mal beschlich ihn das Gefühl, daß das Ganze vielleicht doch nicht nur eine pflichtgemäße Routinebefragung wäre. »Und was vermittelte Ihnen den Eindruck, Sir?«
Vance runzelte die Stirn, als denke er angestrengt nach. »Na ja, nachdem ich die Fotos durchgesehen hatte, habe ich gefragt, ob ich frischen Kaffee machen solle. Und da hat sie erschrocken auf die Uhr gesehen und gesagt, sie habe gar nicht gemerkt, daß es schon so spät sei, und sie müsse jetzt gehen. Was sie dann auch einige Minuten später tat.«
Wharton klappte sein Notizbuch zu. »Und was ich nun auch tun werde, Sir. Wir waren nahezu sicher, daß DC Bowmans Besuch bei Ihnen nichts mit ihrem Tod zu tun hat, aber wir müssen eben alle Möglichkeiten überprüfen.«
Vance begleitete Wharton und den Constable zur Haustür. Micky verfolgte die Szene vom Fenster aus. Sie hatte keine Ahnung, was Jacko vor den beiden Polizisten verbergen wollte, aber sie kannte ihn gut genug, um zu wissen, daß er ihnen nicht das gesagt hatte, was man gemeinhin die volle Wahrheit nennt.
Als er ins Zimmer zurückkam, lehnte sie am Kamin. »Wirst du mir sagen, was du ihnen nicht sagen wolltest?«

Vance grinste. »Liest du mal wieder Gedanken, Micky? Ja, ich sag's dir. Ich hab doch eines der Mädchen auf den Fotos der Bowman wiedererkannt.«
Micky machte große Augen. »Wirklich? Wieso? Woher?«
»Kein Grund zur Panik. Das war ganz harmlos. Ihre Eltern haben sich, als sie verschwunden war, an uns gewandt. Weil sie so ein großer Fan von mir gewesen sei und nie eine meiner Sendungen verpaßt habe – bla-bla-bla. Sie wollten, daß ich im Fernsehen an das Mädchen appelliere, sich mit den Eltern in Verbindung zu setzen. Das hab ich natürlich nicht getan, es hätte nicht in die Sendung gepaßt. Ich hab jemanden bei einer Boulevardzeitung gebeten, eine Story darüber zu bringen. ›Jacko bittet weggelaufenen Teenager: Melde dich bei deinen armen Eltern.‹«
»Warum hast du das Wharton nicht erzählt? Wenn's in der Zeitung stand, stolpern die sowieso irgendwann darüber.«
»Ach was, die wußten doch nicht mal, was die Bowman von mir wollte. Und daraus, daß ich mal indirekt was mit einem von Gott weiß wie vielen weggelaufenen Mädchen zu tun hatte, können sie mir keinen Strick drehen. Nur, bei der Polizei sickert eben alles durch. Ich geh doch nicht das Risiko ein, in allen Sensationsblättchen ›Jacko unter Mordverdacht?‹ zu lesen. Hast du vergessen, daß ich ein Meister der Verschleierung bin?« Er kam zum Kamin und küßte sie auf die Wange. »Und noch was, Micky – versuche nie, einen auszutricksen, der sich selber gut aufs Tricksen versteht.«

Als Carol am nächsten Morgen ihr Büro betrat, stellte sie verblüfft fest, daß sich bereits ihre gesamte Crew dort versammelt hatte. Tommy Taylor saß in Machomanier mit gespreizten Beinen auf dem Besucherstuhl, Lee hatte das Fenster einen Spalt geöffnet, damit sein Zigarettenqualm abzog, und Di lehnte wie üblich mit verschränkten Armen an der Wand. Carol hätte sie zu gern in das nächste Kaufhaus gezerrt, damit sie sich – jetzt, beim Winterschlußverkauf – endlich mal statt der teuren, häßlichen Fummel, die sie trug, was Adrettes zum Anziehen kaufte.

Sie nahm hinter dem Schreibtisch Platz, öffnete ihre Aktentasche und sagte: »Also, unser Serienbrandstifter ist allem Anschein nach kein Psychopath. Das sagt mir jedenfalls ein Psychologe, von dessen Beurteilungsvermögen ich sehr viel halte. Der Bursche, der die Brände legt, handelt offenbar aus kriminellen Motiven. Und das lenkt den Verdacht auf Feuerwehrleute, die als freiwillige Helfer auf der Basis von Zeitverträgen arbeiten.«

Die drei starrten sie an, als redete sie spanisch. »Wie war das?« brachte Lee schließlich heraus.

Carol verteilte Kopien der Liste, die Jim Pendlebury ihr gegeben hatte. »Ich möchte, daß diese Männer gründlich gecheckt werden, mit besonderem Augenmerk auf ihre finanziellen Verhältnisse. Und zwar so, daß sie nicht mal ahnen, daß wir sie im Visier haben.«

»Sie beschuldigen Feuerwehrmänner?« keuchte Tommy Taylor.

»Ich beschuldige niemanden, Sergeant. Wir gehen vor wie immer, sammeln Informationen und ziehen dann Schlußfolgerungen.«

»Die Jungs riskieren bei den Einsätzen ihr Leben«, sagte Di Earnshaw erregt. »Warum sollte einer von denen Feuer legen? Da müßte er ja total verblödet sein, und Sie sagten gerade, daß er das nicht ist. Das ist doch ein Widerspruch in sich.«

»Er leidet nicht an einer Geisteskrankheit, ist aber vermutlich in einer verzweifelten Lage«, sagte Carol. »Wir suchen einen, der so tief in Schulden steckt, daß er an nichts anderes mehr denken kann. Er will seine Kameraden nicht vorsätzlich in Gefahr bringen. Den Gedanken, daß er's doch tut, verdrängt er.«

Taylor schüttelte skeptisch den Kopf. »Ist 'n harter Brocken, den wir der Feuerwehr da zu schlucken geben.«

»Nicht mehr, als wenn die Medien der Polizei Korruption vorwerfen. Und wir wissen alle, daß so was vorkommt«, sagte Carol. Sie schob ihre Unterlagen in die Aktenmappe, sah hoch und fragte: »Wieso seid ihr immer noch da?«

Lee warf die Zigarettenkippe aus dem Fenster und schlenderte zur Tür. Taylor griff sich ostentativ zwischen die Beine, um die derangierten Insignien seiner Männlichkeit zurechtzurücken, stand auf und winkte Di mitzukommen.

Als sich die Tür hinter den drei geschlossen hatte, lehnte Carol sich zurück und massierte sich die Verspannungen rund um den obersten Nackenwirbel. Vor ihr lag ein sehr langer Tag.

Tony griff nach dem Telefon, nuschelte »Moment, bitte« in die Sprechmuschel, tippte auf seinem Keyboard den Satz zu Ende, den er angefangen hatte, und meldete sich mit »Ja? Tony Hill.«

»Hier ist DI Wharton.« Weder freundlich, noch ruppig.

»Aha. Und warum?«

»Wie?« fragte Wharton verdutzt zurück.

»Warum Sie anrufen. Das ist doch eine ganz normale Frage.«

»Nun, sagen wir – aus Höflichkeit.«

»Das ist mal was Neues.«

»Es besteht kein Grund, spitz zu werden. Mein Chef kann Sie jederzeit zu einer erneuten Vernehmung vorladen.«

»Kann er«, bestätigte Tony, »aber das muß er mit meinem Anwalt aushandeln. Also, was wollten Sie mir aus Höflichkeit mitteilen?«

»Wir hatten einen Anruf, von Micky Morgan, der Fernsehmoderatorin. Die, was Sie vielleicht nicht wissen, Mrs. Jacko Vance ist. Sie hat uns von sich aus mitgeteilt, daß Bowman am Samstag vormittag in ihrem Haus war, weil sie etwas mit ihrem Mann besprechen wollte. Wir sind also hingefahren und haben Mr. Vance befragt. Alles in Ordnung. Diese Bowman mag ja in Ihrer kleinen Gruppe mächtig auf die Pauke gehauen haben, aber Mr. Vance gegenüber hatte sie nicht den Mumm, denselben Unsinn noch mal zu verzapfen. Sie wollte lediglich wissen, ob ihm aufgefallen sei, daß sich bei seinen Veranstaltungen jemand an eines der vermißten Mädchen herangemacht hatte. Vance hat natürlich nichts dergleichen bemerkt. Kein Wunder, wenn man bedenkt, daß Woche für Woche Tausende von Gesichtern an ihm vorbeiziehen. Sie sehen also, Dr. Hill, er ist sauber.«

»Jacko Vance erzählt Ihnen, er hätte Shaz Bowman beim Weggehen freundlich nachgewinkt, und damit ist die Sache für Sie erledigt? So einfach ist das?«

»Es gibt keinen Grund, etwas anderes anzunehmen.«

»Der letzte, der sie lebend gesehen hat?« fragte Tony. »Hakt man da gewöhnlich nicht etwas genauer nach?«

»Sie haben sich, soweit wir wissen, nicht gekannt, Vance genießt einen untadeligen Ruf, und die Bowman hat das Haus, zwölf Stunden bevor das Verbrechen begangen wurde, verlassen«, sagte Wharton mit eisiger Schärfe. »Außerdem handelte es sich um die Begegnung zwischen einem einarmigen Behinderten und einer jungen, kräftigen, gut durchtrainierten Polizistin.«

»Fand das Gespräch zwischen Vance und Shaz Bowman in Anwesenheit eines Zeugen statt, oder waren die beiden allein?«

»Vance' Frau hat die Bowman hereingebeten, dann ist sie weggefahren. Bowman und Vance waren also allein. Aber das bedeutet nicht automatisch, daß er lügt. Ich bin lange genug in dem Geschäft, und ich merke, wenn mir einer was vorlügt. Sie nehmen den falschen Mann aufs Korn, Dr. Hill. Ich nehm's Ihnen nicht übel, daß Sie versucht haben, uns von Ihren Leuten abzulenken. Trotzdem, wir halten uns an die, die die Bowman gut gekannt haben.«

»Danke für die Information«, sagte Tony und legte auf. Jedes weitere Wort wäre vertane Zeit gewesen. Er fand es immer wieder verblüffend, wie blind Menschen sein konnten. Nicht, daß Wharton ein ausgemachter Trottel gewesen wäre, er war einfach trotz seiner vielen Jahre im Polizeidienst in der Vorstellung befangen, daß jemand wie Jacko Vance keine Gewaltverbrechen beging.

Im Grunde hatte er mit Whartons Einstellung rechnen müssen. Die Polizei konnte ihm nicht recht geben, nur um Shaz Bowman zu rächen. Aber er war mehr als vorher davon überzeugt, daß Jacko Vance der Mörder war. Die Theorie von einem aus Vance' Umfeld konnte er vergessen. Wenn außer Vance niemand bei dem Gespräch mit Shaz dabeigewesen war, konnte sich, nachdem sie sein Haus verlassen hatte, nur Vance an ihre Fersen geheftet haben.

Er griff wieder zum Telefon und tastete eine Nummer ein, die er im Branchenverzeichnis gefunden hatte. Als sich die Vermittlung meldete, bat er: »Stellen Sie mich bitte zum Produktionsbüro von *Morgan am Mittag* durch.«

John Brandons Finger spielten mit dem Henkel des Kaffeebechers. »Schön finde ich das nicht, Carol«, gestand er und hob, als Carol etwas erwidern wollte, abwehrend die Hand. »Sie auch nicht, das kann ich mir denken. Es ist nicht gerade naheliegend, sich bei solchen Ermittlungen ausgerechnet auf Feuerwehrleute zu fixieren. Ich kann nur hoffen, daß wir hier keinen fürchterlichen Fehler begehen.«

»Tony Hill hatte schon einmal recht«, sagte Carol. »Und seine Schlußfolgerung ist einleuchtender als alle anderen, die wir erwogen haben.«

Brandon zog eine Miene wie ein an der Welt verzweifelten Bestattungsunternehmer. »Es ist so ein bedrückender Gedanke, daß jemand mutwillig Leben aufs Spiel setzt, wenn er sie eigentlich retten soll, und das für lächerlich wenig Geld.« Er trank einen Schluck Kaffee. Gewöhnlich bot er Carol auch einen an, daß er's heute vergessen hatte, bewies, wie tief der Schock über ihre Einschätzung der Lage saß. »Also gut. Halten Sie mich bitte auf dem laufenden. Und ehe es zu einer Festnahme kommt, möchte ich unterrichtet werden.«

»Selbstverständlich. Und ... da wäre noch etwas anderes.«

»Kommt jetzt die gute oder die schlechte Nachricht?«

»Ich glaube, die schlechte haben wir abgehakt, Sir. Je nachdem, was Sie von der anderen Sache halten.« Ihr Lächeln wirkte nicht sehr fröhlich.

Chief Constable Brandon seufzte. »Dann lassen Sie mal hören.«

»Es betrifft wiederum Tony Hill. Ich nehme an, über den Mord in seiner Profilergruppe sind Sie unterrichtet.«

»Eine schreckliche Sache. Einen Officer aus dem eigenen Team zu verlieren ist das Schlimmste, was ihm widerfahren konnte.« Dann stutzte er. »Aber was hat das, abgesehen von der persönlichen Betroffenheit, mit uns zu tun?«

»Offiziell gar nichts.«

»Und inoffiziell?«

»Tony hat Schwierigkeiten mit West Yorkshire. Offenbar halten sie ihn und seine Lehrgangsteilnehmer für die Hauptverdächtigen. Ohne triftigen Grund. Tony glaubt, daß sie andere Spuren willkürlich vernachlässigen, und will nun, da die offiziell Zuständigen Scheuklappen vor den Augen haben, von sich aus Ermittlungen anstellen.«

Brandon grinste breit. »Hat er das so gesagt?«
»Nicht wörtlich, Sir. Ich habe kein Protokoll geführt.«
»Ich kann verstehen, daß er aktiv werden will«, sagte Brandon bedächtig, »das ginge jedem so, der in seiner Haut steckt. Aber eine der eisernen Regeln für die Polizei ist, daß Ermittlungen nicht von einem Officer durchgeführt werden, der ein persönliches Interesse an der Aufklärung des Falles hat. Aus gutem Grund, weil das persönliche Engagement das Urteilsvermögen trüben kann. Meinen Sie nicht, daß es am besten wäre, die Zuständigen aus West Yorkshire ihren eigenen Weg gehen zu lassen?«
»Nicht, wenn das dazu führt, daß ein Psychopath weiter frei herumläuft«, erwiderte Carol. »Und ich kann an dem Weg, den Tony einschlagen will, nichts Falsches erkennen.«
»Bleibt noch die Frage offen: Was hat das mit uns zu tun?«
»Er braucht Hilfe. Er arbeitet mit einigen seiner Task Force Officer zusammen, aber die sind derzeit alle suspendiert und können also offizielle Quellen nicht anzapfen. Und er braucht jemanden, der eventuelle Ergebnisse aus der Sicht eines erfahrenen Police Officer beurteilt. Die Leute von der West Yorkshire Division kann er dafür nicht einspannen. Die sind nur daran interessiert, einen Vorwand zu finden, damit sie einen aus seiner Gruppe einbuchten können.«
Brandon nickte. »Die wollten diese Task Force von vornherein nicht unter ihrem Dach haben. Kein Wunder, daß sie auf eine Gelegenheit lauern, sie loszuwerden. Dennoch ist es ihr Fall, und sie haben uns nicht um Unterstützung gebeten.«
»Nein. Aber Tony. Und ich denke, ich bin ihm das schuldig, Sir. Es geht lediglich darum, daß ich mich ein bißchen umhöre und sein Team mit Namen und Adressen versorge. Mir liegt daran, das zu tun, aber ich möchte es gern mit Ihrem Segen tun.«

»Wenn Sie von Hilfe sprechen ...«
»Ich werde mich nicht in dienstliche Belange der West Yorkshire Division einmischen. Tony folgt einem völlig anderen Ansatz als sie. Und sie wissen nicht, daß ich mitmische. Ich werde Sie nicht in die Verlegenheit bringen, eine Diskussion über Kompetenzen führen zu müssen.«
Brandon trank seinen Becher aus und schob ihn ein Stück beiseite. »Verdammt richtig, das werden Sie nicht tun. Und ansonsten, Carol, tun Sie, was Sie für richtig halten. Aber ohne offizielle Absegnung. Wenn es zum Schwur kommt, hat diese Unterredung nie stattgefunden.«
Carol stand grinsend auf. »Danke, Sir.«
»Sehen Sie zu, daß Sie sich nicht in Schwierigkeiten bringen, Chief Inspector«, sagte Brandon barsch. Als sie an der Tür war, fügte er hinzu: »Und falls Sie meine Hilfe brauchen – Sie haben meine Nummer.«
Carol hoffte, daß sie nie darauf zurückkommen mußte.

Sunderland war der am weitesten nördliche, Exmouth der südlichste Punkt, dazwischen lagen Swindon, Grantham, Tamworth, Wigan und Halifax. In jedem dieser Orte war eines der Mädchen aus Shaz Bowmans Siebenergruppe verschwunden. Und nun sollte Kay Hallam nach so vielen Jahren und ganz allein auf sich gestellt bei ihren Recherchen neue Erkenntnisse gewinnen, mit deren Hilfe Tony Jacko Vance überführen konnte. Keine leichte Aufgabe.
Nicht, daß Kay das erwartet hätte. Schlendrian in irgendeinem Büro war nicht ihr Ding, und vom Polizeidienst hatte sie sich sowieso nicht mehr versprochen als berufliche Sicherheit, ein bescheidenes Gehalt und jede Menge Arbeit. Daß sie's je zu einem Job bei der Kripo bringen würde, hätte sie sich nie träumen lassen. Und sie machte die Arbeit sogar gut, dank eines Blicks für Details, die vielen ihrer

Kollegen unwichtig erschienen wären. Profiling schien das Feld zu sein, auf dem sie ihre Beobachtungsgabe voll nutzen konnte. Nur, sie hatte nicht damit gerechnet, daß ihr erster Fall einen so bedrückenden, persönlichen Aspekt haben könnte.

Carols Anruf kam zur Lunchzeit – sie war mit ihrer Vorarbeit fertig, hatte mit allen in den sieben Fällen zuständigen Polizeidienststellen gesprochen, in drei Fällen sogar mit dem Officer, der seinerzeit mit den Ermittlungen betraut war, und hatte Adressen und Telefonnummern ausfindig gemacht.

Kay hatte den Autoatlas gewälzt und Entfernungen und Zeitbedarf abgeschätzt. Bis zum Nachmittag konnte sie's nach Halifax schaffen, bis zum Abend nach Wigan, dann über die Schnellstraße in die Midlands, ein paar Stunden Schlaf in einem Motel, Frühstück in Tamworth, bis zum späten Nachmittag nach Exmouth, wieder Richtung Norden nach Swindon, übernachten, dann quer rüber nach Grantham. Am folgenden Tag ein Zwischenstopp in Leeds, um Tony zu berichten, und dann nach Sunderland, dem letzten Ziel.

Hört sich an wie aus dem Drehbuch für ein Road-Movie, dachte Kay, während sie sich durch das Geflecht von Schnellstraßen lavierte, das England überzieht. Ihr fiel auf, daß alle Zielorte in der Nähe von Schnellstraßen oder anderen Hauptverkehrsadern lagen. Wohin sie auch kam, überall empfing sie die grelle Neonreklame von Tankstellen mit eigenem Fast-food-Lokal. Hatte Vance diese Punkte ausgewählt, weil seine Opfer da am ehesten eine Chance hatten, per Anhalter weiterzukommen?

Leider das einzige, was ich in zwei Tagen herausgefunden habe, dachte sie grimmig. Das und so etwas wie eine vage Bestätigung dafür, daß es sich bei den sieben Mädchen den übereinstimmenden Merkmalen nach im kriminaltech-

nischen Sinn um eine Gruppe handelte. Die Gespräche mit den Eltern waren eher bedrückend ähnlich verlaufen und hatten keine neuen Erkenntnisse gebracht, schon gar nicht über Vance. Auch die Freundinnen der vermißten Mädchen hatten ihr nicht viel sagen können. Dabei war Kay genau der Typ, dem die Leute etwas erzählten. Ihr mäuschenhaftes Auftreten weckte bei Frauen schwesterliche Gefühle und bei Männern Beschützerinstinkte. Nein, die, mit denen sie gesprochen hatte, wollten ihr nichts verschweigen, sie wußten einfach nichts. Ja, die vermißten Mädchen hätten für Jacko geschwärmt und seien, wenn's irgendwie ging, zu seinen persönlichen Auftritten in der näheren Umgebung gefahren, und sie seien alle immer noch so erschüttert über das spurlose Verschwinden – aber das war's dann auch schon.
Als sie Grantham erreichte, war Kay auf ihren inneren Autopiloten angewiesen. Zwei Nächte in zu weichen Motelbetten, im Hintergrund das beständige Rauschen des nächtlichen Straßenverkehrs waren eben nicht die ideale Vorbereitung für eine Befragung. Aber, rief sie sich zur Ordnung, während sie noch mal herzhaft gähnte, ehe sie die Türklingel drückte, allemal besser als gar kein Schlaf.
Kenny und Denise Burton schienen von Kays Müdigkeit nichts zu merken. Es war jetzt zwei Jahre, sieben Monate und drei Tage her, seit ihre Stacey das Haus verlassen und nie zurückgekommen war, und seither hatten sie selbst keine Nacht durchgeschlafen. Sie sahen wie Zwillinge aus, beide klein, mit ungesund blassem Teint und kurzen, pummeligen Fingern. Beim Blick auf die Fotos ihrer hübschen schlanken Tochter konnte man Zweifel an sämtlichen genetischen Lehrsätzen bekommen. Das Wohnzimmer hätte aus einer Ausstellung stammen können, das Musterbeispiel für einen Raum, in dem alles ordentlich und aufgeräumt wirkte, alle Kissen den Knick an der richtigen Stelle hatten und sogar die Schei-

te im Kamin exakt auf die Länge von fünfundzwanzig Zentimetern geschnitten waren. Es war kein Wunder, daß es Stacey in die Freiheit der großen weiten Welt gezogen hatte.
»Sie war ein so liebes Mädchen«, sagte Denise wehmütig. Eine Bemerkung, die Kay nicht mehr hören konnte, weil sie offenbarte, wie wenig Mütter von ihren flügge gewordenen Töchtern wußten, und weil sie Kay an ihre eigene Mutter erinnerte.
»Nicht wie manche anderen«, sagte Kenny düster. »Wenn sie um zehn zu Hause sein sollte, war sie um zehn da.«
»Freiwillig wär sie nie weggegangen.« Auch ein Satz, den Kay inzwischen auswendig kannte. »Sie hatte auch keinen Grund dazu. Sie muß entführt worden sein, es kann gar nicht anders sein.«
Kay hütete sich, Denise Burton zu widersprechen. »Ich würde Ihnen gern ein paar Fragen stellen. Über die letzten Tage vor Staceys Verschwinden«, sagte sie. »Hat sie in der Woche irgendwann das Haus verlassen? Abgesehen vom Besuch der Schule.«
Kenny und Denise mußten nicht nachdenken. Ihre Antworten kamen wie die Aufschläge beim Ping-Pong-Spiel, immer abwechselnd.
»Sie war im Kino.«
»Mit Kerry.«
»Am Wochenende vor der Entführung.«
»Tom Cruise.«
»Tom Cruise mag sie besonders.« Das trotzige Präsens.
»Am Montag ist sie auch ausgegangen.«
»Eigentlich hätten wir ihr das in der Woche nicht erlaubt.«
»Aber das war ein besonderer Anlaß.«
»Jacko Vance.«
»Ihr Idol.«
»Hat einen Fun-Pub in der Stadt eröffnet.«

»Normalerweise hätten wir ihr nicht erlaubt, in einen Pub zu gehen.«
»Aber Kerrys Mutter hat sie mitgenommen. Da dachten wir, daß es in Ordnung wäre.«
»War's ja auch.«
»Sie kam pünktlich nach Hause. Wie's mit Kerrys Mutter abgesprochen war.«
»Und sie war so aufgedreht, unsere Stacey. Sie hatte ein signiertes Foto bekommen.«
»Persönlich signiert. Mit persönlicher Widmung.«
»Das hatte sie dabei. Als sie ... als sie das Haus verlassen hat.« Beide wurden von ihren Erinnerungen überwältigt.
Kay nutzte das aus. »Was hat sie von dem Abend erzählt?«
»Ach, sie war so aufgeregt, nicht wahr, Kenny? Ein Traum war wahr geworden. Mit Jacko Vance zu sprechen!«
»Sie hat tatsächlich mit ihm gesprochen?« Kay mußte sich Mühe geben, die Frage beiläufig klingen zu lassen. Die ständig wiederkehrenden Begleiterscheinungen, die sie entdeckt hatte, zeichneten sich von Mal zu Mal deutlicher ab.
»Ist hinterher rumgerannt wie ein aufgeregtes Huhn«, erinnerte sich Staceys Vater.
»Sie hat immer davon geträumt, zum Fernsehen zu gehen.« Das Ping-Pong ging weiter.
»Ihre Leute haben vermutet, sie wäre uns nach London davongerannt, weil sie unbedingt ins Showgeschäft kommen wollte«, sagte Kenny empört. »Blanker Unsinn. Nicht Stacey. Sie war viel zu vernünftig. Sie hat das genauso gesehen wie wir. Die Schule zu Ende bringen, Einser-Noten einheimsen, dann sehen wir weiter.«
Denise warf versonnen ein: »Obwohl, Fernsehen, das wär schon was für sie gewesen.«
»Das Aussehen hatte sie.«
Bevor sie sich noch mehr in Erinnerungen verlieren konn-

ten, fragte Kay rasch: »Hat sie erzählt, worüber Jacko Vance mit ihr gesprochen hat?«
»Nur, daß er sehr nett war«, sagte Denise. »Ich glaub nicht, daß er etwas Besonderes zu ihr gesagt hat. Oder was glaubst du, Kenny?«
»Dazu hätte er gar keine Zeit gehabt. Da wollen Hunderte ein Autogramm haben. Er sagt was Nettes und schaut mit in die Kamera, wenn jemand für ein Foto posieren will.«
Für ein Foto posieren ... die Worte trafen Kay wie eine Erleuchtung. »Hat Stacey ein Foto mit ihm machen lassen?«
Beide nickten. »Kerrys Mum hat's gemacht.«
»Dürfte ich das mal sehen?« Kays Herz schlug plötzlich bis zum Hals, ihre Hände fühlten sich schweißnaß an.
Kenny zog ein Fotoalbum unter dem Kaffeetischchen hervor und schlug die letzte Seite auf. Die Acht-mal-zehn-Vergrößerung von einem Schnappschuß, aus einem unglücklichen Winkel aufgenommen, ein bißchen verschwommen. Auf den ersten Blick sah man nur Menschen, die sich um Vance drängten. Aber das Mädchen, mit dem er sich – die Hand auf ihrer Schulter, den Kopf nach unten geneigt – so angeregt unterhielt ... dieses Mädchen, das ihn mit großen Augen anhimmelte, war ohne jeden Zweifel Stacey Burton.

Gleich bei dem ersten Satz, den Detective Sergeant Chris Devine sagte, als sie ihm und Sergeant Sidekick die Tür öffnete, wurde Wharton warm ums Herz: »Ich hoffe zuversichtlich, daß Sie den elenden Bastard, der das getan hat, bald erwischen.« Die Künstlerfotos bildschöner junger Frauen an den Wänden irritierten ihn nicht. Er hatte bereits früher mit Lesben zu tun gehabt und festgestellt, daß sie sich auf den geordneten Dienstablauf weniger störend auswirkten als sogenannte normale Frauen. Sergeant Sidekick war zarter besai-

tet und wählte eine Sitzgelegenheit, von der aus er durch das breite Fenster auf die modernen Wohnblocks blicken konnte, die sich wie steinerne Symbole weltlicher Lebenslust um die alte Kirche gruppierten und sie aussehen ließen, als sei sie aus Versehen stehengeblieben.
»Das hoffe ich ebenfalls«, sagte er, während er sich auf dem weichen Futonsofa niederließ. Ein Nickerchen konnte man auf dem gräßlichen Ding bestimmt nicht machen.
»Sie haben mit Jacko Vance gesprochen?« fragte Chris, noch bevor sie in dem Ohrensessel ihm gegenüber Platz nahm.
»Ja, wir haben gestern ihn und seine Frau befragt. Er hat im wesentlichen das bestätigt, was Sie uns bereits über DC Bowmans Verabredung mit ihm gesagt hatten.«
Chris nickte. »Vance ist der Typ, der sich über so was Notizen macht.«
»Was sollte das überhaupt?« fragte Wharton. »Warum haben Sie DC Bowman bei diesem Täuschungsmanöver geholfen?«
Chris hob die Augenbrauen. »Wie bitte?«
»Vance hatte Ihre Durchwahlnummer als Kontaktadresse. Was ja wohl den Eindruck erwecken sollte, sie sei noch bei der Met.«
»Sie *war* weiterhin Officer der Met. Aber meine Telefonnummer hatte sie Vance aus einem völlig harmlosen Grund gegeben. Tagsüber kann sie als Lehrgangsteilnehmerin keine Anrufe entgegennehmen. Darum hat sie mich gebeten, das für sie zu tun.«
»Warum hat sie Vance nicht die Nummer unseres Sergeants vom Dienst gegeben? Oder ihre private Telefonnummer, mit der Bitte, abends anzurufen?«
»Ich nehme an, weil wir wegen dieses Falles bereits in Kontakt gestanden hatten.« Chris ließ sich nicht anmerken, daß die hartnäckigen Fragen sie allmählich irritierten.
»In Kontakt gestanden? In welcher Weise?«

Chris sah über Whartons Schulter in den dunklen Nachthimmel. »Sie hatte mich schon einmal um Hilfe gebeten. Es ging um Kopien aus Zeitungen, ich hab das in Colindale für sie erledigt.«
»Ach, Sie waren das mit dem Päckchen?«
»Ja, ich war das.«
»Nach allem, was man hört, müssen das dem Umfang und Gewicht nach ein paar hundert Seiten gewesen sein. Woher nehmen Sie für so was die Zeit?«
»Ich habe das in meiner Freizeit gemacht.«
»Da haben Sie sich für eine junge Kollegin eine Menge Arbeit gemacht«, sagte Wharton.
Chris' Lippen wurden zu einem schmalen Strich. Auf ihre Nase war Verlaß, und die signalisierte, daß Wharton die Absicht hatte, ihr an den Karren zu fahren. »Shaz und ich haben lange Zeit gemeinsam Nachtschicht geschoben. Wir waren nicht nur Kollegen, wir waren befreundet. Sie war eine der begabtesten jungen Polizistinnen, die ich kenne. Im übrigen glaube ich nicht, daß Sie einen Mörder überführen, indem Sie sich den Kopf darüber zerbrechen, warum ich ihr einen Gefallen getan habe. Es wäre nützlicher, mir Fragen über Jacko Vance zu stellen.«
Wharton grinste ironisch. »Sagen Sie bloß«, fragte er verächtlich, »Sie glauben am Ende diesen Unsinn, den die Bowman verzapft hat?«
»Wenn Sie damit ihre Theorie meinen, daß Vance junge Mädchen umgebracht hat, lautet die Antwort: Ich weiß es nicht. Ich hatte keine Gelegenheit, ihre Beweisführung zu überprüfen. Aber es ist nun mal eine Tatsache, daß Vance über mich Shaz' Besuch am Samstag vormittag vereinbart hat und daß sie noch vor dem nächsten Morgen tot war. Wir hier bei der Met interessieren uns immer sehr für den, der ein Mordopfer als letzter lebend gesehen hat. Und wie ich

von Shaz' Mutter weiß, scheint das Vance gewesen zu sein. Was sagt denn die Profilergruppe dazu?«
»Nun, es dürfte Sie nicht überraschen, daß wir die, die enge Beziehungen zum Mordopfer unterhalten haben, nie an den Ermittlungen beteiligen.«
Chris starrte Wharton verblüfft an. »Sie nutzen die speziellen Fähigkeiten eines Psychologen wie Dr. Hill nicht aus?«
»Wir vermuten, daß sie ihren Mörder gekannt hat. Und sie hat in Leeds nur die gekannt, mit denen sie dienstlich zu tun hatte. Sie haben Erfahrung in kriminalpolizeilichen Ermittlungen, Ihnen müßte also klar sein, daß wir Verdächtige nicht an der Untersuchung des Falls beteiligen können.«
»Sie haben den erfahrensten Profiler des Landes an der Hand, einen Mann, der das Opfer kannte und weiß, woran sie gearbeitet hat, und den lassen Sie einfach links liegen? Wollen Sie vielleicht Shaz' Mörder gar nicht fangen? Tony Hill ist sicherlich wie ich der Meinung, daß Sie Vance sehr genau unter die Lupe nehmen sollten.«
Wharton lächelte nachsichtig. »Ich kann Ihre Gefühle verstehen. Aber ich versichere Ihnen, ich habe Mr. Vance über die Unterredung mit DC Bowman eingehend befragt. Sie wollte lediglich von ihm wissen, ob er bemerkt habe, daß jemand aus seinem Umfeld sich auffallend für ein Mädchen aus Shaz' sogenannter Siebenergruppe interessiert hatte. Das war nicht der Fall, und damit hatte sich's.«
»Und das glauben Sie ihm aufs Wort? Einfach so?«
»Weshalb nicht? Welches Verdachtsmoment spricht gegen Vance? Daß er der letzte war, der Shaz Bowman gesehen hat? Das wissen wir nicht mit Bestimmtheit. In ihrem Tagebuch steht unter der Vance-Eintragung der Buchstabe ›T.‹, als ob sie vorgehabt hätte, sich anschließend mit jemand anderem zu treffen. Ahnen Sie, wer dieser ›T‹ sein könnte, Sergeant? Würde dieses ›T‹ nicht zu Tony Hill passen?«

»Eine von vielen Möglichkeiten«, sagte Chris achselzuckend. »Sie könnte auch ins Trocadero gegangen sein. Mir hat sie nicht gesagt, was sie anschließend vorhatte.«
»Hierher ist sie nicht gekommen?«
Chris runzelte die Stirn. »Warum sollte sie?«
»Sie waren befreundet. Und sie war in London. Da wäre es naheliegend gewesen, bei Ihnen vorbeizuschauen, zumal Sie sie so tatkräftig unterstützt hatten.« Sein Ton war schärfer geworden, er schob den Unterkiefer vor.
»Sie war nicht hier«, sagte Chris knapp.
Wharton ahnte die Stelle, an der er sie packen konnte. »Warum nicht, Sergeant? War ihr etwa an etwas mehr Distanz gelegen? Ich meine, nachdem sie sich mit einem Mann angefreundet hatte?«
Chris ging zur Tür und hielt sie auf. »Gute Heimreise, Inspector Wharton.«
Wharton nahm sich Zeit, aus dem Sofa hochzukommen. »Eine interessante Reaktion, Sergeant.«
»Wenn Sie Shaz' Andenken beschmutzen und mich kränken wollen, dann nicht in meiner Wohnung. Beim nächsten Mal machen Sie sich die Mühe, mich formell vorzuladen, Sir.«
Sie blieb unter der Tür stehen, bis sie Wharton und Sidekick Richtung Fahrstuhl gehen sah, schickte dem Inspektor ein gemurmeltes »Arschloch« hinterher, knallte die Tür zu und rief eine gute alte Freundin im Innenministerium an.
»Dee? Hier ist Chris. Ich brauche deine Hilfe. Ihr habt einen Psychologen auf der Gehaltsliste, einen komischen Kauz namens Tony Hill. Ich brauche seine private Telefonnummer ...«

Auf dem Weg zu einem Sitz in der sechsten Reihe der leeren Tribüne fiel ihm der junge Schwarze auf. Wenn man wie Jimmy Linden viele Jahre mit vielversprechenden Nachwuchssportlern arbeitet, gewöhnt man sich an, Fremde genau unter die Lupe zu nehmen. Es ging nicht nur um Schwule, die sich an seine jungen Schützlinge ranmachen wollten, auch geschäftstüchtige Drogenhändler wollten sie immer wieder mit trügerischen Versprechungen auf die schiefe Bahn locken, da Anabolika schneller als hartes Training zu den Muskeln verhelfen, die Leichtathleten brauchen. Ein waches Auge konnte da nie schaden, besonders hier im Meadowbank Stadion, wo Jimmy die schottische Juniormannschaft für den Kampf um die Meisterschaft trainierte. Machte keinen schlechten Eindruck, der fremde Schwarze, gute körperliche Kondition. Trotzdem behielt Jimmy ihn vorsichtshalber bis zum Trainingsende im Auge.

Als er seinen verschwitzten Jungs in die Umkleideräume folgen wollte, stand der Schwarze plötzlich vor ihm und zeigte ihm einen Dienstausweis. Lesen konnte Jimmy ihn in der Eile nicht, aber er wußte, daß Dienstausweise so aussehen.

»Detective Constable Jackson«, stellte der Fremde sich vor. »Könnten Sie mir eine halbe Stunde Ihrer Zeit opfern?«

Jimmy verzog ärgerlich das Gesicht. »Sie werden keine Drogen bei meinen Jungs finden. Ich achte darauf, daß mein Team sauber bleibt, und das wissen alle.«

Leon schüttelte schmunzelnd den Kopf. »Es hat nichts mit Ihrer Mannschaft zu tun. Ich möchte nur Ihre Erinnerungen ein wenig anzapfen. Wegen einer alten Geschichte. Das ist alles.«

»Was für eine alte Geschichte?«

Leon merkte, daß es den Trainer in den Beinen juckte, seinen Jungs nachzueilen. Trainer haben ihrer Mannschaft immer etwas zu sagen. »Nichts, was Sie beunruhigen könnte, ehrlich. Hören Sie, ich habe ein Stück die Straße runter ein halbwegs vernünftiges Café entdeckt. Wie wär's, wenn wir uns dort treffen, sobald Sie mit Ihren Jungs fertig sind?«

Und so saßen sie sich eine halbe Stunde später bei einem Becher Tee und einem Teller mit Gebäck gegenüber, von dem allerdings, als Jimmy Linden zuzugreifen begann, innerhalb kürzester Zeit nicht mehr viel übrigblieb.
»Also, worum geht's?« wollte Jimmy wissen.
»Aus naheliegenden Gründen kann ich nicht auf Details eingehen«, sagte Leon, »aber wir untersuchen da einen Fall, dessen Wurzeln möglicherweise bis weit in die Vergangenheit zurückreichen. Sie könnten mir vielleicht ein paar Hinweise geben.«
»Worüber denn? Ich versteh nur was von Leichtathletik.«
Leon nickte. »Die Sache liegt zwölf Jahre oder mehr zurück.«
»Da war ich noch gar nicht hier. Ich hab damals unten im Süden gearbeitet.«
»Richtig. Sie haben Jacko Vance trainiert«, sagte Leon.
Ein Schatten huschte über Jimmys Gesicht. Er legte den Kopf schief und sagte: »Sie denken doch nicht, daß Sie Jacko was anhängen können und ich Ihnen auch noch dabei helfe?« In den wasserblauen Augen glitzerte es amüsiert.
»Davon habe ich nichts gesagt, Mr. Linden.«
»Jimmy, mein Junge. Alle sagen Jimmy zu mir. Also Jacko Vance, eh? Und was soll ich Ihnen über den Wunderknaben erzählen?«
»Alles, woran Sie sich erinnern können.«
»Wie lange haben Sie denn Zeit?«
Leon zog eine Grimasse. »So lange Sie brauchen, Jimmy.«
»Na, dann wollen wir mal sehen. Er ist, als er dreizehn war, britischer Jugendmeister geworden. Als ich gesehen habe, wie er den Speer wirft, wußte ich, daß er unsere größte Olympiahoffnung seit langem wird. Aber dann ...« Er schüttelte den Kopf. »Armer Teufel. Statt die Goldmedaille zu gewinnen, mußte er lernen, mit seiner Prothese umzugehen. So was hat keiner verdient.«

Leon hörte ein unausgesprochenes »nicht mal Jacko Vance« aus Jimmys Bemerkung heraus. »Hat er nie mit dem Gedanken gespielt, an den Paralympics teilzunehmen?«
Jimmy schnaubte verächtlich. »Jacko? Da hätte er ja zugeben müssen, daß er behindert ist.«
»Sie wurden also, als er dreizehn war, sein Trainer.«
»Ja. In London hat's ihm gefallen. Da hatte er alles, was er fürs Training brauchte. Und er hätte am liebsten Tag und Nacht trainiert. Ich hab ihn mal gefragt, ob's ihn nicht zumindest am Wochenende nach Hause zieht.«
»Und was hat er geantwortet?«
»Er hat nur die Achseln gezuckt. Ich hatte den Eindruck, daß es seiner Mutter egal ist, was er tut, solange sie zu Hause Ruhe vor ihm hat. Damals war sie schon nicht mehr mit seinem Vater zusammen. Getrennt oder geschieden, was weiß ich.«
»Sind seine Eltern nie nach London gekommen?«
Jimmy schüttelte den Kopf. »Hab die Mutter nie gesehen. Sein Vater ist mal zu einem Elterntreffen gekommen. Damals hat Jacko gerade für die Jugendmeisterschaft über fünfzehn trainiert. Die hat er aber in den Sand gesetzt. Ich glaube, sein Vater hat ihn mordsmäßig zusammengestaucht. Ich hab ihn beiseite genommen und ihm gesagt, er solle lieber wegbleiben, wenn er seinem Jungen nicht den Rücken stärkt.«
»Und wie hat er das aufgenommen?«
Jimmy trank einen Schluck Tee. »Hat mich einen blöden Schwätzer genannt. Da hab ich ihn rausgeschmissen.«
Leon wußte, daß das Tony interessieren würde. Offensichtlich sehnte sich der junge Jacko nach Beachtung. Die Mutter ließ ihn links liegen, der Vater war untergetaucht, also blieb ihm nur der Sport, in der Hoffnung, daß ihm der ein wenig Anerkennung einbrachte. »Er war also ziemlich einsam, der

Jacko?« Leon zündete sich eine Zigarette an und tat so, als habe er Jimmys mißbilligenden Blick nicht bemerkt.
»Irgendwie kam er bei den anderen nicht an. Brachte es nicht fertig, auch mal fünfe gerade sein zu lassen, wie man so sagt. Aber ein typischer Einzelgänger war er nicht. Hatte immer Jillie im Schlepptau. Die hing wie eine Klette an ihm und hat ihm dauernd gesagt, was für ein toller Kerl er wäre.«
»Sie waren also ineinander verliebt?«
»Sie war in ihn verliebt. Er war nur in sich selbst verliebt, aber es gefiel ihm, daß sie ihn anhimmelte. Obwohl, manchmal machte Jillie den Eindruck, als hätte sie genug von ihm. Ich hab Himmel und Hölle in Bewegung gesetzt, daß die beiden zusammenblieben. Jillie, hab ich gesagt, die meisten Mädchen kriegen höchstens einen billigen goldenen Ring, aber du, hab ich gesagt, du kriegst eine Goldmedaille.« Er wedelte Leons Rauch mit der Hand weg. »Um ehrlich zu sein, sonst wär's mit den beiden schon früher aus gewesen. Jillie hat ja miterlebt, wie Jackos Sportkameraden ihre Freundinnen behandelten, und im Vergleich zu denen hat er nicht besonders gut abgeschnitten. Hätte er nicht den Arm verloren, wär sie vielleicht bei ihm geblieben, dem Ruhm und dem Zaster zuliebe, den der Sport einbrachte. Damals fing das nämlich gerade an mit Werbeverträgen und so. Aber nun war er eben nicht mehr der erhoffte Dukatenesel.«
Leon traute seinen Ohren nicht. »Ich dachte, Jacko hätte sie sitzenlassen, weil er ihr nicht zumuten wollte, daß sie sich an ihr Wort gebunden fühlte. Das hab ich irgendwo gelesen.«
Jimmy grinste verkniffen. »Sie sind also auch darauf reingefallen? Den Schmus hat er der Presse weisgemacht, damit er groß rauskam und nicht als Verlierer dastand.«
Demnach konnte Shaz durchaus recht gehabt haben. Zwei Streßfaktoren waren zusammengekommen, der verlorene Arm und die verlorene Zukunft. Und nun hatte er auch noch

Jillie verloren. Das konnte einen, der mit sich und der Welt ohnehin nicht im reinen war, schon dazu treiben, Rachegedanken zu hegen.
Leon drückte die Zigarette aus und fragte: »Hat er Ihnen die Wahrheit erzählt?«
»Nein, Jillie. Ich hab sie an dem Tag ins Krankenhaus mitgenommen, und da hat sie's ihm gesagt. Hinterher hat er sich bei mir beklagt, sie sei ein gemeines Luder und hätt's nur auf sein Geld abgesehen. Ich hab versucht, ihm gut zuzureden. Daß er für die Paralympics trainieren könnte und froh sein sollte, daß er früh genug gemerkt hatte, wie er mit Jillie dran war. Da hat er mich rausgeschmissen, und ich hab ihn nie wieder gesehen.«
»Sie haben ihn nicht mehr im Krankenhaus besucht?«
Jimmys Gesicht erstarrte zu einer Maske. »Ich bin eine Woche lang tagtäglich dort gewesen. Er wollte mich nicht sehen. Wahrscheinlich hat er gar nicht begriffen, daß nicht nur sein, sondern auch mein Traum ausgeträumt war. Egal, wie, kurz danach bekam ich den Job hier in Schottland angeboten und hab hier noch mal von vorn angefangen.«
»Waren Sie überrascht, als er plötzlich zum Fernsehstar aufgestiegen ist?«
»Nein, im Grunde nicht. Er hat immer Leute gebraucht, die zu ihm aufschauen. Ich frage mich oft, ob ihm die Millionen Fernsehzuschauer wohl genügen. Er war sich nie selbst genug, er hat immer die Bestätigung durch andere gebraucht.« Er signalisierte der Bedienung, sie solle ihm noch einen Tee bringen. »Und jetzt wollen Sie vermutlich wissen, ob er Feinde hatte und was es für dunkle Geheimnisse in seinem Leben gab?«
Eine Stunde später, als Leon wieder in seinem Wagen saß, war ihm zweierlei klar. Erstens, daß Jimmy Linden ihm das, worauf's ihm ankam, erst ganz am Schluß erzählt hatte. Und

zweitens, daß sein Mini-Recorder gestreikt und diesen zweiten Teil nicht aufgezeichnet hatte. Trotzdem war Leon sehr mit sich zufrieden, er war neugierig, ob die anderen auch soviel rausgefunden hatten. Gut, das hier war kein Wettbewerb, aber es konnte nicht schaden, wenn Tony Hill merkte, was er an ihm hatte.

Es war nicht schwierig, das Sportstadion und Freizeitzentrum zu finden, die Lichtfinger, die sich vor den dunklen Malvern Hills in den Himmel tasteten, wiesen Tony schon auf der Schnellstraße den Weg. Und als er auf der Nebenstraße war, brauchte er lediglich den anderen Fahrzeugen zu folgen, die alle dasselbe Ziel hatten. Der Parkplatz war natürlich bereits voll, und er mußte seinen Wagen zwei-, dreihundert Meter abseits abstellen. Von dort mußte er nur den Schildern »Große Eröffnungsgala – mit Jacko Vance als Ehrengast und den Stars unserer Fußballmannschaft« folgen.
Nun kam der schwierigste Teil. Tony studierte sorgfältig die Gesichter in den verglasten Kassenhäuschen neben den Einlaß-Gates und entschied sich für eine Frau mittleren Alters, weil sie verständnisvoll und kompetent aussah. Er zwängte sich an der Schlange der Wartenden vorbei, zeigte der Frau das Papier, das ihn als Mitarbeiter des Innenministeriums auswies, und sagte mit zerknirschter Miene: »Dr. Hill, Innenministerium, Referat für Sportfragen. Man wollte mir eine VIP-Karte zuschicken, aber die ist nicht angekommen. Ich hoffe, ich komme auch so zum Büro des Veranstaltungsleiters?«
Die Frau musterte ihn einige Sekunden stirnrunzelnd, kam angesichts der immer länger werdenden Schlange zu dem Schluß, daß er vertrauenswürdig wirkte, drückte den Knopf, der das Sperrgitter aufschwingen ließ, und sagte: »Halten Sie sich rechts und dann hoch in den zweiten Stock.«

Tony ließ sich vom Strom der Menge, der auf die riesige Halle zusteuerte, treiben, kaufte sich ein Programm und entnahm ihm unter anderem, daß gegen Ende der Veranstaltung denjenigen, die fünfzig Pfund lockergemacht oder beim lokalen Fernsehsender eine Freikarte gewonnen hatten, die Ehre zuteil wurde, an einer Audienz in kleinem Kreise bei Jacko Vance teilzunehmen. Und genau dabei wollte Tony nicht fehlen.

Er steuerte gemächlich auf den für Mitarbeiter reservierten, durch dicke rote Samtkordeln als für das Publikum nicht zugänglicher Bereich markierten Lift zu, zeigte dem davor postierten Wachmann kurz sein Papier, sagte wieder sein Sprüchlein vom Innenministerium auf, betrat den Lift und fuhr nach oben, ehe der verdutzte Ordnungshüter protestieren konnte.

Der Rest war einfach: raus aus dem Lift, den Flur hinunter, durch die offenen Doppeltüren, sich von der kurzberockten Hosteß ein Glas mit einem moussierenden, blaßgelben Getränk in die Hand drücken lassen, und schon gehörte er dazu. An einer Seite der Lounge erstreckte sich eine Glasfront, von der der Blick in das überdachte Stadion fiel, in dem sich gerade eine Majorettengruppe auf ihren Auftritt vorbereitete. In der Lounge standen hier und da kleine Gruppen plaudernd beieinander. Und dann entdeckte Tony am hinteren Ende der Glasfront Jacko Vance, eingekeilt von Männern und Frauen im reiferen Alter, der Charme versprühte. Daß er heute bereits zwei Wohltätigkeitsveranstaltungen hinter sich hatte, merkte man ihm nicht an, er wirkte herzlich, leutselig und entspannt, sein Lächeln betörte alle.

Tony grinste verstohlen. Das war nun die dritte Begegnung, seit er sich an Vance' Fersen geheftet hatte, und jedesmal hatte sie ihm neue Erkenntnisse gebracht. Es war, als seien Jäger und Gejagter durch einen unsichtbaren Draht miteinander verbunden. Und dieses Mal hatte er sich vorgenommen, dafür zu sorgen, daß es nicht plötzlich zu einem Rollentausch kam. Das eine Mal hatte ihm gereicht.

Er schlenderte im Schutz der tatsächlich eingeladenen Gäste durch die Lounge, ohne Vance länger als einen kurzen Moment aus den Augen zu lassen, und ergatterte schließlich einen Platz in einer Ecke der Lounge, schräg gegenüber dem Fernsehstar, aber so, daß Vance sich umdrehen mußte, um ihn zu entdecken.

Nach einer Weile kam plötzlich eine junge Frau mit zurückgekämmtem blondem Haar, einer John-Lennon-Brille, einem knallroten Amorbogen in der Hand und einer Tasche, auf der RADIO AKTUELL stand, in die Lounge gestürmt, im Schlepptau drei aufgetakelte, aufdringlich geschminkte, junge Frauen, zwei eher durch ihre Pickel als ihren Charme auffallende Teenager und eine Dame reiferen Alters, deren Frisur so drapiert wirkte, als hätte sie noch die Lockenwickler drin. Drei Schritte dahinter folgte ein Typ mit ausgebeulten Taschen und zwei um den Hals baumelnden Spiegelreflexkameras. Die Gewinner einer Ruf-deinen-Sender-an-Aktion, vermutete Tony. Wer weiß, welche Preisfrage die Anrufer beantworten mußten. Bestimmt nicht: Wie viele Teenager hat Jacko Vance ermordet.

Die energische Blonde drängte sich in den Kreis der Bewunderer, in deren Mitte Vance hofhielt, und wandte sich an Jackos Presseagentin. Sie sprachen kurz miteinander, die PA nahm Jacko am Arm und machte ihn auf die Neuankömmlinge aufmerksam. Als er sich umwandte, ließ er den Blick mit der Routine des Profis einen Moment lang durch die Lounge schweifen und entdeckte Tony. Seine Augen verharrten eine Sekunde lang, dann setzten sie ihre Wanderung fort, seine Miene verriet nichts.

Die Gewinner der Anrufaktion wurden in die Nähe ihres

Idols gewinkt, Jacko plauderte lächelnd mit ihnen, schüttelte Hände, kniff die beiden Teenager freundlich in die Wangen und posierte für den Fotografen. Alle dreißig Sekunden ließ er den Blick in die Ecke huschen, in der Tony, das Glas mit Sekt in der Hand, an der Wand lehnte und die Szene rund um den Fernsehstar mit seltsam zufriedener Miene beobachtete.

Als die Audienz für die Radiogewinner endete, wechselte Tony zu der kleinen Gruppe hinüber, die geduldig darauf wartete, daß Vance endlich Zeit für sie fand. Lauter brave Durchschnittsbürger, mächtig aufgeregt, aber sichtlich bemüht, kühl und gelassen zu wirken. Er drängte sich in ihre Mitte. »Bitte, entschuldigen Sie, wenn ich so bei Ihnen hereinplatze«, sagte er, »aber ich glaube, Sie können mir helfen. Mein Name ist Tony Hill, ich bin Psychologe und Profiler. Stars wie Jacko locken, wie Ihnen sicher bekannt ist, oft Leute an, deren Absichten man nicht gerade ehrenhaft nennen kann. Daher erarbeite ich mit einem Team von Police Officern an einem sogenannten Schutzprofil. Es geht uns darum, verdächtige Typen abzufangen, bevor sie Ärger machen können. Der erste Schritt besteht darin, das Profil des zuverlässigen Fans zu erarbeiten. Leute wie Sie, die jeder Prominente gern in seiner Nähe weiß. Wir müssen dazu lediglich ein kurzes Gespräch mit Ihnen führen. Allerhöchstens eine halbe Stunde. Wir kommen zu Ihnen oder Sie zu uns, ganz wie es Ihnen lieber ist. Wir zahlen Ihnen für Ihre Mühe fünfundzwanzig Pfund, und Sie haben das schöne Bewußtsein, etwas für die Sicherheit Ihres Idols getan zu haben.« Immer dasselbe, sobald er die fünfundzwanzig Pfund erwähnte, bekamen die Leute leuchtende Augen.

Tony nahm die vorgedruckten Zettel aus der Innentasche seines Jacketts. »Na, wie wär's? Eine absolut vertrauliche, anonyme Befragung, und Sie haben uns geholfen, ein Leben zu

retten, und sich außerdem fünfundzwanzig Pfund verdient. Notieren Sie einfach Namen und Adresse auf einem der Zettel, dann setzt sich einer meiner Mitarbeiter mit Ihnen in Verbindung.« Er verteilte seine Visitenkarten mit dem Aufdruck der NOP Task Force. »Damit Sie wissen, mit wem Sie's zu tun haben.«
Er schielte zu Vance hinüber. Der plauderte lächelnd weiter, aber sein Blick ruhte finster, fragend und feindselig auf Tony.

Ein Palast ist es nicht, dachte Simon, als er den Wagen vor dem Bungalow abstellte. Drei Schlafzimmer, Wohn- und Eßzimmer, Küche und Nebenräume, schätzte er. So gesehen, hätte sie's besser gehabt, wenn sie bei Jacko geblieben wäre, zumal sie dann nicht in einem Nest wie Wellingborough versauert wäre, wo der abendliche Bummel durchs Einkaufszentrum schon als hart an der Grenze zur Ausschweifung galt. Ein Wunder, daß Carol Jordan Jillie überhaupt so schnell in diesem gottverlassenen Winkel aufgespürt hatte.
Er blieb auf der gegenüberliegenden Seite der schmalen Straße im Wagen sitzen, um sich das Haus, das Jillie und Jeff Lewis gehörte, erst mal anzusehen. Ausgesprochen schmuck mit dem kurz getrimmten Rasen, den schnurgerade gezogenen Blumenrabatten und dem Metro in der Zufahrt, das Modell vom letzten Jahr.
Ihm war klar, daß er heute eine besonders harte Nuß zu knacken hatte. Er hatte keine konkreten Vorstellungen, was er Jillie fragen sollte, aber soviel stand für ihn fest: Wenn sie etwas wußte, womit sie Jacko Vance festnageln konnten, dann würde er's aus ihr rausholen. Und nachdem er sich so Mut gemacht hatte, stieg er aus, zog das Jackett seines Marks-und-Spencer-Anzugs an, rückte die Krawatte zurecht, straffte die Schultern und ging auf den Bungalow zu.
Sekunden nachdem er geklingelt hatte, wurde die Haustür

einen Spalt weit aufgezogen, bis zum Anschlag der Sperrkette, bei der ein kräftiger Stoß mit der Schulter genügt hätte, um sie aufzusprengen. Im ersten Moment fragte er sich, ob das Gesicht, das im Türspalt auftauchte, vielleicht das der Putzfrau wäre, weil es den alten Zeitungsfotos von Jillie Woodrow absolut nicht ähnlich sah. Blondes, zu einem Pagenkopf geschnittenes Haar, statt des dunklen Pferdeschwanzes, auf den er gefaßt war. Und von dem Babyspeck, den er von den Zeitungsfotos kannte, war auch nichts mehr zu sehen. Die Frau hinter der Tür war so hager, daß er sich, wäre er ihr Mann gewesen, Sorgen gemacht hätte, ob sie womöglich an Magersucht litte. Er war fast bereit zu glauben, daß er sich in der Hausnummer geirrt hätte, als er ihre Augen wiedererkannte. Der Ausdruck kam ihm härter vor, und in den Ecken zeigten sich erste Fältchen, aber es waren ohne jeden Zweifel Jillie Woodrows schmachtende, dunkelblaue Augen.

»Mrs. Lewis?« fragte er.

Die Frau nickte. »Und wer sind Sie?«

Er zeigte ihr seinen Dienstausweis, und sie japste erschrocken: »Jeff?«

»Nein, mit Ihrem Mann hat mein Besuch nichts zu tun. Ich gehöre nicht zur hiesigen Polizei, meine Dienststelle ist Strathclyde. Aber ich bin derzeit im Zusammenhang mit speziellen Ermittlungen nach Leeds abkommandiert.«

»Leeds? Da war ich noch nie.«

Simon lächelte. »Seien Sie froh. Ich hab mir in letzter Zeit oft gewünscht, daß es mich nie dorthin verschlagen hätte. Also, Mrs. Lewis, es geht um eine Sache, die viel Fingerspitzengefühl erfordert. Ich glaube, ich könnte es Ihnen drin bei einem Kaffee viel leichter erklären als hier auf der Türschwelle.«

Sie sah ihn unschlüssig an und warf einen Blick auf die Uhr. »Ich muß zur Arbeit«, sagte sie. Ja, das kaufte er ihr ab, die Frage war nur, wann.

»Ich wäre nicht hergekommen, wenn's nicht wichtig wäre.« Simon legte all den Charme, der ihm schon so oft Türen und Herzen geöffnet hatte, in sein Lächeln.

»Na, dann kommen Sie mal lieber rein.« Sie löste die Kette, trat einen Schritt zurück, und Simon stand in einer Diele, die aussah wie aus einem Möbelhauskatalog: ebenso makel- wie geschmacklos. Sie führte ihn in eine Küche, in der anscheinend, so wie hier alles blitzte und blinkte, noch nie gekocht worden war, und bedeutete ihm mit einem Wink, am ovalen Ecktisch Platz zu nehmen. Sie ließ Wasser in einen Kessel laufen. »Kaffee, sagten Sie?«

»Bitte.« Simon quetschte sich hinter den Tisch. »Mit Milch, ohne Zucker.«

Jillie nahm eine Dose Instantkaffee und zwei Becher aus dem Hängeschrank. »Ich vermute, es hat was mit Jacko Vance zu tun?«

Simon versuchte, sich die Verblüffung nicht anmerken zu lassen. »Wie kommen Sie darauf?«

Sie drehte sich um, lehnte sich an die Arbeitsplatte, kreuzte die in Jeans steckenden Beine und verschränkte die Arme vor der Brust. »Was soll's sonst sein? Jeff ist ein ehrlicher, hart arbeitender Vertreter, ich hab einen Teilzeitjob als Datenbearbeiterin, und Kriminelle kennen wir nicht. Also gibt's in meinem Leben nur eines, was Sie interessieren kann, und das ist die Tatsache, daß ich mal Jacko Vance' Freundin war. Und wenn es um spezielle Ermittlungen geht, fällt mir auch nur dieser gottverdammte Kerl ein. Scheint so, als sollte ich seinen beschissenen Schatten nie loswerden.« Sie drehte sich um und löffelte Kaffeepulver in die Becher, als brauche sie irgendwas, um sich abzureagieren.

Simon wußte nicht recht, wie es weitergehen sollte, und verschanzte sich hinter dem nichtssagenden Satz: »Tja, das ist sicher eine sehr sensible Sache.«

Sie stellte den Kaffeebecher so heftig vor ihn hin, daß ein paar Tropfen auf den polierten Pinienholztisch spritzten. Ein Wunder, daß sie nicht gleich mit dem Putztuch angerannt kam. Statt dessen lehnte sie sich wieder an die Arbeitsplatte, hielt ihren Becher umklammert, als suche sie daran Halt, und sagte trotzig: »Über Jacko Vance hab ich Ihnen nichts zu sagen. Sie haben sich umsonst von Leeds hierher bemüht. Aber Sie kriegen bestimmt ein gutes Kilometergeld, bei Ihnen zahlt das ja nicht ein knickriger Chef, sondern der Steuerzahler.«
In ihr sieht's so bitter aus, wie der Kaffee schmeckt, dachte Simon, trank aber einen zweiten Schluck, um etwas Zeit zu gewinnen, damit er sich eine Erwiderung überlegen konnte. »Unsere Ermittlungen sind sehr wichtig. Und wir könnten ein wenig Hilfe brauchen.«
Sie knallte ihren Becher auf die Arbeitsplatte. »Hören Sie, es ist mir schnuppe, was er jetzt wieder über mich erzählt. Es ist nicht so, daß ich ihn belästige, umgekehrt wird ein Schuh daraus. Das fing an, kurz nachdem Jeff und ich geheiratet hatten. Ich weiß gar nicht mehr, wie oft die Cops hier waren. Ob ich ihm anonyme Briefe geschrieben hätte. Ob ich seine Frau am Telefon belästigt hätte. Ob ich ihm Päckchen mit Hundekot geschickt hätte. Zum Teufel, ich kann heute nur dasselbe sagen, was ich damals geantwortet habe: daß ich bestimmt nicht der einzige Mensch bin, der eine Stinkwut auf Jacko Vance hat, weil der Mann immer nur an sich und seinen Vorteil denkt.« Sie sah Simon trotzig an. »Aber das mit den anonymen Briefen ist trotzdem Unsinn. Ich hab ihm keine geschickt. Das können Sie überprüfen, wir führen bei uns Buch über jeden Penny. Ich hab's bis obenhin satt, mir Jackos Anschuldigungen anzuhören. Nichts als ein Haufen dreckiger Lügen.« Sie schüttelte wütend den Kopf. »Nicht zu fassen, was dieser *Saukerl* sich alles einfallen läßt.«

Simon hob beruhigend die Hand. »Moment mal, Sie sind, glaube ich, auf dem völlig falschen Dampfer. Ich bin nicht hier, weil Jacko sich über Sie beschwert hätte. Zugegeben, ich möchte gern mit Ihnen über ihn sprechen, aber da geht's darum, was er getan hat, nicht, was Sie angeblich getan haben, ehrlich.«
Jillie sah ihn scharf an. »Was sagen Sie da?«
Simon befürchtete, daß er vielleicht zu weit gegangen wäre. »Also« – er versuchte, das Ganze herunterzuspielen – »wie ich bereits sagte, geht es um eine sensible Angelegenheit. Wir sind im Zusammenhang mit einer Untersuchung auf den Namen Jacko Vance gestoßen, und ich soll nun ein paar Hintergrundinformationen einholen. Ohne daß Mr. Vance dadurch aufgeschreckt wird – wenn Sie verstehen, was ich damit andeuten will.« Er konnte nur hoffen, daß sie ihm nicht ansah, wie nervös er war. Irgendwie lief dieses Gespräch ganz anders, als er's erwartet hatte.
»Ach? Sie ermitteln gegen Jacko?« Das Funkeln in Jillies Augen sah ein wenig ungläubig, aber doch hoffnungsfroh aus.
Simon rutschte verlegen auf dem Stuhl herum. »Wie schon gesagt, sein Name tauchte im Zusammenhang mit Ermittlungen in einer sehr ernsten Angelegenheit auf ...«
Jillie schlug sich auf die Schenkel. »O ja, das kann ich mir gut vorstellen. Sagen Sie nichts, lassen Sie mich raten. Er hat irgendeinem dummen Mädchen sehr weh getan, aber versäumt, die Kleine genügend einzuschüchtern, und jetzt hat sie alles ausgeplaudert. Hab ich recht?«
Simon spürte, daß ihm ein paar Schweißperlen auf die Stirn traten. Das Gespräch lief irgendwie aus dem Ruder. »Was veranlaßt Sie zu dieser Vermutung?« fragte er vorsichtig.
»Das mußte ja eines Tages so kommen.« Man merkte ihr an, wie sehr sie die Gelegenheit zur Abrechnung genoß. »Also, was wollen Sie wissen?«

Als er heimkam, hatte Tony bleischwere Augen. Bleibt nicht aus, wenn man nachts Meile um Meile auf Autobahnen und Schnellstraßen runterreißt, dachte er. Er hatte nicht vorgehabt, den Anrufbeantworter abzuhören, aber der Apparat blinkte so beharrlich, daß er schließlich doch den Wiedergabeknopf drückte. »Hi. Mein Name ist Chris Devine. Detective Sergeant Devine. Ich hab mal eine Zeitlang mit Shaz Bowman bei der Kripo der Met zusammengearbeitet. Ich hab für sie das Treffen mit Jacko Vance arrangiert. Rufen Sie mich bitte an, sobald Sie zurück sind, egal, wie spät es wird.«
Er schrieb die Nummer mit und tippte die Ziffern ein. Das Telefon läutete und läutete, bis endlich abgehoben wurde. »Ist dort Chris Devine?« fragte er in die Stille.
»Tony Hill, nehme ich an?« Reinster Südlondoner Dialekt.
Sie haben mir eine Nachricht hinterlassen. Wegen Shaz.«
»Oh, ja. Hören Sie, bei mir waren diese Trottel von der West Yorkshire Division, und die haben mir gesagt, daß sie nicht mit Ihnen zusammenarbeiten. Stimmt das?«
Er mochte Leute, die ohne Umschweife zur Sache kamen. »Nun, sie glauben, es könne sich kompromittierend auf ihre Ermittlungen auswirken, wenn sie mich oder einen von Shaz' Kollegen hinzuzögen«, sagte er lakonisch.
»Quatsch«, sagte sie verächtlich. »Die haben nicht den Furz von einer Ahnung, worum's überhaupt geht. 'tschuldigen Sie meine Ausdrucksweise. Und? Ermitteln Sie jetzt auf eigene Faust – oder was?«
Tony kam sich irgendwie in die Ecke getrieben vor. »Nun, ich bin jedenfalls äußerst daran interessiert, daß Shaz' Mörder gefaßt wird«, sagte er vorsichtig.
»Und was tun Sie dafür?«
Er zögerte. »Warum fragen Sie?«
»Um zu sehen, ob Sie noch jemanden brauchen, der Ihnen dabei hilft, natürlich. Shaz war ein tolles Mädchen und ein

großartiger Cop. Und nun hat Vance sie aus Gründen, die wir noch nicht genau kennen, umgebracht. Es könnte auch irgendein anderer Kerl gewesen sein, aber wie auch immer, die Spuren fangen jedenfalls an Vance' Haustür an, oder nicht?«

»Sie haben recht.« Tony ahnte auf einmal, wie es Zement unter der Dampfwalze zumute sein muß.

»Sie bearbeiten den Fall also?«

»In gewisser Weise, ja.«

Ihr Seufzen hörte sich an wie eine Sturmwarnung im Seewetterbericht. »Na schön, von mir aus in gewisser Weise. Ich könnte Ihnen jedenfalls helfen. Was brauchen Sie von mir?«

Tonys Gedanken rotierten. »Mir fehlt zum Beispiel ein Druckmittel, mit dessen Hilfe ich nötigenfalls einen Keil zwischen Vance und seine Frau treiben kann.«

»So was wie: Micky Morgan ist eine Lesbe?«

»Ja, so was in der Art.«

»Soll das heißen, das mit der Lesbe reicht nicht?«

»Stimmt das denn?«

Chris schnaubte. »Und ob das stimmt. Die sind so weit weg in ihrem Elfenbeinturm, daß niemand was spitzkriegt, aber ich kann Ihnen Brief und Siegel darauf geben. Micky ist seit Olims Zeiten scharf auf Betsy. Da hat sie Jacko noch gar nicht gekannt.«

»Betsy Thorne? Ihre persönliche Assistentin?«

»Ich höre immer PA! Ihre Geliebte. Betsy hatte zusammen mit ihrem Ex einen gutgehenden, kleinen Partyservice,aber dann hat sie Micky kennengelernt, und da hat's wham-bambum gemacht. Als Pärchen haben sie sich damals nur an äußerst diskreten Orten blicken lassen. Dann sind sie ganz aus der Szene verschwunden, und urplötzlich ist Micky als Jacko Vance' Anhängsel wieder aufgetaucht. Aber Betsy gab's immer noch. Micky war seinerzeit auf dem Weg steil

nach oben, und da gab's Gerüchte, daß die Klatschpresse drauf und dran wäre, sie als Lesbe bloßzustellen.«
»Woher wissen Sie das alles?« fragte Tony.
»Na, was glauben Sie wohl? Wir kannten uns aus der Szene. Da saßen damals noch alle im selben Boot, und da hätte keine die andere verpfiffen. Aber wenn was durchgesickert wäre, du meine Güte, vor zwölf, fünfzehn Jahren hätten ihr die Fernsehbosse den Stuhl vor die Tür gestellt, ohne lange zu fackeln. Sie können's mir glauben, wen Jacko Vance auch bumsen mag, seine Frau ist es nicht. Um ehrlich zu sein, darum habe ich ja vermutet, daß Shaz hinter irgendwas gekommen ist.«
»Haben Sie das Shaz gesagt?«
»Wissen Sie, Micky Morgan war mir damals völlig aus dem Blickfeld gerutscht. Der Gedanke ist mir erst gekommen, nachdem ich für Shaz den Anrufbeantworter gespielt hatte. Ich wollte es ihr sagen, sobald sie sich nach ihrem Besuch bei Vance melden würde, um mir zu erzählen, wie alles gelaufen war. Tja, so bin ich eben nicht mehr dazu gekommen. Können Sie mit der Sache was anfangen?«
»Chris, das ist fabelhaft. Und Sie sind fabelhaft.«
»Das sagen mir alle, Babe. Also, möchten Sie, daß ich Ihnen helfe oder nicht?«
»Ich glaube, das haben Sie bereits getan.«

Als Carol ihr Dienstzimmer betrat, war ihr Detective-Trio schon vollzählig versammelt. Sie rang sich ein Lächeln ab und fragte: »Na, was haben wir rausgefunden?«
Tommy Taylor rutschte tiefer in den Besuchersessel und warf eine dünne Akte auf ihren Schreibtisch. »Wir wissen jetzt mehr darüber, wie's um die Finanzen der Jungs bestellt ist, als deren Ehefrauen.«
»Nach allem, was ich so über Ehen in Yorkshire höre, heißt

das noch nicht viel«, meinte Carol. Tommy und Lee Whitebread grinsten, Di Earnshaw verzog keine Miene.
»Ma'am, kann's sein, daß das 'ne sexistische Bemerkung war?« frotzelte Lee.
»Okay, beschweren Sie sich über mich. Also, was haben wir?«
»Steht alles da drin.« Tommy deutete mit dem Daumen auf den Aktenordner.
»Fassen Sie's kurz zusammen.«
Tommy drehte sich um. »Di? So was kannst du besser.«
Di schob die Hände in die Taschen ihres olivgrünen Jacketts. Eine Farbe, von der einem schlecht werden konnte.
»Mr. Pendlebury war nicht sehr entgegenkommend, hat uns aber immerhin Zugang zu den Daten verschafft, denen wir die Privatadressen und Geburtsdaten unserer Verdächtigen entnehmen konnten. Anhand dieser Daten konnten wir in den Akten des Amtsgerichts ...«
»Außerdem hat uns ein kleines Vögelchen was über Bank- und sonstige Darlehen gezwitschert«, flocht Lee ein.
»Darüber reden wir aber nicht«, erinnerte ihn Tommy.
»Vergeßt ihr den Kleinkrieg mal für 'ne Weile und kommt zur Sache?« schaltete sich Carol ein.
»Unsere beiden Spitzenkandidaten sind Alan Brinkley und Raymond Watson«, fuhr Di fort. »Beide von hier, Watson ist Single, Brinkley seit einem Jahr verheiratet. Stehen beide kurz vor der Zwangsversteigerung ihrer Häuser. Beide haben Zivilklagen wegen nicht bezahlter Schulden am Hals. Halten sich über Wasser, indem sie neue Löcher aufreißen, um die alten zu stopfen. Und so wären die Brände für beide ein Segen.«
»Denen bläst der Wind ganz schön ins Gesicht«, fügte Taylor hinzu.
Carol schlug den Aktenordner auf und nahm die beiden

Blätter heraus, auf denen es um Brinkley und Watson ging. »Gute Arbeit. Sie haben in kurzer Zeit eine Menge Details zusammengetragen.«

Lee zuckte die Achseln. »Seaford ist ein großes Dorf. Da tut man mal einem einen Gefallen, und das zahlt sich dann aus. Was meinen Sie, sollen wir die beiden zur Vernehmung vorladen?«

Carol zögerte. Sie wollte erst Tony zu Rate ziehen, aber das konnte sie dem Trio nicht gut sagen, weil es ausgesehen hätte, als könnte sie ihre Entscheidungen nicht selber treffen.

»Ich werd mir erst mal die Akte genau durchlesen. Wir sprechen morgen noch mal darüber.«

Als die drei gegangen waren und sie gerade zu einem Rundgang durch die Abteilung aufbrechen wollte, um zu sehen, was die anderen so trieben, läutete das Telefon. »DCI Jordan?«

»Brandon hier.«

»Sir?«

»Ich habe gerade mit einem Kollegen drüben in West Yorkshire telefoniert. Dabei kamen wir auch auf den Mord an DC Bowman zu sprechen. Er erwähnte, daß ihr Hauptverdächtiger in diesem Fall sich anscheinend aus dem Staub gemacht hätte. Ein gewisser Simon McNeill. Sie werden ihn wahrscheinlich bis morgen zur Fahndung ausschreiben. Ich dachte, das würde Sie interessieren, zumal die Task Force ja unter einem Dach mit uns gearbeitet hat.«

Carol schaffte es, in ruhigem Ton zu sagen: »Natürlich, Sir. Sobald ich das offizielle Fahndungsersuchen habe, werd ich's in meiner Abteilung publik machen.«

»Obwohl ich nicht glaube, daß er hier auftaucht.«

»Mh. Ja, Sir. Danke, Sir.« Sie legte auf und murmelte inbrünstig »o Scheiße« vor sich hin.

Tony fuhr sich mit dem angefeuchteten Zeigefinger über die widerspenstige linke Augenbraue und begutachtete das Ergebnis seiner Bemühungen im Spiegel, dem – abgesehen von zwei orangefarbenen Kunststoff-Sitzschalen – einzigen Möbelstück in der allenfalls für die Aufnahme eines wuchtigen Wohnzimmerschranks ausgelegten Garderobe. Er fand, daß er mit dem einzigen Anzug, den er besaß, angemessen seriös angezogen war, obwohl Carol meinte, er sähe in dem Ding aus wie ein alter Fußballer im Freizeitdreß. Immerhin, an dem taubengrauen Hemd und dem Schlips in dunklem Magentarot hatte nicht mal sie etwas herumzumäkeln gehabt.
In der Tür erschien die Frau, die sich als Mickys persönliche Assistentin vorgestellt hatte, von der er aber dank Chris' Informationen wußte, daß sie Mickys Lover war. »Alles in Ordnung?« erkundigte sie sich.
»Ich fühle mich bestens.«
»Gut.« Der professionell herzliche Ton, mit dem man Studiogästen Mut zuspricht, dachte er. Ihr Lächeln kam ihm allerdings mechanisch vor, sie war mit den Gedanken woanders. »Gewöhnlich vermeidet Micky vor der Sendung jeden Kontakt mit Studiogästen, um ihnen unbefangen gegenüberzutreten. Aber in diesem Fall … nun, sie fühlt sich irgendwie, wenn auch nur marginal, mit Ihrem tragischen Verlust verbunden. Deshalb möchte sie vor der Sendung noch ein paar Worte mit Ihnen wechseln.«
»Wird mir ein Vergnügen sein.« Tony fand, daß er das glaubhaft rübergebracht hatte.
»Gut. Sie wird in ein paar Minuten herkommen. Darf ich Ihnen irgendwas bringen lassen? Kaffee? Mineralwasser?«
»Kommt der Kaffee aus der Maschine?«
Diesmal sah das Lächeln echt aus. »Ich fürchte, ja. Kaum von Tee, heißer Schokolade oder Hühnersuppe zu unterscheiden.«

»Dann verzichte ich lieber.«
Betsy nickte und zog die Tür hinter sich zu. Tony verspürte ein leichtes Magengrimmen. Das war bei öffentlichen Auftritten immer so. Aber heute ging es zusätzlich darum, das Gespräch vor laufender Kamera so zu lenken, daß er eine Bemerkung einflechten konnte, die Vance beunruhigte und möglichst dazu veranlaßte, einen Fehler zu begehen. Sozusagen der erste Pfeil, den er auf ihn abschießen wollte. Aber Tony machte sich nichts vor, es war ein gewagtes Unterfangen, insbesondere in der Fernsehsendung von Vance' Frau.
Er räusperte sich nervös und musterte sich noch mal kritisch im Spiegel, als hinter ihm die Tür aufging und Micky Morgan erschien. Er drehte sich um und streckte ihr die Hand hin. »Hallo, Ms. Morgan.«
»Dr. Hill. Danke, daß Sie zu meiner Sendung gekommen sind.« Ihr Händedruck war kühl und fest.
»Sehr gern. Es gibt so viele Mißverständnisse über die Aufgaben von Profilern, daß man jede Gelegenheit nutzen sollte, ein wenig Aufklärungsarbeit zu leisten. Zumal wir gerade wieder mal negative Schlagzeilen gemacht haben.« Tony hoffte, daß die Art, wie er kurz den Blick senkte, Micky zu verstehen gab, worauf er anspielte.
»Ja. Es hat mir aufrichtig leid getan, von der Sache mit Detective Constable Bowman zu hören. Ich habe sie nur kurz kennengelernt, aber sie hat auf mich einen sehr energischen Eindruck gemacht. Eine Frau, die weiß, was sie will. Und überdies eine sehr schöne Frau.«
Tony nickte. »Sie wird uns fehlen. Eine unserer besten jungen Officer.«
»Das kann ich mir vorstellen. Es muß gerade für Police Officer schrecklich sein, eine Kollegin zu verlieren.«
»Ja. Man hat das Gefühl, irgendwie mitschuldig zu sein, seine Pflicht nicht so erfüllt zu haben, wie es nötig gewesen wäre,

um diesen Mord zu verhindern. Ich kann mich jedenfalls von einem gewissen Schuldgefühl nicht freisprechen.«
»Ich bin sicher, das hätte niemand verhindern können, selbst Sie nicht.« Sie legte ihm mitfühlend die Hand auf den Arm. »Als ich meinem Mann gesagt habe, daß Sie zu mir in die Sendung kommen, hat er ganz spontan ähnliche Schuldgefühle geäußert. Dabei hätte er noch weniger Grund dazu als Sie.«
»Überhaupt keinen«, sagte Tony und wunderte sich selbst, wie überzeugt er das herausbrachte. »Obwohl wir inzwischen glauben, daß Shaz' Mörder den ersten Kontakt mit ihr hier in London und nicht erst in Leeds aufgenommen hat. Es wäre gut, wenn ich, Ihr Einverständnis vorausgesetzt, in der Sendung an mögliche Zeugen appellieren dürfte, sich bei uns zu melden.«
Micky griff sich mit einer erschrockenen, seltsam verletzbar wirkenden Geste an die Kehle. »Sie glauben doch nicht, daß der Mörder ihr vor unserem Haus aufgelauert hat, oder doch?«
»Zu dieser Annahme gibt es keinen Grund«, sagte er rasch.
»Nein?«
»Nein.«
»Ich bin froh, daß Sie das sagen.« Sie atmete tief durch und strich sich das blonde Haar aus dem Gesicht. »Gut, dann sollten wir nun zum Verlauf unseres Gesprächs kommen. Ich werde Sie zuerst fragen, warum Ihre Gruppe eingerichtet wurde, wem sie unterstellt ist und bei welcher Art von Verbrechen Sie nach Beendigung der Ausbildungsphase an der Aufklärung mitwirken werden. Und dann werde ich auf Sharon zu sprechen kommen und …«
»Shaz«, unterbrach Tony. »Nennen Sie sie Shaz. Sie mochte es nicht, wenn man sie Sharon genannt hat.«
Micky nickte. »Shaz. Ich werde also auf sie zu sprechen kom-

men, und das wäre dann die Gelegenheit, daß Sie diesen dringenden Appell an potentielle Zeugen richten, einverstanden? Gibt's sonst noch irgend etwas Besonderes, was Sie zur Sprache bringen wollen?«

»Ich glaube, ich werde den Appell an Ihr Publikum gut rüberbringen«, erwiderte er ausweichend. Er hätte gern ein paar persönliche Worte hinzugefügt, etwas, das eine Brücke zwischen ihnen bauen konnte, aber ihm fiel nichts ein. Er setzte all seine Hoffnung darauf, mit ihrer Hilfe Jacko Vance' Schutzwall aufzuknacken, und er mußte es nur irgendwie schaffen, sie dahin zu bringen, daß sie ihm, und sei es unbewußt, dabei half.

Micky sagte ihm noch, daß er als letzter kurz vor den Mittagsnachrichten dran wäre und daß Betsy ihn rechtzeitig abholen werde. Dann schloß sich die Tür hinter ihr, nur der Hauch ihres Parfums hing noch in der Garderobe.

Tony wußte, daß er nur heute, nur dieses eine Mal eine Chance bekam, Micky Morgan auf seine Seite zu ziehen, und er hoffte inständig, daß er diese Chance nicht vermasselte.

Hoffentlich lohnt sich's wenigstens, dachte Vance. Er hatte extra wegen der Sendung den Lunch bei Marco Pierre White abgesagt und ahnte, daß der notorisch beleidigte Küchenchef ihn das beim nächsten Besuch spüren lassen würde. Er schloß von innen ab und ließ die Jalousetten herunter. Seine Sekretärin war angewiesen, keine Anrufe durchzustellen, und weder der Produzent noch Vance' Agent wußten, daß er noch hier war. Was das heutige *Morgan am Mittag* auch enthüllen mochte, es gab niemanden, der seine Reaktion beobachten konnte.

Er warf sich aufs breite Ledersofa, drückte auf die Fernbedienung, und die Mattscheibe leuchtete rechtzeitig zum Vorspann auf. Er wußte, daß er nichts zu befürchten hatte. Was immer die Bowman zu wissen geglaubt hatte, es war ihr nicht gelungen, ihre Kollegen von der Richtigkeit ihrer Vermutungen zu überzeugen. Die Polizei fraß ihm aus der Hand, daran würde auch dieser weltfremde Psychologe mit seinen halbgaren Theorien nichts ändern. Dennoch, er war bislang immer gut damit gefahren, auf der Hut zu sein, und er hatte nicht die Absicht, seine erfolgreiche Karriere als Wohltäter der Menschheit durch Leichtsinn und Arroganz aufs Spiel zu setzen.

Er hatte sich einige Informationen über Tony Hill verschaffen können, wenn auch nicht so viele, wie er sich gewünscht hätte. Immerhin, was er in Erfahrung gebracht hatte, genügte. Dieser Tony Hill war der Initiator für die Einrichtung der Task Force des Innenministeriums, der auch die Bowman angehört hatte. Er war bei der Jagd auf einen Serienmörder in Bradfield dabeigewesen und hatte sich dabei blutige Hände geholt, da der Bursche eben doch nicht so schlau war, wie er glaubte. Außerdem gab es Gerüchte über sein Sexualleben, über Praktiken, die angeblich dicht an der Grenze zur Perversität waren. Leider hatte Vance nicht genauer nachfragen können, sonst wäre sein Informant womöglich mißtrauisch geworden.

Sosehr ihn dieser Psychologe faszinierte, sein Hauptinteresse galt trotzdem Mickys Sendung. Er war vernarrt in das Medium Fernsehen, besonders in Live-Sendungen mit all ihren unwägbaren Risiken. In Vance' Hinterkopf rotierte zwar bereits die Überlegung, wie er diesen Dr. Hill, falls das nötig wurde, neutralisieren könnte, aber das beschäftigte ihn nicht so sehr, daß es ihn von Micky ablenken konnte. Sie war eine der besten. Und eine Frau, bei der es ein unschätzbarer Vorteil war, wenn man sie auf seiner Seite hatte.

Micky war von Anfang an gut gewesen, aber durch Betsys Einfluß ohne Zweifel noch besser geworden. Betsy hatte ihr

beigebracht, wie man vor laufender Kamera Gesprächspartner mit scheinbar harmlosen Fragen in die Enge treibt. Die meisten von Mickys Opfern merkten erst hinterher, wie sie sie auseinandergenommen hatte. Und so war Vance zuversichtlich, daß Micky diesen Tony Hill, wenn es bei ihm irgendwelche wunden Punkte gab, heute gehörig in die Mangel nehmen würde.
Merkwürdig, dachte er, während er eine für seinen Geschmack viel zu dramatisch vorgetragene Reportage aus den Midlands verfolgte, daß ich für meine Frau nie auch nur das geringste sexuelle Begehren verspürt habe. Micky war nicht sein Typ, aber es war doch seltsam, daß sich bei ihm gar nichts regte, nicht mal bei den seltenen Gelegenheiten, bei denen er sie zufällig nackt sah. Andererseits, so wie sie sich in ihrer Beziehung arrangiert hatten, war das vielleicht ganz gut. Er war nicht darauf aus, eine Frau kennenzulernen, die seinen Vorstellungen von einer idealen Sexpartnerin entsprach. Das hätte zwischen Micky und ihm zuviel kaputtmachen können, und das konnte und wollte er sich nicht leisten, schon gar nicht jetzt.
»Und nach der Pause«, sagte Micky mit dem unter die Haut gehenden Timbre in der Stimme, bei dem, wie er argwöhnte, Tausende junger Männer eine Erektion bekamen, »werde ich mich mit einem Mann unterhalten, der sein Leben sozusagen in den Hirnwindungen von Serientätern verbringt. Der Psychologe und Profiler Dr. Tony Hill wird uns Einblick in die Geheimnisse der neu aufgestellten, künftig landesweit operierenden Spezialgruppe geben. Und wir werden uns auch mit dem tragischen Tod einer jungen Polizistin beschäftigen, die in diesem Kampf gegen das Verbrechen bereits ihr Leben gelassen hat. Das alles – und natürlich, wie immer Punkt eins, die Nachrichten – nach unserer kurzen Pause.«
Vance wartete mit wachsender Ungeduld auf das Ende der

Werbespots, und als auf dem Bildschirm das Logo von *Morgan am Mittag* erschien, schwang er die Füße von der Couch und beugte sich interessiert vor. »Da sind wir wieder«, sagte Micky. »Mein Gast ist nun der durch jahrelange Erfahrungen als Psychologe in Kliniken prädestinierte Profiler Dr. Tony Hill. Schön, daß Sie zu uns gekommen sind, Tony.«
Die Kamera schwenkte herum, und da bekam Vance zum ersten Mal Shaz Bowmans Chef zu Gesicht. Er wurde kreidebleich, und dann schoß ihm das Blut in die Wangen. Er hatte damit gerechnet, einen Fremden zu sehen, aber das Gesicht, das ihn jetzt vom Bildschirm anstarrte, kannte er. Zum ersten Mal war ihm der Kerl bei dem gesponserten Tanzwettbewerb aufgefallen, zu dem er als Ehrengast eingeladen war. Da hatte der Bursche sich an seine Fans rangemacht, und Vance hatte in aller Einfalt geglaubt, daß der Kerl der neue im Begleitteam wäre. Doch gestern abend, kurz vor seinem Auftritt in dem Sportzentrum, war er ihm wieder aufgefallen, weil er irgendwelche Zettel an seine Fans verteilte. Er hatte sich noch vorgenommen, sich über den Kerl schlau zu machen, aber das war ihm dann im Laufe des Abends entfallen. Und nun saß der Bursche vor Millionen von Zuschauern auf dem *Morgan-am-Mittag*-Sofa und plauderte mit seiner Frau. Der war nicht zufällig in die Sendung reingeplatzt, der hatte das eingefädelt. Shaz Bowmans Chef. Irgendwie beschlich Vance eine Ahnung, daß er es mit einem Widersacher zu tun hatte.

»Wie hatte Ihre Gruppe den tragischen Tod einer Lehrgangsteilnehmerin aufgenommen?« fragte Micky mit dem antrainierten Glitzern in den Augen, das den Zuschauern tiefes Mitgefühl vermittelte.
Ein Schatten huschte über Tonys Gesicht. »Es war ein schockierender Schlag. DC Bowman war eine der besten Po-

lizistinnen, mit denen ich je zusammenarbeiten durfte. Sie hatte eine besondere Begabung für die Erarbeitung von Täterprofilen, das wird schwierig sein, sie zu ersetzen. Wir werden alles daransetzen, ihren Mörder zu überführen.«

»Arbeiten Sie bei diesem Fall eng mit den Ermittlungsbehörden zusammen?«

Seine Reaktion auf diese, wie Micky geglaubt hatte, Routinefrage verblüffte sie. Er runzelte die Stirn, seine Augen weiteten sich einen Moment lang, dann sagte er: »In unserer Gruppe tut jeder sein möglichstes, um dort zu helfen, wo unsere Hilfe gefragt ist. Und es ist gut möglich, daß Ihre Zuschauer uns dabei ebenfalls helfen könnten.«

Micky war beeindruckt davon, wie rasch er sich gefangen hatte. Wahrscheinlich war den meisten Zuschauern sein kurzes Zögern gar nicht aufgefallen. »Und wie stellen Sie sich das vor, Tony?«

»Wie Sie sicher wissen, wurde Shaz Bowman in ihrem Apartment in Leeds ermordet. Wir haben Grund zu der Annahme, daß es sich nicht um ein Zufallsverbrechen handelt. Ihr Mörder muß kein Ortsansässiger gewesen sein. Shaz war am Samstag vormittag in London, etwa zwölf Stunden, bevor sie ermordet wurde. Es ist durchaus möglich, daß ihr Mörder irgendwann an diesem Tag Kontakt zu ihr aufgenommen hat. Es würde uns daher interessieren, wer sie am Samstag vormittag nach etwa halb elf Uhr gesehen hat.«

»Heißt das, es könnte jemand gewesen sein, der ihr aufgelauert hat?«

»Ich vermute, daß der Mörder ihr von London nach Leeds gefolgt ist.«

Das war nicht dasselbe, aber Micky wußte, daß sie für solche Feinheiten in ihrer Sendung keine Zeit hatte. »Und jetzt hoffen Sie, daß jemand das beobachtet hat?«

Tony nickte ernst und sah direkt in die Kamera mit dem roten Licht. Micky konnte seine Miene auf dem Monitor verfolgen, der vor ihr stand. Mein Gott, dachte sie, wie natürlich er ist. Alle anfängliche Nervosität schien verflogen.

»Wir suchen jemanden, der sie zwischen Samstag nach halb elf Uhr vormittags und Sonntag morgen gesehen hat. Einem aufmerksamen Beobachter wäre sie mit Sicherheit aufgefallen, insbesondere wegen ihrer eindringlichen, hellblauen Augen. Sie könnten sie allein oder zusammen mit ihrem Mörder gesehen haben, vielleicht an einer Tankstelle oder einer Autobahnraststätte zwischen London und Leeds. Sie fuhr einen schwarzen VW Golf. Möglicherweise haben Sie jemanden bemerkt, der DC Bowman in auffallender Weise beobachtet hat. Wir wären Ihnen in diesem Fall für eine Mitteilung sehr dankbar.«

»Wir haben nun die Nummer der zuständigen Polizeidienststelle in Leeds eingeblendet«, warf Micky ein, als sie die Textzeile unter einem Foto der lächelnden Shaz Bowman auf dem Monitor sah. »Wenn Sie Shaz Bowman am fraglichen Samstag gesehen haben, und sei es auch nur flüchtig, zögern Sie bitte nicht, die Polizei in Leeds zu verständigen.«

»Wir wollen den Mörder erwischen, bevor er noch einmal zuschlagen kann«, fügte Tony hinzu.

»Also«, wandte Micky sich an ihr Fernsehpublikum, »haben Sie bitte keine Scheu, eine Dienststelle der West Yorkshire Police oder Ihre nächstgelegene Polizeistation anzurufen, wenn Sie bei der Aufklärung dieses Mordes helfen können. Tony, ich danke Ihnen, daß Sie gekommen sind und für das Gespräch.« Sie lächelte in die Kamera, bis der Regisseur aus dem Kontrollraum »Und nun dalli rüber zu den Mittagsnachrichten!« rief.

Micky lehnte sich zurück. »Danke, Tony.« Sie nahm das Ansteckmikro ab.

»Ich habe Ihnen zu danken«, sagte er hastig, weil Betsy be-

reits auf sie zueilte. Sie griff ihm über die Schulter, um ihm das Mikrofon abzunehmen, und sagte: »Ich bringe Sie noch nach draußen.«
Micky stand auf. »Es war faszinierend. Schade, daß wir nicht länger Zeit hatten.«
Tony witterte seine Chance. »Vielleicht könnten wir mal zusammen essen gehen.«
»Ja, das wäre mir sehr recht«, sagte Micky, was sich anhörte als wäre sie selbst erstaunt über diese Reaktion. »Sind Sie heute abend frei?«
»Ja. Ja, bin ich.«
»Dann lassen Sie's uns doch gleich heute abend tun. Wäre Ihnen halb sieben recht? Ich muß früh essen, damit ich mich hinterher noch auf die morgige Sendung vorbereiten kann.«
»Ich werde einen Tisch bestellen.«
»Nicht nötig. Das macht Betsy. Bist du so nett, Bets?«
Tony glaubte, ganz kurz ein nachsichtiges Lächeln in Betsys Augen aufflackern zu sehen, das aber Sekundenbruchteile später wieder hinter kühler Professionalität verborgen war.
»Kein Problem. Aber jetzt muß ich Dr. Hill erst mal aus dem Studio bugsieren.«
»Also dann«, rief Micky ihm nach, »bis heute abend, Tony.«

Carol starrte aus dem Bürofenster auf den Hafen unter ihr. Alle hatten es heute wegen der frischen Brise etwas eiliger, sogar die, die den Hund ausführten. Hoffentlich meine Detectives auch, dachte sie, während sie die Nummer von Tonys Hotelzimmer eintippte. »Hallo?« meldete er sich.
»*Morgan am Mittag* war große Klasse, Tony. Ist Ihnen im Studio Vance über den Weg gelaufen?«
»Nein, ihn hab ich nicht gesehen. Er wird das Gespräch wahrscheinlich am Fernseher verfolgt haben. Micky hat nebenbei erwähnt, sie habe ihm von meinem heutigen Auftritt

in der Sendung erzählt. Ich war übrigens sehr von ihr angetan. Eine exzellente Moderatorin. Lullt einen mit harmlosen Fragen ein, und auf einmal nagelt sie einen fest. Ich hab's trotzdem geschafft, die Punkte zu machen, die ich machen wollte.«
»Glauben Sie, sie ahnt was?«
»Was soll sie ahnen?« fragte er verdutzt. »Daß wir ihn verdächtigen?«
Er steht heute morgen auf der Leitung, dachte Carol. »Daß er ein Serienmörder ist.«
»Ich glaube, sie hat nicht die leiseste Ahnung, sonst hätte sie sich bestimmt schon von ihm getrennt.«
Eine erstaunliche Äußerung aus Tonys Mund. Gewöhnlich teilte er die Menschheit nicht in Gut und Böse ein. »Er ist eben aalglatt«, sagte Carol.
»Wie eine Schlange. Bin gespannt, wie weit wir gehen müssen, bis er unruhig wird. Ich unternehme heute abend den nächsten Anlauf. Bin mit seiner Frau zum Essen verabredet.«
Unwillkürlich wurde Carol ein bißchen eifersüchtig. Aber ihre Stimme klang so wie immer: »Ach, wirklich? Wie haben Sie denn das hingekriegt?«
»Ich glaube, sie will einfach mehr über Profiling erfahren. Und ich hoffe, ihr bei der Gelegenheit irgendwelche nützlichen Informationen zu entlocken.«
»Sie werden das schon hinkriegen, Tony.« Eine kleine Pause, dann sagte sie: »Wir haben ein Problem mit Simon«, und berichtete ihm in kurzen Worten von ihrem Telefonat mit John Brandon. »Was meinen Sie? Sollten wir ihn überreden, sich freiwillig mit West Yorkshire in Verbindung zu setzen? Ich meine, noch wird er ja nicht per Steckbrief gesucht, aber schon nächste Woche könnte das anders aussehen.«
»Sie gehen offenbar nicht davon aus, daß er sich brav im Polizeirevier in Leeds meldet?«

Carol schnaubte spöttisch. »Nein. Sie etwa?«
»Ich fürchte, dazu hat er schon zuviel in unsere Arbeit investiert. Und da wir gerade davon sprechen: Was haben die anderen aus dem Team rausgefunden?«
Carol erzählte ihm von Kays Befragung der Eltern und Freunde und daß Kenny und Denise Burton Kay nach langem Zureden ein Foto überlassen hatten, auf dem Stacey mit Vance zu sehen war.
Tony sog scharf die Luft ein. »Die Zeloten!«
»Wie bitte?«
»Zeloten. Fanatiker. Vance' Jünger. Ich bin bei drei seiner öffentlichen Auftritte gewesen, und jedesmal sind da dieselben drei, vier Figuren aufgetaucht, die Getreuesten seiner Getreuen. Das merkwürdige ist nur, zwei von ihnen machen Fotos.«
»Gotcha?« fragte Carol hoffnungsvoll.
»Könnte möglich sein. Aber das mit dem Foto ist gut. Vielleicht der Punkt, an dem wir den Hebel ansetzen können. Vance ist clever, Carol. Der raffinierteste Kerl, den ich je erlebt habe. Wir müssen ganz einfach noch besser sein.«
»Sind wir. Und wir sind fünf. Er sieht alles nur aus seinem eigenen Blickwinkel.«
»Ja, Sie haben recht. Reden wir morgen weiter, ja?«
Sie spürte, wie ungeduldig er darauf brannte, sich wieder in seine Recherchen zu stürzen. Micky Morgan war eine Herausforderung für ihn, und er liebte Herausforderungen. Entweder schaffte er es, ihr ein paar neue Informationen zu entlocken, oder er hatte es am Ende des Abendessens zumindest fertiggebracht, eine Katze in Jacko Vance' Taubenschlag zu schmuggeln. Tony konnte so etwas besser als alle anderen. Aber da war noch etwas, worüber sie mit ihm reden mußte.
»Eines haben wir noch nicht besprochen, die Sache mit dem Brandstifter.«

»Ja, richtig. Entschuldigung. Gibt's Fortschritte?«
Sie beschrieb ihm in groben Zügen, was ihr Trio herausgefunden hatte, und die beiden Männer, die sich als Hauptverdächtige abzeichneten. »Ich bin mir nicht sicher, ob ich sie beim gegenwärtigen Stand der Ermittlungen schon offiziell zur Vernehmung vorladen und mir einen Durchsuchungsbefehl besorgen soll oder ob es besser ist, sie vorläufig weiter zu observieren. Ich hab mir gedacht, ich rede erst mal mit Ihnen darüber.«
»Geben sie ungewöhnlich viel Geld aus?«
»Brinkley und seine Frau leben auf großem Fuß: neue Autos, die neuesten Haushaltsgeräte, einen Haufen Kreditkarten. Watson scheint eher eine Spielernatur zu sein. Bringt alles, was er an Bargeld zusammenkratzen kann, zum Buchmacher.«
Tony sagte eine Weile nichts. Carol sah ihn vor sich, wie er stirnrunzelnd dasaß und sich mit der Hand durchs dichte schwarze Haar fuhr. Schließlich sagte er: »Wenn ich Watson wäre, würde ich meine nächste Wette auf Brinkley abschließen.«
»Und warum?«
»Wenn Watson tatsächlich fanatischer Spieler ist, lebt er in der Überzeugung, daß er seine Probleme mit dem nächsten Lotterielos löst. Er glaubt verbissen an sein Glück. Bei Brinkley ist das anders. Er hofft, irgendwie aus dem Schlamassel rauszukommen, Hauptsache, er schafft es, sich noch eine Zeitlang über Wasser zu halten, ein bißchen was nebenher zu verdienen und die Ausgaben etwas zu reduzieren. So seh ich die beiden. Aber egal, ob ich recht habe oder nicht, mit einer offiziellen Vernehmung erreichen Sie nichts. Vielleicht hört das Zündeln auf, aber Sie werden nie erfahren, wer für die Brände verantwortlich war. Ein Durchsuchungsbefehl wird, so wie die Brände gelegt werden, vermutlich auch nichts

bringen. Ich weiß, es ist nicht das, was Sie hören wollten, aber ich denke, durch Observation werden Sie den Täter am ehesten überführen. Und da ich mich mit meinem Tip irren kann, müssen Sie wohl oder übel beide überwachen.«

Carol stöhnte gequält auf. »Ich habe geahnt, daß Sie das sagen werden. Oberservation – der beliebteste Zeitvertreib aller Cops. Und ein verdammt teurer Spaß.«

»Wenigstens bleibt Ihnen der Trost, daß Sie sie nur nachts observieren müssen. Und da der Täter in relativ kurzen Abständen zuschlägt, wird die Aktion nicht sehr lange dauern.«

»Ein schöner Trost. Aber okay, das ist ja nicht Ihre Schuld. Danke für Ihre Hilfe, Tony. Und nun zischen Sie ab zu Ihrem Essen mit Micky. Ich werd mich zu Hause von tiefgefrorener Pizza nähren, darauf hoffen, daß ich was von Simon und Leon höre, so früh wie möglich in die Falle kriechen und ...« Ihre Stimme bekam einen sehnsüchtigen Klang. »... endlich mal ausschlafen.«

Tony lachte. »Genießen Sie's.«

»Oh, das werde ich. Und, Tony – viel Glück.«

»Wenn kein Wunder geschieht, werde ich das brauchen.«

Das Klicken in der Leitung beraubte Carol jeder Chance, Tony von der anderen Sache zu erzählen, die sie sich für heute vorgenommen hatte. Sie hätte nicht erklären können, was sie sich davon versprach, aber der Instinkt sagte ihr, daß es ein wichtiger Schritt war, und sie hatte die Erfahrung gemacht, daß auf den Instinkt manchmal mehr Verlaß war als auf die Logik. Mitten im dienstlichen Routinetrubel war ihr plötzlich die Idee gekommen, eine Anfrage an alle Polizeistationen im Lande zu richten: Chief Inspector Carol Jordan von der East Yorkshire Police bittet um Mitteilung, wenn im Zuständigkeitsbereich der angefaxten Dienststelle in letzter Zeit Mädchen im Teenageralter unter ungeklärten Umständen von zu Hause verschwunden sind.

»Mike McGowan? Das ist der da drüben in der Ecknische, Schätzchen«, sagte das Barmädchen und zeigte mit dem Daumen hin. Leon wollte noch fragen, was McGowan trinke, aber da war das Mädchen schon mit einem anderen Gast beschäftigt.

Der Pub war mäßig besetzt, fast ausschließlich von Männern. In kleinen East-Midlands-Städten wie dieser legte man Wert auf die Unterscheidung zwischen Pubs, in denen Männer ihre Zeit mit Frauen verbrachten, und solchen, die sie aufsuchten, um genau das nicht tun zu müssen. Der spezielle Anreiz dieses Pubs wurde auf einer großen Werbetafel draußen angepriesen: »Satelliten-TV-Sportübertragungen, rund um die Uhr, supergroßer Bildschirm«.

Leon trank einen Schluck von seinem Lager und ließ sich einen Moment Zeit, um einen ersten Eindruck von McGowan zu bekommen, der, wie Jimmy Linden behauptete, Jacko Vance wie kein anderer kannte. Seit seinem Anruf bei McGowans alter Zeitung in London wußte Leon allerdings, daß der alte Knabe schon seit drei Jahren nicht mehr für das Blatt arbeitete. Geschieden, die Kinder groß und kreuz und quer übers Land verstreut, hatte er der teuren Hauptstadt den Rücken gekehrt und war zurück nach Nottinghamshire gezogen, in das Städtchen, in dem er aufgewachsen war.

Er sah mehr nach der Karikatur eines Oxbridge-Professors als nach einem ehemaligen Mitarbeiter einer überregionalen Zeitung aus. Ein Hüne, das sah man ihm selbst im Sitzen an. Graublondes Haar, ein paar Fransen in die Stirn gekämmt, dicke Hornbrille, die Hautfarbe eine Mischung aus Weiß und Pink. Sein Jackett war aus dem alten Tweed gemacht, bei dem es fünfzehn Jahre dauert, bis er einigermaßen ansehnlich ist, und der dann weitere zwanzig Jahre übersteht, ohne fadenscheinig zu wirken. Dazu trug er ein graues Flanellhemd und eine gestreifte Krawatte mit eng geschlungenem

Knoten. Während Leon ihn musterte, klopfte McGowan die Pfeife aus und stopfte sich sofort eine neue, beides, ohne den Blick von dem Basketballspiel im Fernsehen abzuwenden. Was er auch nicht tat, als Leon sich dicht neben ihm aufbaute. »Mike McGowan?«

»Bin ich. Und wer sind Sie?« Die Midlands-Sprachmelodie, genau wie bei dem Mädchen am Tresen. Die Betonung lag auf den Vokalen.

»Leon Jackson.«

McGowan sah kurz hoch. »Verwandt mit Billy Boy Jackson?«

Leon hätte sich vor Verblüffung beinahe bekreuzigt. »Das war mein Onkel«, brachte er heraus.

McGowan nickte. »Selbe Schädelstruktur. War dabei, als Marty Pyeman Ihren Onkel auf die Bretter geschickt hat. Aber deswegen sind Sie nicht hier, oder?« Diesmal wirkte der kurze Blick nach oben irgendwie bauernschlau.

»Kann ich Ihnen was zu trinken holen, Mr. McGowan?«

Der Journalist schüttelte den Kopf. »Ich komm nicht her, um zu trinken, sondern wegen der Sportübertragungen. Kann mir von meiner knappen Pension keine Satellitenschüssel leisten, und so einen Riesenschirm schon gar nicht. Setzen Sie sich und verraten Sie mir, was Sie aus mir rauslocken wollen.«

Leon nahm Platz, zog das Mäppchen mit dem Dienstausweis aus der Innentasche des Jacketts und wollte es auf- und gleich wieder zuklappen. Aber McGowan war schneller. »Metropolitan Police«, murmelte er nachdenklich. »Nun bin ich aber gespannt, was ein Londoner Bobby mit Liverpooler Akzent von einem pensionierten alten Knacker im finstersten Nottinghamshire will.«

»Jimmy Linden meinte, Sie könnten mir vielleicht helfen.«

»Jimmy Linden? Da werden alte Erinnerungen wach.« Er klappte das Mäppchen zu und gab es Leon zurück. »Und warum interessieren Sie sich für Jacko Vance?«

Leon grinste anerkennend. »Ich habe zwar kein Wort davon gesagt, daß ich mich für Vance interessiere, aber wenn Sie mir was über ihn erzählen können, soll's mir recht sein.«
McGowan riß ein Streichholz an, um sich die nächste Pfeife anzuzünden. Die dicken Rauchwolken, die er auspaffte, schluckten die dünnen Rauchkringel von Leons Zigarette. »Was soll er denn angestellt haben, der Jacko? Na ja, was es auch war, ich wette, Sie werden's nicht schaffen, ihn darauf festzunageln.«
Leon würgte an seiner Wut, sagte aber nichts. Diesem cleveren alten Bastard bin ich allemal gewachsen, dachte er mit einer Inbrunst, als müsse er sich selbst überzeugen.
»Ich hab ihn schon seit Jahren nicht gesehen«, sagte McGowan schließlich. »Er ist nicht scharf drauf, Gesichter aus der Zeit zu sehen, als er noch alle Glieder hatte. Will nicht gern daran erinnert werden, was er verloren hat.«
»Na ja, er hat aber auch einiges dazugewonnen«, meinte Leon. »Einen tollen Fernsehjob, mehr Geld, als er ausgeben kann, eine fantastische Frau und ein Haus wie ein Staatsoberhaupt. Wie viele Goldmedaillen hätte er gewinnen müssen, um das aufzuwiegen? Wie gesagt, Jimmy meint, Sie wüßten mehr über Jacko als irgendwer sonst.«
»Nur scheinbar. Hab seine Karriere verfolgt, ihn einige Male interviewt und wahrscheinlich auch den einen oder anderen Blick hinter seine Maske geworfen. Daß ich ihn wirklich kenne, würde ich trotzdem nicht sagen. Das kann wohl keiner von sich behaupten. Und im übrigen hab ich alles, was ich über ihn sagen will, bereits in der Zeitung geschrieben.«
McGowan atmete wieder eine Rauchwolke aus. Leon schnupperte Kirschen und Schokolade. Er konnte sich nicht vorstellen, seiner Lunge etwas zuzumuten, was an die Zutaten für eine Schwarzwälder Kirschtorte erinnerte. »Jimmy

sagt, Sie hätten sich so was wie Dossiers mit Zeitungsausschnitten über Sportler angelegt.«

»Donnerwetter, Sie haben 'ne Menge aus dem guten alten Jimmy rausgekitzelt. Muß 'nen Narren an Ihnen gefressen haben. Na ja, er hatte immer großen Respekt vor schwarzen Sportlern. Weil die sich doppelt anstrengen müßten, um's zu was zu bringen. Vermutlich hat er gedacht, daß das bei der Polizei genauso ist.«

»Vielleicht versteh ich mich auch nur gut darauf, Leute auszufragen«, sagte Leon trocken. »Hab ich 'ne Chance, mal kurz in Ihre Dossiers reinzugucken?«

»Geht's um was Spezielles, Detective?« fragte McGowan.

»Wär mir recht, wenn Sie mich mit der Nase auf was Spezielles stoßen könnten, Sir«, erwiderte Leon knapp.

McGowan starrte weiter auf das Basketballspiel. »Die sind in zehn Minuten fertig. Kommen Sie einfach mit und sehen sich meine – wie haben Sie gesagt? – Dossiers an.«

Knapp eine halbe Stunde später saß Leon in McGowans spartanisch eingerichtetem Wohnzimmer. Die einzigen Möbelstücke waren ein zerkratzter, blaugrauer Schreibtisch und ein lederner Schaukelstuhl, der aussah wie ein Beutestück aus dem Spanischen Bürgerkrieg. Daß der Raum trotzdem so vollgestopft wirkte, lag an den deckenhohen, an allen vier Wänden aufgereihten, billigen Metallregalen, auf denen sich Schuhkartons türmten, jeder mit einem Aufkleber gekennzeichnet.

»Das ist ja unglaublich«, staunte Leon.

»Ich hab mir immer geschworen, daß ich, wenn ich pensioniert bin, ein Buch schreibe. Komisch, was man sich für falsche Hoffnungen macht. Früher bin ich um die halbe Welt gereist, um über Sportereignisse zu berichten. Heute ist meine Welt auf das Satellitenfernsehen im Dog and Gun reduziert. Da sollte man denken, ich sei deprimiert, aber es ist komisch – ich bin's nicht. Ich hab hier endlich gefunden, was ich mir immer gewünscht hatte – Freiheit ohne Verantwortung.«

»Eine gefährliche Mischung«, gab Leon zu bedenken.

»Eine befreiende Mischung. Vor drei Jahren hätte ich, sobald Sie bei mir aufgetaucht wären, sofort eine Story gewittert und keine Ruhe gegeben, ehe ich nicht herausgefunden hätte, was los ist. Jetzt ist mir das alles egal. Der Boxkampf in Vegas am Samstag interessiert mich mehr als alles, was Jacko gesagt oder getan haben kann.« Er zeigte auf eines der Regale. »Jacko Vance. Fünfzehn Schuhkartons – amüsieren Sie sich damit, Kumpel. Ich hab 'ne Verabredung mit einem Tennismatch im Dog and Gun. Wenn Sie fertig sind, ehe ich zurückkomme, ziehen Sie einfach die Tür hinter sich zu.«

Als Mike McGowan kurz vor Mitternacht zurückkam, quälte Leon sich immer noch durch die Zeitungsausschnitte. McGowan versorgte ihn mit einem Becher Instantkaffee und meinte: »Ich hoffe, die bezahlen Ihnen Überstunden, Kumpel.«

»Ist mehr 'ne Gefälligkeitsarbeit«, murmelte Leon.

»Ihnen oder Ihrem Boß zuliebe?«

Leon überlegte einen Moment. »Einem Mädchen aus unserem Team zuliebe. So was wie eine Ehrenschuld.«

»Dafür lohnt sich's immer. Ich laß Sie jetzt allein. Versuchen Sie, die Tür nicht so laut zuzuknallen, wenn Sie gehen.«

Leon hörte im Nebenzimmer die Begleitgeräusche, die zur Vorbereitung auf die Nachtruhe gehören, das Rauschen der Toilette, knarrende Dielenbretter, schließlich das Ächzen einer Matratze. Dann Stille, bis auf das Rascheln vergilbter Zeitungsseiten.

Es war fast zwei, als er auf etwas stieß, was möglicherweise genau das war, was er suchte. Ein kleiner Zeitungsausschnitt, eine eher nebensächliche Notiz, aber vielleicht ein Anfang.

Jedenfalls pfiff Leon Jackson, als er McGowans Apartmenttür hinter sich zugezogen hatte und hinaus auf die nachtdunkle Straße trat, zufrieden vor sich hin.

Tony hatte selten so aufrichtig wirkende Augen gesehen. Micky spießte mit der Gabel den letzten Happen geräucherte Ente auf, zögerte einen Augenblick und sagte: »Aber es muß Ihnen doch zu schaffen machen, wenn Sie soviel Zeit und Energie dafür aufwenden, sich in diese verdrehte Logik hineinzudenken?«
Tony nahm sich mehr Zeit, als unbedingt nötig gewesen wäre, um das Stück Polenta zu Ende zu kauen. »Man lernt schnell, eine Mauer um sich aufzubauen«, sagte er schließlich. »Sie wissen etwas und wissen es doch nicht. Spüren es – und spüren's nicht. Ich denke mir, Journalisten wird es ähnlich gehen. Wie schlafen Sie denn, wenn Sie vorher über so was wie das Dunblane-Massaker oder den Flugzeugabsturz von Lockerbie berichtet haben?«
»Ja, aber das ist etwas, das draußen geschieht. Und Sie müssen die Ereignisse in sich nachvollziehen, wenn Sie Erfolg haben wollen.«
»Ganz so weit draußen ist es auch für Sie nicht immer. Nachdem Sie Jacko kennengelernt hatten, mußten Sie eine Trennungslinie zwischen der Story und Ihrem Leben ziehen. Zwischen dem, worüber Sie im Fernsehen berichten wollten, und dem Wissen, das nur Sie persönlich etwas anging. Und als Jackos Ex-Verlobte der Klatschpresse ihre Enthüllungen verkauft hat, war das für Sie sicher keine Story wie tausend andere. Hatte das keinen Einfluß darauf, wie Sie über Nachrichten aus aller Welt berichten?«
Micky warf das Haar zurück. Er merkte ihr an, daß sie Jillie Woodrow auch nach zwölf Jahren noch verachtete. »Dieses Biest«, murmelte sie. »Jacko hat mir gesagt, das meiste sei frei

erfunden, und ich glaube ihm das. Es ist mir also nicht wirklich unter die Haut gegangen.«
Der Ober kam, um die leeren Teller abzutragen. Als sie wieder allein waren, wiederholte Tony seine Frage.
»Sie sind der Psychologe«, wehrte sie ab, zog ein Päckchen Zigaretten aus der Tasche, zögerte und fragte: »Stört es Sie?«
Tony schüttelte den Kopf. »Ist mir noch nie aufgefallen, daß Sie rauchen.«
»Nur nach dem Essen. Höchstens fünf am Tag.« Und dann sagte sie mit spöttisch herabgezogenen Mundwinkeln: »Man muß den Irrsinn unter Kontrolle halten, dann ist es keiner.«
Tony zuckte zusammen. Mit fast denselben Worten hatte er das irgendwann bei einem Vortrag über einen von Zwangsvorstellungen beherrschten Mörder formuliert, dessen Wahnsinn ihn beinahe das Leben gekostet hätte.
»Sie sehen aus, als wäre Ihnen ein Gespenst über den Weg gelaufen«, sagte Micky verwundert.
»Nur eine flüchtige Erinnerung. In meinem Kopf sind so viele bizarre Erinnerungen gespeichert, daß mir das gelegentlich passiert.«
»Das glaube ich Ihnen.« Sie nahm einen tiefen Zug an ihrer Zigarette. »Wissen Sie, was ich mich schon lange frage? Woher wissen Sie, daß Sie mit einem Täterprofil ins Schwarze getroffen haben?«
Er sah sie abschätzend an. Jetzt oder nie, dachte er. »Nun, es ist im Prinzip dieselbe Methode, mit der jeder von uns andere Menschen beurteilt. Eine Mischung aus Wissen und Erfahrung, dazu das Geschick, die richtigen Fragen zu stellen.«
»Welche, zum Beispiel?«
Sie sah ihn so arglos an, daß er sich fast ein wenig schäbig vorkam. »Zum Beispiel, ob es Jacko nicht stört, daß Betsy Ihre Geliebte ist.«
Ihr Gesicht erstarrte, und er las Panik in ihren Augen. Es dau-

erte eine Weile, bis sie ein hysterisches Lachen zustande brachte. »Wenn Sie darauf aus waren, mich auf dem falschen Fuß zu erwischen, war das bestimmt kein schlechter Schachzug.« Erstaunlich, wie schnell sie sich im Griff hatte. Aber Tony hatte bereits in ihren Augen ein Geständnis gelesen.

»Von mir haben Sie nichts zu befürchten«, sagte er mit sanfter Stimme, »ich kann so etwas für mich behalten, aber ich falle nicht darauf rein. Sie und Jacko – das war ein so eindeutiger Schwindel wie eine Neun-Pfund-Note. Betsy war zuerst da. Oh, es gab Gerüchte, aber die waren schnell vergessen, weil die Medien seit Charles und Diana niemanden so geschont haben wie Sie.«

»Warum sprechen Sie diese Sache überhaupt an?« fragte Micky.

»Wir sind beide hier, weil wir neugierig sind. Ich habe Fragen beantwortet, nun können Sie sich mit demselben Vertrauensbeweis revanchieren oder nicht?« Er hoffte, daß sein Lächeln so warmherzig aussah, wie er es meinte.

»Mein Gott«, sagte sie, »Sie haben vielleicht Nerven!«

»Wie, glauben Sie, habe ich's geschafft, der Beste zu sein?«

Micky sah ihn nachdenklich an und bat den Ober, der mit den Dessertkarten kam: »Bringen Sie uns lieber erst noch eine Flasche Zinfandel.« Sie beugte sich vor und fragte leise: »Worauf wollten Sie mit Ihrer Frage eigentlich hinaus?«

»Was hat Jacko davon? Schwul ist er doch sicher nicht?«

Micky schüttelte entschieden den Kopf. »Jillie hat ihm nach seinem Unfall den Laufpaß gegeben, weil sie keinen behinderten Mann haben wollte. Er hat mir geschworen, sich nie auf eine andere sexuelle Beziehung mit gefühlsmäßigen Bindungen einzulassen. Er brauchte mich, um Ruhe vor anderen Frauen zu haben, und ich brauchte ihn, um die Sache mit Betsy zu vertuschen.«

»Also ein Geschäft auf Gegenseitigkeit.«
»Ja, so könnte man's ausdrücken. Und um Jacko gegenüber fair zu sein: Er hat sein Versprechen nie gebrochen. Ich weiß nicht, wie er sein Sexualleben gestaltet, nehme aber an, daß er sich von Zeit zu Zeit gutbezahlte Callgirls kommen läßt. Was mir, um ehrlich zu sein, egal ist, solange er mich damit nicht in Verlegenheit bringt.«
»Ich wundere mich, daß jemand, der von Berufs wegen neugierig sein muß, beim eigenen Ehemann so wenig Neugier zeigt.«
Micky lächelte ironisch. »Elf Ehejahre mit Jacko haben mich gelehrt, daß man jemanden wie ihn nicht kennen kann. Ich glaube nicht, daß er lügt, aber ich glaube auch nicht, daß er es sehr genau mit der Wahrheit nimmt. Es gibt Leute, die ein Quentchen von seiner Wahrheit abbekommen, aber ganz bekommt sie niemand.«
»Wie meinen Sie das?« Tony griff nach der diskret servierten Flasche, füllte Micky nach und schenkte sein Glas voll.
»Ich erlebe mit, wie Jacko in der Öffentlichkeit den perfekten, besorgten Ehemann spielt, weiß aber, daß das nur eine Farce ist. Wenn nur wir drei zusammen sind, ist er in Gedanken so weit weg, daß man meinen könnte, wir seien Fremde für ihn. Während der Sendung verhält er sich so, wie das alle von einem Fernsehstar erwarten: charmant und aufgekratzt, aber wenn bei einer Probe etwas nicht klappt, brüllt er die Techniker an. Und beim Geld ist er unerbittlich. Hätten Sie gedacht, daß er bei jedem Pfund Spendengeld, das er eintreibt, selber zwei verdient?«
Tony schüttelte verwundert den Kopf.
»Na ja, warum sollte er umsonst arbeiten?« fuhr Micky fort. »Nur, ich verlange bei Wohltätigkeitsveranstaltungen nicht mal Spesengelder. Andererseits, bei der Betreuung unheilbar Kranker und Schwerverletzter opfert er selbstlos viel Zeit,

sitzt stundenlang an ihren Betten, hört ihnen zu, erzählt ihnen etwas und spricht ihnen Mut zu. Aber da gab's eben auch die Sache mit dem Journalisten, der ein Aufnahmegerät in eines der Krankenzimmer geschmuggelt hatte, um ›Jackos wahres Herz‹ zu ergründen. Nur, Jacko hat das Gerät entdeckt und in einem Wutanfall völlig zertrümmert. Dem Journalisten wäre es vermutlich ähnlich ergangen, wenn er nicht rechtzeitig Reißaus genommen hätte.«

»Er legt eben Wert auf seine Privatsphäre«, meinte Tony.

»Oh, daran fehlt's ihm nicht. Er hat ein Haus in Northumberland, mitten in der Einöde. Ich bin einmal in zwölf Jahren dort gewesen, und das nur, weil Betsy und ich nach Schottland unterwegs waren und mal kurz reinschauen wollten. Ich mußte ihn fast zwingen, uns einen Becher Tee zu machen. Ich bin mir nie im Leben so wenig willkommen vorgekommen.« Sie lächelte nachsichtig. »Ja, er legt Wert auf seine Privatsphäre, das kann man wohl sagen. Aber das ist mir egal. Besser, als wenn er den ganzen Tag um mich herumscharwenzeln würde.«

»Da kann's ihm nicht sehr angenehm gewesen sein, daß die Polizei die Nase in seine Angelegenheiten gesteckt hat. Nach Shaz Bowmans Besuch in Ihrem Haus, meine ich.«

»Das können Sie laut sagen. Eigentlich war ich's ja, die die Polizei angerufen hat. Betsy und Jacko haben sich deswegen aufgeregt, als hätte ich ihnen die Mordkommission auf den Hals gehetzt. Aber die arme Frau war nun mal in unserem Haus gewesen, kurz bevor sie ermordet wurde, das konnten wir doch nicht einfach ignorieren. Im übrigen gab's sowieso jemanden, der das gewußt hat. Jacko hatte ja mit dieser Polizistin in London telefoniert. Wir hätten das gar nicht für uns behalten können.«

»Ich habe so ein schlechtes Gewissen wegen Shaz«, sagte Tony bedrückt. »Ich wußte, daß sie irgendeinen Verdacht

hegte, habe aber nicht gedacht, daß sie etwas unternimmt, ohne sich mit mir abzustimmen.«
»Soll das heißen, Sie wußten auch nicht, woran sie gearbeitet hat? Die Cops, die zu uns gekommen sind, schienen keine Ahnung zu haben. Aber bei Ihnen hätte ich gedacht, daß Sie Bescheid wüßten.«
Tony zuckte die Achseln. »Nicht genau. Ich weiß, daß sie die Vorstellung hatte, es müsse da einen Serienmörder geben, der es auf sehr junge Mädchen abgesehen hat. Aber mehr weiß ich nicht. Es war ja nur eine Übungsaufgabe, keine echte Ermittlung.«
Micky schauderte und leerte ihr Glas. »Könnten wir das Thema wechseln? Gespräche über Mord sind schlecht für die Verdauung.«
Tony wußte, daß man sich den Teller nie zu voll laden darf. Fürs erste hatte er genug erfahren. »Na schön. Ezählen Sie mir, wie Sie den Landwirtschaftsminister dazu gebracht haben, zuzugeben, daß er bei dieser biotechnischen Firma mitmischt.«

Drei Gesichter starrten sie stumm an, Carol starrte unerschrocken zurück.
»Ich weiß, daß Observationen ein unbeliebtes Spiel sind, aber so werden wir unseren Mann schnappen. Und da er bisher in kurzen Abständen zugeschlagen hat, gelingt uns das, wenn wir Glück haben, innerhalb weniger Tage. Jede Nacht um zehn legen sich ab heute zwei von uns auf die Lauer. Auf die Weise ist jeder von uns jede zweite Nacht dran. Ich weiß, daß das bei so wenigen Leuten hart wird, aber ich glaube, die paar Tage werden wir das durchstehen. Enttäuscht mich nicht. Noch Fragen?«
»Sie haben gesagt, Sie wären telefonisch jederzeit erreichbar, Ma'am ...« Tommy ließ den Rest in der Luft hängen.

»Damit habe ich gemeint, daß ich bei der Festnahme auf jeden Fall dabeisein will.«

»Aye. Hab ich mir schon gedacht.«

Er wollte sie ärgern, darum zeigte er seine Enttäuschung so offensichtlich, das war Carol klar. Aber weil sie keinen Sinn darin sah, jetzt aufzutrumpfen, setzte sie ein zuckersüßes Lächeln auf. »Glauben Sie mir, Tommy, Sie sollten mir dafür dankbar sein. Gut, wenn das alles war, lassen Sie mich jetzt in Ruhe weiterarbeiten.« Ihre Hand lag schon auf dem Telefonhörer, als sie dem Trio »Und machen Sie die Tür hinter sich zu« nachrief. »Hallo? Zentrale Meldestelle? Hier ist DCI Jordan von der West Yorkshire. Ich möchte mit einem Bearbeiter von Vermißtenmeldungen sprechen ... Ich habe eine Anfrage wegen verschwundener Mädchen an alle Dienststellen durchgefaxt ...«

Tony lenkte den Wagen auf den Zubringer und fragte sich, ob ihm Autofahren vielleicht mehr Spaß machen würde, wenn er statt des klapprigen alten Vauxhall eines der modernen, mit Elektronik gespickten Fortbewegungsmittel unterm Hintern hätte, die er gelegentlich in diversen Hochglanzprospekten bewunderte. Er bezweifelte es. Immerhin kämpften die Scheibenwischer so erfolgreich gegen den schrägfallenden Yorkshire-Regen an, daß er in einiger Entfernung die Konturen von Bradford erkennen konnte. Auf der Ringstraße halfen ihm die präzisen Instruktionen weiter, die er vorsorglich eingeholt hatte, so daß er die richtige Adresse ohne große Umwege fand. Was ihm an dem an den Hang gelehnten Haus als erstes auffiel, war der selbst nach militärischen Maßstäben mustergültige Ordnungssinn des Besitzers. Sogar die Gardinen an den Fenstern schienen strammzuhängen.

Er klingelte, und an der Tür erschien der Mann, den Tony

bei jeder von Vance' Abendveranstaltungen gesehen und, wie zahlreiche andere Fans, zur Teilnahme an seiner fiktiven Befragungsaktion überredet hatte. Daß er bei Philip Hawsley anfing, lag nur an der relativ kurzen Fahrstrecke.
Tony folgte ihm in das winzige, nach vorn gelegene Wohnzimmer, das durch seine Einrichtung und wegen des Geruchs nach Möbelpolitur und Luftverbesserer an einen Museumsraum unter dem Motto »Das Leben der Lowermiddle-Class in den frühen Sechzigern« erinnerte. Hawsley, dem Äußeren nach zwischen dreißig und fünfzig, genauer ließ sich das nicht bestimmen, fuhr sich ständig über die Knöpfe seiner Strickjacke, als wolle er sich vergewissern, daß alle dran waren, und schielte im Minutentakt auf seine Fingernägel, als wär's denkbar, daß sie seit dem letzten Mal auf wundersame Weise schmutzig geworden waren. Sein graues Haar war militärisch kurz geschnitten, die Schuhe auf Hochglanz poliert. Er bat Tony, Platz zu nehmen, und setzte sich in akkurater Haltung, Knie und Knöchel eng beieinander, Tony genau gegenüber. Besuchern eine Erfrischung anzubieten, sah das Hausreglement offenbar nicht vor.
»Eine tolle Sammlung«, staunte Tony nach einem ersten kurzen Rundblick durch das Zimmer. Eine ganze Wand war den mit dem Datum und dem Titel der Sendung versehenen Videobändern vorbehalten; sogar vom Sessel aus konnte Tony erkennen, daß es sich bei den allermeisten Kassetten um Aufzeichnungen von *Besuch von Vance* handelte. Ein mit Folie überzogenes Wandbord war mit Einklebebüchern und Fotoalben vollgestopft. Das Prunkstück thronte auf dem Sims des gasbefeuerten Kamins: ein gerahmtes Farbfoto, auf dem Hawsley und Jacko Vance sich die Hand schüttelten.
»Es muß Jahre gedauert haben, um das zusammenzutragen.«
»Ich habe mir dieses Archiv zur Lebensaufgabe gemacht«, sagte Hawsley stolz. »Wissen Sie, wir sind im selben Alter,

Jacko Vance und ich, auf den Tag genau. Ein Gefühl sagt mir, daß unsere Schicksalsfäden miteinander verwoben sind. Jacko ist durch seinen Mut, seinen Sinn fürs Gemeinwohl, seine Herzlichkeit und sein Mitgefühl für andere das verehrungswürdigste Idol unserer Zeit. Es ist eines der kleinen Paradoxa des Lebens, daß er einen Teil von sich verlieren mußte, um anderen soviel geben zu können.«

»Ich hätt's nicht schöner ausdrücken können«, sagte Tony mit der Routine eines Mannes, der jahrelang von Berufs wegen mit Geisteskranken geplaudert hatte. »Ein leuchtendes Vorbild, unser Jacko.« Und als Hawsley sich ein wenig entspannte, so daß er nun in nahezu natürlicher Haltung in seinem Sessel saß, fügte er hinzu: »Ich würde zu gern einen Blick in Ihre Fotoalben werfen. Es gibt nämlich bestimmte Zeitpunkte in Vance' Karriere, die uns im Zusammenhang mit unserer Studie besonders interessieren.«

Hawsley ging bereitwillig auf die Bitte ein. Tony mußte ihm nur eines der Daten nennen, die er sich vorher eingeprägt hatte, und schon nahm Hawsley das Album vom Wandbord und schlug es an der richtigen Stelle auf. Sein Gedächtnis schien, was sein Idol Jacko anging, phänomenal zu sein.

Es dauerte nicht lange, bis Tony fündig wurde. Zwei Tage vor dem Verschwinden des ersten Teenagers aus Shaz' Siebenergruppe hatte Jacko Vance an der Einweihung eines Pflegeheims in Swindon teilgenommen. Ein Schaudern lief Tony über den Rücken, als er auf dem zweiten der vier Fotos, die Hawsley von dem Ereignis gemacht hatte, ein vertrautes Gesicht neben dem strahlend lächelnden Vance ausmachte. Debra Cressey, mit vierzehn Jahren spurlos verschwunden, und nur zwei Tage vorher hatte sie Vance, der gerade ein Foto für sie signierte, mit leuchtenden Augen angehimmelt.

Zwei Stunden später glaubte Tony abermals eines der ver-

mißten Mädchen auf einem von Hawsleys Fotos zu erkennen, direkt neben Vance, offenbar im Gespräch mit ihm. Weil sie den Kopf zur Seite wandte, war es schwierig, mit Bestimmtheit zu sagen, daß es sich tatsächlich um den verschwundenen Teenager handelte. Er mußte irgendwie an dieses Foto rankommen. »Würden Sie mir wohl ein paar Fotos für einige Tage ausleihen?« fragte er.
Hawsley schüttelte entschieden den Kopf und starrte Tony geradezu schockiert an. »Selbstverständlich nicht. Meine Sammlung muß vollständig erhalten bleiben. Was ist, wenn ich sie plötzlich brauche, und dann fehlen ein paar Stücke?«
»Und was ist mit den Negativen? Haben Sie die noch?«
Hawsley sah ihn gekränkt an. »Natürlich habe ich die. Glauben Sie, ich lasse hier Schlamperei einreißen?« Er öffnete das Klappfach des Wandschranks: Zahllose Plastikkästchen mit Negativen, alle so gewissenhaft beschriftet wie die Videobänder.
»Gut, könnte ich mir dann die Negative ausleihen und mir Abzüge machen lassen?« fragte Tony.
»Ausgeschlossen«, sagte Hawsley störrisch. »Es handelt sich um wichtiges Material, das in meinem Besitz bleiben muß.«
Eine Viertelstunde später hatten sie sich auf einen für beide Seiten akzeptablen Kompromiß geeinigt. Tony fuhr mit Hawsley und seinen so unersetzlichen Negativen zu einem örtlichen Fotoladen, dessen Inhaber bereit war, für einen exorbitanten Preis sogenannte Sofortabzüge zu fertigen. Danach hatte Hawsley es eilig, wieder nach Hause zu kommen und die Schachteln an ihren angestammten Platz zu stellen. Daß in seiner geliebten Sammlung Lücken klafften, und sei's auch nur für kurze Zeit, mußte eine Seelenqual für ihn gewesen sein.
Wieder auf der Schnellstraße, auf dem Weg zum nächsten Fan, gönnte Tony sich einen kurzen Moment des Triumphs.

»Wir kriegen dich, Jacko«, murmelte er in sich hinein. »O ja – wir kriegen dich.«

Simon McNeill wußte über Tottenham nur, daß es dort eine zweitklassige Fußballmannschaft gab und daß der Mob bei Unruhen in den Achtzigern, als er noch zur Schule gegangen war, einen Polizisten getötet hatte. Er rechnete nicht damit, daß die Einheimischen ihm freundlich begegneten, und so war es keine Überraschung, daß der städtische Angestellte auf seine Bitte um Einsicht in das Einwohnermelde- und Wählerverzeichnis etwa wie auf die Ankündigung eines Raubüberfalls reagierte. »Raussuchen können wir Ihnen nichts, dafür hab ich kein Personal«, knurrte er unwirsch. »Ohne Voranmeldung schon gar nicht.« Er führte Simon in das staubige Archiv, gab ihm eine Zehn-Sekunden-Einweisung in das Ablagesystem und überließ ihn seinem Schicksal. Das Ergebnis der Suche war nicht ermutigend. In der Straße, in der Vance aufgewachsen war, hatten in den Sechzigern um die vierzig Häuser gestanden, von denen aber bis 1975 zweiundzwanzig einer Wohnanlage weichen mußten. In den verbliebenen achtzehn Häusern hatte es einen permanenten Mieterwechsel gegeben, vor allem Mitte der Achtziger, wegen der erdrückenden Umweltsteuer. Nur ein einziger Name tauchte konstant im Wählerverzeichnis auf. Simon hoffte, daß Tony Hill recht behielt und die Mühe sie wirklich dem Ziel, Shaz' Mörder zu erwischen, näher brachte. Er massierte sich die Stirn, um die beginnenden Kopfschmerzen zu lindern, schlüpfte in die Lederjacke und machte sich auf den Weg, um einen Mann namens Harold Adams aufzusuchen.
Jimson Street Nummer 9 war ein winziges, aus schmutziggelbem Backstein gebautes Reihenhaus. Der schmale Streifen Garten, der es von der Straße trennte, war voll von leeren Bierdosen, Knabberzeugtüten und weggeworfenen Fast-

food-Behältern. Eine abgemagerte Katze starrte Simon böse an, als er das Gartentor öffnete, dann flitzte sie, einen Hühnerknochen zwischen den Zähnen, an ihm vorbei auf die Straße. Überall hing der Gestank von Verwesung. Die ausgedörrte Gestalt, die nach minutenlangem Klopfen öffnete, mußte schon zu Vance' Kindertagen ein alter Mann gewesen sein. »Mr. Adams?« fragte Simon, ohne sich große Hoffnungen auf eine wache Reaktion zu machen.
Der alte Mann reckte sich, um wenigstens einen Teil der Zentimeter wettzumachen, um die der Buckel ihn schrumpfen ließ, und sah Simon fest in die Augen. »Sind Sie von der Stadtverwaltung? Ich hab der Frau schon gesagt, daß ich keine Hilfe brauche. Und Essen auf Rädern will ich auch nicht.«
»Ich bin von der Polizei.«
»Ich hab nichts gesehen«, sagte Adams schnell und machte Anstalten, die Tür zuzudrücken.
»Augenblick mal. Ich will mit Ihnen nur über jemanden reden, der vor Jahren hier in der Straße gewohnt hat. Jacko Vance.«
Adams beäugte ihn mißtrauisch. »Sie sind einer von den Zeitungsschreibern, wie? Sie wollen einen alten Mann für dumm verkaufen. Ich werd die Polizei rufen.«
»Ich *bin* die Polizei«, versicherte Simon und schwenkte seinen Dienstausweis vor Adams' müden alten Augen. »Sehen Sie's?«
»Ja – schon gut, ich bin nicht blind. Ihr sagt uns doch immer, daß man nicht vorsichtig genug sein kann. Über Jacko Vance wollen Sie mit mir reden? Was denn? Der wohnt schon – ach, das müssen siebzehn, achtzehn Jahre sein – nicht mehr hier.«
»Darf ich reinkommen, damit wir ungestört plaudern können?« fragte Simon.
Adams zog die Tür auf und ließ Simon eintreten. Das Wohn-

zimmer machte einen tadellos aufgeräumten Eindruck. Kein Staub auf dem Fernseher, kein Fleck auf den Schondecken der Sessellehnen, kein Schmutzfilm auf dem Glas der gerahmten Fotos. Harold Adams hatte recht, er brauchte keine Hilfe.

»Ich bin der letzte, der noch hier wohnt«, sagte er mit unüberhörbarem Stolz. »Als wir 1947 hierhergezogen sind, war die Straße noch eine große Familie. Jeder kannte jeden, und alle hatten ständig was zu streiten. Heute kennt keiner mehr den anderen, aber streiten, das können sie immer noch.« Sein Grinsen erinnerte Simon irgendwie an einen alten Geier.

»Das glaub ich Ihnen aufs Wort. Sie müssen also die Familie Vance ziemlich gut kennen?«

Adams kicherte. »'ne Familie würd ich das nicht nennen. Sein Dad war angeblich Ingenieur, aber wenn Sie mich fragen, war das nur ein Vorwand, damit er sich wochenlang abseilen konnte. Verdient hat er anscheinend ganz gut. Lief immer rum wie aus'm Ei gepellt. Nur bei seiner Frau und dem Kind hat er geknausert.«

»Wie war sie denn?«

»Ein konfuses Weib. Hatte nie Zeit für Jacko, nicht mal, als er noch 'n Baby war. Hat ihn im Kinderwagen vor die Haustür gestellt und da stehen lassen, manchmal sogar im Regen.«

»Hat sie getrunken?«

»Nicht, daß ich wüßte. Sie mochte den Jungen einfach nicht. Er war ihr lästig, vermute ich. Als er älter wurde, hat sie ihn draußen rumtoben lassen. Nur, wenn Nachbarn sich beschweren kamen, ist sie wie eine Furie auf ihn losgegangen. Was sich drinnen abgespielt hat, weiß ich nicht, aber der Junge hat manchmal zum Steinerweichen geschluchzt. Andererseits, er war eben auch kein Engel.«

»Wie meinen Sie das?«

»Ein garstiger Bengel, der Jacko. Egal, was später alles über ihn erzählt wurde – daß er 'n Held und 'n toller Sportler ist und so, bei dem hat die Gemeinheit zum Himmel gestunken. Oh, er konnte auch sehr lieb sein, wenn er dachte, es könnte was für ihn rausspringen. Die Frauen, die sind auf ihn reingefallen, die hat er alle um den kleinen Finger gewickelt. Nur – na ja, ich hab ihn mal erwischt, wie er drüben in der Boulmer Street, hinter den Garagen, 'ne Katze quälen wollte. Hatte das arme Vieh am Wickel gepackt, damit sie ihn nicht kratzen konnte, und wie ich um die Ecke komme, seh ich, daß er ihren Schwanz in einen Petroleumkanister tunkt. Und auf dem Boden liegen schon Zündhölzer bereit. Na, ich hab dem Kerl einen Tritt in den Hintern verpaßt, den hat er so schnell nicht vergessen. Geholfen hat's, glaub ich, trotzdem nichts. In unserer Gegend sind immer wieder Katzen verschwunden. Die Leute haben alle möglichen Vermutungen angestellt. Aber ich hatte meine eigene Theorie.«

»Hm«, sagte Simon nachdenklich, »wirklich ein garstiger Bengel.« Beinahe zu schön, um wahr zu sein. Die typischen Merkmale eines Psychopathen. Katzen quälen war eines der Musterbeispiele in jedem zweiten Lehrbuch. Und Harold Adams hatte es mit eigenen Augen gesehen.

»Ein richtiger Leuteschinder«, fuhr der alte Mann fort, »hat die Kleineren gepiesackt, wo er nur konnte. Nicht direkt, dafür war er zu schlau. Hat sie überredet, irgendwas Gefährliches zu machen, und sich halb totgelacht, wenn sie sich verletzt haben. Joan und ich, wir waren froh, daß unsere Kinder damals schon groß und aus dem Haus waren. Und dann ist er eines Tages dahintergekommen, daß er beim Speerwerfen ein As ist. Seitdem haben wir ihn kaum noch gesehen. Ehrlich gesagt, wir haben alle aufgeatmet, daß wir ihn los waren.«

»Komisch«, wandte Simon ein, »Sie werden kaum jemanden finden, der ein böses Wort über ihn sagt. Er hat den beiden

Kids damals das Leben gerettet, das können Sie nicht bestreiten. Und er engagiert sich für karitative Arbeit. Opfert unheilbar Kranken eine Menge Zeit.«
Adams verzog höhnisch das Gesicht. »Hab ich doch gesagt. Er guckt gern zu, wenn andere leiden. Vielleicht gibt's ihm einen Kick, an einem Krankenbett zu sitzen und zu wissen, daß der arme Teufel bald abkratzt, während er weiterhin munter wie Lord Muck durch die Gegend stolziert. Ich kann Ihnen nur eines sagen: Der gute Kumpel Jack ist das letzte Stück Dreck. Weswegen sind Sie eigentlich hinter ihm her?«
Simon schmunzelte. »Ich hab nicht gesagt, daß wir hinter ihm her sind.«
»Und weshalb fahren Sie dann Gott weiß wie weit, um was über ihn zu erfahren?«
Simon zwinkerte ihm zu. »Nun, Sie wissen, daß ich nicht über laufende Ermittlungen reden darf, Sir. Aber Sie waren uns eine große Hilfe, soviel kann ich sagen. Achten Sie mal in der nächsten Zeit auf die Fernsehnachrichten. Wenn wir Glück haben, erfahren Sie bald, warum ich hier war.« Er stand auf. »Und jetzt werd ich mich mal lieber wieder auf den Weg machen. Meinen Vorgesetzten wird das, was Sie mir erzählt haben, sehr interessieren, Mr. Adams.«
»Ich warte seit Jahren drauf, daß ich's endlich mal jemandem erzählen kann, Sonny. Seit Jahren.«

Barbara Fenwick wäre jetzt fast siebenundzwanzig Jahre alt. Wäre, aber sie war sechs Tage vor ihrem fünfzehnten Geburtstag durch Erdrosseln ermordet worden. Ihre verstümmelte Leiche war in einer Schutzhütte für Wanderer im Moor oberhalb der Stadt gefunden worden. Gewisse Anzeichen deuteten darauf hin, daß ihr Mörder sie zu sexuellem Verkehr gezwungen hatte, Spermaspuren wurden allerdings nicht gefunden, weder in der Vagina noch außerhalb. Die Art

ihrer Verletzungen gab den ermittelnden Officern Rätsel auf. Psychopathen verstümmeln ihrem Opfer häufig die Geschlechtsorgane, in diesem Fall aber hatte der Mörder dem Mädchen den rechten Unterarm bis zur Unkenntlichkeit zerschmettert, und zwar, wie der Pathologe versicherte, durch permanenten, ständig gesteigerten Druck und nicht etwa durch einen brutalen Schlag.
Für die Ermittler ergab das keinen Sinn.
Die Männer und Frauen, die die Leiche gefunden hatten, kamen als Verdächtige nicht in Frage, sie waren seit sechs Tagen gemeinsam bei einem Wander- und Campingurlaub unterwegs. Ihre Eltern, die Barbara fünf Tage vor dem Leichenfund als vermißt gemeldet hatten, standen ebenfalls nicht unter Verdacht, weil die pathologische Untersuchung eindeutig ergab, daß das Mädchen zur Zeit der Vermißtenanzeige noch gelebt hatte. Die Mutter und der Stiefvater sagten aus, Barbara habe sich zu Hause sehr wohl gefühlt, sie wäre bestimmt nie weggerannt, es könne sich also nur um eine Entführung handeln. Die Polizei zweifelte jedoch an der Entführungstheorie, da Barbara ihre besten Kleidungsstücke mitgenommen und den Eltern über ihre Absicht, wie sie den Tag nach der Schule verbringen wolle, etwas vorgeschwindelt hatte. Hinzu kam, daß das Mädchen am Tag seines Verschwindens die Schule geschwänzt hatte, und zwar nicht zum ersten Mal.
Für die Ermittler ergab auch das keinen Sinn.
Barbara Fenwick war kein störrischer, schwieriger Teenager gewesen. Bei der Polizei war sie ein unbeschriebenes Blatt, ihre Freunde und Freundinnen sagten, sie habe nie mehr als einen Apfelcidre getrunken. Niemand hielt es für möglich, daß sie Erfahrungen mit Drogen und Sex haben könnte. Ihr letzter Freund, der aus Eifersucht einen Monat vor ihrem Verschwinden mit ihr Schluß gemacht hatte, sagte, sie sei keine von denen gewesen, die leicht zu haben sind, im Gegen-

teil, er glaube, daß sie, wie er, noch Jungfrau gewesen sei. In der Schule war Barbara recht gut gewesen, sie hatte sich immer gewünscht, Kinderschwester zu werden. Zum letzten Mal war sie am Morgen ihres Verschwindens im Bus nach Manchester gesehen worden. Der Nachbarin, der sie beim Einsteigen begegnet war, hatte sie erklärt, sie müsse sich in der Zahnklinik die Weisheitszähne behandeln lassen. Aber ihre Mutter sagte, sie habe gar keine Weisheitszähne gehabt, was der Pathologe bestätigte.
Für die Ermittler ergab das keinen Sinn.
Nichts in ihrem Verhalten hatte darauf hingedeutet, daß sie von zu Hause weglaufen wollte. Noch am Samstag vor ihrem Verschwinden war sie mit Freunden in einer Disco gewesen, in der Jacko Vance zugunsten seines Spendenfonds Fotos signiert hatte. Ihre Freunde sagten, es sei ein supertoller Abend für sie gewesen.
All das ergab für die Ermittler keinen Sinn.
Für Leon Jackson dagegen sehr wohl.

Die Steinplatte war so raffiniert eingefügt, daß nicht mal das zur stereotypen Lautuntermalung von Horrorfilmen zählende leise Knirschen zu hören war. Ein kurzer Druck auf die richtige Stelle der Wand, und schon schwenkte die Platte lautlos um hundertachtzig Grad herum und gab den Blick auf die Steinstufen frei. Jacko drückte auf den Lichtschalter, wartete, bis unten grelles Licht aufflammte, und stieg in die einstige Krypta der umgebauten Kapelle hinunter.

Noch bevor er die erbärmliche Kreatur sehen konnte, die einmal Donna Doyle gewesen war, nahm er den Gestank wahr: Verwesungsgeruch des Fleisches, vermengt mit der schalen Ausdünstung ungewaschener, fieberheißer Haut und dem scharfen Geruch der chemischen Toilette. Sein Magen wollte rebellieren, aber er redete sich ein, daß er schon Schlimmeres gerochen hätte, zum Beispiel in Krankenzimmern. Das stimmte zwar nicht, aber es beruhigte seine Magennerven.

Am Fuß der Treppe blieb er stehen und starrte auf das armselige Bündel Mensch, das sich an die Wand preßte, als hoffe es, durch ein Wunder durch das Mauerwerk in die Freiheit entkommen zu können. »O Gott, was für ein widerliches Wesen ist aus dir geworden«, sagte er verächtlich, als er auf das glanzlos gewordene Haar, die schwärende Wunde am Arm und die schmutzverkrustete, nackte Haut starrte.

Himmel noch mal, er hatte ihr doch die Schachteln mit Frühstücksmüsli hingestellt, und um sich zu waschen, hätte sie bloß den Wasserhahn aufdrehen müssen. Es wäre wahrhaftig nicht nötig gewesen, daß sie sich so verkommen ließ. Die

Beinfesseln ließen ihr genug Bewegungsfreiheit, er konnte ja an den herumliegenden offenen Schachteln sehen, daß der zerschmetterte rechte Arm sie nicht davon abgehalten hatte, Essen in sich hineinzustopfen. Es war eine gute Idee gewesen, die Matratze mit einer Plastikplane zu überziehen. Darin konnte er sie, wenn er mit ihr fertig war, einwickeln und sich schnell und unkompliziert ihrer widerlichen Gegenwart entledigen.

Von Donnas geschwollenen Lippen kam ein wortloses Wimmern. Sie versuchte, mit der unverletzten Hand nach der Wolldecke zu greifen, um ihre Blöße zu bedecken. Er kauerte sich über sie, riß die Decke weg und versetzte ihr mit der Prothese einen Hieb ins Gesicht, der sie auf die Matratze zurückwarf. Ungerührt zog er sich aus, faltete Hose, Hemd und Unterwäsche ordentlich zusammen und legte alles auf den Stuhl. Er war scharf und hart – bereit, das zu tun, weswegen er gekommen war. Diesmal hatte er länger warten müssen als sonst, weil ihm diese blöde Bowman dazwischengekommen war. Nach der Entdeckung ihrer Leiche hatte er anfangs nicht gewagt hierherzukommen. Aber nachdem er die Polizei abgewimmelt hatte, gab es keinen Grund mehr, die Wiederholung des süßen Racheaktes – den einzigen kleinen Spaß, der sein Leben lebenswert machte – länger hinauszuzögern. Sollte dieser Tony Hill ruhig glauben, er habe was gegen ihn in der Hand, beweisen konnte der Kerl gar nichts.

Er kniete sich auf die Matratze und spreizte Donna gewaltsam die Beine. Ihr Versuch, sich ihm zu entwinden, und ihr flehentliches Betteln rührten ihn nicht, sie stachelten seine Gier nur noch an. Er ließ sich mit dem ganzen Gewicht auf ihren verletzten Arm fallen, drang roh in sie ein und hörte aus Donna Doyles unartikuliertem, nicht enden wollendem Schrei, der von den Wänden der Krypta widerhallte, ein verzweifeltes »Nein« heraus.

Carol riß die Tür auf und zerrte Tony geradezu in ihr Cottage. »Ich habe mir schon Sorgen gemacht, wo Sie bleiben.« Sie führte ihn ins Eßzimmer, wo eine Warmhalteterrine mit Suppe, ein Körbchen mit aufgeschnittenem Olivenbrot und ein Brett mit verschiedenen Käsesorten bereitstanden.

»Ein Unfall auf der Schnellstraße«, sagte er, nahm Platz und legte den Aktenordner neben sich. Er sah nicht aus, als wäre er wirklich da, jedenfalls nicht mit seinen Gedanken.

Carol schöpfte ihm und sich Suppe in die Teller. »Ich muß mit Ihnen reden, bevor die anderen kommen, Tony. Das Ganze ist jetzt keine akademische Übung mehr. Ich glaub, er hat sich noch eine andere gegriffen. Ein paar Tage bevor er Shaz umgebracht hat.«

Was immer ihm durch den Kopf gegangen war, es war schlagartig vergessen. Seine blauen Augen klammerten sich an ihr fest. »Beweise?« fragte er.

»Ich hatte so eine Ahnung. Darum habe ich eine Anfrage wegen vermißt gemeldeter Mädchen rausgefaxt. Heute nachmittag kam die Antwort aus Derbyshire. Donna Doyle, vierzehn, aus Glossop, ungefähr fünf Meilen von der M57 entfernt.« Sie gab Tony eine Kopie des Fax. »Dieselben Begleitumstände wie in den anderen Fällen. Morgens zur Schule, der Mutter was vorgeschwindelt, warum sie an dem Tag später heimkäme, die schicksten Klamotten mitgenommen, die sie hatte. Wieder ein Mädchen, das weggelaufen ist, hat die örtliche Polizei gedacht und daher weiter nichts unternommen. Aber ich habe mit der Polizistin gesprochen, die die erste Befragung der Mutter durchgeführt hat. Donna hat zwei

Abende vor ihrem Verschwinden mit einer Freundin eine Wohltätigkeitsveranstaltung besucht, bei der Vance als Ehrengast war.«
»Scheiße«, fluchte Tony. »Carol, sie kann noch leben. Hängt davon ab, was er mit den Mädchen anstellt.«
»Das wage ich nicht mal zu hoffen.«
»Es ist aber durchaus möglich. Viele Serientäter wollen das Gefühl auskosten, Macht über ihr Opfer zu haben. Wenn das bei ihm so ist, hat er vielleicht nach dem Mord an Shaz nicht gewagt, das Versteck aufzusuchen, in dem er sie gefangenhält.« Sie sahen sich an, mit dem Bewußtsein, daß das Leben eines jungen Menschen davon abhängen konnte, wie schnell sie das Richtige taten. Und dann fiel Tony ein: »Er hat ein Cottage in Northumberland.«
»Er würde doch so was nie und nimmer in seinen eigenen vier Wänden tun«, gab Carol zu bedenken.
»Vermutlich nicht, aber ich wette, daß die Stelle, an der er die Mädchen umbringt, nur ein paar Autominuten von dem Versteck entfernt ist. Was hat das Team rausgefunden?«
Carol sah auf die Uhr. »Weiß ich noch nicht. Sie müssen jede Minute hiersein. Sie treffen sich in Leeds und kommen dann zusammen her. Zurückgemeldet haben sie sich bereits. Hat sich angehört, als hätten sie eine Menge Dreck ausgegraben.«
Nahezu im selben Moment hörten sie draußen den Wagen halten. Carol öffnete die Haustür, und das Trio marschierte herein. Sie sahen aus, als könnten sie es kaum abwarten, von ihren erfolgreichen Recherchen zu berichten. Während sie am Eßtisch Platz nahmen und Tony in die Küche ging, um Kaffee zu machen, unterrichtete Carol sie kurz über das, was sie an diesem Nachmittag per Fax erfahren hatte.
Als Tony zurückkam, sagte er: »Für ein Profiling oder Brainstorming bleibt uns keine Zeit. Wir müssen jetzt alles tun, um, wenn das noch möglich ist, ein Leben zu retten. Also,

laßt mal hören, was ihr rausgefunden habt. Kay, machen Sie den Anfang.«
Kay berichtete von ihren Gesprächen mit den Eltern der verschwundenen Mädchen. »Im Grunde erzählen alle dieselbe Geschichte. Insofern keine neuen Erkenntnisse, eigentlich nur das, was in den Polizeiakten steht. Aber soviel steht jetzt fest: Alle waren wenige Tage vor ihrem Verschwinden bei einer Veranstaltung, bei der Jacko Vance aufgetreten ist. Und von einem der Mädchen habe ich ein Foto, auf dem es mit Vance zu sehen ist.«
»Großartig«, sagte Tony, »gute Arbeit, Kay. Simon?«
»Dank Carols Vorarbeit konnte ich seine Exverlobte aufspüren. Wie Sie sich erinnern, hat Shaz in Vance' Unfall das eine und in Jillie Woodrows Treuebruch das andere auslösende Moment vermutet, das ihn zum Mörder gemacht hat. Aber nach allem, was ich erfahren habe, brauchte er gar kein auslösendes Moment. So wie Jillie das darstellt, war sein sexuelles Verhalten von Anfang an nicht das, was man sich unter einer normalen Beziehung vorstellt. Er wollte im Schlafzimmer Macht ausüben, Jillie mußte den passiven Part spielen, durfte ihn nicht streicheln oder so was, und wenn sie's doch getan hat, hat er zugeschlagen. Er hat sich immer öfter Anregungen für S&M-Spiele aus Pornoheften besorgt und von ihr verlangt, sich fesseln, ohrfeigen und peitschen zu lassen. Anfangs hat sie sich gefügt, als er sie aber mit heißem Wachs, Elektroschocks und Brustwarzenklammern quälen wollte, hat sie nein gesagt.« Er zog seine Notizen zu Rate, um sich zu vergewissern, daß er nichts Wichtiges vergessen hatte.
»Nachdem er als Spitzensportler an die große Kohle gekommen war, hat er sich Prostituierte gesucht. Sie mußten Klasse haben und sich auf Extremsex einlassen, das jedenfalls glaubt Jillie. Sie habe schon damals mit ihm Schluß machen

wollen, sagt sie, aber Angst gehabt, daß er ausrastet. Als er nach dem Unfall im Krankenhaus lag und wahrscheinlich so schnell nicht wieder rauskommen würde, war das für sie die große Chance, sich von ihm zu trennen.«

Tony zog ein grimmiges Gesicht. »Und dann kam die Scheinehe mit Micky Morgan.«

Alle sahen ihn verblüfft an. Er schilderte ihnen kurz, was er zunächst von Chris Devine erfahren und was Micky ihm später selber bestätigt hatte. »Wir haben es also eindeutig mit einer abartigen sexuellen Veranlagung zu tun. Einen Haftbefehl können wir damit zwar nicht erwirken, fürchte ich, aber zumindest wissen wir nun, wer unser Mann ist.«

»Und es gibt noch mehr«, sagte Simon und berichtete, was Harold Adams ihm erzählt hatte.

»Mann, je mehr wir erfahren, desto unglaublicher ist es, daß der Kerl immer noch frei rumläuft«, schimpfte Leon. »Und jetzt habe ich auch noch was auf Lager.« Er erzählte von seinem Gespräch mit Jackos Extrainer Jimmy Linden, was nur wenige Minuten in Anspruch nahm, aber dann kam's: »Und am Schluß hat er mir den Tip mit einem pensionierten Zeitungsmann gegeben, Mike McGowan. Ein wandelndes Sportlexikon. Hat ein Archiv, da würde die Britische Nationalbibliothek vor Neid erblassen. Allein für das Material über Vance habe ich die halbe Nacht gebraucht. Und dann hab ich das hier gefunden.«

Er zog einen zerknitterten Zeitungsausschnitt mit einem Bericht der *Manchester Evening News* über den Mord an Barbara Fenwick und fünf Kopien zum Verteilen aus der Innentasche des Jacketts. Die entscheidende Stelle hatte er gelb markiert.

»Barbara war nicht ein Mädchen, das von einer Party zur anderen hetzt. Sie vergnügte sich abends eher so wie letzten Samstag, als sie, wie ihre Freundinnen und Freunde sagen, eine Disco besuchte, um den Auftritt des durch sein karitatives Engagement bekannten Exsportlers Jacko Vance mitzuerleben.« Leon sah die anderen der Reihe nach an. »Und das war gerade mal vierzehn Wochen nach dem Unfall. So schnell hatte er sich erholt und ist in seine Rolle als Wohltäter der Menschheit geschlüpft.«

»Gibt es Beweise, daß sich Vance und das Mädchen an diesem Abend kennengelernt haben?«

»Vance hat ihr ein signiertes Foto geschenkt.« Leon verteilte Kopien der Notizen, die er sich von den wichtigsten Punkten der polizeilichen Anhörungen gemacht hatte. »Sie haben mich die Akten nicht fotokopieren lassen, darum mußte ich mir so helfen. Ich schätze, sie war sein erstes Opfer.«

»Und ich schätze, Sie haben recht«, schnaufte Tony. »Das ist gut, Leon, das ist wirklich klasse. Mein Gott, die Wandergruppe ist ja damals fast über ihn gestolpert.« Er tippte mit dem Zeigefinger auf Leons Kopie. »Steht hier. Als sie an der Hügelkuppe angekommen waren, ist ihnen auf der Fahrspur ein geländegängiger Wagen entgegengekommen, vermutlich ein Land Rover. Jacko bekam es mit der Angst zu tun. Darum hat er sich später einen anderen Ort für seine Morde gesucht. Wir vermuten, in Northumberland. Er hat dort ein Cottage.« Er rieb sich übers Gesicht. »Nur, der Fall ist zwölf Jahre alt. Wo werden die Unterlagen der Beweiserhebung aufbewahrt?«

Leon zuckte die Schultern. »Weiß keiner so genau. Sie haben vor fünf Jahren alles forensische Material von ungelösten Fällen in ein neues Archiv ausgelagert, und dabei ist das, was wir brauchen, entweder verlorengegangen oder falsch zugeordnet worden.«

»Die Officer, die damals ermittelt haben – mit denen müssen wir reden«, sagte Tony. »Aber ehe wir das besprechen, werde ich euch lieber erst erzählen, was ich ausgegraben habe. Ein mageres Ergebnis, verglichen mit dem, was ihr drei hier präsentiert habt. Aber ein paar Indizienbeweise sind dabei herausgekommen.« Er klappte seinen Aktenordner auf und nahm ein paar Fotos heraus. »Wie ihr wißt, habe ich Vance' fanatische Fans abgeklappert. Teilweise haben die Gespräche mit ihnen mich an das erinnert, was ich in forensischen Kliniken erlebt habe. Um's streng wissenschaftlich auszudrücken: die haben alle eine Schraube locker. Immerhin, nachdem ich mir geduldig ihre Lobhudeleien über Jacko angehört hatte, sind wir nun im Besitz einiger Fotos, die bei Veranstaltungen gemacht wurden, bei denen auch unsere mutmaßlichen Opfer anwesend waren. Vier davon zeigen Vance unmittelbar neben einem der vermißten Mädchen.« Er griff nach einer Scheibe Brot.

»Mit Kays Schnappschuß fünf«, erinnerte ihn Carol.

»Aber das wird trotzdem nicht für die Einleitung einer offiziellen Ermittlung genügen, vermute ich?« fragte Tony ohne viel Hoffnung, während er sich ein paar Käseecken abschnitt.

Carol verzog das Gesicht. »Das Problem ist, daß das nicht in meinen Zuständigkeitsbereich fällt. Die Mädchen aus Shaz' Siebenergruppe stammen alle nicht aus East Yorkshire. Aber selbst wenn's so wäre, ich weiß nicht, ob das für Ermittlungen reichen würde. Wir haben lediglich Indizienbeweise. Schwerwiegende, das gebe ich zu, aber für eine Vorladung ist das zuwenig. Von einem Durchsuchungsbefehl ganz zu schweigen.«

»Was wir brauchen, ist ein Zeuge, der Vance mit Shaz gesehen hat, nachdem sie angeblich sein Haus verlassen hat«, grübelte Tony. »Im Idealfall in Leeds.«

»Am besten einen Bischof der Kirche von England«, sagte Carol sarkastisch. »Vergessen Sie nicht, daß dieser Zeuge gegen einen hochangesehenen Mann aussagen muß.«

Tony rutschte das Messer aus, mit dem er an einem Stück Käse herumschnitt, die Klinge ritzte seinen linken Zeigefin-

ger, und aus der Schnittwunde tropfte ein bißchen Blut. »Himmelarschundzwirn!« fluchte er, steckte den Finger in den Mund und fing an, daran herumzulutschen. Er sah Carol stirnrunzelnd an und murrte: »War Ihre Schuld.«
»Meine Schuld?«
»Klar. Weil Sie an der Zuverlässigkeit von Zeugen gezweifelt haben. Aber eine Kamera, das wäre doch eine unbestechliche Zeugin, oder? Ich meine die Überwachungskameras auf der Autobahn.«
Leon schnaubte geringschätzig. »Erzählen Sie uns bloß nicht, daß Sie auch darauf reingefallen sind?« Und als Tony ihn verdutzt ansah: »Seite siebenundvierzig aus dem modernen Märchenbuch: Autobahnkameras überführen Verbrecher.«
»Wie meinen Sie das? Ich hab das doch im Fernsehen gesehen. Polizeivideos von Fahrzeugverfolgungen.«
Carol seufzte. »Die Kameras arbeiten ausgezeichnet, aber nur in bestimmten Situationen, und das meint Leon. Fest installierte Kameras schalten sich sowieso nur bei Geschwindigkeitsüberschreitungen ein, erst ab Tempo neunzig. Und die Videos schalten sich nur bei einem Unfall oder einem größeren Verkehrsstau ein. Mit anderen Worten, die meiste Zeit arbeiten sie überhaupt nicht. Und selbst wenn sie's täten, man benötigt eine ziemlich komplizierte Software, um aus den Aufnahmen etwas Beweiskräftiges herauszulesen.«
»Da müßte Ihr Bruder sich doch auskennen«, meinte Simon. »Er ist doch Computerfreak, oder?«
»Ja, das schon. Aber wir haben ja nichts, was wir ihm zeigen könnten. Und ich fürchte, wir werden auch nichts kriegen.«
Tony ließ nicht locker. »Ich dachte, als die IRA das Zentrum von Manchester in die Luft gebombt hat, wurde die Fahrstrecke des Lieferwagens mit Hilfe von Autobahnvideos rekonstruiert?«
Kay schüttelte den Kopf. »Sie hatten gehofft, mit Hilfe der

Aufnahmen von Geschwindigkeitsüberschreitungen ...« Sie brach mitten im Satz ab. Und plötzlich leuchteten ihre Augen auf.

»Was ist?« fragte Carol.

Kay war vor Aufregung ganz atemlos. »Private Überwachung mit Kassettenkameras. Erinnern Sie sich noch daran, wie die Polizei an die Besitzer von Tankstellen, Werkstätten und Schnellrestaurants appelliert hat, elektronische Überwachungsanlagen zu installieren? Wenn Shaz oder Vance unterwegs getankt haben, müßten sie irgendwo auf den Bändern sein. Shaz hatte bestimmt ihren Wagen vor der Fahrt aufgetankt, aber zurück nach Leeds hätte sie's mit einer Tankfüllung nicht geschafft. Und ich glaube, sie werden eher an einer Autobahntankstelle gehalten haben, als wegen ein paar Litern Benzin von der Autobahn runterzufahren.«

»Kommen wir an diese Bänder ran?« wollte Tony wissen.

Carol stöhnte. »Rankommen ist nicht das Problem, die meisten Tankstellenpächter verhalten sich sehr kooperativ. Aber es dauert weiß der Himmel wie lange, alle in Frage kommenden Bänder durchzusehen. Ich kriege schon beim bloßen Gedanken daran eine Migräne.«

»Nun, Carol, Sie wollte ich ohnehin bitten, mir bei dem Gespräch mit den Officern, die im Mordfall Barbara Fenwick ermittelt haben, Hilfestellung zu geben«, sagte Tony. Der Blick, mit dem er die drei anderen musterte, schien im voraus um Entschuldigung zu bitten. »Tut mir leid, wenn das klappen soll, muß ich schon mit einer ausgewachsenen Dienststellenleiterin anrücken. Wir dürfen die Jungs nicht vor den Kopf stoßen, indem wir ihnen den Eindruck vermitteln, sie hätten schlampig gearbeitet. Kurzum, darum werden Carol und ich uns kümmern. Worum ich Sie drei bitten möchte, ist, gemeinsam die Sisyphusarbeit mit den Videobändern zu übernehmen.«

Die drei starrten ihn entgeistert an. Aber dann sagte Simon: »Okay. Vielleicht lebt Donna Doyle ja wirklich noch. Und selbst wenn nicht, geht's um das Leben der nächsten.«

Enthusiasmus kam nicht gerade auf, als Carol und Tony sich in der staubigen Registratur der Polizeistation von Buxton durch dickleibige Aktenordner wühlten, aber sie wußten beide, daß sie hellwach sein mußten, um nicht den womöglich entscheidenden Hinweis zu übersehen. Nach etlichen Stunden lehnten sie sich wie aufs Stichwort fast gleichzeitig zurück.

»Leon scheint nichts übersehen zu haben«, sagte Tony. Er war froh, daß er sich bei seinem früheren Urteil über Leon ganz offensichtlich geirrt hatte. Man soll sich eben nie von äußerlicher Flapsigkeit zu Fehlschlüssen verleiten lassen, dachte er.

Carol nickte. »Sieht so aus. Aber davon mußten wir uns wohl oder übel selbst überzeugen, bevor wir mit dem Mann reden, der seinerzeit den Fall bearbeitet hat.«

Tony ordnete die Blätter, die er den Akten entnommen hatte. »Ich weiß es zu schätzen, daß Sie mir helfen, Carol. Es ist mir klar, daß Sie dabei ein gewisses Risiko eingehen. Sie mußten es nicht tun.«

Sie verzog die Mundwinkel. Vielleicht war es anfangs als Lächeln gedacht, aber es hatte bestimmt auch etwas mit schmerzlichen Erinnerungen zu tun. »Sie wissen genau, daß ich's tun mußte«, sagte sie. Daß sie es nicht fertiggebracht hätte, Tony im Stich zu lassen, weder dienstlich noch privat, mußte sie nicht hinzufügen. Und sie wußte, daß es umgekehrt genauso war.

Sie lieferten die Akten im Wachraum bei einem blutjungen Polizisten ab, der aussah, als könne er's kaum erwarten, endlich dreißig zu werden. Carol bedachte ihn mit ihrem schönsten Lächeln. »Sagen Sie, der Officer, der seinerzeit den Fall bearbeitet hat, Detective Superintendent Scott … ich nehme an, er ist schon pensioniert?«

»Schon seit zehn Jahren.« Der Constable lud sich den Aktenstapel auf beide Arme und verschwand irgendwo hinter den Regalen, um die Akten wieder einzuordnen.

»Sie wissen nicht zufällig, wo wir ihn finden können?« rief Carol ihm nach.

Die Stimme hörte sich an, als käme sie aus einem Kellergewölbe, aber die Auskunft war klar und erschöpfend. »Wohnt weit außerhalb von Buxton. Die Gegend nennt sich Countess Sterndale. Da gibt's nur drei Häuser.«

Es dauerte ein paar Minuten, in Erfahrung zu bringen, welche Richtung sie einschlagen mußten, Countess Sterndale war auf der Karte nicht eingezeichnet. Und daß es weit außerhalb von Buxton lag, stimmte auch. Nach fünfunddreißig Minuten Fahrzeit endete der Weg in einer von Bäumen gesäumten Wendeschleife. Vor ihnen lag ein etwas heruntergekommenes Queen-Anne-Herrenhaus, weiter links, hinter Kalksteinmauern, zwei geduckte Cottages mit tiefgezogenen Dächern. »Auf welches tippen Sie?« fragte Tony.

Carol zuckte die Achseln. »Kein Herrenhaus. Es sei denn, er hat's geerbt …« Sie zeigte auf das rechte Cottage.

Tony hob den Türklopfer aus Messing an und ließ ihn fallen, das Echo hallte laut im Inneren wider. Schwere Schritte näherten sich der Tür, und vor ihnen stand ein breitschultriger Mann mit glatt zur Seite gekämmtem, eisgrauem Haar und einem schmalen Oberlippenbärtchen. Der Blickfang aller ländlich sittlichen Matinees in den Vierzigern, dachte Carol und setzte ein gewinnendes Lächeln auf. »Entschuldigen Sie die Störung, Sir, wir sind auf der Suche nach Exdetective Superintendent Scott.«

»Ich bin Gordon Scott«, sagte der Mann. »Und wer sind Sie?«
Das war der heikle Punkt. »DCI Carol Jordan, East Yorkshire Police, Sir, und das ist Dr. Tony Hill von der National Profiling Task Force.«
Zu ihrer Verblüffung hellte sich Scotts Miene sofort erfreut auf. »Hat das was mit Barbara Fenwick zu tun?« fragte er.
Sie sah Tony hilfesuchend an. »Wie kommen Sie darauf?« fragte der.
In Scotts Brust kollerte ein tiefes Lachen. »Auch wenn ich seit zehn Jahren nicht mehr aktiv mitspiele, wenn innerhalb von zwei Tagen drei Leute Einsicht in die Akten meines einzigen ungelösten Mordfalls nehmen, klingelt irgendwann bei mir die Alarmglocke.« Er führte sie in sein behagliches Wohnzimmer und deutete auf die Sitzgruppe aus Lehnsesseln vor dem Kamin. »Wie wär's mit einem Drink? Meine Frau ist in Buxton einkaufen, aber einen Tee kriege ich notfalls hin. Oder lieber ein Bier?«
»Ein Bier wäre goldrichtig«, sagte Tony, aus Sorge, daß der Hausherr mit dem Tee wer weiß wie lange beschäftigt sein könnte. Carol nickte zustimmend. Ein paar Sekunden später schleppte Scott drei Dosen Boddington's an, verscheuchte den dicken Kater von seinem Lieblingsplatz vor dem Fenster, ließ sich in den Sessel fallen und riß seine Bierdose auf. »Ich war froh zu hören, daß Sie die Suche nach Barbara Fenwicks Mörder wiederaufgenommen haben. Ich hab mich fast zwei Jahre mit dem Fall herumgeschlagen. Hat mich nachts nicht schlafen lassen. Ich werd nie das Gesicht der Mutter vergessen, als ich ihr die Nachricht überbringen mußte, daß wir Barbaras Leiche gefunden haben. Das verfolgt mich heute noch. Ich bin einfach den Gedanken nicht losgeworden, daß die Lösung zum Greifen nahe liegt und wir nur nicht darauf kommen. Als ich dann erfuhr, daß Ihre Profilergrup-

pe … nun, ich muß sagen, das hat mir wieder Hoffnung gemacht. Wie sind Sie auf den Fall aufmerksam geworden?«
Da Scott die Wiederaufnahme des Falles so offensichtlich begrüßte, beschloß Tony, mit offenen Karten zu spielen. »Dies ist eine etwas unorthodoxe Ermittlung. Sie haben vermutlich Presseberichte über den Mord in meiner Gruppe gelesen?«
Scott nickte. »Ja, habe ich. Mein aufrichtiges Beileid.«
»Was nicht in den Zeitungen stand, ist, daß Shaz Bowman eine Theorie entwickelt hatte, der zufolge das Verschwinden zahlreicher Teenager auf das Konto eines Serienmörders geht, der sein Unwesen schon seit langem treibt, bisher aber noch nie verdächtigt wurde. Das Ganze sollte ursprünglich nur eine Seminarübung sein, aber Shaz hatte eine bestimmte Vermutung, und die hat ihr keine Ruhe gelassen. Meine Lehrgangsteilnehmer und ich glauben, daß sie deshalb ermordet wurde. Bedauerlicherweise ist man bei der West Yorkshire Police nicht unserer Meinung. Und das hat etwas mit der Person zu tun, die unserer Überzeugung nach Shaz Bowman getötet hat.« Er suchte Carols Blick, ein wenig Unterstützung von offizieller Seite konnte jetzt nicht schaden.
Carol sprach es unverblümt aus. »Zahlreiche Indizien deuten darauf hin, daß es sich um Jacko Vance handelt.«
Scotts Augenbrauen hoben sich, er stieß einen leisen Pfiff aus. »Kein Wunder, daß die West-Yorkshire-Kollegen nichts davon hören wollen. Und was hat das mit Barbara Fenwick zu tun?«
Carol unterrichtete ihn in groben Zügen über ihre bisherigen Ermittlungen und den Zeitungsausschnitt, durch den sie auf den Fall in Buxton aufmerksam geworden waren.
Tony sagte: »Und nun setzen wir unsere Hoffnung darauf, daß es Dinge gibt, die überhaupt nicht in den Akten auftauchen. Ich weiß, wie das bei Ermittlungen ist. Sie haben eine dumpfe Ahnung, aber so was taucht in keinem Memo auf,

über so was reden Sie höchstens mit Ihrem engsten Mitarbeiter. Uns würde interessieren, ob es den Officern, die den Fall bearbeitet haben, ähnlich gegangen ist.«
Scott nahm einen tiefen Schluck aus seiner Bierdose. »Natürlich hatten sie solche dumpfen Ahnungen. Nur, wir sind jedesmal ins Leere gelaufen. Wir haben den einen oder anderen Verdächtigen zur Vernehmung vorgeladen, aber bei allen stellte sich heraus, daß sie es den Umständen nach nicht gewesen sein konnten. Es war, als sei der Mörder aus dem Nichts gekommen und nach der Tat wieder dorthin verschwunden. Es mußte jemand von außerhalb gewesen sein, irgend jemand, dem das Mädchen zufällig begegnet ist, als es wieder mal die Schule geschwänzt hat. Und irgendwie würde das ja auch zu Ihrer Theorie passen, nicht wahr?«
»Im weitesten Sinne, ja«, sagte Tony. »Nur, wir glauben, daß die Begegnung mit Barbara Fenwick kein Zufall, sondern von langer Hand geplant war.«
»Wie sieht's denn mit forensischen Beweisen aus?« fragte Carol. »Viel scheint's da nicht zu geben?«
»Stimmt, und das hat uns sehr zu schaffen gemacht. Ich hatte keine Erfahrung mit Mördern, die ihre Spuren so sorgfältig verwischen. Sexualtäter fallen meistens so gierig über ihre Opfer her, daß es jede Menge Spuren gibt, oft kann man an ihrer Kleidung sogar noch Blut und Erde finden. Aber in diesem Fall hatten wir so gut wie nichts, was uns einen Anhalt geben konnte. Bis auf den zerschmetterten Arm. Schriftlich wollte die Pathologin sich nicht festlegen, aber mündlich hat sie die Auffassung geäußert, der Arm sei mit irgendeinem Werkzeug zerquetscht worden.«
Tony fuhr sich mit der Hand durchs Haar. Erinnerungen wurden in ihm wach. »Oh«, sagte er leise.
Und plötzlich schlug sich Scott mit der flachen Hand an die

Stirn. »Natürlich! Vance hatte einen Arm verloren, nicht wahr? Ist für die Olympiade nominiert und verliert den Arm. Warum ist mir das damals nicht eingefallen? Ach Gott, was bin ich für ein Idiot!«
»Sie hatten seinerzeit keinen Grund, so etwas in Erwägung zu ziehen«, sagte Tony, fragte sich aber im stillen, wie viele Leben wohl im Laufe der Jahre gerettet worden wären, wenn die Polizei schon früher mit Psychologen zusammengearbeitet hätte.
»Ist die Pathologin noch tätig?« fragte Carol.
»Ja, als Professorin in einer Londoner Universitätsklinik. Ich muß sogar irgendwo ihre Karte haben.« Er stand auf und ging ins Nebenzimmer.
»Hören Sie, Carol«, sagte Tony, »damit wir schneller vorankommen, sollten wir Chris Devine bitten, die Pathologin für uns aufzuspüren. Sie weiß, wie man Adressen ausfindig macht, und sie hat mir ausdrücklich ihre Hilfe angeboten.«
Carol nickte. »Gute Idee. Um ehrlich zu sein, ich könnte es mir im Moment zeitlich gar nicht leisten, nach London zu fahren. Ich muß jederzeit erreichbar sein, für den Fall, daß mein Brandstifter wieder zuschlägt.«
Tony lächelte. »Genau daran hatte ich gedacht. Wir wollen ja nicht riskieren, daß der Kerl Ihnen durch die Lappen geht.«

Kay hatte aufgehört mitzuzählen, sie hätte nicht sagen können, ob es das siebte oder achte Videoband war, das da vor ihren Augen ablief. Natürlich hatte sie wieder mal den kürzesten Strohhalm gezogen, und das bedeutete, daß sie die Autobahntankstellen zwischen Leeds und London abklappern mußte. Also nach London preschen, Kehrtwendung und an sämtlichen Tankstellen in Gegenrichtung haltmachen. Inzwischen war es später Nachmittag geworden, und sie saß in einem der zahllosen, muffigen Tankstellenbüros,

die vor Müdigkeit sandigen Augen auf das wer weiß wievielte Videoband gerichtet.
Gut, daß ihr eine zeitsparende Methode eingefallen war. Sie hatte ausgerechnet, daß sowohl Shaz wie auch Vance frühestens um elf Uhr vormittags eine der Servicestationen angefahren haben konnten, der späteste Zeitpunkt war etwa sieben Uhr abends. Also hatte sie den automatischen Vorlauf so eingestellt, daß nur die Videoaufnahmen aus den in Frage kommenden Zeiten wiedergegeben wurden. Das Aufnahmeverfahren verkürzte den Zeitaufwand zusätzlich, weil die Anlage jedes ankommende Auto nur wenige Sekunden lang aufzeichnete. Dennoch dauerte es Stunden, alle Bänder durchzusehen, und es kostete eine Menge Kraft, weil Kay auch während der Vorlaufphase angestrengt auf den Bildschirm starrte und jedesmal, wenn etwas auftauchte, was auch nur entfernt nach einem schwarzen VW oder einem silberfarbenen Mercedes-Kabriolett aussah, die Stopptaste drückte. Wegen schwarzer Volkswagen mußte sie häufig drükken, wegen silberfarbener Kabrioletts seltener.
Ihrem Eindruck nach kam sie jetzt schneller voran als am Anfang. Ihre Augen reagierten fast automatisch auf die gesuchten Objekte. Was andererseits die Gefahr in sich barg, daß sie sich zu sicher fühlte und irgend etwas Wichtiges übersah. Da – wieder der kastenförmige Umriß eines Volkswagens. Sie schaltete um auf normale Geschwindigkeit und sah sofort, daß es sich bei dem Fahrer um einen älteren Mann handelte. Das graue Haar, das unter der Baseballkappe hervorsah, ließ keinen Zweifel daran, daß es nicht Jacko Vance sein konnte. Kays Finger hing bereits über der Taste für den schnellen Vorlauf, als ihr etwas Merkwürdiges auffiel. Es hatte nichts mit dem Mann zu tun, der zur Zapfsäule ging, sondern mit dem Nummernschild. Ganz konnte sie das Kennzeichen nicht lesen, weil der VW leicht schräg zur Kamera

stand, aber die letzten beiden Ziffern waren eindeutig identisch mit denen von Shaz' Kennzeichen.
»O Scheiße«, murmelte sie in sich hinein, ließ das Band ein Stück zurücklaufen und konzentrierte sich diesmal auf den Fahrer. Und prompt fiel ihr auch an ihm etwas Merkwürdiges auf. Er hantierte mit dem Zapfhahn wie ein ungeübter Linkshänder. Nein, er gebrauchte die rechte Hand praktisch gar nicht. Genauso hätte es Jacko Vance gemacht.
Sie sah sich die Stelle mehrere Male aufmerksam an. Die Gesichtszüge des Mannes waren nur verschwommen zu erkennen, aber Kay verließ sich darauf, daß Carol Jordan jemanden kannte, der ihnen bei diesem speziellen Problem weiterhelfen würde. Mit ein wenig Glück hatten sie bis spätestens zum Morgengrauen etwas gegen Jacko Vance in der Hand, was ihnen nicht mal ein Team hochbezahlter Anwälte vor Gericht zerpflücken würde. Und wenn es so kam, hatte sie einen entscheidenden Beitrag dazu geleistet, den Tod einer jungen Frau zu sühnen, die ihr – dessen war sie sich sicher – eine gute Freundin geworden wäre.
Sie klappte ihr Mobiltelefon auf und tippte DCI Jordans Nummer ein. »Carol? Ich glaube, ich habe was, was Ihr Bruder sich mal ansehen sollte …«

Chris Devine hatte nichts dagegen, an ihrem freien Tag eine Pathologin zu besuchen. Was sie wütend machte, war, daß die Pathologin, die sie suchte, diesen freien Tag bei strömendem Regen mitten in der Wildnis verbringen mußte, und das nur, weil sie partout irgendeinen albernen Vogel beobachten wollte, der eigentlich um diese Jahreszeit in Norwegen sein müßte, aber irgendwie den Anschluß verpaßt hatte. Je mehr Regen ihr am Mantelkragen vorbei in Richtung ihrer Schultern lief, desto mürrischer wurde sie. Beschissenes Essex, dachte sie grimmig.

Sie schirmte die grobe Skizze, die der Vogelwart ihr gegeben hatte, mit einer Hand gegen den Ostwind und dessen nasse Fracht ab, um noch mal einen Blick darauf zu werfen. Sehr weit konnte es nicht mehr sein. Warum mußten diese verdammten Beobachtungsstände so versteckt liegen? Sie hatte bislang kaum einen Vogel gesehen, denn die waren viel zu schlau, um an so einem scheußlichen Tag aus ihrem Unterschlupf zu kommen.

Beinahe wäre sie an dem Beobachtungsstand vorbeigelaufen, so gut war der getarnt. Chris zwang sich, eine etwas freundlichere Miene aufzusetzen, und stieß die Lattentür auf. »'tschuldigung, daß ich einfach so reinplatze«, sagte sie zu den drei dichtgedrängten Gestalten, »finde ich hier Professor Stewart?« Sie sahen in ihren gefütterten Jacken, mit den um den Hals geschlungenen Wollschals und den Thermomützen einer wie der andere aus, Chris hätte nicht mal sagen können, wer Mann und wer Frau war.

Ein wattierter Handschuh kam hoch. »Ich bin Liz Stewart. Was gibt's denn?«

Chris seufzte erleichtert. »Detective Sergeant Devine, Metropolitan Police. Könnte ich wohl ein paar Worte mit Ihnen reden?«

Die vermummte Gestalt schüttelte den Kopf. »Ich habe keinen Sonntagsdienst.« Was sich mit ihrem schottischen Akzent gleich doppelt so ruppig anhörte.

»Aber es ist ziemlich dringend.« Chris zog die Lattentür etwas weiter auf, so daß der kalte Wind eindringen konnte.

»Liz, sei so lieb und hör dir an, was die Frau will«, knurrte jemand, der Stimme nach ein Mann. »Wir werden ewig nichts entdecken, wenn ihr beide hier herumkeift wie die Marktweiber.«

Die Professorin drückte sich griesgrämig an den beiden anderen vorbei und folgte Chris nach draußen. »Dort unter dem Baum finden wir ein bißchen Schutz. Was gibt's denn so Eiliges?«

»Sie haben vor zwölf Jahren in Manchester einen nicht aufgeklärten Mord bearbeitet an einem jungen Mädchen namens Barbara Fenwick. Erinnern Sie sich daran?«

»Das Mädchen mit dem zerquetschten Arm?«

»Genau die. Wir sind im Zusammenhang mit einer anderen Ermittlung auf den Fall gestoßen und glauben, daß wir es mit einem Serienmörder zu tun haben und daß Barbara das einzige Opfer ist, von dem die Leiche gefunden wurde. Dadurch gewinnt Ihr Obduktionsbericht aktuelle Bedeutung.«

Liz Stewart sagte barsch: »Das wäre am Montag morgen auch noch so gewesen.«

»Stimmt. Die Frage ist nur, ob das Mädchen, das der Täter im Augenblick in seiner Gewalt hat, bis dahin überlebt.«

»Ach so. Dann fahren Sie mal fort, Sergeant.«

»Sie sollen damals die Überlegung geäußert, allerdings nicht in Ihren Obduktionsbericht aufgenommen haben, daß Barbaras Arm möglicherweise durch eine Art Werkzeug zerquetscht wurde. Jedenfalls haben meine Kollegen den pensionierten Superintendent Scott so verstanden. Ist das richtig?«

»Das war meine Meinung, aber die beruhte lediglich auf einer Vermutung. Und was ich nicht sicher weiß, schreibe ich nicht in einen Obduktionsbericht. Vor allem dann nicht, wenn es sich etwas weit hergeholt anhört.«

»Aber wenn Sie ausdrücklich danach gefragt werden, was würden Sie dann sagen?«

»Wenn ich gefragt werde, ob es möglich wäre, lautet die Antwort, ja.«

»Gab es noch andere Dinge, die Sie nicht in den Obduktionsbericht aufgenommen haben, weil sie sich möglicherweise ein wenig weit hergeholt angehört hätten?«

»Nicht, daß ich wüßte.«
»Könnte es sein, daß Sie Notizen über die Feststellungen angefertigt haben, die damals Anlaß zu Ihrer Vermutung waren?«
»O ja«, sagte Liz Stewart, als sei das selbstverständlich. »Auf die Weise kann die Staatsanwaltschaft, falls es später von Bedeutung wird, jederzeit darauf zurückgreifen.«
Chris schloß die Augen und schickte stumm ein Stoßgebet zum Himmel. »Haben Sie diese Notizen noch?«
»Natürlich. Und sogar noch was Besseres.«

Ohne zwingenden Grund verirrte sich an einem Samstag abend kein vernünftiger Mensch in das Café der Raststätte Hartshead Moor an der M62, aber gerade deshalb war es wie geschaffen für sie. Das Team, zu dem nun auch Chris Devine gestoßen war, hatte die Ecke ganz hinten mit Beschlag belegt, wo Raucher- und Nichtraucherzone aneinandergrenzten. Hier hatten sie die beste Chance, ungestört zu sein.
Leon machte einen deprimierten Eindruck, er war ein wenig neidisch auf Kay, weil sie – wieder mal – den Vogel abgeschossen hatte. Auch Simon zog eine finstere Miene, aber das hatte andere Gründe. Wer quasi auf der Fahndungsliste steht, läßt seinen Frust leicht an denen aus, die es am wenigsten verdienen, weil sie die einzigen sind, die zu einem halten. Tony fragte sich, wie lange es wohl dauern würde, bis er durchdrehte.
»Ich habe meinem Bruder gesagt, er soll das Band so bearbeiten, daß man das Gesicht deutlich erkennt«, sagte Carol zu Kay. »Er weiß, daß Sie sich's ansehen werden.«
Kay schluckte. »Kommen Sie nicht mit? Ich meine … ich kenne ihn ja nicht, und er tut das doch aus Gefälligkeit. Wenn das Ergebnis nicht so ausfällt, wie wir's brauchen … Wie soll ich ihm dann beibringen, daß er uns zuliebe an einem Sams-

tag abend noch mal ein paar Stunden dranhängen muß? Dazu könnten Sie ihn doch viel leichter überreden, Carol.«
»Da hat sie recht«, mischte sich Chris vom Rauchertisch aus ein, den sie sich zusammen mit Leon zum Refugium erkoren hatte. »Sogar Computerfreaks werden sauer, wenn man zu dreist an ihrem Wochenende herumknabbert. Wäre wohl doch besser, wenn Sie mitfahren, Carol.«
Carol rührte ihren dünnen Kaffee um. »Leuchtet mir alles ein, aber ich muß heute nacht in meinem Dienstbereich sein. Ich könnte höchstens ...« Sie sah auf die Uhr. »Also, wenn wir sofort losfahren ... um neun wären wir da ... und dann könnte ich spätestens um eins wieder in Seaford sein. Ja, okay, vorher tut sich dort sowieso nichts.« Sie griff nach Mantel und Tasche und nickte Kay zu. »Kommen Sie, wir fahren.«
»Und was tun *wir*?« Leon zündete sich an der Kippe seiner Zigarette die nächste an und sah Tony aggressiv an. »Ich hab mir den ganzen Tag diese beschissenen Videobänder angesehen. Jetzt will ich endlich mal was Vernünftiges tun.«
Kein Zweifel, die Nerven lagen bloß. Tony hoffte, daß wenigstens Chris ihm in dieser Situation eine Hilfe war. »Aber durch die Mühe mit den Videos sind wir ein gutes Stück weitergekommen, Leon«, sagte er ruhig. »Darauf müssen wir jetzt aufbauen. Auch die Information, die Chris von der Pathologin mitgebracht hat, bringt uns ein großes Stück voran. Nur, solange wir die Einzelbausteine nicht zu einem Täterprofil zusammenfügen, können wir wenig damit anfangen.«
»Obwohl wir ein Mordopfer mit einem zerschmetterten rechten Arm haben?« fragte Simon ungläubig. »Das ist doch 'n Volltreffer. Was, zum Teufel, brauchen wir denn da noch?«
»Die Anwälte, die sich ein stinkreicher Kerl wie Jacko leisten kann, lachen uns vor Gericht aus«, sagte Tony. »Vorausgesetzt, wir kommen überhaupt so weit.«

»Der zerschmetterte Arm ist kein schlechter Indizienbeweis«, warf Chris ein. »Aber uns fehlt der Beweis, daß er das in anderen Mordfällen genauso gemacht hat. Bisher haben wir nicht mal eine andere Leiche gefunden. Aber wir gehen doch davon aus, daß er sich, kurz bevor Shaz ihm auf die Pelle gerückt ist, ein anderes Mädchen gegriffen hat, oder? Wenn das so ist, besteht eine gewisse Chance, daß er sie noch nicht umgebracht hat. Also müssen wir sie finden, ihm nachweisen, daß er sie entführt hat, und dann haben wir ihn. Oder seh ich da irgendwas falsch?«

»Nein«, sagte Tony. »Nur, wir wissen leider nicht, wo er die Mädchen gefangenhält, bevor er sie umbringt.«

»Stimmt, das wissen wir nicht. Das heißt ...«

Atemlose Stille, man hätte eine Stecknadel fallen hören.

»Weiter«, drängte Tony.

»Na ja«, sagte Chris, »die meisten Mädchen, die ich seinerzeit in der Lesbenszene kennengelernt habe, sind heute in führenden Positionen. Eine davon ist zufällig Partnerin in der Medienagentur, die Jacko Vance betreut.« Sie zog ein Fax aus der Innentasche ihres Jacketts. »Jackos Termine während der letzten sechs Wochen. Wenn er kein Superman ist oder seine Frau bei der schmutzigen Geschichte mitmischt, gibt es bei diesem dichtgedrängten Terminplan nur eine einzige Gegend, in der er das Mädchen gefangenhalten kann.« Chris lehnte sich zurück und beobachtete, wie die anderen die Neuigkeit zu verdauen versuchten.

Tony fuhr sich mit der Hand durchs Haar. »Ich weiß, daß er dort oben ein Cottage hat. Aber wir haben es da mit einem ziemlich großen Gebiet zu tun. Wie können wir die Ecke, auf die wir uns konzentrieren müssen, mehr eingrenzen?«

»Es könnte sein eigenes Cottage sein«, meinte Leon.

»Ja!« Simon sprang sofort darauf an. »Fahren wir hin und sehen uns seinen Schlupfwinkel an!«

»Ich weiß nicht«, sagte Chris zögernd. »Er war mit allem anderen so vorsichtig, da kann ich mir nicht vorstellen, daß er so ein Risiko eingeht.«
»Wo liegt das Risiko?« fragte Tony. »Er bringt seine Opfer im Schutz der Dunkelheit hin, und danach hört und sieht keiner mehr was von ihnen. Sogar die Leichen verschwinden völlig spurlos. Aber Jacko Vance leistet freiwilligen Pflegedienst in einem Krankenhaus in Newcastle. Ich wette, die haben da eine Verbrennungsanlage. Und er legt doch großen Wert darauf, sich das Image des umgänglichen Kumpels zu geben, der gut bei einfachen Leuten ankommt. Würde ihm ähnlich sehen, wenn er sich regelmäßig im Kesselraum blicken läßt und ein Schwätzchen mit den Jungs da unten hält. Und wenn er von Zeit zu Zeit bei der Schmutzarbeit an der Verbrennungsanlage mit zupackt ... Wem würde es da auffallen, wenn er ein paar Plastikbeutel mehr ins Feuer wirft? Zum Beispiel die, in denen er Leichenteile mitgebracht hat?«
Das beklommene Schweigen hatte etwas Unheimliches. Tony fuhr sich mit der Hand über die Bartstoppel. »Ich hätte schon früher darauf kommen müssen. Er ist ein Perfektionist. Er will absolut sicher sein, daß keine Spuren übrigbleiben.«
»Dann laßt uns hinfahren!« Simon schob den Kaffeebecher beiseite und griff nach seiner Jacke.
»Nein«, sagte Tony entschieden, »das ist nicht der richtige Augenblick, den wilden Mann zu spielen, Simon. Wir können nicht einfach dort reinstürmen und hoffen, daß wir etwas finden, was unser Vorgehen nachträglich rechtfertigt. Vance' Anwälte würden uns in der Luft zerreißen. Wir brauchen eine Strategie.«
»Sie haben leicht reden, Sie stehen nicht auf der Fahndungsliste«, erinnerte ihn Leon. »Aber Simon muß Klarheit haben.«
»Beruhigt euch«, sagte Chris. »Es kann auf keinen Fall scha-

den, wenn wir uns da oben in Northumberland ein bißchen umhören und den Leuten Fotos von Donna Doyle unter die Nase halten. Bei dem enggestrickten Terminkalender kann Vance sie nicht abgeholt haben, sie muß selbst gekommen sein, entweder mit der Bahn oder mit dem Bus. Wir fragen überall nach, im Ort, am Busterminal und an der Bahnstation. Falls es eine kleine Bedarfshaltestelle in der Nähe von Vance' Schlupfwinkel gibt, hat sie möglicherweise jemand dort aussteigen sehen.«
Simon war schon auf den Beinen. »Worauf warten wir noch? Wir brauchen mit dem Wagen zweieinhalb Stunden bis da rauf. Suchen wir uns ein billiges Hotel dort oben und fangen morgen früh an. Leon, bist du dabei?«
Leon drückte die Zigarette aus. »Okay. Solange ich nicht bei dir mitfahren muß. Chris, was fahren Sie für 'n Auto?«
»Die Musik, die ich höre, wird Ihnen nicht gefallen. Ich bin dafür, daß jeder sein eigenes Auto nimmt. Einverstanden, Tony?«
»Aber ihr bleibt mir von dem Cottage weg. Kann ich mich darauf verlassen, Chris?«
»Können Sie!«
»Gilt das auch für euch, Leon und Simon? Akzeptiert ihr, daß Chris das Kommando hat?«
Leon zog ein finsteres Gesicht, aber er nickte. Simon schloß sich an. »Ich hätt's ja ohnehin nicht gehabt.«
»Und was haben Sie vor, Tony?« fragte Chris.
»Ich fahre nach Hause und arbeite auf der Basis dessen, was wir haben, ein Täterprofil aus. Fahrt ruhig hoch und hört euch um. Wenn Carol und Kay mit guten Fotos zurückkommen, schlage ich vor, daß wir morgen früh als erstes bei der West Yorkshire Police anrücken und sie überreden, eine förmliche Untersuchung einzuleiten. Also – ihr haltet still, bis wir miteinander telefoniert haben, versprochen?«

Chris nickte. »Versprochen, Tony. Shaz hat mir zuviel bedeutet, als daß ich das Risiko eingehen würde, alles zu vermasseln.«

Es gab mal eine Zeit, so etwa bis '89, da hab ich mich mit CP/M und DOS aus dem Effeff ausgekannt, dachte Carol wehmütig. Aber dann war sie zur Polizei gegangen, hatte die Nase in Vorschriften gesteckt oder Vernehmungstaktiken geübt und keine Zeit mehr gehabt, auf dem laufenden zu bleiben. Mit dem Erfolg, daß sie jetzt nur verblüfft zugucken konnte, wie ihr Bruder Michael und sein Freund Donny auf dem Keyboard herumhackten und irgendwas von Vision 20/20, Videodrivern, Localbuses und Smart Caches vor sich hin murmelten – für Carol alles böhmische Dörfer.

Donny sei der Beste im ganzen Norden, wenn's um eingescannte Fotos und Standbilder ging, hatte Michael ihr gesagt. Und zufällig arbeitete er in demselben Gebäude, in dem die Büros von Michaels Softwarefirma lagen. Außerdem war er ein Computernarr und hatte sich von Michael nur mit Mühe zu einer Pause überreden lassen, damit sie wenigstens zwischendurch ein Fertiggericht in die Mikrowelle schieben konnten.

Carol und Kay starrten über die Schultern der beiden auf den Bildschirm. Donny hatte die beiden letzten Ziffern auf dem Nummernschild bereits klar herausgearbeitet und war auf dem besten Weg, auch die drittletzte zu knacken. Und er war auch mit der Bearbeitung der Fotos vom Fahrer des Volkswagens so weit, daß er von dem, das am besten gelungen schien, schon mal für Carol und Kay Farbkopien ausdrucken konnte.

Je länger sich Carol das Foto ansah, desto mehr war sie davon überzeugt, daß es sich bei dem mit Baseballkappe und

Pilotenbrille getarnten Mann um den guten alten Kumpel Jacko handelte. »Was meinen Sie?« fragte sie Kay.

»Ich weiß nicht, ob ich sicher wäre, wenn er mit anderen in einer Reihe dasteht und ich mich aus ein paar Metern Entfernung beim Blick durch ein Fenster festlegen soll, daß er der Gesuchte ist. Aber hier weiß ich ja, wen wir suchen, und da würde ich sagen: Ja, das ist er.«

Nachdem der erste Druck von ihm genommen war, arbeitete Donny weiter an Kopf und Schultern des Mannes, der an Shaz' Todestag an der M1 um die Mittagszeit einen Golf aufgetankt hatte. Nicht ganz einfach, ein gutes Foto auszuwählen, weil die Baseballkappe Schatten auf das Gesicht warf und der Mann sich beim Tanken leicht nach vorn beugte. Es war verblüffend, zuzusehen, wie Donny trotzdem die Züge des Mannes allmählich deutlicher herausarbeitete. Bis auf die Wangenpartie, die zu pausbackig ausfiel, wurde das Foto auf dem Bildschirm von Minute zu Minute besser. Nur, Carol lief die Zeit davon, sie schielte immer wieder verstohlen auf die Uhr, wohl wissend, daß sie eigentlich längst woanders sein sollte und, wenn in Seaford irgend etwas schieflief, eine Menge Ärger am Hals hatte. Schließlich sagte Donny: »So, besser krieg ich's nicht hin. Komisch, der Kerl kommt mir irgendwie bekannt vor. Kann's sein, daß ich den schon mal gesehen habe?«

»Können Sie mir ein halbes Dutzend Kopien ausdrucken?« Carol kam sich ein bißchen gemein vor, Donnys harmloser Frage so auszuweichen, aber sie hatte keine Zeit, ihm zu erklären, daß und warum er an dem Gesicht eines der bekanntesten Fernsehstars des Landes herumgebastelt hatte.

Michael kam schneller drauf, vielleicht sah er auch nur öfter *Besuch von Vance.* »Er sieht Jacko Vance ähnlich«, sagte er in aller Unschuld. »Das war's, was dich irritiert hat, Donny.«

»Ja, richtig, der Blödmann ist das!« Donny schwang den Drehstuhl herum und blinzelte den beiden Frauen zu. »Zu schade, daß ihr den nicht verhaften wollt. Wär ein wahrer Segen, wenn der vom Bildschirm verschwinden würde. Tja – tut mir leid, daß ich euch kein besseres Ergebnis liefern kann, aber mehr konnte ich da nicht rausholen. Woher, sagt ihr, stammt das Band?«

»Servicestation Watford Gap an der M1«, sagte Kay.

»Ach ja. Schade, daß ihr euch nicht gleich an die richtige Adresse gewandt habt. Drüben in Leeds.«

Carol horchte auf. »In Leeds? Wieso in Leeds?«

»Weil da die Entwicklungsabteilung für CC-Vision sitzt. Die Jungs haben nur ihren Job im Kopf, aber darin sind sie einsame Spitze. Haben sich in dem Hochhaus mit der Rauchglasfront eingenistet, gleich hinter der Autobahn. Falls Sie mal einen suchen, der bei Leeds von der Autobahn abgebogen ist, haben die den garantiert auf Band.«

»Und bei denen könnten wir uns das auf CC-TV ansehen?«

Donny verdrehte die Augen. »See-See ist Kinderspielzeug von gestern. Aber das wird bald anders sein. Dauert nicht mehr lange, dann sind die innerstädtischen und die privaten Systeme mit den Autobahnkameras zu einem nationalen Überwachungssystem vernetzt. Die neuen Geräte können so fein auflösen, daß man jeden, der Räder unterm Hintern hat, eindeutig erkennt. Wer irgendwo rumkurvt, wo er nichts zu suchen hat, wird ruckzuck von der Autobahnpolizei aus dem Verkehr gezogen. Und nicht nur dort. Wenn jemand bei Marks und Sparks Hausverbot hat und sich trotzdem in der Lebensmittelabteilung rumtreibt – oder sagen wir, wenn ein einschlägig bekannter Perverser in irgendeinem Waschsalon auftaucht –, zack, wird er einkassiert, bevor er sich ein paar Damenslips einstecken kann.«

»Und was hat das alles mit der M1 zu tun?«

»CC-TV testet seine neuen Geräte auf der M1. Die sind wahnsinnig gut, die liefern gestochen scharfe Bilder vom Fahrer, von den Passagieren auf den Rücksitzen und natürlich erst recht vom Nummernschild.« Donny grinste. »Ich hab mich da mal beworben, hat mir aber nicht gefallen. Alle naselang kommt so ein Obermacker rein, tönt laut rum, klemmt sich alles untern Arm, was ihm gefällt, und macht wieder die Fliege. Ist nicht mein Ding.«

»Glauben Sie, die würden mit mir zusammenarbeiten?«

»Die reißen sich ein Bein aus, um Ihnen zu beweisen, wie gut sie sind. Wenn das Netz eines Tages einführungsreif ist, wollen sie fest im Sattel sitzen. Die sind natürlich scharf drauf, den Auftrag zu kriegen.«

Carol sah auf die Uhr. Schon nach zehn. Eigentlich müßte sie schleunigst nach Seaford fahren, damit sie in der Nähe war, sobald sich dort was tat. Außerdem war um die Zeit bestimmt keiner von den CC-TV-Verantwortlichen zu erreichen.

Donny hatte den Blick auf die Uhr bemerkt und ahnte, was in ihrem Kopf vorging. »Bei denen ist immer einer da, der was zu sagen hat. Versuchen Sie's einfach, Sie haben ja nichts zu verlieren.«

Aber Donna Doyle vielleicht, dachte Carol, der Kays flehentlicher Blick nicht entgangen war. Außerdem lag Leeds etwa auf halber Strecke zwischen Manchester und Seaford. Und ihre Officer waren erwachsen und gewöhnt, auf sich allein gestellt Entscheidungen zu treffen.

Zuerst die Opfer – das war immer der richtige Anfang. Das Problem bestand darin, denen, für die seine Analyse bestimmt war, eindeutig klarzumachen, daß die vermißten Mädchen Mordopfer waren. Wobei selbstverständlich nicht auszuschließen war, daß sie sich irrten. Vielleicht war der

Wunsch der Vater des Gedankens gewesen – sie wollten, daß Shaz recht behielt, und hatten deswegen ihre Ergebnisse möglicherweise überbewertet. So oder so, was sie gegen Jacko Vance in der Hand hatten, waren Indizienbeweise, mehr nicht.

Aber es ging um einen Irren, soviel stand fest. Und auch um Simon, der Gefahr lief, verhaftet zu werden, sobald er sich zu Hause blicken ließ. »Fang schon an«, murmelte Tony und tippte die Überschrift ins Keyboard seines Laptops.

DIE TYPISCHEN MERKMALE
EINES SERIENTÄTERS

Das erste Opfer in der von uns vermuteten Gruppe war Barbara Fenwick, die vor zwölf Jahren ermordet wurde (siehe Anlage, Zusammenfassung der damaligen Ermittlungsergebnisse). Wir können mit einem hohen Maß an Wahrscheinlichkeit davon ausgehen, daß sie das erste Opfer des Serientäters war, weil seine typische Tätersignatur in keinem früheren Mordfall beobachtet wurde, insbesondere nicht die völlige Zertrümmerung des rechten Unterarms. Da die Beibringung einer solchen Verletzung nicht nötig gewesen wäre, um die Vergewaltigung und den Mord durchführen zu können, handelt es sich zweifelsfrei um eine Tätersignatur. Das willkürliche, an ein Ritual erinnernde Handeln läßt den Schluß zu, daß es eine besondere Bedeutung für den Täter hat. Wegen der zeremoniellen Natur des Handelns ist anzunehmen, daß der Täter bei den anderen Mordopfern ebenso verfahren ist; sie dürften mit an Sicherheit grenzender Wahrscheinlichkeit ähnliche Verstümmelungen aufweisen. Ein weiteres Indiz dafür, daß es sich um den ersten Mord des Täters gehandelt hat, ist der Umstand, daß

er sich für die Durchführung seines Verbrechens einen Ort ausgesucht hat, an dem er vermeintlich sicher und ungestört war. Da er aber bei seiner Tat beinahe überrascht worden wäre, dürfte er unverzüglich Vorsorge getroffen haben, um beim nächsten Mord kein Risiko einzugehen. Daß er insoweit erfolgreich war, beweist die Tatsache, daß die Leichen seiner späteren Opfer nie gefunden wurden.
Das wiederum führt zu der Frage, wo er die späteren Morde begangen und wie er die Leichen beseitigt haben könnte.

Er griff nach der Systematischen Täter-Checkliste, die Shaz damals – mein Gott, wie lange war das schon her? – erstellt hatte. Das mindeste, was er für Shaz tun konnte, war, ihre Arbeit nicht in Vergessenheit geraten zu lassen. Er übernahm also ihren Text mit wenigen Änderungen und Ergänzungen, tippte ihn ein und fuhr in seiner Analyse fort:

Während man üblicherweise bei einer Gruppe von Opfern zwei oder drei auffallende Ähnlichkeiten feststellt, ist in diesem Fall die Zahl der Übereinstimmungen so hoch, daß ein Zufall ausgeschlossen werden kann. Dabei fällt besonders die physische Ähnlichkeit der Opfer auf; sie könnten Schwestern sein – oder, was noch bemerkenswerter ist, Schwestern einer Frau namens Jillie Woodrow, so wie sie mit fünfzehn, sechzehn Jahren aussah. Sie war die – soweit bekannt, erste – Geliebte unseres Hauptverdächtigen Jacko Vance.
Vance mußte eine vielversprechende sportliche Karriere aufgeben, nachdem er bei einem Unfall den rechten Unterarm verloren hatte. Interessant ist in diesem Zusammenhang, daß der Mord an Barbara Fen-

wick knapp vierzehn Wochen nach diesem Unfall begangen wurde. Nach dem Unfall lag Vance im Krankenhaus, wo er nach dem Ausheilen seiner Verletzungen physiotherapeutisch behandelt wurde. Den Krankenhausaufenthalt hat Jillie Woodrow dazu genutzt, die von ihr als zunehmend belastend und unerwünscht empfundene Beziehung zu Vance zu lösen (siehe Anlage 2, Protokoll der Unterredung zwischen J. W. und DC Simon McNeill). Das Zusammentreffen dieser beiden Streßfaktoren kann bei jemandem, der seine soziopathischen Neigungen schon früher durch ein von Gewalt geprägtes Sexualverhalten ausgelebt hat, durchaus das auslösende Moment zu einem Sexualmord sein.
Er hat praktisch nie ein normales Sexualleben geführt. Seine Prominentenehe ist eine Scharade. Seine Frau ist Lesbierin, ihre angebliche persönliche Assistentin ist in Wirklichkeit ihre Geliebte – und war es bereits vor der Eheschließung mit Vance. Vance und seine Frau haben nie sexuellen Verkehr gehabt, und sie vermutet, daß er sich seine sexuelle Befriedigung bei hochklassigen Callgirls holt. Es gibt keinerlei Anzeichen dafür, daß seine Frau etwas von seinen verbrecherischen Aktivitäten ahnt.
Seine Persönlichkeitsstruktur weist bemerkenswert viele Züge auf, wie sie häufig bei Psychopathen beobachtet werden. Zeugenaussagen belegen, daß das Verhältnis zwischen Vance und seiner Mutter, die ihm von Geburt an kraß ablehnend gegenüberstand, sehr schwierig war. Die häufige Abwesenheit des Vaters, bei dem er geradezu verzweifelt Anerkennung suchte, schikanöses Verhalten gegenüber jüngeren Kindern, Grausamkeiten gegenüber Tieren und sein späteres

sadistisch-dominierendes Sexualverhalten sind ebenfalls typische Kriterien. In diesem Licht stellen sich seine sportlichen Leistungen als überzogener Kompensationsversuch für all das dar, was er als Defizite in anderen Lebensbereichen empfunden hat. Der Verlust dieser Kompensationsmöglichkeit hat seiner Selbstachtung einen schweren Schlag versetzt.

Unter diesen Umständen kann es nicht überraschen, daß Vance sich an Frauen rächen wollte. Er fühlte sich durch seine Mutter und später durch seine Verlobte in seiner – von ihm so verstandenen – Männerehre verletzt. Aber er ist viel zu intelligent, um Rache an jemandem zu üben, bei dem der Verdacht sofort auf ihn gefallen wäre. Folglich mußte er Mädchen suchen, die alle eine große Ähnlichkeit mit Jillie Woodrow im Teenageralter hatten.

In diesem Zusammenhang muß daran erinnert werden, daß überführte Serienmörder in der Regel einen hohen, in einigen Fällen sogar überdurchschnittlichen Intelligenzgrad hatten. Es kann daher nicht überraschen, daß es Serientäter gibt, die über viele Jahre hinweg nicht gefaßt, ja sogar nicht einmal verdächtigt werden. Bei Jacko Vance paßt meiner Meinung nach alles zu dem typischen Bild eines Serientäters.

Tony lehnte sich zurück. Das mußte genügen, für eine ausführlichere Analyse fehlte ihm die Zeit. Aber zusammen mit den Fotobeweisen, die Carol und Kay hoffentlich mitbrachten, gab es genug Belastungsmaterial, um West Yorkshire endlich dazu zu bewegen, Ermittlungen gegen Vance einzuleiten.

Blödsinn hatte nach Detective Sergeant Tommy Taylors Erfahrung einen unverkennbaren Eigengeruch, und die Idee, einen freiwilligen Feuerwehrmann zu observieren, war der größte Blödsinn, den er seit langem erlebt hatte. Eine Nacht hatte er sich schon um die Ohren geschlagen. Im Klartext: Er hatte die ganze Nacht Raymond Watsons Haus angestarrt. Und an dem gab's wirklich keine lohnenden architektonischen Reize zu bewundern: ein gewöhnliches Reihenhaus, in dessen handtuchgroßen Garten ein vom Nordostwind gebeutelter Rosenstrauch vor sich hin kümmerte, blätternder Außenanstrich und eine von Kerben und Schrunden übersäte Haustür.

Gestern nacht war Watson um elf heimgekommen, nach dem letzten Hunderennen. Heute war offenbar nichts los, und er war, wie der Kollege von der uniformierten Polizei meldete, bereits um sieben zu Hause gewesen. Seither hatte sich absolut nichts mehr getan. Es sei denn, man wollte es als besonderes Vorkommnis bewerten, daß Watson die Milchflaschen vor die Tür gestellt hatte. Zehn Minuten danach war dann das Licht gelöscht worden – Schluß der Vorstellung, Feierabend.

Taylor grunzte mißmutig, stemmte sich auf dem Fahrersitz ein paar Zentimeter hoch, kratzte sich an den Eiern, gähnte gelangweilt, schaltete das Funkgerät ein, rief Di Earnshaw an und erkundigte sich: »Ist bei dir was los?«

»Negativ«, antwortete Di.

»Sollte die Zentrale einen Brand melden, gib mir auf unserer Frequenz Bescheid, okay?«

»Wieso? Steigst du aus und verfolgst ihn zu Fuß?« fragte Di. Sie hörte sich aufgeregt an. Vermutlich war's ihr genauso langweilig wie ihm, darum hoffte sie, daß sich endlich was täte.

»Negativ«, sagte er. »Ich muß nur mal die Beine langmachen. Diese verdammten Sardinenbüchsen sind einfach zu eng für einen wie mich. Wie gesagt, wenn was ist, sag mir Bescheid. Ende.«

Er drehte den Zündschlüssel nach rechts. Himmel, hörte der Motor sich in der ruhigen Seitenstraße laut an! Zum Teufel mit Carol Jordan und ihren blöden Ideen. Aber Taylor kannte da einen Klub, der um die Zeit noch offen hatte, nicht mal 'ne Meile entfernt. Wetten, daß dort noch ein Pint auf ihn wartete? Nun, das ließ sich ja feststellen.

Carol und Kay folgten dem Mann vom Sicherheitsdienst durch die strahlend weißen Flure, bis er eine Tür öffnete, zurücktrat und sie in ein schwach ausgeleuchtetes Großraumbüro winkte. Auf den ersten Blick sahen sie auf jeder waagerechten Fläche nur Monitore. Vor einem Bildschirm saß eine junge, platinblond gefärbte Frau, die sich kurz zu ihnen umdrehte, um sich sofort wieder ihrem Computer zuzuwenden. Und dann nahm Carol aus den Augenwinkeln eine huschende Bewegung wahr. Ein hochaufgeschossener Mann im sündhaft teuren Designeranzug rutschte von der Schreibtischkante und kam mit betont jugendlichem Elan auf sie zu. »Detective Chief Inspector Jordan und Detective Constable Hallman?« Er wußte offenbar, wie wohltönend sein voller Baß klang. »Willkommen in der Zukunft.«
Ach du lieber Gott, dachte Carol und zwang sich zu einem Lächeln. »Sie müssen Philip Jarvis sein. Ich bin Ihnen sehr dankbar, daß Sie uns zu so später Stunde behilflich sein wollen.«
»Die Zeit wartet nie auf den Menschen«, dozierte Jarvis. »Es ist uns klar, wie wichtig Ihr Anliegen ist, und wir sind rund um die Uhr für unsere Kunden da. Schließlich haben wir uns derselben Aufgabe verschrieben wie Sie: Verbrechen zu verhüten, und wenn das mißlingt, den Täter ausfindig zu machen.«
»Hm«, machte Carol reserviert. Anscheinend hatte Jarvis die Begrüßungsrede auswendig gelernt.

Er lächelte gewinnend und entblößte dabei ein strahlend weißes Gebiß, das mehr nach den Bemühungen eines erstklassigen New Yorker Dentallabors als nach denen eines Zahnarztes in Yorkshire aussah. »Dies ist unser Überwachungsraum. Die Bilder werden entweder aus dem Datenspeicher oder live von einer der Kameras eingespeist, die wir an der Teststrecke installiert haben. Der Operator kann jederzeit hin und her schalten, je nachdem, welches Bild gewünscht wird.«
Er komplimentierte Carol und Kay zum Monitor der Platinblonden. »Das ist Gina. Sie hatten mir das Datum und das Zeitfenster der gewünschten Überprüfung sowie Wagentyp, Farbe und die beiden identifizierten Ziffern des amtlichen Kennzeichens genannt. Nun, unsere tüchtige Gina hat sich Ihres Anliegens angenommen.«
»Wie gesagt, ich weiß das sehr zu schätzen. Und? Hatten Sie Glück?«
»Mit Glück hat das nichts zu tun, Chief Inspector«, belehrte Jarvis sie mit herablassender Arroganz. »Nicht bei einem vollausgereiften System wie unserem. Gina?«
Gina griff nach einem Blatt Papier, stieß sich mit den Füßen ab, schwang ihren Drehstuhl herum und sagte knapp und sachlich: »Siebzehn Minuten nach zwei hat der schwarze Volkswagen die M1 Richtung Stadtzentrum verlassen. Und um elf Uhr zweiunddreißig abends hat ein silbernes Mercedes Kabriolett exakt dieselbe Fahrstrecke genommen. Wir können Ihnen von beiden Vorgängen Bänder mit eingeblendeter Datum-Zeit-Angabe sowie Fotos zur Verfügung stellen.«
»Ist es möglich, die Fahrer der beiden Wagen zu identifizieren?« fragte Kay. Sie versuchte sich zusammenzunehmen, aber die vibrierende Stimme verriet ihre Aufregung. Gina war das natürlich nicht entgangen, sie hob neugierig die Augenbrauen.

»Nun«, sprang Jarvis ein, »es versteht sich, daß Tageslichtaufnahmen diesem Anspruch in höherem Maße genügen. Aber wir arbeiten derzeit in einer Testphase mit hochauflösendem Filmmaterial, und da unsere Computertechnologie das Ergebnis zusätzlich verbessert, kriegen wir nun auch bei Nachtaufnahmen erstaunlich scharfe Bilder.«

Gina brachte Jarvis' Geschwafel auf den Punkt. »Ich würde es mal so ausdrücken: Wenn Sie wissen, nach wem Sie Ausschau halten, erkennen Sie ihn. Wenn Sie's aber im Fernsehen als Suchmeldung à la *Aktenzeichen XY* bringen wollen, haben Sie möglicherweise ein paar Probleme.«

»Eine Testphase, hat Mr. Jarvis gesagt. Wie hoch schätzen Sie den Wert der Aufnahmen als Beweismittel vor Gericht ein?«

»Hundert Prozent bei den Fahrzeugen, mehr als fünfundsiebzig Prozent bei den Fahrern«, erwiderte Gina.

»Ach, kommen Sie, Gina, was soll der Pessimismus? Das hängt wie bei allen Beweismitteln davon ab, wie sie der Jury präsentiert werden«, behauptete Jarvis. »Ich biete mich mit Vergnügen an, die Zuverlässigkeit des Systems vor Gericht nachzuweisen.«

»Und Sie können von sich sagen, daß Sie ein sachverständiger Zeuge sind, Sir?« hakte Carol nach. Sie wollte ihn nicht bloßstellen, aber sie mußte wissen, wie fest der Boden unter ihren Füßen war.

Jarvis machte vorsichtshalber einen halben Rückzieher. »Ich nicht, aber einige meiner Kollegen.«

»Wie zum Beispiel ich«, sagte Gina. »Hören Sie, Mrs. Jordan, warum sehen Sie sich nicht einfach an, was wir haben, und beurteilen selbst, ob es sich um beweiskräftiges Material handelt oder ob alles davon abhängt, was eine Jury von unserer Technologie hält?«

Als sie eine halbe Stunde später das Gebäude verließen, wußten Carol und Kay, daß die Videobänder und die Laser-

drucke der Fotos, die Kay unter dem Arm trug, Jacko Vance ans Messer liefern würden. Wenn Donna Doyle noch lebte, gab es wieder einen Hoffnungsschimmer für sie. Carol konnte es kaum erwarten, Tony von ihrem Erfolg zu berichten. Ehe sie ins Auto stieg, warf sie einen Blick auf die Uhr. Eine halbe Stunde nach Mitternacht – sie mußte schleunigst nach Seaford zurück. Und im Grunde konnte Kay Tony das Material genausogut übergeben. Sie blieb unschlüssig an der Wagentür stehen.
Ach, zum Teufel damit, dachte sie. Sie wollte unbedingt mit Tony über das Beweismaterial sprechen. Wenn er sich morgen früh in die Höhle des Löwen wagte, mußte er Beweise in der Hand haben, die auch bei Cops wie McCormick und Wharton die letzten Zweifel zerstreuten. Und sie hatte ja schließlich ihr Handy dabei, falls sie gebraucht wurde.

Detective Constable Di Earnshaw preßte die Schultern gegen die Rückenlehne und schob das Becken nach vorn, um eine einigermaßen bequeme Sitzposition in dem als Privatfahrzeug getarnten Dienstwagen zu finden. Weiß der Teufel, wer den Sitz konstruiert hatte. Das reinste Folterwerkzeug. Sie dachte sehnsüchtig an ihren kleinen Citroën, bei dem die Sitzschale perfekt zu ihren Konturen paßte.
Na ja, die Unbequemlichkeit hatte auch Vorteile, sie bewahrte sie davor, einzunicken. Sie hielt diese Observation zwar genau wie Tommy Taylor für reine Zeitverschwendung, aber es machte sie irgendwie stolz, daß sie für die Aufgabe ausgewählt worden war. Wo und wie Sergeant Tommy Taylor sich die Zeit vertrieb, konnte sie sich lebhaft vorstellen. Hoffentlich war ihm klar, daß Carol Jordan ihm nicht auf die Schliche kommen durfte, sonst schob er ganz schnell wieder Streifendienst als uniformierter Bobby.
Sie gähnte. Eine lausige Nacht, nichts tat sich. Alan Brinkley

lag in seiner Etagenwohnung bestimmt schön weich und warm neben seiner Frau im Bett. Di fühlte sich in dem kleinen alten Fischerhäuschen unten an den Docks wohler, obwohl die Ecke inzwischen, Gott sei's geklagt, zu einer überlaufenen Touristenfalle geworden war. Sie liebte den Salzgeruch in der Luft, die engen kopfsteingepflasterten Straßen und das Wissen, daß viele Generationen von Yorkshirefrauen auf Haustürschwellen wie ihrer gestanden und nach ihren Männern Ausschau gehalten hatten, die bald vom Fischfang heimkommen mußten. Eigentlich, dachte sie, hatte sie allen Grund, glücklich und zufrieden zu sein.

Sie verglich ihre Uhr mit der Zeit auf der Leuchtanzeige auf dem Armaturenbrett. Komisch, in den zehn Minuten seit dem letzten Uhrenvergleich hatten die beiden es irgendwie geschafft, um exakt fünf Sekunden zu differieren. Sie schaltete ihr Kofferradio ein. Hoffentlich war die blöde *Ruf-doch-mal-an*-Sendung vorbei, bei der ihrer Meinung nach sowieso nur Leute, die im Grunde nichts zu sagen hatten, unbedingt ihren Kommentar zu Dingen abgeben wollten, von denen sie nichts verstanden. Aha, die Anrufer hatten sich ausgequatscht, Schmusemusik. Und als Gloria Gaynor gerade in ihrem Schlager die Allerweltsweisheit enthüllte, daß es sich, solange man verliebt sei, zu leben lohne, nahm Di hinter den auf georgianisch getrimmten Riffelglasscheiben der Haustür von Brinkley schwachen Lichtschein wahr. Sie schreckte hoch und starrte, beide Hände ums Lenkrad geklammert, nach drüben. War's das? Oder machte sich da nur ein Hausbewohner, der nicht schlafen konnte, einen Becher Tee?

So plötzlich, wie er aufgetaucht war, verschwand der Lichtschimmer. Di rutschte mit einem erleichterten Seufzer tiefer in den Sitz. Aber da fiel unter dem Garagentor ein schmaler, heller Lichtstreifen auf die Straße. Alarmiert schaltete sie das Radio aus und kurbelte das Wagenfenster herunter. Die kalte

Nachtluft schärfte ihre Sinne. Ja, es ging los. Das unverkennbare Geräusch eines Automotors.
Das Garagentor rollte sich klappernd hoch, ein Auto fuhr auf die Straße. Brinkleys Wagen, kein Zweifel. Das heißt, genaugenommen der Wagen, für den Brinkley gerade mal drei Raten abgezahlt hatte, so daß es nicht mehr lange dauern konnte, bis sich der Autohändler das gute Stück zurückholte. Brinkley stieg aus dem Wagen und ging zur Garage, vermutlich, um das Garagentor per Knopfdruck zu schließen.
»O Mann«, murmelte Di Earnshaw, drehte das Wagenfenster hoch und drückte den Aufnahmeknopf des Mikrorecorders. »Ein Uhr siebenundzwanzig – Alan Brinkley verläßt mit dem Wagen das Haus.« Sie legte den Recorder auf den Beifahrersitz und griff nach dem tragbaren Funkgerät, das für die Kontaktaufnahme mit Tommy Taylor bestimmt war. »Tango Charlie ruft Tango Alpha. Können Sie mich hören?« Um ein Haar hätte sie beim Anlassen des Motors aus Gewohnheit die Scheinwerfer eingeschaltet. Brinkley fuhr los, am Ende der Sackgasse setzte er den Blinker nach rechts. Sie nahm den Fuß von der Kupplung und ließ den Wagen langsam anrollen, immer noch ohne Licht. Auf der Wohnstraße, die sich an den Mietshäusern entlangschlängelte, hatte sie ihn eingeholt.
Sie klickte mit der rechten Hand das Funkgerät ein, um noch einmal zu versuchen, Sergeant Taylor zu erreichen. »Tango Charlie ruft Tango Alpha. Objekt fährt Richtung Stadtzentrum. Tango Alpha, hören Sie mich? Kommen.« Auf der Hauptstraße bog Brinkley links ab. Di zählte im Sekundentakt bis fünf, dann schaltete sie die Scheinwerfer ein und folgte ihm. Er fuhr knapp über dem Geschwindigkeitslimit, nicht zu langsam, weil das nach einem übervorsichtigen, angetrunkenen Fahrer aussehen konnte, und nicht so schnell, daß er womöglich auffiel. »Tango Alpha – hier ist Tango Charlie.

Kommen.« Im stillen verfluchte sie ihren unzuverlässigen Sergeant. Sie brauchte Rückendeckung, aber Tommy war einfach nicht zu erreichen. Sie spielte kurz mit dem Gedanken, die Zentrale zu rufen, aber die hätten nur einen Streifenwagen geschickt, der mit Blaulicht und heulender Sirene jeden potentiellen Brandstifter verscheucht hätte.
»O Scheiße«, stöhnte sie, als Brinkley von der Hauptstraße in die schwach ausgeleuchteten Straßen des Industriegebiets abbog. Alles sah nach dem Augenblick aus, auf den sie nun schon so lange warteten. Di schaltete die Scheinwerfer aus und folgte Brinkley vorsichtig in größerem Abstand. Als die hohen Fabrikgebäude wie Mauern links und rechts neben ihr aufragten, beschloß sie, doch einen Streifenwagen anzufordern. Sie drehte die Lautstärke des fest im Wagen installierten Funkgeräts voll auf und griff nach dem Mikro. »Delta drei ruft Zentrale. Kommen.«
Statisches Knacken – dann nichts mehr. Das Herz sank ihr in die Kniekehlen, als ihr klar wurde, daß sie sich offensichtlich in einem der wenigen Funkschatten des Stadtzentrums befand. Ihre Chancen, von hier aus Verstärkung anzufordern, waren gleich null. Sie war völlig auf sich gestellt.

Donna Doyle fühlte keinen Schmerz mehr. Sie schwamm im warmen Nebel des Deliriums, Erinnerungen zogen – wie durch ein Vergrößerungsglas betrachtet – an ihr vorbei. Ihr Dad lebte noch, er warf sie im Park hoch in die Luft, dahin, wo die Bäume ihr mit ihren Zweigen zuwinkten. Die Zweige verwandelten sich in Arme, und da war Donna auf einmal auf einer Geburtstagsparty und spielte mit ihren Freundinnen lustige Spiele. Alles war viel größer als in Wirklichkeit, denn sie war erst sechs Jahre alt, und wenn man klein ist, kommt einem alles größer vor. Die Farben flossen ineinander, es war Kirmes, alle hatten sich für den Festzug fein angezogen.
Und sie saß in einem festlichen, von Petticoats aufgebauschten Gewand in einer riesigen Blüte aus Kreppapier auf der Ladefläche eines Pick-ups. Denn sie war die Blütenprinzessin, und alle jubelten ihr zu, was sie vor lauter Freude vergessen ließ, wie unbequem das steife Kleid an diesem warmen Tag war und wie die Plastikkrone hinter ihren Ohren drückte. Im milchigen Nebel ihrer Desorientierung zwischen Traum und Realität wunderte sie sich noch, wieso die Sonne in England so unbarmherzig brennen konnte, daß sie abwechselnd schwitzte und vor Kälte zitterte.
Von dem zerquetschten Arm, dessen blaurot verfärbtes Fleisch nutzlos an den zertrümmerten Knochen klebte, spürte sie nichts. Aber sie ahnte, daß die Verletzung sie von innen heraus vergiftete. Darum fiel es ihr so schwer, wenigstens ein bißchen Überlebensmut zu entwickeln. Ihr geschundener Körper wartete sehnsüchtig auf den Tod, damit er endlich verwesen konnte.

Schon als er ausgestiegen war, um das Garagentor zu schließen, hatte Alan Brinkley bemerkt, daß sein Atem als weißes Wölkchen in der Luft hing. O ja, dieser Winter hatte es in sich. Da traf es sich gut, daß er heute keinen weiten Fußweg zurücklegen mußte. Hätte ihm gerade noch gefehlt, mit vor Kälte tauben Fingern herumfummeln zu müssen.
Das Ziel, das er sich ausgesucht hatte, war eine Farbenfabrik im Industriegebiet am Stadtrand. Praktisch, weil er gleich nebenan vor einer Karosseriewerkstatt parken konnte. Dort standen sowieso immer eine Menge Fahrzeuge herum, da kam's auf eins mehr nicht an. Nicht, daß er befürchtet hätte, es könne ihn jemand sehen. Zufällig wußte er, daß der Mann vom Bewachungsunternehmen zwischen zwei und halb vier nachts seine Runden woanders drehte. Der arme Teufel wurde von seinem Boß hemmungslos herumgescheucht. Wenn jemand bei so vielen Objekten nach dem Rechten sehen soll, kann er das nirgendwo gründlich tun.
Brinkley fuhr auf den Hof der Karosseriewerkstatt, schaltete den Motor und die Scheinwerfer aus und überzeugte sich, daß ihm wirklich nichts aus den Taschen der Montur gerutscht war. Nein, alles da – die Zündschnur, das Sturmfeuerzeug, das Päckchen Zigaretten, die Streichhölzer, die gestrige Zeitung, das Schweizer Armeemesser und das ölgetränkte Handtuch. Er ließ das Handschuhfach aufklappen und nahm die Taschenlampe heraus.
Augen zu, drei tiefe Atemzüge, er war bereit.
Er stieg aus dem Wagen und ließ den Blick über die Autos vor der Karosseriewerkstatt schweifen. Automatisch nahm er

auch den Bug des Vauxhall wahr, der im Halbdunkel auf der Zufahrtsstraße parkte. Ohne Licht, abgeschalteter Motor – kein Grund zur Beunruhigung. Er überquerte das Vorfeld der Farbenfabrik. O Mann, wurde das heute ein Feuerwerk! Jede Wette, daß da auch die angrenzenden Gebäude was abbekamen. Noch zwei, drei solche Großbrände, und Jim Pendlebury mußte ihn – Budget hin, Budget her – als vollzeitbeschäftigten Feuerwehrmann übernehmen. Das reichte zwar immer noch nicht, um die Zinsen all der Schulden zu bezahlen, die Maureen und er angehäuft hatten, aber er war wenigstens in der Lage, die Gläubiger eine Weile hinzuhalten, bis ihm etwas einfiel, wie sie sich fürs erste oder sogar auf Dauer über Wasser halten konnten.

Brinkley schüttelte den Kopf, als wollte er die Zukunftsängste loswerden, die ihn jedesmal befielen, wenn er an den Schuldenberg dachte. Er mußte sich jetzt auf seine Arbeit konzentrieren, sich klarmachen, daß das der einzige Weg zum Überleben war. Der Pennbruder, der neulich bei dem Brand umgekommen war, hatte sich schon aufgegeben, lange bevor Brinkley ans Werk gegangen war. So weit ließ er's nicht kommen, er mogelte sich irgendwie durch. Er mußte nur alles, was ihn ablenken konnte, aus seinem Hirn verbannen und sich auf seine Aufgabe konzentrieren. Nur so konnte er ans Ziel kommen, ohne erwischt zu werden.

Denn wenn er erwischt wurde, machte ihm das endgültig einen Strich durch die Rechnung. Dann konnte er die Schulden nie mehr zurückzahlen, und das würde Maureen ihm nie verzeihen.

Er griff in den Spalt zwischen der Fabrikmauer und dem Abfallhaufen des Nachbargeländes, und seine Finger schlossen sich um den vorsorglich dort deponierten Plastikbeutel. Diesmal war das Bürofenster seine beste Chance, obwohl es von der Straße einzusehen war. Aber auf der Straße war ja

niemand. Und mindestens eine Stunde lang würde auch niemand kommen.
Er brauchte nicht mal fünf Minuten, um einzusteigen. Und danach noch einmal sieben Minuten, bis seine Standardzündvorrichtung zu glimmen anfing. Der Zigarettenrauch stieg auf, das süßliche Tabakaroma vermischte sich mit dem beißenden Farbgeruch, der im Fabrikgebäude hing. Die Halbfertigprodukte und Farbeimer würden brennen wie Zunder, dachte er mit Stolz und Genugtuung, während er sich, den Blick auf den glimmenden Zünder gerichtet, langsam rückwärts durch den dunklen Flur absetzte.
Er tastete mit der nach hinten gereckten Hand nach der offenen Bürotür, durch die er gekommen war. Aber seine Finger ertasteten statt des leeren Türrahmens ein Stück körperwarmes Tuch. Er wirbelte erschrocken herum. Der grelle Lichtstrahl einer Taschenlampe blendete ihn. Er taumelte rückwärts, verlor die Orientierung und prallte gegen die Wand. Das Licht bewegte sich auf ihn zu, die Tür fiel klickend ins Schloß.
»Hab ich dich endlich«, sagte eine Frauenstimme. »Alan Brinkley, ich verhafte Sie wegen des Verdachts der Brandstiftung ...«
»Nein!« brüllte er wie ein in die Enge getriebenes Tier und warf sich mit voller Wucht gegen das Licht. Sein Körper und der der Frau prallten aufeinander und fielen ineinander verschlungen zu Boden. Sie wand und wehrte sich wie eine wilde Katze unter ihm, aber er war schwerer und stärker, und seine Oberkörpermuskulatur war durch die jahrelange Arbeit als Feuerwehrmann besser durchtrainiert.
Sie wollte mit der Taschenlampe auf ihn einschlagen, aber er fing den Hieb mit der Schulter ab. Die Taschenlampe fiel zu Boden, rollte seitwärts weg, blieb vor einem Aktenschrank liegen und warf schwankendes Licht in ihre Richtung. Er

konnte ihr Gesicht sehen. Sie riß, vor Anstrengung bizarr verzerrt, den Mund weit auf, als sie versuchte, sich von ihm zu befreien.

Wenn ich sie sehen kann, fing es in seinem Gehirn zu hämmern an, kann sie mich ebenfalls sehen. Und wenn er geschnappt wurde, war alles aus. Dann konnte er die Schulden nie mehr zurückzahlen. Und das würde Maureen ihm nie verzeihen.

Er hob das Knie an, schob es über ihren Unterleib und drückte zu, um ihr die Luft aus den Lungen zu pressen. Den Unterarm quer über ihre Kehle gelegt, nagelte er sie auf dem Boden fest. Als sie mit aufgerissenem Mund, die Zunge nach vorn gereckt, zu hecheln begann und verzweifelt nach Luft rang, faßte er ihr mit der linken Hand ins Haar, riß ihren Kopf hoch und drückte ihren Hals ruckartig gegen seinen Unterarm. Er hörte kein Knacken, er spürte es nur daran, daß ihr Körper plötzlich schlaff wurde. Der Kampf war vorüber.

Brinkley ließ sich nach hinten fallen, lag da, in sich zusammengekrümmt wie ein Fötus, und fing stoßweise zu schluchzen an. O Gott, was habe ich getan? Er kannte die Antwort sehr gut, dennoch rotierte die Frage unablässig in seinem Kopf. Er stemmte sich auf die Knie. Soviel war klar: Er konnte sie nicht so liegenlassen, hier wurde sie zu schnell gefunden. Er mußte sie wegschaffen. Und er wußte auch schon, wohin.

Wimmernd wie ein verwundetes Tier, zwang er sich, sie hochzuheben und sich über die Schulter zu wuchten. Er bildete sich ein, ihr Körper fühle sich bereits kalt und steif an. Mit zitternden Knien schleppte er sie nach hinten, wo sich die Flamme der Lunte nun schon zischend auf die Paletten mit den Farbeimern zufraß. Das Feuer würde hier eine ungeheure Hitze entwickeln, da blieb den Forensikern nicht viel,

woraus sie schlau werden konnten. Jedenfalls nichts, was auf ihn schließen ließ.
Er ließ die Leiche fallen, wischte sich die Tränen aus den Augen und rannte hinaus in die wohltuende Kälte der Nacht. Wie hatte es bloß soweit kommen können? Er hatte sich doch nur das eine oder andere leisten und das Leben ein bißchen genießen wollen. Am liebsten hätte er sich irgendwo verkrochen. Aber er mußte los, mußte zum Wagen zurück, damit er den Funkruf nicht verpaßte, der ihn zur Feuerwache rief.
Er würde sich schon irgendwie rauswinden. Maureen zuliebe. Denn wenn er gefaßt wurde, war alles aus und vorbei. Dann konnte er die Schulden nie mehr zurückzahlen, und Maureen würde es ihm nie verzeihen, wenn er sich erwischen ließ.

»Wollten Sie nicht nach Seaford fahren?« fragte er.
»Ich hatte ja mein Handy dabei. Und auf der Autobahn hätte ich nur eine halbe Stunde länger gebraucht als von meinem Cottage. Wir mußten doch erst mal Bilanz ziehen, was wir haben und wie es jetzt weitergehen soll.«
»Na schön, dann kommen Sie rein.«
Carol las Tonys Analyse und die Anlagen, er sah sich die Fotos und die Videos an, die sie mitgebracht hatte. Dann nickten sie sich zu.
»Gute Arbeit, Doktor«, sagte Carol.
»Ebenso, Detective Chief Inspector«, gab er zurück.
»Die Rache ist mein, spricht der Profiler.«
Diesmal nickte er zögernd. »Ich hätte von Anfang an auf Shaz hören sollen, dann wären wir vielleicht genauso weit und hätten keinen so hohen Preis dafür bezahlen müssen.«
Carol legte ihm spontan ihre Hand auf seine. »Seien Sie nicht albern, Tony. Niemand hätte eine Ermittlung eingeleitet auf

der Basis dessen, was eine Lehrgangsteilnehmerin in einer Seminararbeit schreibt.«

»So hab ich das auch nicht gemeint. Aber ich bin Psychologe und hätte erkennen müssen, daß sie nicht lockerläßt.« Er fuhr sich mit der Hand durchs Haar. »Ich hätte mit ihr darüber sprechen müssen, ihr das Gefühl geben, daß ihre Arbeit ernst genommen wird, und mir irgendeinen Weg ausdenken, wie wir die Sache weiter verfolgen können, ohne daß sie sich so einem Risiko aussetzen muß.«

»Da können Sie ebensogut Chris Devine die Schuld geben«, erwiderte Carol. »Sie wußte, daß Shaz ihn zur Rede stellen will, und hat sie trotzdem allein dorthin gehen lassen.«

»Und was glauben Sie, warum Chris soviel Zeit opfert, um mit Leon und Simon kreuz und quer durch Northumberland zu kutschieren? Sicher nicht nur aus Pflichtgefühl. Wegen Schuldgefühlen, würde ich eher sagen.«

»Sie können nicht die Verantwortung für alle und alles übernehmen. Shaz war eine erfahrene Polizistin, sie hätte das Risiko richtig einschätzen müssen. Selbst wenn Sie versucht hätten, es ihr auszureden, sie hätte nicht auf Sie gehört. Hören Sie zu grübeln auf, Tony.«

Er sah hoch, las Mitgefühl in ihren Augen und nickte wehmütig. »Darum ist es um so wichtiger, daß wir jetzt den offiziellen Dienstweg gehen. Wir dürfen nicht noch mal denselben Fehler begehen und wie Shaz auf eigene Faust handeln.«

Sie zog ihre Hand weg. »Ich bin froh, daß Sie das sagen, Tony. Ich kriege nämlich allmählich ein mulmiges Gefühl. Vor allem, wenn ich daran denke, wie Jacko Vance' Verteidiger mich im Zeugenstand durch die Mangel drehen werden. ›DCI Jordan, wollen Sie den Geschworenen etwa allen Ernstes weismachen, daß Sie etwas erkannt haben, das der Polizei von West Yorkshire verborgen geblieben ist? Glauben

Sie, das rechtfertigt Ihren Parforceritt als Einzelgängerin, bei dem Sie sich auf einen einzigen Indizienbeweis stützen mußten, der den Schatten eines Verdachts – und nicht mehr – auf unseren Mandanten fallen läßt? Und zwar im Zusammenhang mit dem Mord an DC Bowman, eine Frau, die er lediglich von einem nicht mal eine Stunde dauernden Gespräch kannte? Und was tut Ihr Bruder da wieder? Ein bißchen Computerhokuspokus, wenn ich so sagen darf. Kann man nicht digitale Aufnahmen so manipulieren, daß sie für alles, was man beweisen will, den sogenannten Bildbeweis liefern?‹ Nein, Tony, von jetzt an brauchen wir den Segen von West Yorkshire.«

»Ich weiß. Irgendwann ist der Punkt erreicht, an dem man mit Wildwestmethoden nicht mehr weiterkommt. Ich werde gleich heute morgen zu den Jungs von der Mordkommission gehen.« Er sah Carol an, und dann verriet seine Stimme auf einmal herzliche Zuneigung. »Vor allem, weil ich Ihnen das schuldig bin. Wenn Jacko Vance demnächst vor einer Jury steht, dann verdanken wir das dem Umstand, daß Sie uns geholfen haben.«

Ehe Carol etwas dazu sagen konnte, klingelte ihr Mobiltelefon. »Oh, Scheiße«, murmelte sie und fischte das Gerät aus ihrer Tasche. »DCI Jordan?«

Die Stimme von Jim Pendlebury. »Wir haben es offenbar wieder mit einem Fall von Brandstiftung zu tun, Carol. Eine Farbenfabrik. Ist hochgegangen wie eine Fackel.«

»Ich komme, so schnell ich kann, Jim. Sagen Sie mir, wo?«

Tony schob ihr unaufgefordert Papier und Bleistift hin, sie notierte sich die Wegbeschreibung. »Danke.« Sie schloß eine Sekunde lang die Augen, dann drückte sie die Kurzwahltaste und war mit ihrem Sergeant vom Nachtdienst verbunden. »DCI Jordan. Liegen irgendwelche Meldungen von DS Taylor oder DC Earnshaw vor?«

»Nein, Ma'am. Sie sollten Funkstille halten, es sei denn, es hätte sich irgendwas bei ihrer Observation ergeben.«
»Versuchen Sie, sie zu erreichen. Sie sollen sich mit mir an der Brandstelle im Holtschen Industriegebiet treffen. Bei der Farbenfabrik. Danke. Und gute Nacht.« Sie klappte das Telefon zu und sah Tony nachdenklich an. »Sieht ganz so aus, als hätten wir uns geirrt.«
»Bei dem Brandstifter?«
»Er hat wieder zugeschlagen, aber weder Taylor noch Earnshaw haben etwas über Funk gemeldet. Offenbar ist es doch keiner von unseren Verdächtigen.« Sie seufzte. »Zurück auf Feld eins, würde ich sagen. Ich fahr mal hin, hören, was es Neues gibt.«
»Viel Glück«, sagte er, als sie ihren Wettermantel anzog.
»Das werden Sie bei Ihrem Gespräch mit Wharton und McCormick auch brauchen.« Er brachte sie zur Tür. Carol drehte sich noch einmal um und legte ihm die Hand auf den Arm. »Und was Shaz angeht: Machen Sie sich nicht selbst zum Prügelknaben.« Sie beugte sich vor und gab ihm einen Kuß auf die Wange. »Unser Prügelknabe ist der gute alte Kumpel Jacko.«
Er sah ihr nach und atmete ihren Duft ein, den der Nachtwind zu ihm an die Haustür trug.

Über dem Schleier aus Natron und Neon war es eine klare, sternenbestückte Nacht. Jacko Vance blickte aus dem Dachfenster des Hauses in Holland Park auf das nächtliche London und malte sich aus, wie die Sterne über Northumberland aussahen. Dort oben gab es noch einen losen Faden, und wenn jemand daran zupfte und der Faden sich aufriffelte, stand er plötzlich ohne seine schützende Tarnkappe da. Es wurde Zeit, Donna Doyles Sterbeglöckchen zu läuten.

Er hatte schon lange keine mehr eigenhändig getötet. Das Töten war es nicht, was er genoß, es war der Prozeß des Sterbens. Die Auflösung der menschlichen Persönlichkeit und die Entwürdigung durch Schmerz und Siechtum. Eine hatte sich ihm widersetzen wollen. Sich geweigert, feste oder flüssige Nahrung zu sich zu nehmen und die chemische Toilette zu benutzen. Aber sie hatte es nicht lange durchgehalten. Denn wenn der Fußboden mit Kot und Urin besudelt ist, atmet man in so einem engen Verlies eine Menge Bakterien ein. Das hatte sie nicht bedacht. Ihre Gedanken waren ganz darauf fokussiert gewesen, sich möglichst widerwärtig erscheinen zu lassen, damit er sie in Ruhe ließ. Aber auch in diesem Punkt war ihre Rechnung nicht aufgegangen.
Aber nun ging es um eine kleine Jillie, die er sich vom Hals schaffen mußte. Ihre Existenz wurde zum Risiko für ihn. Solange die Polizei nach Shaz Bowmans Tod ein Auge auf ihn gehabt hatte, waren ihm die Hände gebunden gewesen. Unmotivierte Ausflüge nach Northumberland hätten ihn verdächtig gemacht. Ein einziges Mal war er dort gewesen, aber nicht lange genug, um mit dem Luder so abzurechnen, wie sich's gehörte. Und dann war ihm dieser Tony Hill in die Quere gekommen. Und er wußte nicht mal, ob der Kerl wirklich etwas gegen ihn in der Hand hatte oder ihn lediglich aus der Deckung locken wollte.
Egal, wie, sie mußte weg. Die Möglichkeit, daß sie noch lebte, bedeutete eine tödliche Gefahr für ihn. Er hätte sie gleich in der Nacht, in der er die Bowman umgebracht hatte, beseitigen sollen. Aber er war zu erschöpft gewesen, um auch das noch ordentlich zu erledigen.
Er mußte sich einfach darauf verlassen, daß niemand die versteckte Krypta entdecken würde. Nur die beiden Maurer, die damals die steinerne Tür installiert hatten, wußten etwas von dem versteckten Gewölbe. Vor zwölf Jahren hatten die

Leute noch an die atomare Bedrohung geglaubt, da oben in Northumberland sowieso. Ein Exzentriker, der sich's leisten kann, hatten sie sicher gedacht und den angeblichen atombombensicheren Bunker inzwischen längst vergessen.
Wie auch immer, sie mußte weg. Nicht heute nacht. Für morgen früh waren Dreharbeiten angesetzt, da brauchte er vorher seinen Schlaf. Aber in ein, zwei Tagen würde er schnell rauffahren und dem Mädchen einen Besuch abstatten.
Er mußte es noch mal richtig auskosten. Es würde sicher eine Weile dauern, bis er sich wieder so einen hübschen kleinen Spaß gönnen konnte. Was ihn auf eine Idee brachte. Wenn er sich wieder absolut sicher fühlen konnte, war es vielleicht angebracht, Tony Hill eine Lektion zu erteilen. Und zwar etwas ausführlicher als der Bowman. Oder ... Er fragte sich, ob es womöglich eine Frau in Tony Hills Leben gäbe.
Shaz Bowman umzubringen war kein allzu hartes Stück Arbeit gewesen. Das Spielchen mit Tony Hills Freundin zu wiederholen konnte nur einfacher werden.

Die Hände in den Manteltaschen vergraben, den Kragen gegen den auflandigen Wind hochgeschlagen, starrte Carol Jordan mit versteinerter Miene auf die rauchende Ruine der Farbenfabrik. Seit drei Stunden stand sie schon hier, aber sie war noch nicht bereit, zu gehen. Feuerwehrmänner mit rußgeschwärzten Helmen drangen immer wieder in das zerstörte Gebäude ein, um zu versuchen, bis zum Brandherd vorzustoßen. Carol Jordan mußte es nicht mehr mit eigenen Augen sehen, ihr war inzwischen klargeworden, warum Di Earnshaw auf den Funkspruch der Zentrale, sich unverzüglich an die Brandstelle zu begeben, nicht reagiert hatte.
Di Earnshaw war bereits dort gewesen.
Hinter ihr hielt ein Auto, sie drehte sich nicht um. Das Ab-

sperrband raschelte, dann stand Lee Whitebread vor ihr, mit einem Burger und einem Becher Kaffee. »Ich dachte, so was könnten Sie jetzt brauchen.« Carol nickte dankbar.
»Gibt's was Neues?« fragte Lee in seiner gewohnten dienstbeflissenen Art.
»Nein«, sagte Carol. Sie zog den Polyesterdeckel vom Becher und trank einen Schluck. Der Kaffee war heiß, stark und erstaunlich gut.
»Auf der Dienststelle leider auch nicht.« Lee zündete sich eine Zigarette an. »Ich bin auf dem Rückweg an ihrem Haus vorbeigefahren. Die Jalousien im Schlafzimmer sind immer noch runtergelassen. Vielleicht hat sie sich mit Wattepfropfen in den Ohren hingelegt.« Eine Hoffnung, an die er selbst nicht glaubte, aber er wollte die Alternative verdrängen.
»Haben Sie DS Taylor irgendwo gesehen?«
»Er sagt, sie hätte sich nie über Funk gemeldet. Er ist wieder in der Dienststelle, falls sich irgendwas Neues ergibt.«
Carol verzog grimmig das Gesicht. »Ich kann nur hoffen, daß ihm noch was Besseres einfällt, ehe er sich hier blicken läßt.«
Drei Gestalten tauchten aus der Fabrikruine auf. Sie zerrten sich die Atemschutzmasken herunter. Zwei bogen seitlich ab, nur Jim Pendlebury kam auf sie zu. Schließlich blieb er stehen und nahm den Helm ab. »Es tut mir furchtbar leid. Ich kann Ihnen gar nicht sagen, wie sehr, Carol.«
Carol starrte ihn an, dann nickte sie müde. »Kein Zweifel.«
Pendlebury zuckte die Achseln. »Zweifel gibt's immer, solange die Pathologen ihre Arbeit nicht getan haben. Aber wir sind sicher, daß es eine weibliche Leiche ist. Und neben ihr lag ein geschmolzenes Funkgerät.«
Carol sah ihm an, daß sein Mitgefühl ehrlich war. Normalerweise war es einer von seinen Leuten, wenn eine Leiche in einer Brandruine gefunden wurde. Dann trug er die Verantwortung dafür. Sie hätte ihn gern gefragt, wie lange es seiner

Erfahrung nach dauerte, bis man danach wieder in den Spiegel sehen konnte. »Kann ich sie sehen?«
Er schüttelte den Kopf. »Es ist noch zu heiß da drin.«
Carol atmete scharf aus, es hörte sich fast wie ein Schluchzen an. »Ich bin in meinem Büro, falls mich jemand sucht.« Sie warf den Becher mit dem Rest Kaffee weg, drehte sich um, duckte sich unter dem Absperrband durch und eilte zu ihrem Wagen.
Lee Whitebread schnippte den Stummel seiner Zigarette in die Kaffeepfütze, verfolgte, wie die Glut zischend verlosch, blickte hoch und nickte Jim Pendlebury zu. »Ich auch. Nun ist es ein verdammter Polizistenkiller, den wir schnappen müssen.«

Colin Wharton ordnete den Stapel Fotos, nahm das Videoband aus dem Recorder, vermied es, Tony in die Augen zu sehen, und sagte: »Das beweist nichts. Okay, irgend jemand ist mit Shaz Bowmans Auto aus London nach Leeds gefahren. Aber sein Gesicht ist kaum zu erkennen. Und die Computeraufbereitung ... wenn ich der schon nicht traue, was wollen Sie dann von einer Jury erwarten? Wenn der verdammte Rumpole mit seinem Plädoyer fertig ist, sind die Geschworenen davon überzeugt, daß Computer sowieso nur manipulierte Bilder liefern.«
»Und was ist mit dem rechten Arm? Da kann man nichts manipulieren. Der Mann an der Tankstelle hat den Arm steif gehalten. Und Jacko Vance hat eine Prothese.«
Wharton zuckte die Achseln. »Das kann alle möglichen Gründe haben. Kann sein, daß er Linkshänder ist. Oder er hat sich bei dem Kampf mit Bowman am Arm verletzt. Möglicherweise hat er sogar gewußt, daß Bowman Verdacht gegen Vance geschöpft und sich mit ihm verabredet hatte. Dann hat er's vielleicht darauf angelegt, vor der Kamera

Jacko Vance zu spielen. Vance hat viel mit Kameras zu tun, er hätte sich bestimmt so hingestellt, daß das Objektiv ihn nicht erfassen kann, Dr. Hill.«
Tony fuhr sich mit der Hand durchs Haar. »Aber er war zur kritischen Zeit mit seinem eigenen Wagen nach Leeds unterwegs. Ist das nicht ein bißchen viel Zufall auf einmal?«
Wharton schüttelte den Kopf. »Finde ich nicht. Vance hat ein Cottage in Northumberland. Außerdem gibt's da oben dieses Krankenhaus, in dem er freiwillige karitative Arbeit leistet. Zugegeben, die A1 wäre die direkte Verbindung gewesen, aber die M1 ist die schnellere Strecke. Und daß er in Leeds abgebogen ist – vielleicht hatte er unterwegs Appetit auf Fish und Chips bekommen.« Er war offensichtlich bemüht, die Gesprächsatmosphäre etwas aufzulockern.
Tony verschränkte die Arme, als wollte er eine Barriere zwischen Wharton und dem Zorn in seiner Brust errichten. »Weshalb wollen Sie das Ganze nicht ernst nehmen?«
»Wenn Simon McNeill nicht davongerannt wäre, sähe das anders aus«, sagte Wharton verärgert. »Aber so vermuten wir natürlich bei allem, was Sie uns auftischen, daß es getürkt ist.«
»Simon hat nichts damit zu tun. Er hat Shaz Bowman nicht ermordet. Jacko Vance war das. Er ist ein kaltblütiger Mörder. Das sagt mir nicht nur mein Instinkt, sondern auch meine Erfahrung als Psychologe. Sie haben doch mein psychologisches Täterprofil gelesen. Was müssen wir denn noch tun, damit Sie wenigstens anfangen, Vance unter die Lupe nehmen?«
Die Tür hinter ihm ging auf, DCS Dougal McCormick schob seine massige Gestalt in das Zimmer. Er sah aus und roch, als hätte er sich gerade erst Mut angetrunken. Sein Zeigefinger schoß auf Tony zu. »Ich dachte, Sie hätten bei uns Hausverbot. Es sei denn, Sie sind vorgeladen worden.«

»Ich habe Ihnen Beweise gebracht, aufgrund derer Sie Anklage gegen Shaz Bowmans Mörder erheben können.« Tonys Stimme klang müde. »Nur, Mr. Wharton scheint ihre Bedeutung nicht zu begreifen.«
»Tatsächlich? Was haben Sie dazu zu sagen, Colin.«
»Es handelt sich um interessantes Fotomaterial von einer Autobahntankstelle, das computerbearbeitet wurde, um zu beweisen, daß Bowmans Wagen am Nachmittag ihres Todestages von jemand anderem gefahren wurde.« Wharton breitete die Fotos stumm vor dem Chief Superintendent aus. McCormick studierte sie mit zusammengekniffenen Augen.
»Es ist Jacko Vance«, sagte Tony eindringlich. »Er hat ihren Wagen nach Leeds gebracht, ist zurück nach London gefahren und dann abermals Richtung Norden, diesmal wahrscheinlich mit Shaz im Kofferraum.«
»Vergessen Sie Jacko Vance. Wir haben einen Zeugen.«
»Einen Zeugen? Wofür?«
»Ein Nachbar hat Ihr blauäugiges Jüngelchen Simon McNeill an dem Abend, an dem Bowman ermordet wurde, an der Rückfront ihres Apartments gesehen. Während wir hier sitzen, nehmen meine Leute seine Wohnung auseinander. Ab sofort wird er zur Fahndung ausgeschrieben. Sie wissen nicht zufällig, wo wir ihn finden könnten, Dr. Hill, wie?«
»Woher sollte ich das wissen? Sie haben meine Gruppe aufgelöst.« Sein kalter Ton ließ nicht ahnen, wie es in ihm kochte.
»Na ja, macht nichts. Wir werden ihn früher oder später aufspüren. Und dann können wir dem Gericht etwas Besseres präsentieren als ein paar Videos, die der Bruder Ihrer Freundin manipuliert hat.« Als er Tonys bestürzten Blick bemerkte, nickte er grimmig. »O ja, wir wissen über Sie und DCI Jordan Bescheid.«
»Und da wollen Sie mir erzählen, Sie seien an Beweisen statt

an Vermutungen interessiert.« Tony konnte sich nur mit Mühe beherrschen. »In aller Form: DCI Jordan ist nicht meine Freundin und ist es nie gewesen. Und meine Überzeugung, daß Jacko Vance der Mörder ist, beruht nicht nur auf Fotobeweisen. Ich will Ihnen nicht vorschreiben, was Sie tun sollen, aber Sie könnten ja wenigstens mal einen Blick in mein Täterprofil werfen.«

McCormick nahm die Akte, die auf Whartons Schreibtisch lag, und blätterte sie flüchtig durch. »Ein Täterprofil ist für mich kein Beweis. Hörensagen, Vermutungen, die Verdächtige zur eigenen Entlastung vorbringen, und bloße Schlußfolgerungen.«

»Er hat sich wenige Tage vor ihrer Entführung und Ermordung mit Barbara Fenwick unterhalten«, wandte Tony ein. »Und wir haben Fotos, die ihn mit späteren Mordopfern zeigen, jeweils wenige Tage vor dem Verschwinden der Mädchen.«

»Ein Mann wie er unterhält sich jede Woche mit Hunderten von Mädchen, und denen passiert gar nichts.« McCormick ließ sich in einen Sessel fallen. »Sehen Sie, Dr. Hill, ich verstehe, daß es Ihnen schwerfällt, zuzugeben, daß Sie, ein erfahrener Psychologe des Innenministeriums, danebengegriffen haben. Schauen Sie sich diesen McNeill an. Er war verliebt in das Mädchen, aber das beruhte offenbar nicht auf Gegenseitigkeit. Daß er mit ihr zu einem Drink verabredet war, können wir glauben oder nicht. Er ist gesehen worden, wie er ums Haus geschlichen ist, und zwar zu der Zeit, in der sie aller Wahrscheinlichkeit nach ermordet wurde. Wir haben seine Fingerabdrücke am Sprossenfenster gefunden. Und nun ist er untergetaucht. Ich kann verstehen, daß Sie sich vor ihn stellen wollen. Ich würde das vermutlich auch tun, wenn einer meiner Officer unter Verdacht stünde. Aber Sie müssen der Tatsache ins Auge sehen, daß Sie sich einen

faulen Apfel ausgesucht haben. Jeder macht mal einen Fehler.«
Tony stand auf. »Gentlemen, keiner ist so blind wie der, der nicht sehen will. Ich hoffe nur, daß Ihre Blindheit Donna Doyle nicht das Leben kostet. Und jetzt entschuldigen Sie mich bitte, auf mich wartet Arbeit.«
Auf dem Parkplatz lehnte er sich, den Kopf auf die gekreuzten Arme gebettet, an den Wagen. Was, zum Teufel, konnte er gegen soviel Sturheit tun? Nur Carol glaubte ihm, aber ihre Meinung zählte bei der West Yorkshire Police nicht mehr viel. Alle konventionellen Methoden hatten versagt. Sie brauchten nun Beweise, an denen es nichts zu rütteln gab. Also wurde es Zeit, die Dienstvorschriften zu vergessen. Er hatte das schon einmal getan, und es hatte ihm das Leben gerettet. Diesmal rettete es vielleicht Donna Doyle das Leben.

Carol starrte, die Hände in die Hüften gestemmt, auf die beiden Officer, die im Büro ihrer Dienststelle saßen. Der eine tippte irgend etwas ab, der andere blätterte Akten durch. Sie machten einen bedrückten Eindruck, die Neuigkeit hatte sich also schon herumgesprochen.
»Wo ist er?« fragte sie.
Die beiden verständigten sich rasch durch einen Blick, dann fragte der am Keyboard zurück: »DS Taylor, Ma'am?«
»Wer sonst? Ich weiß, daß er hier war, aber ich will wissen, wo er jetzt ist.«
»Er ist gegangen, kurz nachdem die Meldung wegen Di durchgekommen ist.«
Carol ließ nicht locker. »Und wo könnte er sich jetzt aufhalten?« Sie durfte keine Schwäche zeigen. Es ging nicht um ihre künftige Autorität, es ging um ihre Selbstachtung. Sie hatte den Schwarzen Peter und keineswegs die Absicht, sich vor ihrer Verantwortung zu drücken. »Also los, wo ist er?«

Wieder tauschten die beiden Detectives einen Blick. Diesmal lag Resignation darin. »Im Hafenmeister-Klub.«
»Um die Zeit trinkt er Alkohol?« fragte Carol ärgerlich.
»Das ist nicht nur eine Bar, das ist ein Klub. Da können Sie essen oder einen Kaffee trinken oder die Zeitung lesen.« Carol wollte gehen, aber der junge Detective rief ihr nach: »Sie können da nicht hingehen, Ma'am.« Carol fuhr herum und starrte ihn finster an. »Ist nur für Männer. Die lassen Sie da nicht rein«, stammelte er.
»Himmelherrgott!« explodierte Carol. »Na schön, respektieren wir die geheiligten Gepflogenheiten der christlichen Seefahrt. Hören Sie auf, in den Akten zu blättern, Beckham, und gehen Sie runter zum Klub. Ich möchte Sie und DS Taylor in spätestens einer halben Stunde hier sehen, sonst kassiere ich seinen Dienstausweis und Ihren gleich mit. Habe ich mich klar ausgedrückt?«
Beckham klappte den Aktendeckel zu, sprang hoch und drückte sich mit einer gemurmelten Entschuldigung an Carol vorbei. »Ich bin in meinem Büro«, knurrte sie den Detective am Keyboard an.
In ihrem Büro ließ sie sich, ohne den Wettermantel auszuziehen, in den Schreibtischsessel fallen und starrte auf die Stelle an der Wand, an der Di bei ihren Briefings immer gestanden hatte. Im Geiste sah sie sie vor sich – stupsnasig, mit starrem Blick, miserabel angezogen. Freundinnen wären sie nie geworden, das wußte sie, aber das machte alles nur noch schlimmer. Zu dem Schuldgefühl, daß sie zu der Zeit, als Di Earnshaw sterben mußte, nicht dagewesen war, kam das schlechte Gewissen, daß sie Di nicht sonderlich gemocht hatte.
Sie grübelte an der Frage herum, was Di möglicherweise falsch gemacht hatte. Welche Entscheidung mochte sie getroffen haben, die sie das Leben gekostet hatte? Aus wel-

chem Blickwinkel sie es auch betrachtete, sie machte sich immer wieder denselben Vorwurf. Sie hatte ihre jungen Officer nicht knapp genug an der Leine gehalten, sich nicht genug in die Ermittlungen eingeschaltet. Statt dessen war sie sich wunder wie großartig dabei vorgekommen, Tony Hills Ermittlungen zu unterstützen. Nicht zum ersten Mal hatte sie sich von ihrer emotionalen Zuneigung zu einem Fehler hinreißen lassen. Diesmal war es ein tödlicher Fehler gewesen.

Das Telefon riß sie aus ihren quälenden Selbstvorwürfen. Sie nahm ab. »DCI Jordan?« meldete sie sich mit bedrückter Stimme.

»Ma'am, hier ist Lee.« Wieso klang seine Stimme so unbekümmert? Di war bei den Kollegen nicht sehr beliebt gewesen, aber ein bißchen mehr Anteilnahme hatte sie verdient.

»Was gibt's?« fragte sie barsch.

»Ich habe ihr Auto gefunden. Halb versteckt hinter einer anderen Fabrik. Sie hatte ein kleines Aufnahmegerät. Lag auf dem Beifahrersitz. Ich hab mir das Band angehört, Ma'am. Da ist alles drauf – Name, Zeit, Fahrstrecke, Fahrziel. Mehr als genug, um Brinkley festzunageln.«

»Gute Arbeit«, sagte sie ohne Begeisterung. Es mochte genügen, um Brinkley zu überführen, aber nicht, um ihr Schuldgefühl zu mildern. »Bringen Sie den Wagen her, Lee.«

Als sie auflegte, stand John Brandon unter der Tür. Er winkte ab, als sie aufstehen wollte, setzte sich auf den Besucherstuhl und sagte: »Schlimme Geschichte.«

»Außer mich trifft keinen Schuld. Ich wußte, daß meine Officer die Oberservation für Zeitverschwendung gehalten haben. Sie haben die Sache nicht ernst genommen, und nun ist Di Earnshaw tot. Ich hätte ihnen mehr auf die Finger sehen sollen.«

»Ich wundere mich, daß sie ohne Rückendeckung dort war.«

Der Vorwurf lag nicht in Brandons Worten, er lag in seinem Blick.
»Das war nicht so geplant«, sagte Carol kategorisch.
»Es wäre für uns beide gut, wenn Sie das beweisen könnten.« Carol sah ihm an, daß das nicht als Drohung gemeint war.
Sie starrte auf die Schreibtischplatte. »Ich kann mir das im Augenblick selber noch nicht erklären, Sir.«
Brandons Ton wurde schärfer. »Nun, ich empfehle, daß Sie das bald können, Chief Inspector. Di Earnshaw blieb auch keine Zeit zum Grübeln. Wir müssen ihren Mörder dingfest machen. Wann kann ich mit einer Festnahme rechnen?«
Carols Kopf fuhr ruckartig hoch, sie starrte Brandon betroffen an. »Sobald DC Whitebread mit dem Beweismaterial hier eintrifft, Sir.«
Brandon stand auf. »Gut. Wenn Sie klarere Vorstellungen davon haben, was letzte Nacht passiert ist, setzen wir die Unterredung fort.« Für Bruchteile von Sekunden lag die Andeutung eines Lächelns in seinem Blick. »Sie trifft kein Vorwurf, Carol. Sie können nicht vierundzwanzig Stunden am Tag im Dienst sein.«
Als Brandon gegangen war, starrte Carol den leeren Türrahmen an. Wie lange mochte John Brandon gebraucht haben, um diese Gelassenheit zu entwickeln? Doch dann – eingedenk all dessen, was sie über ihn wußte – fragte sie sich, ob es wirklich Gelassenheit war oder ob er nur gelernt hatte, seinen Ärger besser zu verbergen.

Leon sah die anderen irritiert an. »Und ich dachte, in Newcastle wären die Männer noch Männer und die Schafe ständig auf der Flucht?«
»Haben Sie was gegen vegetarische Pubs?« fragte Chris Devine schmunzelnd.

Simon grinste. »Ist 'ne Masche von ihm. Er tut so, als hätte er jeden Tag 'n Steak auf dem Teller.«
»Also«, kam Chris zur Sache, »ich hoffe, ihr wart erfolgreicher als ich. Ich hab das Foto überall auf dem Bahnhof herumgezeigt, aber keiner hat sie gesehen.«
»An der Bushaltestelle war's dasselbe«, sagte Simon.
»Na, dann hab ich wenigstens so was wie 'ne Witterung«, berichtete Leon. »Ich hab mit einem Schaffner gesprochen, und der hat mich in ein Café mitgeschleppt, wo die Eisenbahner sich ihren Kaffee und ihr Sandwich reinziehen. Ich hab das Foto rumgezeigt, und einer von ihnen meinte, daß er sie im Zug nach Carlisle gesehen hätte. Er konnte sich an sie erinnern, weil sie ihn zweimal gefragt hat, wann sie in Five Walls ankämen und ob der Zug auch pünktlich wäre.«
»Wann war das?« Chris bot ihm eine Zigarette an.
»Da war er nicht ganz sicher. Er meint, es müßte in der vorletzten Woche gewesen sein.« Die Woche, in der Donna Doyle verschwunden war, aber das mußte er nicht dazusagen.
»Wo liegt dieses Five Walls?« wollte Simon wissen.
»Irgendwo im Nichts, diesseits von Hexham«, sagte Chris. »In der Nähe des Hadrianwalls. Vermutlich gibt's dort noch vier andere Wälle.« Sie grinste. »Senior Officer wissen so was.«
»Wieso ist sie ausgerechnet in dem Nest ausgestiegen?«
Chris zuckte die Achseln. »Ich vermute mal, daß das irgendwo in der Nähe von Jacko Vance' Landhaus ist. Aber ich muß euch ja nicht extra daran erinnern, daß wir uns da nicht blicken lassen sollen.«
»Aber die Bahnstation Five Walls dürfen wir uns sicher ansehen«, meinte Leon.
»Wir warten nur darauf, daß du dein Bier ausgetrunken hast«, drängte Simon.
»Lassen Sie's stehen«, sagte Chris. »Sie kann nicht die einzige sein, die dort ausgestiegen ist. Und wenn wir von Haustür zu

Haustür pilgern, möchte ich nicht, daß wir nach 'ner Brauerei riechen.« Sie stand auf. »Okay, Jungs, auf geht's zur Entdeckung der ländlichen Reize Northumberlands. Habt ihr die Gummistiefel dabei?«

Alan Brinkley stand unter der Dusche, das Wasser prasselte fast zum Verbrühen heiß auf ihn herab. Der Einsatzleiter hatte entschieden, daß die Löschzüge, die den Brand in der Farbenfabrik bekämpft hatten, von einer kleineren Gruppe abgelöst würden; da die Löscharbeiten abgeschlossen seien, ginge es nur noch darum, ein Wiederaufflackern der Flammen zu verhindern und nach allem Ausschau zu halten, was irgendwie verdächtig sein konnte. Nach der Entdeckung der Leiche wollte niemand ein Risiko eingehen.

Beim Gedanken an die Leiche überlief Brinkley ein Schaudern. Trotz des heißen Wassers klapperte er mit den Zähnen. Er wollte nicht an die Leiche denken. Er wollte sich einfach ganz normal verhalten. Aber was war normal? Wie benahm er sich sonst, wenn an einem Brandort eine Leiche entdeckt wurde? Erzählte er Maureen davon? Wie viele Biere kippte er in sich hinein? Was lasen die anderen in seiner Miene?

Er lehnte sich gegen die geflieste Wand der Duschkabine. Das strömende Wasser wusch ihm die Tränen aus den Augen. Ein Glück, daß sie jetzt die Kabinen hatten und nicht mehr die alte Reihendusche, in der ihn die anderen hätten weinen sehen.

Er wurde den Geruch des verbrannten Fleisches einfach nicht mehr los. Er schmeckte den Tod auf seiner Zunge. Das war natürlich nur Einbildung, denn die Chemikalien an der Brandstelle hatten alles andere übertönt. Und trotzdem roch und schmeckte er sie. Er wußte nicht, wie sie hieß. Aber wie sie roch und schmeckte, das wußte er. Er riß den Mund zu

einem stummen Schrei auf und trommelte mit den Fäusten gegen die Fliesen.
Am Scheppern der Metallhaken merkte er, daß der Duschvorhang aufgezogen wurde. Er drückte sich, als wollte er sich verkriechen, in die Ecke der Kabine und drehte sich langsam um. Ein Mann und eine Frau. Er hatte sie schon mal gesehen, vorhin, an der Brandstelle. Die Frau bewegte die Lippen. Er hörte, daß sie etwas sagte. Aber sein Verstand nahm nicht auf, was sie sagte.
Es spielte keine Rolle mehr. Irgendwie war es sogar eine Erleichterung. Er ließ sich an der Wand nach unten rutschen, kauerte wie ein Fötus auf dem Boden und schluchzte wie ein verlorenes Kind.

Ein paar Meilen hinter Newcastle läutete Chris Devines Mobiltelefon. »Ich bin's, Tony. Irgendwas Erfreuliches?«
Sie berichtete ihm von den mageren Ergebnissen ihrer Recherchen, er erzählte ihr im Gegenzug von dem Mißerfolg seiner Mission bei Wharton und McCormick. »Wir können es uns nicht länger leisten, untätig herumzuhängen«, sagte er. »Wenn Donna Doyle noch lebt, kommt es auf jede Stunde an. Das einzige, was mir noch einfällt, ist, Vance mit dem Beweismaterial zu konfrontieren und zu hoffen, daß er entweder in Panik ein Geständnis ablegt oder irgendwas tut, was so gut wie ein Geständnis ist.«
»Genau daran ist Shaz gestorben.« Chris merkte, daß es immer noch genügte, Shaz' Namen auszusprechen, um den Schmerz wie eine frische Wunde zu spüren.
»Ich hatte nicht vor, allein hinzugehen. Ich brauche Rückendeckung.«
»Wie wär's mit Carol?«
Langes Schweigen. Dann sagte er: »Carol hat heute nacht eine ihrer Officer verloren.«

»O Scheiße. Ihr Brandstifter?«
»Ihr Brandstifter. Sie macht sich Vorwürfe, weil sie glaubt, sie habe sich zu sehr bei unseren Recherchen engagiert und darüber ihre Pflicht vernachlässigt. So wie die Dinge liegen, ist das Unsinn. Aber ich kann sie unmöglich darum bitten, heute ihre Dienststelle in Seaford im Stich zu lassen.«
»Ja, sie wird eine Menge Ärger am Hals haben.«
»Ich werde wohl Sie brauchen, Chris. Können Sie sich da oben ausklinken und nach London kommen? Jetzt gleich?«
Sie zögerte keinen Augenblick. Wenn es darum ging, den Mann zu schnappen, der Shaz' wunderschönes Gesicht so gräßlich verstümmelt und sie umgebracht hatte, war ihr nichts zuviel. »Kein Problem. Ich sag Leon und Simon Bescheid.«
»Sie können ihnen sagen, daß Kay auf dem Weg zu ihnen ist. Sie ist heute morgen hiergeblieben, um abzuwarten, was bei meinem Besuch bei Wharton und McCormick herauskommt. Ich werd sie anrufen und ihr sagen, daß sie sich mit Leon und Simon an der Bahnstation Five Walls treffen soll.«

Die Officer in der Kantine brachen in Applaus aus, als Carol und Lee Whitebread hereinkamen. Carol nickte nur kurz, Lee verschanzte sich hinter einem verhuschten Lächeln. Zwei Kaffee und zwei Doughnuts auf ihre Rechnung, dann waren sie wieder draußen und eilten zurück in die Abteilung. Es dauerte mindestens eine Stunde, bis Alan Brinkleys Anwalt dasein konnte, bis dahin saß er erst mal hinter Gittern. Auf halber Treppe drehte Carol sich um und vertrat Lee den Weg. »Wo hat er gesteckt?«
Lee wand sich. »Ich weiß nicht«, murmelte er, »muß wohl ein Funkloch gewesen sein.«
»Blödsinn. Spucken Sie's aus, Lee. Falsche Kameradschaft ist völlig unangebracht. Di Earnshaw könnte noch leben, wenn

Taylor ihr, wie abgesprochen, Rückendeckung gegeben hätte. Genausogut hätte es Sie treffen können. Und nächstes Mal trifft's vielleicht Sie. Also, wo war er? Hatte er sich verdrückt?«

Lee kratzte sich die Stirn. »Nun, in den Nächten, in denen wir zusammen waren ... also, bis kurz nach Mitternacht war Tommy auf dem Posten. Dann hat er mich über Funk angerufen und gesagt, er ginge jetzt einen schlucken. Im Corcoran.«

»Bei Di hat er das offensichtlich nicht so gemacht. Weshalb hätte sie sonst bei der Zentrale dringend Verstärkung angefordert?« hakte Carol nach.

Lee verzog das Gesicht. »Ihr hätte er so was natürlich nicht auf die Nase gebunden. Sie war ja kein Kumpel.«

Carol schloß einen Moment lang die Augen. »Wollen Sie damit sagen, ich verdanke es dem traditionellen Yorkshire Chauvinismus, daß ich einen meiner Officer verloren habe?«

Lee starrte auf seine Schuhspitzen. »Hat doch keiner von uns gedacht, daß so was je passieren würde.«

Carol machte auf dem Absatz kehrt, ließ Lee stehen und hetzte die letzten Stufen bis zum Büro der Abteilung hoch. Als sie die Tür aufriß, sprang Tommy Taylor hoch. »Chefin, ich ...«

»Für Sie Chief Inspector. In mein Büro. Sofort.« Sie winkte ihn vor sich her. »Wissen Sie, was, Taylor? Ich schäme mich, daß ich in derselben Abteilung arbeite wie Sie.« Die anderen Officer im Büro waren plötzlich so in ihre Akten vertieft, daß sie nicht mal Zeit hatten, hochzusehen.

Carol drückte mit dem Fuß die Tür hinter sich zu. »Hinsetzen wäre Zeitverschwendung. Jedenfalls für Sie«, sagte sie, ging um den Schreibtisch herum und setzte sich. »DC Earnshaw liegt verbrannt im Leichenschauhaus, weil Sie sich während des Dienstes verpißt haben.«

»Ich hab doch nicht …«, begann er.
Carol fuhr einfach mit erhobener Stimme fort. »Bei der offiziellen Untersuchung können Sie soviel Scheiß erzählen, wie Sie wollen. Zum Beispiel das Märchen von einem Funkloch. Bis dahin habe ich Zeugenaussagen von sämtlichen Saufbrüdern im Corcoran eingeholt. Bis Sie endgültig rausfliegen, sind Sie mit sofortiger Wirkung vom Dienst suspendiert. Ich untersage Ihnen, unsere Dienststelle zu betreten und mit anderen Officern Kontakt aufzunehmen.«
»Ich hab doch nicht geahnt, daß sie in Gefahr ist.«
»Der einzige Grund, aus dem Sie Ihr Gehalt kriegen, ist der, daß wir ständig in Gefahr sind«, fuhr Carol ihn an. »Und jetzt gehen Sie mir aus den Augen. Und beten Sie darum, daß Sie nicht weiter im Dienst bleiben. Denn wenn Sie mal in den Flammen liegen, gibt's in ganz East Yorkshire keinen Cop, der Ihnen hilft. Die würden nicht mal auf Sie pinkeln.«
Taylor verließ rückwärts das Büro und drückte leise die Tür hinter sich zu.
»Na, fühlst du dich jetzt besser?« murmelte sie vor sich hin. »Und du hast dir mal geschworen, daß du nie einen anderen für deine Fehler verantwortlich machen wirst.« Sie barg das Gesicht in den Händen. An ihr blieb bei der offiziellen Untersuchung des Vorfalls nichts hängen. Aber das änderte nichts an ihrem Gefühl, an Di Earnshaws Tod genausoviel Schuld zu haben wie Taylor. Und nichts daran, daß sie's war, die Dis Eltern die Nachricht überbringen mußte.
Das einzig Gute war, daß sie sich wegen Jacko Vance und Donna Doyle nun nicht mehr den Kopf zerbrechen mußte. Um das Problem mußte sich jetzt ein anderer kümmern.

Von Haustür zu Haustür pilgern, hatte Chris Devine gesagt, und da hatten Simon und Leon das Bild eines hübschen kleines Dorfes mit drei, vier Straßen vor Augen gehabt. Woher hätten sie auch ahnen sollen, daß es – abgesehen von den paar Häusern, die den Dorfkern von Five Walls ausmachten – ringsum nur Farmland, Bauernkaten und zu Wochenendhäusern umgestaltete Cottages gab, und das alles verstreut in einem langgestreckten Tal? Um sich überhaupt orientieren zu können, kauften sie als erstes bei der Gemeindeverwaltung eine Wanderkarte.

Als Kay endlich zu ihnen stieß, teilten sie das Gebiet unter sich auf und vereinbarten, sich spätnachmittags an der Bahnstation wiederzutreffen. Eine undankbare Aufgabe, aber für Kay war es etwas leichter, weil die Leute, wenn eine Frau vor der Haustür steht, sich meistens nicht so zugeknöpft geben wie bei einem Mann. Bis zum späten Nachmittag hatte sie zwei Dorfbewohner aufgespürt, die Donna Doyle möglicherweise gesehen hatten, und zwar in dem Zug, mit dem sie abends gewöhnlich heimfuhren. Aber beide konnten nicht mit Sicherheit sagen, an welchem Tag das gewesen war.

Sie fand auch heraus, wo Jacko Vance' Schlupfwinkel lag. In einem der Häuser, bei denen sie angeklopft hatte, wohnte der Dachdecker, der vor fünf Jahren das Schieferdach der ehemaligen Kapelle erneuert hatte. Kays neugierige Fragen machten ihn kein bißchen mißtrauisch. Er kannte das, denn Männer wie Jacko Vance sind nun mal bekannt wie ein bunter Hund, und da fragen einen die Leute eben Löcher in den Bauch.

Bis zum Treff an der Bahnstation hatte Kay noch ein paar zusätzliche Details in Erfahrung gebracht. Vance hatte die ehemalige Kapelle vor etwa zwölf Jahren gekauft, ungefähr ein halbes Jahr nach seinem Unfall, praktisch nur noch eine Rui ne, und es hatte ihn eine Menge Geld gekostet, den Bau zu restaurieren. Nach seiner Heirat mit Micky waren alle überzeugt, daß das Cottage das Wochenendhaus des Ehepaars werden sollte, aber tatsächlich war es eine Art Fluchtburg vor der Hektik des Fernsehgeschäfts und der Stützpunkt für die karitative Arbeit im Krankenhaus von Newcastle für ihn geworden. Niemand wußte, weshalb er sich gerade diese Gegend ausgesucht hatte, familiäre Bindungen gab es, soweit die Dörfler wußten, nicht.

Leon und Simon staunten nicht schlecht, was Kay alles wußte. Sie selbst waren nicht so erfolgreich gewesen. Zwei, drei Leute wollten Donna an der Bahnstation gesehen haben, und einer, wie sie auf dem Parkplatz in einen Wagen eingestiegen sei. Aber er konnte weder den Tag noch die Zeit oder die Automarke nennen.

»Das bringt uns alles nicht weiter«, murrte Leon. »Wir sollten uns diese umgebaute Kapelle ansehen.«

»Tony möchte das aber nicht«, erinnerte ihn Simon. »Wir müssen ihn zumindest vorher fragen.«

Leon verdrehte die Augen. »Gut, ich rufe ihn an.« Er zog umständlich das Handy aus der Tasche und tippte eine Nummer ein. Welche, sahen die anderen nicht. Als das Telefon endlos durchläutete, stellte er fest: »Ihr habt's ja selber gehört, er meldet sich nicht. Was kann's schon schaden, wenn wir uns ein bißchen dort umsehen? Verdammt, das Kid lebt vielleicht noch, und wir sitzen hier faul herum. Kommt schon, irgendwas müssen wir einfach unternehmen.«

Kay und Simon sahen sich an. Es war ihnen nicht wohl dabei, entgegen Tonys ausdrücklicher Anweisung zu handeln. Aber lediglich Däumchen drehen, während es vielleicht um das Leben eines jungen Mädchens ging, wollten sie auch nicht.

»Na gut«, sagte Kay schließlich. »Aber wir sehen uns nur um, sonst nichts. Bleibt's dabei?«

»Na klar«, sagte Leon begeistert, »es bleibt dabei.«

»Das will ich schwer hoffen«, murmelte Simon beklommen.

Chris Devine schlürfte einen doppelten Espresso und inhalierte tief an der zweiten Zigarette. Irgendwas mußte sie ja gegen ihre Müdigkeit tun, zumal im Shepherd's Bush am Sonntag nachmittag zur Teezeit tote Hose war. »Erzählen Sie mir noch mal, wie Sie vorgehen wollen«, verlangte sie von Tony.
»Ich gehe zu dem Haus. Nach dem Terminplan, den Sie von Ihrer Freundin haben, ist Vance heute nachmittag bei einer Modenschau zu wohltätigen Zwecken in Kensington, also ist kaum anzunehmen, daß er nach Northumberland gefahren ist.«
»Wär's da nicht eine günstige Gelegenheit, uns dort umzusehen?« unterbrach ihn Chris. »Wenn Donna Doyle noch lebt ...«
»Es ist nicht gesagt, daß sie dort ist. Und wenn wir um sein Cottage rumschleichen, riskieren wir, daß ein Nachbar zum Telefon greift und ihn anruft. Dann stehen wir ganz schön dumm da. Bis jetzt weiß er noch nicht, daß wir ihm schon dicht auf den Fersen sind. Er weiß nur, daß ich hinter ihm herschnüffle. Die ideale Ausgangssituation für eine direkte Konfrontation.«
»Und wenn seine Frau da ist? Er läßt sich bestimmt nicht auf ein Gespräch über Shaz ein, wenn er befürchten muß, daß sie etwas davon mitkriegt.«
»Wenn Micky und Betsy da sind, dann stehen meine Chancen um so besser, daß ich ungeschoren wieder rauskomme.«
»Ja, das ist richtig. Okay, weiter.«
»Ich werde ihm sagen, daß ich unabhängig von der Polizei ermittle und im Zusammenhang mit Shaz Bowmans Tod einige wichtige Videobeweise ausgegraben habe, bei deren Auswertung er mir möglicherweise helfen kann. Da ich allein komme, läßt er mich vermutlich anstandslos rein, weil er sich sagt, daß er mich, wenn ich wirklich was gegen ihn in der Hand habe, notfalls auf dieselbe Weise wie Shaz loswerden

kann. Ich zeig ihm das Bildmaterial und sage ihm auf den Kopf zu, daß er Shaz' Mörder ist. Und Sie sitzen mit einem Funkempfänger und einem Tonbandgerät draußen im Wagen und nehmen auf, was dieser hübsche kleine Kugelschreiber, den ich in der Tottenham Court Road gekauft habe, Ihnen zuflüstert.« Er wedelte mit dem in einem Kugelschreiber verborgenen Minisender vor ihrer Nase herum.
»Glauben Sie, daß er auf Sie losgeht?« fragte Chris.
Tony zuckte die Achseln. »Wenn er allein zu Hause ist, wird er versuchen, mich umzubringen. Das ist dann Ihre große Stunde. Sie kommen reingerauscht wie die Kavallerie beim Sturmangriff.« Seine Formulierung war flapsig, aber sein Blick verriet, daß er sehr wohl wußte, worauf er sich einließ.
»Okay«, sagte Chris, »nageln wir den verdammten Kerl fest.«

Nach zehn Minuten war ihnen klar, daß es unmöglich war, in die umgebaute Kapelle einzudringen, ohne ungefähr soviel Aufsehen zu erregen wie ein Wolf, der sich in eine Schafherde einschleichen will. »Scheiße«, fluchte Leon.
»Die Ecke hat er sich nicht von ungefähr ausgesucht«, meinte Simon und ließ den Blick über den Hügel gegenüber Vance' Cottage und die Schafweiden schweifen. Weit und breit kein Mensch zu sehen, nicht mal eine menschliche Behausung.
»Komisch«, meinte Kay, »normalerweise verschanzen Fernsehstars sich hinter Gittern, Mauern und meterhohen Hecken. Aber die Kapelle zieht die Leute eher magisch an.«
»Ich vermute, ihm geht's mehr darum, daß ihm hier keiner auf die Finger gucken kann«, sagte Simon. »Anscheinend hat er 'ne Menge zu verbergen.«
Leon nickte. »Und genau das wollen wir rausfinden.«
Sie sahen sich an. Kay schüttelte den Kopf. Und Simon sagte: »Falls du die Tür eintreten willst, da mache ich nicht mit.«

»Wer sagt denn was von Tür eintreten? Kay, du hast doch mit diesem Mann gesprochen. Hat er was gesagt, daß jemand aus dem Dorf für Vance arbeitet? Ein Gärtner oder eine Putzfrau oder so was?«
»O ja«, warf Simon spöttisch ein, »die Putzfrau muß das Zimmer saubermachen, in dem er seine Mordopfer gefangenhält.«
»Einem Kerl wie dem traue ich alles zu«, sagte Leon. »Hat er was gesagt oder nicht?«
»Kein Wort«, sagte Kay. »Aber wenn jemand was weiß, ist es bestimmt der nächste Nachbar.«
Leon fragte lauernd: »Na, Simon, wer hat hier den schönsten Geordi-Akzent?«
»Scheißidee«, murrte Simon, klopfte aber zehn Minuten später brav an die Tür des großen quadratischen Bauernhauses, von dem aus man über das Moor den knapp eine Meile entfernten Hadrianswall sehen konnte. Er trat nervös von einem Bein aufs andere.
»Immer mit der Ruhe«, redete Kay ihm zu. »Klapp einfach kurz dein Ausweismäppchen auf. Die gucken da nicht so genau hin.«
Wie aufs Stichwort tauchte an der Tür ein etwas kurz geratener, dafür um so grimmiger dreinblickender Alter auf, bei dessen Anblick man sich lebhaft vorstellen konnte, wie schwer seine Altvorderen den Römern das Leben gemacht hatten.
»Ja? Was gibt's denn?«
Sie zückten fast gleichzeitig ihre Dienstausweise. Die Miene des Griesgrams hellte sich vorübergehend auf, wurde aber gleich wieder finster. »DC McNeill von der Northumbria Police«, leierte Simon sein Sprüchlein herunter. »Bei uns kam eben über Funk durch, daß jemand bei Jacko Vance einbrechen will. Wir konnten nichts Verdächtiges feststellen, wollen

uns aber lieber mal im Haus umsehen. Wissen Sie, ob jemand im Dorf den Schlüssel hat?«
»Wieso haben Sie nicht den Dorfpolizisten gefragt?« blaffte der Alte Simon an.
»Tja, wissen Sie, den konnten wir nirgendwo auftreiben. Macht wahrscheinlich seinen Sonntagsspaziergang.«
»Doreen Elliott«, knurrte der alte Mann. »Die Straße runter, an Vance' Haus vorbei. Unten die erste links – das Haus in der Senke, da wohnt sie.«
Simon konnte gerade noch »danke« sagen, dann knallte der Alte ihnen die Tür vor der Nase zu.
Eine halbe Stunde später hatten sie den Schlüssel, aber leider auch Mrs. Doreen Elliott im Schlepptau. Die grimmige Miene, mit der sie bei Kay auf dem Beifahrersitz thronte, verriet ihre Entschlossenheit, den Polizisten genau auf die Finger zu sehen. Man weiß ja, wie die manchmal mit fremdem Eigentum umgehen.

Er nannte seinen Namen, das Tor schwang auf, und Tony spazierte gemächlich die Zufahrt hinauf. Er wollte absichtlich einen linkischen, unsicheren Eindruck machen, um Vance in dem Glauben zu wiegen, daß er einen wie ihn leicht austricksen könne.
Vance öffnete mit strahlendem Fernsehlächeln die Tür und zog Tony förmlich ins Haus. »Schade, Micky treffen Sie heute nicht an, sie verbringt das Wochenende mit Freunden auf dem Land. Ich wollte Sie trotzdem nicht einfach wieder gehen lassen, ohne die Gelegenheit zu nutzen, Sie persönlich kennenzulernen. Ich meine, ich habe Sie natürlich in der Sendung meiner Frau gesehen. Aber mir ist auch aufgefallen, daß Sie neuerdings bei allen öffentlichen Auftritten von mir da sind. Warum sind Sie nicht mal rübergekommen, damit wir uns die Hand schütteln und uns bekannt machen kön-

nen? Nun mußten Sie den ganzen weiten Weg nach London fahren, damit wir das nachholen können.«
Er redet wie ein Wasserfall und versprüht seinen Charme mit der Wasserpumpe, dachte Tony und sagte: »Nun, eigentlich wollte ich nicht zu Micky. Ich wollte mich mit Ihnen über Shaz Bowman unterhalten.«
Vance sah ihn fragend an, dann tat er so, als könne er sich plötzlich wieder erinnern. »Ach ja – die Polizistin, die auf so tragische Weise ums Leben gekommen ist. Wirken Sie denn bei den Ermittlungen der Polizei mit?«
»Wie Ihnen vielleicht von dem Fernsehinterview Ihrer Frau in Erinnerung ist, gehörte Shaz zu der mir unterstellten Spezialgruppe. Da liegt es auf der Hand, daß ich an Ermittlungen regen Anteil nehme.« Immer schön ausweichen und sich hinter Förmlichkeiten verstecken, dachte er, das macht ihn unsicher.
Vance runzelte die Stirn und ließ seine blauen Augen tanzen wie im Fernsehen. »Ja, schon. Aber ich habe mir die Rolle eines Profilers ganz anders vorgestellt. Eher so, daß er Fragen beantwortet, statt welche zu stellen.«
»Sie sind gut unterrichtet«, sagte Tony. »Aber ich versichere Ihnen, daß ich, obwohl ich unabhängig von der Polizei arbeite, das Beweismaterial, auf das ich gestoßen bin, zu gegebener Zeit den zuständigen Ermittlern übergeben werde.«
Nun hatte er was zu nagen, weil er überhaupt nicht mehr abschätzen konnte, ob Tony im Auftrag der Polizei oder auf eigene Faust hier war.
»Und was hat das alles mit mir zu tun?«
Tony klopfte sich auf die Jackentasche. »Ich habe Videomaterial dabei, zu dem Sie mir sicher aufschlußreiche Erläuterungen geben können.«
Zum ersten Mal wirkte Vance verunsichert. Aber er fing sich rasch wieder, und das Lächeln des netten großen Jungen von

nebenan war wieder da. »Dann schlage ich vor, daß wir nach oben gehen. Ich habe mir da ein kleines Studio eingerichtet, gleichzeitig ein Plauderstübchen für ausgewählte Gäste.« Er trat einen Schritt beiseite und bedeutete Tony voranzugehen.
Tony stieg die Treppe hoch. Ist ja egal, wo wir uns unterhalten, sagte er sich, Chris hört uns da wie dort und ist, wenn es gefährlich wird, rechtzeitig da. Hoffte er jedenfalls.
Im ersten Stock wollte er haltmachen, aber Vance winkte ihn weiter. »Die erste Tür rechts«, sagte er, als sie das dank der pyramidenförmigen Kuppel lichtdurchflutete Dachgeschoß erreichten.
Tony betrat einen langen, schmalgeschnittenen Raum. Ein Videoschirm füllte fast die ganze Stirnseite aus. Gegenüber stand auf einem Rollwagen ein Videorecorder und auf dem Tischchen daneben ein Filmprojektor. Die Wandregale waren mit Videobändern und Filmbüchsen vollgestopft. Eine Gruppe weicher Ledersessel rundete das Arrangement ab. Aber als Tony das Fenster sah, sank ihm das Herz in die Magengrube.
Auf den ersten Blick schien es ganz normales Glas zu sein, erst bei genauerem Hinsehen machte er die feinen eingewobenen Metallfäden aus. Er kannte das von den Sicherheitsräumen in Regierungsgebäuden. Die Fäden im Glas schützten vor Abhörversuchen und verhinderten gleichzeitig, daß Funkwellen nach außen drangen. Das und die Schallisolierung an den Wänden machte den Raum zu einer abgeschirmten Festung. Nun konnte er schreien, so laut er wollte, Chris Devine würde ihn nicht hören.

Chris starrte ratlos auf das Anwesen in Holland Park. Sie wußte beim besten Willen nicht, was sie jetzt machen sollte. Zunächst hatte sie Tony und Vance laut und deutlich gehört, und dann war der Kontakt plötzlich abgerissen. Das letzte,

was sie mitgehört hatte, war der Satz »Die erste Tür rechts«. Das sagte ihr nicht viel, zumal sie nicht mal wußte, welches Stockwerk gemeint war.
Zuerst hatte sie geglaubt, an dem Gerät wäre etwas nicht in Ordnung. Ein lockerer Draht oder eine Batterie, die nicht richtig in der Halterung saß. Sie überprüfte in hektischer Eile den Kugelschreiber, fand aber nichts. Chris zerbrach sich den Kopf, was da los sein könnte. Ein Gerangel, weil Vance den Minisender entdeckt hatte, hätte sie gehört. Es konnte eigentlich nur so sein, daß Tony den Sender selbst abgestellt hatte. Zum Beispiel, weil er sich in einem Zimmer befand, in dem die elektronische Rückkopplung ihn verraten hätte. Vance hatte was von einem Studio gesagt. Wahrscheinlich standen dort Geräte, die zu einer Rückkopplung führten.
Sie konnte sich, wenn sie unschlüssig war, selber nicht leiden. Wer weiß, was Tony zugestoßen war. Er hielt sich im Haus eines Mörders auf, bei dem er, wie er selber gesagt hatte, damit rechnen mußte, daß er versuchen würde, ihn umzubringen.
Natürlich konnte sie es mit seinem Mobiltelefon versuchen. Aber sie hatten abgesprochen, daß sie das nur im äußersten Notfall tun sollte. Andererseits, eine außerplanmäßige Funkstille war ein solcher Notfall. Sie drückte die Wahlwiederholung, unter der seine Nummer gespeichert war, und die Sendetaste. Einige Sekunden vergingen, dann sagte eine aufreizend ruhige weibliche Automatenstimme: »Die von Ihnen angewählte Telefonanlage ist zur Zeit nicht erreichbar. Bitte versuchen Sie es später wieder.«
»Scheiße, Scheiße, Scheiße«, zischte sie. Sie war am Ende ihres Lateins. Es konnte sein, daß sie Tony die Tour vermasselte, aber wenn sie damit Schlimmeres verhüten würde, nahm sie es in Kauf. Sie sprang aus dem Wagen, überquerte die Straße und rannte auf Vance' Haus zu.

Tony war sich des Risikos, das er einging, voll bewußt. »Nette kleine Spielzeugsammlung, die Sie hier aufgebaut haben.«
Vance konnte sich ein Grinsen nicht verkneifen. »Das Beste, was man mit Geld kaufen kann. So, was sollte ich mir ansehen?«
Tony gab ihm die Videokassette und sah zu, wie er sie in den Recorder schob. Ihm fiel auf, daß Vance hier, wo ihm alles vertraut war, von der Behinderung nichts anzumerken war. Interessant. Eine Jury würde ihm kaum abkaufen, daß er wirklich so unbeholfen war, wie er sich beim Auftanken von Shaz' Wagen angestellt hatte. Tony nahm sich vor, dem Gericht, wenn es zum Prozeß kam, vorzuschlagen, daß Vance den Tankvorgang in Anwesenheit der Geschworenen wiederholen sollte.
»Nehmen Sie irgendwo Platz«, sagte Vance.
Tony wählte einen Sessel, von dem aus er Vance von der Seite beobachten konnte. Das Band lief, Vance dimmte mit einer Fernbedienung die künstliche Beleuchtung. Tony rüstete sich innerlich für die nächste Stufe der Konfrontation. Zunächst gab das Band den Tankvorgang unbearbeitet wieder, man sah Vance mit der Fliegerbrille, der grauen Perücke und den aufgedunsenen Wangen. Aus Vance' Kehle kam ein leiser, dumpfer Laut, fast wie ein unterdrücktes Knurren. Als das Band weiterlief, veränderten sich die Tonhöhe und die Lautstärke des Knurrens. Es war ein Lachen, wurde Tony klar.
»Soll ich das etwa sein?« brachte Vance schließlich glucksend heraus und sah Tony grinsend an.
»Das *sind* Sie. Sie wissen es, ich weiß es, und bald werden es alle wissen.« Tony hoffte, daß er den richtigen Ton getroffen hatte, irgendwo zwischen Überzeugung und Zweifel. Solange Vance glaubte, alles unter Kontrolle zu haben, gab es die Chance, daß er einen Fehler beging.

Vance' Blick huschte zum Bildschirm. Dort lief jetzt das computerbearbeitete Band, in Slow-motion. Die Ähnlichkeit zwischen dem Mann auf dem Video und dem, der mit der Fernbedienung in der Hand in diesem Studio saß, war unverkennbar.

»Ach du liebes bißchen«, japste Vance amüsiert, »glauben Sie wirklich, irgend jemand würde auf der Basis solcher gefälschter Bilder Anklage erheben?«

»Das ist noch nicht alles«, sagte Tony gelassen. »Sehen Sie sich's weiter an. Die Passage, in der Sie das zweite Mal nach Leeds fahren, um den Rest der Arbeit zu erledigen, mag ich besonders.«

Vance drückte die Stopptaste, nahm das Band aus dem Recorder und warf es Tony zu. »Ich laufe nicht so herum«, sagte er verächtlich. »Ich würde mich schämen, wenn ich mich als Behinderter derart billig verkleiden würde. Da müssen Sie schon mit was Besserem kommen.«

Tony warf ihm eine Kopie seines Täterprofils zu. Vance fing sie geschickt mit der linken Hand auf und schlug die erste Seite auf. Einen Moment lang straffte sich die Haut um seinen Mund und seine Augen. Tony merkte ihm an, daß er sich nur mit äußerster Willenskraft eine scharfe Reaktion verkneifen konnte.

»Es ist alles drin«, sagte er. »Einschließlich einer Auswahl Ihrer Opfer. Fotos, auf denen Sie zusammen mit ihnen zu sehen sind. Die erstaunliche Ähnlichkeit mit Jillie. Barbara Fenwicks Verstümmelung. Das alles spricht gegen Sie.«

Vance sah ihn an und schüttelte mitleidig den Kopf. »Sie haben nicht den Hauch einer Chance. Läppische Indizienbeweise und verfälschtes Fotomaterial. Haben Sie eine Ahnung, wie viele Leute sich im Laufe eines Jahres mit mir zusammen fotografieren lassen? Das Erstaunliche ist, daß kei-

ner von ihnen umgebracht wurde. Sie vergeuden Ihre Zeit, Dr. Hill. Genau wie DC Bowman vor Ihnen.«
»Sie werden sich da nicht rausreden können, Vance. Keine Jury nimmt Ihnen ab, daß das alles nur Zufälle sind.«
»Es gibt keine Jury, in der nicht ein halbes Dutzend meiner Fans sitzt. Die glauben mir, wenn ich ihnen sage, daß das Ganze eine Hexenjagd ist. Wenn Sie nicht auf der Stelle mit den haltlosen Anschuldigungen aufhören, hetze ich Ihnen nicht nur meine Anwälte auf den Hals, sondern ich wende mich auch an die Presse und erzähle denen was von dem traurigen kleinen Mann im Dienste des Innenministeriums, der sich leidenschaftlich in meine Frau verliebt hat. Er macht sich natürlich falsche Hoffnungen, wie das immer ist, wenn traurige kleine Männer sich in Fernsehstars verlieben. Darum versucht er, mir ein paar frei erfundene Serienmorde anzuhängen. Dann wollen wir doch mal sehen, wer am Ende wie ein Narr dasteht, Dr. Hill.« Vance klemmte sich den schmalen Ordner unter die Prothese und zerriß ihn.
»Sie haben Shaz Bowman ermordet«, sagte Tony, »und noch viele andere junge Mädchen. Aber selbst wenn es nur um Shaz Bowman ginge, kommen Sie nicht ungeschoren davon. Wir kriegen Sie.«
»Das sehe ich anders. Wenn es in diesem Ordner irgend etwas gäbe, was man einen Beweis nennen könnte, wären hochrangige Officer hierhergekommen, nicht Sie. Das sind alles nur Auswüchse Ihrer Fantasie, Dr. Hill. Sie brauchen ärztliche Hilfe.«
Ehe Tony etwas erwidern konnte, fing ein grünes Lämpchen neben der Tür zu blinken an. Vance ging hin und nahm ein Wechselsprechgerät aus der Halterung. »Wer ist da?« Er lauschte einige Sekunden. »Bemühen Sie sich nicht, Detective, Dr. Hill will gerade gehen.« Er schob das Gerät in die Halterung zurück und musterte Tony. »Na, wollen Sie gehen?

Oder muß ich erst Officer rufen, die die Dinge vernünftiger sehen als Sergeant Devine?«
Tony stand auf. »Ich lasse bei dieser Sache nicht locker.«
Vance lachte lauthals. »Und meine Freunde im Innenministerium haben geglaubt, Sie hätten eine glänzende Karriere vor sich. Hören Sie auf meinen Rat, Dr. Hill. Vergessen Sie Shaz Bowman. Nehmen Sie Urlaub, Sie sind ganz offensichtlich überarbeitet.« Aber seine Augen lachten nicht mit, sogar er mit all seiner Erfahrung, sich vor Kameras zu verstellen, konnte seine Besorgnis nicht verbergen.
Tony zog ein niedergeschlagenes Gesicht, aber innerlich war ihm eher zum Jubeln zumute. Er war nicht am Ziel, aber er hatte viel erreicht. Und so war er mit sich und dem Ergebnis durchaus zufrieden, als er die Haustür hinter sich zuzog.

Die kleine Kapelle beeindruckte Kay durch ihre Schlichtheit und die architektonische Harmonie. Sie hatte durch den Umbau nichts von ihrer Leichtigkeit und räumlichen Weite verloren. Das Mobiliar war schnörkellos und rustikal, die einzigen Farbtupfen waren die Webteppiche auf dem Steinfußboden. Kochnische, Eß- und Wohnecke bildeten eine Einheit. Ganz hinten führte eine Treppe zur Schlafgalerie, darunter stand eine Werkbank mit verschiedenen Werkzeugen.
Neben Kay stand Doreen Elliott, eine Frau in den Fünfzigern, fest und unerschütterlich, der man die Entschlossenheit ansah, wie der Hadrianswall allen Stürmen des Lebens zu trotzen. »Sie scheinen nicht sehr beschäftigt zu sein, daß Sie sich um so einen windigen Einbruchsverdacht kümmern können, und auch noch zu dritt«, sagte sie.
»Wir waren gerade in der Gegend, da war's einfacher, schnell mal nachzusehen, statt jemanden von der zuständigen Dienststelle anzufordern. Und außerdem – wenn's um

Jacko Vance geht, ist uns keine Mühe zuviel«, schwindelte Kay.
»Hm. Wonach suchen Ihre Kollegen eigentlich?«
Simon hob mit der Schuhspitze die Teppiche an und ging von Zeit zu Zeit in die Hocke, um den Steinfußboden zu inspizieren. Leon zog die Klapptüren und Schubladen in der Küche auf und sah sich den Inhalt genau an. Vermutlich suchte er Anzeichen dafür, daß Donna Doyle hiergewesen war.
»Routine«, behauptete sie. »Nachsehen, ob da jemand gewühlt hat oder ob sich irgendwo einer versteckt.«
Simon hatte die Inspektion des Fußbodens aufgegeben und näherte sich der Werkbank. Kay sah, wie er seine Schultern straffte, als er dicht davor stand.
»Mr. Vance scheint gern zu basteln, wie?« sagte er und winkte Simon zu sich herüber. »Holzarbeiten, vermute ich.«
»Er bastelt Holzspielzeug für die Kinder im Krankenhaus von Newcastle«, sagte Mrs. Elliott mit so unüberhörbarem Stolz, als ginge es um ihren Sohn. »Sorgt sich unermüdlich um sie. Er hätte eine Medaille dafür verdient, daß er soviel Zeit an ihren Krankenbetten verbringt. Es muß ja nicht gleich das Georgskreuz sein.«
Leon war zu Simon herübergekommen. »'ne tolle Werkzeugsammlung. Mann, diese Meißel sind scharf wie 'n Rasiermesser.« Seine Miene war ernst und grimmig. »Kay, komm mal her und guck dir den Schraubstock an.«
»Den braucht er, um das Holz festzuklemmen«, sagte Mrs. Elliott. »Mit dem kaputten Arm kann er das nicht tun. Ist seine dritte Hand, sagt er immer.«

»Was, zum Teufel, war da drin los?« fragte Chris, als das Tor zur Auffahrt hinter Tony zugeglitten war.
»Wieso? Ich wollte gerade gehen, als Sie angerufen haben.«

»Ich meine die Funkverbindung. Die war plötzlich tot.«
Tony zuckte die Schultern. »Er hat das Studio elektronisch abgeschirmt, damit ihn niemand unbemerkt belauschen kann. An die Möglichkeit hätte ich früher denken müssen.«
Chris zündete sich eine Zigarette an. »Jagen Sie mir bloß nie mehr so einen Schrecken ein. Also, wie ist es gelaufen? Hat er was ausgespuckt? Sagen Sie ja nicht, er hat, und wir haben's nicht auf Band?«
Tony sah zum Haus hinüber und stellte mit Genugtuung fest, daß Vance im Dachgeschoß am Fenster stand und ihnen nachblickte. »Steigen wir erst mal in mein Auto, dann erzähl ich's Ihnen.« Er ließ den Motor an und fuhr um die nächste Ecke.
»Er hat auf die Beweise mit Hohn und Spott reagiert«, sagte er, nachdem er das Auto hinter dem von Chris abgestellt hatte. »Er hat mir klar zu verstehen gegeben, daß wir ihm nicht an den Karren fahren könnten und daß er mir, wenn wir ihn nicht in Ruhe lassen, übel mitspielen wird.«
»Hat er damit gedroht, Sie zu töten?«
»Nein, Vance hat mir mit der Presse gedroht. Und daß er mich wie den letzten Trottel aussehen lassen wird.«
»Für einen, der seinen großen Showdown vermasselt hat, sehen Sie recht zufrieden aus«, wunderte sich Chris. »Ich dachte, Sie sind darauf aus, daß er entweder plaudert oder die Nerven verliert und über Sie herfällt?«
Tony zuckte die Achseln. »Im Grunde habe ich nicht damit gerechnet, daß er ein Geständnis ablegt. Und wenn er mich umbringen will, hätte er's nicht zu Hause getan. Im Fall von Shaz hat er Wharton und McCormick noch davon überzeugen können, daß ihr Besuch bei ihm ganz harmlos verlaufen war. Aber ich vermute, wenn ich nun auch ermordet würde, nachdem ich bei ihm war, würden sogar die beiden Meisterdetektive Verdacht schöpfen. Nein, mir ging's eigentlich nur

darum, ihn zu verunsichern. Er soll anfangen, sich Sorgen zu machen, ob er auch wirklich alle Spuren gründlich genug verwischt hat.«

»Und was haben wir davon?« Chris drehte das Fenster herunter und streifte die Asche ihrer Zigarette ab.

»Wenn wir Glück haben, jagt er auf schnellstem Weg dorthin, wo er die Morde begangen hat. Er muß sicher sein, daß es dort keine belastenden Spuren gibt. Und sei's nur für den unwahrscheinlichen Fall, daß ich Wharton und McCormick dazu überreden kann, sich einen Durchsuchungsbefehl zu besorgen.«

»Sie meinen, jetzt gleich?«

»Darauf würde ich wetten. Nach seinem Terminkalender ist er bis morgen nachmittag um drei frei. Danach wird's die ganze Woche verdammt eng. Also muß er's heute tun.«

»O nein«, stöhnte Chris, »nicht schon wieder die M1.«

»Übernehmen Sie's?«

»Ich übernehm's«, seufzte sie. »Wie sieht der Plan aus?«

»Er hat mich zusammen mit Ihnen wegfahren sehen, also glaubt er, daß die Luft rein ist. Ich fahre hoch nach Northumberland, und Sie versuchen, sich an ihn dranzuhängen, wenn er aufbricht. Wir können über Telefon in Verbindung bleiben.«

»Gott sei Dank ist es dunkel. Und mit etwas Glück merkt er nicht, daß er dauernd dieselben Scheinwerfer hinter sich hat.« Sie stieg aus und beugte sich in Tonys Wagen. »Ich kann's nicht fassen, daß ich mich darauf einlasse. Den ganzen Weg von Northumberland nach London, bloß um wieder kehrtzumachen und zurückzufahren. Wir müssen irre sein.«

»Nein, nur darauf aus, einen Irren zu schnappen.«

Sie ging zu ihrem Wagen, sah zu, wie Tony wendete und zurück zur Straße fuhr. Es war bereits sieben. Fünf, sechs Stunden bis hoch nach Northumberland. Hoffentlich ging dann

der Tanz nicht erst richtig los. Sie wußte nicht, ob sie nach der langen Fahrt noch fit genug war.
Sie stellte den Sender ein, der um die Zeit die Golden Oldies brachte, und summte bei den Hits aus den Sechzigern mit. Lange hielt die Idylle nicht an, das Tor der Zufahrt zu Vance' Haus schwang auf, die lange silberne Nase des Mercedes schob sich auf die Straße. »Ach du lieber Himmel«, sagte sie, ließ den Motor an und rollte ein paar Meter vor.
Holland Park Avenue, dann Richtung Zubringer zur A40. Schon während sie durch Acton und Ealing fuhren, beschlich Chris ein ungutes Gefühl. Das war nicht der schnellste Weg nach Northumberland, ganz im Gegenteil. Chris konnte sich nicht vorstellen, daß er vorhatte, so weit nach Westen zu fahren, um über die M25 die nach Norden führende M1 zu erreichen.
Sie blieb so dicht dran, daß sie seine Rücklichter nicht aus den Augen verlor, und achtete darauf, daß sich nie mehr als ein Fahrzeug zwischen sie schob. Schließlich tauchten die Hinweisschilder der Abzweigung zur M25 vor ihnen auf. Aber Vance blieb auf der schnellen rechten Spur und machte keine Anstalten, die Geschwindigkeit zu drosseln.
Verdammt, er bog nicht ab! Sie mußte das Gaspedal durchtreten, um dranzubleiben. Er fuhr etwas über der zugelassenen Geschwindigkeit, genau in dem Grenzbereich, in dem man noch gute Chancen hat, nicht gestoppt zu werden. Sie griff nach ihrem Mobiltelefon und drückte die Kurzwahltaste mit Tonys eingespeicherter Nummer.
»Tony? Hier ist Chris. Hören Sie, ich bin auf der M40, Richtung Westen, dicht hinter ihm. Wo immer er hinwill, Northumberland ist bestimmt nicht sein Ziel.«

Seit der Entdeckung des Schraubstocks standen sie noch mehr unter Zeitdruck; jetzt kam es auf jede Viertelstunde an.

Kay ahnte, wie befremdlich die plötzliche Hektik auf Mrs. Elliott wirken mußte. Sie versuchte, die Zugehfrau durch ein wenig Geplauder abzulenken. »Die Umgestaltung der alten Kapelle ist wirklich wunderschön gelungen«, sagte sie begeistert.
Das war Musik in Doreen Elliotts Ohren. Sie führte Kay zur Kochnische und fuhr liebevoll mit der Hand über das glatte Holz der Einbaumöbel. »Unser Derek hat die Küche gemacht. Mr. Vance war nichts zu teuer. Alles vom Feinsten und Modernsten.« Sie deutete auf die Klapptüren unter der Arbeitsplatte. »Waschmaschine, Trockner, Kühlschrank, Gefrierschrank – alles schön ordentlich hinter Holz verkleidet.«
»Ich hätte gedacht, daß er seine Frau öfter mit herbringt«, klopfte Kay auf den Busch.
Das Thema behagte Doreen Elliott weniger, sie runzelte die Stirn. »Na ja, er hat uns erzählt, es sollte ein Wochenendhaus für sie werden, aber dann ist sie nie mitgekommen. Sie hätt's mehr mit der Stadt, sagt er, das Landleben läge ihr nicht so. Und 's ist ja wahr, wenn man sie im Fernsehen sieht, weiß man, daß sie nicht zu Leuten wie uns paßt. Er ist da ganz anders.«
»Was, sie war nie hier?« Kay tat, als wäre das ganz neu für sie. Und als sich Mrs. Elliotts Stirn noch mehr kräuselte, fügte sie rasch hinzu: »Uns interessiert nur, wer sonst noch einen Schlüssel hat. Aus Sicherheitsgründen.«
»Hab sie nie zu Gesicht bekommen.« Aber dann grinste Doreen Elliott plötzlich verschmitzt. »Damit will ich nicht sagen, daß nie eine Frau hier war. Aber das muß jeder mit sich selber ausmachen.«
Kay fragte mit harmlosem Augenaufschlag: »Haben Sie ihn mal mit einer anderen Frau hier gesehen?«
»Direkt gesehen nicht. Aber ich sorge hier alle vierzehn Tage fürs Putzen und Staubwischen, und da habe ich ein paarmal

in der Geschirrspülmaschine Gläser mit Lippenstiftspuren gefunden. So was geht nicht leicht ab, wissen Sie, da muß man ein bißchen nachspülen. Na ja, und ich hab eben zwei und zwei zusammengezählt und mir gedacht, daß er wohl eine Freundin hat. Aber ich kann meinen Mund halten.«
Nur wenn dich keiner fragt, dachte Kay sarkastisch. »Kaum zu glauben, daß es seiner Frau in so einem Haus nicht gefällt.«
»Ein Palast«, sagte Mrs. Elliott und dachte dabei vermutlich an ihr eigenes bescheidenes Cottage. »Ich wette, in ganz Northumberland gibt's kein zweites Haus mit eigenem Atomschutzbunker.«
Das Wort schlug bei Kay ein wie eine Bombe.
»Ein Atomschutzbunker?« fragte Kay mit bebender Stimme.
Leon und Simon erstarrten, dann fuhren ihre Köpfe herum.
Mrs. Elliott dachte wohl, die drei glaubten ihr nicht, und reagierte ein bißchen gekränkt. »Direkt unter Ihren Füßen. Glauben Sie, ich saug mir das aus den Fingern, Mädchen?«

Chris hatte das Telefon kaum weggelegt, als sie sah, daß Vance blinkte. Und tatsächlich, an der nächsten Abfahrt lenkte er den Mercedes von der M40. Chris folgte ihm in gewissem Abstand und schaltete sogar, als sie auf eine schmale Nebenstraße abbogen, die Scheinwerfer aus. Und hinter einer langgezogenen Kurve war ihr auf einmal klar, wohin Vance wollte. Flutlicht erhellte den Privatflugplatz, ein Dutzend kleiner Maschinen war neben dem Rollfeld geparkt. Sie sah noch, wie das grelle Licht die beiden Lichtarme von Vance' Scheinwerfern verschluckte und wie seine Bremslichter hinter einer Maschine aufleuchteten und dann verloschen. Ein Mann sprang aus dem Cockpit und winkte. Vance stieg aus dem Mercedes und begrüßte den Piloten mit einem Klaps auf die Schulter.

O verdammt, dachte Chris. Schon wieder so eine Situation, in der sie ratlos war. Vance konnte die Maschine gechartert haben, um sich nach Northumberland bringen zu lassen. Aber er konnte auch die Absicht haben, das Land im Schutz der Dunkelheit zu verlassen. Ein kurzer Flug über den Kanal, und schon war er noch vor Morgengrauen im Europa der offenen Grenzen und Gott weiß wo. Sollte sie versuchen, in letzter Sekunde einzugreifen, oder sollte sie ihn fliegen lassen?

Sie ließ den Blick über das Flugfeld schweifen und entdeckte, halb hinter einem Hangar versteckt, den kleinen Kontrollturm. Sekunden später sprang stotternd der Motor an Vance' Maschine an, die Propeller begannen sich zu drehen. »Scheiße«, fluchte Chris und legte den Gang ein. Sie jagte über den Rundkurs des Flugplatzes und kam am Kontrollturm an, als die kleine Maschine gerade auf die Startbahn rollte.

Sie hetzte in das Gebäude, der Mann am Kontrolltisch sah erschrocken hoch. Chris hielt ihm ihren Dienstausweis vor die Nase. »Die Maschine auf dem Rollfeld – hat der Pilot einen Flugplan ausgefüllt?«

»Ja. Ja, hat er«, stammelte der Mann. »Er will nach Newcastle. Gibt's Probleme? Ich kann ihn anweisen, den Start abzubrechen. Wir bemühen uns immer, der Polizei behilflich zu ...«

»Nein, es gibt keine Probleme«, versicherte Chris mit grimmiger Miene. »Vergessen Sie, daß ich hier war. Auch kein kleiner Funkspruch, daß jemand Fragen gestellt hat, klar?«

»Nein. Ich meine, ja. Kein Funkspruch. Alles klar.«

»Und nur zur Sicherheit«, sagte sie mit dem betörenden Lächeln, mit dem sie Männern gelegentlich Geständnisse entlockte, »ich stehe hier neben Ihnen.« Sie nahm das Mobiltelefon aus der Tasche und tippte Tonys Nummer ein. »Ser geant Devine. Der Gesuchte befindet sich an Bord einer Privatmaschine, Zielflughafen Newcastle. Von jetzt ab müssen Sie sich um ihn kümmern. Ich schlage vor, daß Sie ihn an seinem endgültigen Ziel von Ihren Leuten gebührend empfangen lassen.«

»Scheiße, ein Flugzeug.« schimpfte Tony. »Ich vermute, Sie können nicht frei reden.«

»Richtig. Ich stehe hier, damit der Mann im Kontrollturm den Gesuchten nicht über Funk warnen kann.«

»Fragen Sie ihn, wie lange man bis Newcastle braucht.«

Tony hörte halbverschlucktes Murmeln, dann war Chris wieder dran. »Er sagt, mit der Aztek, die sie fliegen, müßten sie's in zweieinhalb bis drei Stunden schaffen. Da haben Sie keine Chance.«

»Ich versuch's trotzdem. Und – danke, Chris.«

Also zwischen zweieinhalb und drei Stunden? Und danach mußte Vance versuchen, ein Taxi oder einen Mietwagen zu finden, was an einem Sonntag abend um zehn vermutlich nicht so einfach war. Also hatte Chris doch recht gehabt, er konnte Vance nicht vor Erreichen seines Ziels abfangen.

Vance war nicht dumm. Er rechnete damit, daß Tony etwas von dem Cottage in Northumberland wußte und sich, nachdem bei seinem Besuch in Holland Park nichts herausgekommen war, auf den Weg dorthin machen würde. Was Vance nicht wußte, war, daß Tony bereits drei seiner Leute in Northumberland hatte. Tony vermutete, daß die drei immer noch mit ihren Recherchen beschäftigt waren, er hatte jedenfalls nichts anderes gehört. Genaugenommen hatte er seit drei Uhr nachmittags nichts mehr von ihnen gehört, als sie, wie Simon am Telefon gesagt hatte, von Haus zu Haus gegangen waren, um zu hören, ob jemand Donna Doyle gesehen hätte

Drei junge Officer, die daran gewöhnt waren. daß ınnen je

mand sagte, was sie tun sollten, ohne Erfahrung, wann es besser war, sich zurückzuhalten und wann der Moment für entschlossenes Handeln gekommen war. Sie brauchten jemanden, der ihnen das sagen konnte. Und es gab nur einen Menschen, der rechtzeitig in Northumberland sein konnte.

Sie meldete sich nach dem dritten Durchläuten. »DCI Jordan?«

»Ich bin's, Carol. Wie geht's Ihnen?«

»Nicht gut. Um ehrlich zu sein, ich bin froh, Ihre Stimme zu hören. Ich fühle mich wie eine Aussätzige. Alle schneiden mich, weil sie denken, daß ich irgendwie für Di Earnshaws Tod mitverantwortlich bin. Und zu Dis Eltern zu gehen und ihnen die Nachricht zu überbringen war auch nicht so einfach. Ich mußte an die alten Griechen denken, die die Überbringer schlechter Nachrichten getötet haben. Manchmal mag das für den Boten eine Erlösung gewesen sein.«

»Es tut mir so leid für Sie. Wäre besser gewesen, wenn ich Sie nicht in die Sache mit Vance reingezogen hätte.«

»Jemand muß Vance stoppen«, sagte sie entschieden, »und außer mir wollte Ihnen ja niemand zuhören. Was in Seaford passiert ist, war nicht Ihre Schuld. Dafür bin ich verantwortlich. Ich hätte mehr Leute für die Observation anfordern müssen.«

»Carol, hören Sie auf, sich Vorwürfe zu machen.«

»Das kann ich nicht. Aber genug davon. Wo sind Sie? Und wie war's bei Vance?«

»Ich bin auf der M1. Es war ein schwieriger, ereignisreicher Tag.« Er schilderte ihr in kurzen Worten den Verlauf der Unterredung mit Vance und das, was er eben telefonisch von Chris erfahren hatte.

Carol horchte auf. »Dann ist er jetzt irgendwo zwischen London und Newcastle?«

»Richtig.«

»Und Sie können es nicht rechtzeitig schaffen.«
»Unmöglich.«
»Aber ich könnte es.«
»Wahrscheinlich. Jedenfalls mit Blaulicht auf dem Dach. Ich kann Sie nicht darum bitten, aber ...«
»Hier kann ich jetzt sowieso nichts tun. Ich hab Feierabend, und eine Aussätzige ruft nachts niemand an. Es tut mir gut, irgend etwas zu unternehmen, statt herumzusitzen und in Selbstmitleid zu baden. Beschreiben Sie mir kurz die Strecke. Ich rufe Sie an, sobald ich in der Nähe von Newcastle bin.«
Ihre Stimme klang fester als am Anfang. Carol wuchs mit den Herausforderungen, die an sie gestellt wurden; er hatte es immer gewußt. »Danke«, sagte er schlicht.
»Vergeuden wir keine Zeit mit Gerede.« Und dann war die Leitung plötzlich tot.
Tony verstand nur zu gut, was in Carol vorging. Das ist der Preis für die Erfahrungen, die man sammelt, dachte er. Nur wenige Menschen wußten aus eigenem Erleben, wie das ist, wenn man sich für den Tod eines anderen verantwortlich fühlt. Plötzlich bricht alles weg, was einem bisher Sicherheit gegeben hat. Was Carol jetzt brauchte, war ein Erfolgserlebnis, das ihr die alte Sicherheit zurückgab. Carols Entschluß war der erste Schritt in die richtige Richtung.

Zu der Frage, wo der Eingang zur Krypta lag, konnte Mrs. Elliott nur vage Angaben machen. »Irgendwo unter den Steinen. Er hatte sich damals zwei alte Kumpel aus Newcastle geholt, und die haben irgendeinen Mechanismus eingebaut, den man von außen nicht erkennen kann.«
Die drei Officer starrten frustriert auf den Steinfußboden. Simon kratzte sich hinter dem Ohr. »Wenn man ihn nicht erkennen kann, wie kommt man dann runter?«

»Unser Derek sagt, daß da ein Elektromotor installiert ist«, war alles, was Mrs. Elliott wußte.

»Wenn's einen Motor gibt, muß es auch einen Kontakt geben«, murmelte Leon. »Simon, fang rechts zu suchen an. Und du links, Kay. Ich seh mich hinten bei der Schlafgalerie um.«

Leon ging nach hinten, Simon und Kay wollten mit der Suche beginnen, aber Mrs. Elliott hielt Kay am Ärmel fest.

»Was wollen Sie überhaupt in dem Bunker? Ich dachte, Sie suchen einen Gelegenheitsdieb? Der versteckt sich bestimmt nicht da unten.«

Kay grub ihr vertrauenerweckendstes Lächeln aus. »Wenn es um einen Prominenten wie Mr. Vance geht, müssen wir noch umsichtiger vorgehen als sonst. Ein Gelegenheitsdieb kann gefährlicher sein als routinierte Einbrecher. Vielleicht soll er nur auskundschaften, was hier zu holen ist, und seine Komplizen warten bereits auf das Zeichen, daß sie nachkommen können.« Sie griff nach Doreen Elliotts Hand. »Warum warten Sie nicht draußen?«

»Wieso denn das?«

»Weil es, wenn wirklich jemand dort unten ist, sehr gefährlich werden kann.« Ihr Lächeln sah ein wenig gequält aus. Denn eigentlich dachte sie daran, daß die gute Mrs. Elliott einen Schock fürs Leben bekommen konnte, falls sie tatsächlich Donna Doyle dort unten fanden. »Es ist unsere Pflicht, unbeteiligte Bürger zu schützen. Was glauben Sie, was mein Chef mir erzählt, wenn es plötzlich eine Geisel gibt, die von dem Kerl dort unten mit einem Messer bedroht wird?«

Das gab Mrs. Elliott zu denken. »Na ja, es gibt viele Fremde, die sich hier bei uns rumtreiben. Aber die kommen meistens, um sich den Hadrianswall anzusehen ...«

In dem Moment läutete Kays Telefon. Sie zog sich mit einer gemurmelten Entschuldigung ein paar Schritte zurück. »Hallo?«

»Kay? Hier ist Tony. Wo sind Sie?«
O Scheiße, dachte sie, warum ausgerechnet ich? Er hätte doch genausogut Leon anrufen können. »Äh, wir ... wir sind in Vance' Haus in Northumberland.« Simon sah zu ihr herüber, aber sie bedeutete ihm mit einem Wink, weiter nach dem verdammten Kontakt zu suchen.
»Was!« schrie Tony aufgebracht ins Telefon.
»Ich weiß, was Sie gesagt haben. Aber wir mußten dauernd an Donna Doyle denken.«
»Seid ihr eingebrochen?«
»Nein, wir sind ganz legal hier. Eine Frau aus dem Ort hatte den Schlüssel. Wir haben ihr was von einem möglichen Einbrecher erzählt.«
»Seht zu, daß ihr so schnell wie möglich von dort verschwindet.«
»Tony, sie könnte hier sein. Es gibt in dem Haus ein verborgenes Kellergewölbe. Vance hat den Maurern weisgemacht, daß es ein Atomschutzbunker werden soll.«
»Ein was?«
Kay sah förmlich sein verdutztes Gesicht vor sich. »Das war vor zwölf Jahren, da haben die Leute noch geglaubt, die Russen wollten uns nuklear verseuchen«, erinnerte sie ihn. »Wir müssen nur noch den verdammten Eingang finden.«
»Nein, ihr müßt sofort aus dem Haus verschwinden. Er ist unterwegs dorthin. Will sich davon überzeugen, daß er keine verräterischen Spuren hinterlassen hat. Ihr müßt ihn dabei überraschen. Legt euch draußen auf die Lauer, und wenn er runter in das Gewölbe steigt, ertappt ihr ihn auf frischer Tat.«
Während er noch seine Anweisungen gab, starrte Kay verblüfft auf den Steinfußboden, der sich plötzlich, wie von Geisterhand bewegt, vor ihr auftat. Ob Leon den Kontakt gefunden oder Simon ihn zufällig berührt hatte, wußte sie nicht.

Aus der Krypta stieg Verwesungsgeruch auf, sie fing zu würgen an, hatte sich aber rasch wieder im Griff und sagte mit belegter Stimme: »Dafür ist es zu spät. Wir haben den Einstieg gefunden.«
Simon war bereits auf der ersten Steinstufe. Er drückte den Lichtschalter, in der Krypta flammte Licht auf. Eine Ewigkeit schien zu vergehen, bis er sich kreidebleich umdrehte. »Wenn's Tony ist, sag ihm auch gleich, daß wir Donna Doyle gefunden haben.«

Seine Finger trommelten sanft auf die Armlehne, das einzige Anzeichen für seine innere Anspannung. Früher hatte er, wenn er aufgeregt war, an den Fingernägeln der rechten Hand geknabbert. Er erzählte gern, daß der Verlust des Arms eine extrem grausame Kur gewesen sei, ihm diese Unart abzugewöhnen. Nun strahlte er eine kultivierte Ruhe aus, weil er begriffen hatte, daß nervöses Gezappel nichts brachte. Abgesehen davon war es gerade gelassene Ruhe, die andere am ehesten nervös machte.
Das Motorgeräusch veränderte sich, als der Pilot zum Landeanflug ansetzte. Jacko sah aus dem Fenster. Unter ihm schimmerten, von Nieselregen verhangen, schlierige Lichter – die Straßenbeleuchtung der Außenbezirke. Er hatte Tony Hill abgehängt, ein Flugzeug war eben schneller. Nun, Hill hätte ihm sowieso nichts anhaben können. Durch diskrete Erkundigungen hatte er in Erfahrung gebracht, daß der Kerl keine Rückendeckung von oben bekam. Was er ja im übrigen auch selbst zugegeben hatte.
Die Reifen berührten die Landebahn, der Ruck warf ihn gegen den Haltegurt. Eine leichte Kurve, dann schaukelten sie wie ein gemütliches altes Taxi auf den Hangar des Fliegerklubs zu. Sie waren kaum zum Stehen gekommen, da stieß er die Tür auf, sprang auf die Rollbahn und hielt nach seinem

Land Rover Ausschau. Sam Foxwell und sein Bruder verdienten sich gern den Zwanziger, den er ihnen zusteckte, wenn sie ihm den Wagen herbrachten. Er mußte ihnen nur, so wie heute, per Autotelefon von unterwegs Bescheid geben. Na also, da stand der Wagen ja, im Halbdunkel neben dem Hangar.

Auch der Pilot bekam seinen Zwanziger. »Cheers – trinken Sie einen auf mein Wohl.« Es konnte losgehen.

Als er über die schmalen Landstraßen Northumberlands donnerte, die die schnellste Strecke zu seinem Cottage waren, ging er in Gedanken noch einmal durch, was er zu erledigen hatte, bevor Tony – falls er nicht aufgegeben hatte – hier eintraf. Zuallererst nachsehen, ob die kleine Schlampe noch lebte. Und wenn ja, dafür sorgen, daß sich das änderte. Danach mußte er sie mit der Kettensäge zerteilen und die Stücke in Abfallbeuteln verstauen und in den Land Rover laden. Dann den Keller mit dem Hochdruckstrahler reinigen und … Das heißt, blieb ihm dazu genug Zeit?

Im Grunde reichte es, den Motor lahmzulegen, der die Steinplatte öffnete. Schließlich wußte Hill ja nichts von der Krypta, und die örtliche Polizei würde den Teufel tun, auf Hills bloßes Geschwafel hin eine Durchsuchung zu starten. Nicht bei einem braven Steuerzahler wie Jacko Vance. Wobei nicht mal gesagt war, ob Hill überhaupt hier auftauchte. Vielleicht war's besser, erst mal nur die Leichenteile zur Verbrennungsanlage des Krankenhauses zu bringen und sich das Großreinemachen für später aufzuheben.

Irgendwie wäre es ein makabres Vergnügen, zu wissen, daß wenige Meter unter Tony Hills Füßen sein letztes Opfer gestorben war. Sein vorläufig letztes. Denn eine Weile mußte er sich den Spaß mit den kleinen Jillies verkneifen, weil dieser verdammte Tony Hill unbedingt schlafende Hunde wecken wollte. Warte nur, dachte er, mit dir rechne ich noch ab. Er hatte da schon konkrete Pläne. Eines Tages, wenn sich die Wogen beruhigt hatten und Tony klargeworden war, daß er verloren hatte, würde er die Pläne umsetzen und Hill eine Lektion erteilen, die ihm ein für allemal die Lust vergehen ließ, die Nase in Angelegenheiten zu stecken, die ihn nichts angingen.

Die Scheinwerfer fraßen sich ihren Weg durch die nachtdunkle Landschaft. Aber plötzlich gab es da, wo nichts als Dunkel sein sollte, zwei Lichtbündel, die von Vance' Schlupfwinkel aus den grauen Schotterweg ausleuchteten. Er trat so hart auf die Bremse, daß der Wagen mit quietschenden Reifen schlingernd zum Stehen kam. Was, zum Teufel, hatte das zu bedeuten?

Und während er dasaß, sich den Kopf zerbrach und spürte, wie sein Adrenalinspiegel anstieg, krochen zwei andere Scheinwerfer hinter ihm den Schotterweg herauf. Dann stellte sich das Fahrzeug, das ihm folgte, quer, so daß ihm auf dem schmalen Weg sogar die Möglichkeit versperrt war, sich rückwärts abzusetzen. Er nahm den Fuß von der Bremse und fuhr langsam auf sein Cottage zu. Als er näher kam, sah er, daß es noch einen dritten Wagen gab, der den Weg nach vorn blockierte.

Vance fuhr, nun schon mit kalter Angst im Genick, zu seinem Grundstück, ließ den Wagen ausrollen, stieg aus, ging, Zoll für Zoll der rechtmäßige Eigentümer, auf den jungen Schwarzen zu, der vor der Haustür stand, und herrschte ihn an: »Was, zum Teufel, ist denn hier los?«

»Ich muß Sie bitten, hier draußen zu warten, Sir«, sagte Leon höflich.

»Wie meinen Sie das? Das ist mein Haus. Hat's einen Einbruch gegeben oder was? Wer sind Sie überhaupt?«

»Detective Constable von der Metropolitan Police.« Er hielt Vance den Dienstausweis hin.

Vance knipste seinen Charme an. »Dann sind Sie weit von zu Hause weg.«
»Bei einer Ermittlung ist das heutzutage durch die modernen Kommunikationsmittel kein Problem mehr, Sir.« Leons Tonfall war beherrscht, aber er ließ Vance keine Sekunde aus den Augen.
»Sie wissen offensichtlich, wer ich bin, und dann ist Ihnen sicher auch bekannt, daß das mein Haus ist. Wollen Sie mir nicht wenigstens sagen, worum es geht?«
Hinter ihm hielt der Wagen, der ihm gefolgt war. Auch so ein junges Bürschchen. »Sind Sie auch von der Metropolitan Police?« fragte Vance, als der Mann ausstieg.
»Nein«, sagte Simon, »ich bin aus Strathclyde.«
»Strathclyde.« Vance war einen Augenblick lang irritiert. Er hatte vor Jahren mal eine aus London hierherkommen lassen, aber noch nie ein Mädchen aus Schottland. Er konnte den Akzent nicht ausstehen, weil er ihn irgendwie an Jimmy Linden und alles, was damit verbunden war, erinnerte. Wenn dieser zweite Cop also aus Schottland kam, konnte es nicht um Mord gehen. Er konnte durchatmen, alles war in Ordnung.
»Richtig, Sir. DC Jackson arbeitet an demselben Fall, wenn auch unter einem anderen Aspekt. Als wir vorbeikamen, hatte kurz vorher ein Autofahrer gemeldet, daß sich in dem Haus möglicherweise ein Einbrecher herumtreibt. Da dachten wir, es wäre besser, wenn wir mal nachsehen.«
»Das ist sehr lobenswert. Dann werd ich lieber mal reingehen und prüfen, ob was fehlt.« Vance machte Anstalten, sich an Leon vorbeizudrücken, aber der versperrte ihm mit ausgestrecktem Arm den Weg.
»Ich fürchte, das geht jetzt nicht, Sir. Hier ist ein Verbrechen geschehen, verstehen Sie? Wir müssen dafür sorgen, daß keine Spuren verwischt werden.«

»Was denn für ein Verbrechen? Was, um Himmels willen, ist da drin passiert?« fragte Vance.
»Wir haben eine Leiche gefunden«, sagte Simon kühl.
Es fiel Jacko nicht schwer, sich mit allen Anzeichen der Erschütterung abzuwenden. Dann schlug er rasch die Hand vors Gesicht, damit die Officer ihm nicht doch noch die Erleichterung anmerkten. Sie war tot – halleluja. Eine Tote kann nicht aussagen. Er ließ die Hand sinken und mimte Besorgnis und Erschrecken. »Das ist ja furchtbar. Aber wer … wie kann denn …? Außer mir wohnt doch hier niemand. Wieso kann in meinem Haus eine Leiche gefunden werden?«
»Das versuchen wir herauszufinden, Sir«, sagte Leon.
»Aber … die einzige, die einen Schlüssel hat, ist Mrs. Elliott. Doreen Elliott im Dene Cottage. Es wird doch … es wird doch nicht sie sein?«
»Nein, Mrs. Elliott erfreut sich bester Gesundheit. Sie hat uns Zutritt zu Ihrem Haus verschafft und der Durchsuchung zugestimmt. Eine Kollegin hat sie nach Hause gefahren.«
Irgend etwas an der Art, in der der schwarze Cop ihn ansah, brachte Vance' Nerven zum Flattern. Zwischen den Zeilen wollte der Schwarze ihm zu verstehen geben, daß seine Bastion zu bröckeln begann.
»Gott sei Dank. Aber wer ist es dann?«
»Darüber können wir derzeit keine Vermutung äußern, Sir.«
»Aber Sie müssen doch in der Lage sein, mir zu sagen, ob es sich um einen Mann oder eine Frau handelt?«
Simons Lippen verzerrten sich, er konnte sich nicht länger beherrschen. »Als ob du das nicht wüßtest«, fauchte er Vance haßerfüllt an. »Glaubst du, wir denken mit dem Hintern?« Er wandte sich mit geballten Fäusten ab.
Vance spürte, daß er sich jetzt an den anderen halten mußte, zumal der sowieso schon aussah, als fürchte er, von seinem

Kollegen in irgendwelchen Ärger verwickelt zu werden. »Wovon redet er?«
Leon zuckte die Achseln und zündete sich eine Zigarette an. »Das wissen Sie besser als ich.« Dann reckte er sich und blickte Vance über die Schulter. »Aha – sieht so aus, als käme unsere Kavallerie.«
Vance wandte sich um. Die Frau, die aus dem Wagen stieg, sah in seinen Augen nicht nach Kavallerie aus. Gerade mal dreißig, sogar der unförmige Wettermantel konnte nicht verbergen, daß sie schlank und sehr hübsch war, mit kurz und stufig geschnittenem, blondem Haar.
Und so forsch, wie sie aussah, trat sie auch auf. »Guten Abend, Gentlemen. Mr. Vance, ich bin Detective Chief Inspector Carol Jordan. Entschuldigen Sie mich einen Moment, ich möchte mich zunächst mit meinen Kollegen besprechen. Leon, sind Sie so nett, Mr. Vance Gesellschaft zu leisten? Ich möchte mich drin umsehen. Simon, kommen Sie mit?«
Sie verschwand mit Simon im Haus und zog die Tür so weit zu, daß Vance keine Chance hatte, einen Blick nach innen zu werfen. »Was wird hier eigentlich gespielt?« fragte er Leon. »Wenn hier ein Verbrechen geschehen ist, müßte dann nicht die Mordkommission dasein? Und uniformierte Polizisten?«
Leon zuckte wieder nur die Achseln. »Im Leben geht's anders zu als im Fernsehen.« Er schnippte die Zigarettenkippe auf Vance' Grundstück.
»Na, hören Sie mal!« plusterte Vance sich auf. »Das ist immer noch mein Haus. Und nur weil da drin jemand getötet wurde, hat die Polizei nicht das Recht, mein Grundstück zu verschmutzen.«
Leon runzelte die Stirn. »Das dürfte zur Zeit eine Ihrer geringsten Sorgen sein.«
»Das ist empörend!« sagte Vance.

»Ich persönlich finde es viel empörender, daß in Ihrem Haus eine Leiche liegt«, ließ Leon ihn abblitzen.
DCI Jordan und Simon kamen zurück. Sie sieht ernst aus und er wie jemand, der gleich zu kotzen anfängt, dachte Vance. Ausgezeichnet, das Luder hat keinen schönen Tod verdient. »Chief Inspector, wann bequemt sich endlich jemand dazu, mir zu sagen, was hier eigentlich los ist?« Daß Simon Leon einen Wink gab und die beiden Officer hinter ihn traten, entging ihm.
Carols blaue Augen sahen ihn kalt an. »Jacko Vance, ich nehme Sie hiermit unter Mordverdacht fest. Sie müssen keine Aussagen machen, was Sie aussagen, wird jedoch vor Gericht gegen Sie verwendet werden.«
Verblüffung lag auf Jacko Vance' Gesicht. Ehe sein Gehirn zu verarbeiten begann, was Carol eben zu ihm gesagt hatte, klickte an seinem linken Handgelenk eine Stahlfessel zu. Als Simon und Leon ihn zum Land Rover führen wollten, erwachte der alte Kämpferinstinkt in ihm. Mit einer letzten verzweifelten Willensanstrengung versuchte er sich loszureißen, rutschte aber auf dem Schotter aus, stürzte zu Boden und riß Leon mit.
Simon aber hielt das andere Ende der Handfessel eisern fest. Vance heulte vor Schmerz auf, als Simon ihn daran hochriß. »Tu mir den Gefallen, du Scheißkerl«, brüllte er Vance an, »gib mir einen Vorwand, dir ein klein wenig von dem heimzuzahlen, was du Shaz angetan hast.« Er zerrte ihn mit einem Ruck auf die Beine.
Inzwischen hatte sich auch Leon schwerfällig wieder hochgerappelt. »Soll ich dir sagen, was ich jetzt gern täte?« zischte er Vance an. »Dir die verdammte Fresse einschlagen. Eine einzige falsche Bewegung von dir, und ich schlag dich grün und blau.« Er stieß ihn auf den Land Rover zu. »Na los, beweg dich.«

Simon klickte die zweite Handschelle an der Stoßstange fest. »Ich glaube nicht, daß du jetzt noch weit kommst.«
Vance starrte ihn finster an. »Diese Nacht wird Ihnen noch leid tun«, sagte er in drohendem Ton.

Eins haben alle Polizeistationen gemein, dachte Tony, die Kantinen bieten keinen Salat an, und überall stinkt es nach kaltem Zigarettenrauch, obwohl das Rauchen schon seit Jahren verboten ist. Der Vernehmungsraum in der Polizeistation von Hexham machte keine Ausnahme.
Carol kam mit zwei dampfenden Pappbechern herein. »Stark, schwarz und kocht etwa seit einer guten Woche vor sich hin.« Sie setzte sich Tony gegenüber. »So magst du ihn doch, oder?« Sie wunderte sich immer noch, daß ihr vorhin, als er sie bei der Begrüßung stumm in die Arme genommen hatte, das Du so selbstverständlich über die Lippen gekommen war. Und noch mehr, daß er's so selbstverständlich erwidert hatte. »Ich hab gerade meine Aussage zu Protokoll gegeben.«
»Und was hast du gesagt?«
Carol wiederholte die Version, auf die sich schon Kay, Leon und Simon berufen hatten: die angebliche Meldung über einen unbekannten Verdächtigen in Vance' Haus, die Durchsuchung in Anwesenheit der Zugehfrau, das Auffinden einer weiblichen Leiche, bei der es sich dem Äußeren nach um die vermißt gemeldete Donna Doyle zu handeln schien. »Ich bin zwar im Bereich der Northumbria Police nicht zuständig, habe mich aber unter den gegebenen Umständen zu einer vorläufigen Festnahme entschlossen und Vance, weil er sich seiner Festnahme widersetzen wollte, mit Handschellen am Bugschutz seines Geländewagens festklicken lassen. Dies geschah selbstverständlich zu seinem eigenen Schutz.« Beide grinsten. »Die Polizei von Hexham hat mir den Gefallen ge-

tan, die Festnahme zu bestätigen und Vance in Gewahrsam zu nehmen.«
»Wie wurde der Haftantrag begründet?«
Carol sah ihn bedrückt an. »Sie haben noch keinen Haftantrag gestellt. Damit wollen sie warten, bis Vance' Anwalt eintrifft. Sie haben zwar dein Täterprofil gelesen und die Aussagen deiner Officer zu Protokoll genommen, aber sie scheinen noch sehr unentschlossen und zögerlich zu sein. Es ist noch nicht gelaufen, Tony. Ich setze meine Hoffnung allerdings auf den Obduktionsbericht von Donnas Leiche.«
»Es wäre besser, wenn sie den Eingang zu diesem Kellergewölbe nicht gefunden, sondern gewartet hätten, bis Vance hinuntergestiegen ist. Die Beweislage wäre dann sehr viel einfacher.«
Carol seufzte. »Weißt du, daß sie noch nicht lange tot ist? Der Polizeiarzt schätzt, nicht mal vierundzwanzig Stunden.«
Sie saßen sich bedrückt und stumm gegenüber. Dann sagte Carol: »Ich glaube, wenn er nicht zur Rechenschaft gezogen wird, will ich kein Cop mehr sein. Leute wie Vance sind wandelnde, gemeingefährliche Waffen. Wenn wir die nicht unschädlich machen können, sind wir nicht mehr als überbezahlte Politessen.«
»Und wenn wir es können?«
Sie zuckte die Achseln. »Dann kommen wir wenigstens unserer Verpflichtung denjenigen gegenüber nach, die wir verloren haben.«
Sie nippten schweigend an ihrem Kaffee. Bis die Tür aufging und Phil Marshall, der Superintendent der zuständigen Division, den Kopf hereinstreckte. »Dr. Hill? Könnte ich Sie einen Augenblick sprechen?«
»Kommen Sie rein«, sagte Carol, »wir haben keine Geheimnisse.«
Marshall schloß die Tür hinter sich. »Vance möchte mit Ih-

nen sprechen. Unter vier Augen. Aber er hat nichts dagegen, daß wir das Gespräch auf Band aufnehmen.«
»Was ist mit seinem Anwalt?« fragte Carol.
»Er will lediglich mit Dr. Hill sprechen.« Der Superintendent sah Tony fragend an. »Sind Sie bereit, mit ihm zu reden?«
»Wir haben ja nichts zu verlieren, oder?«
Marshall zuckte zusammen. »Wie ich das sehe, haben wir viel zu verlieren. Offen gesagt, ich sehe keine Möglichkeit, einen Haftbefehl zu erwirken, solange ich mich nur auf Ihre Analyse stützen kann. So wie die Dinge liegen, muß ich ihn nach vierundzwanzig Stunden freilassen.«
Tony zog das Notizbuch aus der Tasche, riß ein Blatt heraus, kritzelte einen Namen und eine Nummer darauf und gab es Carol. »Ruf dort an und erklär ihr, worum's geht. Willst du das tun?«
Carol ahnte, was Tony vorhatte. »Natürlich.«
Tony folgte Marshall den Flur hinunter. Marshall blieb vor einem Vernehmungszimmer stehen, öffnete die Tür und nickte dem uniformierten Officer zu. Als der Uniformierte den Raum verlassen hatte, trat Tony ein und starrte seinen Widersacher an. Weder Vance' arrogantes Gehabe noch sein öliger Charme schienen unter der Festnahme gelitten zu haben. »Dr. Hill«, begrüßte er Tony in liebenswürdigem Ton. »Ich würde gern behaupten, daß es mir ein Vergnügen ist, aber ich glaube nicht, daß Sie mir das abkaufen. Dafür haben Sie sich viel zu sehr in Ihre hirnverbrannten Anschuldigungen verrannt.«
»Ich weise nochmals darauf hin, daß wir dieses Gespräch aufzeichnen«, unterbrach ihn Marshall. »Und nun lasse ich Sie allein.«
Vance deutete einladend auf einen Stuhl, aber Tony schüttelte den Kopf, lehnte sich an die Wand und verschränkte

die Arme. »Was wollen Sie? Sich irgendwas von der Seele reden?«
»Dann hätte ich einen Priester rufen lassen. Nein, ich wollte Ihnen mitteilen, daß ich Sie und DCI Jordan wegen Verleumdung verklagen werde, sobald ich hier raus bin.«
Tony lachte. »Bei uns ist nichts zu holen, wir verdienen zusammen nicht mal einen Bruchteil von dem, was Sie jährlich einstreichen. Aber es kommt ohnehin anders. Sie kriegen Ihre Verpflegung in Zukunft auf Staatskosten, und mir wird es ein Vergnügen sein, Sie im Zeugenstand unter Eid zu befragen.«
Vance lehnte sich zurück. »Das denken Sie nur. Was haben Sie denn gegen mich in der Hand? Das mit absurden Behauptungen gespickte sogenannte Täterprofil, eine Handvoll verfälschter Fotos und ein paar kümmerliche Indizienbeweise. ›Hier, meine Damen und Herren Geschworene, sehen Sie Jacko Vance am Abend der Mordnacht auf der M1 bei Leeds.‹ Nun, und das erklärt sich dadurch, daß ich in Northumberland ein zweites Zuhause habe und der schnellste Weg von London dorthin über die M1 führt.« Seine Stimme triefte vor Sarkasmus.
»Wie wär's mit ›Jacko Vance mit einer Leiche in seinem Keller‹? Oder ›Ein Foto von Jacko Vance mit dem toten Mädchen in seinem Keller, als es noch geatmet, gelacht und ihn angehimmelt hat‹?« fragte Tony in leidenschaftslosem Ton. Wenn hier jemand die Nerven verlor, wollte er Vance den Vortritt lassen.
Vance grinste spöttisch. »Die Erklärung haben mir Ihre Officer bereits abgenommen. Die haben doch die Theorie von dem Unbekannten aufgestellt, der mir überallhin folgt. Für den kann es nicht allzu schwierig gewesen sein, mein Haus in Northumberland auszukundschaften. Jeder im Dorf weiß, daß Doreen Elliott den Schlüssel hat. Und sie schließt die ei-

gene Tür nicht ab, wenn sie nur mal auf einen Sprung bei der Nachbarin auf einen Becher Tee reinschaut oder im Garten ein paar Kartoffeln ausgräbt. Ein Kinderspiel, rasch einen Wachsabdruck zu nehmen und sich einen Nachschlüssel zu feilen.«

Er badete in der eigenen Eloquenz, sein Lächeln wurde breiter und seine Körpersprache selbstgefälliger. »Es ist ebenso bekannt, daß ich einen Atomschutzbunker habe. Etwas peinlich in der Zeit allgemeiner Entspannung, aber das kann ich verkraften.« Er beugte sich vor, die Armprothese auf dem Tisch, den linken Arm lässig über die Stuhllehne gehängt. »Und vergessen wir nicht die sehr publicityträchtige Vendetta gegen meine Exverlobte, die, wie Sie ganz richtig bemerkt haben, eine starke Ähnlichkeit mit den armen, vermißt gemeldeten Mädchen hat. Ich meine, könnten Sie sich nicht vorstellen, daß ein fanatischer Fan glaubt, mir mit einer Art Stellvertretermord einen Gefallen zu tun, indem er sozusagen Jillie Woodrows Ebenbild auslöscht?«

Sein Grinsen wurde geradezu triumphierend. »Sie wissen doch, wie das bei Besessenen ist, Dr. Hill. Es wird mir ein Vergnügen sein, den Pressevertretern zu erzählen, zu welcher Besessenheit sich Ihre unerwiderte Liebe zu meiner Frau gesteigert hat. Nach Shaz Bowmans tragischem Tod konnten Sie sich unter dem Vorwand dienstlichen Interesses in unser Leben einschleichen, und als die liebe, süße Micky dann auch noch Ihre Einladung zum Dinner angenommen hat, haben Sie sich eingebildet, sie würde, wenn es mich nicht gäbe, in Ihren Armen Geborgenheit suchen. Sehen Sie sich an, wohin Ihre lächerlichen Wunschträume uns gebracht haben!« Er schüttelte mitleidig den Kopf.

Tony hob den Kopf und starrte in Vance' eiskalte Augen. »Sie haben Shaz Bowman getötet. Und Donna Doyle.«

Vance grinste ungerührt. »Das ist eine reine Erfindung. Eine

selbstgebastelte Konstruktion, die Sie nie beweisen können.«
Er fuhr sich mit der linken Hand über die Augen, dann rieb er sich das Ohr. Scheinbar nur ein Zeichen von Müdigkeit, aber Tony las darin siegesgewissen Hohn.
Er stieß sich von der Wand ab, war mit zwei großen Schritten am Tisch, stützte die Ellbogen auf und schob sein Gesicht dicht vor das von Vance. Der gefeierte Fernsehstar zuckte zurück. Die Schildkröte, die sich in ihren Panzer verkriecht, dachte Tony. »Kann sein, daß Sie recht behalten und wir Ihnen die Morde an Shaz Bowman und Donna Doyle tatsächlich nicht nachweisen können.« Dann fügte er mit gefährlich leiser Stimme hinzu: »Aber ich sag dir was, Jacko. Du warst nicht immer so gut. Wir kriegen dich, und zwar für den Mord an Barbara Fenwick.«
Vance sah ihn verächtlich an. »Ich habe keine Ahnung, wovon Sie reden.«
Tony drückte sich hoch und begann gemächlich in dem engen Vernehmungszimmer auf und ab zu schlendern. »Vor zwölf Jahren, als Sie Barbara Fenwick getötet haben, waren die Möglichkeiten forensischer Beweisführung noch nicht so weit entwickelt wie heute. Denken Sie nur an die Elektronenmikroskope und die Genauigkeit, mit der man damit Tatwaffen bestimmen kann. Fragen Sie mich nicht, wie sie's machen, aber die können heute eine Verletzung mit einem Gegenstand vergleichen, durch den sie möglicherweise beigebracht wurde, und so zu einem unwiderlegbaren Beweis kommen. In den nächsten Tagen wird man Donna Doyles Unterarmknochen mit den Zwingen an dem in Ihrem Haus gefundenen Schraubstock vergleichen.« Tony schielte auf seine Uhr. »Wenn wir Glück haben, ist die Pathologin bereits auf dem Weg hierher. Professor Elizabeth Stewart. Ich weiß nicht, ob Sie je von ihr gehört haben. Sie genießt einen hervorragenden Ruf, sowohl als forensische Anthropologin wie

als Pathologin. Wenn jemand die Übereinstimmung der Spuren an Donnas Arm mit der Schraubzwinge an Ihrem Werkzeug nachweisen kann, ist sie es. Freilich, wenn ich an die Fantasiegeschichte denke, die Sie vorhin aufgetischt haben, muß Sie das nicht weiter beunruhigen.«

Er unterbrach seine Wanderung, drehte sich um und sah Vance an. »Anders ist es allerdings, wenn die Spuren auch bei Barbara Fenwicks Verletzung übereinstimmen. Serienmörder neigen nämlich dazu, immer dasselbe Tatwerkzeug zu benutzen. Bei diesem fanatischen Fan, hinter dem Sie sich verschanzen wollen, ist es dagegen schwer vorstellbar, daß er aus lauter Verehrung für Sie zwölf Jahre lang hinter Ihnen herreist, stellvertretend für Sie Morde begeht und nicht einen einzigen Fehler macht, glauben Sie nicht auch?«

Ein unsicheres Zucken huschte über Vance' Gesicht, die Maske seiner Selbstzufriedenheit hatte auf einmal einen Riß. »Das ist ausgemachter Blödsinn. Nur um das nicht unwidersprochen stehenzulassen: Kein Staatsanwalt würde Mordanklage erheben, wenn er sich nur auf ein Stück Knochen stützen kann, das zwölf Jahre in der Erde gelegen hat.«

»Da würde ich Ihnen voll zustimmen«, sagte Tony. »Aber sehen Sie, die Pathologin, die Barbara Fenwicks Leiche obduziert hat, hatte noch nie eine vergleichbare Verletzung gesehen. Und wißbegierig, wie Universitätsprofessoren nun mal sind – es handelt sich um die schon erwähnte Professorin Elizabeth Stewart –, hat sie damals die Zustimmung des Innenministeriums eingeholt, Barbara Fenwicks Unterarmknochen als Anschauungsmaterial für Unterrichtszwecke aufbewahren zu dürfen. Sie hatte nämlich, wie's der Zufall will, eine winzige Unebenheit in der unteren Zwinge des verwendeten Werkzeugs ausgemacht. Winzig, wie gesagt, aber dadurch wird der Vergleich zwischen einem bestimmten Werkzeug und den Verletzungen von Barbara Fenwick und Donna

Doyle zu einem ebenso unwiderlegbaren Beweis wie ein Fingerabdruck.«
Vance starrte ihn wortlos an.
»Als Liz Stewart einen Ruf nach London annahm, ließ sie Barbara Fenwicks Unterarm in Manchester zurück, und dort liegt er nun seit zwölf Jahren konserviert als anatomisches Lehrbeispiel in der Universität.« Tony lächelte nachsichtig. »Und so wird plötzlich aus einem Indizienbeweis ein wissenschaftlich gesicherter Beweis. Erstaunlich, nicht wahr?«
Er ging zur Tür, öffnete sie und drehte sich noch einmal um. »Ich war übrigens nicht hinter Ihrer Frau her. *Meine* sexuellen Neigungen waren nie so abartig, daß ich mich hinter einer Lesbierin verstecken mußte.«
Er gab dem Uniformierten auf dem Flur einen Wink, wieder in das Vernehmungszimmer zu gehen. Und als er allein war, lehnte er sich erschöpft an die Wand, sank in die Hocke und barg das Gesicht in beiden Händen.
So fand ihn Carol Jordan zehn Minuten später vor, die in einem Nebenzimmer gemeinsam mit Marshall die Abrechnung zwischen Jäger und Gejagtem verfolgt hatte. Sie kauerte sich neben Tony und nahm ihn in die Arme.
Er sah hoch. »Was glaubst du?« fragte er beklommen.
»Du hast Phil Marshall überzeugt. Er hat mit Professor Stewart gesprochen. Sie war nicht sonderlich begeistert, mitten in der Nacht aus dem Schlaf gerissen zu werden, aber als sie hörte, worum es geht, war sie sofort Feuer und Flamme. Es gibt einen Nachtzug aus London, der etwa um neun hier eintrifft, und mit dem kommt sie. Marshall sorgt dafür, daß bis dahin Barbara Fenwicks Arm aus der Universität Manchester geholt wird. Wenn die Spuren mit der Unebenheit an Vance' Schraubstock übereinstimmen, wird er einen Haftbefehl beantragen.«

Tony schloß die Augen. »Dann kann ich nur hoffen, daß er immer noch dasselbe Werkzeug benutzt.«
»Oh, da bin ich ziemlich sicher«, sagte sie zuversichtlich. »Wir haben ihn beobachtet. Du hast das nicht sehen können, aber als du ihm das mit Professor Stewart und dem konservierten Arm gesagt hast, fing sein rechtes Bein zu zucken an. Er konnte das Zittern nicht unter Kontrolle bringen. Ich wette, er hat noch denselben Schraubstock.«
Tony stand auf, zog Carol mit hoch und grinste sie an. »Dann ist es also doch gelaufen.«
»Weil du großartige Arbeit geleistet hast. Ich bin richtig stolz, daß ich am Schluß doch noch zu deinem Team gehört habe.«
Tony machte eine Bewegung, als wolle er sie in die Arme nehmen. Doch dann ließ er die Arme sinken. Er holte tief Luft, ehe er sagte: »Carol, ich bin lange vor dir weggelaufen.«
Carol nickte. »Ich glaube, ich verstehe, warum.« Aber weil es das erste Mal war, daß sie darüber sprachen, konnte sie ihm nicht in die Augen sehen.
»Ach ja?«
Ihre Wangenmuskeln strafften sich, und dann schaffte sie es doch, ihn anzusehen. »Ich hatte kein Blut an den Händen. Darum konnte ich nicht verstehen, wie man sich dabei fühlt. Durch Di Earnshaws Tod ist das anders geworden und durch die Tatsache, daß weder du noch ich Donna Doyle retten konnten.«
»Eine eher belastende Gemeinsamkeit«, warf Tony ein.
Carol hatte sich den Augenblick, den sie jetzt erlebte, oft ausgemalt und geglaubt, ganz genau zu wissen, welche Erwartungen und Wünsche sie damit verband. Um so mehr erschrak sie darüber, daß ihre Empfindungen ganz anders waren, als sie es sich vorgestellt hatte. Sie legte Tony die Hand auf den Arm und sagte: »Ich glaube, manchmal kann Freundschaft zwei Menschen mehr verbinden als Liebe, Tony.«

Er sah sie lange stirnrunzelnd an. Durch seinen Kopf spukten bedrückende Bilder, von all den Mädchen, deren qualvollem Sterben Jacko Vance ungerührt zugesehen hatte, von all dem, was er Shaz Bowman angetan hatte. Von künftigen Mordopfern, von denen Carol und er noch nichts ahnten. Und er dachte daran, daß man in ihrem Beruf etwas brauchte, was einen mit all den Schrecken versöhnte. Die Kraft dazu fand man nicht durch die tägliche Arbeit, wohl aber durch Freundschaft.

Sein Gesicht hellte sich auf, er brachte sogar ein Lächeln zustande. »Weißt du, ich glaube, du könntest recht haben.«

Epilog

Mord ist wie Magie, dachte er. Die Geschicklichkeit seiner Hand hatte das Auge bisher noch immer getäuscht, und dabei sollte es bleiben. Sie glaubten, sie hätten ihn in die Enge getrieben und praktisch schon in Ketten gelegt. Aber er war Houdini. Er sprengte die Ketten, wenn sie es am wenigsten erwarteten.

Jacko Vance lag, den Kopf auf den linken, gesunden Arm gebettet, auf der schmalen Pritsche in der Polizeizelle, starrte zur Decke hoch und fühlte sich an die Zeit im Krankenhaus erinnert. Da hatte er sich auch nicht frei bewegen können und war nahezu erstickt an seiner hilflosen Wut und Verzweiflung. Hier würde es ihm genauso gehen, wenn er nicht bald rauskam. Damals im Krankenhaus hatte ihn nur der Gedanke aufrecht gehalten, daß er eines Tages wieder frei wäre. Und nun mußte er erneut all seine überragende Intelligenz aufbieten, um dieses Ziel zu erreichen.

Die Beweise waren dünn. Obwohl er nicht leugnen konnte, daß Tonys Geschick, sie gegen ihn auszuspielen, beeindruckend war. Es wurde bestimmt nicht leicht, den Psychologen vor Gericht als unglaubwürdig darzustellen, selbst dann nicht, wenn er vorher den Presseleuten das Märchen von Tonys unglücklicher Liebe zu Micky weismachte. Was sowieso schwierig war, weil der Kerl irgendwie hinter Mickys lesbische Veranlagung gekommen war. Wenn Tony das vor Gericht aussagte, schadete er nicht nur Mickys Ansehen, er zerpflückte auch ihm, Jacko Vance, das Argument, daß ein Mann, der mit einer so wunderschönen Frau verheiratet ist, keine anderen Frauen braucht.

Nein, wenn es vor Gericht zu einem Wortgefecht kam, geriet er, selbst bei einer Jury aus treuen Fernsehfans, in Argumentationsnot. Er mußte spätestens in der vorangehenden Anhörung dafür sorgen, daß es überhaupt nicht zu einer Hauptverhandlung kam. Und das hieß, daß er die Beweise gegen ihn überzeugend widerlegen mußte.
Die größte Gefahr war diese Pathologin, samt den Erkenntnissen, die sie aus den unverwechselbaren Merkmalen des verwendeten Werkzeuges gewinnen konnte. Wenn er das als fragwürdig entlarven konnte, hatten sie nur noch Indizienbeweise. So gewichtig die auch in ihrer Gesamtheit sein mochten, er traute sich zu, ihre Glaubwürdigkeit zu erschüttern. Nur, bei dem Schraubstock lagen die Dinge anders.
Der erste Schritt war, bei den Geschworenen Zweifel zu wecken, ob dieser Unterarmknochen wirklich der von Barbara Fenwick war. Eine Universität konnte pathologisches Anschauungsmaterial nicht so sicher aufbewahren wie die Asservatenkammer der Kriminalpolizei. So ein konservierter Unterarm ging doch im Lauf der Jahre durch Gott weiß wie viele Hände. Er konnte gegen irgendeinen anderen, vorsätzlich mit Hilfe seines Schraubstocks zerschmetterten Arm ausgetauscht worden sein. Zum Beispiel von einem Police Officer, der ihn unbedingt belasten wollte. Oder ein paar Studenten hatten der Uni einen makabren Streich gespielt und einen anderen Arm in den Aufbewahrungsraum des Anschauungsmaterials geschmuggelt. Ein paar Bruch- und Splitterstellen da und dort, damit hatte sich's schon.
Der zweite Schritt war, den Beweis zu erbringen, daß dieser Schraubstock sich vor zwölf Jahren, als Barbara Fenwick gestorben war, noch gar nicht in seinem Besitz befunden hatte. Er lag auf der harten Matratze und zermarterte sich das Hirn, um eine Lösung zu finden. »Phyllis«, murmelte er

schließlich. Ein gerissenes Grinsen huschte über sein Gesicht. »Phyllis Gates.«
Sie war unheilbar an Krebs erkrankt, der mit einem Tumor in ihrer linken Brust angefangen und sich dann durch ihr Lymphsystem gefressen hatte, bis schließlich – und das war der Anfang vom Ende gewesen – das Rückenmark befallen wurde. Er hatte viele Nächte an ihrem Bett verbracht, sie getröstet oder nur stumm ihre Hand gehalten. Er saß gern neben Menschen, nach denen der Tod schon die Knochenhand ausstreckte, denn das machte ihm die eigene, kraftstrotzende Gesundheit um so bewußter. Wenn sie schon lange dahingeschieden waren, konnte er das Leben noch in vollen Zügen genießen als einer von denen, die ganz oben waren. Nun, Phyllis Gates war längst dahingeschieden, aber ihr Zwillingsbruder Terry lebte noch und war gesund. Vermutlich baute er immer noch auf Jahrmärkten seinen Verkaufsstand auf.
Terry verkaufte Werkzeuge, neue und gebrauchte. Und er fühlte sich Vance zu tiefem Dank verpflichtet, weil der seiner geliebten Schwester in den letzten Lebenstagen der einzige Trost und Halt gewesen war. Terry würde für Vance barfuß durchs Feuer gehen und den Geschworenen bereitwillig erzählen, er habe Vance den Schraubstock erst vor zwei, drei Jahren verkauft.
Vance setzte sich mit einem Ruck auf und breitete die Arme aus, als werde er von einer unsichtbaren Menge mit frenetischem Jubel gefeiert. Er hatte die Lösung gefunden. Er war praktisch ein freier Mann. Mord war wirklich wie Magie, und das würde eines nicht allzu fernen Tages auch Tony Hill am eigenen Leib erfahren. Vance konnte es kaum erwarten.

Val McDermid
Ein Ort für die Ewigkeit

Es gibt einen Mörder, aber keine Leiche.
Es gibt Gerechtigkeit, aber keine Wahrheit.

35 Jahre, nachdem ein vermißtes Kind die Öffentlichkeit in Atem hielt, rollt eine ehrgeizige Journalistin den Fall von neuem auf – und entdeckt hinter einem Bleimantel aus Schweigen ein furchterregendes Netz aus Lügen und Gewalt …

»Ein Thriller mit unwiderstehlicher Atmosphäre – eine Glanzleistung!«
Minette Walters

Val McDermid
Das Lied der Sirenen

Als die Polizei die toten Männer findet, die vor ihrer Ermordung grausam gefoltert wurden, gerät der Psychologe Tony Hill in eine gefährliche Situation – bei seinen Bemühungen, dem Mörder auf die Spur zu kommen, wird ihm eins immer deutlicher: Er könnte das nächste Opfer sein!

»Val McDermids Fähigkeit, in die gestörte Psyche eines Kriminellen einzudringen, ist furchterregend!«
The Times